Daniel Thomet

Der Mann
der aus dem Emmental kam

Roman
Chugeli Verlag, Bellmund

Erste Print-Auflage, 2016
Paperback ISBN: 978-3-9523936-3-5
e-book ISBN: 978-3-9523936-4-2

Inhaltsverzeichnis

1. Von Heimat, Familie und ersten Erzählungen

Es gibt Leute die behaupten, ein Wettermoderator hätte den schönsten Beruf der Welt. Das mag für jene zutreffen, die in der Karibik oder der Südsee arbeiten. In der Schweiz sieht das anders aus. Hier gibt es nicht nur hohe Temperaturen und Sonnenschein. Im Herbst kann das Wetter auch wochenlang trist und ungemütlich sein.

Im Moment konnten sich die Wetterfrösche jedoch nicht beklagen. Bereits zum dritten Mal in diesem noch jungen September hatten sie Temperaturen von beinahe dreissig Grad vorhersagen können. Für diese Jahreszeit eher aussergewöhnlich. Der Sommer wehrte sich mit allen Kräften und für heute war der Höhepunkt der voraussichtlich letzten Hitzeperiode des Jahres angesagt. Kurz vor Mittag überschritt das Thermometer die zwanzig Grad Marke bereits deutlich und der wolkenlose Himmel liess keine Zweifel aufkommen, dass die Höchstmarke noch nicht erreicht war.

Aus dem Regioexpress, der sich langsam wieder in Bewegung setzte und den Bahnhof von Trubschachen Richtung Luzern verliess, waren nur gerade eine Handvoll Passagiere ausgestiegen. Die meisten hatten es eilig. Bevor der Zug nach einer letzten Kurve wieder aus dem Blickfeld entschwand, war der Bahnhofplatz schon beinahe wieder leer und verlassen.

Nur beinahe. Ein letzter Reisender stand immer noch auf dem Perron neben seinem eigentümlichen Koffer und der grossen Reisetasche. Er sah sich neugierig um, gerade so als wolle er die Atmosphäre des verlassenen Provinzbahnhofs in sich aufsaugen.

Der alte Mann hinterliess auf einen zufälligen Betrachter einen leicht gewöhnungsbedürftigen Eindruck. Sein schneeweisses Haar hatte er zu einem langen Zopf geflochten, der beinahe bis zur Taille hinunterhing. Er trug ein dunkelbraun gemustertes Tweed-Sakko mit abgenutzten Leder-Patchs an den Ellenbogen, dazu braune Cordhosen und ausgefallene Gaucho Reitstiefel. Seine Kleidung war sauber, wirkte jedoch leicht abgetragen und bereits etwas in die Jahre gekommen. In dieser Aufmachung sah er wie ein verarmter englischer Landadliger aus, der sich aus der Britischen Provinz in die ländliche Schweiz verirrt hatte. Seine auffällige Erscheinung passte weder zur Jahreszeit noch ins alltägliche Bild des bäuerlichen oberen Emmentals.

Man war sich ja einiges gewohnt, seit die Touristen aus allen Erdteilen ins Emmental strömten, um den Spuren von Jeremias Gotthelf zu folgen. Der Anblick des alten Kauzes war jedoch selbst für abgebrühte Emmentaler mehr als nur gewöhnungsbedürftig.

Rodolfo Rojizon, wie sich der alte Kauz aufgrund seines argentinischen Passes nannte, hatte die belustigten und teils abschätzigen Blicke seiner Mitreisenden mit stoischer Ruhe über sich ergehen lassen. Nach der langen Reise war er nur froh, nicht mehr weit von seinem Ziel entfernt zu sein.

Er schloss die Betrachtung seiner Umgebung mit einem letzten Blick auf das Bahnhofsgebäude ab. Rund um den Bahnhof hatte sich in den letzten sechzig Jahren nahezu alles verändert. Ein leicht melancholisches Gefühl beschlich den alten Mann. Zum ersten Mal, seit er seine Reise angetreten hatte, beschlichen ihn leichte Zweifel. Vielleicht war es doch keine so gute Idee gewesen, noch einmal zurück in die Heimat zu kommen. Er schüttelte den Kopf. Jetzt aufzugeben war keine Option. Schliesslich hatte er das Ziel seiner Reise noch nicht einmal erreicht.

Er seufzte kurz, bückte sich und nahm seine beiden Gepäckstücke wieder auf. Dabei brachte ihn sein alter Rucksack beinahe aus dem Gleichgewicht. Die Riemen schnitten in seine Schultern und schmerzten. Der alte Mann atmete einmal tief durch, dann setzte er sich langsam Richtung Postautohaltestelle in Bewegung. Er war müde und hatte Hunger. Es wurde langsam Zeit, dass er am Ziel seiner Reise ankam.

Heute Morgen nach der Ankunft am Flughafen Zürich, war das noch anders. Nach den Formalitäten steuerte Rodolfo Rojizon das nächste Restaurant an und genehmigte sich einen doppelten Espresso und zwei Gipfeli. Das war eine jener Kleinigkeiten, die er in all den Jahren in der Fremde vermisst hatte.

Dann kaufte er am SBB Schalter eine Fahrkarte nach Trub. Der junge Beamte am Schalter, war äusserst hilfsbereit. Er erklärte seinem Kunden, dass es in Trubschachen hinter dem Bahnhofsgebäude eine Postautohaltstelle gebe und keine zehn Minuten nach seiner Ankunft ein Postauto Richtung Trub abfahren würde. Rodolfo steuerte deshalb geradewegs auf die Haltstelle zu. Das Postauto stand bereits da, als er mit seinem Gepäck um die Ecke des Bahnhofgebäudes bog. Der Chauffeur sass noch draussen auf einer Bank und unterhielt sich mit einer Frau, die ebenfalls mit dem Zug angekommen war. Als die beiden den alten Mann erblickten, unterbrachen sie ihr Gespräch.

Rodolfo Rojizon stellte seine beiden Gepäckstücke vor dem Bus ab und wandte sich an den Chauffeur. „Entschuldigen sie bitte", sagte er in einem beinahe akzentfreien Berndeutsch, „ist das hier das Postauto nach Trub?"

Der Chauffeur musterte den alten Kauz vor sich neugierig. Für jemanden der so gut Berndeutsch sprach wie der Alte, sah er wirklich sonderbar aus. Wäre jetzt Winter und die Fasnacht voll im Gang, so hätte man sein Äusseres ja gerade noch eben als skurrile Verkleidung ansehen können. Aber bei diesen Temperaturen und mitten im Spätsommer. Es war wirklich verrückt, was heute alles für komische Typen im Emmental auftauchten.

„Ja, das ist das Postauto nach Trub", meinte er mit einem leicht distanzierten Tonfall. „Wir fahren in vier Minuten. Wollen sie mit?"

Rodolfo Rojizon griff in die Seitentasche seines Tweed Sakkos, holte sein Ticket hervor und reichte es dem Chauffeur anstelle einer Antwort. Der warf einen kurzen Blick darauf und gab ihm den Fahrschein wieder zurück. „In Ordnung, sie können schon einmal einsteigen."

Der alte Mann nahm das Ticket entgegen und nickte kurz. „Danke." Dann nahm er seine Gepäckstücke wieder auf, stieg in das Postauto ein und setzte sich auf einen der Sitze im hinteren Teil des Busses. Er hatte sich vorgenommen bis Trub Dorf zu fahren und sich dort erst mal eine Bleibe zu suchen. Aus seiner Jugend wusste er noch, dass der Landgasthof Löwen Zimmer vermietete. Dort wollte er sein Glück zuerst versuchen.

Die Fahrt mit dem Postauto dauerte nicht sehr lange. Trotzdem genoss der alte Mann den letzten Teil seiner Reise. Er war begierig zu erfahren, was sich in den letzten Jahrzehnten in seinem Heimatdorf alles verändert hatte.

Kaum war Rodolfo Rojizon am Löwenplatz unterhalb der Kirche aus dem Postauto ausgestiegen, setzte dieses seine Fahrt auch schon fort. Erneut stand der alte Mann weit und breit alleine neben seinen Gepäckstücken auf der Strasse und sah sich neugierig um. Der Gasthof Löwen hatte nichts von seinem schon fast ein wenig bieder wirkenden Charme verloren und die Kirche stand auch noch immer wie ein Wahrzeichen der Standhaftigkeit am oberen Ende des Platzes. Das erste Mal seit Rodolfo Rojizon wieder zurück in der Schweiz war, kam so etwas wie Heimatgefühl auf. Jetzt war er wirklich am Ziel seiner Reise angelangt. Er wandte sich zum Eingang des Gasthofs Löwen, öffnete die Tür und trat in den Gastraum. Viel war nicht gerade los. Am Stammtisch sassen zwei ältere Bauern vor einem Glas Bier und zwei Tische weiter waren zwei Gemeindeangestellte beim Mittagessen. Der Neuankömmling setzte sich an einen der freien Tische. Kaum hatte er sich niedergelassen, stand auch schon die junge Serviertochter neben ihm.

„Hallo, was kann ich für sie tun?"

„Ich hätte gerne ein Glas Mineralwasser und die Speisekarte."

„Kommt sofort."

Rodolfo sah sich in der Schenke um. Soweit er sich erinnern konnte, hatte sich auch hier nicht viel verändert. Die beiden Schaukästen mit den Fahnen und den Auszeichnungen der Schützen und des Jodler-Klubs Trub hingen immer noch dort, wo sie früher schon gehangen hatten.

„Das Mineralwasser und die Speisekarte. Kann ich sonst noch was für sie tun?"

Rodolfo Rojizon hatte nicht bemerkt, wie die Serviertochter wieder an seinen Tisch getreten war. Er warf einen Blick in die Speisekarte.

„Haben sie ein Tagesmenue?"

„Rahmschnitzel mit Nüdeli."

„Das nehme ich."

„Salat oder Suppe?"

Der alte Mann sah die Kellnerin verwirrt an.

„Ähm, ich verstehe nicht."

„Wollen Sie Salat oder Suppe zum Tagesmenue? Eines von beidem ist im Preis inbegriffen."

„Ach so, dann nehme ich den Salat."

„Kommt sofort."

Die Serviertochter wandte sich schon zum Gehen, als Rodolfo Rojizon doch noch einen Wunsch äusserte.

„Ich habe noch eine Frage.

„Ja?"

„Haben sie noch ein Zimmer frei?"

„Da muss ich die Chefin fragen. Einen Moment bitte, ich geh sie gleich holen." Sie wandte sich um und verliess durch eine Seitentür den Schankraum. Nach ein paar Minuten kam sie in Begleitung einer Frau in den Fünfzigern wieder zurück. Während die Kellnerin den Tresen ansteuerte, kam die ältere Frau an Rodolfo Rojizons Tisch.

„Guten Tag, ich bin Martha Hebeisen, die Wirtin des Hauses. Sie suchen ein Zimmer?"

„Ja, haben sie noch eines frei?"

„Kommt darauf an, wie lange sie bleiben wollen?"

„Zwei bis drei Tage. Vielleicht auch ein paar Tage mehr. Ich kann das noch nicht genau sagen. Ist das ein Problem?"

„Ein Problem nicht unbedingt. Ich habe ein Zimmer, das ich ihnen jedoch nur bis am Sonntag geben kann. Danach ist es schon wieder reserviert. Das Zimmer kostet hundertzehn Franken Halbpension oder neunzig Franken inklusive Frühstück."

„Gut, dann nehme ich das Zimmer mit Halbpension bis am Samstag."

Die Wirtin nickte.

„Sehr schön, ich bringe ihnen den Anmeldebogen und den Schlüssel."

Keine zwei Minuten später stand die Wirtin erneut an Rodolfos Tisch. Sie hatte einen kleinen Block, einen Kugelschreiber und den Zimmerschlüssel mitgebracht und reichte beides ihrem neuen Gast.

Rodolfo begann sogleich die leeren Felder mit einer schnörkellosen Handschrift auszufüllen. Dann gab er das Formular samt Kugelschreiber der Wirtin zurück, die einen prüfenden Blick darauf warf. „Herr Roiison…"

„Rojizon, der j wird wie ein ‚ch‘ ausgesprochen, nicht wie ein ‚i‘."

Die Wirtin sah ihren Gast mit einem leicht missmutigen Blick an.

„Ach so, interessant. Ihr Zimmer ist im zweiten Stock. Sie können es über die Treppe im Flur, entweder durch die Haustür auf der linken Seite des Gebäudes oder durch die Tür im Schankraum erreichen. Der Zimmerschlüssel ist gleichzeitig auch der Haustürschlüssel. Morgenessen gibt es zwischen sieben und zehn Uhr und Abendessen zwischen achtzehn und zwanzig Uhr. Haben sie noch eine Frage?"

„Ja, ich würde Morgen gerne eine kleine Wanderung unternehmen. Ist es möglich, dass sie mir ein Lunchpaket zusammenstellen könnten, das ich nach dem Morgenessen mitnehmen kann?"

„Das kostet aber zusätzlich", meinte die Wirtin ohne zu zögern. Sie schien dem alten Kauz nicht so recht über den Weg zu trauen.

„Aber selbstverständlich, das ist doch klar. Ich wäre ihnen dankbar, wenn sich da etwas machen liesse. Setzen sie es einfach auf die Rechnung."

„Das machen wir gerne. Ich stelle etwas zusammen. Haben sie an etwas Bestimmtes gedacht?"

„Nein. Etwas zu trinken und vielleicht ein paar belegte Brote oder etwas Wurst. Was sie gerade da haben."

Er schien einen Moment nachzudenken. Dann erhellte sich sein Gesicht und seine Augen nahmen einen leicht verträumten Glanz an. „Wenn es keine Umstände macht, könnten sie mir vielleicht ein gutes Stück Emmentaler einpacken? Damit würden sie mir eine besondere Freude bereiten. Auf ein gutes Stück Emmentaler habe ich viele Jahre verzichten müssen."

Da musste sogar die ansonsten leicht verbittert wirkende Wirtin lächeln. „Das können wir sicher arrangieren. Wenn sie Morgen zum Frühstück kommen, ist das Lunchpaket für sie bereit."

Dann drehte sie sich um und verliess die Gaststube durch die gleiche Tür, durch die sie hereingekommen war.

Rodolfo war zufrieden. Damit hatte er für die nächsten drei Tage eine

Bleibe. Das würde ihm ausreichen, um die noch offenen Fragen klären zu können. Nach dem Essen, das ausgezeichnet schmeckte, bezog er sein Zimmer. Es war geräumig, sauber und hatte eine Toilette, eine Dusche sowie einen Fernseher.

Obwohl es erst kurz nach zwei Uhr nachmittags war, legte sich der alte Mann hin und war kurz darauf eingeschlafen. Sein Vorhaben konnte auch noch bis am nächsten Tag warten. Hauptsache, er war in seiner alten Heimat angekommen.

Am nächsten Morgen fühlte sich Rodolfo Rojizon schon besser. Nach der anstrengenden über vierzig Stunden langen Reise in die Schweiz, hatte die letzte Nacht gereicht, um wieder einigermassen zu Kräften zu kommen.

Nach einem einfachen, aber ausgezeichneten Frühstück, war er bereit seine Nachforschungen aufzunehmen. Er hatte sich vorgenommen als erstes die Umgebung zu erkunden. Kurz vor acht Uhr trat er aus der Tür des Restaurant Löwen und wandte sich als erstes der Kirche von Trub zu. Einerseits hatte er sich vorgenommen, dem altehrwürdigen Gebäude einen Besuch abzustatten, andererseits wollte er nachsehen, ob nicht der Pfarrer einen Moment Zeit für ihn erübrigen konnte. Der Geistliche war möglicherweise in der Lage, ihm etwas über den Verbleib seiner Verwandten zu erzählen. In seiner Jugend war neben dem Gemeindeschreiber, dem Lehrer, dem Dorfpolizisten und dem Gemeindeamman, der Pfarrer die beste Anlaufstelle, um Auskünfte über die Leute im Dorf zu erhalten. In einer so kleinen Gemeinde wie Trub kannte der Pfarrer in der Regel alle seine Schäfchen und wenn die gewünschten Auskünfte allgemeiner Natur waren, so erhielt man diese meistens problemlos.

Am Morgen war der Platz vor dem Löwen noch leer. Die Touristen, die ansonsten gerne hier parkierten, wenn sie die alte Kirche besichtigen wollten, waren noch nicht eingetroffen. Einzig eine ältere Frau, die auf der Dorfstrasse Richtung Kirche schritt, blieb neugierig stehen, und blickte der sonderbaren Gestalt nach.

Wie der alte Mann erwartet hatte, war die Kirchentüre nicht verschlossen. Er trat durch die Pforte in das Innere des altehrwürdigen Gebäudes. Die reformierte Kirche von Trub war ursprünglich im elften Jahrhundert als Klosterkirche des Benediktinerklosters Trub gebaut worden. Mitte des sechzehnten Jahrhunderts war durch Umbauten die heutige Form entstanden und in den Neunzigerjahren des letzten Jahrhunderts war der Innenraum letztmals renoviert worden.

Nachdem sich die Tür hinter ihm geschlossen hatte, stand Rodolfo Roji-zon einen Moment lang still da. Er betrachtete das Innere der Kirche und liess die Atmosphäre des Raumes auf sich wirken. Dann setzte er sich auf einen der Bänke. Die abgewetzten alten Kirchenbänke aus seiner Jugend waren durch neue ersetzt worden. Zuvorderst an jeder Sitzbank lag ein Sta-pel Kissen für die Besucher bereit. Ein Luxus, den es früher nicht gegeben hatte. An der Rücklehne jeder Bank waren zwei Leisten angebracht, die als Halterung für die Singbücher dienten. Ein Stapel von fünf Büchern lag vorne an den Bänken für die Kirchbesucher bereit. Durch die farbigen Chorfenster gelang genug Licht in den Innenraum. Die friedliche Ruhe regte zum Nach-denken an. In dieser Kirche hatte Rodolfo in seiner Jugend Zuflucht gefun-den, wenn die Probleme im Elternhaus zu heftig wurden.

Er war so sehr in seine Gedanken versunken, dass ihn das leise Knarren der Kirchentür aufschrecken liess.

„Bitte entschuldigen sie, ich wollte sie nicht erschrecken."

Der Pfarrer war durch die Tür in seine Kirche getreten. Er war einige Jahre jünger als Rodolfo und strahlte auf den ersten Blick eine vertrauenser-weckende Ruhe aus, die durch seine sonore Bassstimme noch unterstrichen wurde.

„Ich habe sie vor einer halben Stunde in die Kirche gehen sehen. In der Regel dauern die Besuche von Touristen, die sich unsere schöne Klosterkir-che ansehen wollen nur zehn bis fünfzehn Minuten. Ich wollte mich nur versichern, dass ihnen nichts geschehen ist. Bitte entschuldigen sie die Stö-rung."

Der Pfarrer nickte, drehte sich um und wollte die Kirche schon wieder verlassen, als ihn der etwas seltsam wirkende Mann ansprach. „Entschuldi-gen sie meinerseits, Herr Pfarrer, ich wollte sie eigentlich nach dem Besuch der Kirche noch aufsuchen."

Der Pfarrer sah sich nun den alten Mann doch etwas genauer an. Obwohl er beinahe einwandfrei Berndeutsch sprach, wirkte er alles andere als typisch schweizerisch. Neben dem leichten Akzent fielen vor allem sein wetterge-gerbtes Gesicht und seine doch eher sonderbare Kleidung auf.

Rodolfo war der prüfende Blick des Geistlichen sofort aufgefallen. Er liess ihn über sich ergehen, konnte jedoch ein leichtes schmunzeln nicht unterlassen.

„Kaum zu glauben, dass schon eine halbe Stunde verstrichen ist. Ich habe gar nicht bemerkt wie schnell die Zeit vergangen ist."

Er stand auf und kam auf den Pfarrer zu.

„Haben sie einen Moment Zeit für mich, Herr Pfarrer? Ich hätte ihnen gerne ein paar Fragen gestellt."

Der Angesprochene antwortete nicht sofort. Sein durchdringender Blick blieb weiterhin auf Rodolfo gerichtet. Gerade so, als könne er dadurch in das Innere seines Gegenübers sehen.

„Ob ich ihnen helfen kann, hängt davon ab, was sie für einen Wunsch haben?"

„Mein Name ist Rodolfo Rojizon oder vielleicht sollte ich besser sagen Ruedi Rötheli. Ich bin vor zwei Tagen in die Schweiz zurückgekehrt, nachdem ich den grössten Teil meines Lebens im Ausland verbracht habe. Der spanische Name kommt daher, dass ich neben dem Schweizer Pass auch einen argentinischen Pass besitze. Das ist jedoch eine andere Geschichte und nicht der Grund, wieso ich sie heute sprechen wollte."

Ruedi schien einen Moment zu überlegen, wie er sein Anliegen am besten formulieren sollte.

„Ich bin vor beinahe vierundsiebzig Jahren hier in Trub geboren und habe auch meine Jugend hier verbracht. In dieser Kirche wurde ich getauft und auch konfirmiert. Mit fünfzehneinhalb Jahren habe ich meine Familie und meine Heimat verlassen. Danach bin ich an unterschiedlichen Orten auf der ganzen Welt gewesen. Von Australien über Neuseeland, Japan, Kanada und den Vereinigten Staaten bin ich schliesslich in Argentinien gelandet. Vor zwei Tagen kehrte ich von dort nach beinahe neunundfünfzig Jahren in der Fremde wieder in die Schweiz zurück."

Der alte Mann machte erneut eine kurze Pause.

„Während all der Jahre hatte ich keinen Kontakt mit meinen Verwandten. Ich weiss nicht, wer noch lebt und was in der Zwischenzeit geschehen ist. Einfach nur bei meinem Elternhaus an die Tür zu klopfen und nachzufragen, wie es um meine Verwandtschaft steht, erscheint mir alles andere als korrekt. In meiner Jugend hatte ich einen guten Draht zur Kirche. Der damalige Pfarrer Amstutz hat mich mehr als einmal unterstützt, wenn es zuhause nicht gut gelaufen ist. Ich habe deshalb gedacht, ich schaue zuerst einmal in der Kirche vorbei. Vielleicht können sie mir als Pfarrer der Gemeinde ja etwas darüber erzählen, was in der Zwischenzeit mit meiner Familie geschehen ist."

Der Pfarrer dachte einen kurzen Moment nach, bevor er antwortete.

„Darf ich fragen, warum sie ihr Elternhaus verlassen haben?"

Ruedi Rötheli zögerte nur kurz. „Das ist eine längere Geschichte. Ich kann sie ihnen gerne erzählen. Das geht jedoch nicht einfach so auf die

Schnelle. Dazu brauchen wir etwas Zeit und ich weiss nicht, ob sie diese haben."

„Diese Zeit werde ich mir nehmen. Ich schlage vor, sie begleiten mich ins Pfarrhaus und wir trinken einen Kaffee, währendem ich ihnen bei ihrer Geschichte zuhöre. Sind sie damit einverstanden?"

„Ich habe zwar eben erst gefrühstückt, gegen einen guten Kaffee habe ich jedoch nie etwas einzuwenden."

Nachdem sie sich in die Küche des Pfarrhauses an den grossen Küchentisch gesetzt hatten, begann Ruedi Rötheli zu erzählen.

„Wie ich ja schon erwähnt habe, bin ich hier in Trub als jüngstes von fünf Kindern der Sagiboden-Röthelis aufgewachsen. Meinen Eltern gehörte der Viertelihof oberhalb des Sagibodens. Neben meinem Bruder Max, der sechs Jahre älter ist als ich, habe ich noch drei Schwestern. Die beiden Zwillinge Margrit und Brigit, die ein Jahr jünger sind als Max und Katrin, die ein Jahr älter ist als ich.

Für uns Kinder war das Leben auf dem Hof ziemlich hart, wobei es die drei ältesten Geschwister einfacher hatten, als wir beiden Jüngeren. Der Hof warf gerade einmal genug ab, dass die Familie überleben konnte. Wir mussten überall sparen, damit überhaupt genug zu essen auf den Tisch kam. Vor allem die Winter waren hart und entbehrungsreich. Oft hatten wir kein Geld, um Kleider oder Schuhe zu kaufen. Wir Jüngeren mussten die gebrauchten Sachen unserer älteren Geschwister so lange tragen, bis sie wirklich nicht mehr zu flicken waren.

Zu all dem kam dazu, dass meine Mutter eher schwächlich war, so lange ich sie kannte. Schon bei meiner Geburt benötigte sie eine grosse Portion Glück, um überhaupt am Leben zu bleiben. Nach der Geburt bei uns zuhause im Bauernhof, musste sie ins Spital eingeliefert werden. Zum Glück hatten wir damals eine sehr erfahrene Hebamme und einen hervorragenden Hausarzt. Er hat die Situation richtig eingeschätzt und rasch gehandelt. Von den Strapazen der Geburt hat sie sich jedoch nie mehr richtig erholt. In den folgenden Jahren kämpfte sie immer mit gesundheitlichen Problemen und war oft für mehrere Tage ans Bett gefesselt. Sobald sie sich auch nur ein wenig zu sehr anstrengte, fiel sie danach für mehrere Tage aus. Obwohl mein Vater mir nie direkt einen Vorwurf machte, so war meine Geburt in seinen Augen für die schlechte Verfassung seiner Frau mit verantwortlich. Das hat sich in unserer Beziehung niedergeschlagen, da mein Vater für mich nie die gleiche menschliche Wärme übrig hatte, wie für meine Geschwister.

Als ich zehn Jahre alt war, gab es einen harten Winter mit tiefen Temperaturen und viel Schnee. Im Februar, das Thermometer zeigte minus fünfzehn Grad an, wurde meine Mutter krank. Sie hatte sich erkältet und die Erkältung war zu einer Lungenentzündung mutiert, die nicht sofort entdeckt wurde. So kam es, das sie eines Tages während der Arbeit in der Küche einfach umfiel. Max und mein Vater haben sie auf den grossen Schlitten gepackt und sind mit ihr in halsbrecherischer Fahrt nach Trubschachen gefahren, wo sie von der Ambulanz abgeholt und ins Spital nach Langnau gebracht wurde. Es war jedoch bereits zu spät. Obwohl die Ärzte alles versuchten, ist meine Mutter zwei Tage nach der Einlieferung ins Spital mit gerade einmal sechsundvierzig Jahren an den Folgen der Lungenentzündung gestorben."

Ruedi Rötheli musste eine kurze Pause einlegen. Selbst heute, im Alter von beinahe vierundsiebzig Jahren, kamen bei ihm immer noch Emotionen hoch, wenn er diese Geschichte erzählte. Er nahm einen Schluck Kaffee und atmete zwei, drei Mal tief durch, bevor er seinen Bericht fortsetzte.

„In den nächsten Jahren wurde für mich das Leben auf dem Hof noch schwerer. Mein Vater hat sich nach dem Tod meiner Mutter noch mehr von mir abgewandt und ich fühlte mich oft einsam und alleine. In den ersten Monaten nach ihrem Tod kam die Schwägerin meines Vaters dreimal in der Woche, um nach dem Rechten zu sehen. Sie erledigte die nötigsten Hausarbeiten, die meine Schwestern und ich nicht selber erledigen konnten. Das ging jedoch nur bis zu den Sommerferien. Danach musste sie wieder im Goldenen Engel arbeiten, der damals das dritte Restaurant in Trub war."

„Das ist auch heute noch so."

Der Pfarrer hatte die Bemerkung so nebenbei eingestreut, ohne Absicht die Erzählung seines Gastes zu unterbrechen.

„Als mein Onkel den Goldenen Engel übernahm, war das Gold des Engels schon stark abgenutzt. Sein Vorgänger, der den Betrieb aufgebaut hatte, war mit dem Versuch ein drittes Restaurant in Trub zu etablieren kläglich gescheitert. Der Sternen und der Löwen, die beiden alteingesessenen Gasthäuser in der Gemeinde, waren dem neuen Restaurant in jeder Beziehung einen Schritt voraus. Sie brauchten die Konkurrenz des Goldenen Engels nicht im Geringsten zu fürchten. Mein Onkel war ständig in argen Schwierigkeiten und mehr als einmal stand das Restaurant kurz vor dem Konkurs. Nach der dritten oder vierten Ankündigung hatten die Truber jedoch aufgehört auf den Untergang des Gasthauses zu wetten. Mein Onkel fand immer irgendwie im letzten Moment einen Ausweg, um der drohenden Pleite zu entgehen. Das benötigte jedoch jedes Mal den Einsatz der ganzen Familie. Deshalb konnte mein Vater von seinem Bruder auf keine Unterstützung hoffen. Es blieb nichts anderes übrig, als die Probleme unserer Familie aus eigener Kraft zu lösen.

Das bedeutete für meinen Bruder, viel früher als geplant mehr Verantwortung zu übernehmen. Dass er später einmal den Hof weiterführen würde, stand sowieso ausser Frage. Vorher war jedoch vorgesehen, dass er die bäuerliche Grundausbildung absolviert, um den Aufgaben des eigenen Bauernhofs gewachsen zu sein. Nach dem Tod der Mutter lag das nicht mehr drin. Mein Vater konnte sich keinen Knecht leisten, der für die Zeit der Ausbildung den Platz meines Bruders eingenommen hätte. Ohne zusätzliche Arbeitskraft hätte der Betrieb aufgegeben werden müssen, da die Arbeit durch meinen Vater und uns Kinder alleine nicht zu bewältigen war. Deshalb musste mein Bruder, kaum dass er die Schule abgeschlossen hatte, die Rolle des Knechts übernehmen. Er arbeitete vom ersten Tag nach Schulschluss voll im Betrieb mit."

Der Pfarrer war aufgestanden und hatte aus einem Schrank ein paar Kekse geholt, die er auf den Tisch stellte. Ruedi nahm sich eine der süssen Köstlichkeiten, bevor er seine Erzählung fortsetzte.

„Mein Bruder war jedoch nicht der Einzige, der unter der Situation zu leiden hatte. Die um ein Jahr jüngeren Zwillinge übernahmen die Aufgaben der Mutter im Haushalt. Sie kochten, putzten und passten auf uns jüngere Geschwister auf. Obwohl sie damals erst knapp fünfzehn Jahre alt waren, nahmen sie ihre Aufgabe wahr, wie wenn sie nie etwas anderes getan hätten. Die zwei haben nie viel gesprochen und waren eher stille, wenn nicht sogar verschlossene Persönlichkeiten. Beide litten sehr unter dem Tod ihrer Mutter. Ich denke, deshalb waren sie so unzertrennlich. Ich kann mich nicht erinnern, sie je einmal einzeln gesehen zu haben. Fast wie siamesische Zwillinge. Es war wohl ihre Art, den Schmerz zu kompensieren, den der Tod ihrer Mutter hinterlassen hatte. Sonst hätten sie damals die ganze Belastung kaum durchgestanden.

Meine jüngere Schwester und ich galten als die zwei Nachzügler der Familie. Trotzdem mussten auch wir mit anpacken. So etwas wie Freizeit kannten wir nicht. Die wenigen Momente die nicht durch Aufgaben für die Schule oder Arbeiten im elterlichen Betrieb belegt waren, nutze ich zum Lesen. Geld für Vergnügungen hatten wir sowieso keines und so stellte die Bibliothek der Schule und die des Pfarrers im Pfarrhaus die einzige Möglichkeit einer Ablenkung dar. Ich habe jede freie Minute in der Schulbibliothek oder im Pfarrhaus verbracht, wo ich oft direkt nach der Schule hinging, um den Aufgaben im Elternhaus aus dem Weg zu gehen. Es konnte schon vorkommen, dass ich dabei die Zeit vergass. Meine Aufgaben zuhause blieben dann an meinen Geschwistern hängen. Sie warfen mir deshalb öfters vor, ich sei ein fauler Kerl und drücke mich um die Arbeit.

In den folgenden Jahren hat mein Bruder sich durch harte Arbeit und trotz fehlender Ausbildung zu einem fähigen Landwirt entwickelt. Seine Entscheide führten zu einer Steigerung des Ertrags auf dem Hof. Dadurch musste die Familie nicht ständig um die Existenz bangen, auch wenn wir deshalb immer noch zu den Ärmsten der Gemeinde zählten.

Neben der Arbeit gab es für Max nur noch die Landjugend. Er engagierte sich in der Ortssektion und war auch drei Jahre im Vorstand. Seine wenige Freizeit verbrachte er mit den Freunden, die er dort gefunden hatte. Sie besuchten gemeinsam die Feste in der Region und unternahm auch ab und zu mal einen Ausflug. Als er neunzehn Jahre alt wurde, lernte er an einem der Waldfeste seine zukünftige Frau Rosalie kennen. Sie war zwei Jahre älter als mein Bruder und kam aus einer der Nachbargemeinden. Kein Jahr später wurde bereits Verlobung gefeiert und ein halbes Jahr danach fand die Hochzeit statt. Rosalie hatte meinem Bruder von Anfang an klar gemacht, sie werde ihn nur dann heiraten, wenn er danach den Hof übernehmen und sie als Bäuerin des Viertelihofs einziehen könne. Meinem Vater kam die Frage meines Bruders gerade Recht. Obwohl er damals erst neunundfünfzig Jahre alt war, hatten ihn die harten und entbehrungsreichen Jahre gezeichnet. Unter der Voraussetzung, dass er im Stöckli auf Lebzeiten Wohnrecht erhielt und sein Lebensunterhalt im gleichen Stil wie bisher über den Bauernhof gesichert wurde, hatte er dem Ansinnen seines Sohnes zugestimmt. Kam dazu, dass zu dieser Zeit in der Kirche auch noch die Stelle des Sigrists frei wurde, die er übernehmen konnte. Das ergab einen willkommenen kleinen Zusatzverdienst für die Familie, auf die mein Vater nicht verzichten wollte."

Ruedi Rötheli hielt kurz inne und genehmigte sich einen weiteren Schluck Kaffee. Bevor er mit seiner Erzählung fortfahren konnte, kam ihm der Pfarrer zuvor.

„Josef Rötheli war ihr Vater?" Der Pfarrer schien ob dieser Erkenntnis erstaunt zu sein.

„Ja, das war mein Vater. Haben sie ihn noch gekannt?"

„Nein, das nicht, aber ich habe in den Chroniken der Kirche darüber gelesen. Er hat das Amt des Sigrists bis zu seinem achtzigsten Lebensjahr wahrgenommen und war noch unter meinem Vorgänger tätig. Soweit ich mich erinnern kann, war er im Dorf ein angesehener Mann und wegen seiner bescheidenen Art auch sehr beliebt." Der Pfarrer schüttelte einen Moment den Kopf, gerade so als wäre ihm etwas in den Sinn gekommen. „Entschuldigen sie, ich wollte ihre Erzählung nicht unterbrechen. Bitte, fahren sie nur fort."

„Die neue Herrin des Hauses nahm das Zepter rasch in die Hand und führte in dem kleinen Hof von nun an rigoros Regie. Für meinen Bruder und auch für den Hof war dies ein Glücksfall. Sie arbeitete hart und bereits im ersten Jahr ihrer Regentschaft stellte sich die Lage des Hofes besser dar, als je zuvor seit der Hof existierte. Ihre Zielstrebigkeit beschränkte sich jedoch nicht alleine auf die Führung des Hofes. Schon vor ihrer Heirat und erst recht nach ihrem Einzug als Herrin des Hauses, begann sie an mir und meiner Schwester Katrin herumzunörgeln. Wir beiden jüngsten Kinder waren ihr ein Dorn im Auge. Sie sah in uns nur eine Belastung für den Hof, die keinerlei oder vielleicht besser ausgedrückt zu wenig Unterstützung einbrachte und nur Kosten verursachte. Ihr erklärtes Ziel war es, uns so rasch wie möglich los zu werden. Damit wären zwei Mäuler weniger zu stopfen, was sich positiv auf die Entwicklung des Hofs auswirken würde.

Meine Schwester Katrin und ich mussten deshalb einiges einstecken. Der Höhepunkt war für mich mein vierzehnter Geburtstag, als ich anstatt mit einer kleinen Geburtstagsfeier mit Vorwürfen überhäuft wurde. Es gab deshalb einen grösseren Streit in der Familie. Mein Vater hat sich damals, im Gegensatz zu anderen Diskussionen, bei denen es um meine Schwester ging, völlig aus der Sache herausgehalten. An jenem Tag habe ich beschlossen, diese Demütigungen nicht mehr länger über mich ergehen zu lassen und mein Elternhaus zu verlassen.

Meine Flucht habe ich mehr als ein Jahr lang geplant. Als erstes habe ich alles unternommen, um vor meinem fünfzehnten Geburtstag in die Landjugend aufgenommen zu werden. Eigentlich ist das erst mit fünfzehn möglich. Da mein Bruder einmal im Vorstand war und man die Familienverhältnisse kannte, hat man ein Auge zugedrückt. Ich durfte bereits vor meinem fünfzehnten Geburtstag an einigen Anlässen teilnehmen.

Nach meinem Entscheid, ergriff ich jede sich bietende Gelegenheit, um ein paar Rappen zu verdienen. Mir war von Anfang an klar, dass damit nicht viel zusammenkommen würde. Um von zuhause weg zu kommen, brauchte ich jedoch ein wenig Reisegeld. Ich habe deshalb meinen Götti gebeten, mir anstelle eines Geschenks zur Konfirmation etwas Bargeld zu geben, da ich für ein Motorrad sparen wolle. Er hat mir schliesslich ein Sparbüchlein mit hundert Franken darauf geschenkt. Zu dieser Zeit war das ein kleines Vermögen.

Zwei Wochen nach der Konfirmation war es so weit. Am Freitagabend habe ich das letzte Mal mit meinem Vater gesprochen. Ich habe ihm mitgeteilt, ich wäre am Samstagmorgen bereits früh unterwegs, da ich an einem Anlass der Landjugend teilnehmen könne. Er hat meine Mitteilung eher desinteressiert zur Kenntnis genommen und zur Bestätigung nur genickt. Als alle im Bett waren, bin ich so gegen ein Uhr am Morgen aufgebrochen. Den alten Militärrucksack meines Vaters hatte ich schon vorher mit meinen wenigen Habseligkeiten gefüllt und in der Scheune versteckt. Zuerst bin ich zu Fuss runter nach Trubschachen. Denn ersten Teil der Strecke bin ich gerannt, auch wenn ich in der Dunkelheit kaum etwas erkennen konnte. Obwohl ich fest entschlossen war, hatte ich ungeheure Angst, mich auf dieses Abenteuer einzulassen. Dennoch hielt mich, nach allem was ich in den vergangenen Jahren erlebt hatte, nichts mehr in meiner Heimat zurück. Die menschliche Wärme und Geborgenheit, die Kinder in einem normalen Zuhause empfanden, hatte ich schon vor fünf Jahren mit dem Tod meiner Mutter verloren. Je weiter ich mich von Trub entfernte, umso mehr verschwand die Unsicherheit und umso sicherer war ich, das Richtige zu tun.

Trubschachen habe ich so schnell wie möglich hinter mir gelassen. Bis nach Bärau, wo ich rechts Richtung Gohl und Wasen abgebogen bin, war der Weg noch flach. Danach ging es stetig bergauf. Auf der menschenleeren Strasse bin ich schnell vorangekommen. Zum Glück war die Nacht sternenklar und das fahle Licht des Mondes half mir bei der Orientierung. Den Weg über Gohl und Gmünde, hinauf nach Augstere, den Länggrat entlang bis zur Sparenegg und dann hinunter nach Wasen hatte ich im letzten Jahr extra zwei Mal zurückgelegt. Ich wollte die kritischen Passagen kennen, um mich nicht zu verlaufen.

In Wasen habe ich in einer Bäckerei ein Kilo Brot gekauft und in der Chäsi ein grosses Stück Emmentaler. Danach setzte ich mich oberhalb von Wasen in einer etwas abgelegenen Scheune zuerst einmal und habe etwas gegessen. Ich war nach dem langen Marsch sehr müde und legte mich einen Moment hin. Dabei muss ich eingeschlafen sein. Als ich wieder erwachte, war es bereits kurz nach elf Uhr. Trotzdem es in der Zwischenzeit leicht regnete, bin ich wieder aufgebrochen. Ich war den ganzen Nachmittag bis am Abend gegen sieben Uhr unterwegs. Halt habe ich erst kurz vor Kestenholz gemacht. Von unterwegs rief ich aus einer Telefonzelle zuhause an und lies meinem Vater ausrichten, ich würde bei einem Kollegen übernachten und erst im Verlauf des Sonntags wieder nach Hause kommen. Geschlafen habe ich in einer alten Scheune. Ich war völlig übermüdet und hatte überall

Schmerzen. In den letzten einundzwanzig Stunden hatte ich über sechzig Kilometer zu Fuss zurückgelegt.

Bis am Sonntag gegen Mittag schlief ich erneut in einer Scheune. Danach setzte ich meinen Weg trotz schmerzenden Füssen fort. Ich wollte unbedingt vor Montagmorgen in Basel sein. Wenn ich mit meinen Überlegungen richtig lag, so würde die Sucherei nach mir frühestens am Sonntagabend beginnen. Eine Vermisstenanzeige bei der Polizei würde nicht vor Montag erfolgen. Bis die Information über Trubschachen hinaus gelangte, würde mindestens noch ein weiterer Tag vergehen. Zu dem Zeitpunkt hoffte ich, bereits ein Schiff gefunden und die Schweiz auf dem Rhein Richtung Rotterdam verlassen zu haben.

Die nächste Etappe führte mich von Kestenholz über Oberbuchsitten, Waldenburg, Liestal und Frenkendorf an den Rheinhafen in Basel. Am Sonntagabend gegen sieben traf ich in Basel ein. So rasch wie möglich suchte ich die Jugendherberge auf, um dort zu übernachten. Ich war so müde, ich musste wieder einmal in einem Bett schlafen, auch wenn es ein zusätzliches Loch in meine Reisekasse riss. Nachdem ich fünf Franken bezahlt und ein Bett zugewiesen erhalten hatte, trank ich noch einen Tee und ass das restliche Brot sowie den Käse. Danach legte ich mich schlafen. Meinen Rucksack benutze ich als Kopfkissen, damit mir niemand etwas von meinen wenigen Habseligkeiten stehlen konnte.

Nach einer eher kurzen Nacht ging ich früh am Montagmorgen an den Rheinhafen. Mein Ziel war es, entweder so rasch wie möglich ein Schiff zu finden, welches mich nach Rotterdam mitnahm, oder meinen Weg zu Fuss am Rhein entlang fortzusetzen. Ich hatte zwar keine Ahnung wie ich das anstellen sollte, wollte aber meinen Plan unter allen Umständen umsetzen. Spätestens am Montagabend wollte ich die Grenze zu Deutschland hinter mir lassen und meine Reise Richtung Rotterdam fortsetzen.

Am Hafen angekommen, sprach ich den ersten Schiffer an, den ich angetroffen habe. Ich fragte ihn, wie man vorgehen muss, um auf einem Rheinschiff für eine Fahrt anzuheuern. In meiner Naivität hatte ich nicht die geringste Ahnung, auf was ich mich da einliess. Im Nachhinein muss ich sagen, hatte ich unverschämtes Glück. Wäre ich an die falschen Leute geraten und die Chancen standen zu dieser Zeit deutlich höher als heute, hätte das schlecht für mich ausgehen können.

Der Mann den ich angesprochen hatte, war der Kapitän und Inhaber des Frachtschiffs auf dem er stand. Er sah mich einen Moment lang nachdenklich an bevor ich eine Antwort erhielt.

„Woher kommst du und wohin willst du denn", hat er mich in einem mit starkem Akzent durchzogenen Hochdeutsch gefragt. Zu dem Zeitpunkt wusste ich noch nicht, wie Holländer deutsch sprechen. Für mich klang das damals lustig und ich musste mich zusammennehmen, um nicht zu lachen. Das hätte mir in dieser Situation sicher nicht weiter geholfen.

„Ich komme aus Trub im Oberemmental und bin auf der Walz nach Rotterdam", habe ich ihm geantwortet. Als er das hörte hat er gelacht und mich gefragt: „Du kommst von die Emmental, da wo sie die grosse Loch in die Käse machen?"

Der Umstand jemanden zu treffen, der aus dem Emmental kam, schien ihn köstlich zu amüsieren.

„Ich komme aus Trub. Das liegt im oberen Emmental in der Nähe von Langnau. Wir machen in der Schweiz keine Löcher in den Käse. Die Löcher entstehen beim Reifen des Emmentaler Käse von selber."

Nach meiner in aller Ernsthaftigkeit vorgetragenen Antwort hat er einen richtigen Lachanfall gekriegt. Er hat so laut gelacht, dass aus der Kajüte am Heck des Schiffs eine Frau auftauchte. Sie sah den Mann kurz an und sagte danach in etwa Folgendes: „Thijs, wat is er gebeurd? U zult nog wakker van de kinderen. Maak niet zo'n lawaai. Kom nu, ik heb het ontbijt op de tafel."

Der Mann sah zu der Frau und meinte beschwichtigend: „Ja, Ik kom schat, een moment." Dann wandte er sich mir, immer noch mit einem Grinsen im Gesicht, wieder zu.

„Wie heisst du, Junge", wollte er von mir wissen.

„Mein Name ist Ruedi Rötheli von den Viertelhof Röthelis."

Als er meinen Namen hörte, begann er erneut zu lachen. Es dauerte einen Moment bis er sich wieder beruhigt hatte.

„Hast du schon gefrühstückt?"

„Ich habe vorhin in der Jugendherberge nur eine Schale Kaffee getrunken."

„Dann komm an Bord. Mit leere Magen kann man an die Morgen keine sinnvolle Gespräch führe. Die Lise hat die Frühstück auf die Tisch. Wenn ich nicht gleich komme, wird eine grosse Donnerwetter über mich hereinstürze wie die Sintflut über die Tulpenfelder von Amsterdam, wenn die Deiche brechen."

Dann hat er mir an Bord geholfen und wir gingen gemeinsam Richtung Führerhaus des Schiffs. Bevor wir eintraten, wandte er sich noch einmal um.

„Ich heisse übrigens Thijs van Steen und bin die Skipper von die Prinz Alexander. So heisst die kleine Schätzchen auf die wir stehen."

So habe ich Kapitän Thijs van Steen kennen gelernt. Ohne diese Begegnung hätte meine Reise mit hoher Wahrscheinlichkeit bereits in Basel ein Ende gefunden. In den nächsten Monaten sollte ich mehrmals Gott auf den Knien danken, dass er mir ein anderes Schicksal erspart hat.

Als ich das Führerhaus betrat, lernte ich auch Lise, die Frau von Thijs kennen. Sie hat mich von Anfang an behandelt, wie wenn ich schon lange zur Familie gehören würde. Beide waren um die fünfunddreissig Jahre alt und schon seit ihrer Kindheit auf dem Rhein unterwegs. Sie stammten aus Schifferfamilien und hatten vor acht Jahren ihren eigenen Kahn übernommen. Zusammen mit den Eltern von Thijs, dessen Onkel und deren Tochter mit ihrem Mann bildeten sie eine kleine Transportreederei, die sich auf Lasttransporte auf dem Rhein spezialisiert hatte. Man konnte das Unternehmen mit einer kleinen Spedition vergleichen, wie ich sie schon aus Trubschachen kannte. Mit vier Frachtkähnen war das Kleinunternehmen keine Konkurrenz für die grossen Reedereien. Sie waren deshalb vor allem in Nischenmärkten tätig und transportierten eher hochwertige Güter in überschaubaren Mengen. Ihren Hauptsitz hatten sie in Nijmegen in den Niederlanden, ganz in der Nähe der deutsch-niederländischen Grenze. Von dort wurden die Aufträge koordiniert und die Fracht auf die einzelnen Schiffe verteilt.

Der Tisch auf dem das Frühstück stand, war in die Steuerkabine des Frachtschiffs integriert, so dass der Steuermann oder in Lises Fall die Steuerfrau etwas essen und gleichzeitig die Instrumente bedienen konnte. Nachdem das Frühstück fast beendet war, hat mich Thijs gefragt, wohin ich eigentlich wolle. Ich habe ihm daraufhin meine Geschichte erzählt, ohne etwas zu beschönigen oder wegzulassen. Er und seine Frau haben mir zugehört, ohne mich zu unterbrechen. Danach haben sie sich kurz auf Holländisch unterhalten, bevor mir Thijs ein Angebot machte.

„Wenn du willst, kannst du mit uns kommen. Wir legen in zwei Stunde ab. Dann lade wir Fracht. Es geht die Rhein hinunter. Nicht direkt nach Rotterdam. Das kommt erst später. In zwei oder drei Monate vielleicht. Kommt auf die Fracht an. Heute laden wir Vitamine für die Nahrungsmittelherstellung. Ist eine Ladung für Neuss. Das ist die Rheinhafen bei Düsseldorf. Danach müssen wir die ganze Schiff reinigen. Ist aber bezahlt. Nächste Ladung geht dann nach Linz. Wird eine interessante Fahrt. Zuerst über Rhein, dann Main und schliesslich Main-Donau-Kanal bis Linz. Was dann ist, weiss ich heute noch nicht. Wir erfahren erst unterwegs, wie weiter geht. Ich bin aber sicher, wir fahren wieder in andere Richtung. Die Prinz Alexander ist zu kleines Schiff für Langstreckenfracht. Wir sind schnell, aber zu klein für Massenguttransport. Was ich sicher weiss, wann wir spätestens in Rotterdam sind. Am vierzehnten September muss die Prinz Alexander in Rotterdam auf Rede sein. Sie bauen drei zusätzliche Schotts ein. Das verbessert unsere Möglichkeiten. Dann können wir noch mehr im Stückgut unterwegs sein. Wir werden wohl schon vorher einmal in Rotterdam sein. Bis dann wird es aber mehrere Aufenthalte geben. Was meinst du dazu?"

Ich war damals von diesem Angebot völlig überrascht und wusste nicht recht was ich sagen sollte. Mein Ziel war es eigentlich, die Schweiz so schnell wie möglich zu verlassen und nicht eine Europareise zu unternehmen. Ich habe also Thijs und Lise erklärt, dass ich kein Geld für eine so lange Reise hätte.

„Das ist kein Problem. Wir haben uns gedacht, du kannst uns an Bord helfen. Auf die Kinder aufpassen oder beim Löschen von die Ladung helfen. Oder was sonst noch zu tun ist. Arbeit gibt es immer genug. Lohn können wir dir nicht geben, dafür aber ein Handgeld, oder wie sagt man dazu, Lise?"

„Taschengeld."

„Ja richtig, Taschengeld und Essen und Unterkunft sowie die Fahrt mit Umwegen nach Rotterdam. Du kannst zudem jederzeit wenn wir eine Ladung löschen das Schiff verlassen, wenn es nicht schnell genug geht nach Rotterdam."

Unter dieser Voraussetzung habe ich nicht lange überlegt und spontan zugesagt. Thijs hiess mich offiziell als Mitglied der Crew willkommen. Danach hat er mir meine Kabine gezeigt. Eigentlich war es die Besucherkabine, die von seinen Eltern belegt wurde, wenn sie einmal zu Besuch waren.

Da ich nun offiziell ein Mitglied der Besatzung war, mussten wir vor dem Ablegen noch ins Büro des Hafenamtes, um die notwendigen Formalitäten zu erledigen. Dazu brauchte ich meine Identitätskarte, die ich nicht ohne Stolz vorwies. Der Beamte schaute den Ausweis eingehend an. Ich dachte schon, das Glück habe mich nun doch noch verlassen, als er mir den Ausweis mit einem kurzen Nicken wieder gab. Zum Glück hatte ich mir zur Konfirmation von meinem Vater eine Identitätskarte gewünscht und diese auch ohne Widerspruch erhalten. Meinem Vater war dieses Geschenk lieber gewesen, als mir der Tradition entsprechend eine Taschenuhr zu kaufen. Das wäre deutlich kostspieliger ausgefallen, als die Identitätskarte. Die zwanzig Franken die es oben drauf noch gab, waren mir ebenso gelegen gekommen.

Schliesslich musste ich noch in den Schiffspapieren als Mitglied der Besatzung eingetragen werden. Kaum war das erledigt, konnte die MS Prinz Alexander ablegen und ihre Reise nach Rotterdam aufnehmen.

Keine zwei Stunden nachdem ich in den Hafen gekommen war, begann aus dem Traum eines Abenteuers Realität zu werden. Nun war ich endgültig unterwegs."

Ruedi Rötheli machte eine Pause und nahm wieder einmal einen kräftigen Schluck Kaffee. Das Erzählen war anstrengender als er gedacht hatte. Der Pfarrer, der den Ausführungen seines Gastes gespannt gefolgt war, nutzte die Gelegenheit, um eine Frage zu stellen. „Hat der Beamte wegen ihres Alters bei der Ausreise keinen Einwand erhoben?"

„Nein, er hat weder zu meinem Alter noch zu sonst einem Punkt eine Bemerkung gemacht. Wie ich angenommen hatte, gab es noch keine Meldung, dass ich vermisst wurde. Ich gehe davon aus, dass er sich den Ausweis genauer angesehen hat, da dieser erst kürzlich ausgestellt worden war und noch völlig neu und unbenutzt aussah. Auf jeden Fall konnte ich die Reise ohne Probleme antreten. Im Hafenbuch wurde ich als Mitglied der Besatzung eingetragen, wobei ich nicht als Matrose sondern als Mitreisender vermerkt wurde."

„Wohin hat sie die Reise eigentlich geführt?"

„Wie bereits erwähnt, sind wir zuerst nach Neuss und dann nach Linz in Österreich gefahren. Danach hatten wir eine Fracht nach Hannover, gefolgt von einer Ladung nach Hamburg. Anschliessend fand sich nicht rechtzeitig ein neuer Auftrag. Wir mussten eine Leerfahrt einlegen und wieder zurück nach Wolfsburg. Dort konnten wir kurzfristig eine kleine Ladung für Bremen übernehmen und von dort sind wir über Groningen nach Rotterdam gefahren. Die Reise dauerte insgesamt mehr als drei Monate.

In Rotterdam habe ich dann die Familie van Steen verlassen. Das ist mir alles andere als einfach gefallen. Ich habe mit Thijs van Steen oft über meinen weiteren Weg gesprochen. Er hat nie versucht mir meine Idee auszureden, sondern mich immer nur gefragt, ob ich mir wirklich im Klaren darüber sei, was ich da vorhabe. Ich antwortete ihm immer das Gleiche. Die Option wäre zurück nach Trub zu gehen und genau das war keine akzeptable Alternative. Als er davon überzeugt war, ich würde meinen Weg auf jeden Fall einschlagen, hat er damit begonnen mich alles über die Seefahrt zu lehren, was ich in der Zeit auf seinem Frachter lernen konnte. Zudem hat er über seine Kontakte dafür gesorgt, dass ich in Rotterdam eine Heuer auf einem guten Schiff erhielt.

In Rotterdam musste ich etwas mehr als einen Monat warten, bevor ich mich einschiffen konnte. Thijs und Lise hatten mir für diesen Monat eine Unterkunft bei einer Tante von Lise besorgt. Sie war Witwe und ihre Kinder waren schon lange ausgeflogen. Hendrika Van Paal hat sich deshalb gefreut, wieder einmal jemanden um sich zu haben. Entsprechend hat sie mich auch umsorgt, wie wenn ich eines ihrer eigenen Kinder wäre. In den Wochen in Rotterdam hat es mir das erste Mal in meinem Leben an absolut nichts gefehlt.

Die Zeit habe ich genutzt, um möglichst viel zu lernen. Vor allem Englisch stand zuoberst auf dem Programm. Bis dahin konnte ich kein Wort Englisch sprechen. Also habe ich alles daran gesetzt, um zumindest die Grundprinzipien der Sprache zu erlernen. Tante Hendrika, wie ich meine Gastgeberin auf ihren Wunsch nannte, hat mich in meinen Bemühungen unterstützt. Wir haben am Abend jeweils Konversation in einfachstem Englisch geführt. Das hat mir für ein besseres Verständnis der Sprache sehr geholfen und Tante Hendrika hatte ihren Spass bei unseren Übungen. Ausser an vier Tagen, an denen ich einmal im Hafen war und auch die nähere Umgebung erkundete sowie an den Sonntagen, an denen mir Tante Hendrika jegliches Lernen strikt untersagte, lernte ich jeden Tag von morgens bis abends. Die wenigen Wochen bis zur Einschiffung im Hafen, sind dadurch schnell verstrichen. Schliesslich kam der Tag, an dem ich von Tante Hendrika Abschied nehmen musste. Auch dieser Abschied ist mir alles andere als einfach gefallen. Ebenso wie Thijs und Lise war auch Tante Hendrika eine sehr freundliche Person, die mir in den wenigen Wochen so richtig ans Herz gewachsen war.

Am zwölften September habe ich mich im Hafen beim Kapitän des Frachters gemeldet, mit dem ich meine Reise fortsetzen wollte. Bei dem Schiff handelte es sich um den holländischen Frachter MS Goedehoop, der zur Gruppe der grossen Stückgutschiffe gehörte. Er wurde zwischen Rotterdam und Perth in Australien im Linienbetrieb eingesetzt. Das bedeutete, der Frachter fuhr mehr oder weniger immer auf der gleichen Route und transportierte die gleiche oder ähnliche Ware. Die MS Goedehoop legte auf ihrer Strecke zwischen Rotterdam und Perth etliche Zwischenhalte ein. Unter anderem machte sie regelmässig in Le Havre, in Lissabon, in Valencia, in Algier, in Port Said, in Karachi, in Mumbai, in Colombo, in Kuala Lumpur und in Jakarta halt, bevor sie an ihrem Zielhafen in Perth ankam. Dort nahm sie neue Fracht auf und fuhr die Strecke die sie gekommen war wieder zurück.

Der Kapitän des Schiffes war ein erfahrener alter norwegischer Haudegen mit Namen Jesper Ole Lundberg. Er stammte aus einer Seefahrerfamilie und fuhr bereits eine halbe Ewigkeit zur See. Sein Vater und sein Grossvater waren beide Fischer gewesen. Da in der Familie jeweils nur ein Sohn die Familientradition weiterführen konnte und Jesper der jüngste der drei Söhne war, hatte er sich für die Handelsschifffahrt entschieden. Die Familie ermöglichte ihm nach der Schule eine Ausbildung an der norwegischen Handelshochschule in Bergen. Dort erwarb er das Offizierspatent der Handelsmarine. Sechs Jahre nach seinem Abschluss hatte er bereits sein eigenes Schiff und war seither immer auf See gewesen. Der erfahrene Kapitän kannte den Vater von Thijs van Steen, der zwei Jahre als erster Offizier auf einem seiner Schiffe gefahren war, bevor er sich der Binnenschifffahrt zugewandt hatte. Als die Anfrage kam, ob er einen jungen Burschen ohne jede Erfahrung auf seinem Schiff aufnehmen und ihm die Überfahrt nach Australien ermöglichen würde, hatte er ohne zu zögern zugesagt.

Ich wurde als zweiter Steward zur persönlichen Verfügung des Kapitäns in das Logbuch des Schiffs eingetragen. Meine Aufgaben umfassten die Unterstützung des Kochs in der Kombüse und die Betreuung des Kapitäns während der Reise. Zudem sollte ich dem eigentlichen Steward aushelfen, falls dies nötig war.

Von der Mannschaft wurde ich unterschiedlich aufgenommen. Der Steward war ein Ire namens Liam Ferdinand O'Driscoll, der von allen nur Drisi genannt wurde. Er war zwei Jahre älter als ich, jedoch bereits seit drei Jahren auf See. Trotz seines jugendlichen Alters wurde er von jedem auf dem Schiff geachtet und respektiert. Er nahm mich auf direkte Anweisung des Kapitäns unter seine Fittiche und hat mich während der Reise nach Perth betreut und vor Übergriffen der Mannschaft bewahrt.

Für mich war die Zeit auf dem Schiff nicht gerade einfach. Die MS Goedehoop war mit den Zwischenstopps in den vielen Häfen beinahe vier Monate unterwegs, bevor sie in Perth ankam. Heute dauert die gleiche Reise zwischen fünfundzwanzig und maximal vierzig Tagen.

Die Mannschaft umfasste Personen aus ganz Europa. Neben Drisi dem Iren und mir, waren sechs Griechen, ein Zypriot, vier Armenier, ein Bulgare, zwei Franzosen, vier Belgier, drei Norweger und sechs Holländern an Bord. Damit bestand die Besatzung der MS Goedehoop aus neunundzwanzig Personen. Mit dem Kapitän waren sieben Offiziere und Unteroffiziere sowie zweiundzwanzig Mannschaftsgrade an Bord. Ich gehörte zu der untersten Kategorie der Mannschaftsgrade, den Schiffsjungen.

Der erste Offizier war ein Bulgare mit Namen Bogdan Iliev Hristov. Er war um die vierzig, eher klein gewachsen aber sehr kräftig. Ihm passte meine Anwesenheit an Bord überhaupt nicht. Schon vor meiner Ankunft hatte es zwischen ihm und dem Kapitän wegen dieser Angelegenheit eine heftige Auseinandersetzung gegeben. Als ich ankam, wusste deshalb bereits die gesamte Besatzung über mich Bescheid. Hristov begegnete mir während der ganzen Fahrt mit Verachtung. Er versuchte mich zu schikanieren, wo er nur konnte. Aus seiner Sicht war ich der Grund, dass er von seinem Kapitän vor einem grossen Teil der Mannschaft gedemütigt worden war. Das liess er mich bei jeder Gelegenheit spüren. Drisi half mir jedoch so oft er konnte und gemeinsam hatten wir den ersten Offizier einigermassen im Griff.

Mit der Zeit entwickelten wir fast eine Art Spiel daraus, dem Bulgaren alles was er uns antat, doppelt und dreifach zu vergelten. Auf was für ein gefährliches Spiel wir uns da eingelassen hatten, sollten wir erst Jahre später erfahren. Die Rachsucht, die Menschen wie Bogdan Iliev Hristov antrieb, konnte für andere durchaus lebensgefährlich werden, wenn er sich einmal auf eine Person fixiert hatte."

Der Pfarrer war der Erzählung von Ruedi Rötheli gespannt gefolgt und hatte ihn bis dahin nicht ein einziges Mal unterbrochen. Die Geschichte, die der alte Mann zu erzählen hatte, war wirklich faszinierend. Nun schien er jedoch ein wenig verwirrt zu sein.

„Wie meinen sie das, Jahre später?"

„Dazu komme ich noch. Auf der Überfahrt habe ich mich mit Drisi angefreundet. Seine eigene Geschichte hatte zumindest eine gewisse Ähnlichkeit mit meiner. Er stammte aus Baltimore, einem irischen Fischerdorf an der Atlantikküste. Der kleine Ort mit seinen gut dreihundert ständigen Einwohnern war etwa fünfundneunzig Kilometer von Cork entfernt. Damals lebten die Bewohner vor allem von der Fischerei und dem Bootsbau. Der Tourismus, heute die Haupteinnahmequelle, war zu dieser Zeit noch inexistent.

Drisi war das siebte von neun Kindern des Shane Callum O'Driscoll und seiner Frau Molly Aine O'Driscoll. Sein Vater war Bootsbauer in dritter Generation und in Baltimore ein angesehener Mann. Trotzdem hatte die Familie mit der Existenz zu kämpfen. Um neun Kinder zu ernähren reichte das karge Einkommen fast nicht aus. Deshalb musste Drisi wie die meisten seiner Geschwister nach der Schule eine Stelle suchen. Er entschied sich zur See zu fahren und war nach einem ersten, eher missglückten Versuch auf der MS Goedehoop gelandet.

Während der Fahrt hatten wir mehr als genug Gelegenheit uns näher kennen zu lernen. Wir unterhielten uns über die unterschiedlichsten Dinge. Bei einem dieser Gespräche habe ich Drisi auch erzählt, was ich in Australien unternehmen wollte. Er war von meiner Idee sofort hell begeistert. Nachdem er mich immer und immer wieder zu diesem Thema ausgefragt hatte, fragte er, ob er mich nicht begleiten dürfe. Ich hatte nicht das Geringste dagegen einzuwenden und so haben wir beschlossen, das Abenteuer Australien gemeinsam anzugehen."

Ruedis Erzählung dauerte in der Zwischenzeit schon deutlich mehr als eine Stunde. Der Pfarrer war schon zwei Mal aufgestanden, um Mineralwasser zu holen und neuen Kaffee aufzusetzen. Obwohl er eigentlich genug Arbeit hatte, liess er sich durch die spannende Erzählung seines Besuchers von seinen Pflichten abhalten. Schliesslich tauchten in Trub nicht jeden Tag so skurrile Persönlichkeiten wie Ruedi Rötheli auf.

„Bevor wir den Plan jedoch umsetzen konnten, mussten wir die Reise überstehen. Das war nicht so einfach, wie es im ersten Moment den Anschein machte. Der erste Offizier hatte genug Möglichkeiten, mir innerhalb des normalen Alltags das Leben schwer zu machen. Dadurch wurde die ansonsten schon nicht einfache Reise noch etwas beschwerlicher. Drei Mal gerieten wir in starke Unwetter, wobei der Frachter zumindest einmal wirklich ernsthaft in Gefahr geriet zu kentern. Der Seegang war so haarsträubend, dass selbst der Kapitän mit dem Schlimmsten rechnete und wir kurz davor standen die Rettungsboote auszusetzen.

Als wir in Perth ankamen, war ich nicht unglücklich endlich vom Schiff herunter zu kommen. Nach dieser Reise war mir klar, mit der Binnenschifffahrt waren meine Grenzen der Schifffahrt erreicht. Zur See zu fahren, stellte keine akzeptable Zukunftsperspektive dar.

Die Verabschiedung von Kapitän Lundberg war sehr herzlich. Er dankte mir für meine gute Arbeit an Bord und wünschte mir alles Gute. Danach wollte ich das Schiff verlassen, als ich vom ersten Offizier abgefangen wurde, der neben der Gangway an der Reling des Schiffs stand. Ich wollte gerade auf die Gangway treten, als er mir mit einem schnellen Schritt in letzter Sekunde den Weg versperrte.

„Hast du es doch noch geschafft gesund in Australien anzukommen. Merk dir eins, du kleine Ratte, wir haben uns nicht das letzte Mal gesehen. Ich weiss, was du vor hast und ich verspreche dir, wir werden uns wieder begegnen. Dann wird dich Kapitän Lundberg nicht beschützen können."

Hristov war für mich schon lange keine Respektsperson mehr und flösste mir damals auch keine Angst mehr ein. Er war inzwischen nicht viel mehr als ein lästiges Insekt, das man mit den richtigen Mitteln vertreiben musste. Drisi teilte vom Prinzip her meine Meinung, wies jedoch immer wieder darauf hin, dass man diesen Bulgaren nicht unterschätzen durfte. Er war feige und hinterhältig. Das machte ihn gefährlicher als es einem lieb sein konnte.

„Geh zur Seite, Hristov, oder ich schmeiss dich eigenhändig über Bord. Ich bin nicht mehr Teil der Crew und du hast mir nichts mehr zu befehlen."

Ich wusste, dass ich mir mittlerweile diese Bemerkung erlauben konnte, da ich einerseits mehr als einen Kopf grösser war als der erste Offizier und aufgrund der Arbeit auf den beiden Schiffen auch deutlich an Kraft zugelegt hatte.

Hristov wollte gerade aufbegehren, als die schneidende Stimme des Kapitäns von oben herab ertönte.

„Gibt es Probleme?"

Der erste Offizier schaute verärgert nach oben und meinte nur: „Nein, Kapitän. Keine Probleme." Dann gab er mir den Weg frei.

Als ich neben ihm vorbei auf die Gangway getreten war, drehte ich mich noch einmal um.

„Ich freue mich dich wieder zu treffen, Hristov. Du solltest aber auch eines wissen, einmal runter vom Schiff beschützt auch dich keiner mehr. Wir kleinen Raten haben schon grössere Stinktiere als dich gebissen, wobei die meisten an den Folgen dieser Bisse eingegangen sind."

Nach diesem kleinen Intermezzo, das mir in den nächsten Jahren zu Recht nie ganz aus dem Kopf gehen sollte, habe ich mich auf den Weg nach Perth gemacht, um mir einen Job und eine Bleibe zu suchen.

Ich hatte vor, zuerst einmal eine Weile in Perth zu bleiben und etwas Geld zu verdienen. Mein Kumpel Drisi konnte das Schiff noch nicht verlassen, da sein Kontrakt die Hin und Rückreise beinhaltete. Er würde also frühestens in einem halben Jahr wieder in Perth sein, sofern er eine direkte Überfahrt fand. Ansonsten könnte es durchaus noch länger dauern.

In Australien bin ich beinahe zehn Jahre geblieben. Danach bin ich über Neuseeland nach Japan gereist, wo ich wieder eine längere Zeit verweilte. Mehr als zehn Jahre habe ich mich jedoch nie an einem Ort aufgehalten. Die einzige Ausnahme bildete Argentinien. Dort war ich die letzten beinahe fünfundzwanzig Jahre, bevor ich vor drei Tagen wieder in die Schweiz zurückgekehrt bin."

„Sie haben in dem Fall in ihrem Leben einiges gesehen. Warum sind sie gerade jetzt zurückgekommen?"

„Das ist eine sehr gute Frage. In Argentinien hatte ich nach den Jahren der Reise einen Ort gefunden, an dem ich zur Ruhe kam. Das hat wohl auch viel damit zu tun, dass ich kurz vorher meine Lebensgefährtin kennen lernte.

Sie war Argentinierin. Ich hatte sie in den Staaten kennen gelernt und wollte sie eigentlich nur besuchen. Aus dem kurzen Besuch wurden schliesslich mehr als zwanzig Jahre meines Lebens. Vor zwei Jahren ist sie unerwartet gestorben. Drei Monate danach wurde bei mir eine unheilbare Krankheit festgestellt. Schenkt man dem Urteil der Ärzte Glauben, so werde ich wohl meinen fünfundsiebzigsten Geburtstag noch erleben, den achtzigsten mit Sicherheit jedoch nicht mehr. Für mich war das wie ein Zeichen. Ich habe mich entschieden, meine Habseligkeiten in Argentinien zu verkaufen und wieder in meine Heimat zurück zu kommen. Es hat fast zwei Jahre gedauert, bis ich mein Vorhaben umsetzen konnte."

Als Ruedi Rötheli mit seiner Geschichte am Ende angelangt war, blieb es in der Küche einen Moment lang still. Das Erzählen seiner Vergangenheit hatte bei dem alten Mann Erinnerungen geweckt, die er in den vergangenen Jahren bewusst oder unbewusst verdrängt hatte. Auch der Pfarrer war nach der Erzählung sehr nachdenklich geworden. Er brauchte einen Augenblick, um sich zu besinnen, bis er die Stille durchbrach.

„Nun, das ist eine sehr spezielle Geschichte, die sie mir da erzählt haben. Sie haben ein bewegtes Leben hinter sich. Zu Beginn unserer Unterhaltung haben sie angetönt, sie würden gerne erfahren, was aus ihrer Familie geworden ist. Was genau möchten sie denn in dem Fall von mir wissen?"

„Wie ich bereits erwähnt habe, kann ich nach all den Jahren nicht einfach so an die Haustür meiner Familie klopfen. Ich habe nicht die geringste Ahnung, was in den letzten Jahrzehnten alles geschehen ist.

Vielleicht könnten sie mir Auskunft darüber geben, was mit meiner Familie geschehen ist."

Der Geistliche dachte erneut eine Weile nach. Ruedi Rötheli gab sich alle erdenkliche Mühe ruhig zu bleiben und nicht nervös zu erscheinen. Sein Gesprächspartner machte ihm die Sache jedoch nicht gerade einfach und forderte seine Geduld bis aufs Letzte.

„Nun, ich bin mir nicht so sicher, ob ich die richtige Ansprechperson für sie bin", meinte er nach einer schier unendlich scheinenden Pause. „Das Wenige was ich weiss, teile ich gerne mit ihnen. Ob ihnen das jedoch ausreichen wird, bezweifle ich."

Er trank einen Schluck Kaffee.

„Ihr Vater ist zweiundachtzig Jahre alt geworden und dann in Frieden eingeschlafen. Er ist auf dem Friedhof neben ihrer Mutter begraben. Ihr Bruder lebt im Stöckli des Bauernhofs, der mittlerweile von seinem Sohn Peter geführt wird. Ihre beiden älteren Schwestern sind meines Wissens in einer Altersresidenz in Trubschachen, wobei ich das nicht mit letzter Gewissheit sagen kann. Von ihrer jüngeren Schwester weiss ich nichts. Als ich vor elf Jahren als Pfarrer hier in Trub angefangen habe, war sie bereits nicht mehr ein Mitglied der Gemeinde. Es tut mir leid, mehr kann ich ihnen nicht sagen."

„Wie steht es um den Goldenen Egel?"

„Das Lokal hat einen eher zweifelhaften Ruf. Selber war ich noch nie im Gasthaus. Ich höre nur ab und zu die eine oder andere Geschichte, wenn wieder einmal ein Skandal im Dorf die Runde macht. Mehr kann ich ihnen leider nicht sagen. Ich gebe gerne zu, dass ich nicht über alles was im Dorf geschieht Bescheid weiss."

Nach seiner Erklärung betrachtete der Pfarrer seinen Besucher noch einmal mit nachdenklicher Miene.

„Ich habe in meinem Leben schon viele Geschichten gehört. Ihre ist jedoch etwas vom Sonderbarsten, was mir je zu Ohren gekommen ist. Erlauben sie mir die Frage, was sie nun als nächstes unternehmen wollen?"

Ruedi Rötheli bedachte den Pfarrer mit einem leichten Lächeln, bevor er ihm antwortete.

„Ich denke, als nächstes werde ich wohl dem Friedhof einen kurzen Besuch abstatten. Danach möchte ich eine kleine Wanderung unternehmen und mir die Gegend ansehen. Was ich Morgen tun werde, weiss ich im Moment noch nicht genau. Ich werde wohl nach Trubschachen fahren und dort noch ein paar offene Fragen klären. Sicher ist, dass ich am Samstag vorerst einmal wieder abreise. Ich würde mich jedoch freuen, wenn sie vor meiner Abreise noch einmal kurz für mich Zeit hätten. Ich möchte sie gerne um eine Gefälligkeit bitten."

Der Pfarrer lächelte.

„Wenn es nichts ist, was mich mit Gott oder dem Gesetz in Konflikt bringt, werde ich ihnen kaum etwas abschlagen können, sofern sie mir dafür den Rest ihrer Geschichte erzählen. Nach allem was ich bisher gehört habe, bin ich sehr gespannt zu hören, was sie sonst noch zu erzählen haben. Wann reisen sie am Samstag ab?"

„Ich habe vor im Verlauf des Samstagnachmittags abzureisen. Wenn sie nach dem Mittagessen kurz Zeit für einen Kaffee hätten, würde ich gerne so gegen dreizehn Uhr noch einmal bei ihnen vorbei kommen."

„Dreizehn Uhr ist in Ordnung. Ich habe am Samstagmorgen noch einen Termin, sollte jedoch früh genug wieder zurück sein."

„Sehr gut, ich freue mich, sie noch einmal zu treffen."

Ruedi Rötheli war aufgestanden, um zu gehen. Der Pfarrer stand nun ebenfalls auf. Er folgte seinem Gast, der sich der Tür zugewandt hatte.

„Wenn sie wollen, kann ich sie noch auf den Friedhof begleiten."

Ruedi Rötheli winkte dankend ab.

„Das ist nicht nötig, danke. Ich habe sie schon lange genug aufgehalten. Übrigens wäre ich ihnen dankbar, wenn sie unser Gespräch vertraulich behandeln könnten. Wie ich bereits erwähnt habe, bin ich im Löwen unter meinem spanischen Namen Rodolfo Rojizon abgestiegen. Obwohl es kein Problem ist, da ich offiziell die argentinische Staatsbürgerschaft besitze, möchte ich mir diesbezüglich keine Schwierigkeiten einhandeln. Ich hoffe, für sie ist das kein Problem."

„Auch wenn ihre Bitte zugegebenermassen etwas sonderbar anmutet, ist das kein Problem. Als Pfarrer bin ich schon von Amtes wegen wie ein Arzt zur Verschwiegenheit verpflichtet. Zudem könnten wir die Aufgabe als Seelsorger nie wahrnehmen, wenn wir die Inhalte jedes Gesprächs gleich darauf in der ganzen Gemeinde herumerzählen würden."

Er hielt noch einmal inne.

„Ich gehe davon aus, sie haben ihre Gründe für dieses Vorgehen?"

„Das ist so, Herr Pfarrer und ich denke, ich kann ihnen am Samstag etwas mehr darüber berichten. Bis dahin wäre ich ihnen sehr dankbar, wenn sie ein wenig Verständnis für einen alten Mann aufbringen könnten."

Ruedi Rötheli nickte seinem Gastgeber zu und wandte sich zum Gehen. Als er schon bei der Tür angelangt war, drehte er sich noch einmal um.

„Ach ja, eine kleine Frage hätte ich noch. Sie kennen sich sicher auch ein wenig über die Grenzen von Trub hinaus aus. Gibt es hier in der Umgebung einen Notar oder einen Rechtsanwalt, den sie mir empfehlen könnten?"

Der Pfarrer lächelte.

„Sie werden ja immer geheimnisvoller, Herr Rötheli. Ich kann ihnen tatsächlich jemanden empfehlen. In Trub selber haben wir keinen Notar, aber in Trubschachen gibt es das Notariat Bänziger und in Langnau kenne ich den Notar Leimbacher und die Rechtsanwaltskanzlei Schober, die ich ihnen alle empfehlen kann."

„Obwohl ich mir denke, dass es für sie nicht so einfach ist, könnten sie mir trotzdem sagen, welchen der drei sie mir als erstes empfehlen würden?"

„Wie sie richtig feststellen, Herr Rötheli, ist das für mich wirklich nicht einfach. In der Regel gebe ich keine Empfehlungen ab. Aber da bei ihnen ja eh nichts den gängigen Normen zu entsprechen scheint, will ich eine Ausnahme machen. Persönlich würde ich den Notar Leimbacher wählen. Er ist weit genug von Trub weg, um nicht in irgendwelche lokalen Geplänkel verstrickt zu sein und doch nah genug, um die Besonderheiten der Leute aus der Umgebung zu verstehen. Zudem ist er, wie die beiden anderen übrigens auch, ein ausgewiesener Fachmann auf seinem Gebiet und hat einen ausgezeichneten Ruf."

Ruedi Rötheli schmunzelte leicht.

„Sehr gut, herzlichen Dank Herr Pfarrer, das hilft mir weiter. Dann bis am Samstag."

Ruedi Rötheli dreht sich endgültig um und verliess das Pfarrhaus.

Zurück blieb ein nachdenklicher Gemeindepfarrer, der sich eine weitere Tasse Kaffee einschenkte und noch eine ganze Weile über den Besuch dieses sonderbaren alten Mannes nachdachte. Irgendwie spürte er, dass die aussergewöhnliche Begegnung von heute erst der Anfang einer Geschichte war, die wohl noch mit ein paar Überraschungen aufwarten würde.

Nachdem Ruedi Rötheli die Tür des Pfarrhauses hinter sich geschlossen hatte, ging er zu dem hinter der Kirche liegenden Friedhof. Er brauchte nicht lange, bis er das Grab seiner Eltern fand. Eine ganze Weile blieb er davor stehen, völlig in seinen eigenen Gedanken versunken. Die alte Frau, die sich ihm aus dem hinteren Teil des Friedhofs genähert hatte, bemerkte er deshalb nicht. Sie war ein paar Meter von ihm entfernt stehen geblieben und musterte den sonderbaren Kauz neugierig, der vor dem Grab der alten Viertelihof Bauern stand.

„Bist du nicht der Ruedi vom Viertelihof?"

Die alte Frau sprach Ruedi Rötheli mit einer leicht krächzend klingenden Stimme an. Man konnte ihr die Jahre schwerer Arbeit nicht nur anhören, sondern auch ansehen. Mit ihrem Stock und ihrer gebeugten Haltung wirkte sie müde und gebrechlich.

Ruedi war erschrocken zusammengezuckt, als er die Stimme in seiner unmittelbaren Nähe wahrnahm. Er hatte geglaubt alleine auf dem Friedhof zu sein. Bei einer dermassen unerwarteten Ansprache konnte einem schon der Schreck in die Glieder fahren. Er drehte sich um und sah die alte Frau deshalb mit einem etwas missmutigen Blick an.

„Sie müssen mich mit jemandem verwechseln Señora", antwortete er nun mit einem schon fast übertrieben wirkenden spanischen Akzent in der Stimme. Er hatte im Moment keine Lust sich zu erkennen zu geben. Zudem wusste er nicht im Geringsten, wer die Frau war, die ihn angesprochen hatte. Sie schien ungefähr in seinem Alter zu sein, auch wenn sie deutlich müder und abgekämpfter wirkte als er selber.

Ruedi warf einen letzten Blick auf das Grab seiner Eltern und wandte sich schon zum Gehen, als die alte Frau erneut das Wort ergriff.

„Ich bin mir ziemlich sicher, dass du der Ruedi vom Viertelihof bist. Auch wenn es nun beinahe sechzig Jahre her ist, würde ich dieses Gesicht und diesen Gang überall auf der Welt wiedererkennen. Mit deiner lächerlichen Verkleidung kannst du mich nicht täuschen."

Sie neigte leicht den Kopf und auf ihrem Gesicht erschien ein spitzbübisches Lächeln.

„Du hast keine Ahnung mehr, wer ich bin, oder?"

Ruedi Rötheli sah die alte Frau nur an, ohne etwas auf die Frage zu entgegnen. Auch wenn man es ihm nicht ansah, so begann er nun doch angestrengt darüber nachzudenken, wer ihm da gegenüberstand.

„Ich bin das Blaser Rösli vom hinteren Hüseren, die beste Freundin deiner Schwester Katrin. Kannst du dich nicht mehr an mich erinnern?"

In dem Moment, als die alte Frau ihren Namen nannte, blitzte in Ruedi Rötheli Gesichtszügen ein leichtes Zeichen des Erkennens auf, als er sich wieder erinnerte. Den immer noch scharfen Augen der Alten war dieses Aufblitzen nicht entgangen.

„Hab ich es doch gewusst. So schnell kann man mich nicht an der Nase herumführen."

„Perdone por favor, entschuldigen sie mich bitte. Mein Name ist Rojizon, ich bin Tourist aus Argentinien und nur zu Besuch hier in Trub. Bedaure, Señora, aber sie müssen mich mit jemandem verwechseln."

„Papperlapapp, ich weiss, was ich weiss. Ich verstehe zwar nicht, was du da für einen Schabernack treibst. Aber eines ist absolut sicher, so wahr ich das Blaser Rösli bin, so bist du der Viertelishof Ruedi."

Die alte Frau hatte mit ihrem Stock bei der letzten Bemerkung Richtung Ruedi Rötheli gefuchtelt. Nun drehte sie sich um und fuchtelte noch einmal mit ihrem Stock in der Gegend herum.

„Argentinier, so ein Blödsinn. Dir hat die Zeit in der Fremde das Hirn vernebelt. Aber mich kannst du nicht täuschen, mich sicher nicht."

Dann ging sie vor sich hin brummend wieder in den hinteren Teil des Friedhofs zurück, wo sie hergekommen war.

Ruedi sah ihr noch einen Moment nachdenklich hinterher, wie sie keifend und zeternd von dannen zog. Die von der Arbeit leicht gebeugt gehende alte Frau hatte nichts mehr mit dem Rösli zu tun, das er aus seiner Kindheit kannte. Seine Schwester Katrin und das Blaser Rösli waren während der

Schulzeit beide Aussenseiterinnen gewesen. Die eine wegen ihrem etwas pummeligen Aussehen und der für ein Mädchen aussergewöhnlichen Kraft. Die andere wegen ihrer zierlichen und schüchternen Art. Obwohl Ruedi damals seiner Schwester zu helfen versuchte, reichte das nicht aus. Vor allem die älteren Schüler terrorisierten die zierliche Katrin wo sie nur konnten. Das änderte sich erst, als sich das Rösli für Katrin einzusetzen begann. Obwohl sie eher klein gewachsen war, verfügte sie über nahezu optimale Hebelverhältnisse. Zudem war sie in einer Familie als jüngstes und einziges Mädchen von vier Kindern aufgewachsen. Ihre drei Brüder waren allesamt gute Schwinger und Nationalturner. So kam es, dass die kleine Schwester als Nesthäkchen der Familie einen grossen Teil ihrer Freizeit im eigenen Schwingkeller verbrachte. Dort tollte sie mit ihren grossen Brüdern herum und bekam dabei auch das eine oder andere mit. Das wandte sie in der Schule an und liess dabei die jungen Bauernsöhne mehr als einmal alt aussehen. Von den Schülern der Schule in Trub konnten es gerade einmal noch die Neuntklässler und die paar Jungschwinger mit ihr aufnehmen. Der Rest hatte nicht den Hauch einer Chance gegen das robuste und kräftige Mädchen.

Obwohl Ruedi auch nicht gerade zu den grössten Freunden von Rösli gehörte, hatten sie sich doch gegenseitig respektiert. Mit Katrin zwischen sich, gaben sich beide die grösste Mühe, den jeweils andern nicht zu verärgern und so auch mit Katrin keine Probleme zu haben.

Ruedi hatte nicht gewusst, was ihn erwarten würde, wenn er nach all den Jahren wieder zurück in seine Heimat kam. Es war durchaus möglich, dass sich alles verändert hatte und er nichts und niemanden aus seiner Vergangenheit wieder erkennen würde. Er hatte oft darüber spekuliert, wen er noch antreffen würde und wen nicht. In all seinen Überlegungen und bei jeder erdenklichen Variante hätte er jedoch nie daran gedacht, ausgerechnet als erste Person aus seiner Vergangenheit dem Blaser Rösli zu begegnen.

Es war bereits kurz vor elf Uhr, als Ruedi vom Pfarrhaus auf den grossen Platz vor dem Löwen trat. Der Rucksack fühlte sich deutlich leichter an, als gestern. Wie vereinbart, hatte ihm die junge Serviertochter heute Morgen das vorbereitete Lunchpaket gebracht. Er hatte es zusammen mit einer grossen Flasche Mineralwasser und einer Thermoskanne Kaffee in seinem alten Militärrucksack verstaut.

Damit war er nahezu optimal ausgerüstet, um seine kleine Wanderung in Angriff zu nehmen. Vom Löwenplatz führte der Weg hinunter zum Oberfeld und von dort aus Richtung Höhenweg über die Risisegg. Der Weg stieg in wenigen steilen Windungen über beinahe dreihundert Höhenmeter auf den Rücken des Berges.

Ruedi ging die Sache ruhig an und nahm sich so viel Zeit wie nötig. Der Aufstieg war beschwerlich und steil. In seiner Jugend war Ruedi oft auf den Bergrücken hinaufgestiegen. Man hatte von hier einen wunderschönen Ausblick auf die Gemeinde. Das war alleine schon ein Grund, diese Mühen auf sich zu nehmen. Heute legte er die Strecke deutlich langsamer zurück, als in seiner Jugend. Mehr als einmal musste er eine kurze Pause einlegen. Zudem waren seine Stiefel, die ihm in der argentinischen Pampa gute Dienste geleistet hatten, für das hügelige Emmental nicht unbedingt das beste Schuhwerk. Er würde heute Abend wohl ein paar Blasen pflegen müssen, wenn er die Wanderung überhaupt ohne Knochenbrüche überstand.

Es dauerte beinahe zwei Stunden, bis er endlich oben angekommen war. Bevor er seinen Weg fortsetzen konnte, musste er sich zuerst einen Moment ausruhen. Gut zwanzig Meter nach der Einmündung des steilen Aufstiegs in den Höhenweg auf der Risisegg, stand am Wegrand eine schöne Holzbank. Nachdem sich der alte Mann gesetzt hatte, musste er erst ein paar Mal tief durchatmen. Die Anstrengung hatte ihn mehr belastet, als er sich das vorher vorgestellt hatte. Das Alter verlangte nun einmal seinen Tribut. Früher hatte ihm dieser Aufstieg keinerlei Schwierigkeiten bereitet. Jetzt war er froh, überhaupt oben angekommen zu sein.

Wobei ihn nicht nur das Alter ins Schwitzen brachte. Seit längerem spürte er seine Krankheit wieder. Noch nicht so intensiv, dass es ihm grössere Probleme bereitete. Es war eher wie ein leichtes Glimmen im Hintergrund. Seit er von diesem Schicksalsschlag wusste, war die Krankheit ein ständiger Begleiter. Wie ein dunkler, unheimlicher Schatten am Horizont rollte er langsam aber unaufhaltsam heran und würde ihn irgendeinmal vernichten.

Die Ärzte hatten ihm mitgeteilt, es bestünde noch keine akute Gefahr. Je nach Verlauf und dieser war nicht vorauszusehen, würde er noch fünf, mit viel Glück vielleicht sogar zehn Jahre leben. Ebenso gut bestand jedoch die Möglichkeit, dass er schon in einem Jahr nicht mehr unter den Lebenden weilte. Das war das Heimtückische an dieser degenerativen Nervenerkrankung. Im Moment hatte er ausser einzelnen Erinnerungslücken und selten geringfügigen Gleichgewichtsstörungen keine weiteren Symptome. Bemerkt worden war das Ganze, als er auf seiner Estancia Santa Rojizon unvermittelt vom Pferd gefallen war. Die darauf folgenden Untersuchungen im Spital von Rosario, der drittgrössten Stadt Argentiniens, hatten zu der erschreckenden Diagnose geführt. Ruedi war danach umgehend nach Buenos Aires geflogen.

Eine erneute Untersuchung von Spezialisten in der Hauptstadt hatte jedoch nur zu einer Bestätigung der ersten Diagnose geführt. Am Ergebnis hatte die Erkenntnis der Ärzte aus der Hauptstadt nichts geändert.

Nachdem er Gewissheit hatte, musste Ruedi Rötheli zuerst den Schock verdauen. So kurze Zeit nach dem Tod seiner Lebenspartnerin war das alles andere als einfach gewesen. Die nächsten Monate hatte er viel nachgedacht und versucht sein Leben neu zu ordnen. Selbst für eine starke Persönlichkeit wie Ruedi Rötheli waren die beiden Ereignisse nur schwer zu verkraften.

Als er seinem nächsten Umfeld das Resultat seiner Überlegungen mitteilte, war trotz der immensen Tragweite das Verständnis grösser, als er erwartet hatte. Vom Entscheid bis zur Umsetzung des Vorhabens vergingen noch weitere zwanzig Monate. Eine der grössten Estancias in Argentinien mitsamt den dazugehörenden Verarbeitungsbetrieben zu verkaufen, war alles andere als einfach. Zudem hatte Ruedi in den letzten Jahrzehnten zu viel in sein kleines Imperium investiert, um es an irgendjemand zu veräussern. Es musste schon jemand sein, der sein Vermächtnis mit der gebührenden Sorgfalt verwalten, pflegen und ausbauen würde.

Vor beinahe vier Monaten hatte er sich schliesslich mit einem viertägigen Fest von seinen Mitarbeitenden und seinen engsten Freunden verabschiedet. Danach verbrachte er zwei Wochen in Buenos Aires. Auch dort musste er sich von ein paar Freunden verabschieden. Zudem gab es in der Hauptstadt noch einige geschäftliche Dinge zu erledigen, die seine persönliche Anwesenheit erforderten.

Dann brach Ruedi Rötheli zu einer längeren Reise auf, die ihn kreuz und quer durch Argentinien und am Ende aus dem Land führte. Dass er sich dabei wie ein Verbrecher aus dem Land schleichen musste, passte ihm zwar überhaupt nicht, war jedoch fast nicht zu vermeiden. In Argentinien gehörte er zu den bekannten Persönlichkeiten des öffentlichen Lebens. Auch wenn er sich immer bemüht hatte im Hintergrund zu bleiben und möglichst wenig über sich und sein Privatleben Preis zu geben, waren immer ein paar Paparazzi hinter ihm her. Seine Estancia hatte er nie verlassen können, ohne mindestens einen oder zwei dieser Aasgeier auf den Fersen zu haben. Nach dem Verkauf seiner Güter, was auch diesen Kreisen nicht verborgen geblieben war, stieg sein Marktwert in der Klatschpresse in ungeahnte Höhen. Alle wollten wissen, wieso er auf dem Höhepunkt seiner Karriere sein kleines Imperium veräusserte. Die Spekulationen über seine Gründe liessen weder eines der gängigen Klischees aus, noch blieb irgendein Thema unberührt. Das grosse Interesse an seiner Person brachte es mit sich, dass er nicht nur einen oder zwei, sondern zwischen einem und zwei Dutzend Klatschreporter auf den Fersen hatte. Er konnte die Meute, nur abschütteln, wenn er sie kreuz und quer durchs Land hetzte. Fast einen Monat dauerte die Scharade und war sehr anstrengend. Das führte dazu, dass sich seine anhänglichen Schatten mit der Zeit immer mehr verringerten. Erst als die Schar von Medienaasgeiern auf zwei hartnäckige Provinzkolumnisten zusammengeschrumpft war, konnte Ruedi Rötheli endlich abtauchen. Er hatte über einen seiner Freunde eine Agentur beauftragt, Doppelgänger von ihm zu suchen. Trotz der Vorgabe äusserst diskret vorzugehen, hatte die Agentur vier Personen gefunden, die ins gewünschte Profil passten. Eine ansprechende Summe als Entschädigung, sorgte für die absolute Verschwiegenheit der vier Hauptdarsteller.

An einem Montagmittag kamen schliesslich die vier falschen Röthelis zum Einsatz. Obwohl Ruedi der vollen Überzeugung war, dass ihm keiner der vier auch nur ansatzweise ähnlich sah, funktionierte die Täuschung weitaus besser als er erwartet hatte. Ruedi hätte zu gerne die Gesichter der beiden Paparazzi gesehen, als plötzlich vier Fahrzeuge vor seinem Domizil vorfuhren und danach vier Ruedi Röthelis aus dem Hotel kamen. Sie verabschiedeten sich kurz voneinander und gingen danach zu den wartenden Autos, die in die vier Himmelsrichtungen davon fuhren. Kaum dass sich die Wagen in Bewegung gesetzt hatten, begann rund um das Hotel hektisches Treiben. Zu Ruedi Röthelis und der Überraschung seiner beiden Begleiter, fuhren insgesamt sechs Fahrzeuge den vier Wagen hinterher. Mit einer gewissen Ernüchterung musste Ruedi feststellen, dass doch noch mehr als die zwei übrig geglaubten Paparazzi hinter ihm her gewesen waren.

Umso rascher machten er und sein bester Freund sich deshalb auf den Weg. Ruedi hatte sich verkleidet, wobei die etwas spezielle Verkleidung so gut war, dass ihn selbst ein geübter Paparazzo kaum entdeckt hätte. Eine Bekannte seines Freundes, die ebenfalls mit einer fürstlichen Summe entschädigt worden war, hatte ganze Arbeit geleistet. Sogar bei den Schuhen mit den allzu hohen Absätzen hatte sie sich auf ganzer Linie durchgesetzt. Als sich Ruedi erstmals im Spiegel sah, hatte ihm tatsächlich der Atem gestockt. Das elegante, gut geschnittene Kostüm wäre jeder wohlhabenden argentinischen Señorita gut angestanden und mit seiner Erscheinung hätte er selbst in der guten Gesellschaft von Buenos Aires für Furore gesorgt.

Um ungestört seiner Wege ziehen zu können, hatte Ruedi Rötheli keinen Aufwand gescheut und ging auch keiner noch so grossen Peinlichkeit aus dem Weg. Solange er nicht sprechen musste, würde er mit der Verkleidung überall durchkommen. Als er aus dem Hotel trat und danach die Avenida Maria Luisa dos Santos hinunter zur Einkaufspromenade spazierte, zog er neben lüsternen auch einige bewundernde Blicke auf sich. An der Kreuzung zur Avenida General Sanchis setzte er sich in ein bereitstehendes Auto. Danach wechselten sie noch zweimal das Fahrzeug, bevor er sich endlich seiner Verkleidung entledigen konnte. Er war alles andere als unglücklich, seine nächste Etappe in normaler Kleidung in Angriff zu nehmen.

Um sicher zu sein, doch nicht verfolgt zu werden, unternahm er eine fast acht stündige Autofahrt, bevor sich Ruedi auch von seinem letzten Begleiter verabschiedete. Dann setzte er seine Reise alleine fort.

Die nächsten Wochen reiste er auf den Spuren seiner Vergangenheit zurück. Er suchte all die Orte noch einmal auf, an denen er eine längere Zeit seines Lebens verbracht hatte. Einige dieser Orte und vor allem die Menschen die er dort traf, waren ihm während der verschiedenen Phasen seines Lebens ans Herz gewachsen. Oft hatte er gute Freunde zurückgelassen, die er nun noch einmal aufsuchte. Zudem gab es am einen oder anderen Ort noch geschäftliche Angelegenheiten zu erledigen.

Er war dem Schicksal dankbar die Orte und die Personen noch einmal sehen zu können, die seinen Lebensweg so massgeblich beeinflusst hatten.

Zu all dem kam dazu, dass er dadurch auch seine Spuren verwischen konnte, wie er dies sein ganzes Leben lang getan hatte, wenn es wieder einmal Zeit war, um weiter zu ziehen. Diese Angewohnheit hatte er nach der ersten Etappe seines Daseins als Weltenbummler in Australien angenommen. Ausser seiner verstorbenen Lebensgefährtin und seinem besten Freund wusste in Argentinien niemand, woher Ruedi Rötheli ursprünglich gekommen war. In Argentinien war er mit einem spanischen Pass direkt aus Quito in Ecuador kommend eingereist.

Wenn er also in seinen eigenen Fusstapfen den Weg zurückging, so war dies einerseits wie eine Retrospektive seines eigenen Lebens, die ihn wieder an den Ort zurückbrachte, wo alles begonnen hatte. Andererseits konnte er so das letzte Kapitel in seinem Leben in aller Ruhe beginnen und hoffentlich auch zu einem guten Ende bringen.

2. Von Wüsten, Löchern und farbigen Steinen

Nach einer halbstündigen Pause hatte sich Ruedi Rötheli so weit erholt, dass er seine Wanderung fortsetzen konnte. Er wollte noch mindestens bis zum unteren Altgfääl, bevor er eine verspätete Mittagspause einschaltete. Dort stand früher unter einer alten Eiche eine Holzbank, von der man den oberen Teil des Tals und somit auch sein Elternhaus sehen konnte. Das schien ihm der richtige Ort, um sich einen Moment hinzusetzen und etwas zu essen.

Am idyllischen Bauernhof auf der hinteren Risisegg vorbei, gelangte Ruedi schliesslich zu seinem Ziel. Er hatte Glück. Obwohl ihm unterwegs andere Wanderer begegnet waren, war die Bank noch nicht besetzt. Er setzte sich hin und nahm das Lunchpaket aus dem Rucksack. Die Wirtin hatte es wirklich gut mit ihm gemeint. Neben einem grossen Stück dunklem Bauernbrot, zwei verschiedenen Würsten, einem hart gekochten Ei und zwei Tomaten, fand er ein grosses Stück Emmentaler Käse sowie eine kleine Flasche Rotwein. Ruedi musste schmunzeln. Nach ihrer ersten Begegnung hatte er nicht mit dieser Überraschung gerechnet. Er nahm sich vor, sich bei der Wirtin für ihre Mühe und die gute Auswahl zu bedanken.

Während des Essens betrachtete er in aller Ruhe die Umgebung. Er war während seinen Reisen an vielen aussergewöhnlichen Orten auf allen fünf Kontinenten gewesen und hatte spektakuläres und einzigartiges gesehen. Mit diesem Flecken Erde, mit seinen sanften, grünen Hügeln, den verstreut liegenden Höfen und den kräftigen Wäldern, konnte es nicht manch anderer Ort aufnehmen. Für Ruedi Rötheli war es seine Heimat, auch wenn er nur einen kurzen Teil seines Lebens hier verbracht hatte. Hier waren seine Wurzeln. Ein zufriedenes Lächeln glitt über das Gesicht des alten Mannes. Er war sich lange nicht sicher gewesen, ob sein Entscheid richtige gewesen war, in die Biederkeit der Schweiz und die leicht bedrückende Enge des oberen Emmentals zurück zu kehren. Nun, in diesem Moment, mit diesem Ausblick und mit der Stimmung, die dieser herrliche Tag ihm bot, wusste er es. Er hatte sich richtig entschieden.

Ruedi sass einen Moment einfach nur da und liess die friedliche Stimmung der sich vor ihm ausbreitenden Natur auf sich wirken. Dann suchte er nach seinem Elternhof. Von hier oben konnte man das Gebäude gut erkennen. Trotzdem musste er zweimal hinschauen. Das aufgeräumte Anwesen mit dem gepflegten Umschwung war beinahe nicht wiederzuerkennen. Früher lag allerlei Gerümpel um das Haus herum. Sein Vater hatte die Angewohnheit, die unterschiedlichsten Gerätschaften, Behälter und sonstigen Gegenstände auf dem Hof rumliegen zu lassen, nie wirklich in den Griff bekommen. Zeitweise hatte das Gehöft eher einer Alteisenhandlung geglichen, als einem Bauernhof. Ruedi war deshalb positiv überrascht, als er den Zustand des Grundstücks sah. Unter diesen Umständen machte sein Elternhaus wirklich den Eindruck, eines kleinen Schmuckstücks.

Nachdem Ruedi das Haus und die Umgebung eine geraume Weile beobachtet hatte, war es Zeit, um aufzubrechen. Es war schon spät und der alte Mann wollte auf jeden Fall vor Eintreffen der Dunkelheit zurück im Hotel Löwen sein. Nach dem Abstieg mündete der Pfad in einen Rundweg, den die Gemeinde für die Touristen angelegt hatte. Auch dort standen in kurzen Abständen Holzbänke, auf denen man sich ausruhen und die Aussicht geniessen konnte. Einer dieser Holzbänke stand in unmittelbarer Nähe seines Elternhauses. Dort wollte er noch einmal eine Pause einlegen. So würde er das Haus auch noch aus nächster Nähe betrachten können.

Der Abstieg in den Äschengraben erwies sich als steil und rutschig. Die Anstrengung, ohne Schaden zu nehmen wieder ins Tal zu gelangen, war mit derjenigen des Aufstiegs zu vergleichen. Ruedi musste ständig aufpassen, wo er hintrat. Sein Schuhwerk war für diese Wanderung wirklich ungeeignet. Er war deshalb erleichtert, als er nach der mühsamen Rutschpartie endlich aus dem Wald auf den Rundweg kam. Die Holzbank stand wie erwartet keine dreihundert Meter von ihm entfernt. Er war froh, als er sich endlich setzen konnte. In den nächsten Tagen würde er sich noch häufig an diese Wanderung erinnern, wenn ihn die blauen Flecken und der Muskelkater peinigten.

Er öffnete den Rucksack, holte die Mineralwasserflasche raus und genehmigte sich einen kräftigen Schluck. Dann betrachtete er eine Weile sein Elternhaus und das Stöckli aus nächster Nähe. Viele Erinnerungen aus seiner Jugend kamen ihm wieder in den Sinn. Plötzlich wurde er vom Geläut der Kirchenglocken aus seinen Gedanken gerissen. Bereits halb fünf Uhr, es war später als Ruedi Rötheli gedacht hatte. Er musste aufbrechen, da er keinesfalls zu spät zurück im Hotel Löwen sein wollte. Es gab noch ein paar Telefonate zu erledigen. Das durfte er nicht zu spät angehen, sonst würde er niemanden mehr erreichen. Morgen standen zudem einige wichtige Termine an. Bereits um neun Uhr hatte er eine Besprechung beim Notariat Leimbacher in Langnau. Das Treffen war kurz nachdem er in Argentinien den Entschluss gefasst hatte, in die Schweiz zurück zu kehren, durch sein Anwaltsbüro in Zürich organisiert worden. Neben verschiedenen anderen Abklärungen durch die Kanzlei, war auch die Suche eines geeigneten Notariatsbüros in seiner Heimat auf der Liste gestanden. Man hatte ihm ohne Einschränkungen das Notariat Leimbacher als die absolut beste Variante empfohlen. Ruedi Rötheli war deshalb heute Morgen hoch erfreut gewesen, als er durch den Pfarrer die Bestätigung der Empfehlung erhalten hatte. Entsprechend war er auf das Treffen mit dem Notar gespannt. Schliesslich hatte Ruedi Rötheli ihm für die Ereignisse der kommenden Monate eine Schlüsselrolle zugedacht. Es würde deshalb von entscheidender Bedeutung sein, dass er sich mit dem Notar verstand und dieser den Auftrag annahm.

Ruedi Rötheli wollte sich gerade erheben, um zurück zum Hotel zu gehen, als er mitten in der Bewegung erstarrte und sich wieder auf die Bank sinken liess. Im Stöckli öffnete sich die Tür und ein gebeugt gehender alter Mann trat vor das Haus. Er setzte sich auf die sonnenbeschienene Bank, die vor dem Stöckli stand. Ruedis Erregung stieg von einem Moment auf den anderen an. Auf die Distanz konnte er nicht genau erkennen, wer sich da hingesetzt hatte. Es konnte sich jedoch eigentlich nur um Max handeln. Sein Bruder musste in der Zwischenzeit achtzig sein. Man konnte ihm selbst aus dieser Distanz die Jahre harter Arbeit ansehen.

Ruedi hätte am liebsten sofort den kurzen Weg zwischen ihm und seinem Bruder zurückgelegt und ihn in die Arme geschlossen. Der richtige Zeitpunkt war jedoch noch nicht gekommen. Zuerst wollte er sein Vorhaben umsetzen, wie er es schon vor Wochen geplant hatte. Das brauchte noch etwas Zeit. Zudem konnte er sich nach all den Jahren, auch noch etwas länger gedulden. Ruedi Rötheli blieb noch einen Moment sitzen und sah dem Treiben auf dem Bauernhof zu. Seine Freude wurde noch grösser, als kurze Zeit später drei kleine Kinder auf den Bauernhof zuliefen. Damit hatte er das Glück auch die nächste Generation zu Gesicht zu bekommen. Das war wirklich mehr, als er hatte erwarten dürfen.

Bevor er sich auf den Rückweg zum Löwen machte, versuchte er noch einen Blick auf den Goldenen Engel zu erhaschen. Das stellte sich jedoch als schwieriger heraus, als er angenommen hatte. In den vergangenen Jahren waren ein paar neue Gebäude auf der anderen Talseite errichtet worden, die nun den grössten Teil des Blicks auf das alte Wirtshaus versperrten. Auch wenn er den Weg noch ein Stück weiter nach oben gegangen wäre, hätte er nur gerade einen Teil des Daches erkennen können. Um die gut zwei Kilometer weiter das Tal hinauf zu wandern, hatte er heute einfach keine Zeit und auch keine Kraft mehr. Er nahm sich vor, den Besuch ein anderes Mal nachzuholen.

Kurz vor halb sechs Uhr machte er sich auf den Rückweg ins Hotel Löwen. Er war glücklich. Selbst wenn er seine Pläne nicht in die Tat würde umsetzen können, so hatte er doch noch einmal seine Heimat gesehen. Für Ruedi Rötheli war dieser Tag ein guter Tag.

Zurück im Hotel duschte er zuerst und versorgte die Blasen an seinen Füssen. Dann erledigte er die zwei wichtigen Telefonate, bevor er sich für einen Moment hinlegte. Die Anstrengung des Tages hatte Spuren hinterlassen. Er fühlte sich müde und ausgelaugt und musste wohl oder übel zur Kenntnis nehmen, dass er nicht mehr ganz im Vollbesitz seiner Kräfte war.

Nach einer Stunde Schlaf ging er am späteren Abend hinunter in die Gaststube. Das Lokal war an diesem Abend überdurchschnittlich gut besucht. Als der alte Mann in den Gastraum trat, sank der Gesprächspegel fast augenblicklich. Alle Augen richteten sich auf den Neuankömmling.

Es hatte sich im Dorf herumgesprochen, dass ein sonderbarer Kauz im Löwen in Trub abgestiegen war. Obwohl die Leute schon lange nicht mehr so hinterwäldlerisch waren, wie noch vor zweihundert Jahren, war das Auftauchen eines so sonderbaren Gastes wie Ruedi Rötheli dennoch etwas Aussergewöhnliches. Die Einheimischen wollten sich selbst überzeugen, was es mit dem Besucher auf sich hatte und nutzten die Gelegenheit gleich, um sich wieder einmal im Dorfrestaurant zu treffen. Schliesslich gab es in der Gemeinde ausser den beiden Viehmärkten wenige Attraktionen, die man begaffen konnte. Deshalb hatten sich an diesem Abend mehr Besucher im Löwen eingefunden, als sonst an einem Donnerstagabend üblich.

Ruedi, der die leichte Anspannung im Raum sehr wohl feststellte, liess sich nichts anmerken.

Die Serviertochter kam sofort auf ihn zu und führte ihn an einen Tisch, auf dem ein Reservationsschild stand. Nachdem er sich gesetzt hatte, kamen die Gespräche, die so abrupt unterbrochen worden waren, wieder in Gang.

„Das Menu heute ist Kartoffelstock mit Kalbsragout und Salat."

„Ist es möglich, dass ich auch etwas anderes bestellen kann?"

Das ist möglich, ja. Ich muss es ihnen aber gesondert berechnen. Sie erhalten eine Gutschrift von zehn Franken auf die Halbpension."

„Das ist in Ordnung."

„Was hätten sie in dem Fall gerne?"

Ruedi ergriff die Karte und fand sofort, was er suchte.

„Ich hätte gerne Berner Rösti mit Blutwurst und einen kleinen gemischten Salat mit französischer Sauce sowie einen dreier Gamay."

„Das lässt sich problemlos machen."

Die Kellnerin entfernte sich wieder, um die Bestellung weiter zu geben. Es dauerte zwanzig Minuten, bis sie mit einem Teller voll mit Rösti und zwei Blutwürsten mit Zwiebelsauce zurückkehrte.

Ruedis Augen begannen zu glänzen, als er den Teller sah. Auch das war eine Köstlichkeit, auf die er lange hatte verzichten müssen. Er genoss die Mahlzeit in vollen Zügen. Ein weiterer Höhepunkt eines an Höhepunkten reich gespickten Tages.

Nach dem Essen begab sich der alte Mann auf sein Zimmer. Etwas mehr Schlaf als üblich konnte für einmal sicher nicht schaden.

Als Ruedi Rötheli um acht Uhr am Löwenplatz in das Postauto stieg, waren mehr als die Hälfte der Plätzte belegt. Vom Bahnhof in Langnau aus fand er den Weg zum Notariatsbüro Leimbacher nicht auf Anhieb. Es war deshalb bereits spät, als er unten an der Tür klingelte. Kurz danach ertönte eine Stimme aus dem Lautsprecher über den Klingelknöpfen: „Ja?"

„Guten Tag, mein Name ist Ruedi Rötheli. Ich habe einen Termin bei Herrn Leimbacher."

Anstelle einer Antwort summte der Türschliessmechanismus. Ruedi Rötheli trat ein und wandte sich zum Lift, der ihn in den zweiten Stock brachte. Als er aus der Lift Tür direkt in das Foyer des Notariats trat, sah ihn die überrascht wirkende Assistentin hinter dem etwas überdimensionierten Schreibtisch erstaunt an.

„Herr Rötheli?"

Ihre Stimme klang leicht verunsichert.

„Ja, das bin ich. Ich habe einen Termin um neun Uhr mit Herrn Leimbacher."

Auf dem Gesicht der Assistentin erschien ein beruhigtes Lächeln.

„Herr Leimbacher kommt gleich. Wollen sie bitte einen Moment Platz nehmen, Herr Rötheli?"

Sie wies mit einer Geste zu der Lederpolstergruppe, die in der Ecke stand. Ruedi nickte dankend und setzte sich in einen der bequemen Sessel. Während der sechs Minuten, die er auf Markus Leimbacher warten musste, beobachtete ihn die Assistentin verstohlen. Sie schien unsicher, wie sie diesen komischen Mann in seiner kuriosen Aufmachung einordnen sollte.

Dann öffnete sich eine der Türen und ein grossgewachsener Mann Mitte dreissig in einem hellgrauen, sportlich geschnittenen Anzug betrat das Foyer. Er orientierte sich kurz und als er Ruedi Rötheli sah, steuerte er sofort mit einem Lächeln auf ihn zu und streckte ihm die Hand entgegen.

„Guten Tag Herr Rötheli. Mein Name ist Leimbacher."

Ruedi war aufgestanden. „Guten Tag Herr Leimbacher, freut mich sie kennen zu lernen." Ihm war keineswegs entgangen, dass der junge Notar mit keiner Regung auf sein Äusseres reagiert hatte. Ein nicht zu unterschätzender Pluspunkt im Hinblick auf eine mögliche Zusammenarbeit.

„Gehen wir in mein Büro." Mit einer einladenden Geste wies der Notar auf die Tür, aus der er eben herausgekommen war. Nachdem sie sich gesetzt hatten, stellte Markus Leimbacher die entscheidende Frage.

„Was kann ich für Sie tun?"

„Wie ihnen meine Anwaltskanzlei sicher bereits mitteilte, bin ich nach längerer Zeit in Argentinien zurück in die Schweiz gekommen. Vor beinahe vierundsiebzig Jahren bin ich hier in der Umgebung geboren und aufgewachsen. Nun bin ich in die Schweiz zurückgekehrt, um hier ein Projekt zu realisieren. Ich gehe davon aus, sie haben bereits einige Erkundigungen über meine Person eingezogen?"

Auf Markus Leimbachers Gesicht war ein leichtes Lächeln zu erkennen. „Das ist korrekt. Soweit möglich, habe ich einige Erkundigungen eingeholt."

„Gut, sehr gut. Ich gehe davon aus, dass sie dabei auch auf Informationen gestossen sind, die ihnen eine erste Idee zu meinem Vermögen gegeben haben." Ruedi Rötheli sah seinen Gesprächspartner erneut fragend an.

„Das kann man so sagen. Die Daten beziehen sich jedoch nur auf ihre Zeit in Argentinien", antwortete dieser nach kurzem Zögern.

„Ausgezeichnet. Ich will im Verlauf des nächsten Jahres einen Teil meines Vermögens weitergeben. Dabei benötige ich notarielle Unterstützung und ich würde mich glücklich schätzen, wenn ich auf sie zählen könnte. Was meinen sie dazu?"

Sofern Markus Leimbacher von den bisherigen Ausführungen seines Gesprächspartners überrascht war, so liess er sich das nicht im Geringsten anmerken.

„Aufgrund der mir bisher zur Verfügung stehenden Informationen spricht grundsätzlich nichts gegen eine Zusammenarbeit. Vorher wären jedoch noch ein paar Fragen zu klären. Ich weiss noch nicht viel über sie. Wenn ich jedoch mit jemandem in einer grösseren Angelegenheit zusammenarbeite, so will ich wissen, mit wem ich es zu tun habe. Zudem müssten sie mir noch detaillierter erläutern, welche Form der Zusammenarbeit, respektive welche Aufgaben sie für mich vorgesehen haben. Erst dann kann ich mich definitiv für oder gegen eine Zusammenarbeit entscheiden."

„Damit habe ich überhaupt kein Problem", entgegnete Ruedi Rötheli dem Notar. „Wenn sie einverstanden sind, würde ich ihnen gerne meine Geschichte erzählen, damit sie besser verstehen, um was es mir genau geht."

„Ich bitte darum."

Markus Leimbacher öffnete sein Notizbuch und wartete gespannt auf die Ausführungen seines Gesprächspartners. Ruedi Rötheli begann deshalb erneut zuerst über seine Kindheit in Trub und danach in groben Zügen die restlichen Stationen seines bisherigen Lebenswegs zu erzählen. Als er nach einer knappen Viertelstunde mit der kürzest möglichen Version seiner Lebensgeschichte am Ende angelangt war, sah der junge Notar sein Gegenüber mit einem erstaunten Gesichtsausdruck an. Der alte Mann, der in seiner einfachen Aufmachung auf der anderen Seite seines Schreibtisches sass, schien wirklich ein aussergewöhnlicher Zeitgenosse zu sein. Wie schon der Pfarrer tags zuvor, zeigte sich auch der Notar von dem was er in den letzten Minuten gehört hatte, ebenso beeindruckt, wie betroffen. Nach einem kurzen Moment des Schweigens, griff Markus Leimbacher den Gesprächsfaden wieder auf.

„Das ist eine sehr ungewöhnliche Geschichte." Er machte eine kurze Pause in der er nachdachte und dabei Ruedi Rötheli intensiv musterte. „Ihr Lebenslauf ist sehr spannend und aussergewöhnlich. Mir ist noch nicht klar, was ich in meiner Funktion als Notar für sie tun kann."

„Das kann ich verstehen, da ich auf diesen Punkt noch gar nicht eingegangen bin. Wie ich bereits erwähnte, möchte ich einen Teil meines Vermögens unter meinen Verwandten und einigen Institutionen aus meiner Kindheit verteilen. Dazu habe ich mir folgendes Vorgehen ausgedacht..."

Sein junger Gesprächspartner hörte ihm mit immer grösser werdendem Erstaunen zu. Zwischendurch stellte er einige Verständnisfragen. Als Ruedi Rötheli mit seiner Erklärung am Ende angelangt war, sah ihn der Notar nachdenklich an. Was für eine Fügung des Schicksals hatte diesen sonderbaren Menschen in seine Kanzlei geführt.

„Sie verstehen es wirklich andere in Erstaunen zu versetzen, Herr Rötheli. Dennoch würde ich sie bei der Umsetzung ihres Vorhabens gerne unterstützen. Den definitiven Entscheid kann ich jedoch nicht hier und heute treffen. Neben dem grossen Umfang an Aufgaben, welche ihr Vorhaben mit sich bringen könnte, stellen vor allem die kurzen Fristen eine Herausforderung dar. Es bleibt sehr wenig Zeit für die Vorbereitung. Im Moment habe ich einige Mandate, welche die Kanzlei bereits gut auslasten. Ich muss zuerst prüfen, ob ich ihren Auftrag daneben noch durchführen kann. Erst danach kann ich ihnen definitiv zu- oder absagen. Ich benötige deshalb bis am Montag Bedenkzeit und rufe sie im Verlauf des Nachmittags an. Dann kann ich ihnen sagen, ob es mir möglich ist, sie zu unterstützen."

„Das ist überhaupt kein Problem. Es ist mir lieber, sie denken noch einmal darüber nach und stehen danach vollkommen hinter der Umsetzung meines Vorhabens. Ich wäre ihnen jedoch dankbar, wenn sie mich bereits am Montagmorgen kontaktieren könnten. Sollten wir keine Einigung finden, so muss ich mich um eine andere Lösung bemühen. Der Zeitfaktor würde damit noch ein wenig problematischer. Ich will sie nicht drängen, hoffe jedoch, dass sie für meine Situation Verständnis aufbringen."

Ruedi Rötheli überreichte Markus Leimbacher eine Karte, bevor er sich vom Notar verabschiedete. Mit dem Erreichten war er mehr als zufrieden. Er hatte keine Zweifel, dass Markus Leimbacher seinem Ansinnen positiv gegenüber stehen würde. Möglicherweise waren am Montag noch einmal ein Gespräch und ein weiterer Anreiz notwendig. Mehr Widerstand erwartete er jedoch nicht mehr und auf seinen Instinkt hatte er sich bisher immer verlassen können.

Die Abklärungen hatten fast einen halben Tag in Anspruch genommen. Ruedi Rötheli hatte jedoch mit diesem Aufwand gerechnet. Es war ihm lieber, etwas mehr Zeit zu investieren und dafür die richtigen Leute bei seinem Vorhaben an Bord zu haben. Er war bisher immer nach diesem Prinzip vorgegangen und hatte noch nie schlechte Erfahrungen gemacht.

Als nächstes stand ein Termin mit dem Vertreter einer Immobilienagentur auf dem Programm. Ruedi brauchte in der Umgebung von Trub einen Treffpunkt, den er als Büro und Notschlafstelle nutzen konnte. Er hatte nicht vor, seine Zelte im Oberemmental aufzuschlagen. Der Treffpunkt war für ihn eine Art Aussenstelle, die gleichzeitig als Postanschrift diente. Sein eigentliches Domizil in der Schweiz wollte er in der Umgebung von Thun oder Brienz einrichten. Wobei er alle möglichen Vorsichtsmassnahmen traf, damit niemand seinen eigentlichen Wohnort in Erfahrung bringen konnte. Ruedi brauchte einen Rückzugsort, an dem er seine Ruhe hatte. War sein Vorhaben erst einmal angelaufen, so würden alle möglichen Leute versuchen ihn zu erreichen. Genau das wollte er unter allen Umständen vermeiden. Zudem boten Thun wie Brienz die Vorzüge eines Sees. Diesen kleinen Luxus wollte er wann immer möglich in Ruhe geniessen.

Im Moment liefen Abklärungen, um einen geeigneten Standort zu finden. Bei der Suche trat der alte Mann nicht persönlich in Erscheinung. Er hatte zu diesem Zweck eine Investmentfirma gegründet, die in der Umgebung der beiden Standorte Büroräume suchte. Die Räumlichkeiten sollten grosszügig konzipiert sein. Im kleineren Teil sollte die Investmentfirma untergebracht werden. Die Firma diente einzig und alleine dazu, Ruedi Rötheli vor der Öffentlichkeit abzuschirmen. Im grösseren Teil der Räumlichkeiten wollte er wie in einem Loft seinen Hauptwohnsitz in der Schweiz einrichten. Mit den entsprechenden finanziellen Mitteln und über die verfügte er glücklicherweise, war es möglich eine solche Liegenschaft zu finden und seinen Wünschen entsprechend auszustatten. Die Frage war eigentlich nur, wie lange es dauern würde, bis das richtige Objekt gefunden war.

Sein Schweizer Anwaltsbüro hatte eine bekannte Immobilienagentur aus Bern mit der Suche eines geeigneten Objekts in der Umgebung von Trub beauftragt. Heute war das erste Treffen mit der Vertreterin der Agentur. Bis es soweit war, hatte er jedoch noch etwas Zeit. Das Treffen war erst um vierzehn Uhr angesetzt. Sie hatten vereinbart sich vor dem Bahnhof in Langnau unter der Bahnhofsuhr zu treffen. Der Ort war gut gewählt, da in Langnau im Emmental nicht hunderte von Leuten um vierzehn Uhr vor dem Bahnhof unter der Bahnhofsuhr standen.

Als Ruedi zur vereinbarten Zeit am Treffpunkt ankam, fiel ihm die attraktive junge Frau in ihrem dunkelblauen Hosenanzug sofort auf. Sie passte ebenso wenig auf einen Bahnhofplatz im Emmental wie Ruedi Rötheli selber. An ihrem leicht nervös wirkenden Verhalten konnte man zudem gut erkennen, dass sie auf jemanden wartete, den sie offenbar nicht kannte. Ansonsten hätte sie nicht jede Person die auch nur in die Nähe ihres Standortes kam so erwartungsvoll gemustert.

Ruedi Rötheli steuerte direkt auf sie zu, was sie im ersten Moment doch ein wenig zu irritieren schien. Als er nur noch ein paar Meter von ihr entfernt war, gewann das professionelle Verhalten gegenüber der leichten Irritation die Überhand.

„Herr Rötheli?"

„Ja, mein Name ist Ruedi Rötheli."

Die junge Frau kam ein paar Schritte auf ihren Klienten zu.

„Mein Name ist Adriana Bühler. Freut mich sie kennen zu lernen Herr Rötheli."

„Die Freude ist ganz meinerseits."

Die Maklerin setzte ein geschäftsmässiges Lächeln auf.

„Ich habe meinen Wagen vorne auf dem Parkplatz. Wir haben für sie vier Objekte ausgesucht, die ich ihnen heute gerne zeigen würde. Zwei sind hier in Langnau, eines in Trubschachen und eines oberhalb von Bärau."

In den nächsten Stunden führte die Maklerin Ruedi Rötheli von einem Objekt zum anderen. Nach den beiden Liegenschaften in Langnau stand das Haus in Bärau auf dem Programm. Schon als sie vor dem Gebäude vorfuhren und Ruedi Rötheli das Haus das erste Mal sah, hatte er gleich das Gefühl hier am richtigen Ort zu sein. Während der Besichtigung bestätigte sich diese erste Ahnung und wurde schnell zur Gewissheit. Die Liegenschaft in Bärau entsprach genau den Vorstellungen, die Ruedi Rötheli von einem Aussenposten hatte. Die Lage und die Grösse passten nahezu optimal. Ruhig und trotzdem nicht zu abgelegen. Genau das, was er gesucht hatte. Mit ein paar wenigen Umbauarbeiten liess sich das Haus zudem so herrichten, dass es seinen Bedürfnissen nahezu vollumfänglich entsprach.

Die Besichtigung des letzten Objekts gestaltete sich entsprechend kurz. Sie waren noch nicht einmal richtig in der Wohnung, als Ruedi Rötheli bereits wieder kehrt machte. Er erklärte Adriana Bühler, er wolle unter allen Umständen das Haus in Bärau.

Die Maklerin, die schon ihre Provision vor sich sah, machte sich sofort daran das Notwendige zu veranlassen. Sie telefonierte mit ihrem Büro, während sie gleichzeitig versuchte den Ausführungen von Ruedi Rötheli zu folgen. Er hatte vor, das neue Domizil spätestens Ende September zu beziehen. Das liess Adriana Bühler für die Renovationsarbeiten nicht einen allzu grossen Spielraum.

„Ich denke, wir sind in der Lage die gewünschten Anpassungen rechtzeitig zu realisieren, es wird jedoch nicht gerade günstig ausfallen."

Ruedi Rötheli sah sie einen Moment lang an. „Ich schlage ihnen vor, sie prüfen bis am Montag die Machbarkeit meiner Anforderungen. Sollte alles nach meinen Wünschen realisierbar sein, sehen wir uns am Dienstag um zehn Uhr mit dem Architekten und den verantwortlichen Handwerkern vor Ort zu einer Besprechung. Den Leuten werde ich genau erklären, was ich haben will, welche Qualität ich erwarte und bis wann die Arbeiten zu realisieren sind. Ich kann ihnen heute bereits versichern, dass die Handwerker keine Freude haben werden. Deshalb werde ich ihnen am Ende der Veranstaltung mitteilen, was ich bei einer erfolgreichen Abwicklung bereit bin zu bezahlen. Danach dürfte es bezüglich der Realisierbarkeit meiner Wünsche keinerlei Diskussionen mehr geben."

Die bis anhin eher etwas arrogant auftretende Maklerin wurde vom forschen Tempo und dem geschäftsmässigen Ton, den der bis anhin äusserst liebenswürdig wirkende alte Mann plötzlich anschlug, völlig überrascht. Der kurze Moment des Zögerns machte jedoch sofort wieder der geschäftsmässigen Fassade Platz.

Sie war nicht gerade glücklich gewesen, als sie von ihrem Chef diesen Auftrag in der biederen Provinz des oberen Emmentals erhalten hatte. Ihr missmutiger Blick hatte jedoch schon ausgereicht, um eine Reaktion zu provozieren.

„Ich sage es dir einfach und deutlich, Adriana. Entweder du erledigst diesen Auftrag so, wie ich es von dir erwarte, rasch, kompetent und ohne Diskussionen oder du suchst dir eine neue Stelle. Du bist mit Abstand meine beste Mitarbeiterin und ich sehe in der Regel über deine manchmal schwierigen Launen hinweg. Ich habe diesen Auftrag auf Empfehlung eines Kunden erhalten und kann es mir nicht leisten, dass dabei etwas schief geht. Habe ich mich klar und verständlich genug ausgedrückt?"

So direkt war Yves Koller noch nie geworden. Er hatte ihr immer grössere Freiheiten als ihren Kolleginnen und Kollegen zugestanden, was sie ihm jeweils durch hervorragende Arbeit vergolten hatte. Dieser Rötheli musste wirklich etwas ganz Besonderes sein, das er diese Vorzugsbehandlung erhielt. Das Trostpflaster war die Prämie, die in diesem Fall auch deutlich über der üblichen Provision lag.

Nach der Besprechung bot die Maklerin Ruedi Rötheli an, ihn nach Trub zu bringen. Er lehnte das dankend ab und bat Adriana Bühler ihn zurück zum Bahnhof nach Langnau zu fahren. Er wollte noch ein wenig in den Geschäften herumstöbern und das eine oder andere einkaufen. Danach war das Postauto das richtige Transportmittel, um wieder nach Trub zurückzukehren. Obwohl er sich alle Mühe gegeben hatte, genau das zu vermeiden, hatte er jetzt schon mehr Aufsehen erregt, als ihm lieb war.

Nach seiner Rückkehr und nachdem er seine Einkäufe in sein Zimmer gestellt hatte, begab er sich in die Gaststube. Der Tisch, den er gestern bereits belegt hatte, war erneut mit einem Reservationsschild versehen. Er fühlte sich bereits wie ein Stammgast. Auch an diesem Abend war das Restaurant wieder überdurchschnittlich gut belegt. Die Reaktion der Anwesenden hielt sich bei seinem Eintreten dieses Mal in Grenzen.

Kaum hatte er sich gesetzt, stand auch schon die Serviertochter mit der Menu Karte an seinem Tisch. Ihr stets fröhliches Lächeln schien von Herzen zu kommen. Es hatte etwas Authentisches und Unverfälschtes. Sie streckte Ruedi Rötheli die Karte entgegen.

„Ich gehe davon aus, das Tagesmenue interessiert sie weniger. Es gibt Geschnetzeltes mit Nüdeli und Salat."

Ruedi musste lächeln.

„Besteht die Möglichkeit, dass ich trotz der noch fast sommerlichen Temperaturen ein Fondue erhalten kann."

Nun lächelte die Kellnerin ebenfalls.

„Ich denke, dass sollte sich einrichten lassen."

Sie nahm die Karte und begab sich zur Küche, um die Bestellung aufzugeben.

Ruedi betrachtete die anwesenden Gäste in der Schankstube. Die meisten waren einheimische Bauern. Sie sassen an den Tischen, tranken ein Glas Bier oder einen Kaffee und diskutierten mehr oder weniger heftig über die unterschiedlichsten Themen. Ab und zu warf der eine oder andere einen neugierigen Blick in seine Richtung, was ihn jedoch herzlich wenig störte.

Nach einem ausgezeichneten Abendessen, das Ruedi erneut bis zum letzten Bissen genoss, begab er sich auf sein Zimmer und legte sich schlafen.

Pfarrer Küenzle hatte sich auf ein erneutes Treffen mit Ruedi Rötheli gefreut. Dieser alte Mann faszinierte ihn. Seit ihrer ersten Begegnung war er sich sicher, hinter der sonderbaren Verkleidung steckte weit mehr, als ein oberflächlicher Beobachter im ersten Moment erkennen konnte. Die künstlich aufgebaute Fassade, sollte die Leute nur davon abhalten, den wahren Ruedi Rötheli zu erkennen. Der Pfarrer zweifelte dabei keinen Moment daran, dass dieses Vorgehen bei den meisten Leuten auch funktionierte. Er hatte sich deshalb vorgenommen, hinter die Fassade zu blicken.

Kam dazu, dass der alte Mann ein Talent besass Geschichten zu erzählen, von dem selbst er als Pfarrer noch einiges lernen konnte. In seiner Stimme schwang die Melancholie und Weisheit eines lebenserfahrenen, mit sich selbst zufriedenen Mannes mit, sobald er einmal zu erzählen begann. Dieser sonderbare alte Kauz erinnerte ihn an jenen alten Benediktiner Pater, den er während seiner Ausbildung getroffen hatte. Pater Pius hatte ihn damals mit seiner Zufriedenheit und inneren Ruhe zutiefst beeindruckt. Seither hatte er nie wieder jemanden getroffen, der diese innere Ruhe und Gelassenheit ausstrahlte. So lange, bis ihm vor zwei Tagen Ruedi Rötheli über den Weg gelaufen war.

Nun sassen sie wieder in der Küche des Pfarrhauses vor einer Tasse Kaffee.

„Ich freue mich, dass wir uns noch einmal treffen konnten", begann Ruedi das Gespräch. „In den letzten drei Tagen konnte ich beinahe alles erledigen, was ich mir vorgenommen hatte. Mir bleibt eigentlich nur noch ein Punkt übrig, der noch offen ist."

Er machte eine kleine Pause, nahm einen Schluck Kaffee und einen Bissen Kuchen, den der Seelsorger auf den Tisch gestellt hatte.

„Mmhhh, dieser Kuchen ist wirklich ausgezeichnet."

Er gönnte sich noch ein Stück und begann wieder zu erzählen.

„Ich habe ihnen vorgestern ja den ersten Teil meiner Geschichte erzählt, der nur einen kleinen Teil meiner Erlebnisse ausmacht. Heute würde ich ihnen gerne einen weiteren Teil erzählen. Doch vorher lassen sie mich noch kurz zum Hauptgrund kommen, der mich bewogen hat, noch einmal zu ihnen zu kommen.

Dass ich nach all den Jahren wieder in meine Heimat zurückgekehrt bin, hat nicht nur damit zu tun, dass ich meine Familie wieder sehen möchte. Vor einigen Monaten bin ich plötzlich in Argentinien bei einem Ausritt auf meiner Estancia vom Pferd gefallen. Bei der darauf folgenden Untersuchung wurde bei mir eine unheilbare Nervenkrankheit festgestellt. Die Krankheit beeinträchtigt mich im Moment nicht, ist jedoch sehr heimtückisch. Niemand konnte mir sagen, wie sie sich in der nächsten Zeit entwickeln wird."

Man konnte dem Pfarrer die Betroffenheit im Gesicht ablesen.

„Das ist keine schöne Geschichte, die sie mir da erzählen." Der Seelsorger wirkte nachdenklich. „Ich frage mich, wie ich ihnen helfen kann. Als Pfarrer ist es in erster Linie meine Aufgabe, für das Seelenheil meiner Mitmenschen da zu sein. Wenn es um körperliche Gebrechen geht, sind meine Grenzen bald einmal erreicht. In ihrem Fall, befürchte ich, sind meine Möglichkeiten sogar äusserst beschränkt. Was erhoffen sie sich also von mir?"

„Sofern sie sich dazu bereit erklären, mich zu unterstützen, werde ich ihnen sicher in den nächsten Wochen meine ganze Lebensgeschichte erzählen. Das ist für mich eine zwingende Voraussetzung, für eine mögliche Zusammenarbeit. Wenn sie meine Geschichte hören, werden sie feststellen, dass ich ein paarmal neben dem richtigen Gespür für die Situation auch etwas Glück hatte. Das führte neben vielem anderem auch dazu, dass mein Vermögen mit der Zeit in aussergewöhnliche Höhen gestiegen ist.

Wenn sich nun mein Leben in die von meinen Ärzten vorausgesagte Richtung entwickelt, nutzen mir all meine finanziellen Reserven nichts mehr. Ich habe mich deshalb entschieden einen Teil meines Vermögens zu verteilen. Unter anderem möchte ich auch den Menschen aus meiner Jugendzeit einen Teil dieser Summe zukommen lassen. Was ich jedoch nicht vorhabe, ist den Betrag einfach so zu verschenken. Hier benötige ich ihre Hilfe."

In der folgenden Stunde erklärte Ruedi Rötheli dem Dorfpfarrer von

Trub den gleichen Plan, den er am Vortag dem Notar erklärt hatte. Je mehr er von seinem Vorhaben Preis gab, umso grösser wurde das Erstaunen des völlig überraschten Dorfgeistlichen.

„Sie sind wirklich ein Mann voller Überraschungen", stellte er erneut fest, als Ruedi mit seinen Ausführungen am Ende angelangt war. „Aufgrund ihrer Erzählung bin ich mir immer noch nicht sicher, womit ich ihnen bei ihrem Vorhaben helfen soll. Ihr Anliegen beinhaltet eigentlich keine Aufgabe, die einen Seelsorger benötigt. Die Unterstützung, die sie sich von mir erhoffen, gehört keineswegs zu den Aufgaben eines Pfarrers einer Gemeinde. Es fällt mir deshalb etwas schwer, auf ihren Wunsch einzugehen." Der Pfarrer machte eine kurze Pause während der er angestrengt nachzudenken schien.

Ruedi Rötheli spürte, wie die Zweifel an dem ehrbaren Mann nagten. Er versuchte deshalb seine Bedenken zu zerstreuen. „Ich kann nachvollziehen, dass sie von meiner Anfrage völlig überrascht sind. Ein Anliegen dieser Art wird ihnen sicher nicht jeden Tag vorgetragen. Ebenso kann ich ihnen versichern, es handelt sich dabei um nichts Illegales oder Unrechtes. Trotz meiner Beteuerungen wäre ich jedoch nicht erstaunt, wenn mir jemand unlautere Absichten unterstellen würde. Gerade aus diesem Grund ist es für mich wichtig, wenn eine über alle Zweifel erhabene Instanz mein Vorhaben begleitet. Ihre Aufgabe wäre es das kritische Gewissen meines Vorhabens zu sein, indem sie sich jederzeit davon überzeugen, dass alles korrekt abläuft und mit rechten Dingen zugeht. Damit sie das sicherstellen können, würde ich ihnen uneingeschränkte und volle Akteneinsicht in jedes Dokument gewähren, das mir zur Verfügung steht. Ich wäre ihnen deshalb sehr dankbar, wenn sie über die Tatsache, dass die Anfrage aussergewöhnlich ist, hinwegsehen könnten. Es ist mir wirklich ein Anliegen, sie bei der Umsetzung meines Vorhabens mit an Bord zu haben."

Die leicht emotionale Ansprache verfehlte ihre Wirkung nicht. Obwohl immer noch nicht völlig überzeugt, stimmte Pfarrer Küenzle schliesslich zu, Ruedi Rötheli bei der Umsetzung seines Plans zu unterstützen. Dabei war die aktuelle gesundheitliche Situation seines Bittstellers sicher mitentscheidend, dass sich der Pfarrer überzeugen liess, bei der Sache mitzuwirken. Kam ein Punkt hinzu, der nicht zu unterschätzen war. Pfarrer Küenzle liebte spannende Geschichten. Nachdem, was er bisher gehört hatte, versprach die Fortsetzung der Erzählungen des alten Mannes nicht minder spannend zu werden. Das wollte sich der Dorfgeistliche unter keinen Umständen entgehen lassen.

Nachdem dieser erste Punkt zu seiner Zufriedenheit geklärt war, setzte

Ruedi Rötheli sein Versprechen in die Tat um. „Ich weiss nicht mehr genau, wo ich vorgestern stehen geblieben bin."

Der Pfarrer musste lächeln. „Am besten setzen sie die Erzählung dort fort, wo sie in Australien angekommen sind.

Ruedi Rötheli grinste nun ebenfalls, wobei sein Lächeln eher etwas Schelmisches an sich hatte. „Ich denke, das ist eine sehr gute Idee", meinte er schliesslich. Dann nahm er einen Schluck Kaffee, bevor er zu erzählen begann. „Als ich in Perth das Schiff verliess, führte mich mein Weg als erstes in die Seemannsmission. Kapitän Lundberg hatte mir aufgetragen, zuerst dort eine Unterkunft zu suchen. Er hatte mir einen Umschlag für den Leiter der Mission mitgegeben, den ich ihm nach meinem Eintreffen gleich über-reichen sollte.

Der Leiter der Mission war einer jener typischen Vertreter der Seemanns-zunft, denen man die Jahre harter Arbeit auf See ansah. Sein wettergegerbtes Gesicht hatte ständig einen leicht mürrischen Ausdruck und die Antworten auf Fragen klangen wie kurze gebellte Befehle.

Ich stellte mich kurz vor, sagte von welchem Schiff ich kam und hielt ihm ohne weitere Erklärung den Umschlag von Kapitän Lundberg hin. Zuerst sah er mich nur erstaunt an. Dann ergriff er den Umschlag, öffnete ihn und entnahm ihm einen Brief sowie einen zweiten kleineren Umschlag. Nachdem er den Brief gelesen hatte, sah er mich kurz nachdenklich an. Dann führte er mich in eines der Zimmer und wies mir ein Bett zu.

„Du kannst zwei Monate in der Mission bleiben. Bedingung ist jedoch, entweder in dieser Zeit einen Job in der Stadt zu suchen oder nach spätes-tens zwei Monaten wieder auf einem Schiff anzuheuern. Deine Sachen kannst du in den Schrank da stellen und mit dem Schlüssel abschliessen. Die Wertsachen trägst du entweder bei dir oder gibst sie bei mir gegen eine Quit-tung ab, bis du uns wieder verlässt. Im Aufenthaltsraum gibt es immer gratis Kaffee und manchmal auch Kuchen. Die Nacht kostet einen Dollar inklusive Morgenessen. Das Nachtessen kostet fünfzig Cents. Iss etwas, schlaf dich aus und komm Morgen nachdem du aufgestanden bist und gefrühstückt hast in mein Büro." Dann drehte er sich um und liess mich einfach stehen.

Die erste Nacht auf festem Boden war nach all den Monaten auf See eine echte Wohltat. Obwohl zu Beginn das Bett schwankte wie ein Fischkutter bei Windstärke sechs, war es trotzdem ein gutes Gefühl sich nicht an den Rändern verkeilen zu müssen, um nicht aus der Koje zu fliegen. Neben mir war noch ein Grieche im Zimmer, der mich jedoch ebenso in Ruhe liess wie ich ihn.

Am nächsten Morgen ging ich wie gewünscht zum Leiter der Seemanns-mission. Sein kleines Büro wirkte völlig chaotisch und war vollgestopft mit Ordnern, Stapeln von Dossiers und Büchern. Als ich an die Tür klopfte, sah er nur kurz auf.

„Komm herein."

Er öffnete eine Schublade des Schreibtisches und holte den kleinen Um-schlag hervor, den er gestern aus dem grösseren Umschlag von Kapitän Lundberg herausgeholt hatte. Dann reichte er ihn mir, mit einem Zettel.

„Das hier ist die Beschreibung, wie du von hier aus zum Royal Freshwa-ter Bay Yacht Club kommst. Wenn du dort angekommen bist, gehst du zur Rezeption und verlangst Robert Henderson zu sprechen. Ist er nicht dort, bedankst du dich und sagst den Leuten, du würdest es am Nachmittag noch einmal versuchen. Dann verlässt du das Gelände wieder. Ist er am Nachmit-tag auch nicht dort, versuchst du es am nächsten Morgen wieder. Das wie-derholst du so lange jeden Tag, auch an den Sonntagen, bis du Henderson antriffst. Es kann sein, dass du mehrere Wochen hinfahren musst, bis dieser alte Halunke nachgibt. Gib den Umschlag unter keinen Umständen jemand anderem als ihm persönlich. Egal was dir die Leute erzählen. Wenn sie dich fragen, was du von Henderson willst, sagst du nur, du würdest ihm das per-sönlich mitteilen. Wenn Henderson dann kommt, drückst du ihm den Um-schlag in die Hände und sagst ihm gleichzeitig, dass dich Kapitän Lundberg schickt. Dann wartest du, bis er den Umschlag geöffnet hat. Fragt er dich, was du noch willst, sagst du ihm, Kapitän Lundberg habe dir mehr als einmal aufgetragen nicht zu gehen bevor er den Umschlag geöffnet und den darin enthaltenen Brief gelesen habe. Wörtlich habe der Kapitän gemeint: Lass dich von diesem alten Gauner nicht abweisen und sei standhaft."

„Wie weiss ich wer Robert Henderson ist."

Der Leiter der Seemannsmission sah mich einen nicht enden wollenden Moment an, ohne eine Miene zu verziehen. Dann begann er von einem Au-genblick auf den anderen lauthals zu lachen.

„Kapitän Lundberg hat völlig Recht. Du bist wirklich ein helles Köpf-chen."

Er drehte sich um und kramte in seinem Aktenkorpus herum. Schliesslich holte er einen Zeitungsausschnitt mit einem Foto heraus. Dann reichte er mir das Dokument.

„Das ist Henderson und vergiss nicht, gib den Umschlag nur ihm und sag ihm, dass dich Kapitän Lundberg schickt. Viel Glück."

Ich bin also, wie es mir aufgetragen wurde, zum Royal Freshwater Bay

Yacht Club gefahren. An der Rezeption habe ich nach Robert Henderson gefragt. Man teilte mir mit, er wäre nicht da. Ich habe mich bedankt und bin wieder gegangen. Das gleiche habe ich am Nachmittag und an den nächsten Tagen getan. Es dauerte drei Wochen, bis eine der Damen an der Rezeption mit mir erbarmen hatte und Henderson suchte. Nach ein paar Minuten kam sie zurück und meinte, ich solle am Nachmittag nach drei Uhr wieder kommen. Als ich kurz nach fünfzehn Uhr im Yacht Club eintraf, war Robert Henderson tatsächlich da. Ich sagte ihm wie mir aufgetragen worden war, dass mich Kapitän Lundberg schickt. Dann drückte ich ihm den Umschlag in die Hand und blieb abwartend stehen. Er öffnete den Umschlag und las das Schreiben darin, ohne eine Miene zu verziehen. Danach sagte er mir nur, ich solle am nächsten Morgen um acht Uhr wieder kommen, drehte sich um und verschwand ohne ein weiteres Wort zu verlieren.

Am nächsten Tag stand ich pünktlich um acht Uhr wieder vor der Rezeption. Wie sich herausstellte, war Robert Henderson für alle Angestellten des Royal Freshwater Bay Yacht Clubs zuständig. Eine ähnliche Funktion wie ein Personalchef und Abteilungsleiter in Personalunion. Nach einer kurzen und unterkühlten Begrüssung führte mich der leicht mürrisch wirkende Mann in die Küche und übergab mich in die Obhut des Küchenchefs.

Der Gebieter über den gastronomischen Bereich des Royal Freshwater Bay Yacht Clubs war ein Belgier mit Namen Bertrand Cunollet. Er war ein Sternekoch aus der Nähe von Lüttich, der unter nicht ganz klaren Umständen nach Australien gekommen war. Es gab Gerüchte die von Frauengeschichten berichteten, jedoch nie bewiesen werden konnten. Nach seiner Ankunft in Australien hat er zuerst in einer kleinen heruntergekommenen Fischkneipe am Hafen von Perth gekocht. Innerhalb von zwei Jahren machte er aus der Spelunke ein Insiderlokal, das durch seine exquisite Küche begeisterte. Dann wurde er in den Royal Freshwater Bay Yacht Club gerufen, wo er seit nunmehr über zehn Jahren der unangefochtene Herrscher über Pfannen und Töpfe war.

Im Gegensatz zu seinen Berufskollegen, die des Öftern zur Exzentrik neigten, wenn sie einmal erfolgreich waren, blieb der Küchenchef des Royal Freshwater Bay Yacht Clubs mit beiden Füssen auf dem Boden. Er behandelte sein Personal korrekt, auch wenn er einiges von seinen Leuten verlangte. Rumgeschrei, Beleidigungen oder eine schlechte Stimmung, verabscheute er gänzlich. In seiner Küche herrschte eine sehr professionelle und hochkonzentrierte Atmosphäre. Das wirkte sich auf die Qualität des Restaurants aus, das weit über die Grenzen von Perth hinaus bekannt war. Ich sollte erst viel später erfahren, dass eine Stelle in diesem Restaurant zu erhalten, schon beinahe einem Adelstitel in der Gastronomie Australiens gleichkam.

Meine Aufgabe war die eines Küchenburschen. Ich musste in der Anfangszeit vor allem Gemüse rüsten, aufräumen, abwaschen und die Küche putzen. Die Arbeit war im Gegensatz zu den Monaten auf der MS Goedehoop ein Zuckerschlecken. Ich hatte deshalb kein Problem mich in das Team einzufügen. In den ersten Wochen wurde ich von den anderen Mitarbeitenden ignoriert. Es war nicht so, dass man mich nicht gegrüsst hätte. Die Regeln des Anstandes wurden peinlichst genau eingehalten. Viel mehr geschah jedoch nicht.

Die Anweisungen erhielt ich vom Sou Chef der Küche. Er war Japaner und hiess Takeshi Nakamura. Er hatte in seiner Heimat die traditionelle japanische Küche erlernt und war nun seit vier Jahren im Royal Freshwater Bay Yacht Club, um auch die westliche Kochkunst zu perfektionieren. Eigentlich hatte er vor gehabt, nur ein Jahr in Australien zu bleiben, um danach in Japan ein eigenes Restaurant zu eröffnen. In der Zwischenzeit gehörte er jedoch zum festen Kern des Küchenteams und war aus dem Yacht Club nicht mehr wegzudenken.

Takeshi Nakamura war ein nicht sehr gross gewachsener und ständig ein wenig mürrisch wirkender Mensch. In der ersten Zeit hatte ich Mühe seinen Dialekt zu verstehen. Er sprach ein abgehacktes und grammatikalisch aussergewöhnliches Englisch mit einem sehr starken Akzent. Mit der Zeit kam ich jedoch immer besser damit zurecht.

Die mir aufgetragenen Arbeiten erledigte ich so rasch wie möglich und ohne auch nur einmal zu diskutieren. Selbst wenn ich am späten Abend noch aufräumen musste und alle anderen bereits die Küche verlassen hatten, erledigte ich alle Arbeit sauber und zuverlässig. Am nächsten Tag stand ich dann wieder pünktlich wie jeder andere in der Küche.

Wenn meine Aufgaben es zuliessen, versuchte ich den Köchen über die Schulter zu blicken. Meine Beobachtungen, notierte ich in einem kleinen schwarzen Büchlein. Ich stellte keine Fragen, sondern versuchte das Vorgehen der Köche durch beobachten zu erkennen. Das grösste Problem dabei war es, nicht im Weg herumzustehen. Als ich das erste Mal versuchte etwas zu erhaschen, kam es prompt zu einem kleinen Zusammenstoss. Dieser kurze Zwischenfall führte sofort zu einem Stocken der ansonsten reibungslos laufenden Küchenmaschinerie. In der Hektik des Tages ging dieser kurze Vorfall jedoch unter.

Am nächsten Tag griff Bertrand Cunollet das Thema am allmorgendlichen Rapport wieder auf. Im ersten Moment erschrak ich fürchterlich, als sich der Küchenchef erstmals nach dem kurzen Einstellungsgespräch vor versammelter Mannschaft an mich wandte. Ich muss einen ziemlich verstörten Eindruck hinterlassen haben. Auf die Frage, warum ich am Vortag in der Küche im Weg rumgestanden sei, antwortete ich zuerst mit einer Entschuldigung. Dann versuchte ich mein Verhalten zu erklären. Dabei nahm ich auch mein schwarzes Büchlein zur Hand, in dem ich meine Beobachtungen notiert hatte. Bertrand Cunollet hörte mir ruhig zu und liess sich danach das Büchlein zeigen. Er blätterte kurz darin herum und gab es mir wieder zurück. Danach wandte er sich an alle Anwesenden und teilte ihnen mit, ich hätte hiermit seine offizielle Erlaubnis den Köchen zuzuschauen. Er stellte nur die Bedingung, dass ich daneben weiterhin meine Arbeit erledigte und möglichst nicht im Weg herumstand und den Betrieb aufhielt. Schliesslich, so stellte er an die ganze Belegschaft gerichtet fest, begrüsse er es, wenn Leute seines Teams den Wunsch verspüren, sich weiter zu entwickeln. Eine Haltung wie die meine müsse gefördert werden und solle allen anderen als Vorbild dienen, sich auch persönlich immer weiter zu entwickeln. Damit hatte ich den offiziellen Segen des Küchenchefs, was mir auch eine grössere Akzeptanz meiner Arbeitskollegen einbrachte.

In den nächsten Wochen versuchte ich, so viel wie möglich an Informationen zu sammeln, wie ich nur konnte. Meine Notizen übertrug ich in meiner Freizeit auf Kärtchen, die ich mir besorgt hatte. So erhielt ich mit der Zeit einen kleines Karteikästchen, in dem ich zu den unterschiedlichsten Themen des Küchenhandwerks Informationen abgelegt hatte. An den Wochenenden versuchte ich, wann immer sich die Möglichkeit ergab, aus dem Buch etwas zu kochen. Manchmal mit mehr, manchmal mit weniger Erfolg.

Meine Neugier und meine korrekte Arbeit wurden schliesslich belohnt. Nach gut vier Monaten erhielt ich erstmals eine Aufgabe, die nicht mit rüsten oder putzen zu tun hatte. Bertrand Cunollet höchst persönlich stand plötzlich eines Morgens neben mir.

„Ich denke es würde nicht schaden, wenn du einmal etwas anderes tust, als Gemüse zu putzen. Du kannst mir helfen die Sauce für den heutigen Hauptgang zuzubereiten."

Das war das erste Mal, dass ich in der Küche helfen durfte. Die Aufgabe bestand darin, dem Meister bei der Zubereitung der Sauce zuzusehen und danach zu kosten. Er stellte jedoch klar, wenn ich geschmacklich auch nur den geringsten Zweifel hege oder eine Verbesserung sehe, so sei es meine Pflicht ihm das zu sagen. Das Ergebnis meiner Unterstützung schien den

Küchenchef zufriedenzustellen. Am nächsten Tag wurde ich mit sofortiger Wirkung und mit offizieller Ankündigung beim morgendlichen Rapport zum Assistenten und Lehrling von Takeshi Nakamura befördert. Das bedeutete nicht, dass ich das Gemüserüsten und die Putzerei los war. Vielmehr erhielt ich nun noch zusätzliche Aufgaben zu denen, die ich sowieso schon hatte. Der Tag wurde damit noch ein wenig länger.

In den folgenden Wochen lernte ich immer mehr von der Arbeit eines Kochs kennen. Mein Lehrmeister Takeshi, der mein Interesse und meine Einsatzbereitschaft mit Genugtuung zur Kenntnis nahm, forderte mir einiges ab. Ich liess mich jedoch nicht beirren und nutzte diese Möglichkeit so gut ich nur konnte. Dadurch wurde ich Schritt für Schritt in das Kochteam des Royal Freshwater Bay Yacht Clubs integriert. Die Arbeit an den Töpfen machte mir je länger je mehr Spass.

Takeshi Nakamura war der erste Japaner den ich in meinem Leben kennen lernte. Vorher hatte ich nur in einem Buch etwas über Japan gelesen, das von Samurai, Schwertkämpfen, mächtigen Fürsten und epischen Schlachten handelte. Obwohl ich lange gesucht habe, konnte ich kein zweites Buch dieser Art finden. Ich war jedoch neugierig darauf zu erfahren, ob die Japaner wirklich so sind, wie es in dem Buch beschrieben wurde. Ich habe deshalb lange den richtigen Moment abgewartet, um Takeshi zu diesem Thema auszufragen. Seine Antwort auf meine erste Frage fiel jedoch enttäuschend aus.

„Du sein verrückt? Japan ist moderne Land. Samurai schon lange nicht mehr leben. Aus was für komische Land du kommen, wenn du das nicht einmal wissen? Du wirklich sein verrückte Kerl."

Dann hat er mich einfach stehen lassen.

Einige Tage später, an einem Sonntagabend, die Küche war bereits geputzt, begann Takeshi an seinem Platz herumzuhantieren. Da ich nichts anderes vorhatte, ging ich zu ihm, um zuzusehen. Als er mich bemerkte, begann er in Japanisch zu schimpfen und mit seinem Messer rumzufuchteln.

„Was du machen hier? Wollen wieder verrückte Frage stellen?"

„Ich wollte nur zuschauen, was sie kochen, Meister."

Erneut begann er in seiner Muttersprache zu schimpfen

„Du wissen genau mich nicht nennen Meister. Ich nicht Meister sein, sonst ich schon lange nicht mehr hier."

Dann drehte er sich um und setzte seine Arbeit fort. Er schnitt gerade mit einem Messer Gemüse, wobei er peinlichst genau darauf achtete, dass alle Stücke in etwa gleich gross waren. Neben dem Brett mit dem Gemüse stand eine Schale voller Nudeln und daneben lagen vier oder fünf dieser komischen Shiitake Pilze, die ich im Restaurant schon öfter gesehen hatte.

„Wenn du schon rumstehen, dann auch helfen können."

Takeshi hatte die Bemerkung gemacht, ohne sich umzudrehen. Dieses Mal klang seine Stimme schon etwas versöhnlicher.

„Was soll ich tun, Meister?"

„Du holen Topf für Suppe und kleine Bratpfanne. Dann kommen hier her und sehen zu. Ich zeigen wie man richtig gesunde Essen machen."

Damals lernte ich das erste Mal, wie ein japanisches Gericht zubereitet wird. Noch besser war die Mahlzeit danach, die wirklich zum Besten gehörte, was ich bis zu diesem Zeitpunkt je gegessen hatte.

Von dem Tag an gehörten neben der normalen Arbeit auch die Lektionen in japanischer Kochkunst zu meinem Programm."

An dieser Stelle machte Ruedi Rötheli eine Pause, um etwas zu trinken. Seine Stimme hatte von der langen Erzählung einen leicht heiseren Klang angenommen. Ein Schluck Tee, den der Pfarrer in der Zwischenzeit zubereitet hatte, kam deshalb genau zum richtigen Zeitpunkt. Nach der Stärkung setzte der alte Mann seine Erzählung fort.

„Inzwischen war einiges an Zeit verstrichen. Aus der Seemannsmission hatte ich nach zwei Monaten ausziehen müssen. Da mir das bereits bei meinem Eintritt angekündigt worden war, wurde ich davon nicht überrascht. Trotzdem stand ich vor dem Problem, eine Unterkunft zu finden, die ich mit dem kleinen Gehalt eines Küchenlehrlings bezahlen konnte.

In der Umgebung des Royal Freshwater Bay Yacht Clubs gab es drei grosse Schulen. Die St. Hildas Anglican Scool for Girls, das Lona Presentation College und das Presbyterian Ladies College. Aus diesem Grund hatten sich auch etliche Apartmenthäuser in der Umgebung angesiedelt. Die Studentinnen waren dankbare Abnehmer der kleinen Wohnungen zu erschwinglichen Preisen. Diese Wohnanlagen standen alle in unmittelbarer Umgebung des Yachtclubs. Normalerweise hatte man nicht die geringste Chance, ein solches Studio zu erhalten, da die Verwaltungen peinlichst darauf achteten, an wen sie vermieteten. Dank der Vermittlung des Yacht Clubs konnte ich jedoch eine gemütliche Zweizimmerwohnung in einem dieser Häuser zu einem erschwinglichen Preis mieten. Henderson, der die notwendigen Kontakte hatte spielen lassen, liess mich jedoch vorher in sein Büro kommen.

„Ich erwarte von ihnen ein tadelloses Verhalten. Sollte es auch nur die geringste Reklamation geben, so sind sie mit der Wohnung auch gleich ihren Job los. Haben wir uns verstanden?"

Ich bestätigte Henderson, ich hätte sehr wohl verstanden, wie er das meinte.

Mit dem was ich als Lehrling verdiente, konnte ich nicht gerade grosse Sprünge machen. Die Lebenskosten in Perth waren hoch und mein Verdienst reichte gerade so aus, um zu überleben. Sparen konnte ich jeden Monat nur einen kleinen Betrag. Das änderte sich erst, als gut neun Monate nach meiner Ankunft eines Morgens Drisi vor dem Royal Freshwater Bay Yacht Club stand. Besser gesagt, er lag auf dem Rasen neben der Einfahrt und schnarchte wie ein leckgeschlagenes Walross. Obwohl ich mich riesig freute, meinen Kumpel wieder zu sehen, hatte ich für eine ausführliche Begrüssung keine Zeit. Bertrand Cunollet legte grössten Wert auf Pünktlichkeit und machte da keinerlei Ausnahmen. Also gab ich Drisi meine Schlüssel und erklärte ihm, wie er mein Apartment finden würde. Ich sagte ihm, er solle zuerst einmal duschen und sich etwas hinlegen. Unser Wiedersehen würden wir am Abend nach meiner Arbeit feiern.

„Ach ja, benimm dich anständig und lass die Girls in Ruhe, die dort herumstreifen. Wenn es auch nur den geringsten Ärger gibt, verliere ich nicht nur das Apartment sondern auch meine Stelle."

Als ich am Abend sehr spät nach Hause kam, schlief Drisi tief und fest. Er hatte wie von mir vorgeschlagen rasch geduscht und sich dann hingelegt. Zuerst war er nicht gerade glücklich, als ich ihn mitten in der Nacht aus dem Bett holte. Es brauchte schon einen starken Kaffee, bevor er wieder einigermassen ansprechbar war.

„Ich könnte die nächsten Monate durchschlafen", meinte er sichtlich müde, nachdem er den ersten Becher Kaffee geleert hatte. Es brauchte noch eine halbe Stunde, bis er wach genug war, um einigermassen vernünftig zu kommunizieren. Danach hatten wir uns viel zu erzählen. Obwohl ich selber ziemlich müde war, verstrich fast die ganze Nacht bis wir die Erlebnisse der letzten neun Monate ausgetauscht hatten. Um fünf Uhr morgens erklärte ich Drisi, dass ich mindestens noch zwei Stunden schlafen müsse, wenn ich den nächsten Tag in der Küche überstehen wolle. „Wir können unsere Unterhaltung Morgen fortsetzen und dann festlegen, wie es weiter gehen soll. Aber jetzt muss ich noch einen Moment ins Bett."

Schliesslich habe ich noch fast drei Stunden geschlafen, bevor der Wecker wieder klingelte. Drisi begleitete mich nach einem kurzen Frühstück bestehend aus Fruchtsaft und einem Körnerriegel zu meiner Arbeit.

Als wir am Yacht Club ankamen, stand Robert Henderson mit zwei Leuten auf dem Parkplatz vor dem Eingang. Sie stritten sich nicht gerade, unterhielten sich jedoch so laut, dass man ihr Gespräch schon von weitem mitverfolgen konnte. Ich hatte mich mit Drisi unterhalten und nicht auf die anderen Leute geachtet. Als wir in Hörweite der drei Herren kamen, gab er mir jedoch zu verstehen, still zu sein. Er wollte anscheinend das Gespräch der Gruppe um Henderson mitverfolgen. Einen grossen Teil der heftigen Diskussion bekamen wir so mit. Als wir auf gleicher Höhe mit den Männern waren, blieb Drisi zu meiner Verwunderung einfach ein paar Meter neben ihnen stehen. Er hörte ihrem Gespräch weiter zu, bis einer der drei auf ihn aufmerksam wurde und das Gespräch unterbrach. Doch nicht nur Drisi war bemerkt worden. Henderson hatte gesehen, dass ich ein paar Meter neben Drisi ebenfalls stehen geblieben war.

„Müssen sie nicht zur Arbeit, Rötheli", fragte er mich plötzlich in leicht gereiztem Tonfall.

„Ja, Sir, ich bin schon unterwegs."

Drisi machte jedoch keine Anstalten sich zu bewegen und blieb einfach mit einem leichten Grinsen im Gesicht stehen.

„Was ist mit ihrem Freund, Rötheli. Will er da Wurzeln schlagen."

„Nein, Sir, Mister Henderson. Das will er sicher nicht", antwortete ich dem nun sichtlich genervten Henderson. Dann wandte ich mich zu Drisi: „Komm schon Drisi oder willst du, dass ich Ärger bekomme."

Anstatt auf meine Bemerkung zu reagieren, ignorierte mich Drisi und sprach nun Henderson direkt an.

„Bitte entschuldigen sie, Mister Henderson, Sir. Ich denke ihr Gesprächspartner hat absolut Recht. Das Problem kann auf keinen Fall an der Takelage liegen."

Die drei sahen Drisi mit einem gewissen Erstaunen an und ich sah schon meinen Job und das schöne Zweizimmerapartment den Bach runter sausen.

„Wie kommen sie zu dieser Schlussfolgerung, junger Mann?"

Die Frage kam vom älteren der beiden Herren neben Henderson, der sich bisher nicht an der Diskussion beteiligt hatte.

„Ja, wie kommen sie zu dieser Aussage und wer sind sie überhaupt", meinte der nun wirklich genervte Henderson.

Was danach geschah, werde ich mein ganzes Leben lang nie mehr vergessen. Drisi griff in seine alte Seemannsjacke und holte ein kleines schwarz lackiertes Holzkästchen hervor. Ich hatte das Ding noch nie zuvor bei ihm gesehen. Er hielt das Kästchen zwischen Daumen und Zeigefinger und drückte leicht auf die Seiten bis der gewölbte Deckel wie von einer unsichtbaren Feder getrieben aufsprang. Dem Kästchen entnahm er eine leicht vergilbte Visitenkarte und reichte diese dem Fragesteller.

„Darf ich mich vorstellen. Mein Name ist Liam Ferdinand O'Driscoll. Ich bin der siebte Sohn von Shane Callum O'Driscoll und seiner Frau Molly Aine O'Driscoll. Mein Vater hat in Baltimore an der Atlantikküste von Irland in dritter Generation eine kleine Bootswerft für Segelboote. Baltimore hat einen guten Ruf in der Seglergemeinschaft und ist vor allem für seine Sommerregatten weit über Europa hinaus bekannt. Ich habe im Betrieb meines Vaters die Lehre als Bootsbauer abgeschlossen, bevor ich die letzten vier Jahre auf See verbrachte. So wie ich das sehe liegt ihr Problem an folgendem Fehler. Sie haben…"

Danach begann Drisi den Männern zu erklären, wo aus seiner Sicht die Lösung des Problems lag, welches sie so intensiv diskutiert hatten. Er machte ihnen auch Vorschläge zur Verbesserung der Situation. Mit jedem Wort das Drisi von sich gab, konnte man am Gesichtsausdruck von Henderson erkennen, wie sich seine Gemütslage durch die ganze Palette der Emotionen kämpfte. War zuerst Verärgerung über ein so dreistes Einmischen in ein Gespräch zu sehen, so zeichnete sich, je länger die Ausführungen von Drisi dauerten, umso mehr Erstaunen und eine gewisse Bewunderung auf dem Gesicht des Verwaltungschefs ab. Als der junge Ire mit seinen Feststellungen am Ende angelangt war, meinte er zu den drei Herren: „So, das war's. Bitte entschuldigen sie, dass ich mich einfach so in ihr Gespräch eingemischt habe. Diskussionen dieser Art habe ich jedoch früher mit meinem Vater und seinen Kunden dutzende geführt. Das hat mich für einen kurzen Moment an meine Jugendjahre in Irland erinnert. Ich hoffe, ich konnte ihnen zumindest ein klein wenig behilflich sein. Meine Herren."

Gleichzeitig mit seinen letzten Worten hatte er sich mit der Hand an seine alte abgetragene Mütze gegriffen und zum Gruss genickt. Danach wollte er sich gerade abwenden, als der ältere der beiden Gäste von Henderson erneut das Wort ergriff.

„Das war sehr beeindruckend, junger Mann, was sie uns da erzählt haben. Woher kommen sie eigentlich? Ich habe sie hier bei uns im Club noch nie gesehen."

„Das war bisher nicht möglich. Ich war bis vor drei Tagen noch mit einem Frachter von Rotterdam her kommend nach Australien unterwegs. Als erstes besuche ich nun meinen Freund Ruedi Rötheli und danach hoffe ich in Perth eine zahlbare Unterkunft und Arbeit zu finden. Mir gefällt es hier und ich denke, ich werde versuchen in Australien eine Existenz aufzubauen."

Der ältere Herr nahm nun seinerseits eine Karte aus der Jacke und streckte diese Drisi entgegen.

„Mein Name ist John Fitzgerald McCarter. Ich habe in Perth eine kleine Bootswerft für Segel- und Motorjachten. Wir arbeiten sehr eng mit dem Yacht Club zusammen. Ich könnte einen Mann mit ihren Kenntnissen sehr gut gebrauchen. Schauen sie doch einmal bei uns vorbei, wenn sie Zeit haben. Ich würde ihnen auch gerne mit dem Papierkrieg für die Aufenthaltsbewilligung in Australien behilflich sein."

Drisi sah sich die Karte an und nickte nur.

„Danke Sir, ich nehme ihr Angebot gerne an. Ich werde sie in den nächsten Tagen einmal aufsuchen."

Danach nickte er den drei Herren noch einmal zu, drehte sich um und kam zu mir. „Ich habe nicht gedacht, dass man in Australien so schnell einen Job findet", meinte er mit einem breiten Grinsen im Gesicht."

Ruedi Rötheli musste erneut eine kurze Pause einlegen. Seine Kehle fühlte sich völlig ausgetrocknet an. In der Zwischenzeit war er schon wieder fast eine Stunde in der Küche des Pfarrers. Der war während der ganzen Zeit ruhig dagesessen und hatte seinen Gast fasziniert angestarrt, gerade so als sässe ein orientalischer Märchenerzähler vor ihm. Nun sah er wortlos zu, wie Ruedi Rötheli einige Schlucke Tee trank und wartete geduldig auf die Fortsetzung der Geschichte.

„Mein Freund Drisi hat schliesslich die Stelle erhalten. In den ersten drei Wochen haben wir es uns gemeinsam in dem Zweizimmerapartment gemütlich gemacht, bis Drisi nur zwei Häuser weiter eine eigene Bleibe fand. Erneut war es Henderson, der seine Beziehungen hatte spielen lassen.

Drisis neuer Job lief vom ersten Moment an so gut, dass er bald einmal Geld beiseitelegen konnte, was unseren Plänen entgegen kam.

Obwohl Drisi als Ire gerne einmal in ein Pub ging, um ein Glas Bier zu trinken, waren wir selten in der Stadt anzutreffen. Meine Arbeit beanspruchte mich mindestens an sechs Tagen die Woche. Manchmal sogar an sieben, wenn es in der Küche Probleme gab. Drisi erging es oft nicht anders. Nach der ersten Einführungsphase und nachdem sein Arbeitgeber festgestellt hatte, dass seine Bemerkungen auf dem Platz vor dem Yacht Club nicht nur leeres Gerede gewesen waren, nahm er ihn oft auch zu Regatten mit. Dort war er am Anfang Mädchen für alles, wenn es irgendwo etwas zu reparieren gab. Mit der Zeit durfte er jedoch auch als Besatzungsmitglied mitsegeln. Er genoss seine Freiheit und seine neue Beschäftigung aus vollen Zügen. Man konnte ihm ansehen, wie gut es ihm tat, wieder einmal eine herausfordernde Arbeit zu haben. Nichts gegen die Zeit auf der MS Goedehoop unter Kapitän Lundberg. Sein Wissen im Segelsport anzuwenden war jedoch um einiges interessanter und herausfordernder.

In unserer spärlichen Freizeit sassen wir meistens zusammen und arbeiteten an unserem Plan. Uns war von Anfang an klar, dass die erste Zeit in Perth nur der Vorbereitung des eigentlichen Abenteuers in Australien diente. Unser Ziel war es genügend Geld zusammen zu bekommen, um uns einen Claim im Outback von Queensland oder New South Wales zu erstehen. Dort wollten wir unser Glück versuchen und nach Opalen graben."

In dem Moment erwachte Pfarrer Küenzle aus seiner Erstarrung. „Sie haben in Australien nach Opalen gesucht?"

„Genau das haben wir getan. Wobei, in Perth waren wir erst in der Planungsphase. Für mich war eine überlegte und gut vorbereitet Planung eine zwingende Voraussetzung, um das Abenteuer anzugehen. Zuerst mussten wir genügend Geld zusammensparen, um uns das Material kaufen zu können. Dann mussten wir eine gewisse Zeit unabhängig bleiben können, was ebenfalls ein kleines Vermögen kostete. Mit der Stellensuche hatten wir den ersten Schritt geschafft. Drisi dank seinem natürlichen Charme und ich dank der Fürsprache von Kapitän Lundberg. Ein Geschenk des alten Seebären, das ich nicht hoch genug einstufen konnte. Glücklicherweise ergab sich ein paar Jahre später eine Möglichkeit, mich dafür bei Kapitän Lundberg erkenntlich zu zeigen. Aber das ist eine andere Geschichte.

Von meinem Lohn als Küchenbursche und später als Koch des Royal Freshwater Bay Yacht Club Restaurants konnte ich jeden Monat einen kleinen Teil auf die Bank bringen. Obwohl ich sehr sparsam lebte, war die Summe nicht sehr hoch. Hätte ich für meinen Plan alleine sparen müssen, es hätte eine Ewigkeit gedauert, bis der erforderliche Betrag zusammengekommen wäre. Mit Drisis Hilfe verdoppelten sich unsere Bemühungen. Das verkürzte die erforderliche Zeit um einige Monate. Dennoch brauchten wir mehr als vier Jahre, um das notwendige Kapital zusammenzusparen.

In dieser Zeit habe ich alles gelesen, was ich über den Opalabbau in die Finger bekam. Zudem informierte ich mich über Fördertechniken, Tunnelbau, Umgang mit Sprengstoff und sonst jedem Fachgebiet, welches uns auf irgendeine Weise von Nutzen sein konnte. Dann beschäftigte ich mich damit, bestehende Verfahren aus anderen Bereichen zu suchen, die wir für den Opalabbau nutzen konnten. Unter anderem habe ich darüber nachgedacht, wie man die grossen Pressluthämmer aus dem Bergbau für den Opalabbau nutzen konnte. Im Outback wurde damals grösstenteils noch mit Hammer, Meissel und Pickel manuell geschürft. Einerseits hatte dies mit der Stabilität des Gesteins und andererseits mit der Logistik zu tun. Es war alles andere als einfach, die notwendigen Geräte in die Wüste zu bekommen. Zudem waren die Kosten für den Betrieb nicht zu unterschätzen. Ich dachte mir deshalb ein Verfahren aus, mit dem man das Material mit einer Art Bohrmeissel über einen Druckluftantrieb aus dem Sandgestein herausschlagen konnte. Die Druckluft wollte ich mit einem einfachen Generator erzeugen, wie er auch zur Stromproduktion benutzt wurde. Um genügend Druck zu erhalten, waren ein paar Anpassungen notwendig. Drisi und ich bastelten deshalb mehrere Wochen herum, bis wir eine vielversprechende Methode entwickelt hatten. Damit würden wir sehr viel schneller vorankommen, als nur mit Hammer und Meissel.

Zu Beginn unserer Partnerschaft bekundete Drisi mit meinem Enthusiasmus Mühe. Er war der Auffassung, nach getaner Arbeit müsse man auch etwas für das Seelenheil tun und ein wenig ausspannen. Ein gutes Glas Bier in einem anständigen Pub, habe noch nie jemandem geschadet. Bei den Iren ist das gemütliche trinken eines Biers nach Feierabend in einem Pub schon fast eine genetisch gesteuerte Lebensnotwendigkeit. Fast ein Jahr versuchte er immer wieder, mich zu überreden, mit ihm in eine Kneipe zu gehen. Ich weigerte mich jedoch standhaft, diesem Bedürfnis nachzugeben. Schliesslich schlossen wir einen Kompromiss. Jeden zweiten Freitag unternahmen wir etwas und die restliche Zeit widmeten wir uns unserem Ziel.

In den Ferien reisten wir zweimal in das Opal Gebiet. Einmal nach Queensland in die Nähe von Quilpie und einmal nach Lightning Ridge in New South Wales. Dort versuchten wir uns vor Ort über die Möglichkeiten des Opalabbaus zu informieren. Leider stellte sich das als schwieriger heraus, als wir angenommen hatten. Zumindest fanden wir heraus, wie wir auf einfachem Weg an ein Claim kommen konnten.

Etwas mehr als vier Jahre nach meiner Ankunft in Perth hatten wir endlich das Kapital zusammengespart, um unseren Plan in die Realität umzusetzen. Wir kauften die Ausrüstung, was schwieriger war, als wir angenommen hatten. Entweder waren die Preise zu hoch oder die Lieferfristen zu lang. Bei jedem zweiten Gegenstand gab es Probleme. Es dauerte noch einmal mehrere Monate, bis die Ausrüstung komplett war und wir abreisen konnten.

Die Verabschiedung vom Küchenteam des Royal Freshwater Bay Yacht Clubs war eine äusserst emotionale Angelegenheit. Mein Mentor, Takeshi Nakamura, nahm mir das Versprechen ab, ihn einmal in seiner Heimat zu besuchen. Er hatte zwei Tage nach meiner Kündigung ebenfalls die Kündigung eingereicht. Bertrand Cunollet und Robert Henderson erklärte er, mein Entscheid das Restaurant zu verlassen, sei für ihn wie ein Wink des Schicksals gewesen. Seine Wanderjahre wären nun abgeschlossen und die Zeit reif, um in die Heimat zurückzukehren. In seinem Geburtsland würden neue Aufgaben auf ihn warten, die er nun bereit sei anzunehmen.

Robert Henderson war von diesen Entscheiden alles andere als begeistert. Nun musste er gleich für zwei Stellen Ersatz suchen. Dennoch zeigte er ein gewisses Verständnis und legte keinem von uns Steine in den Weg. Entgegen seiner üblichen Gepflogenheiten, als eher distanzierter Geschäftsleiter und Personalverwalter des Yacht Clubs, kam er an meinem letzten Arbeitstag sogar persönlich bei mir vorbei. Er schenkte mir eine Mütze als Erinnerung an meine Zeit im Restaurant des Royal Freshwater Bay Yacht Clubs."

Ruedi musste erneut einen Schluck trinken. Seine Kehle fühlte sich völlig ausgetrocknet an.

„Unser Vorhaben begann äusserst abenteuerlich, auch wenn ich auf diese Art von Abenteuer gerne verzichtet hätte. Die Fahrt nach Lightning Ridge in unserem neu erstandenen Land Rover Defender mit Anhänger, der schon ein wenig in die Jahre gekommen war, wurde zwei Mal unterbrochen. Beide Pannen waren keine Bagatellen. Beim ersten Vorfall brach die Kardanwelle und das zweite Mal gab die Wasserpumpe den Geist auf. Dadurch brauchten wir nicht nur mehr als doppelt so viel Zeit wie üblich, um an unser Ziel zu gelangen, auch unsere Kriegskasse erlitt schon vor dem eigentlichen Start des Abenteuers einen nicht zu unterschätzenden Einbruch. Einmal in Lightning Ridge angekommen, ging dann dafür alles einfacher, als wir aufgrund der Gespräch anlässlich unseres ersten Besuchs angenommen hatten.

Die Gesetzgebung in New South Wales sah vor, dass pro Person im gleichen Schürfgebiet maximal zwei Claims von fünfzig mal fünfzig Meter erstanden werden konnten. Da im Hauptabbaugebiet nur noch einzelne Grundstücke frei waren, haben wir im Outback etwas abseits des bereits bestehenden Schürfgebiets vier aneinander liegende Claims erstanden. Für unseren Entscheid wurden wir zuerst belächelt, da in diesem Gebiet noch kein einziger Fund gemacht worden war. Die etablierten Schürfer betrachteten uns Rookies als Witzfiguren, die ihr Geld zum Fenster rausschmissen.

Wir waren mit unserer Wahl zufrieden. Damit gehörte uns ein Grundstück von zehntausend Quadratmetern. Bedingung war, auf allen Claims Aktivitäten vorweisen zu können. Wir richteten uns so ein, dass wir im Mittelpunkt unseres Grundstücks das Lager aufschlugen. Dann haben wir in etwa fünfzehn Meter Abstand zum Lager auf jedem Claim einen Schacht auf zwölf Meter Tiefe gegraben. Damit wir die Bedingung erfüllen konnten, haben wir abwechslungsweise zwei Tage an jedem Schacht gearbeitet.

Dadurch waren wir in der Lage bei der Kontrolle durch den Bezirksinspektor an jedem Standort Fortschritte aufzuzeigen.

Am Anfang lief alles reibungslos. Dann entstand auf einmal das Problem, dass wir die Grabungsstellen nicht mehr auseinanderhalten konnten. Nach einer abendlichen Diskussion, entschieden wir uns, die Grabungsstellen mit Städtenamen zu bezeichnen. Wir nannten deshalb die vier Löcher Dublin, Bern, New York und San Franzisco. Es erschien uns eine gute Möglichkeit, die Schächte zu identifizieren. Drisi hatte eigentlich zuerst vorgeschlagen den Schächten Mädchennamen zu geben. Als ich ihm dann mitteilte ich hätte keine Lust in Roswita oder in Debby zu graben, sah er ein, dass die Idee nicht umsetzbar war.

Was im ersten Moment wie eine durchgeknallte Idee erschien, sollte uns später noch von grösstem Nutzen sein. Zudem klang es nicht schlecht, wenn man sagen konnte, heute Morgen arbeite ich in New York und am Nachmittag bin ich in Dublin.

Unsere finanziellen Mittel waren so berechnet, dass wir eineinhalb Jahre durchhalten konnten, ohne einen Fund zu machen. Trotzdem mussten wir mit den Ersparnissen vorsichtig umgehen, auch wenn wir im Outback kaum Möglichkeit hatten Geld auszugeben. In der Einöde gab es nichts ausser Sand, Steinen und ein paar kargen Pflanzen. Das erleichterte unser Vorhaben. Drisi hatte dennoch seine liebe Mühe auf die gewohnte Bierration zu verzichten. Es dauerte eine Weile, bis er sich mit der Situation abfand und sich auch seine anfangs mürrische Laune wieder etwas besserte. Dafür musste bei jedem Einkauf eine kleine Ration an Bier beschafft werden, wodurch mindestens an einem Abend alle zwei Wochen ein minimaler Genuss sichergestellt war.

Womit wir allerdings in all unseren Überlegungen nicht gerechnet hatten, waren die deutlich überhöhten Preise. Die Händler in Lightning Ridge nutzten die Situation der vielen Minenbesitzer skrupellos aus. Die Kosten für jeden erdenklichen Artikel waren mindestens um fünfzig Prozent teurer, als in der teuersten Stadt Australiens. Dadurch verkürzte sich die Zeit, in der wir ohne einen Erfolg zu erzielen durchkommen würden, auf knapp ein Jahr.

In den ersten fünf Monaten waren unsere Bemühungen von keinem Erfolg gekrönt. Dank unserer guten Ausrüstung haben wir in dieser Zeit jedoch mehr Erde bewegt, als jeder andere Schürfer in der ganzen Region. Wir haben alles getan, um das zu verbergen, da wir unter keinen Umständen Aufmerksamkeit erregen wollten.

Am Ende dieser fünf Monate waren wir in New York und in Dublin auf der erforderlichen Tiefe angelangt. Wir konnten damit beginnen die ersten Stollen voranzutreiben. In Bern gelang das zwei Wochen später und in San Franzisco dauerte es insgesamt sieben Monate, bis wir mit den Stollen beginnen konnten.

Die ersten kleinen Funde machten wir in Dublin. Drisi hat sich darüber gefreut, wie wenn Weihnachten, Silvester, Ostern und der St. Patricks Day auf den gleichen Tag fallen würden. Er nahm unseren ersten kleinen Fund zum Anlass, fast eine Woche lang jeden Tag Irland hochleben zu lassen. Die etwas leidige Begleiterscheinung waren die irischen Kneipenlieder, die er dabei von morgens bis abends zum Besten gab. Ich hätte nie gedacht, dass mir irgendeinmal das Gegröle eines irischen Bootsbauers dermassen auf die Nerven gehen würde.

Nach einer Woche hielt wieder der Alltag Einzug in unser Opalschürferleben. Die paar Steine, die wir zu Tage gefördert hatten, waren von dritter Qualität und brachten uns nicht viel ein. Es reichte gerade aus, um uns mindestens weitere sechs Monate Zeit zu verschaffen.

Der Vortrieb der Stollen gestaltete sich deutlich mühsamer, als wir angenommen hatten. Die Temperatur stieg schnell an und auch die Belüftung wurde zum Problem. Wir hatten in der Vorbereitungszeit ein Schlauchsystem zur Belüftung konstruiert. Das notwendige Material, inklusive einem Kompressor, hatten wir in unserer Grundausrüstung dabei. Es reichte jedoch gerade einmal, um einen Schacht und einen Stollen von maximal zwanzig Meter Länge genügend zu belüften. Das Konzept an allen Schächten gleichzeitig zu arbeiten, mussten wir aufgrund dieser neuen Ausgangslage aufgeben. Wir begannen deshalb Schritt für Schritt die Schächte miteinander zu verbinden. Einen nach dem anderen. Trotz der für die damalige Zeit wirklich hervorragenden Ausrüstung hat das mehr als ein Jahr gedauert, bis wir im Prinzip über einen Rundgang verfügten. Wir fanden in dieser Zeit weiterhin einzelne Opale. Jedoch immer gerade nur so viele, damit wir wieder für zwei oder drei Monate genügend Kapital zur Verfügung hatten, um unsere Grabung fortzusetzen.

Wie viele andere, die in diese von Gott verlassene Gegend gezogen waren, um ihr Glück zu versuchen, träumten auch wir vom grossen Coup. Dem einen grossen Fund, der uns von allem unabhängig machen würde. Da dies nur wenigen gelang, war auch der Neid unter den Schürfern gross. Das konnte so weit gehen, dass es zu Mord und Totschlag kam. Auch wir mussten diese bittere Erfahrung machen. Als uns das erste Mal etwas gestohlen wurde, war die Enttäuschung zuerst riesengross. Dann begriffen wir jedoch rasch, dass wir uns entsprechend schützen mussten.

Wir entschieden uns einige Fallen aufzustellen auch wenn das verboten war. Um nicht mit dem Gesetzt in Konflikt zu kommen, steckten wir rund um das ganze Camp Schilder in den Boden, auf denen wir vor dem Betreten des Privatgeländes warnten. Für Folgen, wie Verletzungen und Unfälle, die sich aus dem widerrechtlichen Betreten des Grundstücks ergaben, lehnten wir jegliche Verantwortung ab. Einen Teil möglicher Diebe konnten die Schilder vielleicht abhalten. Mit Sicherheit aber nicht jeden Räuber. Es war deshalb nur eine Frage der Zeit, bis eine der Fallen zuschnappen würde.

Wer schliesslich der Unglückliche war, der als erster in eine Falle tappte, fanden wir nie heraus. Der Betroffene konnte fliehen, bevor wir ihn erwischten. Der Schreck musste ihm jedoch gehörig zugesetzt haben. Die Geschichte sprach sich wie ein Lauffeuer in der ganzen Gegend herum und bald gab es die wildesten Gerüchte. Von hunderten von abgedeckten Löchern mit zugespitzten Pfählen bis zu einem Minenfeld wurde uns alles Mögliche unterstellt. Jede der verschiedenen Varianten besass jedoch einen gemeinsamen Nenner. Wenn man nicht lebensmüde war, wurde vor dem Betreten des Grundstücks der beiden verrückten Europäer dringend abgeraten.

Zwei Wochen nach dem Vorfall stattete uns sogar die Polizei einen Besuch ab. Der Leading Senior Constable des Distrikts persönlich kam in Begleitung seines Senior Constable bei uns vorbei. Nach einer kurzen Begrüssung kam er sofort auf den Punkt.

„Es gibt Gerüchte in der Stadt, sie hätten rund um ihr Camp Fallen aufgestellt. Ist da etwas dran?"

„Wir haben ein paar Löcher gegraben, um Kaninchen zu jagen und diese möglicherweise nur ungenügend wieder zugedeckt. Die Löcher sind jedoch nur klein und wir wissen nicht mehr genau wo sie sind. Deshalb haben wir auch Schilder aufgestellt, um vor dem Betreten des Grundstücks zu warnen. Wir können nichts dafür, wenn sich die Leute trotz dieser Warnung nicht daran halten."

Drisi hatte die Erklärung mit einer Unschuldsmiene vorgetragen, als wäre er ein Heiliger und unser Grundstück der Garten Eden. Der Leading Senior Constable dachte einen Moment nach. Man sah ihm an, dass er Drisi kein Wort glaubte, jedoch nicht recht wusste, wie er reagieren sollte.

„Ihr wisst genau, dass das Aufstellen von Fallen verboten ist. Solltet ihr die Löcher wieder finden, dann schüttet sie zu. Ich will nicht noch einmal deswegen zu euch rauskommen müssen."

Dann wandte er sich zum Gehen, drehte sich jedoch nach zwei Schritten noch einmal um. „Ach ja, Jungs, stellt doch noch ein paar Hinweisschilder mehr auf und passt gut auf euch auf. Hier draussen kann man nicht vorsichtig genug sein."

Das Grinsen, das man dabei kurz auf seinem Gesicht sehen konnte, bevor er wieder die offizielle Miene des Beamten aufsetzte, sagte uns genug über seine Absicht.

„Lassen sie uns gehen Senior Constable. Ich denke die Jungs haben begriffen, um was es geht."

Nach diesem Intermezzo hatten wir einige Monate Ruhe. Dann holte uns jedoch die Vergangenheit ein.

Wir waren bereits über zwei Jahre im Outback, als eines Tages ein alter Toyota auf unser Grundstück fuhr. Drisi war gerade in Bern am Stollen vorantreiben und ich war dabei das herausgeholte Material zu untersuchen, als der Toyota etwa dreissig Meter vor unserem Lager entfernt anhielt. Einen Moment stand der Wagen still, ohne dass sich etwas tat. Dann öffneten sich die Türen und Bogdan Iliev Hristov stieg mit zwei Kumpanen aus dem Fahrzeug. Ich habe unseren Erzfeind sofort aufgrund seines Gangs erkannt. Ohne lange nachzudenken bin ich auf unser Camp zu gerannt. Das hat mir vermutlich das Leben gerettet, da mir kaum das ich losgerannt war die Kugeln um die Ohren flogen. Dieser verdammte bulgarische Schweinehund hielt sich nicht lange mit irgendwelchem Vorgeplänkel auf, sondern begann sofort zu schiessen. Es gelang mir ohne getroffen zu werden, im Zickzack rennend, unsere Unterkunft zu erreichen.

Wir hatten unser Hauptlager in einer Art Beduinenzelt aufgeschlagen. Das war im Notfall rasch demontierbar und auch wieder aufstellbar. Was zudem in der Hitze der Wüste für Bequemlichkeit sorgte, konnte auch für eine Gegend wie das Outback keine schlechte Behausung sein.

Im Beduinenzelt waren für den Notfall zwei Schrotflinten versteckt. Sie lagen unter den Vorräten und Ersatzteilen so verborgen, dass man sie nicht auf den ersten Blick erkennen konnte. Ich schnappte mir die Waffen mitsamt Munition und dem Funkgerät. Dann feuerte ich zwei Schüsse aus dem Zelteingang in Richtung der Eindringlinge ab. Ich hoffte dadurch das Vorrücken von Hristov und seinen beiden Spiessgesellen soweit zu verlangsamen, dass ich mich durch den Hinterausgang des Zelts absetzen konnte.

Meine Schüsse liess die drei Verbrecher einen Moment zögern, bevor sie zurückfeuerten. Das hatte mir ausgereicht, um mich abzusetzen. Als die Schüsse die Zeltplanen unseres Lagers durchschlugen, war ich bereits dabei, mich in San Franzisco abzuseilen.

Die beiden anderen Schächte hatten wir versteckt. Über New York stand ein aufgebockter Anhänger ohne Räder. Der Schacht darunter war mit Leitern ausgerüstet, um schnell rauf und runter zu kommen. Über Dublin hatten wir unseren Rover und einen kleinen Wohnwagen gestellt. Dort hatten wir ein Seil und einige Tritte in die Wand eingelassen. Damit besassen wir im Notfall zwei Fluchtmöglichkeiten.

Unten angekommen zog ich das Alarmkabel, damit auch Drisi wusste, dass etwas nicht in Ordnung war. Für solche Fälle hatten wir schon vor langem festgelegt, alles stehen und liegen zu lassen und sofort zu einem der Notfallschächte zu fliehen. Falls möglich nach New York und sonst eben nach Dublin. Ich hatte den etwas längeren Weg und als ich in New York ankam, war Drisi schon mit den Vorbereitungen für den Aufstieg beschäftigt. Ich informierte ihn kurz über die Situation, dann stiegen wir einer nach dem anderen den Schacht hoch. Wir hatten etwa die Hälfte geschafft, als zwei Erschütterungen gefolgt von einer Druckwelle zu spüren waren. Glücklicherweise fiel diese nicht so stark aus, dass sie im Schacht hätte Schaden anrichten können. Wir setzten deshalb den Aufstieg rasch fort und kamen unter dem Anhänger an die Oberfläche. In dem Moment als ich als Zweiter nach Drisi aus dem Schacht kroch, gab es eine dritte Explosion. Dieses Mal war die Druckwelle kaum zu spüren. Dafür sahen wir, wie in San Franzisco eine kleine Staubfontäne aus dem Schacht hochstieg. Der Staub hatte sich noch nicht verzogen, als die drei Angreifer zum Toyota Pickup rannten und kurz darauf mit dem Wagen in stetig steigendem Tempo davonfuhren.

Das Ganze hatte keine zehn Minuten gedauert. Wir blieben noch eine ganze Weile unter dem Anhänger liegen, um nicht in eine Falle zu geraten.

Nach etwa einer halben Stunde wagten wir uns aus unserem Versteck, um uns die Bescherung näher anzusehen. Was wir vorfanden, war eine kleine Katastrophe. Die Bande hatte in die beiden freien Schächte Dynamitstangen geworfen. Hätten wir nicht unser Prinzip mit den Verbindungsstollen und dem Alarmsystem installiert, wäre Drisi vermutlich nicht mehr am Leben. Nur dank dem Alarm und seiner sofortigen Reaktion hatten wir grösseren Schaden vermeiden können.

Nach der Besichtigung der Schächte, begaben wir uns zu unserem Camp. Als wir nur noch wenige Schritte vom grossen Beduinenzelt entfernt waren, blieb ich plötzlich stehen. Irgendwie beschlich mich ein ungutes Gefühl. Hier war etwas nicht in Ordnung. Ich hielt Drisi am Arm zurück, als er ins Innere des Zelts stürmen wollte.

„Was ist los?"

„Warte, du kannst mir sagen ich sei paranoid, aber irgendetwas stimmt hier nicht. Ich habe ein ungutes Gefühl."

„Wie kommst du auf so etwas? Sie haben die Schächte gesprengt und sind wie feige Hunde davongerannt."

„Gerade deswegen, Drisi. Überleg doch einmal. Sie sind zu dritt mit Waffen und wir sind nur zu zweit. Warum rennen sie davon. Wenn sie uns etwas antun wollen, haben sie hier in dieser Einöde alle Zeit der Welt. Einfach davon zu rennen, ergibt keinen Sinn, auch wenn Hristov noch so ein feiges Schwein ist."

Drisi geriet ins Grübeln.

„Du könntest Recht haben."

Wir liessen den Haupteingang links liegen und lösten an der Seitenwand eine Verbindungsschnur, die man mit etwas Geschick aufknüpfen konnte. Als wir den Spalt weit genug offen hatten, um ins Innere des Zeltes sehen zu können, entdeckten wir tatsächlich mindestens eine Sprengfalle und einen Draht der zu einer zweiten führen musste. Es handelte sich um zwei amerikanische Claymore Personenminen, die jeweils mit Stolperdrähten an den beiden Zugängen zum Zelt festgemacht waren. Hätte sich Drisi an mir vorbeigedrängt und wäre ins Zelt gestürzt, so hätten ihn die Minen zerfetzt und ich wäre wohl ebenfalls ernsthaft verletzt worden. Mein Freund war sehr still geworden. Er sah mich von der Seite her an.

„Du hast mir heute schon das zweite Mal das Leben gerettet."

„Nun übertreib mal nicht. Ich habe nur das getan, was du für mich auch getan hättest."

Drisi sah noch einmal durch den offenen Spalt ins Innere unserer Behausung. „Ich schlage vor, wir rufen die Polizei. Mit diesen Dingern ist nicht zu spassen." Dann schüttelte er nachdenklich den Kopf. „Ich hätte nicht gedacht, dass dieser Mistkerl von Bulgare so weit gehen würde. Nachdem du damals vor bald sieben Jahren die MS Goedehoop verlassen hast, war die Stimmung zwischen Kapitän Lundberg und Hristov auf dem Siedepunkt. Der Kapitän hat ihn nach dem Intermezzo an der Reling bei deinem Abgang vom Schiff massiv gemassregelt. Er teilte ihm mit, unter seinem Kommando akzeptiere er ein solch widerwärtiges Verhalten eines Offiziers nicht. Wenn es noch einmal zur geringsten Verfehlung komme, werde er ihn fristlos entlassen. Hristov hat diese erneute Massregelung sehr schlecht aufgenommen. Von diesem Moment an hat sich seine ganze Wut auf mich konzentriert. Ich hatte in der Zwischenzeit jedoch mehrere Verbündete an Bord. Je mehr er versuchte mich zu schikanieren, umso mehr wurde er auch von anderen drangsaliert. Das ging so weit, bis er einmal die Nerven verlor und auf mich losging. Er hat mich mit einem Messer angegriffen und mir das Schlüsselbein gebrochen. Schlimmeres konnte nur dank der Intervention des Zahlmeisters und des dritten Offiziers verhindert werden. Sie wurden zufällig in die Sache verwickelt, konnten Hristov jedoch aufhalten. Dabei hat er den Zahlmeister so schwer verletzt, dass wir unplanmässig einen Hafen anlaufen mussten, damit er medizinisch versorgt werden konnte. Kapitän Lundberg hat Hristov dafür in die Arrestzelle geworfen. In Rotterdam übergab er ihn dann der Polizei. Im folgenden Gerichtsverfahren wurde er meines Wissens zu fünf Jahren Gefängnis ohne Bewährung wegen schwerer Körperverletzung verurteilt. Als die Polizei ihn damals abholte, hat er mir und auch dir Rache geschworen, wo immer auf der Welt wir uns verstecken würden."

Ich wurde von dieser Information völlig überrascht. Drisi hatte Hristov nie erwähnt, seit wir uns vor dem Royal Freshwater Bay Yacht Club wieder getroffen hatten.

„Das erzählst du mir erst jetzt! Warum hast du mich nicht schon vorher informiert? Wir waren in Perth die ganze Zeit über wie auf einem Präsentierteller."

„Tut mir leid, Ruedi. Für mich war die Geschichte nicht wichtig genug. Ich habe dieses Kapitel für mich abgehakt, gleich nachdem Hristov von der Polizei abgeführt wurde. Vermutlich hätte ich wohl besser daran getan, die Sache nicht zu vergessen."

Nachdem mir Drisi diese Geschichte eröffnet hatte, riefen wir sofort die Polizei an.

Erstaunlicherweise mussten wir nicht allzu lange warten, bis zwei Fahrzeuge mit Rotlicht und Sirene in vollem Tempo bei uns eintrafen. Der Hinweis auf den Überfall und die Sprengfallen in Form einer Claymore Mine, hatten anscheinend ausgereicht, um die Polizei zur Eile zu bewegen.

Nachdem sich die Polizisten einen ersten Überblick verschafft hatten, wurde unser Claim kurzerhand zum Sperrgebiet erklärt. Eine eigens aus Sydney eingeflogene Einheit der australischen Armee suchte das ganze Gelände gründlich ab. Wir wurden unsererseits nach Sydney geflogen, wo uns die Staatspolizei und der militärische Geheimdienst befragten."

„Jetzt verstehe ich die Bemerkung, sie hätten sich auf ein gefährliches Spiel eingelassen, was sie erst Jahre später erfahren sollten." Der Pfarrer unterbrach Ruedi Röthelis Ausführungen. „Dieser Hristov muss ein ganz gefährlicher Mensch sein. Haben sie ihn erwischt oder läuft er immer noch frei herum?"

„Damals erwischten wir ihn noch nicht, obwohl nach dem Anschlag in Australien eine landesweite Suche ausgelöst wurde. Ein paar Monate später riskierte er nachts einen zweiten Überfall. Dieses Mal waren wir besser vorbereitet. Ich gehe davon aus, er bereute seinen Entscheid im Nachhinein.

Nach dem ersten Überfall sicherten wir das Camp besser ab. Wir stellten mehr Schilder auf und dahinter in einer Zone von fünf Metern doppelt so viele Fallen. In die Zufahrt bauten wir ein paar Hindernisse ein.

Nach drei Monaten trat der Vorfall mit Hristov für uns langsam in den Hintergrund. Wir hatten uns schon wieder an unseren Alltag gewöhnt, als eines Nachts unsere improvisierte Warnanlage losging. Wir wussten sofort, welche zwei Fallen ausgelöst worden waren. Die ganze Nacht über verschanzten wir uns und warteten. Sobald das Tageslicht es am nächsten Morgen zuliess, suchten wir das Gelände ab. Dabei stellten wir fest, dass sich jemand in einer der Fallen schwer verletzt haben musste. Wie vereinbart, informierten wir sofort den Leading Senior Constable. Dieses Mal dauerte es etwas mehr als zwei Stunden, bis drei Wagen der Polizei bei uns eintrafen. Sie suchten fast einen ganzen Tag lang das Gelände ab und sicherten Spuren an den beiden ausgelösten Fallen.

Wie es sich herausstellte war es unser Erzfeind Hristov, der in eine der Fallen getreten war. Aufgrund der Menge des Blutes, musste er sich so gravierend verletzt haben, dass seine Kumpane den Überfall abbrachen. Sie brachten Hristov zu einem Arzt nach Lightning Ridge und zwangen diesen die Verletzungen zu verarzten. Der Arzt berichtete, dass Hristov aufgrund eines doppelten Beinbruchs und einer Stichverletzung in der Bauchgegend sehr viel Blut verloren hatte. Er war sich nicht sicher, ob der Bulgare den Unfall überlebt hatte.

Ungefähr sechs Monate nach dem gescheiterten Überfall erhielten wir eine Postkarte. Darauf verfluchte uns Hristov und kündigte an, er werde nach dieser hinterhältigen Falle nicht ruhen, bis wir beide Tod wären und wenn es den Rest seines Lebens in Anspruch nehmen würde.

Für mich war das in den folgenden Jahren der wichtigste Grund, meine Spuren zu verwischen und mich gegen Verfolger abzusichern. Deswegen reiste ich beispielsweise mit einem argentinischen Pass und nicht als Ruedi Rötheli in die Schweiz ein. Diese Angewohnheit habe ich bis heute nicht abgelegt. Selbst, als die Gefahr durch Hristov vor über vierzig Jahren ein für alle Mal beseitigt worden war."

„In dem Fall haben sie diesen Hristov doch noch geschnappt?" Pfarrer Küenzle interessierte sich offensichtlich für das Schicksal des Verbrechers.

Er wollte sicher sein, dass nicht zuletzt noch Mord und Totschlag in Trub Einzug hielten.

„Das ist korrekt. Seine Rachgier hat sich schliesslich gegen ihn gewandt. Als er ein drittes Mal versuchte, unser Camp zu überfallen, waren Drisi und ich nicht vor Ort. Bei dem Überfall ist jedoch einer von Drisis Brüdern ums Leben gekommen, der für uns auf das Camp aufpasste. Das war Hristovs entscheidender Fehler. Mein Freund drehte daraufhin den Spiess um und jagte Hristov von dem Zeitpunkt an. Er gab keine Ruhe mehr, bis er die absolut unwiderrufliche Bestätigung vom Ableben des Bulgaren in den Händen hielt. Ich kenne die Details nicht und wollte sie auch nie wissen. Das war und ist eine Geschichte zwischen den Familien Hristov und O'Driscoll."

Ruedi Rötheli musste wieder einmal etwas trinken. Dann schaute er auf die Uhr. Es war bereits halb vier. Das Postauto fuhr in einer Stunde. Er musste sich beeilen, wenn er seine Erzählung bis dahin beenden wollte.

„Nach dem Überfall sind wir wieder zur Tagesroutine übergegangen. Wir wollten nicht, dass ein Verbrecher wie Hristov unser Leben bestimmt. Die Polizei meinte zudem, wir müssten nicht so schnell mit einem erneuten Überfall rechnen. Da Kriegsmaterial involviert war, hatte sich der militärische Nachrichtendienst in die Ermittlungen eingebracht. Zumindest bis klar war, dass Hristov Australien verlassen und anscheinend nach Europa zurückgekehrt war.

Die tägliche Routine dominierte von da an wieder unser Leben im Outback. Bis zu jenem Tag, ziemlich genau vier Jahre nachdem wir unser Abenteuer im Outback begonnen hatten, als sich das Glück auf unsere Seite schlug. Nachdem wir die beiden Schächte, die von Hristovs Dynamitüberfall zerstört worden waren, mit einigem Aufwand wieder hergestellt hatten, trieben wir noch zwei Stollen voran. Auch das brachte jedoch nicht die erhofften Resultate.

In dieser Phase standen wir mehr als einmal kurz davor aufzugeben. Wir schmiedeten schon Pläne wieder nach Perth zurückzukehren. Damals besassen wir immer nur gerade noch so viel Geld, um einen oder zwei Monate weiter zu schürfen. Ein grösserer Schaden bei einem unserer wichtigen Werkzeuge und das ganze Unternehmen hätte ein sofortiges Ende gefunden.

Dann kam jener Tag, an dem sich alles änderte.

Nachdem uns die Querstollen kein Glück brachten, entschieden wir uns, als ersten Schacht San Franzisco von zwölf Meter auf achtzehn Meter zu vertiefen. Die Gesteinsformation in San Franzisco schien uns die besten Voraussetzungen für einen guten Fund zu haben. Als wir auf der gewünschten Tiefe anlangten, trieben wir zwei Querstollen in entgegengesetzter Richtung voran. Wir hatten den einen Stollen ungefähr sieben Meter weit vorgetrieben, als wir an einem Mittwochnachmittag auf einen Bereich stiessen, der voll von hochwertigen schwarzen Opalen war. Dass wir die Stelle überhaupt fanden, verdankten wir einem glücklichen Zufall. Der Fundort musste vor tausenden von Jahren eine Art Becken oder Senke gebildet haben, bevor er sich füllte und von siebzehn Meter Sandgestein bedeckt wurde. Die Senke besass die Form einer halben Papaya, wobei die längste Stelle mehr als sieben Meter und die breiteste mehr als vier Meter mass. Wir hatten uns bereits drei oder vier Meter am Fundort vorbei gegraben. Mehr als ein Dutzend Mal passierten wir mit Sicherheit diesen Punkt, ohne etwas zu bemerken. Dann schlug ich wieder einmal den Kopf an. Das geschah öfters, wenn der kleingewachsene Drisi den Stollen vorangetrieben hatte. Wenn ich in einem solchen Fall wütend genug wurde, ergriff ich den Pickel und erweiterte die entsprechenden Passagen der Gänge, indem ich die tiefsten Stellen einfach wegschlug. So stiess ich auf den Grund der ehemaligen Senke. Zuerst wollte ich nicht glauben, was da aus der Decke vor mir auf den Boden gefallen war. Ich hob zwei Steine auf, starrte sie ungläubig an. Dann rannte ich los, um Drisi zu suchen. Nachdem ich ihm den Fund gezeigt hatte, holten wir gemeinsam die ersten Opale raus. Der Rest war dann nur noch Routine und sehr, sehr viel Arbeit.

Wir haben aus der Fundstelle über zwanzig Tonnen Gestein herausgeholt. In nur gerade fünf Monaten konnten wir nahezu dreihundert Opale von guter bis herausragender Qualität bergen. Dazu kamen noch mindestens doppelt so viele von mittlerer bis genügender Qualität.

Den genauen Wert des Fundes kenne ich heute immer noch nicht. In der Bank in Sydney, in die wir alle Steine brachten, liegen immer noch die hundertfünfzig grössten und schönsten Opale, die wir bisher nicht verkauft haben. Darunter sind ein paar Stücke, die fünfundzwanzig und mehr Karat aufweisen und nahezu unbezahlbar sind. Der Wert der Steine lässt sich nur schwer abschätzen, da der Markt die Preise bestimmt. Je nachdem welcher Stein zu welchem Zeitpunkt verkauft wird, erzielt er einen höheren oder tieferen Ertrag. Von einem Experten wurde der Wert auf einen hohen dreistelligen Millionenbetrag, auf jeden Fall höher als fünfhundert Millionen australische Dollar geschätzt.

Lange bevor die Fundstelle ausgeräumt und die Opale sicher in der Bank lagen, war uns klar, dass wir für den Rest unseres Lebens keine finanziellen Probleme mehr haben würden. Euphorie brach deshalb keine aus. Wir haben uns eine Flasche guten alten irischen Whiskey und eine teure kubanische Zigarre genehmigt, die seit dem Beginn unseres Abenteuers für diesen Zweck bereitlagen. Die Schachtel samt Inhalt hatte selbst den Überfall von Hristov schadlos überstanden.

Während wir Whiskey tranken und Zigarren rauchten, entschieden wir uns, die wertvollsten Steine in der Bank in Sydney zu lassen. Die minderwertigen Opale sollten in kleinen Mengen nach und nach verkauft werden. Damit verfügten wir innert kürzester Frist über genug finanzielle Mittel, um nach Sydney zu ziehen und uns in einem Bürogebäude am Stadtrand einzumieten.

Bevor wir umzogen, nahm Drisi mit seinen Verwandten in Irland Kontakt auf. Einer seiner Brüder und zwei Cousins kamen nach Sydney, um danach auf den Claim in Lightning Ridge aufzupassen, während wir in Sydney neue Geschäfte angingen.

In der Bank zählten wir innert kürzester Zeit zur Gruppe der Topkunden, da die laufenden Einnahmen die Ausgaben deutlich überstiegen. Der Verkauf der minderwertigen Steine brachte einen Betrag von über dreissig Millionen australischen Dollars ein. Hätten wir uns mehr Zeit gelassen und die Marktentwicklung berücksichtigt, wäre sogar ein deutlich höherer Ertrag möglich gewesen.

Mit dem Kapital gründeten wir die R&D Mining Company und die R&D Opal Sales Company. Über die erste Firma erstanden wir in Queensland in der Nähe von Quilpie nach dem gleichen Prinzip wie in Lightning Ridge zwei weitere Claims, um dort einen zweiten Abbaustandort aufzubauen. Den neuen Claim rüsteten wir mit den neuesten Gerätschaften aus, die es auf dem Markt gab. Das zahlte sich rasch aus, da die Mine nach nicht einmal neun Monaten bereits einen marginalen Gewinn abwarf.

Parallel dazu bauten wir auch die Verkaufsorganisation für die Opale aus. Nach den minderwertigen Steinen verkauften wir ab und zu einen hochwertigeren Stein. Über die R&D Opal Sales Company begannen wir die Opale zu veredeln. Damit konnten wir ihren Wert weiter steigern. Das sprach sich bald einmal in der Szene herum und mit der Zeit kamen auch andere Schürfer zu uns, um ihre Steine bei uns veredeln zu lassen. Wir legten dabei grössten Wert darauf, mit unseren ehemaligen Kollegen korrekt umzugehen, indem wir nur die direkten Kosten und eine minimale Marge verlangten, die von der Anzahl Karat der veredelten Steine abhing. Dieses Vorgehen brachte uns immer mehr Aufträge ein, wodurch das Geschäft mit der Veredelung und dem Handel der Steine rasch anstieg.

Der Nachteil an der neuen Situation war die gestiegene Hektik. Im Gegensatz zu den Jahren im Outback, wo die Tage eine gewisse Ordnung und Stabilität hatten, gab es jetzt keine Woche mehr, die nicht durch irgendein ausserordentliches Ereignis geprägt war. Für mich war das schlicht und einfach zu viel. Ich verlor je länger je mehr die Freude an der Sache.

Ganz anders Drisi. Je mehr es darum ging zu organisieren, Entscheide zu treffen und sich um die vielfältigen Aufgaben zu kümmern, welche die diversen Geschäfte am Laufen hielten, umso mehr blühte er auf. Als wir nach etwas mehr als einem halben Jahr wieder einmal nach Lightning Ridge fuhren, teilte ich Drisi mit, dass ich aussteigen wolle.

„Was meinst du mit aussteigen?"

„Ich brauche eine neue Herausforderung. Wir haben mit dem Fund unser Ziel erreicht. Die Verwaltung des Vermögens ist nicht mein Ding. Du hingegen hast die Sache im Griff. Meine Unterstützung brauchst du nicht. Ich möchte deswegen aussteigen und mich einer neuen Aufgabe widmen."

Für Drisi kam mein Anliegen völlig überraschend. Seine erste Reaktion war deshalb speziell. „Wenn du schon Witze machen willst, dann solche die auch witzig sind", stellte er in leicht gereiztem Tonfall fest.

Nachdem ich ihm erklärt hatte, dass ich keinen Scherz machte und mir die Sache wirklich ernst war, begann eine längere Diskussion. Den Rest der Fahrt, den ganzen Abend und fast die ganze Nacht in der Wüste, versuchte er mich von meinem Entschluss wieder abzubringen. Je länger es jedoch dauerte, umso mehr kam er zur Einsicht, dass seine Bemühungen wohl erfolglos bleiben würden.

„Wie soll es in dem Fall aus deiner Sicht weiter gehen?", fragte er in einem eher frustriert als neugierig klingenden Tonfall.

„Ich würde mir wünschen, dass du die beiden Unternehmen in unserem Sinn weiter führst. Dafür überlasse ich dir die alleinige Verfügungsgewalt und werde stiller Partner. Wenn du möchtest, machen wir auch einen Vertrag in dem festgelegt wird, dass du Hauptinhaber und ich Minderheitsbeteiligter bin. Was meinst du dazu?"

Drisi sah mich einen Moment lang schweigend an.

„Ich will unsere Partnerschaft auf keinen Fall beenden. Es war deine Idee und deine Hartnäckigkeit, die es uns überhaupt ermöglicht hat, so weit zu kommen. Selbst wenn ich mitgearbeitet habe, so bin ich mir sehr wohl bewusst, dass wir die Opale ohne deine Zielstrebigkeit nie gefunden hätten."

„Danke, mein Freund. In der letzten Zeit haben sich jedoch die Verhältnisse verschoben. Die Minen sind aufgebaut und funktionieren. Sie werfen

Gewinn ab oder sind zumindest kostendeckend. Die Verkaufsorganisation ist ebenfalls erfolgversprechend angelaufen und hat sich bereits nach kurzer Zeit einen Namen auf dem Markt gemacht. Beide Geschäfte laufen gut und haben sogar noch Entwicklungspotential. Heute kaufen wir deutlich mehr fremde Opale, als wir eigene verwerten. Wir können uns ja vor Aufträgen kaum mehr wehren. Die hauptsächliche Aufgabe besteht darin, unser Vermögen zu verwalten und zu vermehren. Das ist definitiv nicht meine Stärke. Du zeigst hier viel mehr Talent und Initiative. Ich würde gerne irgendwo wieder etwas Neues anfangen. Genauso wie vor mehr als neun Jahren, als ich mit einer Idee nach Australien gekommen bin."

Nun wirkte Drisi wirklich frustriert. Er hatte keine Argumente, um mir meinen Wunsch abzuschlagen. Auf keinen Fall wollte er unsere Freundschaft gefährden. Deshalb stimmte er, wenn auch widerwillig, meinem Anliegen zu.

In den nächsten vier Wochen haben wir die rechtlichen Dinge geklärt. Dann kam der Tag, an dem es galt Abschied zu nehmen. Ich füllte meinen alten Militärrucksack mit den wichtigsten Dingen und liess den Rest in meinem Zimmer in unseren Büroräumen in Sydney zurück."

Ruedi Rötheli musste wieder eine kurze Pause einlegen.

„Wie ist es danach weiter gegangen", fragte der Pfarrer, bevor Ruedi Rötheli seine Erzählung wieder aufnehmen konnte.

„Ich bin zuerst von Sydney nach Melbourne gefahren und habe mir ein Hotelzimmer genommen. Damals schwebte immer noch die Gefahr eines Angriffs von Hristov über uns. Wir wussten nicht, wo sich der Bulgare aufhielt. Ich entschied mich deshalb, meine Spuren so gut wie möglich zu verwischen. Bei der Räumung unseres Claims von den Claymore Personenminen durch die Armee, hatten wir einen Offizier des australischen Nachrichtendienstes kennen gelernt. Er war als verantwortlicher Ermittler mit den Nachforschungen nach Hristov und seinen Kumpanen betraut worden. Nach Abschluss der Ermittlungen verlor sich der Kontakt, bis das Schreiben mit der Drohung auftauchte. Da kam der Kontakt erneut zustande.

Diese Quelle habe ich angezapft, als ich mich entschied, meine Zelte in Australien abzubrechen. Zuerst wollte mir unser Bekannter nicht helfen. Er argumentierte, dass er aufgrund seiner Aufgabe im Nachrichtendienst nicht gutheissen könne, wenn Leute ihre Identität verschleiern. Zudem besässe er die erforderlichen Beziehungen nicht. Mit dieser Antwort gab ich mich jedoch nicht zufrieden. Ich erklärte meinem Bekannten noch einmal meine Absichten und begründete ihm ausführlich, warum ich dringend neue Papiere benötigte. Ausschlaggebend war schliesslich das Argument, dass ich bei einem dritten Angriff von Hristov kaum noch einmal Glück haben würde. Er nannte mir einen Namen und eine Telefonnummer eines Kontakts in Melbourne. Als ich die Nummer anrief, nannte ich gleich zu Beginn des Telefonats den Namen meines Bekannten, worauf sich mein Gesprächspartner mein Anliegen ruhig anhörte.

„Tut mir leid, sie wurden falsch informiert, ich kann ihnen nicht helfen", stellte die Männerstimme am Telefon emotionslos fest. Bevor er jedoch die Verbindung trennen konnte, bat ich ihn, mit unserem gemeinsamen Bekannten Rücksprache zu nehmen, wozu er sich bereit erklärte.

Eine Woche später erhielt ich eine Postkarte aus Melbourne auf der die Flinders Street Station abgebildet war. Auf der Rückseite war ein Stempel mit einem Datum und einer Uhrzeit aufgedruckt. Deshalb bin ich von Sydney nach Melbourne gefahren. Ich fand mich zum angegebenen Zeitpunkt in der Flinders Stree Station ein. Dort wartete ich eine Stunde, ohne dass etwas geschah. Schliesslich hatte ich keine Lust mehr länger zu warten und machte mich mit der Strassenbahn auf den Weg zurück in mein Hotel. Ich war leicht enttäuscht. Zwei Stationen vor dem Hotel sprach mich plötzlich ein unscheinbar wirkender Mann Mitte dreissig mit meinem Namen an und bat mich ihm zu folgen.

Er führte mich in ein kleines Bistro in einer Seitengasse. Wir setzten uns und bestellten etwas zu trinken. Dann hörte er sich mein Anliegen an und stellte gezielt Fragen. Als er mit seiner Befragung fertig war, erklärte er mir, er würde mir helfen, sofern ich mich an seine Regeln halten würde.

„Was meinen sie damit, ich müsse mich an ihre Regeln halten."

„Wenn sie wirklich aus Australien weg wollen, ohne dass man ihren Weg nachverfolgen oder sie später irgendwo finden kann, müssen sie ausserordentliche Wege gehen. Nur einen gefälschten Pass zu benutzen, reicht nicht aus. Der Weg, den wir nehmen werden, ist nicht ungefährlich. Deshalb ist es unabdingbar, dass sie sich an die Regeln halten. Das heisst, sie werden meinen Anweisungen bedingungslos folgen, nicht diskutieren und meine Entscheide nicht in Frage stellen."

Ich versicherte Patrick Webster, so hiess der Mann, das würde kein Problem sein. Er hatte sich während seiner Dienstzeit als Mitglied des Nachrichtendienstes mit den falschen Leuten eingelassen. Nichts tragisches, aber schlimm genug, um den Dienst quittieren zu müssen. Seither lebte er mehr schlecht als Recht von Gelegenheitsjobs. Eigentlich war Patrick Webster ein anständiger Kerl, der einen Fehler begangen hatte und nun dafür teuer bezahlte. Mich störte das nicht im Geringsten. Für meine Ziele war er genau der richtige Mann.

Nachdem wir uns einig waren, wurde Patrick Webster konkret. „Wir treffen uns heute in einer Woche um zwölf Uhr hier. Leichtes Gepäck. Nehmen sie nur so viel mit, wie sie problemlos tragen können und besorgen sie sich gutes und strapazierfähiges Schuhwerk. Wir werden den ersten Teil hier in Melbourne bestreiten und danach nach Hongkong dislozieren."

Die nächsten Wochen bereitete mich Patrick Webster auf mein Vorhaben vor. Ich lernte, wie man sich so verkleidete, dass nicht einmal Drisi mich erkannt hätte, wie man Verfolger entdecken und abschütteln konnte und wie man sich unauffällig in grossen Menschenmengen bewegte. Als Patrick Webster überzeugt war, mir genügend beigebracht zu haben, um die Mission angehen zu können, nahm er mit seinen Geschäftspartnern in Hongkong und Macao Kontakt auf.

Keine zwei Wochen später verfügte ich über drei vollständige Identitäten, mit denen ich ohne jedes Problem herumreisen konnte. In späteren Jahren bin ich mit diesen Pässen mehrfach auch auf den jeweiligen Botschaften der Länder gewesen, um die Dokumente legal zu erneuern, was nicht ein einziges Mal zu Problemen führte.

Ich verabschiedete mich im Hafen von Hongkong von Patrick Webster. Bevor sich unsere Wege trennten, gab ich ihm die Koordinaten von Drisi und nahm ihm das Versprechen ab, sich dort zu melden. Meinen Freund bat ich, den Mann zu prüfen und falls es aus seiner Sicht in Ordnung war, ihm eine Anstellung in der Firma zu geben.

Später erfuhr ich, dass Patrick Webster die Stelle erhalten hatte. Er wurde in den nächsten Jahren zu einem der zuverlässigsten Mitarbeiter der R&D Holding. Seine Dienste habe ich noch einige Male in Anspruch genommen. Dabei sind wir Freunde geworden und es bis heute geblieben.

Nachdem wir uns getrennt hatten, reiste ich mit einer Dschunke über Macao nach Singapur und von dort mit dem Flugzeug weiter nach Neuseeland, wo das nächste Abenteuer auf mich wartete."

An dieser Stelle beendete Ruedi Rötheli seine Erzählung. Es hatte einiges länger gedauert, als er sich vorgenommen hatte.

Pfarrer Küenzle sass wie erstarrt in der Ecke des Küchentischs. Plötzlich fixierte er seinen Gast. „Warum haben sie eigentlich mehr als eine Identität erstanden?"

„Nach allen Abklärungen standen drei mögliche Identitäten zur Verfügung, die nahezu optimal zu mir passten. Obwohl ich für jede Identität um die zweihunderttausend Dollar zahlen musste, habe ich alle drei erstanden."

Ruedi Rötheli sah auf die Uhr. Es war bereits kurz nach halb fünf. Das Postauto würde in zehn Minuten auf dem Platz vor dem Pfarrhaus abfahren. Er stand deshalb unvermittelt auf.

„Es tut mir leid Herr Pfarrer. Ich hätte ihnen gerne noch einen weiteren Teil meiner Geschichte erzählt. Wenn ich jedoch jetzt nicht gehe, werde ich das Postauto verpassen. Ich verspreche, dass ich ihnen die restlichen Teile meiner Geschichte so bald wie möglich erzählen werde. Ich schlage vor, ich rufe sie am Montag an und wir besprechen das weitere Vorgehen. Dann sollte das Team komplett sein und ich kann ihnen auch noch mehr Details zum Projekt erzählen. Wenn alles rechtzeitig bereit sein soll, müssen die Vorbereitungen zügig angegangen werden. Was meinen Sie dazu?"

„Das ist ein guter Vorschlag. Es gibt mir noch ein Wochenende Zeit, um über ihre Geschichte nachzudenken. Sie müssen sich jedoch keine Sorgen machen. Ich habe ihnen zugesagt, sie bei ihrem Vorhaben zu unterstützen und dabei bleibt es. Wenn ich einmal mein Wort gegeben habe, ist das für mich bindend."

„Sehr gut. Ich freue mich, sie an Bord zu haben. Wir sehen uns."

Dann drehte sich Ruedi Rötheli um und verliess das Pfarrhaus. Auf dem Platz vor dem Löwen kam gerade das Postauto angefahren. Der alte Mann hatte Glück. Eine Minute später und er hätte nur noch die Rücklichter des Busses gesehen.

Als das Postauto vom Löwenplatz wegfuhr, drehte sich Ruedi Rötheli noch einmal um. Es waren wunderschöne Tage gewesen, in denen er sich noch einmal an seine Jugend erinnert hatte, ohne dass er von irgendjemand gestört worden war. Sofern man die etwas sonderbare Begegnung mit dem Blaser Rösli nicht als Störung ansah.

Diese Tage würden ihm die nötige Kraft geben, um den nächsten Akt seines Plans in die Wege zu leiten.

3. Von Wäldern, Hütten und lauten Hakkas

Ruedi Rötheli war immer noch im Halbschlaf, als ein penetrantes Surren ihn aus den Träumen riss. Er hatte lange nicht mehr in einem so bequemen Bett geschlafen. Das einzige was störte, war dieses penetrante Surren, das schon wieder erklang. Er versuchte sich irgendwie zu orientieren. Draussen schien es bereits hell zu sein. Schon wieder erklang der nervige Ton. Der alte Mann war nun endgültig wach. Er dreht sich zur Seite mit dem Telefon und hob den Hörer ab, bevor das Telefon erneut surren konnte.

„Ja."

„Guten Morgen Herr Rötheli. Es ist acht Uhr, sie haben gewünscht, um diese Zeit geweckt zu werden."

„Ja, besten Dank."

„Ich wünsche ihnen einen erfolgreichen Tag."

Die Dame an der Rezeption klang freundlich aber emotionslos.

Ruedi wälzte sich aus seinem Bett und begab sich ins Badezimmer. Die Mitarbeiter der Anwaltskanzlei Lichtsteiner, Gabathuler und Bänteli aus Zürich hatten einmal mehr ausgezeichnete Arbeit geleistet. Das Businesshotel am Thunersee besass einen hohen Standard. In Argentinien hätte es nicht als Vierstern, sondern als Fünfstern Superieur gegolten.

Den Kontakt zu den Zürcher Anwälten hatte Ruedi Rötheli dank seiner Anwaltskanzlei in Toronto herstellen können. Die kanadische Kanzlei war für ihn seit Jahrzehnten die wichtigste Ansprechstelle für Rechtsfragen jeglicher Art. Mit den Kollegen aus Zürich arbeiteten die Kanadier seit längerem häufig erfolgreich zusammen. Die Kanzlei galt eher als konservativ, war jedoch zuverlässig, diskret und gut vernetzt. Einzig die schon fast exorbitanten Stundenpreise waren ein kleiner Wehrmutstropfen.

Nach seinem Besuch in Trub war Ruedi Rötheli direkt nach Thun gereist. Die Zürcher Anwälte hatten für ihn in dem stark frequentierten Businesshotel eine der Suiten reserviert. Es war eine Übergangslösung, bis er eine endgültige Unterkunft gefunden hatte. Das Hotel eignete sich ausgezeichnet, da es laufend von Kursbesuchern und Konferenzteilnehmern ausgebucht war. In der Menge der Leute und dem ständigen hin und her ging ein Mann wie Ruedi Rötheli völlig unter. Obwohl er am Samstagabend mit seiner Aufmachung auch hier einiges an Aufsehen erregt hatte. Bis er jedoch eine definitive Lösung für seine Unterbringung fand, würde das Hotel genügen müssen.

Nach einem ruhigen Sonntag, an dem er sich gut erholt hatte, standen am

Montagmorgen ein paar wichtige Telefonate auf dem Programm. Der erste Anruf galt dem Notariat Leimbacher. Das Gespräch mit dem jungen Notar war kurz und erfreulich ausgefallen. Wie von Ruedi Rötheli nicht anders erwartet, sagte ihm Markus Leimbacher seine Unterstützung definitiv zu.

Als nächstes versuchte er Pfarrer Küenzle zu erreichen. Der Dorfgeistliche war jedoch aufgrund von Verpflichtungen verhindert und Ruedi brauchte fünf Anläufe, bis er ihn endlich sprechen konnte.

„Ich habe ihnen ja versprochen, Bescheid zu geben, wie der aktuelle Stand aussieht", begann Ruedi Rötheli nach der Begrüssung das Gespräch. „Es ist mir gelungen Notar Markus Leimbacher für das Vorhaben zu gewinnen. Damit wäre das Team komplett. Ich dachte mir, wir vereinbaren so rasch wie möglich einen Termin, damit sie sich gegenseitig kennen lernen. Dann können wir die nächsten Schritte planen. Was meinen sie dazu?"

„Als sie mich nach einem Notariat fragten, habe ich mir schon gedacht, dass auch jemand aus dieser Branche zu ihren Wunschkandidaten gehört. Dass es ihnen gelungen ist Herrn Leimbacher für ihr Vorhaben zu gewinnen, beruhigt mich ein wenig. Er ist als seriöser und kompetenter Notar weit über die Region hinaus bekannt. Das verleiht ihrem Anliegen auch bei den Nichtbeteiligten eine gewisse Seriosität. Sobald ihr Plan bekannt wird, dürfte sich das ganze Oberemmental auf die Geschichte stürzen."

Ruedi Rötheli nahm die Feststellung zur Kenntnis. Insgeheim bestätigte ihm der Pfarrer, dass sein Vorgehen seine Privatsphäre zu schützen, nicht übertrieben war. Bevor er sich wieder vom Dorfpfarrer verabschiedete, vereinbarten sie noch einen Besprechungstermin.

„Ich werde mich bezüglich Ort und Zeit noch bei ihnen melden. Vorerst reicht es jedoch, wenn sie das vereinbarte Datum blockieren könnten."

„Das werde ich gerne tun, sofern meine Pflichten als Pfarrer der Gemeinde Trub nicht beeinträchtigt werden. Bei allem Interesse für ihr Vorhaben, steht meine Pflicht als Seelsorger der Gemeinde Trub immer noch an erster Stelle."

Ruedi Rötheli sicherte dem Pfarrer zu, sein Amt und seine Aufgaben würden in keiner Weise negativ beeinflusst. „Das ist für mich ebenfalls ein Punkt, auf den ich allergrössten Wert lege."

Nach dem eher ruhigen Montag, an dem Ruedi auch Zeit gefunden hatte, um sich das wunderschöne Städtchen Thun anzusehen und ein paar Besorgungen zu erledigen, war am Dienstag bereits wieder mehr Trubel angesagt.

Am Morgen reiste er mit dem Zug nach Zürich, um bei einem guten Herrenausstatter ein paar nützliche Dinge des täglichen Bedarfs zu erstehen. Seine aktuelle Garderobe war für die Reise mehr als ausreichend gewesen. Für das was in den kommenden Monaten auf dem Programm stand, benötigte er jedoch andere Bekleidung. Damit er nicht die ganzen Einkäufe mit dem Zug zurück nach Thun schleppen musste, hatte er sich bei einem Limousinen Service in Zürich ein Fahrzeug samt Chauffeur gemietet. Auf dem Rückweg nutzte er die Gelegenheit, um an der Bausitzung mit der Maklerin und den Handwerkern in Bärau vorzufahren.

Aufgrund des Verkehrs verzögerte sich seine Ankunft. Als die schwarze Limousine mit gut zwanzig Minuten Verspätung auf dem Grundstück vorfuhr, waren die Handwerker gerade dabei, sich bei Adriana Bühler zu beschweren. Sie hätten auch noch anderes zu tun, als auf einen alten Mann zu warten, der nichts von Pünktlichkeit hielt. Die Aufmerksamkeit richtete sich deshalb voll auf die schwarze Limousine, als diese in die Einfahrt einbog. Ein Mann in dunklem Anzug stieg aus und öffnete die hintere Tür. Als Ruedi Rötheli im Businessanzug, mit neuer Kurzhaarfrisur ausstieg, starrte die Maklerin ihren Auftraggeber einen Moment mit offenem Mund an, als wäre er ein Geist.

„Guten Tag Frau Bühler. Meine Herren." Ruedi Rötheli nickte den Anwesenden grüssend zu. „Ich bitte sie um Entschuldigung für die Verspätung. Auf der Autobahn zwischen Zürich und Luzern war leider ein Stau, weshalb sich meine Ankunft verzögert hat. Ich schlage ihnen deshalb vor, wir gehen gleich hinein und ich sage ihnen, wie ich mir die Sache vorstelle."

Ohne auf die Reaktion der völlig perplex dastehenden Gruppe zu achten, ging er an ihnen vorbei ins Innere des Hauses. Als ihm die Handwerker nicht folgten, streckte er den Kopf aus der Tür und sah sie fragend an. „Gibt es ein Problem?"

Die erste die reagierte, war Adriana Bühler. „Nein, kein Problem. Kommen sie meine Herren." Sie ging ebenfalls an den leicht irritiert wirkenden Handwerkern vorbei und folgte Ruedi Rötheli ins Haus, worauf es ihr die Männer mit mehr oder weniger Begeisterung gleich taten.

Als alle im Hausinnern versammelt waren, begann Ruedi Rötheli ohne Umschweife, seine Pläne zu erklären. Den Handwerkern blieb nicht viel anderes übrig, als sich Notizen zu machen und hin und wieder Fragen zu stellen. Als er mit seinen Ausführungen am Ende angelangt war, machte er eine kurze Pause, in der er die versammelten Handwerker eindringlich musterte, bevor er ihnen die nächste Frage stellte. „Ich möchte, dass sämtliche Arbeiten innerhalb der nächsten zwei Wochen erledigt werden. Ist das ein

Problem für sie?"

In dem Moment begannen alle Handwerker gleichzeitig zu sprechen. Von zu kurzfristig, über Abhängigkeiten mit anderen Handwerkern, bis hin zu das sei nicht der einzige Auftrag, hörte Ruedi Rötheli die verschiedensten Argumente, wieso eine Ausführung seiner Wünsche nicht möglich war.

Der alte Mann wartete geduldig, bis sich der Ausbruch der Handwerker wieder gelegt hatte. Der Wortführer wollte gerade damit beginnen, die Argumente noch einmal geordnet vorzutragen, als ihm Ruedi Rötheli mit erhobener Hand Einhalt gebot. „Frau Bühler, ich dachte, sie haben den Herren bereits gesagt, dass ich auf der Einhaltung der Termine bestehe und darüber nicht diskutieren will." Ruedi Röthelis Tonfall hatte etwas leicht Schneidendes an sich.

Auch wenn Adriana Bühler es sich nicht anmerken liess, so war sie doch beeindruckt. Dieser Rötheli war wirklich ein besonderes Kaliber. Sie würde sich bei ihrem Chef entschuldigen müssen. Es wäre schade gewesen, wenn sie diesen Auftrag verpasst hätte.

„Das habe ich den Herren auch zu verstehen gegeben, Herr Rötheli."

„Woran liegt es meine Herren? Frau Bühler hat ihnen mit Sicherheit mitgeteilt, wie grosszügig ich sie für ihre Bemühungen entschädigen werde?"

„Darum geht es nicht Herr Rötheli. Wir haben noch andere Aufträge und diese Kunden haben ebenfalls Anrecht auf eine fristgerechte Erledigung der Arbeiten. Sie können doch nicht einfach kommen, mit den Geldscheinen wedeln und meinen, wir müssen einfach alles stehen und liegen lassen."

Ruedi Rötheli sah den Mann einen Moment lang ruhig an, ohne etwas zu sagen. Als die Pause schon fast unangenehm wurde, ergriff er wieder das Wort. „Lassen sie mich dazu Folgendes sagen. Wenn ich diesen Umbau bis zu dem von mir erwähnten Termin haben will, dann werde ich den Umbau auch bis dann erhalten. Ich wollte die Arbeiten unbedingt von Handwerkern aus der Region durchführen lassen. Falls das nicht möglich ist, so lasse ich diejenigen die Arbeit erledigen, die das in der von mir gewünschten Zeit und in der geforderten Qualität erledigen können. Selbst wenn ich diese Leute aus China einfliegen lassen muss." Er machte erneut eine kurze Pause und sah in die völlig verdutzt dastehende Runde. „Wenn Frau Bühler bei ihrer Auswahl nach meinen Vorgaben vorgegangen ist und daran zweifle ich nicht im Geringsten, gehören sie zu den besten Spezialisten in der Region. Ich gehe davon aus, sie können mir hier und jetzt aufgrund einer Schätzung sagen, was ihr Anteil der Arbeiten grosszügig aufgerundet kostet. Wer davon Abstand nehmen will, dem danke ich für sein Kommen, werde ihn für den heutigen Aufwand entschädigen und wünsche ihm jetzt eine gute Heimreise. Ist das für sie machbar und akzeptabel?"

Die Handwerker nickten oder stimmten ihrem neuen Auftraggeber in anderer Form zu.

„Gut, ich gehe ebenso davon aus, sie haben alle Schreibzeug und eine Visitenkarte dabei."

Erneut stimmten ihm alle Anwesenden zu.

„Dann beraten sie sich bitte kurz untereinander, sofern das notwendig ist. Geben sie danach Frau Bühler jeweils ihre Visitenkarte mit einer gut gerechneten Schätzung der Kosten darauf. Ich betone noch einmal, es geht mir um eine zu ihren Gunsten optimistisch gerechnete Kostenschätzung, ohne mich gleich zu übervorteilen. Ich will auch nicht, dass sie im Nachhinein kommen und mir mitteilen, sie hätten das und jenes nicht im Preis berücksichtigt."

Nach einem kurzen Moment begannen die Handwerker zu rechnen, sprachen sich teilweise untereinander ab und notierten danach ohne allzu grossen Widerspruch die Zahlen auf die Visitenkarten. Nachdem der Letzte seine Schätzung beendet hatte und Adriana Bühler im Besitz sämtlicher Karten war, wandte sich Ruedi Rötheli noch einmal an die Handwerker.

„Es hat einen bestimmten Grund, weshalb ich auf sie dermassen Druck wegen der Termine ausübe. Es würde zu lange dauern, ihnen die Details zu umschreiben. Tatsache ist, ich brauche das Objekt bezugsbereit bis zu dem von mir genannten Zeitpunkt, damit ich ein Folgeprojekt rechtzeitig umsetzen kann. Mir ist bewusst, dass dies für einzelne von ihnen eine Herausforderung darstellt. Deshalb möchte ich ihnen auch einen Anreiz für ihre Bemühungen offerieren. Unter der Voraussetzung, dass Frau Bühler die Kosten als realistisch beurteilt, zahle ich ihnen bei fristgerechter und qualitativ korrekter Ausführung der Arbeiten einen Bonus in Höhe des gleichen Betrags, den sie für die Ausführung der Arbeiten heute bekanntgegeben haben."

Ein Raunen ging durch die Gruppe der Handwerker.

„Sie werden von Frau Bühler bis spätestens Übermorgen einen Brief erhalten, der die vereinbarte Summe und den Termin bestätigt. Sollte jemand den Termin nicht einhalten oder die Qualität unzureichend sein, so wird für die Leistungen keine Zahlung erfolgen und sie werden sich zusammen mit meinen Anwälten in einen Rechtsstreit verwickelt sehen, der Jahre bis Jahrzehnte dauern wird. Sollten die Arbeiten zu meiner Zufriedenheit und termingerecht oder früher erledigt sein, so haben sie die vereinbarte Summe auf sicher und ich werde mir je nach Qualität der Arbeit überlegen, ob der Bonus auch höher ausfallen kann. Das ist von meiner Seite alles. Haben sie noch Fragen?"

Von den Handwerkern war nur ein Kopfschütteln zu sehen.

„Gut, dann danke ich ihnen für ihr kommen und wir sehen uns anlässlich der Abnahme sämtlicher Arbeiten. Frau Bühler wird ihnen das genaue Datum noch bekanntgeben." Ruedi Rötheli nickte den Handwerkern zu und wandte sich dann an Adriana Bühler.

„Können wir noch kurz zusammen sprechen."

Nachdem sich die Handwerker verabschiedet hatten, bedankte sich der alte Mann für die Organisation des Anlasses und entschuldigte sich auch gleich dafür, dass er der Maklerin zusätzliche Arbeit aufgehalst hatte. Dann vereinbarten sie einen nächsten Termin, bei der sie gemeinsam eine Stichprobe auf der Baustelle vornehmen wollten, bevor sich Ruedi Rötheli wieder auf den Weg nach Thun machte.

Das war gestern gewesen. Am Abend, als er im Hotel ankam, fand er eine Nachricht von Yves Koller vor. Der Makler war bei der Suche nach einem neuen Wohnsitz erfolgreich gewesen. Yves Koller höchstpersönlich, wollte ihm heute die Immobilie zeigen. Es schien eine Art Glückstreffer zu sein, den er gefunden hatte. Auf jeden Fall klangen die wenigen Zeilen des Immobilienhändlers fast schon euphorisch.

Um zehn Uhr holte ihn Yves Koller vom Hotel ab. Zu seiner Überraschung dauerte die Fahrt keine drei Minuten. Nicht einmal fünf Kilometer vom Hotel entfernt war ein neues Einkaufszentrum errichtet worden. In der obersten Etage war neben den Verwaltungsräumen des Zentrums noch eine grössere Fläche an Büroräumen zu vermieten. Der Standort entsprach genau dem, was Ruedi Rötheli suchte. Entsprechend fielen die Besichtigung und die Verhandlungen ausgesprochen kurz aus. Der alte Mann war vom Objekt so hell begeistert, dass er nicht lange über den Preis und die Bedingungen diskutierte. Er wollte die Immobilie unter allen Umständen haben. Kosten spielten in dem Fall nur eine untergeordnete Rolle.

In einem Einkaufszentrum konnte er sich als Einzelperson in der Masse der Kunden frei und unbekümmert bewegen. Um ihn zu entdecken, musste man ihn bewusst verfolgen. Mit seiner Investmentfirma würde er zudem ein zusätzliches Instrument haben, um seine Bleibe vor neugierigen Blicken zu verbergen. Es würde noch einen Moment dauern, bis alles so eingerichtet war, dass er einziehen konnte. Das Problem seines Wohnsitzes in der Schweiz war jedoch damit gelöst.

Die Assistentin von Markus Leimbacher konnte ihr Erstaunen nicht verbergen, als sie Ruedi Rötheli aus dem Lift treten sah. „Herr Rötheli?" Sie hatte den alten Mann im ersten Moment fast nicht erkannt. Er sah in seinem dunklen Anzug und mit den kurzen Haaren völlig anders aus, als in der Aufmachung eines abgehalfterten argentinischen Gauchos.

Ruedi Rötheli kam nicht einmal dazu die Assistentin richtig zu begrüssen. Kaum dass er die Kanzlei betreten hatte, kam auch schon Markus Leimbacher aus seinem Büro. Der junge Notar kam direkt auf seinen Klienten zu. Er konnte ein leichtes Schmunzeln nicht unterdrücken, als er dem alten Mann die Hand zum Gruss entgegenstreckte. „Freut mich, sie zu sehen, Herr Rötheli."

Er machte eine kurze Pause in der er sein Gegenüber musterte. „Sie müssen mir bei Gelegenheit die Adresse ihres Schneiders verraten. Das sieht wirklich sehr gediegen aus."

Dann begaben sie sich ins Büro des Notars. Zu Ruedis Überraschung sass der Pfarrer bereits in einem Polstersessel in der Ecke. Vor sich eine noch leicht dampfende Tasse Tee und eine Schale voller Kekse.

„Pfarrer Küenzle ist ein paar Minuten vor ihnen eingetroffen. Wir haben uns bereits bekannt gemacht und eben gerade Kaffee und Tee erhalten. Was kann ich ihnen bringen lassen, Herr Rötheli."

„Wenn es nicht zu viele Umstände bereitet, hätte ich gern einen doppelten Espresso und ein Glas Wasser."

„Ich denke, das sollte sich einrichten lassen."

Die beiden setzten sich zum Dorfpfarrer von Trub in die Polstergruppe.

„Ich freue mich, dass sie beide den Weg zu uns gefunden haben", eröffnete Markus Leimbacher die Besprechung, nachdem alle sassen und ihre Getränke hatten. „Wenn sie einverstanden sind Herr Rötheli möchte ich ihnen gleich das Wort übergeben. Im Moment dient ja mein Büro nur als Zwischenlösung, bis sie ihre Räumlichkeiten in Bärau beziehen können."

„Danke Herr Leimbacher. Ich bin sehr froh, dass wir uns heute hier treffen können. Bevor wir die Aufgabe angehen, sollten wir uns besser kennen lernen. Oder vielleicht sollte ich sagen, sie sollten mich besser kennen lernen. Sie beide sind sich vermutlich ja schon begegnet.

Mein Vorhaben dürfte Emotionen auslösen. Sei es von den direkt Betroffenen oder auch von Seiten der Öffentlichkeit. Mir ist es dabei ein Anliegen, ihre Belastung so tief wie möglich zu halten, da ich ihnen so schon für ihre Bereitschaft mich zu unterstützen dankbar bin. Das bedeutet, ich werde alles unternehmen, damit sie nicht belästigt werden oder im Verlauf des

Vorhabens zum Schluss kommen, mit dem Entscheid, mich zu unterstützen, einen Fehler begangen zu haben.

Die einzige Möglichkeit, um dies zu erreichen, ist absolute Transparenz meinerseits. Ich werde ihnen deshalb auch den Rest meiner Lebensgeschichte erzählen und meine Motive für mein Vorgehen so offen wie nur möglich darlegen. Zudem werden wir ihre Aufgaben klar abgrenzen und ihre Zuständigkeiten und Verantwortungen schriftlich festhalten."

„Sie rechnen in dem Fall wirklich mit Problemen?" Die Frage von Pfarrer Küenzle war mehr aus Neugier, denn aus Besorgnis gestellt.

„Meine Erfahrung der letzten Jahrzehnte hat mich gelernt, sobald es um Geld geht, verlassen Menschen ihre normalen Verhaltensmuster und zeigen völlig unerwartete Reaktionen. Da ich weiss, um wie viel Geld es geht, bin ich ziemlich sicher, wir werden die eine oder andere Überraschung erleben." Ruedi Rötheli dachte kurz nach. „Ich möchte ihnen deshalb nicht nur meine Lebensgeschichte erzählen, sondern gleichzeitig auch Herrn Leimbacher alle Fakten zur Verfügung stellen, damit er die Geschichte auf ihren Wahrheitsgehalt prüfen kann."

„Wie meinen sie das, die Fakten prüfen zu lassen?" Dieses Mal war es Markus Leimbacher der mehr Details wissen wollte.

„Jeder Teil meines Lebens kann überprüft werden, sofern sie die richtigen Informationen haben. Sie sollen prüfen, ob ich mein Vermögen legal erworben habe oder ob es dunkle Stellen gibt. Ich möchte jeden Zweifel an meiner Redlichkeit aus dem Weg räumen."

„Was mich anbelangt, so glaube ich ihnen auch ohne ihre Geschichte zu überprüfen", stellte Markus Leimbacher fest. „Eine Überprüfung bringt einen hohen Aufwand mit sich. Ich werde versuchen müssen, das neben den anderen Mandaten zu erledigen."

„Wie sie vorgehen wollen, überlasse ich ihnen. Wenn sie dazu Hilfe von anderen Kanzleien oder unabhängigen Personen benötigen, zögern sie nicht, das Notwendige zu veranlassen."

Der alte Mann holte zwei Dokumente hervor. „Ich habe hier je eine Vollmacht für sie Herr Leimbacher und auch für sie Herr Pfarrer Küenzle. Mit der Unterzeichnung werden sie ermächtigt, auf das in der Vollmacht erwähnte Konto Belastungen zu veranlassen. Nachdem ich die Dokumente an die Bank weitergeleitet habe, erhalten sie eine Karte und Einzahlungsscheine sowie die Daten für den elektronischen Kontenverkehr. Bitte veranlassen sie alle Zahlungen direkt. Das Konto hat eine maximale Deckung von einer Million. Damit müssten eigentlich alle Aufwendung dieses Projektes bezahlt werden können."

Ruedi genoss es, die Überraschung auf den Gesichtern seiner beiden Mitstreiter zu sehen.

„Damit ich das richtig verstehe", unterbrach ihn Markus Leimbacher, „sie geben uns uneingeschränkte Einzelvollmacht für ein Konto mit einer Million Schweizer Franken darauf?"

„Das ist nicht ganz korrekt. Es ist leider nur eine Million Dollar, was im Moment nicht ganz einer Million Schweizer Franken entspricht." Der alte Mann grinste schelmisch.

„Ist das nicht schon fast ein wenig leichtsinnig? Wir kennen uns von einer zweistündigen Besprechung und zwei kurzen Telefonaten", stellte Markus Leimbacher trocken fest.

„Wenn ich das Gefühl hätte, ich könnte ihnen beiden nicht vollumfänglich vertrauen, so wären wir nicht hier", entgegnete ihm sein Klient. „Ich benötige ihre Hilfe, da ich mein Vorhaben nicht alleine umsetzen kann. Das geht jedoch nicht ohne gegenseitiges Vertrauen und Respekt. Dazu gehört nicht nur der volle Zugriff auf das Konto, sondern auch der Einblick in alle Daten die mit meinem Leben zusammenhängen.

Ich bitte sie jedoch darum, von ihrem Wissen über meine Vergangenheit nur dann Gebrauch zu machen, wenn es absolut notwendig ist. Gibt es dazu noch Fragen?"

Nachdem seine beiden Gesprächspartner dies verneint hatten, setzte er seine Ausführungen fort.

„Gut, nachdem das geklärt ist, würde ich gerne einen nächsten Schritt angehen. Das Prinzip und den Ablauf meines Vorhabens habe ich ihnen beiden ja bereits erklärt." Er sah siefragend an, worauf beide bestätigend nickten. „Gut, dann schlage ich vor, ich erzähle ihnen, welche Personen oder Gruppen ich für die Beteiligung am Anlass vorgesehen habe."

Er kramte in seinen Unterlagen herum und nahm daraus ein Blatt mit einer Liste hervor.

„Bevor sie weiterfahren noch eine Frage", meldete sich Markus Leimbacher zu Wort. „Es ist schon fast Mittag. Ich frage mich deshalb, ob wir eine Mittagspause einlegen wollen oder ob ich uns etwas Kleines zu Essen organisieren soll?"

Man einigte sich darauf, auf eine grössere Pause zu verzichten, worauf der Notar seine Assistentin beauftragte einen kleinen Lunch zu organisieren. Dann fuhr Ruedi Rötheli mit seinen Ausführungen fort.

„Ich möchte insgesamt elf Parteien die Möglichkeit geben, an dem Anlass teilzunehmen. Da wären zuerst meine direkten Familienangehörigen. Neben meinem Bruder Max und dessen Kinder Peter, Beat und Rita, welche zusammen die erste Partei bilden, sind dies meine beiden Zwillingsschwestern und meine Schwester Katrin. Den Aufenthaltsort meines Bruders und der Zwillingsschwestern kenne ich. Denjenigen meiner Schwester Katrin jedoch leider nicht. Haben sie diesbezüglich schon etwas in Erfahrung bringen können, Herr Leimbacher?"

„Ja, ich konnte etwas herausfinden. Leider habe ich jedoch keine guten Neuigkeiten. Ihre Schwester ist zwei Jahre nach ihnen, kurz nach ihrem achtzehnten Geburtstag aus dem Elternhaus ausgezogen. Ich konnte nur wenig zu den Umständen erfahren, aber anscheinend war es auch eine Art Flucht. Danach muss sie sich in der Ostschweiz aufgehalten haben. Zuletzt war sie in Appenzell zu Hause, wo sie vor vierundzwanzig Jahren gestorben ist. Sie hat eine Tochter mit Namen Selina hinterlassen, die heute sechsunddreissig Jahre alt ist und mit ihrer acht Jahre alten Tochter Lara in einfachen Verhältnissen in einer Wohnung im Zentrum von Appenzell lebt."

Damit hatte Ruedi Rötheli nicht gerechnet. Er musste zweimal tief durchatmen, bevor er in der Lage war, die Sitzung weiter zu führen. „Konnten sie in Erfahrung bringen, ob zwischen Katrins Tochter und der Familie noch Kontakt besteht?"

„Nach allem was ich gehört habe, weiss ihre Familie von all dem nichts. Nachdem ihre Schwester aus dem Elternhaus ausgezogen ist, hat sie alle Brücken hinter sich abgebrochen."

Ruedi Rötheli wirkte von einem Moment auf den anderen sehr nachdenklich. Mit dieser Entwicklung der Dinge hat er nicht gerechnet.

„Ich werde in dem Fall den Kontakt zu Katrins Tochter persönlich herstellen. Abgesehen davon, dass ich die Tochter meiner Schwester kennen lernen möchte, soll sie wissen woher ihre Mutter kam und wer ihre Verwandten sind. Sie kann danach selber entscheiden, was sie tun will."

Der alte Mann musste einen Schluck trinken. Die Nachricht vom Tod seiner Schwester war ihm näher gegangen, als er erwartet hatte. Von all den Menschen die er damals zurück liess, war Katrin diejenige, die ihm immer am meisten gefehlt hatte. Insgeheim hatte er gehofft, sie noch einmal zu treffen. Nun würde er eben alles daran setzen, um ihre Tochter für sein Vorhaben gewinnen zu können.

„Neben meinen engsten Verwandten sind da noch mein Onkel Franz und dessen Frau Margreth", fuhr er nach einem kurzen Moment mit seinen Ausführungen fort. Er wollte mit der Besprechung vorwärts kommen. Zeit, um sich zu erinnern, gab es später noch genug. „Sie führten den goldenen Engel. Wenn ich mich richtig erinnere, hatten sie einen Sohn der Andreas hiess und vermutlich heute das Restaurant führt."

„Der Name ihres Sohnes ist Alex, nicht Andreas. Richtig ist jedoch, dass er heute den Goldenen Engel führt. Seine Eltern leben nicht mehr in Trub. Sie haben nach der Übergabe des Betriebs an den Sohn ihre sieben Sachen zusammengepackt und verliessen das Dorf. Seither kämpft der alleinstehende Alex um das Überleben des Restaurants."

Dieses Mal hatte Pfarrer Küenzle sein Wissen einfliessen lassen, ohne dass er dabei mit seinem Gewissen in Konflikt geriet.

„Danke für die Ergänzungen Herr Pfarrer." Ruedi musste leicht schmunzeln. Er stellte mit Befriedigung fest, dass sie drei langsam zu einem Team zusammenwuchsen. Das war genau das, was er sich erhofft hatte.

„Also, neben den bereits erwähnten Personen sind da noch mein Onkel Kurt und Tante Elsbeth, der Bruder und die Schwester meines Vaters oder deren Nachkommen. Damit hätten wir die ersten sechs vorgesehenen Parteien. Dann kommt noch Tante Rosalie, die Schwester meiner Mutter und die Nachfahren ihres Bruders Heinrich dazu, von dem ich jedoch sonst gar nichts weiss. Das wären dann alle meine Verwandten. Fehlen noch drei Parteien, um das Feld zu komplettieren. Die erste davon ist die Gemeinde selber, vertreten durch den Gemeinderat und die zweite Partei ist die Kirchgemeinde, vertreten durch den Kirchgemeinderat."

Als Pfarrer Küenzle das hörte, zögerte er einen Moment. Er dachte kurz darüber nach, ob er intervenieren solle, was Ruedi sehr wohl bemerkte.

„Haben sie mit der Wahl des Kirchgemeinderates ein Problem, Herr Pfarrer?"

„Nicht direkt ein Problem. Die Mitglieder des Kirchgemeinderates sind im Prinzip meine Vorgesetzten. Im Moment bin ich nicht sicher, ob dies möglicherweise zu einem Konflikt führen wird."

„Daran habe ich bereits gedacht, bevor ich sie das erste Mal aufsuchte. Für mich ist es wichtig eine neutrale Person im Team zu haben. Ebenso wichtig war es mir aber auch, dass die Kirchgemeinde von einer möglichen Schenkung profitieren kann. Dadurch ergibt sich tatsächlich ein gewisses Risiko, dass ein Interessenkonflikt entstehen könnte. Jedoch nicht bei ihnen, Herr Pfarrer, sondern bei den Mitgliedern des Kirchgemeinderates. Ich werde ihnen deshalb ihre Rolle von Anfang an klar und unmissverständlich kommunizieren. Wenn sie wissen, was ihre Aufgabe ist, wird es kein Problem geben. Der Kirchgemeinderat wird sich kaum gegen eine Person wenden, von der alle Beteiligten sehr genau wissen, dass sie als moralische Instanz über jeden Zweifel erhaben ist." Ruedi wartete einen Moment, doch der Pfarrer schien sich mit der Antwort vorerst einmal zufrieden zu geben.

„Bleibt noch die letzte Partei. Dort möchte ich die Landjugend oder deren Nachfolgeorganisation dabei haben. Sie war für mich neben der Kirche in meiner Jugend der einzige Ort, an dem ich mich wirklich zuhause fühlte."

Nachdem dieser Punkt geklärt war, kam Ruedi Rötheli zum weiteren Vorgehen. „In einem nächsten Schritt muss der Aufenthaltsort aller Parteien ermittelt werden, um alle persönlich zu der Informationsveranstaltung in Trub einzuladen. Ich will die grundlegenden Informationen nicht elfmal wiederholen. Deshalb führen wir im Mehrzwecksaal der Gemeinde Trub einen Anlass durch, an dem alle gleichzeitig informiert werden."

Der alte Mann sah seine beiden Partner fragend an. „Was meinen sie zu diesem Vorschlag?"

Keiner der beiden hatte Einwände oder weitere Fragen.

„Gut, dann schlage ich ihnen vor, ich erzähle ihnen einen weiteren Teil meiner Lebensgeschichte. Am besten ich beginne dort, als ich mit dem Schiff von Hongkong aus meine Reise fortsetzte."

Ruedi Rötheli nahm noch einmal einen Schluck, um die Stimme etwas zu schmieren, bevor er mit der eigentlichen Erzählung begann. „Bevor ich im Hafen von Hongkong in das kleine Beiboot stieg, das mich auf die im Hafenbecken ankernde Dschunke brachte, verabschiedete ich mich von Patrick Webster. Er war in den Wochen in Hongkong zu einem Freund geworden und hatte mir die Überfahrt von Hongkong nach Singapur vermittelt. Eigentlich wollte ich zuerst von Hongkong aus fliegen und nicht erneut mit einem Schiff in See stechen. Patrick riet mir jedoch davon ab. „Wenn sie ihre Spuren wirklich verwischen wollen, so tauchen sie am besten in der Masse der Menschen Hongkongs unter. Dann verlassen sie die Stadt auf einem der vielen innoffiziellen Wege. Auch ihr Erzfeind Hristov wird sie so nie mehr finden, sofern sie das nicht wollen."

Ich habe mich schliesslich von seiner Argumentation überzeugen lassen. Patrick liess seine Beziehungen spielen und organisierte mir eine Überfahrt als Gast auf einer Dschunke. Sie gehörte einem chinesischen Familienunternehmen, das Handelswaren zwischen Hongkong und Singapur hin und her beförderte. Eigentlich nahmen sie nie Passagiere mit. Anscheinend standen sie jedoch gegenüber meinem Freund noch in der Schuld. Chinesen sind diesbezüglich sehr eigen. Sie schätzen es überhaupt nicht, gegenüber jemandem eine Schuld zu haben, die sich auf die Familienehre auswirken könnte.

Verpflichtungen dieser Art, werden sehr ernst genommen. Ergibt sich eine Möglichkeit, eine Schuld zu begleichen, so wird diese in der Regel ergriffen.

Der erste Kontakt zwischen mir und meinen Gastgebern war eher aussergewöhnlich. Ich wurde vom Familienoberhaupt, seinem ältesten Sohn und seinem Bruder empfangen. Wobei es eigentlich so war, dass Patrick Webster empfangen wurde und ich als sein Begleiter dabei war. Er hatte mir vorher eingetrichtert auf jeden Fall zu schweigen und nur dann etwas zu sagen, wenn ich direkt angesprochen wurde.

Während dem Gespräch wurde Grüntee serviert. Als ich die Tasse erhielt, bedankte ich mich mit einem deutlichen Kopfnicken. Ich hatte schon vorher einige Male Grüntee getrunken. Hier schien es sich jedoch um eine wirklich gute Sorte zu handeln. Er hatte eine leicht blumige Note und einen ganz feinen rauchigen Nachgeschmack. Ich hatte bisher noch nie so etwas aussergewöhnliches wie diesen Tee getrunken.

Das Gespräch verlief sehr ruhig und geordnet. Es war vor allem der Sohn des Eigentümers, der mit Patrick sprach. Die Diskussion wurde auf Chinesisch, in einem Mandarin Dialekt geführt, von dem ich nicht ein Wort verstand. Patrick Webster beherrschte die Sprache fliessend. Ich hatte jedoch schon lange aufgehört, mich über solche Dinge zu wundern. Hatte ich in den letzten Wochen einmal das Gefühl, meinen Begleiter etwas näher zu kennen, kam wieder eine Seite an ihm zum Vorschein, von der ich bisher nicht das Geringste geahnt hatte.

Das erste Treffen dauerte eine knappe Stunde. Ich habe nicht viel mehr getan, als mich mit einer Verbeugung für die Tasse Tee zu bedanken. Als die Besprechung vorüber war und wir uns schon erhoben hatten, um uns zu verabschieden, sprach mich plötzlich der alte Patriarch des Familienclans ohne jegliche Vorwarnung an.

„Was halten sie vom Tee?"

Als er zu sprechen begann, schien die ganze Szene zu erstarren. Seine Verwandten waren sichtlich überrascht, als das Familienoberhaupt sich äusserte. Durch seine Frage geriet ich völlig unerwartet in den Mittelpunkt des Interesses. Alle warteten gespannt auf meine Antwort.

„Ich kann von mir nicht behaupten ein Teekenner zu sein. Ein Urteil meinerseits wird dem Tee deshalb kaum gerecht werden."

Der alte Mann lächelte. „Eine sehr weise Antwort. Aber nur zu, mein junger Freund, ich würde ihr Urteil gerne hören."

„Der Tee hat einen eher lieblichen Geschmack, den ich als Laie wohl am ehesten als blumig bezeichnen würde. Dadurch wird die leicht bittere Note im Nachgang gerade so überdeckt, wodurch der Tee angenehm und leicht erfrischend wirkt. Zudem spürte ich einen leicht rauchigen Geschmack, der mich an ein Holzfeuer in der Küche meiner Heimat erinnert."

Nach meiner Beschreibung des Getränks, schien alles um mich herum für einen nicht enden wollenden Moment einzufrieren, in dem mich der alte Mann neugierig und nachdenklich zugleich betrachtete. Dann begann er wieder zu sprechen. „Ich würde mich freuen, wenn sie nächste Woche noch einmal vorbei kommen würden. Es wäre mir ein Vergnügen mit ihnen erneut Tee zu trinken, um etwas mehr über ihre ferne Heimat zu erfahren."

Danach wandte er sich auf Chinesisch an seinen Sohn und an meinen Freund, worauf wir mit einem kleinen Beiboot an Land gebracht wurden.

Als wir wieder festen Boden unter den Füssen hatten, sah mich Patrick Webster nachdenklichen an. „Sie sind schon ein sonderbarer Mann. Ich habe eine Stunde verhandelt und konnte Sung Yu Cheng gerade einmal die Zusage abringen, dass er sich die Sache überlegen wird. Dann kommen sie und holen sich mit zwei Sätzen die nahezu sichere Zusage für die Überfahrt."

Zwei Wochen später, nach einem weiteren Gespräch bei dem die Details geregelt worden waren, befand ich mich als Passagier an Bord der Dschunke Feixíng Liánhua, was in etwa fliegender Lotus bedeutet. Sie wurde von Sun Shi Cheng, dem ältesten Sohn des Clanoberhaupts Sun Li Hu und seiner Familie geführt. Die Feixíng Liánhua war die kleinste, wendigste und schnellste der insgesamt drei Dschunken des Konvois. Wie die beiden anderen Schiffe, machte sie einen stabilen und im Gegensatz zum überwiegenden Teil der anderen Boote im Hafen von Hongkong, auch einen sehr gepflegten Eindruck. Alle drei Schiffe waren Dreimaster mit Längen zwischen dreiunddreissig und vierzig Metern und einer Breite von sechs bis sieben Metern. Sie lagen ruhig im Wasser und entwickelten bei gutem Wind eine passable Reisegeschwindigkeit von fünf bis maximal zehn Knoten.

Von der Familie wurde ich von Anfang an wohlwollend, aber mit einer gewissen Distanz aufgenommen. So lange ich mich an die Vorgaben hielt, konnte ich mich auf dem Deck frei bewegen. Der Zutritt zu den Laderäumen war mir jedoch untersagt. Daran hielt ich mich peinlichst genau. Die meiste Zeit lag ich auf dem Deck und habe gelesen oder einfach gedöst.

Auf dem ersten Teil der Reise hatten wir gutes Wetter. Der Seegang hielt sich in Grenzen und da die Schiffe bei schönem Wetter an die hundert Seemeilen zurücklegten, kamen wir gut voran. Wenn wir einmal anlegten, so war dies nur in kleinen Buchten oder in abgelegenen Dörfern, um Lebensmittel und frisches Wasser aufzunehmen.

Auf dem Schiff lebten mit der Familie noch zwei Verwandte, die halfen das Schiff zu steuern. Sie liessen mich in Ruhe, lachten manchmal über den komischen Gweilo, was mich jedoch kalt liess. Die einzigen die sich nach einer Weile mit mir abgaben, waren die drei Kinder der Familie. Ich begann mit ihnen zu spielen und sie begannen mir ihre Sprache beizubringen. Das führte dazu, dass ich der Familie ein wenig näher kam. Als ich die ersten Wörter und ein paar einfache Sätze beherrschte, begannen plötzlich auch die Erwachsenen mir Wörter zu nennen. Wobei die beiden halbwüchsigen Burschen zuerst versuchten mich mit falschen Begriffen lächerlich zu machen. Sie wurden jedoch von Yu Cheng zurechtgewiesen, als er das bemerkte.

Nach zehn Tagen mussten wir auf einer kleinen Insel vor der Spitze von Kambodscha eine Pause einlegen. Ein Wetterumschwung machte die Umrundung der Landspitze unmöglich. Nach einer zweitägigen Zwangspause umschifften wir die Landzunge und durchquerten danach den Golf von Thailand. Auf Cosa Mui legten wir einen weiteren Tag Pause ein. Danach fuhren wir die restlichen sechs Tage nach Singapur durch, auch wenn sich das Wetter erneut nicht von seiner besten Seite zeigte. Ich konnte während diesen Tagen meine Kenntnisse als Matrose unter Beweis stellen und erwarb mir so den Respekt der Familie.

Nach beinahe dreissig Tagen Seereise kamen wir in Singapur an. Die Verabschiedung von meinen Gastgebern fiel weitaus herzlicher aus, als die Begrüssung zu Beginn der Reise. Ich musste versprechen bei einem nächsten Besuch in Hongkong die Familie wieder zu besuchen. Diesem Versprechen kam ich in den nächsten Jahren auch regelmässig nach.

In Singapur hielt ich mich nicht lange auf. Ich bin für zwei Nächte in einem guten Mittelklassehotel abgestiegen, um richtig auszuschlafen, zu duschen und mich von der Reise zu erholen. Dann buchte ich den ersten möglichen Flug von Singapur nach Auckland in Neuseeland.

Von Neuseeland wusste ich nicht viel. Als Drisi und ich einmal in Lightning Ridge einkauften und danach dem Pub einen Besuch abstatteten, erzählte einer der anderen Gäste ein paar Geschichten über Neuseeland. Der ältere Mann schwärmte von der grossartigen Natur, der Vielfalt von Flora und Fauna sowie von der Offenheit und Herzlichkeit der Neuseeländer. Er verglich Neuseeland sogar mit der Schweiz. Daran kann ich mich noch sehr gut erinnern, da ich nach diesem Besuch etwa eine Woche Heimweh hatte. Damals schwor ich mir, ich würde Neuseeland einmal besuchen und mich selbst davon überzeugen, ob dieses Land wirklich so aussergewöhnlich war. Ich hatte mir deshalb vorgenommen, mich einfach einmal überraschen zu lassen und abzuwarten, was in Auckland auf mich zukommen würde.

Im grössten Ballungszentrum des Inselstaates angekommen, habe ich mir zuerst ein Zimmer in einem der besten Hotels am Platz gesucht. Für zwei Wochen genoss ich einfach nur den Luxus und die Annehmlichkeiten des Hotels. Nach diesen Ferien erkundigte ich mich über die Bedingungen, die mir einen längeren Aufenthalt in Neuseeland ermöglichen würden. Dabei erfuhr ich, dass ich für sechs Monate als Tourist in Neuseeland bleiben konnte, ohne etwas unternehmen zu müssen. Einerseits war dies gut, andererseits bedeutete es jedoch auch, ich konnte mich nicht einfach so für längere Zeit im Land aufhalten.

Es gab verschiedene Möglichkeiten, um zu einer längeren Aufenthaltsbewilligung zu kommen. Man konnte sich dem langwierigen Einwanderungsprozedere stellen oder in Neuseeland ein Unternehmen gründen und damit automatisch eine Aufenthaltsbewilligung erhalten.

Im Moment hatte ich jedoch keine Idee, um ein Geschäft aufzubauen. Mir war nach den Jahren harter Arbeit in Australiens Outback noch nicht danach, irgendeine Aktivität aufzunehmen. Ich wollte vorerst einmal Zeit für mich haben und so viel Energie wie möglich tanken. Dafür war das Hotel jedoch nicht der richtige Ort. Sechs Monate in einem Hotel zu wohnen, war keine akzeptable Alternative. Als erstes suchte ich mir deshalb eine Wohnung, die mir als Basis für meine Erkundung Neuseelands dienen sollte. Von dort aus wollte ich die Insel entdecken und mir ein eigenes Bild davon machen, ob Neuseeland wirklich so nah an der Schweiz war oder ob jener Typ in der Bar in Lightning Ridge nur ein Schwätzer gewesen war.

Die Suche nach einer Wohnung, stellte sich als schwieriger heraus, als ich gedacht hatte. Überall wo ich anfragte teilte man mir mit, ich müsse einen Job und ein regelmässiges Einkommen nachweisen können, um eine Wohnung oder ein Haus zu mieten. Nach der zehnten oder zwölften Absage entschied ich mich ein Haus zu kaufen und damit dem Problem der Wohnungssuche aus dem Weg zu gehen.

Hier machte ich das erste Mal die Erfahrung, dass man sich mit genug Geld etwas mehr erlauben kann, als die Masse der Leute, die nicht über die entsprechenden Mittel verfügen. Bereits der erste Makler sagte mir, ich würde nur mit einer Aufenthaltsgenehmigung ein Haus kaufen können. Für die Aufenthaltsgenehmigung müsse ich jedoch eine Arbeitsstelle vorweisen können. Danach erwähnte er wie nebenbei, eine einheimische Person oder eine Firma könne problemlos ein Haus kaufen und mich dann dort als Gast einquartieren. „Wenn sie diese Variante in Betracht ziehen, wäre es mir ein Vergnügen ihnen zu helfen."

Ich dankte ihm freundlich, lehnte sein Angebot jedoch ab. Mir schien es, ich sollte hier nur über den Tisch gezogen werden. Die Idee als solche fand ich jedoch prüfenswert. Ich habe mich deshalb an die Anwaltskanzlei Patteron & McPearson gewandt, eine der angesehensten Kanzleien in Auckland.

Bei meinem ersten Gespräch schilderte ich meinem Gesprächspartner in der Kanzlei mein Anliegen, worauf er sich ohne weitere Fragen zu stellen bereit erklärte, mir zu helfen. Innerhalb von drei Tagen hatte ich mehrere Angebote von Häusern in Auckland und der näheren Umgebung, die zum Verkauf standen. Eine kurze Besichtigungstour reichte, um mich zu entscheiden. Kurz darauf kaufte die Kanzlei in meinem Auftrag am Rand von Auckland ein schönes Einfamilienhaus mit Umschwung. Dort konnte ich mich legal als Gast der Kanzlei niederlassen.

Nachdem dieses Problem gelöst war, machte ich mich daran, die nähere und danach auch die weitere Umgebung von Auckland zu erkunden. Bald einmal musste ich feststellen, dass die Aussage des Unbekannten aus der Bar in Lightning Ridge nicht von der Hand zu weisen war. Es gab Gegenden in Neuseeland, die durchaus mit der Schweiz zu vergleichen waren. Ebenso rasch stellte ich zudem fest, dass ich an die wirklich schönen Flecken dieses wunderbaren Landes nicht ohne die Unterstützung von Einheimischen herankommen würde. Ich brauchte jemanden, der sich in der jeweiligen Gegend besser auskannte als ich. Also begann ich nach entsprechenden Personen zu suchen. Es dauerte einen Moment, bis meine Suche erfolgreich war.

Ich fand mit der Kiwi-Trecking-Tours oder kurz KTTours ein Unternehmen, das von zwei jungen Idealisten gegründet worden war. Das Zweipersonenunternehmen war in dem damals noch jungen Markt des Wandertourismus tätig und hatte sich auf den Nischenbereich der Individualtouristen spezialisiert. Sie boten Mehrtagestouren in den verschiedensten Regionen Neuseelands an. Was heute zu den Haupteinnahmequellen des neuseeländischen Tourismus gehört, steckte damals noch in den Kinderschuhen. Die jungen Unternehmer galten als Verrückte, die bald einmal mit ihrer Idee mangels Kunden scheitern würden. Das Gegenteil war jedoch der Fall. Die Touren waren ständig ausgebucht und die beiden mussten bald auf zusätzliche Guides zurückgreifen, die sie unterstützten.

Damals lernte ich Holly Brewster kennen. Ich wollte eine Tour im nördlichen Teil der Insel unternehmen und suchte einen Guide, der sich dort etwas besser auskannte. Bisher hatte ich immer mit KTTours zusammengearbeitet. Da beide zum fraglichen Zeitpunkt ausgebucht waren, haben sie mir Holy

Brewster vermittelt, mit der sie ab und zu zusammenarbeiteten.

Holly war fünfundzwanzig Jahre alt und damit ein Jahr jünger als ich. Obwohl man ihr das nicht ansah, war sie eine Maori die sich dem Iwi der Nagiti Kuhungana zugehörig fühlte. Ihre Ururgrossmutter mütterlicherseits war eine Häuptlingstochter, die einen Engländer geheiratet hatte. Wie ich in den nächsten Jahren erfuhr, war das für Holly äusserst wichtig. Obwohl sie in Auckland in einer bürgerlichen Familie aufgewachsen war, lagen ihr die Maori und ihre Kultur am Herzen. Ihr Vater starb als sie gerade einmal siebzehn Jahre alt war. Die Mutter hatte das nie weggesteckt und war dem Alkohol verfallen. Die folgenden Jahre verbrachte sie deshalb grösstenteils bei ihren Grosseltern. Als ich sie kennen lernte, hatte sie an der University of Auckland gerade ihr Studium der Soziologie abgeschlossen. Damals wusste sie noch nicht so recht, was sie nun weiter tun wollte. Deshalb jobbte sie vorerst einmal in einem Restaurant eines Verwandten in Auckland. Den Job übte sie mit einer gewissen Regelmässigkeit aus. So oft sich ihr jedoch die Möglichkeit bot, war sie draussen in der Natur. Dabei hatte sie auch die beiden Inhaber von KTTours kennen gelernt. Es brauchte nicht lange und sie übernahm einzelne Wanderungen und danach auch einmal Treckingtouren für die noch junge Firma.

Obwohl sie eine sehr lebenslustige und eher offene Persönlichkeit war, beschränkten sich ihre Äusserungen auf oberflächliche Allgemeinthemen. Mehr brauchte es in der Regel auch nicht, um mit den Touristen gut zu Recht zu kommen.

Ich verstand mich mit Holly beinahe auf Anhieb. Dabei bemerkte ich bald, dass hinter dieser gekonnt aufgesetzten Fassade noch viel mehr steckte, als im ersten Moment ersichtlich war.

Nach unserer ersten Tour kamen in kurzem Abstand zwei weitere hinzu und bald verbrachten wir auch einen Teil unserer Zeit neben den Touren zusammen. Nachdem Holly einmal Vertrauen gefasst hatte, erzählte sie mir viel über das Land und die Menschen. Je mehr ich über Neuseeland und vor allem über die Geschichte und Kultur der Maori hörte, umso mehr lernte ich das Land zu schätzen.

Ich realisierte deshalb nicht, wie schnell die ersten sechs Monate in Neuseeland verstrichen waren. Es war mein Gastgeber von der Kanzlei, Collin McPearson, der mich auf diesen Umstand aufmerksam machte. Er erklärte sich auch bereit mich bei der Erneuerung meines Visums zu unterstützen. Ich dankte ihm für seine Bereitschaft und teilte ihm mit, ich würde auf das Angebot zurückkommen.

Zuerst brauchte ich jedoch ein paar Tage, um über meine weiteren Schritte nachzudenken. Ich wusste in dem Moment nicht, was ich als nächstes unternehmen wollte. Die vergangenen fünfeinhalb Monate waren ausserordentlich gewesen. Die Erlebnisse und die Eindrücke der vielen Wanderungen, hatten bei mir tiefe Spuren hinterlassen. Sie hatten mich auf eine Weise geprägt, wie ich es nie für möglich gehalten hätte.

Nachdem mich Colin McPearson auf den Ablauf der Aufenthaltsbewilligung aufmerksam machte, wurde mir klar, es konnte nicht so weiter gehen. Kam dazu, dass ich langsam wieder Lust hatte, etwas zu arbeiten. Ich sagte deshalb den Ausflug mit Holly ab, auch wenn wir die Sache schon seit längerem geplant hatten. Keine Stunde später stand sie bei mir vor der Tür.

„Hallo, Mann aus dem Land der Berge. Ich war etwas besorgt, als du unsere Tour abgesagt hast. Wollte mal nachsehen, ob es dir gut geht. Lässt du mich rein."

„Hallo Holly. Sicher, komm nur rein. Möchtest du Tee? Ich habe ihn eben frisch aufgebrüht."

„Sicher, ja, eine Tasse Tee ist immer gut."

Sie setzte sich im Wohnzimmer in einen der Sessel, während ich eine weitere Tasse Tee holte.

„Hast du ein Problem?" Holly besass die Angewohnheit nicht lange um den heissen Brei herumzureden, sondern schnell zur Sache zu kommen.

„Wie kommst du darauf, dass ich ein Problem habe." Ich reichte ihr die Teetasse und setzte mich meinerseits.

„Ich habe dir ja einmal gesagt, dass meine Ururgrossmutter von den Maori abstammte. Sie war eine Häuptlingstochter und auch eine Thounga, eine Priesterin. Obwohl sie zu ihrer Zeit eine der mächtigsten Frauen war, hat sie aus Liebe zu einem Engländer ihr Volk verlassen. Ihre Kräfte und ihre Fähigkeiten hat sie jedoch weiter vererbt und ich habe wohl einen Teil davon abgekriegt. Seit meiner frühsten Jugend sagt man mir nach, ich hätte die Gabe, Menschen zu lesen. Als ich dich kennen lernte, habe ich etwas Besonderes gespürt. Ich kann das heute immer noch nicht richtig einordnen. Mit Sicherheit kann ich jedoch spüren, wenn es jemandem nicht gut geht, der mir nahe steht. Dazu brauche ich nicht einmal in seiner Nähe zu sein." Sie hielt einen Moment inne und sah mich an. „Was ist mit dir los?"

Im ersten Moment war ich von Hollys Reaktion ziemlich überrascht. So offen und direkt hatte ich sie noch nie erlebt. Aufgrund der bisherigen Erfahrungen hatte ich ihr diese Reaktion schlicht und einfach nicht zugetraut.

„Du täuschst dich, Holly, ich habe kein Problem. Gestern hatte ich ein

Gespräch mit meinem Gastgeber Colin McPearson. Er hat mich darauf aufmerksam gemacht, dass mein Visum in zwei Wochen abläuft. An das habe ich in den letzten Wochen gar nicht mehr gedacht."

„Verstehe. Wo liegt in dem Fall dein Problem?" Holly schien von ihrem Standpunkt, ich müsse ein Problem haben, völlig überzeugt zu sein. Nachdem wir einen kurzen Moment schweigend dasassen, habe ich ihr von meinem Dilemma erzählt.

„Eigentlich gehören die letzten beinahe sechs Monate zum Besten, was mir bisher in meinem Leben widerfahren ist. Die Touren in diesem so ursprünglichen und fantastischen Land waren teilweise fast überirdisch. Draussen in der Natur zu sein und diese ursprüngliche und wilde Landschaft zu erleben, war der absolute Hammer. Trotzdem werde ich in den letzten Wochen das Gefühl nicht los, dass ich an der aktuellen Situation etwas ändern muss. Als ich das Gespräch mit Colin McPearson wegen meinem Visum hatte, ist mir plötzlich bewusst geworden, was mir eigentlich fehlt. Ich habe kein Ziel mehr. In den letzten Wochen und Monaten habe ich nur noch in den Tag hinein gelebt. Trotz den Erlebnissen und Erfahrungen die ich gemacht habe, ist das auf die Dauer einfach nicht genug."

Holly hörte mir mit einer ziemlich teilnahmslosen Miene zu.

„Das ist alles? Deswegen hast du die Tour abgesagt?" Ihre Stimme klang sarkastisch, mit einer leichten Prise Ironie. „Hast du dein Zeug immer noch gepackt?"

Die Frage war eigentlich überflüssig, da Holly genau wusste, ich hatte so kurz vor einer Tour immer alles bereit. Das war schon mehrfach ein Punkt gewesen, wegen dem sie mich aufgezogen hatte.

„Das weisst du genau. Ich bin immer bereit."

Sie stemmte sich ruckartig aus dem Sessel hoch.

„Na dann komm schon, mein Freund aus dem Land mit den hohen Bergen. Wir können auf der Tour darüber sprechen. Ich helfe dir dabei, eine Lösung für dein Problem zu finden."

„Holly, ich habe im Moment keine Lust drei Tage in der Gegend herum zu wandern und in einem Zelt draussen zu übernachten."

„Wer hat gesagt, dass ich mit dir irgendwo in der Gegend rumwandern will. Jetzt nimm dein Zeug und beweg dich schon."

Wir haben noch einen Moment rumgestritten, bevor ich mich breitschlagen liess und wir schliesslich aufgebrochen sind. Eigentlich hatten wir vorgehabt eine Dreitagestour in den Tongariro Nationalpark zu unternehmen. Die Wanderung sollte um den Mount Ngauruhoe, einen der aktiven Vulkane

Neuseelands führen. Drei Tage abseits der üblichen Wege, alleine unterwegs in der wilden Natur fern jeglicher Zivilisation.

Ich war gespannt, was sich Holly als Alternative ausgedacht hatte. Als sie den Wagen anstatt Richtung Berge an den Hafen hinunter lenkte, nahm meine Spannung noch zu. Inzwischen kannte ich sie gut genug, um zu wissen, dass sie zwischendurch Überraschungen auf Lager hatte. In der Regel freute sie sich dann spitzbübisch darüber, wenn sie mich wieder einmal an der Nase rumführen konnte. Damals hatte ich jedoch nicht die geringste Lust auf Überraschungen und wollte mich auch nicht mit Holly rumstreiten. Ich entschied mich deshalb ruhig abzuwarten, was sie sich hatte einfallen lassen.

Die Fahrt führte an den Docks vorbei zu einer Anlegestelle für Wasserflugzeuge. Dort parkte sie das Fahrzeug und stieg aus. Ich folgte ihr, als sie zu dem Mann ging, der an dem Flugzeug arbeitete, das am Steg befestigt war.

„Hallo Jack, ist alles bereit?"

Der Mann sah von seiner Arbeit auf, als Holly ihn ansprach. „Hey Holly, sicher bin ich bereit." Er sah mich an. „Ist das dein Kumpel?"

„Ja, das ist Ron."

„Hey Ron, schon viel von dir gehört." Er streckte mir die Ölverschmierte Hand entgegen. „Freut mich dich kennen zu lernen."

Ich ergriff die hingehaltene Hand ohne lange zu zögern. Jack war nicht viel älter als ich. Er war einen Kopf kleiner als ich, hatte jedoch einen muskulösen Körper. Neben ein paar Turnschuhen, die früher einmal weiss gewesen waren, trug er Latzhosen und ein kurzärmliges T-Shirt. Im Gegensatz zu Holly war ihm seine Zugehörigkeit zu den Maori deutlich anzusehen."

In dem Moment wurde Ruedi Rötheli von Pfarrer Küenzle unterbrochen. „Entschuldigen sie Herr Rötheli, wenn ich unterbreche. Haben sie eben gerade Ron gesagt. Ihr Vorname ist doch Ruedi, nicht Ron."

„Das ist richtig. In Neuseeland bin ich jedoch nicht unter dem Namen Rötheli sondern unter dem Namen Ron Redick bekannt."

Ruedi Rötheli ergriff die Gelegenheit und nahm einen Schluck zu trinken. Einmal mehr machte er die Erfahrung, wie anstrengend das Geschichtenerzählen sein konnte. Einen Moment lang dachte er daran, sich vielleicht etwas kürzer zu fassen. So schnell wie ihm der Gedanke gekommen war, verwarf er ihn jedoch wieder. „Wie sich herausstellte, hatte Holly schon bevor ich sie angerufen hatte die Pläne umgestellt. Jack hatte das Flugzeug bereits getankt und sämtliche Formalitäten waren erledigt.

„Holst du die Sachen, Ron. Wir wollen so rasch wie möglich fliegen."

Ich nickte nur und fand mich mit der Tatsache ab, dass ich heute das erste Mal mit einem Wasserflugzeug fliegen würde. Während ich das Gepäck im Flugzeug verstaute, machte Jack die Maschine mit Hilfe von Holly startklar. Einen Moment beschlich mich das Gefühl, Holly habe mir die Wahrheit gesagt, als sie mir von ihren übersinnlichen Kräften erzählte. Dann verwarf ich den Gedanken wieder. Diese Frau brachte mich noch um den Verstand.

„Wo fliegen wir eigentlich hin? Was hast du vor, Holly?"

Die Angesprochene setzte ihr bezauberndes Lächeln auf.

„Lass dich überraschen, mein Freund. Ich habe eine kleine Unterkunft etwas weiter im Osten organisiert. Wir fliegen für drei Tage dorthin. Eine kleine Pause zum Nachdenken, abseits der Hektik von Auckland, wird dir sicher gut tun. Ich übernehme während der Zeit die Rolle deines Sparringpartners und der Gastgeberin."

Mir blieb nichts anderes übrig, als mich mit dieser Erklärung zufrieden zu geben. Ich wusste nur allzu gut, es war zwecklos Holly die Sache jetzt noch ausreden zu wollen. Wenn sie sich einmal etwas in den Kopf gesetzt hatte, liess sie sich kaum mehr davon abbringen.

Nachdem das Gepäck eingeladen war, flogen wir Richtung Ostküste an die Otekun Bay des Lake Waikaremoana. Der See lag im Te-Urewera-Nationalpark und war vor etwa zweitausendzweihundert Jahren durch einen Erdrutsch entstanden. Ich hatte von dem See gehört, jedoch nicht gedacht einmal hierher zu kommen. Dafür lag er ein wenig zu abgelegen von den normalen Verkehrsrouten.

Nachdem wir angekommen waren, luden wir das Gepäck aus, worauf sich Jack verabschiedete.

„Guten Flug, Jack, wir sehen uns am Donnerstag wieder."

„Ah ja, Holly, das wollte ich dir ja noch sagen. Donnerstag geht nicht. Ich habe bereits einen anderen Auftrag. Ich kann euch erst am Freitagmorgen wieder holen." Dann winkte er kurz, stieg in das Flugzeug ein und flog zurück nach Auckland.

Wir sahen dem Flugzeug nach, bis es am Horizont verschwunden war. Dann drehte sich Holly zu mir. „Wie gefällt dir die Bucht?"

„Es ist wunderschön hier. Ein wenig abgelegen vielleicht, aber wirklich wunderschön."

„Dann nimm mal dein Gepäck. Den Rest holen wir nachher."

Sie ergriff ebenfalls eine Kiste und marschierte Richtung Wald voraus. Ich folgte ihr und als wir am Waldrand ankamen, konnte ich die Hütte erkennen, die sich nahezu optimal in die Landschaft einfügte. Sie war nicht gerade gross. Ein Raum von fünfzig Quadratmetern, der Wohn- und Schlafzimmer in einem war. Dazu eine kleine Küche und eine Toilette mit Dusche. Damit verfügte das kleine Haus über sämtliche Annehmlichkeiten, die man sich an einem so abgelegenen Ort vorstellen konnte. Zudem gab es vor dem Haus über die ganze Breite eine Terrasse. Mit drei Metern Tiefe bot sie genug Platz für eine kleine Grillstelle einen Tisch und ein paar Stühle.

„Das ist wirklich ein gemütlicher Ort. Wie kommst du dazu?"

„Das ist meine kleine Lodge", meinte Holly in einem fast selbstverständlich klingenden Tonfall. „Ich habe sie von meinem Grossvater geerbt. Sie ist seit mehreren Generationen im Familienbesitz. Mit dem Erbe habe ich auch die Aufgabe erhalten, die Lodge und vor allem das dazu gehörende Land zu pflegen und für die nächste Generation zu bewahren."

Ich war damals ziemlich erstaunt, mit welchem Selbstverständnis Holly dies sagte. Gerade so als gehe es nur mal eben darum den Garten vor dem Haus in Ordnung zu halten.

„Was meinst du damit, das dazugehörende Land?"

In Hollys Gesicht erschien wieder dieses spezielle Grinsen. „Dieses Land, auf dem die Lodge steht, gehört eigentlich meinem Hapu. Ich habe von meinem Grossvater die Verantwortung als Hüterin der Güter übernommen. Das bedeutet, ich bin für die Pflege eines grossen Teils des Stammeslandes zuständig. In dieser Funktion muss ich die verschiedenen Gebiete, die im Besitz des Hapu sind, regelmässig besuchen. Wenn es notwendig ist, kann ich Massnahmen veranlassen und dazu auch die Hilfe des Stammesrats anrufen."

Ich sah Holly fragend an. „Bitte entschuldige Holly, ich habe nicht verstanden, was du meinst. Was ist ein Hapu und was eine Hüterin der Güter?"

Das Grinsen auf Hollys Gesicht verbreitete sich.

„Also, du weisst ja, ich stamme von den Maori des Iwi der Nagiti Kuhungana ab. Wir Maori teilen unser Volk in Clans oder eben Iwi auf. Jeder Clan entspricht im Prinzip einem Volksstamm. Die Details kann ich dir ein anderes Mal erklären, dafür brauchen wir mehr Zeit. Jeder Clan oder Stamm unterteilt sich in Unterstämme, die Hapu. Ich kann die Geschichte meines Hapu über siebenhundertfünfzig Jahre zurückverfolgen. Wir Maori sind sehr stolz auf unsere Geschichte und unsere Vorfahren." Holly machte eine kurze Pause. „Jeder Hapu hat Grundbesitz, der ihm aufgrund seiner Geschichte gehört. Viele Besitztümer waren umstritten. Um einzelne Gebiete hat es unter den Stämmen sogar Kriege gegeben. Während all der Zeit wurde immer auf die Besitztümer aufgepasst. Damit wurden Mitglieder des Hapu beauftragt. Ich habe diese Aufgabe für mehrere Gebiete von meinem Grossvater geerbt, was eine grosse Ehre innerhalb des Iwi darstellt. Ich habe gedacht, du könntest mich während den nächsten drei Tagen begleiten und mir bei meiner Aufgabe helfen. Ich muss einige Orte des Gebiets aufsuchen. Zudem werden wir genug Zeit haben, um über dein eigenes Problem nachzudenken und eine Lösung zu suchen."

Selbstverständlich hatte ich nichts gegen den Vorschlag von Holly einzuwenden. In den nächsten Tagen sind wir durch grosse Teile des Besitzes des Hapu gestreift. Das Gebiet war riesig und umfasste gut einen Viertel des Seeufers und grosse Teile der Waldgebiete dahinter. Ich lernte die Gegend um den See von einer aussergewöhnlichen Seite kennen. Ein normaler Wanderer, selbst diejenigen, die sich auf dem Lake Waikaremoana Great Walk bewegten, haben diese Möglichkeit nicht.

An den Abenden, hantierte Holly in der kleinen, aber gut eingerichteten Küche herum. Sie verstand es mit Pfannen und Töpfen umzugehen und brachte hervorragende Köstlichkeiten auf den Tisch. Am letzten Abend konnte ich auch unter Beweis stellen, dass ich in Perth das Küchenhandwerk gelernt hatte. Holly beeindruckte ich mit meinen Kochkünsten zumindest ein wenig. Bisher hatten wir auf unseren Touren nie Gelegenheit gehabt zu kochen und sie hatte meiner Feststellung, ich hätte kochen gelernt nie so richtig Glauben geschenkt. Nach dem Drei-Gang-Menu, das ich mit den wenigen Zutaten zustande brachte, änderte sich das jedoch schlagartig.

„Du kannst ja wirklich kochen. Wahnsinn. In meinem ganzen Bekanntenkreis gibt es keinen einzigen Mann, der dazu in der Lage wäre."

An jenem Abend sassen wir bis spät in die Nacht hinein draussen auf der Terrasse. Wir hatten mit dem Wetter grosses Glück. Die Temperaturen waren selbst um Mitternacht immer noch angenehm genug, um mit einer Jacke draussen zu sitzen. Nachdem wir eine geraume Weile über Gott und die Welt diskutiert hatten, kam Holly plötzlich auf ein anderes Thema zu sprechen.

„Was ist eigentlich mit deinem Problem. Hast du dir schon Gedanken darüber gemacht, was du nun tun willst?"

„Nein. Die letzten Tage waren zu aufregend, um mir Gedanken über die Zukunft zu machen."

„Wo liegt eigentlich dein Problem?"

„Mein Problem ist, dass ich lange genug faul rumgehangen bin. Ich will wieder etwas tun, etwas bewegen und eine Perspektive haben. Einfach nur mein Visa um weitere sechs Monat zu verlängern und danach das Land zu erkunden, ist zu wenig. Auch wenn ich nach diesen drei Tagen gerne zugebe, es gibt in diesem wunderbaren Land noch so vieles zu entdecken. Mir genügt das einfach nicht mehr. Ich will wieder etwas tun, das Sinn macht."

„Wie wäre es, wenn du eine Möglichkeit hättest die beiden Dinge miteinander zu kombinieren?"

„Wie meinst du das?"

„Wie findest du die Lage dieser Hütte?"

Die Frage überraschte mich ein wenig. „Sie ist hervorragend."

„Das denke ich auch." Holly lehnte sich in ihrem Stuhl zurück und schien einen Moment nachzudenken. „Bis jetzt wird die Hütte nur von Leuten meines Hapu genutzt und dies in der Regel auch nur, wenn eine Kontrolle des Landes ansteht. Du bist einer von ein paar wenigen anderen Personen, die sich hier aufgehalten haben. Doch selbst meinen Stammesbrüdern und Schwestern ist die etwas erschwerte Anreise ein zu grosses Hindernis, um öfters hierher zu kommen. Ich habe deshalb den Stammesrat gebeten darüber nachzudenken, ob sie das Gebiet nicht vermehrt auch Menschen ausserhalb des Hapu öffnen wollen. Damit könnten wir diese wunderbare Natur auch anderen Menschen zugänglich machen und dabei vielleicht noch etwas für die Stammeskasse verdienen."

„Das ist eine gute Idee." Mehr kam mir im ersten Moment nicht in den Sinn. Ich wusste nicht so recht, was Holly mit der Feststellung überhaupt meinte und sah keinen Zusammenhang mit meinem eigenen Problem.

„Wäre das nicht so eine Herausforderung, wie du sie suchst?" Die Frage von Holly traf mich völlig auf dem falschen Fuss. Ihrem Lachanfall entsprechend, muss ich ziemlich komisch reagiert haben. Wäre Hollys Lachen nicht so fröhlich ausgefallen, dass es ansteckend wirkte, ich hätte leicht sauer werden können. So aber liess ich mich von ihrem Lachen anstecken.

Nachdem sich Holly wieder erholt hatte, präzisierte sie ihre Feststellung. „Wir brauchen jemanden, der von ausserhalb des Hapu kommt, um das Ganze aufzubauen. Für uns wärst du eine geeignete Person, da du die Hauptanforderung erfüllst. Du bist wirklich neutral, schuldest niemandem etwas und bist auch nicht beeinfluss- oder erpressbar. Die ideale Voraussetzung, um eine solche Aufgabe für den Hapu zu übernehmen."

„Hast du mir eben gerade ein Jobangebot gemacht?"

Holly musste wieder grinsen. „Eigentlich nicht."

Nach dieser Bemerkung war ich völlig verwirrt. „Du musst mich entschuldigen Holly, aber jetzt verstehe ich gar nichts mehr."

Das Grinsen auf dem Gesicht von Holly wurde wieder breiter. „Ich biete dir die Möglichkeit hier ein Geschäft aufzubauen. An dir wäre es zu überlegen, was dies konkret sein könnte und wie es organisiert werden müsste. Schliesslich muss das Ganze geplant und umgesetzt werden. Das Hapu würde dich mit allen zur Verfügung stehenden Mitteln unterstützen."

Nach der Erklärung von Holly herrschte mehrere Minuten Ruhe. Ich musste zugeben, das Angebot hatte einen gewissen Reiz. „Könnte man die Hütte auch vergrössern und modernisieren?"

Holly zuckte nur mit den Schultern. „Du hast innerhalb der gesetzlichen Grenzen freie Hand zu tun, was du für richtig hältst."

„Gut, dann wäre mein erster Vorschlag, wir bauen die Hütte um in eine Luxus-Lodge an exklusivster Lage mit mindestens vier Sterne Komfort."

Auf Hollys Gesicht erschien ein Grinsen. „Das scheint mir eine gute Idee, die man weiter verfolgen könnte. Wäre dein Problem damit gelöst?"

Ich lehnte mich in meinem Stuhl zurück. „Man kann sagen, dass dies ein guter Ansatz ist, der mein Problem möglicherweise wirklich lösen könnte."

„Siehst du, ich habe ja gesagt, es braucht nur einen Moment, um Nach-zudenken. Dann lassen sich viele Probleme einfach lösen."

In den nächsten Stunden griffen wir den Faden auf und diskutierten mög-liche Varianten wie die Geschichte realisiert werden konnte. Als die Morgen-dämmerung einsetzte, machte Holly ein reichhaltiges Frühstück mit einer dreifachen Portion Kaffee. Danach räumten wir die Hütte auf und gegen zehn Uhr kam das Flugzeug, um uns abzuholen.

Zurück in Auckland, brachte mich Holly nach Hause. „Schlaf dich richtig aus. Wir sehen uns Morgen, um die weiteren Details zu klären. In den nächs-ten Monaten gibt es viel zu tun."

Nachdem ich mein Gepäck verstaut hatte, rief ich Colin McPearson in der Kanzlei an.

„Hallo Mister McPearson. Ich habe mir die Sache überlegt. Sie können das Notwendige veranlassen, um mein Visum zu verlängern. Zudem könnte ich noch in einem anderen Bereich Unterstützung ihrerseits gebrauchen. Ich möchte gerne ein Unternehmen gründen."

Wie Holly vorausgesagt hatte, wurden die kommenden Wochen und Mo-nate äusserst intensiv. Zuerst stellte sie mich den wichtigen Leuten des Hapu vor. Dann begannen die Verhandlungen zwischen der neu von mir gegrün-deten Firma Individual Luxus Trecking Companie, kurz IndiLux Trecking und dem Hapu zum Ausbau und dem Betrieb der Lodge. Das Prinzip war ziemlich einfach. Die IndiLux-Trecking Companie sollte als Anbieter von Luxus Ferien für Individualisten auf dem Markt auftreten. Zuvor würde sie den Auf- und Ausbau der Lodges finanzieren. Die verschiedenen Hapu stell-ten jeweils das Land, die Baumaterialien und die Arbeitskräfte für den Aus-bau der Lodges sowie das Personal für den Betrieb. Dafür wurde zwischen der IndiLux-Trecking und dem Hapu eine Kooperationsvereinbarung abgeschlossen. Diese beinhaltete das Nutzungsrecht des Landes und der Lodge für touristische Aktivitäten sowie die Möglichkeit den Ausbau der Gebäude so vorzunehmen wie es für den touristischen Betrieb erforderlich war.

Die Verhandlungen waren lang und schwierig, da den Bedürfnissen des Hapu und auch des Iwi Nagiti Kuhungana in möglichst vielen Punkten Rechnung getragen werden musste. Man einigte sich darauf, dass der Gewinn nach Abzug aller Aufwendungen unter den beiden Partnern aufgeteilt werden sollte. Das Risiko eines Verlustes lag jedoch vollumfänglich bei der IndiLux-Trecking oder anders gesagt bei mir. Damit konnte ich leben, da das Risiko abschätzbar war.

Drei Monate nachdem wir die Tage in der Hütte am Lake Waikaremoana verbracht hatten, begannen die Umbauarbeiten. Es dauerte insgesamt fünf weitere Monate bis die Arbeiten abgeschlossen waren. Danach stand an der Stelle der alten Hütte eine Lodge mit acht Doppelzimmern, einem grossen Aufenthaltsraum, einer Sauna und einem beheizbaren Aussenbad. Insgesamt konnten zehn Personen hier Ferien verbringen, die ständig von vier Angestellten betreut wurden.

Dann starteten wir die Vermarktung des Angebots, was sich jedoch als schwieriger herausstellte, als ich gedacht hatte. Holly, die in der Zwischenzeit als meine Partnerin im Unternehmen mitarbeitete, setzte sich ein, wo sie nur konnte. Doch selbst ihre Beziehungen schienen dieses Mal an Grenzen zu stossen. Es dauerte mehrere Monate, bis wir die ersten Gäste in der Lodge hatten. Zum Glück spielte in dieser Woche das Wetter mit. Die Beurteilung der Gäste fiel beinahe euphorisch aus, was sich sofort herumsprach. In den nächsten Monaten stieg die Auslastung kontinuierlich an. Ein halbes Jahr nach dem Start waren wir erstmals ausgebucht und nach dem ersten Jahr konnten wir ein positives Fazit ziehen. Die Investitionen waren amortisiert und endlich warf das Projekt schwarze Zahlen ab. Wir konnten dem Personal problemlos die Löhne zahlen, ohne dass ich zusätzlich in die Tasche greifen musste.

Ein kleines Problem gab es dennoch. Holly war mit der Entwicklung der Situation nur bedingt zufrieden. Wie im Rahmen der Vertragsverhandlungen vereinbart, waren zu Beginn die Angestellten alles Maori aus dem Hapu von Holly. Es stellte sich jedoch bald heraus, dass nicht alle für die Aufgabe geeignet waren. Ich brauchte viel Überzeugungskraft, um Holly so weit zu bringen, die Angestellten nach ihrer Qualifikation und nicht nach ihrer Herkunft zusammenzustellen. Am Ende standen zwei Maori zwei Fremden gegenüber. Danach stieg die Qualität der Dienstleistung noch einmal und auch die Auslastung der Lodge nahm nochmals zu. Nur widerwillig gaben die Ältesten schliesslich zu, dass dies für alle die beste Lösung war.

Ich war mit dem im ersten Jahr Erreichten zufrieden. Diese Art Ferien stiess bei den Kunden auf Gegenliebe und hatte grosses Entwicklungspotential. Ich entschloss mich deshalb, das Angebot auszubauen und weitere Standorte für Lodges zu suchen. Gemeinsam mit Holly, begann ich zusätzliche Orte zu evaluieren. Von Seiten des Nagiti Kuhungana gab es nur ein Gebiet, welches noch in Frage kam. Den Stammesältesten war jedoch mein Tempo zu forsch. Nach dem Motto, gut Ding will Weile haben, wollten sie meinen Wunsch zuerst eingehend prüfen. Da sich Erfolg jedoch rumspricht, begannen mittlerweile auch andere sich in diesem Geschäftsbereich zu betätigen. Wir mussten deshalb unseren Vorsprung an Erfahrung sowie unseren guten Ruf auf dem Markt rasch nutzen. Deshalb erweiterten wir die Suche nach geeigneten Standorten auch auf Gebiete ausserhalb des Iwi der Nagiti Kuhungana. Dabei kamen mir einmal mehr die guten Beziehungen von Holly zugute, die voll hinter meinen Plänen stand. Je mehr ich mit ihr zu tun hatte, umso mehr musste ich zur Kenntnis nehmen, dass sie trotz ihrer jungen Jahre unter den Maori eine Respektsperson war. Diesen Vorteil wusste sie in den Verhandlungen auch gezielt einzusetzen. Mein Respekt vor dieser aussergewöhnlichen Frau stieg mit jedem Tag weiter an.“

Ruedi Rötheli musste wieder eine kurze Pause einlegen, um etwas zu trinken. Das Interesse bei seinen beiden Zuhörern war ungebrochen. Also beeilte er sich, seine Ausführungen fortzusetzten. „Zwei Jahre nach dem Start des Unternehmens waren vier weitere Lodges dazu gekommen und ein weiteres Jahr später kamen noch einmal drei Standorte dazu. Mit dieser Erweiterung wagten wir auch erstmals den Sprung von der Nordinsel auf die Südinsel. Im vierten Jahr bauten wir das Unternehmen dann mit insgesamt sechs neuen Standorten auf eine Grösse aus, die an die Grenzen des Überblickbaren kam. Der erste grosse Schritt des Wachstums war damit abgeschlossen. Nun galt es, in den kommenden Jahren die Bekanntheit zu steigern und je nachdem in einzelnen Regionen Lücken zu schliessen. Das eigentliche Ziel, den ökologischen Individualtourismus auf gehobenem Niveau anzubieten, war jedoch mehr als erreicht. Wir waren innerhalb von vier Jahren zum grössten Anbieter von Luxus-Individualferien in Neuseeland geworden. Im Verhältnis zu heute war der Betrieb damals noch klein. Er galt jedoch als eine der grossen Erfolgsgeschichten in der Tourismusindustrie Neuseelands. Besonders stolz waren die Maori auf diese Leistung. Es war eines der ersten Projekte, in dem die verschiedensten Stämme erfolgreich für ein Ziel zusammengearbeitet hatten. Bis auf zwei waren alle Lodges auf dem Gebiet eines der Maori Stämme Neuseelands angesiedelt und die Beteiligung am Erfolg der Unternehmung spülte wichtige Einnahmen in die Kasse der jeweiligen Hapu. Insgesamt arbeiteten inzwischen beinahe hundert Personen für die Organisation. Mein Domizil war zur Firmenzentrale ausgebaut worden, wo alleine sechs Arbeitsplätze standen. Zwei Mitarbeiter befassten sich mit den Finanzen und an den vier anderen Arbeitsplätzen waren die Mitarbeitenden nur mit Problemlösungen beschäftigt. Das bedeutete, sie waren in sechsunddreissig Stunden Schichten dafür zuständig, den Kunden in den Lodges jeden innerhalb des Leistungspakets vorkommenden Wunsch zu erfüllen. Unser Leitspruch lautete, wir bieten ihnen ein Leistungsangebot, wie sie es sonst nirgends finden werden und erfüllen ihnen jeden erfüllbaren Wunsch innerhalb von maximal achtundvierzig Stunden.

Wir hatten dieses Konzept von Beginn an in unserem Programm, mussten jedoch die Details nach den ersten Monaten anpassen. Sonderwünsche wurden immer noch erfüllt, mussten jedoch entsprechend bezahlt werden. Danach nahmen die Sonderwünsche wie etwa frische Erdbeeren zum Frühstück deutlich ab. Diejenigen die dennoch kamen und auch bezahlt wurden, gehörten beinahe ausnahmslos in die Kategorie aussergewöhnlich. Die wirklich gutbetuchten Kunden machten sich einen Sport daraus, dass nahezu Unmögliche zu fordern und dann darauf zu warten ob es klappte oder nicht.

Nach etwas mehr als vier Jahren war die ganze Organisation so aufgebaut und strukturiert, dass es mich nicht mehr benötigte. Ich war den grössten Teil der Zeit mit Marketing und Repräsentationsaufgaben beschäftigt, was nicht unbedingt zu meiner Lieblingsbeschäftigung gehörte. Zudem hatten Holly und ich uns ein wenig auseinandergelebt. Die vergangenen Jahre lebten wir in einer losen Beziehung, die ihren Ursprung an jenem ersten verlängerten Wochenende am Lake Waikaremoana genommen hatte. Wir mochten uns und verstanden uns auch sehr gut. Dennoch hatten wir beide einen Drang zur Freiheit, der eine engere Beziehung verunmöglichte.

Nachdem dies vier Jahre ohne Probleme gut gegangen war, veränderten sich bei Holly in den letzten Monaten die Bedürfnisse leicht in eine andere Richtung. Sie war so weit, dass sie in unserer Beziehung einen Schritt weiter gehen wollte. Erstmals hatte sie in unseren Gesprächen den Begriff Familie verwendet. Auch wenn dies nur beiläufig in einem Gespräch geschehen war, so hatte sie dennoch damit eine Grenze überschritten, die vorher als unüberwindbare Barriere gegolten hatte.

Ich meinerseits wollte meine Freiheit keinesfalls aufgeben. Im Gegenteil. Erstmals seit ich in Neuseeland angekommen war, verspürte ich wieder den Drang eine neue Etappe in meinem Leben zu beginnen. Irgendwie hatte ich das Gefühl, das Abenteuer Neuseeland war für mich abgeschlossen. Um eine längerfristige Bindung einzugehen, fühlte ich mich noch nicht bereit. Ich entschied mich deshalb Holly darauf anzusprechen und eröffnete ihr kurz vor meinem einunddreissigsten Geburtstag meinen Entschluss.

„Ich habe in den letzten Wochen viel nachgedacht. Wir haben in den vergangenen Jahren ein grossartiges Projekt realisiert. Heute sind wir so weit, dass der Aufbau und die erste Phase des ersten Betriebs abgeschlossen sind. Für mich ist deshalb der Zeitpunkt gekommen, um weiter zu ziehen. Ich spüre diesen inneren Drang wieder, der mich weiter treibt."

Die Reaktion von Holly fiel ziemlich zurückhaltend aus. Zuerst sah sie mich lange nur schweigend an, dass ich schon fast interveniert hätte. Dann erkannte ich, wie ihre Augen leicht glasig wurden, als sich darin Tränen sammelten. Schliesslich kam sie auf mich zu, küsste mich, wie sie es noch nie getan hatte und sagte mir etwas, was ich nie mehr vergessen werde.

„Ich liebe dich, Mann meines Herzens. Du bist der Steuermann meines Schicksals und ich hätte gerne mein Leben mit dir geteilt. Ich habe jedoch von Anfang an gespürt, dass du einmal wieder weiter ziehen wirst. Diesen Moment habe ich seit der ersten Sekunde unserer Begegnung gefürchtet. Ich danke dir, dass du so lange ein Teil meines Lebens warst."

Dann drehte sie sich um und rannte aus dem Haus. Ich blieb mit einem riesengrossen Klumpen im Magen alleine zurück. Das hatte ich nicht erwartet. Den Versuch mich zurückzuhalten oder eine melodramatische Szene heraufzubeschwören, damit hätte ich umgehen können. Aber das was ich eben erlebt hatte traf mich völlig unerwartet. Eine Weile sass ich einfach nur da und dachte darüber nach, was mir Holly da eben gesagt hatte. Ich kannte sie in der Zwischenzeit gut genug, um zu wissen, wie aufrichtig sie das meinte. Für einen Moment geriet meine Entschlusskraft ins Wanken.

Die nächsten vier Tage war Holly wie vom Erdboden verschwunden. Egal an wen ich mich wandte, niemand konnte oder wollte mir sagen, wo sie sich befand. Sie war im wahrsten Sinn des Wortes unauffindbar. Erst am fünften Tag tauchte sie plötzlich wieder auf, wie wenn nichts geschehen wäre. Sie wirkte wie immer ruhig, ausgeglichen und mit der ihr eigenen herzerfrischenden Portion Humor. Es dauerte eine Weile, bis sie auf den Punkt zu sprechen kam, der wohl die nächste Zeit bestimmen würde. „Wann hast du vor, uns zu verlassen?"

Ich hatte mit dieser Frage gerechnet und mir in den vier Tagen ihrer Abwesenheit auch Gedanken darüber gemacht. „Nun, ich möchte nicht allzu lange warten. Den Entschluss habe ich gefasst und halte daran fest. Bevor ich aufbreche müssen jedoch noch ein paar Angelegenheiten geklärt und geregelt werden. Ich möchte, dass du die Leitung der IndiLux-Trecking Companie übernimmst. Ich überschreibe dir fünfundfünfzig Prozent der Inhaberpapiere. Damit wirst du Mehrheitsinhaberin des Unternehmens. Ich werde als stiller Teilhaber einen Anteil von vierzig Prozent behalten und mich aus dem Geschäft zurückziehen. Die restlichen fünf Prozent gehen an die Anwaltskanzlei, die dich bei deiner Aufgabe auch weiterhin unterstützen und in meinem Sinn beraten wird."

Holly sah mich mit ungläubigem und leicht erschrockenem Blick an. „Das würdest du wirklich tun? Du würdest mir deine Firma überschreiben?"

Trotz der Situation musste ich ein wenig grinsen. „Erstens würde ich das nicht tun, Holly, sondern ich werde es auf jeden Fall tun. Zweitens ist es nicht nur meine Firma. Sie gehört ebenso dir, wie sie mir gehört. Ohne dich wären wir nie so erfolgreich gewesen. Ich denke nicht, dass es eine besser geeignete Person gibt als dich, um dieses Unternehmen erfolgreich weiter zu führen und in Zukunft vielleicht sogar auszubauen."

„Das kann ich nicht. Ich kann das Unternehmen nicht führen."

„Sicher kannst du das. Du bist sogar die Einzige, die das kann. Vor etwas mehr als vier Jahren warst du diejenige, die mich überhaupt auf die Idee gebracht hat. Du warst massgeblich daran beteiligt, die verschiedenen Standorte zu finden. Ohne deine Beziehungen und Verbindungen zu deinem Volk wären wir niemals dahin gekommen, wo wir heute stehen. Es ist deine Persönlichkeit, dein Ruf und die Hochachtung, die deine Leute dir entgegenbringen, die das erst möglich machten. Ich sehe niemanden ausser dir, der dieses Unternehmen führen kann. Du hast als einzige das Vertrauen unserer Partner. Ob du es nun wahrhaben willst oder nicht."

„Was soll ich tun, wenn du nicht mehr da bist. Wir haben alle wichtigen Entscheidungen bisher zusammen getroffen. Wo willst du überhaupt hin?"

„Das sind etwas viele Fragen auf einmal. Wie ich dir schon gesagt habe, steht dir Colin McPearson mit seiner Kanzlei weiterhin beratend zur Seite. Das sind wirklich gute Leute und sie geniessen in der Zwischenzeit mein vollstes Vertrauen. Wohin ich gehen werde, weiss ich noch nicht. Ich werde zuerst wohl einem guten Freund in Sydney einen kurzen Besuch abstatten. Sein Name ist Liam O'Driscoll. Ich habe mit ihm ein paar Jahre in Australien verbracht, bevor ich nach Neuseeland gekommen bin. Er wird sich danach mit dir in Verbindung setzen und dir sicher auch behilflich sein, wo er nur kann. Das aber auch nur, sofern du das überhaupt möchtest. Zudem könnte er dir beim Ausbau der Firma helfen und dir auch einige Kunden zukommen lassen. Wohin mich das Leben danach führen wird, weiss ich nicht. Das wird sich ergeben. Im Moment weiss ich nur, dass es Zeit ist aufzubrechen."

„Wann willst du gehen?"

„Wir haben Morgen einen Termin mit Collin McPearson. Er wird die Verträge und die Überschreibung vorbereiten. Wenn das erledigt ist, würde ich eigentlich gerne aufbrechen. Du kannst meine Wohnung übernehmen, oder den Raum dazu nutzen, um den Hauptsitz weiter auszubauen."

Ich erinnere mich noch genau, wie Holly einen Moment mit ihren Emotionen kämpfen musste.

„Ich habe eine Frage und eine Bitte. Es gibt in meinem Stamm und auch in den anderen Stämmen eine Menge Leute die sich gerne von dir verabschieden möchten. Wir haben in zwei Wochen von Freitag bis Sonntag ein Treffen. Würdest du mir und meinem Volk die Ehre erweisen, vor der Abreise noch einmal mit uns zu feiern?"

Ich dachte einen kurzen Moment nach. Eigentlich hätte ich in zwei Wochen bereits in Australien sein wollen. Es wäre jedoch nach all den Jahren der erfolgreichen Zusammenarbeit wirklich nicht korrekt gewesen, wenn ich nach dieser Bitte einfach so verschwunden wäre. „Sicher, das werde ich gerne tun. Schliesslich muss ich ja nicht flüchten und ich würde auch einige der Leute gerne noch einmal sehen, mit denen wir in den vergangenen Jahren so erfolgreich zusammengearbeitet haben. Das war in dem Fall die Bitte. Du hast gesagt, du hättest noch eine Frage?"

„Werde ich dich irgendwann mal wieder sehen." In den Augen von Holly lag ein flehender Ausdruck. Als sie die Frage stellte.

„Sicher werden wir uns wieder sehen. Ich bin ja immer noch am Unternehmen beteiligt. Ich habe nicht im Sinn diese Investition einfach abzuschreiben. Nicht, nachdem wir so viel Arbeit in den Aufbau investiert haben. Ich vertraue dir vollumfänglich und bin überzeugt, du wirst das Unternehmen in meinem Sinn weiter ausbauen."

„Werde ich dich erreichen können?"

Sobald ich weiss, wo ich bin, werde ich dir hinterlassen, wie du mich erreichen kannst. Das verspreche ich dir."

Damit gab sich Holly zufrieden.

In den nächsten Tagen erledigten wir die verschiedenen Arbeiten wie die Regelung der Besitzverhältnisse und alle finanziellen Angelegenheiten. Danach stand das Treffen mit den Leuten des Nagiti Kuhungana auf dem Programm. Holly hatte mir nicht gesagt, wo das Treffen stattfand. Sie hat mich nur gebeten, Gepäck für ein ganzes Wochenende mitzunehmen, da wir vom Freitag bis zum Sonntagabend unterwegs sein würden.

Am Freitagnachmittag sind wir dann an den Hafen hinunter zu der Anlegestelle des Wasserflugzeugs gefahren.

„Hallo Ron, wie geht es dir?"

„Hi Jack. Lange nicht mehr gesehen. Mir geht es gut, danke der Nachfrage. Wie geht es dir?"

„Ach, so lange ich mit meiner Milli durch die Gegend fliegen kann, bin ich zufrieden. Ich habe gehört, du willst uns verlassen?"

„Das ist richtige, Jack."

„Schade, es war immer ein grosses Vergnügen mit dir unterwegs zu sein."

„Gleichfalls, Jack. Auch ich habe es immer genossen mit dir zu fliegen. Weisst du wo es heute hingeht?"

„Nein, ich weiss nichts Genaues. Du musst schon Holly fragen, wenn du mehr wissen willst."

Damit war klar, ich würde erst wissen wohin es ging, wenn wir angekommen waren. Mein letzter Flug in Neuseeland verlief problemlos. Ich merkte bald, dass es Richtung Norden ging. Das Flugzeug setzte in der Bucht von Motuarohia Island, einer kleinen Insel in der Bay of Islands, auf dem Wasser auf. Dort hatten wir die letzte der exklusiven Lodges unseres kleinen Imperiums errichtet. Ich war zweimal zu Kurzabstechern dort gewesen, hatte die Lodge jedoch noch nie fertig gesehen und entsprechend auch noch nicht dort übernachtet.

Als wir mit dem Flugzeug in der Bucht wasserten, stand am Ufer bereits ein Begrüssungskomitee bereit. Es waren drei Mitglieder des Ältestenrates von Hollys Hapu, die mich äusserst herzlich empfingen. Nach der Begrüssung begaben wir uns gemeinsam in die Lodge, die auf dem höchsten Punkt der Insel stand. Als ich die Lodge betrat, war die Überraschung wirklich gross. Aus jedem Iwi, das an der IndiLux Trecking Companie durch eine Partnerschaft beteiligt war, stand eine Delegation des Ältestenrates im Vorraum der Lodge. Was folgte war eine lange Begrüssungszeremonie die mich wirklich tief berührte. Danach wurden nahezu ein Dutzend Reden gehalten und mehrere Lieder gesungen, bis wir uns zu einem gemütlichen Essen hinsetzten. Die Feier, dauerte bis in die frühen Morgenstunden und wollte fast kein Ende nehmen. Als ich gegen vier Uhr am Morgen doch noch ein paar Stunden Schlaf fand, war ich äusserst dankbar.

Gegen neun Uhr am nächsten Morgen, kamen Holly und ich nach einer kurzen Nacht immer noch müde zum Frühstück. Die Lodge war jedoch bereits leer und wir waren neben dem Personal die einzigen Anwesenden. Die anderen Gäste hatten sich entweder noch in der Nacht verabschiedet oder waren bereits am frühen Morgen aufgebrochen. Als ich Holly deswegen ansprach, winkte sie nur müde ab. „Lass uns duschen und danach etwas frühstücken. Soviel ich weiss sollen wir gegen zehn Uhr unten am Strand sein. Meine Leute haben wohl bereits etwas zu tun und sind deswegen früher aufgebrochen."

Neben uns waren nur noch der Koch und einer der Leiter der Lodge anwesend. Trotz mehrfachem Nachfragen meinerseits schienen auch sie keine Ahnung zu haben, wo die anderen Gäste abgeblieben waren.

Nach einem guten und ausgiebigen Frühstück drängte Holly zum Aufbruch. Ich hatte es in der Zwischenzeit aufgegeben zu fragen und folgte einfach ihren Anweisungen. Als wir aus der Lodge traten und hinunter an den Strand sahen, war die Überraschung riesig. Am ansonsten meistens menschenleeren Strand waren sieben Kanus der Maori samt ihrer Besatzung zu sehen. Es mussten beinahe zweihundert Personen sein, die dort standen und zu uns hoch sahen.

Holly hatte mich von der Seite beobachtete und konnte sich ein Grinsen nicht verkneifen, als sie meine Überraschung bemerkte.

Von den sieben Kanus waren vier mittlere Boote mit vierzehn bis sechszehn Personen Besatzung, die recht beeindruckend aussahen. Gegen die drei Kriegs Waka mit deutlich über dreissig Meter Länge und beinahe fünfzig Mann Besatzung wirkten sie jedoch wie Fregatten neben Flugzeugträgern.

Als wir nach dem kurzen Abstieg unten am Strand ankamen, wurden wir auf spezielle Art begrüsst. Was ich zu hören bekam, war mein erstes Haka, dass mich zutiefst beeindruckte und das ich mein Leben lang nie mehr vergessen werde. Wenn über zweihundert Kehlen den Maori Kriegsgesang von sich geben, dann ergibt sich eine Gänsehaut, ob man will oder nicht."

„Ist dieses Haka das gleiche Prozedere, das die Neuseeländer vor ihren Rugbyspielen aufführen, um den Gegner zu beeindrucken", fragte in dem Moment Markus Leimbacher.

„Das ist richtig. Die Neuseeländische Rugbynationalmannschaft hat diesen Brauch der Maori aufgegriffen. Nur dass ich ein Haka erlebt habe, das nicht von vierundzwanzig Spielern, sondern von zweihundert Maori an einem Strand mit Kriegsbooten aufgeführt wurde." Ruedi Rötheli nahm einen Schluck Mineralwasser und setzte dann seine Erzählung fort. „Nach dem

Haka wurden uns zwei Plätze im Heck eines der grossen Kriegs-Waka zuge-wiesen. Bevor wir aus der kleinen Bucht hinaus aufs offene Meer fuhren, formierten sich die sieben Boote. Links und rechts neben unserem Waka platzierten sich die beiden anderen grossen Kanus. Je zwei der vier kleineren bildeten die Spitze und das Ende der Formation.

Als nach einigen Manövern die kleine Flotte ihre Position gefunden hatte, ertönte ein lauter Schrei, gefolgt von einer donnernden Antwort aus über zweihundert Kehlen. Gleichzeitig hoben die Ruderer ihre Paddel in die Luft, um nach einem weiteren Schrei diese in einer nahezu synchronen Bewegung aller Schiffe ins Wasser zu stossen. Diesen Rhythmus hielten die Paddler in den nächsten anderthalb Stunden beinahe nahtlos bei. Es war eindrücklich, wie das grosse Kanu unter den gleichmässigen Ruderschlägen über das Was-ser glitt. In gebührendem Abstand begleiteten uns hunderte von Booten, die sich dieses Spektakel nicht entgehen lassen wollten und über uns waren mehrfach Helikopter zu sehen. Aus der Luft musste der Anblick der sieben im Einklang dahingleitenden Kriegsboote der Maori noch eindrücklicher gewesen sein. Holly erklärte mir, das sei das neuseeländische Fernsehen. Das letzte Mal, dass so viele Maori Boote zusammen unterwegs waren, war über dreissig Jahre her. Entsprechend gross war das Interesse der Öffentlichkeit an diesem aussergewöhnlichen Ereignis. Nach Holly Verschwiegenheit hatte ich mit etwas Speziellem gerechnet. Was ich jedoch hier erlebte, sprengte meine Vorstellungskraft bei weitem.

Wir stachen zuerst auf das offene Meer hinaus und umrundeten dann in gebührendem Abstand den Fraser Rock, um schliesslich auf das Whare Run-anga Waitangi zuzusteuern. Ich kannte den Park von einer Besichtigung, die ich einmal mit Holly unternommen hatte. Der Ort war den Maori heilig und hatte für die Neuseeländer etwa die gleiche Bedeutung wie für die Schweiz das Rütli am Vierwaldstättersee. Ich konnte bereits von sehr weitem sehen, dass uns dort eine aussergewöhnlich grosse Menschenmenge erwartete. Nachdem ich das realisiert hatte wandte ich mich an Holly.

„Ich wäre dir wirklich dankbar, wenn du mir sagen würdest, was hier ei-gentlich los ist. Das sprengt alles, was ich mir jemals vorstellen konnte. Ich würde gerne wissen, was da auf mich zukommt."

Holly sah mich mit ihrem schelmischen Grinsen im Gesicht an, das ich in den letzten Wochen so schmerzlich vermisst hatte. „All diese Leute auf den Waka und dort vorne am Strand von Waitangi sind Vertreter aus den ver-schiedensten Iwi von Neuseeland, die heute und Morgen gekommen sind, um dich zu ehren und zu verabschieden."

Ich musste einmal tief schlucken. „Das verstehe ich nicht, wie meinst du das. Dort vorne sind sicher über tausend Leute versammelt. Ich hatte niemals mit so vielen Leuten deines Volkes zu tun."

Sie sah mich einen Moment mit einem lachenden Gesicht aber leicht traurig wirkenden Augen an. „Du hast wirklich keine Ahnung?"

„Nein, Holly, tut mir Leid, aber ich verstehe das wirklich nicht."

„Was du in den letzten Jahren mit deiner Aufbauarbeit geleistet hast, grenzt für viele von uns Maori an ein Wunder. Du hast nicht nur verschiedene Clans in einem gemeinsamen Projekt zusammengeführt, sondern auch uns Maori Arbeit und Ansehen verschafft. Damit hast du einen wesentlichen Anteil daran, dass sich die Maori Gesellschaft wieder auf ihre Werte besonnen hat. Dein Projekt und die Kontakte unter den verschiedenen Iwi standen am Anfang einer ganzen Reihe von Aktivitäten. Wir Maori haben nicht zuletzt auch dank dir wieder Mut gefasst, gemeinsam für unsere Identität und unsere Rechte einzustehen und für unser Volk zu kämpfen. Die ersten Resultate sind bereits zu spüren und haben uns noch mehr Mut gegeben, den eingeschlagenen Weg weiter zu gehen. Dass dies alles unter anderem auch auf deine Aktivitäten zurückzuführen ist, blieb nicht unbemerkt. Was hier und heute geschieht wäre in ein paar Monaten so oder so geschehen. Der Rat aus den Ältesten der verschiedensten Iwi hat entschieden, dir zu ehren ein spezielles Takahanga zu organisieren. Deine Pläne haben uns nur dazu gezwungen die Feierlichkeiten etwas vorzuziehen."

„Holly, du weisst sehr genau, wie ich solche Anlässe hasse."

„Ja, das weiss ich und deshalb konnte ich dir auch vorher nichts sagen. Geniess es einfach und lass dich verwöhnen. Du machst meinen Leuten eine Riesenfreude und kannst dabei auch noch ein paar gemütliche Tage erleben."

Dazu konnte ich nicht mehr viel sagen, da mir so oder so nicht viel anderes übrig blieb, als mitzumachen. Ich konnte mich ja schlecht aus dem Schiff stürzen und dem Ganzen davonschwimmen.

Am Strand wurden wir erneut mit einem Haka begrüsst, das die Besatzung der Boote ihrerseits mit einem Haka beantwortete. Danach wurde mir mitgeteilt, als Ehrengast müsse ich eine kurze Ansprache halten, wozu eigens ein Podest aufgebaut worden war. Man kann sich sicher vorstellen, dass ich damals mit der Situation deutlich überfordert war. Holly konnte sich auch dieses Mal ein Grinsen nicht verkneifen. Dieses kleine Luder schien mir alle offenen Rechnungen auf einmal heimzuzahlen und genoss das Ganze aus vollen Zügen. Ich habe versucht etwas zu improvisieren, das ziemlich kläglich geklungen haben muss. Dennoch war die versammelte Menge hell begeistert. Ich hätte jedoch auch in Berndeutsch einen schmierigen Witz erzählen können, der Jubel wäre gleich euphorisch ausgefallen.

Nach meiner kurzen Ansprache kamen auch noch einige der Clanoberhäupter zu Wort, worauf wir uns zu der Versammlungshalle von Waitangi begaben. Das Gelände war sonst ein öffentlich zugänglicher Park. An diesen zwei Tagen war jedoch das gesamte Areal für Besucher gesperrt. Diese zwei Tage wollten die Maori unter sich sein und die Gebietsverwaltung hatte diesem Ansinnen ohne zu zögern zugestimmt. In der Versammlungshalle begannen die Reden und Gesänge der verschiedenen Iwi. Nach etwa drei Stunden kam das Fest schliesslich zu seinem ersten Höhepunkt, bei dem ich eine Hauptrolle zu spielen hatte. Im Beisein aller Stammesältesten wurde ich offiziell als Mitglied in alle der anwesenden Iwi aufgenommen. Dies galt nicht nur für mich sondern auch für alle mir folgenden Generationen. Am Ende der Zeremonie erhielt ich ein geweihtes Hei-Tiki verliehen. Die kleine Jadefigur war in den Augen der Maori etwas Heiliges, das in der Regel nicht an Aussenstehende vergeben wurde. Es hatte auch nichts mit den Figürchen zu tun, die man in den Souvenir-Shops kaufen konnte. Nur wer wirklich zu den Maori gehörte, erhielt von den Stammesältesten ein geweihtes Hei-Tiki. Die kleine Jadefigur glich der von Holly bis auf einige winzige Details. Ich war mir sehr wohl bewusst, welche ausserordentlich grosse Ehre mir hier zu Teil wurde.

Nach der offiziellen Zeremonie gab es ein reichhaltiges Mal und danach Musik und Tanz, die fast die ganze Nacht lang dauerte. Holly wich während der ganzen Zeit nicht von meiner Seite und passte auf, dass man es in der gut gemeinten Euphorie nicht zu bunt trieb.

Am Sonntag gingen die Feierlichkeiten mit Vorführungen der verschiedenen Stämme bis in den Abend hinein weiter. Gegen achtzehn Uhr fand der Anlass mit einen traditionellen Abschlusslied ein Ende.

Die Heimfahrt mit dem Auto dauerte etwas über drei Stunden und verlief in einer leicht gedrückten Stimmung. Holly wusste, dass nun der Abschied unmittelbar bevorstand. Sie hatte jede Minute der drei Tage aus vollen Zügen genossen. Nun beschlich sie wieder diese melancholische Traurigkeit, die sie vorher mit sich herumgetragen hatte.

Am Montag schlief ich noch einmal richtig aus, bevor ich mich von den Leuten in Auckland verabschiedete. Danach kam der letzte Abend mit Holly, die während der Hälfte des Abends weinte. Einerseits machte es mir den Abschied nicht einfacher, andererseits war ich auch nicht unglücklich, als ich am Dienstag mit dem Taxi Richtung Flughafen aufbrechen konnte.

Wie damals, als ich in Neuseeland angekommen war, hatte ich meine Habseligkeiten wieder auf den alten Militärrucksack meines Vaters und den handlichen kleinen Übersee-Koffer aufgeteilt. Bevor ich jedoch das Land endgültig verlassen konnte, musste ich noch einen Abstecher nach Wellington unternehmen. Mein Schweizer Pass war in der Zwischenzeit abgelaufen und ich benötigte eine Verlängerung. Zumindest ein wenig war ich angespannt, da ich nicht recht wusste, was mich erwarten würde. Das Prozedere verlief jedoch problemlos und ohne irgendwelche Fragen.

Nachdem auch dieses letzte Hindernis aus dem Weg geräumt war, stand dem Flug von Wellington nach Sydney nichts mehr im Weg. Bereits fünf Stunden später stand ich wieder auf australischem Boden. Am Flughafen angekommen hielt ich mich nicht lange auf, sondern nahm das nächste Taxi in die Stadt an die Adresse der R&D Mining Company. Ich staunte nicht schlecht, als mich das Taxi mitten in die City von Sydney an ein neu aussehendes Geschäftshochhaus brachte.

In der Lobby wandte ich mich an die Rezeption, die es in jedem grösseren Bürogebäudekomplex gab. Hinter dem Tresen sass ein junger Mann anfangs zwanzig, der einen leicht gelangweilten Eindruck machte.

„Guten Tag, wie kann ich ihnen behilflich sein?"

„Wie komme ich zur R&D Mining Company?"

Mein Gesprächspartner hinter dem Tresen musterte mich mit einer gewissen herablassenden Zurückhaltung. Anscheinend passte mein Äusseres mit dem alten Rucksack und dem Überseekoffer nicht unbedingt zu seiner Vorstellung eines Besuchers der R&D Mining Company.

„Zu wem möchten Sie bitte?"

„Ich möchte zu Liam O'Driscoll von der R&D Mining Company."

Auf dem Gesicht des jungen Mannes erschien ein leicht spöttisch wirkendes Lächeln. „Haben sie einen Termin?"

„Nein, ich habe keinen Termin."

„Bedaure, ohne einen Termin kann ich sie nicht nach oben lassen."

„Wie meinen sie das?" Ich verstand nicht, was das Ganze sollte.

„Sie müssen sich einen Termin bei der R&D Mining Company besorgen. Erst dann kann ich sie nach oben lassen. Ich bedaure sehr, aber sonst kann ich ihnen nicht helfen. Zudem weiss ich nicht, ob Mister O'Driscoll überhaupt im Haus ist."

Ich dachte einen Moment nach. „Ist Patrick Webster da?"

„Der Sicherheitschef? Der sollte eigentlich im Hause sein."

„Dann rufen sie ihn bitte an und sagen ihm, dass ich hier unten stehe."

Der junge Schnösel sah mich erneut einen Moment an. „Haben sie einen Termin mit Mister Webster?"

Jetzt wurde es mir zu bunt. Ich liess den Trottel hinter dem Desk einfach stehen und begab mich zum Lift.

„Sir, sie können nicht einfach… Sir, wenn sie keinen Termin… Paul!"

Ein bulliger Kerl in einem dunklen Anzug, der neben der Eingangstür stand, sah zum Empfang. Der Bursche hinter der Rezeption, zeigte mit dem Finger auf mich. „Paul, halten sie ihn auf, er hat keinen Termin", schimpfte der junge Mann hinter mir her.

Unterdessen war das Interesse der ganzen Lobby auf mich gerichtet. Der bullige Typ kam auf mich zugelaufen und fing mich vor dem Lift ab. „Entschuldigen sie, Sir. Zu wem wollen sie?"

„Ich habe diesem jungen Schnösel schon gesagt, dass ich zur R&D Mining Company zu Liam O'Driscoll oder zu Patrick Webster möchte."

„Es tut mir Leid, Sir. Wenn sie keinen Termin haben, darf ich sie nicht einfach durchlassen."

Ich stellte meinen Koffer hin. Der Sicherheitsmann schien um einiges umgänglicher zu sein. Ich sah mir sein Namensschild an, auf dem Paul Keegan stand. „Mister Keegan, wissen sie für was die beiden Buchstaben in der Firmenbezeichnung von R&D Mining Company stehen.

„Sicher weiss ich das."

„Für was stehen sie?"

„Sie stehen für die Namen der beiden Inhaber der Firma. Das D steht für Driscoll. Für was das R steht weiss ich nicht genau."

„Das ist nicht korrekt. Das D steht für Drisi, dem Rufnamen von Liam O'Driscoll und das R steht für Ruedi, den Rufnamen seines Partners."

Während dem Erzählen nahm ich meinen Pass aus der inneren Jackentasche. „Schauen sie doch einmal in meinen Pass und dann rufen sie doch bitte Patrick Webster an und sagen ihm, dass ich in der Lobby auf ihn warte."

Ich liess den nun etwas verwirrt dreinschauenden Sicherheitsmann mit meinem Pass in den Händen stehen und ging mit meinem Gepäck zu einer Gruppe Sessel, die in der Lobby standen, um mich zu setzen.

„Der Sicherheitsmann hatte in der Zwischenzeit in meinen Pass gesehen und eine leicht blasse Gesichtsfarbe angenommen. Er ging zu seinem Kollegen an der Rezeption und begann auf ihn einzureden. Dann nahm er sein Funkgerät und sprach irgendetwas hinein. Es dauerte fast eine Minute, bis er eine Antwort erhielt, worauf seine Gesichtsfarbe noch blasser wurde. Dann kam er auf mich zu und streckte mir den Pass entgegen.

„Es tut mir leid, Mister Rötheli, Sir. Wir wussten nicht, dass sie kommen. Mister Webster hat angeordnet, dass ich sie persönlich nach oben begleite."

„Dann lassen sie uns gehen."

Bevor ich aufgestanden war und meinen Koffer nehmen konnte, hatte er ihn auch schon gepackt und deutete Richtung Lift. Der junge Bursche hinter dem Tresen machte inzwischen einen äusserst unglücklichen Eindruck.

Als ich im vierzehnten Stock aus dem Lift trat, war die Begrüssung von Patrick Webster überschwänglich. Er kam den Korridor runtergerannt und schloss mich in seine Arme. „Du verrückter Kerl, wo kommst du den her?"

„Hallo Patrick, wie geht es dir?"

„Mir geht es hervorragend. Ausser mit dem linken Ohr, mit dem habe ich etwas Probleme. Ich hatte Drisi am Telefon und der hat eine ziemlich laute Stimme, wenn er sich aufregt. Er ist im Moment leider in Europa, präziser gesagt in Amsterdam. Als ich ihn jedoch vorhin aus dem Bett genommen habe, hat er sofort damit begonnen seinen Rückflug zu organisieren. Es wird jedoch drei Tage dauern, bis er hier eintrifft. In der Zwischenzeit hat er angeordnet, dass ich dich nach allen Regeln der Kunst verwöhnen soll."

„Das finde ich eine gute Idee. Im Moment könnte ich zwei oder drei Tage Ruhe gebrauchen. Wenn Drisi zurück ist, wird es eh ein wenig anstrengend werden, kann ich mir vorstellen."

Patrick musste grinsen. „Das befürchte ich auch. Er meinte, ich soll dich ja nicht mehr aus den Augen lassen, bis er wieder da ist. Kommst du rasch in mein Büro, ich muss noch ein paar Dinge organisieren. Danach können wir gehen."

Die nächsten Tage erwies sich Patrick als hervorragender Gastgeber. Wir hatten uns viel zu erzählen und die Zeit verstrich wie im Flug. Unter anderem erfuhr ich auch, dass sich meine chinesischen Freunde mehr als einmal nach mir erkundigt hatten. Patrick hatte ihnen versprochen, sich zu melden, sobald er mehr von mir erfuhr. Mir würde wohl nichts anderes übrig bleiben, als ihnen ebenfalls einen kurzen Höflichkeitsbesuch abzustatten. Patrick erklärte sich sofort bereit, mich zu begleiten.

Nach etwas mehr als drei Tagen traf Drisi schliesslich ein. Die Wiedersehensfeier ging in die Annalen der Firmengeschichte ein. Ein zweites Mal musste ich meine Geschichte über Neuseeland erzählen. Drisi versprach mir sofort, dass er Holly so bald als möglich besuchen und mit allen ihm zur Verfügung stehenden Mitteln unterstützen würde, falls sie das wünschte.

In den nächsten Tagen verbrachten wir so viel Zeit wie möglich miteinander. Wir besuchten auch die beiden Minen. Selbst einen Abstecher nach

Perth, wo wir im Royal Freshwater Bay Yacht Club wie die Könige empfangen und bewirtet wurden, stand auf dem Programm. Viele meiner ehemaligen Kolleginnen und Kollegen waren immer noch in der Küchencrew. Einzig Bertrand Cunollet hatte letzten Sommer den Freshwater Bay Jachtclub nach beinahe zwanzig Jahren verlassen. Drisi wusste, mein ehemaliger Chef hatte in Frankreich ein eigenes kleines Restaurant eröffnet. Dort pflegte er seine eigene Vorstellung von hochstehender Kochkunst und genoss das Leben. Er musste in der Zwischenzeit Mitte fünfzig sein und hatte entschieden es in der zweiten Lebenshälfte ruhiger anzugehen. Dass Drisi das alles wusste, war nicht erstaunlich. Wie ich erfuhr, war er in der Zwischenzeit ein regelmässiger Gast in Perth. Er hatte auch in das Unternehmen seines ehemaligen Arbeitgebers investiert und war heute sogar Mitglied im Yacht Club.

Die Geschäfte mit den Minen und vor allem mit der R&D Opal Sales Companie liefen mehr als nur hervorragend. Drisi erzählte mir, wir wären in der Zwischenzeit Teilhaber an mehreren anderen Firmen. Neben der R&D Opal Sales Companie hatte Drisi auch eine R&D Jewelery Companie gegründet, die sich mit dem Abbau und dem Handel von anderen Edelsteinen als nur Opalen befasste. Die Firma existierte bereits drei Jahre. Sie war schneller gewachsen, als unsere ersten Unternehmen. Ich fiel fast in Ohnmacht, als mir Drisi meinen Kontostand zeigte. Mein Vermögen hatte sich in den letzten fünf Jahren verfünffacht. Das Geld hatte Drisi vorwiegend in Edelmetallen wie Gold, Silber und Platin angelegt. Er hatte zudem in meinem Namen in der Schweiz ein Bankkonto eröffnet und die Edelmetalle dort platziert. Wir verbrachten mehr als vier Tage, um alle anstehenden Geschäfte durchzugehen und mögliche Strategien zu diskutieren.

Neben vielem anderem erfuhr ich in dieser Zeit auch, dass unser Erzfeind Hristov für uns keine Bedrohung mehr darstellte. Diese Nachricht gehörte zum Besten, was ich seit langem erfahren hatte.

Nach drei Wochen Aufenthalt in Sydney erklärte ich Drisi, dass es für mich Zeit wäre, wieder aufzubrechen. Für ihn war das keine erschütternde Nachricht. Inzwischen kannte er meine Bedürfnisse bereits bestens und hatte sich auch damit abgefunden. Er nahm mir jedoch das Versprechen ab, mich wieder bei ihm zu melden, sobald ich mich irgendwo niederlassen würde. Dann verliess ich in Begleitung von Patrick Sydney Richtung Hongkong.

Der Besuch bei meinen chinesischen Freunden nahm noch einmal eine ganze Woche in Anspruch. Auch dort wurde ein grosses Fest im Familienkreis gefeiert, das mehrere Tage in Anspruch nahm. Ich nutzte diese Woche, um mir noch einmal zwei weitere Identitäten zu beschaffen. Dann kam auch bei meinen Freunden der Tag, um Abschied zu nehmen. Nachdem wir sie verlassen hatten, begleitete mich Patrick an den Flughafen, wo der erste Schritt eines neuen Abenteuers begann."

Ruedi Rötheli war mit seiner Erzählung am Ende angelangt. Wie jedes Mal, wenn er einen längeren Teil seiner Geschichte erzählte, fühlte er sich danach ausgelaugt. Er griff zu seinem Mineralwasserglas und leerte den restlichen Inhalt in einem Zug, um sich danach gleich noch einmal nachzuschenken.

„Warum haben sie Neuseeland verlassen? Sie hatten dort alles, was man sich erträumen kann." Martin Leimbacher sah Ruedi Rötheli fragend an.

„Das ist eine ausgezeichnete Frage. Das Problem ist, ich kann sie ihnen nicht beantworten." Der alte Man schien einen Moment nachzudenken. „Nachdem ich mit beinahe sechzehn Jahren von zuhause weggelaufen bin, war ich lange auf der Suche nach etwas, von dem ich nie genau wusste, was es eigentlich war. Die ganze Zeit trieb mich ein Gefühl, eine innere Unruhe immer weiter zu ziehen. Es war wie ein Drang, den ich eine gewisse Zeit durch ein Projekt oder eine Idee zufriedenstellen konnte, bevor ich ihn wieder verspürte. Woher das kam, kann ich nicht erklären. Es gab zwei Phasen in meinem Leben, in denen ich fast einen Ort gefunden hätte, um mich wirklich niederzulassen. Das Schicksal hatte jedoch in beiden Fällen etwas dagegen und gegen den Willen des Schicksals kann sich niemand stellen."

Nach dieser Erklärung war es einen Moment lang still. Schliesslich ergriff Ruedi Rötheli wieder das Wort. „Ich schlage ihnen vor, wir lassen es für heute gut sein. Wir brauchen es ja nicht zu übertreiben. Lassen sie uns Morgen oder Übermorgen fortfahren."

Die drei verabschiedeten sich und Ruedi kehrte in sein Hotel in Thun zurück. Er war mit dem erreichten zufrieden. Auch wenn es noch einiges zu tun gab, so war er seinem Ziel wieder einen Schritt näher gekommen.

4. Von Traditionen, Ehre und exotischem Essen

Seit ihrem letzten Treffen war eine Woche verstrichen. Eine Woche in der Markus Leimbacher fast zu hundert Prozent für das Projekt gearbeitet hatte. Alleine zwei Tage hatte er benötigt, um alle Ansprechpersonen zu erreichen und einen Besprechungstermin zu vereinbaren. Kurz darauf fanden die ersten beiden Gespräche statt. Vom Resultat war Markus Leimbacher ernüchtert. Er sah sich veranlasst Ruedi Rötheli und Pfarrer Küenzle zu einer ausserplanmässigen Sitzung in sein Büro zu bitten, um mit ihnen die Situation zu besprechen. Erst danach wollte er die restlichen Gespräche führen.

Zwei Tage später sass er mit seinen beiden Mitstreitern in der Polsterecke des Büros und informierte sie über den Ablauf der beiden ersten Gespräche.

„Ich danke ihnen für die Information, Herr Leimbacher. Überrascht bin ich nicht. Es gibt immer wieder Personen, die sich nicht mit Regeln abfinden können. Trotzdem bleibt es dabei. Ich werde nicht mehr kommunizieren, als das Veranstaltungsdatum. Alle weiteren Informationen gibt es erst am Informationsanlass."

Nachdem dieser Punkt geklärt war, lud Ruedi Rötheli den Pfarrer und den Notar zum Abendessen ein. Da beide an diesem Abend nichts Bestimmtes vorhatten, nahmen sie die Einladung ihres Auftraggebers an. Bevor sie das Büro von Markus Leimbacher verliessen, konnte sich Pfarrer Küenzle eine Bemerkung nicht verkneifen.

„Es gibt nicht mehr so viele Möglichkeiten, bei denen sie uns vor der Information der Teilnehmenden die fehlenden Teile ihrer Biographie erzählen können", meinte er mit einer Unschuldsmiene, die schon fast ein wenig zu theatralisch wirkte.

Ruedi Rötheli liess sich nicht zweimal bitten. „Ich kann ihnen gerne einen weiteren Teil meiner Geschichte erzählen. Lassen sie uns vorher etwas essen. Wenn ich hungrig bin, sind meine Erzählungen nur halb so interessant."

„Nachdem das Risiko Hristov im wahrsten Sinn des Wortes aufgehört hatte zu existieren, bin ich von Hongkong aus direkt weiter gereist. Dass unser Erzfeind nicht mehr unter den Lebenden weilte, war kein Grund traurig zu sein. Trotzdem war weiterhin Vorsicht geboten. Bulgaren zeichnen sich nicht nur durch impulsives Verhalten aus. Sie besitzen auch enge Familienbande und einen eigenartigen Ehrenkodex. Davon auszugehen, dass sich mit dem Ableben von Hristov sämtliche Probleme in Luft aufgelöst hatten, konnte sich durchaus als fatale Schlussfolgerung herausstellen. Ich buchte deshalb vorsichtshalber den Flug nicht unter meinem Namen. Für die nächste Etappe meiner Reise entschied ich mich, eine andere Identität zu benutzen."

„Darf ich fragen, was für eine Identität sie dieses Mal benutzten?" Einmal mehr war es Pfarrer Küenzle, der in seiner direkten Art nachfragte.

„Natürlich, Herr Pfarrer. Ich habe für den Flug und die Einreise in Tokio einen niederländischen Pass mit dem Namen Rudi Roodacht verwendet."

„Dann sind sie von Neuseeland nach Japan gereist?" Markus Leimbacher war nun auch gespannt, wie die Geschichte weiter gehen würde.

„Das ist richtig. Als ich in Neuseeland aufbrach, hatte ich noch keine Ahnung, wohin es mich als nächstes verschlagen würde. Ich wusste damals nur, dass es Zeit war, weiter zu ziehen. Das hat sich erst geändert, als ich mit Drisi dem Royal Freshwater Bay Yacht Club einen Besuch abstattete. Als ich meine ehemaligen Kollegen in Perth wieder traf, und wir uns über die alten Zeiten austauschten, wusste ich wohin ich gehen würde. Anlässlich des Besuchs war nämlich auch Takeshi Nakamura ein Gesprächsthema. Er verliess damals das Restaurant kurze Zeit nach mir, um in seiner Heimat ein eigenes Restaurant aufzubauen. Im Yacht Club wusste man nicht, was aus Takeshi geworden war. Er hatte Bertrand Cunollet ein halbes Jahr, nachdem er den Yacht Club verlassen hatte, eine Karte geschrieben. Anscheinend hatte er sein Vorhaben in die Tat umgesetzt. Nach seiner Rückkehr nach Japan hatte er in einer Stadt namens Beppu auf der Insel Kyushu ein kleines Restaurant eröffnet. Zumindest schrieb er das damals seinem ehemaligen Vorgesetzten. Auf einer Ansichtskarte aus Beppu war die ungefähre Stelle des Gasthauses mit einem Kreuz markiert. Seither hatte man von ihm nichts mehr gehört. Das war für mich Grund genug, um meinem alten Lehrmeister in seiner Heimat zu besuchen. Schliesslich hatte ich ihm das damals versprochen.

Ich flog deshalb von Hongkong direkt nach Tokio.

Am internationalen Flughafen der japanischen Metropole angekommen, eröffnete sich mir eine völlig fremde Welt. Obwohl nahezu alle Informationen auch in Englisch angeschrieben waren, fand ich mich das erste Mal an einem Ort wieder, an dem eine Sprache gesprochen wurde, von der ich nicht das Geringste verstand. Ich musste mich deshalb zuerst informieren, was sich als schwieriger herausstellte, als ich gedacht hatte. Die wenigen Worte Japanisch, die mir mein Meister beigebracht hatte, reichten zu einem Sympathiebonus bei den Einheimischen, brachten mich aber nicht entscheidend weiter. Mit viel Geduld und nach mehreren Anläufen schaffte ich es doch noch, ein Bahnticket nach Beppu zu erstehen.

Für die Fahrt konnte ich die damals neue Schnellzugsstrecke des Shinkansen benutzen. Dieses Hochgeschwindigkeits-Schienennetz führt heute durch ganz Japan und ist eine der wichtigsten Verbindungen im innerjapanischen Verkehr. In nicht ganz acht Stunden kam ich so von Tokio über Kokura und danach mit einem Regionalzug der Japan Railways nach Beppu.

Die Stadt mit gut hundertfünfundzwanzigtausend Einwohnern war in ganz Japan wegen ihrer heissen Quellen als Bäderstadt bekannt. In der Hochsaison kamen jeweils nahezu eine Million Touristen, um die Annehmlichkeiten der japanischen Bäderkultur zu geniessen. Der weitaus grösste Teil davon waren Japaner, wobei der Anteil an Ausländern stetig zunahm. Dass es in Beppu heisse Quellen gab und sich eine vielfältige Bäderlandschaft entwickelt hatte, die für jeden Geschmack und jedes Budget etwas bot, war in der Zwischenzeit über die Grenzen Japans hinaus bekannt. Entsprechend hatte man sich in der Stadt auf Touristen eingestellt. Es gab zahlreiche Hotels, die auch auf westliche Besucher eingestellt waren. Mir als Gaijin, als Fremder von ausserhalb, kam das entgegen.

Als ich am späteren Nachmittag in Beppu ankam, kümmerte ich mich zuerst um eine Unterkunft. Obwohl ich mich bei meinen Reisen beinahe ausnahmslos den Landessitten anpasste, ging mir die japanische Lebensart einen Schritt zu weit. Ich suchte deshalb ein Hotel mit europäischen Standards. In der Bädermetropole herrschte die meiste Zeit im Jahr Hochsaison und die Hotels waren fast ständig ausgebucht. Ich wandte mich deshalb ans örtliche Tourismusbüro, das es in jeder grösseren Stadt gab. Hier erlebte ich eine unangenehme Überraschung. Dass der Tourismus inzwischen international war, schien in dem kleinen Büro noch nicht angekommen zu sein. Es war viel los und ich musste eine Weile warten, bis ich mein Anliegen überhaupt vorbringen konnte. Dass niemand der Angestellten englisch sprach, verlängerte die Wartezeit zusätzlich. Als man mein Anliegen endlich verstanden hatte, begann die Suche nach einem geeigneten Zimmer. Es war beinahe Mitternacht, bis sich eine Unterkunft fand. Möglicherweise trug mein schlichtes Äusseres mit dem alten Militärrucksack sowie dem Überseekoffer dazu bei, dass es etwas länger dauerte. Im Hotel Umine, einem der besten Hotels in Beppu, erhielt ich doch noch ein Zimmer. Die Skepsis des Personals wich jedoch erst, als ich das Zimmer für zwei Wochen im Voraus bezahlte.

Die nächsten Tage waren nicht gerade einfach. Ich hatte mehr Schwierigkeiten als erwartet, um mich zurechtzufinden. In den Hotels sprach damals meistens nur gerade eine Person englisch. Entweder war sie ständig von

Leuten umringt oder sie war nicht da. Als ich die junge Frau nach mehreren Anläufen endlich erwischte, konnte sie mir meine Fragen nicht beantworten. Sie verwies mich an das Tourist Office in der Stadt. Eigentlich hatte ich von einem Hotel, das sich rühmte das Beste am Platz zu sein, etwas mehr Unterstützung erwartet. Anscheinend war jedoch das Interesse, einem Gaijin behilflich zu sein, äusserst gering. Trotz der eher schlechten Erfahrungen, die ich am Vortag im Tourist Office gemacht hatte, blieb mir nichts anderes übrig, als das Büro erneut aufzusuchen.

Zu meiner Überraschung wurde ich dieses Mal von den zahlreich anwesenden japanischen Kunden sofort nach vorne geschoben. Damit hatte ich nun wirklich nicht gerechnet. Dank dem Unterricht meines Meisters wusste ich, diese Vorzugsbehandlung durfte ich nicht ausschlagen. Ich bedankte mich mit einer leichten Verbeugung bei allen Personen die mich nach vorne schoben, was mit einer noch tieferen Verbeugung verdankt wurde.

Als ich zuvorderst angelangt war, nahm ich ein Blatt Papier aus meiner Tasche. Ich hatte mir von der Mitarbeiterin an der Rezeption meinen Wunsch vorsorglich aufschreiben und danach die Aussprache erklären lassen. Vor dem Schalter verneigte ich mich zuerst und las dann meine Bitte ab dem Zettel vor. Die Überraschung war den Anwesenden anzusehen. Obwohl sie mein Kauderwelsch kaum verstanden hatten, stieg ich alleine schon durch den Versuch japanisch zu sprechen in ihrer Achtung. Anscheinend erlebte man nur äusserst selten Touristen, die versuchten, sich den japanischen Gepflogenheiten anzupassen.

Selbst als ich den Leuten den Zettel gab, löste das jedoch nur eine weitere Diskussion aus. Trotz meiner Bemühungen erwies es sich erneut als schwierig, mein Anliegen verständlich zu machen. Nach mehreren Versuchen und nachdem sich auch noch andere Kunden an der Lösungsfindung beteiligten, kam plötzlich eine junge Frau auf mich zu, die mich in perfektem Englisch ansprach. „Guten Tag mein Herr, wie kann ich ihnen behilflich sein."

Wie sich herausstellte, war sie die Nichte einer der Angestellten und hiess Hiroko Matsumi. Sie studierte an der Universität in Fukucha Englisch und Volkswirtschaft. Im Moment waren jedoch Semesterferien, weshalb sie sich zuhause in Beppu aufhielt. Ihre Tante hatte sie kurz nach Beginn der Diskussion angerufen und sie gebeten bei der Lösung des Problems zu helfen.

Nachdem meine Überraschung sich gelegt hatte, teilte ich Hiroko mein Anliegen mit. Sie hörte mir aufmerksam zu und begann danach auf ihre Tante einzureden. Auf diesem Weg kamen wir innerhalb von zehn Minuten zu einer Lösung des Problems. Es stellte sich heraus, dass mein Meister Takeshi

Nakamura tatsächlich ein Restaurant in Beppu eröffnet hatte. Jedoch mit mässigem Erfolg. Obwohl er sich einen guten Ruf erarbeitete, blieben die Gäste aus. Die Gründe dafür schienen etwas verworren. Die Angestellten des Tourismus Büros erzählten etwas von einem Fluch, der auf diesem Restaurant liegen soll. Ob es an der Übersetzung lag oder ob mein Englisch doch noch zu wenig gut war, vermochte ich damals nicht zu sagen. Auf jeden Fall erhielt ich im Tourismusbüro keine zufriedenstellende Antwort.

Es schien jedoch so, als wäre Beppu für Takeshi nicht die richtige Stadt gewesen, um mit einem eher traditionellen japanischen Restaurant erfolgreich zu sein. Nachdem bis auf einen kleinen Kreis von Stammkunden die Gäste ausblieben, gab er sein Vorhaben auf. Vor etwas mehr als zwei Jahren hatte er das Restaurant verkauft und danach die Stadt verlassen. Wohin er gegangen war, konnte man mir nicht sagen. Mehr war auf dem Tourist-Office nicht herauszufinden. Ich fragte noch nach der Adresse des Restaurants und bedankte mich danach bei Hiroko für die Unterstützung. Dann verliess ich das Office wieder.

Draussen auf der Strasse blieb ich erst einmal stehen. Ich hatte mir vorgenommen, das Restaurant einmal persönlich aufzusuchen. Vielleicht konnte ich vor Ort noch irgendetwas erfahren auch wenn das ohne Kenntnis der Sprache ein eher schwieriges Unterfangen war. Ich versuchte mich anhand der Stadtkarte zu orientieren, in welche Richtung ich gehen musste. Die Karte, die ich neben ein paar Prospekten in einer kleinen Mappe mit auf den Weg erhalten hatte, war in Englisch beschriftet. Der Nutzen war jedoch nur gering. Da die Strassen nur mit japanischer oder gar keiner Beschriftung versehen waren, half mir die Karte kaum weiter. Wenn ich jedoch nicht herausfand, wohin sich Takeshi als nächstes gewandt hatte, war mein Besuch in Japan nach ein paar Tagen schon wieder beendet. Ich hatte mich gerade entschieden meine Suche Richtung Norden zu starten, als mich jemand von hinten ansprach.

„Wissen sie, wie sie das Restaurant finden können?"

Ich drehte mich um und bemerkte Hiroko, die hinter mir ebenfalls das Tourist-Office verlassen hatte. „Ah, Hiroko. Entschuldigen sie, ich habe nicht bemerkt, dass sie hinter mir sind." Dann sah ich kurz auf den Stadtplan und zeigte in eine Richtung die mich vom Tourist-Office wegführte. „Ich wollte in diese Richtung gehen, obwohl ich mir nicht ganz sicher bin, ob ich damit richtig liege."

Auf Hirokos Gesicht erschien ein leichtes Lächeln.

„Das verstehe ich sehr gut. In Japan sind die Strassen und Gassen neben den Hauptverkehrsachsen in der Regel sehr klein und verwinkelt. Das trifft auch auf die äusseren Quartiere von Beppu zu. Es wird wohl nicht sehr einfach sein, das Restaurant zu finden. Wenn sie möchten, bin ich ihnen gerne bei ihrer Suche behilflich."

„Ich möchte sie nicht länger aufhalten, Hiroko. Sie waren mir schon vorhin im Tourist-Office eine sehr grosse Hilfe."

„Das ist kein Problem. Im Moment habe ich sowieso nichts anderes vor. Ich kann mir zudem vorstellen, dass es nicht so einfach ist, sich als Fremder in unserer Stadt zurechtzufinden. Ich selbst hatte in Tokio schon grosse Schwierigkeiten mich in dem Gewirr von kleinen Strassen und Gassen nicht zu verirren."

Hirokos Angebot war sehr grosszügig. Mit ihrer Unterstützung hatte ich möglicherweise wirklich eine Chance den Aufenthaltsort von Takeshi zu erfahren. Ich brauchte deshalb nicht lange nachzudenken. „Wenn es ihnen wirklich nicht zu viele Umstände bereitet, wäre ich ihnen für ihre Unterstützung sehr dankbar."

„Gut, dann lassen sie uns in diese Richtung gehen."

Dreiviertel Stunden später und nachdem wir uns durchfragen mussten, fanden wir das Restaurant meines ehemaligen Meisters. Es befand sich in einer eher düsteren Gasse und machte nicht unbedingt einen vertrauenserweckenden Eindruck. Wie sich herausstellte, war Takeshi tatsächlich vor etwas mehr als einem Jahr aus Beppu weggezogen. Eine Nachbarin, die Hiroko befragen konnte, teilte ihr das mit. Sie hatte Takeshi zwischendurch ausgeholfen. Er versuchte mit allen Mitteln aus dem Restaurant ein erfolgreiches Unternehmen zu machen. Sein Kampf hatte ihn an die Grenze der Überforderung geführt. Wenn er wieder einmal drohte, sich selber zu vernachlässigen, hatte sie ihm die Wäsche gewaschen oder war für ihn Einkaufen gegangen. Nicht die Waren für das Restaurant. Diese Aufgabe hatte er niemand anderem überlassen. Es ging mehr um die Dinge des täglichen Bedarfs, die bei Takeshi in dieser Zeit eher zu kurz kamen. Er war ihr für ihre Unterstützung sehr dankbar gewesen. Bevor er Beppu verliess, hatte er mit seinen engsten Freunden ein Abschiedsfest gefeiert, zu dem sie ebenfalls eingeladen war. Dort hatte sie auch erfahren, dass Takeshi nach Kita Ku, einem Bezirk in Kobe an der Osaka Bucht gezogen war. Er hatte dort eine Stelle als Koch im Restaurant eines Hotels gefunden. Um welches Hotel es sich handelte, wusste die hilfsbereite Frau jedoch nicht. Sie konnte uns aber die Adresse eines guten Bekannten von Takeshi nennen, der zu den Stammgästen im Lokal gehört hatte. Auch er hat an der Abschiedsfeier teilgenommen. Möglicherweise wusste er, wo Takeshi nun arbeitete.

Dieses Mal fanden Hiroko und ich die Adresse auf Anhieb. Takeshis Bekannter war zuerst äusserst zurückhaltend. Schliesslich stehen nicht jeden Tag fremde Leute vor der Tür und wollen etwas über einen Freund wissen. Nach anfänglicher Skepsis war er doch bereit, mir weiter zu helfen. Er wusste, dass Takeshi im Crown Plaza Hotel in Kobe eine Stelle gefunden hatte. Anscheinend waren ihm seine Kenntnisse, die er sich in Australien erworben hatte, von Nutzen gewesen. Zudem hatte sein Vater ein paar Beziehungen spielen lassen. Aufgrund dieser beiden Argumente hatte er die Stelle in dem renommierten Hotel erhalten.

Das reichte mir, um meine Suche fortsetzen zu können. Wir dankten dem Mann und gingen wieder. Danach begleitete ich Hiroko zurück nach Hause. Ich dankte ihr für ihre Mühe und ihre Unterstützung. Nachdem ich wieder im Hotel war, besorgte ich ihr ein mehr als angemessenes Geschenk und liess es ihr über einen Kurier zustellen. Ich beschloss aufgrund des schönen Wetters noch ein paar Tage in Beppu zu verweilen und die Umgebung zu erkunden. Es gab neben den heissen Quellen noch ein paar andere Sehenswürdigkeiten, die ich mir nicht entgehen lassen wollte. Ich ging davon aus, mein Meister würde sich kaum in den nächsten paar Tagen in Luft auflösen.

Dass ich mit meiner Annahme richtig lag, zeigte sich einige Tage später, als ich mich bei besagtem Hotel nach Takeshi Nakamura erkundigte. Zuerst wollte man mir keine Auskunft erteilen. Ich musste schon fast drohen, bis ich endlich den Direktor am Telefon hatte. Nachdem ich die Situation erklärt hatte, entstand eine kurze Pause. Ich dachte schon die Leitung sei unterbrochen worden, als doch noch eine Antwort kam. Obwohl Begeisterung anders klang, zeigte sich der Direktor bereit, mir bei meinem Anliegen behilflich zu sein. Er erklärte mir, Takeshi arbeite tatsächlich im Restaurant in der Küche. Mehr als ihm eine Nachricht zukommen zu lassen, konnte oder wollte er jedoch nicht für mich tun. Möglicherweise half es, dass ich mich danach gleich im Hotel einquartierte und dabei nicht unbedingt das billigste Zimmer buchte. Dennoch musste ich noch einmal zwei Tage warten, bis ich Takeshi nach all den Jahren endlich wieder sah.

Wir trafen uns in der Lobby des Hotels. Hätte ich das Aufblitzen in seinen Augen nicht bemerkt, die förmliche Begrüssung hätte mich aus der Fassung gebracht. Ich spürte jedoch sofort, dass er sich verstellte, da die Hotelhalle für eine herzliche Begrüssung nicht gerade geeignet war. Wie ich es in seinem Unterricht in Perth gelernt hatte, verbeugte ich mich zuerst vor ihm, was erneut ein erfreutes Aufblitzen in seinen Augen zur Folge hatte. Ich war mir sehr wohl bewusst, dass wir von den anderen Hotelangestellten beobachtet wurden. Mit meiner Ehrbezeugung tat ich das Möglichste, um Takeshi eine Peinlichkeit zu ersparen. Trotzdem mutete die förmliche Verbeugung etwas befremdend an. Als wir gerade ein paar Worte wechseln wollten, kam völlig unerwartet der Direktor des Hotels auf uns zu. Er hatte uns, ebenso wie ein Teil des anderen Personals, von Beginn unserer Begegnung an beobachtet. Nach unserer sehr förmlichen Begrüssung, wollte er anscheinend die Angelegenheit aus der Nähe begutachten. Schliesslich gehörte es nicht zum Alltag, dass ein Gast sich vor einem seiner niedrigen Angestellten in einer so ehrenhaften Weise verneigte.

Als Takeshi den Direktor auf uns zukommen sah, konnte man ihm die steigende Nervosität ansehen. Wie ich erst später erfuhr, hatte er die Anstellung im Hotel nur aufgrund der Führsprache seines Vaters erhalten. Er war deshalb darauf bedacht, seiner Familie keine Schande zu bereiten. Der Direktor trat zu uns und begrüsste mich mit einem kurzen Kopfnicken. Die Geste stellte das Minimum an Höflichkeit gegenüber Gästen dar. Ich erwiderte diese Geste, ohne mich tiefer zu verbeugen, was an und für sich schon fast einer Beleidigung gleich kam. Mir als Gaijin würde er dies jedoch vergeben.

„Guten Tag, mein Name ist Direktor Osomita. Kann ich ihnen helfen?"

Seine in ausgezeichnetem Englisch und freundlichem Tonfall vorgetragene Anfrage konnte nicht darüber hinwegtäuschen, wie wenig ihm die Situation gefiel. Angestellte hatten in der Regel nichts in der Lobby des Hotels zu suchen. Er hatte deshalb bis zu diesem Zeitpunkt Takeshi keines Blickes gewürdigt, was einem erheblichen Ausdruck der Missbilligung gleichkam.

Ich neigte den Kopf nur minim bevor ich auf die Frage antwortete. „Guten Tag Herr Direktor. Danke der Nachfrage, es gibt kein Problem. Ich besuche nur meinen Freund Nakamura-San. Wir haben uns länger nicht gesehen."

„Dann ist es ja gut." Er griff in seine Jacke und nahm aus einem Kästchen eine Visitenkarte, die er mir reichte. „Darf ich ihnen meine Karte geben. Sollten sie einen Wunsch haben, dann zögern sie bitte nicht, auf mich zuzukommen." Erneut deutet der Direktor ein leichtes Kopfnicken an.

Ich war ein wenig erstaunt. Der Tausch von Visitenkarten war in Japan ein häufiges Ritual. Mit Visitenkarten wurde der eigene Status gegenüber anderen belegt und dem Status wurde in der japanischen Gesellschaft hohes Gewicht beigemessen. In der Regel wurde der Tausch von Visitenkarten jedoch nicht in aller Öffentlichkeit vollzogen. Schon gar nicht in der Lobby eines Hotels. Wer das tat, der verfolgte damit eine bestimmte Absicht. Anscheinend wollte der Hoteldirektor jemanden beeindrucken oder blossstellen. Das sich die Aktion gegen Takeshi richtet, war offensichtlich. Er hatte jedoch nicht damit gerechnet auf jemand zu treffen, der auf solche Situationen vorbereitet war. Schon gar nicht auf einen Gaijin, der sich kaum bei solchen Dingen auskennen konnte. Seit ich in Japan angekommen war, trug ich jedoch stets ein paar Visitenkarten mit mir herum. Ich hatte sogar drei Versionen, um auf jede mögliche Situation vorbereitet zu sein. Die Karten hatte ich bei meinem letzten Aufenthalt in Australien drucken lassen. Wie der Hoteldirektor besass auch ich zudem ein kleines Holzkästchen, das mir Drisi nach seinem Auftritt im Freshwater Bay Yacht Club geschenkt hatte. Schon als ich in die Jackentasche griff und das Kästchen herauszog, konnte ich deshalb die Überraschung im Gesicht des Hoteldirektors erkennen. Als er meine Funktionsbezeichnung und die Firmennamen las, geriet seine Selbstsicherheit endgültig ins Wanken. Er hatte es plötzlich eilig, sich wieder zu verabschieden. „Ich wünsche ihnen einen schönen Tag." Dieses Mal nickte er nicht nur mit dem Kopf, sondern verbeugte sich wirklich vor mir, was ich in gleichem Mass erwiderte. Dann wandte er sich zu dessen Erstaunen an Takeshi. „Ihnen auch einen schönen Tag, Takeshi." Er deutet ebenfalls etwas wie den Ansatz einer Verbeugung an, drehte sich um und ging wieder zurück in die Richtung, aus der er gekommen war. Die kleine Karte in seiner Hand schien ihm die Finger zu verbrennen. Ich war mir sicher, er würde direkt in sein Büro eilen, um den Wahrheitsgehalt der Angaben zu prüfen.

Takeshi war so überrascht, dass er fast vergass, sich zu verneigen und dem Direktor seinerseits einen schönen Tag zu wünschen. Rund herum konnte man auch bei einzelnen Angestellten offenes Erstaunen erkennen.

Ich konnte mir ein leichtes Schmunzeln nicht verkneifen. Diese Japaner waren schon komische Leute. Mir war diese Art des Standesdünkels fremd. Als armer Bauernsohn, der im tiefsten Oberemmental aufgewachsen war, legte ich keinen Wert auf diese Art der Wertschätzung. Ich wollte so schnell wie möglich aus der Hotelhalle raus und drängte Takeshi zum Gehen. Meinem Freund schien das mehr als nur Recht zu sein. Als wir draussen vor dem Hotel standen, sah er mich mit einem leicht verunsicherten Blick an.

„Was für Visitenkarte du haben gegeben an Direktor? Er fast sein umgefallen, als er Karte lesen."

Als ich Takeshi sprechen hörte, konnte ich ein leichtes Schmunzeln nicht unterdrücken. Sein Englisch hatte sich in den vergangenen Jahren nicht wesentlich verändert. Die ersten Worte liessen bei mir wieder Erinnerungen an die Zeit in Perth aufkommen, als wir gemeinsam im Royal Freshwater Bay

Yacht Club gearbeitet hatten.

„Ich habe ihm nur die Karte mit meinen Unternehmen und den jeweiligen Funktionen abgegeben. Eigentlich nutze ich sie nur selten. In den letzten Jahren habe ich jedoch gemerkt, dass so eine Karte manchmal durchaus nützlich sein kann."

„Direktor auf jeden Fall beeindruckt", meinte Takeshi nur lakonisch. Ein leichtes Schmunzeln huschte kurz über seine Gesichtszüge. Dann sah er mich mit einem leicht erstaunten Blick an. „Du dich verändert. Nicht mehr junger Bursche. Du sein geworden Mann. Wir müssen finden Zeit, damit du erzählen, was du alles erlebt haben."

Wir liessen das Hotel hinter uns und machten uns auf den Weg zu Takeshi nach Hause. Kaum dass er seinen Arbeitsplatz verlassen hatte, fiel die aufgesetzte Förmlichkeit von meinem Freund ab. Ich konnte zumindest ansatzweise meinen Lehrmeister aus den alten Tagen wieder erkennen. Er schien sich zu freuen, mich nach so langer Zeit wieder zu sehen. Gleichzeitig stellte ich jedoch auch fest, dass er sich verändert hatte. Die Ereignisse der letzten Jahre schienen ihm zugesetzt zu haben. Die Leichtigkeit und die Selbstsicherheit, die ihn in Perth ausgezeichnet hatten, waren verschwunden. Es schien, als würde er eine schwere Last mit sich herumtragen.

In den nächsten Stunden tauschten wir unsere Erfahrungen aus und berichteten uns gegenseitig was wir alles erlebt hatten. Takeshi staunte nicht schlecht, als er erfuhr, was in Australien nach unserer Trennung und später in Neuseeland alles geschehen war. Er hörte meiner Erzählung gebannt zu, ohne mich ein einziges Mal zu unterbrechen. Nachdem ich mit meiner Geschichte am Ende angelangt war, begann er seinerseits zu erzählen.

Nach seiner Rückkehr aus Australien bekundete er zuerst erhebliche Mühe, sich wieder in den gesellschaftlichen Strukturen seiner Heimat zurechtzufinden. Er musste zur Kenntnis nehmen, wie sehr er sich von den Gepflogenheiten seines Landes und vor allem seiner Familie gelöst hatte. Takeshi war in einer sehr traditionellen Familie aufgewachsen, die sich stark an den japanischen Wertvorstellungen orientierte. Daran hatte auch der gesellschaftliche Umbruch nach dem Ende des zweiten Weltkriegs nichts geändert.

Die Familie stammte aus Matsushima, einer kleinen Stadt in der Prävektur Miyagi. Sein Vater war vor dem Krieg ein wohlhabender Reisbauer, der mehrere Hektaren gutes Ackerland besass. Einen grossen Teil seines Landes hatte er an andere Familien verpachtet, die das Land auf eigene Rechnung bewirtschafteten und der Familie Nakamura einen Pachtzins zahlten. Takeshis Vater achtete dabei stets darauf, die verschiedenen Familien nicht zu sehr zu belasten. Er legte grössten Wert darauf, dass seine Pächter vom Ertrag ihres Landes gut leben konnten. In schlechten Jahren, in denen die Ernte nicht so gut ausfiel, passte er den Pachtzins in der Regel zugunsten der Pächter an. Dieses Vorgehen brachte der Familie und vor allem Takeshis Vater grösste Hochachtung seiner Pächter ein. Auch in der Gemeinde war das Familienoberhaupt ein hoch geachteter und allseits respektierter Mann, den man für seinen Gerechtigkeitssinn und seine Verbundenheit mit Volk, Land und Traditionen über alle Massen schätzte.

Die Haltung von Takeshis Vater und die Achtung vor den alten Traditionen kamen nicht von ungefähr. Der Familienstammbaum der Nakamuras liess sich über Generationen zurückverfolgen. Er reichte nachweislich bis in die Zeit der Shogune zurück. Dadurch gehörten die Nakamuras zu den alteingesessenen Familien der Provinz Miyagi und waren sogar in den Kreisen des japanischen Hochadels nicht unbekannt. Ein Vorfahre von Takeshi war einst Kommandant der persönlichen Leibgarde eines der Tokugawa Shogune gewesen. Alleine dieser Umstand reichte für einen aussergewöhnlichen Status der Familie innerhalb der traditionellen japanischen Gesellschaft.

Takeshis Vater vermied es jedoch, in der Regel auf die lange Tradition seiner Familie hinzuweisen. Sein Moto war vielmehr, sich in der Gegenwart selbst zu beweisen und die Vergangenheit als Beleg dafür zu sehen, dass mit Disziplin, Fleiss und Ehrbarkeit viel mehr erreicht werden konnte, als die Meisten für möglich hielten. Er nutzte seinen Status nur in Ausnahmefällen und nur dann, wenn es aussergewöhnliche Situationen aus seiner Sicht erforderlich machten.

Als ältester Sohn der Familie war Takeshi dafür bestimmt, die Familientradition weiter zu führen und die Ehre der Familie hoch zu halten. Die Ereignisse des Krieges und vor allem deren Folgen liessen das Schicksal jedoch einen anderen Weg einschlagen. Nach den Atombombenabwürfen über Hiroshima und Nagasaki, welche die japanische Gesellschaft in ihren Grundfesten erschütterte, führte die Kapitulation und die darauf folgenden Massnahmen der Siegermächte zu einem radikalen Umbau der japanischen Gesellschaftsstrukturen. Die Grossgrundbesitzer, zu denen im weitesten Sinn auch die Familie Nakamura zählte, wurden durch die Besatzungsmächte enteignet. Die Macht der alteingesessenen Familien wurde zerschlagen und die politischen und gesellschaftlichen Strukturen umgekrempelt.

Für die Familie Nakamura war dies ein herber Schlag. Von einem Moment auf den anderen war Takeshis Vater vom Grossgrundbesitzer zum einfachen Reisbauern abgestiegen. Selbst mit seiner ansonsten positiven

Lebenseinstellung brauchte er einen Moment, um diesen Schlag des Schicksals zu verkraften.

Der gesellschaftliche Umbau, den die Siegermächte einführten, beinhaltete auch neue politische Strukturen. So wurde ein Zweikammerparlament mit einem durch das Volk zu wählenden Unter- und Oberhaus eingeführt. Das war der Zeitpunkt, als Takeshis Vater sich entschied, in die Politik einzusteigen. Er liess sich bei den ersten Wahlen als freier Kandidat für das neue japanische Unterhaus aufstellen. Dank seiner Beliebtheit wurde er auf Anhieb in das neu formierte Parlament gewählt. Mit dem Einstieg in die Politik stieg das ansonsten schon hohe Ansehen von Takeshis Vater noch weiter. Von der ersten Sekunde an hatte er sich im Unterhaus nicht nur für seine Präfektur und seine Stadt, sondern auch für die Eigenständigkeit und das Selbstbewusstsein seines Landes eingesetzt. Dadurch wurde er auch weit über die Region seiner Präfektur hinaus bekannt.

Takeshi war diese Entwicklung der Dinge eher entgegen gekommen. Die Familientradition fortsetzen zu müssen, gehörte nicht gerade zu den Zielen, die er als erstrebenswert erachtete. Sein persönliches Ziel war es, einen Beruf zu erlernen und danach aus dem Elternhaus auszuziehen. Dabei galt sein Interesse schon in jungen Jahren mehr der Verarbeitung der landwirtschaftlichen Produkte, als deren Herstellung. Dank der Unterstützung seiner Mutter und gegen den Willen seines Vaters, begann er nach der Schule eine Ausbildung als Koch. Trotz der alles anderen als einfachen Rahmenbedingungen, beendete er die Lehre mit einem guten Abschluss. Mit einundzwanzig Jahren übersiedelte er nach Tokio und arbeitete zwei Jahre in einem traditionellen Restaurant, bevor er nach Australien zog, wo er insgesamt acht Jahre seine Kenntnisse als Koch perfektionierte.

In den Jahren von Takeshis Abwesenheit erholte sich Japan langsam von den Folgen des Krieges. Vor allem die jüngere Generation begann die Chance einer Öffnung Japans gegen aussen zu nutzen. Dabei half die enger werdende Bindung an die Vereinigten Staaten kräftig mit, dass sich die Volkswirtschaft rasch erholte und mit einem kräftigen Wachstum brillierte.

Die Generation von Takeshis Eltern hatte da schon erheblich mehr Mühe, sich mit den veränderten Bedingungen abzufinden. Sie war von den Ereignissen der letzten Kriegstage und den Restriktionen der Siegermächte nach der Kapitulation massiv geprägt worden. Viele ältere Japaner entwickelten aus diesem Grund eine tiefe Abneigung gegen alles Fremde. Nur dort, wo es nicht anders möglich war, tolerierte man die fremden Einflüsse und nahm sie als notwendiges Übel zur Kenntnis.

Als Takeshi nach all den Jahren wieder nach Japan zurückkehrte, nahm er nicht sofort mit seiner Familie Kontakt auf. Vor allem sein Vater hatte dermassen schlecht auf seinen Auszug aus dem Elternhaus reagiert, dass Takeshi keine Lust verspürte sich einer Auseinandersetzung zu stellen. Er rief nur seine Schwester Keiko an, um ihr mitzuteilen, er sei wieder in der Heimat angekommen. Dass sie bei der Nachricht fast ausflippte und ihren Bruder so rasch wie möglich sehen wollte, empfand Takeshi als ein sehr gutes Zeichen.

Die erste Zeit nach seiner Rückkehr verbrachte Takeshi in Kyoto. Er hatte dort noch einen Freund aus seiner Lehrzeit, der ihm nach der Lehre die Stelle in Tokio vermittelt hatte. Bei ihm fand er für die ersten Wochen Unterschlupf, bevor er eine eigene Bleibe gefunden hatte. In dieser ersten Phase nach seiner Rückkehr verbrachte er auch viel Zeit mit seinen beiden Schwestern, denen er von seinem Abenteuer in Australien berichtete.

Seine Rückkehr blieb jedoch auch anderen Personen nicht lange verborgen. Es war deshalb nur eine Frage der Zeit, bis diese Information auch seinen Vater erreichte. Trotz der Grösse Japans war das Land in vielerlei Hinsicht ein kleines Dorf geblieben, in dem Geheimnisse nicht lange Geheimnisse blieben. Wenn sich jemand von einer Information einen Vorteil erhoffte und wenn dieser auch noch so klein war, so wurde dieser Umstand rücksichtslos ausgenutzt. Es gab deshalb auch genug Personen, die nicht unbedingt mit den Idealen von Takeshis Vaters übereinstimmten. Diese Leute nutzten den Umstand von Takeshis verschwiegener Rückkehr aus, um ihren Kontrahenten in ein schlechtes Licht zu rücken. So kam es, dass sein Vater von der Rückkehr seines Sohnes über Dritte erfuhr. Der Umstand, dass er aufgrund dieser Situation an Gesicht einbüsste, liess die angeschlagenen Familienbande nicht gerade besser werden.

Takeshis Mutter, die einerseits das Verhalten ihres Sohnes nicht gut hiess, deren Freude über seine Rückkehr jedoch überwog, versuchte mit allen Mitteln, die Wogen zu glätten. Trotz ihrer Bemühungen gelang es ihr jedoch nicht, die beiden Streithähne wieder zu versöhnen. Ihr Ehemann konnte seinem Sprössling nicht vergeben, dass er sich über die Wünsche der Familie hinweggesetzt hatte. Es brauchte sehr viel Geduld und ein halbes Jahr Zeit, bis er nur wieder akzeptierte, sich im gleichen Raum wie sein einziger männlicher Nachkomme aufzuhalten. Takeshi ging deshalb nicht davon aus, dass sich die Differenzen mit seinem Vater je wieder bereinigen lassen würden.

Im Gegensatz zu den Eltern waren seine beiden Schwestern von der Rückkehr ihres Bruders hell begeistert und auch im restlichen Umfeld der Familie löste die Heimkehr des verlorenen Sohnes, wenn nicht gerade Begeisterung, so doch zumindest ein positives Echo aus. Der Druck auf Takeshis Vater, sich mit seinem Sohn zu versöhnen, nahm deshalb stetig zu. Schliesslich blieb ihm nichts anderes übrig als nachzugeben, wenn er es sich nicht mit dem Rest seiner Familie und einem Teil seiner Freunde verscherzen wollte. An seiner Meinung hielt er dennoch fest. Auch wenn er sich dem Willen der Familie unterordnete, so nutzte er von nun an jede Möglichkeit, um seinem Sohn auf subtile Weise vor Augen zu führen, dass er Schande über die Tradition der Familie gebracht hatte.

Aus Takeshis Sicht tat ihm sein Vater mit seinem Verhalten Unrecht. Schliesslich hatte er nur versucht, aus seinen Möglichkeiten das Beste herauszuholen. Er beschränkte deshalb nach seiner Rückkehr den Kontakt mit der Familie auf ein Minimum. Wieso sollte er sich mit seinem Vater rumärgern, wenn der eh kein Verständnis für ihn zeigte. Von seinen Schwestern liess er sich zumindest soweit breitschlagen, wieder an den offiziellen Familienanlässen teilzunehmen. An einem dieser Anlässe lernte er einen Bekannten seines Vaters kennen, der ihm das Restaurant in Beppu vermittelte. Takeshi konnte im Nachhinein nicht mehr genau sagen, wieso er sich beinahe blindlings in dieses Abenteuer stürzte und dabei jegliche Vorsicht ausser Acht liess. Sicher hatten verschiedene Faktoren eine Rolle gespielt. Er war jedoch nicht der Einzige, der davon ausging, dass die verkorkste Beziehung zu seinem Vater bei seinem Entscheid eine wesentliche Rolle gespielt hatte.

Drei Jahre kämpfte Takeshi, um seine Idee in einen Erfolg zu verwandeln. Er arbeitete nahezu Tag und Nacht und liess nichts unversucht, um mit seinem ersten Projekt erfolgreich zu sein. Nach drei Jahren war der Verkäufer des Grundstücks der Einzige, der aus dem Vorhaben Profit geschlagen hatte. Dieser Vorfall versetzte dem gerade langsam wieder aufkeimenden Familienfrieden erneut einen herben Dämpfer und stellte die Beziehung zwischen Vater und Sohn auf eine sehr harte Probe. Takeshi befand sich deshalb nicht gerade in einem Hoch, als ich ihn nach all den Jahren wieder traf. Er freute sich dennoch seinen Schüler von einst wieder zu sehen.

Mich bedrückte der Bericht meines Freundes. Mein ehemaliger Meister schien seine Illusionen und Hoffnungen verloren zu haben. Sein grenzenloser Optimismus war verschwunden und hatte einer Art Lethargie Platz gemacht, die so gar nicht zu seinem Wesen passte.

Nach der Enttäuschung, dass es ihm nicht gelungen war, mit dem eigenen Restaurant erfolgreich zu sein, hatte sein Vater ihm die aktuelle Stelle in der Küche des Hotels vermittelt. Zuvor hatte Takeshi einiges über sich ergehen lassen müssen. Sein Vater hatte die Gelegenheit genutzt und seinem

Sprössling deutlich gemacht, wessen Wort in der Familie Gewicht hatte. Er hatte ihm unmissverständlich mitgeteilt, dies sei endgültig die letzte Chance, die er seitens der Familie erhalte. Würde er dieses Mal erneut die Familienehre in Mitleidenschaft ziehen, drohte ihm sein Vater den Ausschluss aus der Familiengemeinschaft an. Eine so drastische Handlung war in der japanischen Gesellschaft kaum vorstellbar.

Damals verstand ich das Verhalten von Takeshis Vater nicht. Abgesehen davon, dass ich jung war und aus einem anderen Kulturkreis stammte, konnte ich die Härte der angedrohten Massnahmen nicht nachvollziehen. Selbst die Lektionen in Japansicher Kultur, die mir Takeshi in Perth gegeben hatte, halfen mir nicht, diese Denkhaltung zu verstehen. Es war eine Werthaltung die ich ablehnte und der ich nicht das geringste Verständnis entgegenbringen konnte. Ich habe damals viel über diese Vater Sohn Beziehung nachgedacht. Es war auch das erste Mal, seit ich mit knapp sechszehn Jahren mein Elternhaus verlassen hatte, dass ich mich ernsthaft fragte, was mein Vater wohl von meinem eigenen Auszug aus dem Elternhaus gehalten hatte. Als ich mich nach einem langen Abend wieder auf den Weg zurück ins Hotel machte, war ich nachdenklicher als jemals zuvor seit meiner Abreise aus der Schweiz. Während all der Jahre hatte ich aufkommende Gefühle und Gedanken an meine Familie immer verdrängt. Erst jetzt merkte ich, dass ich hier noch ein Problem hatte, welches ich irgendeinmal lösen musste. Für den Moment blieb mir nichts anderes übrig, als mit der Situation zu Recht zu kommen. Die Auseinandersetzung mit meinen eigenen Problemen musste bis zu einem anderen Zeitpunkt warten können.

Als ich ins Hotel zurückkam, wurde ich bereits erwartet. Takeshi hatte mich vorher schon davor gewarnt, ich könnte möglicherweise in den nächsten Tagen noch einmal vom Direktor angesprochen werden. Mein Freund war davon überzeugt, dass meine beruflichen Erfolge Eindruck hinterlassen hatten. Der Direktor würde deshalb versuchen, seine unbedachte Aktion in der Hotellobby wieder zu korrigieren. Ich war deshalb nicht überrascht, als er mich abfing, kaum dass ich das Hotel betreten hatte. Er lud mich zu einem kurzen Gespräch in sein Büro ein. Als wir alleine waren, entschuldigte er sich indirekt und auf umständliche Art für seine überfallartige Befragung am Morgen. Danach fragte er mich, welche geschäftlichen Absichten ich in Japan hätte. Ich hatte keine Lust, ihm dies zu offenbaren und teilte ihm deshalb vielleicht ein wenig zu theatralisch mit, ich sei als Privatperson und nicht als Geschäftsmann in Japan. Wenn ihm diese Antwort nicht gefiel, so liess er es sich nicht anmerken. Er dankte mir und ich verabschiedete mich.

Im Nachhinein war ich auf mich selber wütend, dass ich mich so kleinkariert verhalten hatte. Auch wenn der Hoteldirektor sich dies durch sein arrogantes Vorgehen selber zuzuschreiben hatte.

In den nächsten vier Tagen erkundete ich auf eigene Faust die nähere Umgebung von Kobe und dem daran angrenzenden Osaka. Takeshi musste arbeiten und hatte erst nach diesen vier Arbeitstagen für zwei Tage frei. Er liess mir ausrichten, er würde mir gerne etwas Besonderes zeigen.

Am Morgen des fünften Tages holte mich Takeshi mit seinem alten Toyota vor dem Hotel ab. Von dort fuhren wir in das gut sechzig Kilometer entfernte Sasayama. Takeshi nahm dabei nicht die kürzeste, sondern die interessanteste Strecke. So lernte ich erstmals auch die ländliche Umgebung Japans kennen. In Sasayama führte er mich zu der restaurierten und neu wieder aufgebauten Burg im Zentrum der Stadt. Das aus dem sechzehnten Jahrhundert stammende Gebäude wurde im Krieg zerstört und war vor etwas mehr als zehn Jahren nach den alten Vorlagen wieder aufgebaut worden. Die Anlage war originalgetreu restauriert. Sie passte nicht nur hervorragend in die Landschaft, sondern gab auch ein wenig von der Pracht und der Wehrhaftigkeit wieder, die diese Kastelle in ihrer Blütezeit ausgestrahlt haben mussten. Viele dieser Burgen waren nationale Kulturgüter und wurden von den Japanern etwa in gleicher Art und Weise gepflegt, wie dies die Franzosen mit den Loire Schlössern und dem Schloss Versailles oder die Österreicher mit dem Schloss Schönbrunn und der Hofburg in Wien taten.

Nach der fast ein wenig zu kurzen Besichtigung fuhren wir entlang der Küste weiter Richtung Kanazawa. Dort stand eine weitere Burg von nationaler Bedeutung, die mir Takeshi unbedingt zeigen wollte. Auf der beinahe siebenstündigen Fahrt erklärte er mir, welche Bedeutung diese nationalen Kulturgüter für die gebeutelte Seele des japanischen Volkes hatte. Mit den Ereignissen des Krieges hatte das Selbstbewusstsein der Japaner einen argen Schlag erlitten, von dem sie sich nur nach und nach erholten. Solche Monumente der Geschichte und der Werte Japans, wie sie die Burgen aus der Zeit der Shogune darstellten, halfen mit, zumindest einen Teil dieses Selbstbewusstseins und der nationalen Identität wieder zurückzugewinnen.

Es gab über ganz Japan verteilt mehrere hundert Standorte, an denen diese Monumente der Feudalherrschaft einmal gestanden hatten. Viele dieser Burgen befanden sich in der Nähe von Städten und waren gleichzeitig auch Touristenmagnete. Zu den gut erhaltenen oder wieder aufgebauten Anlagen gab es oft auch noch weitere Gebäude. Unter anderem fand man auch an einzelnen Standorten Behausungen der ehemaligen Bediensteten der Burgherren. Besondere Beachtung fanden dabei die Häuser der Samurai, die sich von den Behausungen der anderen Bediensteten und des gewöhnlichen Volkes abhoben. Sie nahmen neben den Burgherren in der damaligen Gesellschaft eine privilegierte Stellung ein. Entsprechend waren die Häuser auch prunkvoller ausgestattet. Einer dieser Standorte mit einem erweiterten Teil an Gebäuden war die Burg von Kanasawa, zu der wir nun unterwegs waren.

Takeshi wollte die Gelegenheit nutzen und mir einen Teil seiner Kultur näher bringen, die nicht nur zu Japan, sondern auch zu der Vergangenheit seiner Familie gehörte. Das war jedoch nur ein Grund dieser Reise. Es gab noch einen anderen, weitaus wichtigeren Punkt für Takeshi, weshalb er mir diese Burg und die dazugehörenden Gebäude unbedingt zeigen wollte.

„Wie ich schon erzählen, mein Vater hat immer noch Sitz im Unterhaus. Er sein angesehene Mann mit viele Verbindungen."

Wie mir Takeshi erklärte, waren nicht alle dieser Beziehungen wirklich willkommen. Es gab solche darunter, die sein Vater als Parasiten bezeichnete, die sich in seinem Dunstkreis suhlten, wie die Schweine im Graben vor dem Haus. Auch wenn er es hasste, so konnte er nicht vermeiden, dass sich diese Leute in seinem Umfeld tummelten.

Nach seiner Rückkehr hatte sich Takeshi, wenn auch widerwillig, dem Diktat seines Vaters unterworfen. Um die Wogen zu glätten, nahm er an den wichtigen Familienanlässen teil, die sein Vater im Rahmen seiner politischen Tätigkeiten durchführte. An diesen Festen lernte Takeshi eine Menge Leute kennen. Darunter auch solche, die sein Vater in die Kategorie der Parasiten einordnen würde.

Eine dieser Bekanntschaften hatte Takeshi zum Kauf des Restaurants in Beppu überredet. Seinem Vater verschwieg er das Geschäft zu Beginn bewusst. Als er später erkannte, dass er hintergangen worden war, wollte er seine Familie nicht mehr informieren. Es hätte neben der Belastung nur zusätzliche unnötige Diskussionen gegeben. Damals konnte das Takeshi neben all den anderen Problemen nicht auch noch gebrauchen.

Das Geheimnis blieb trotzdem nicht lange ein Geheimnis. Der Vermittler des Deals konnte es nicht unterlassen in seinem Umfeld damit zu prahlen, den Sohn des Abgeordneten Nakamura über den Tisch gezogen zu haben. Er machte sich darüber lustig, dem naiven Tölpel das schlechteste Restaurant in ganz Japan zu einem überteuerten Preis angedreht zu haben. Unter den politischen Gegnern von Takeshis Vater führte dies zu Belustigung und Häme und war einen Moment an den Stammtischen ein Gesprächsthema. Es war deshalb nur eine Frage der Zeit, bis die Information über etliche Umwege auch seinem Vater zu Ohren kam.

Seine Schwester berichtete ihm später einmal, der Wutausbruch seines Vaters, als er davon zu Hause berichtete, gehöre in die Kategorie Super Gau. Takeshis Mutter musste schon damals alle Register ziehen, damit die Situation nicht eskalierte. Es dauerte mehrere Monate, bis wieder einigermassen Normalität einkehrte und man in Anwesenheit des Vaters Takeshis Namen erwähnen konnte, ohne dass dieser gleich einen Tobsuchtsanfall hatte.

Ich verstand damals nicht, was Takeshi damit meinte, er wäre hintergangen worden. Meine Suche in Beppu und die kurze Besichtigung der Gaststätte hatte nicht auf ein unsauberes Geschäft hingedeutet. Die Erklärung von Takeshi zeigte jedoch das Perfide an der Geschichte. „Die Gaststätte in Beppu schon lange schlechten Ruf haben. Sie zwei Jahre leer stehen, bevor ich kaufen. In Beppu man sagen Lokal nicht verkäuflich sein. Wer kaufen müssen grosser Dummkopf sein und nichts von Geschäft verstehen. Wer so verrückt sein, der sicher nicht kochen können. Das sein Meinung von Leuten in Beppu. Bekannter von Vater verheimlichen das. Nutzen meine Unwissenheit aus und sorgen auch dafür, dass ich bis Vertrag unterschrieben nichts davon erfahren." Takeshi neigte seinen Kopf. Als er mir die Geschichte erzählte, musste er eine kurze Pause einlegen. Man merkte seiner Stimme an, wie die Emotionen beinahe seine mühsam aufrecht erhaltene Beherrschung durchbrachen. Für ihn war es offensichtlich alles andere als einfach, über dieses Thema zu sprechen. Wie er mir erklärte, war mit dem Kauf und der Renovation des Wirtshauses beinahe sein ganzes Vermögen aufgebraucht worden. Trotz der wirklich gut gelungenen Renovation beeinträchtigte der schlechte Ruf, den die Gaststätte seit Jahrzehnten hatte, den Erfolg des Lokals massiv. Obwohl er sich alle erdenkliche Mühe gab, blieben ausser einer Handvoll Stammkunden, die Gäste aus. Unter den wenigen, die trotzdem kamen, befanden sich auch einige hochgestellte Persönlichkeiten. Auf lange Sicht reichte dies jedoch nicht, um das Lokal am Leben zu erhalten. Nach drei Jahren stand Takeshi kurz vor dem finanziellen Ruin. Er musste die Lokalität aufgeben, um der Familie zumindest die Schande eines Konkurses zu ersparen.

Während Takeshis Exkursen über die japanische Ethik und Moral, die er mir beim Kochunterricht in Perth von Zeit zu Zeit erteilt hatte, erklärte er mir, wie unstatthaft es war, die Familie in Verlegenheit zu bringen. Dass er mit seinem Projekt gescheitert war, bedeutete schon Schande genug. Die Familie auch noch direkt mit in den Schlamassel hineinzuziehen, war undenkbar. Einer der wichtigsten Grundsätze in der traditionellen japanischen

Gesellschaft ist es, unter allen Umständen einen Gesichtsverlust zu vermeiden. Eine Anfrage um Unterstützung bei seiner Familie hätte nicht nur zu einem Gesichtsverlust von Takeshi geführt, sondern auch einen Gesichtsverlust der Familie mit sich gebracht. Das konnte Takeshi unter keinen Umständen zulassen.

Schliesslich blieb ihm nichts anderes übrig, als seine Eltern über die Ereignisse zu informieren. Die Standpauke seines Vaters würde er den Rest seines Lebens nicht mehr vergessen. Er bestand darauf, dass Takeshi wieder ins Elternhaus zurückkehrte. Obwohl mein Freund zur Not auch selbst irgendeine Stelle hätte finden können, entzog er sich dieses Mal dem Wunsch seiner Eltern nicht. Sein Vater verschaffte ihm über seine Beziehungen die Stelle im Crown Plaza in Kobe. Der Direktor sträubte sich zuerst, musste sich jedoch den Argumenten von Takeshis Vater beugen. Zumindest konnte er durch die Anstellung des Sohnes einen Teil seiner Schuld begleichen. Osomita liess Takeshi dafür jeden Tag spüren, dass er die Stelle nur aufgrund der Forderung seines Vaters erhalten hatte.

Beinahe ein Jahr nachdem Takeshi seine Arbeit im Crown Plaza angetreten hatte, wurde er eines Tages von einem jener Prominenten aufgesucht, die ihn während der Zeit in Beppu regelmässig in seinem Restaurant besucht hatten. Die Art, wie Takeshi die traditionelle japanische Küche mit einzelnen Elementen der westlichen Kochkunst ergänzt hatte, war beim Gast stets sehr gut angekommen. Er war der Meinung, dass diese Mischung von Tradition und Moderne in einem entsprechenden Umfeld auch bei einem breiteren Publikum auf grosse Akzeptanz stossen würde. Trotzdem war Takeshi überrascht, als ihm dieser Mann ein Angebot unterbreitete, das auf den ersten Blick mehr als nur äusserst verlockend erschien.

Er vertrat eine Gruppe von Gleichgesinnten, die sich entschlossen hatten, die traditionelle Esskultur Japans zu fördern und diese nicht den amerikanischen Grosskonzernen mit ihren Fastfood Konzepten zu überlassen. Diese waren in den letzten Jahren wie Pilze aus dem Boden geschossen. Sie hatten vor, die Kulturstätten nationaler Bedeutung zu nutzen, um dort klassische japanische Restaurants zu eröffnen. Damit sollten nicht nur diese Standorte noch attraktiver werden, sondern auch gezielt die japanische Esskultur gefördert werden.

Der erste Standort, an dem das Projekt realisiert werden sollte, war die Burg von Kanazawa, zu der wir unterwegs waren. Der Vorteil dieses Standortes war seine gut erhaltene Burg mit den Nebengebäuden. Neben dem eigentlichen Hauptgebäude standen dort auch noch zwei der ehemaligen

Häuser von Samurais des Fürsten. Die für die damalige Zeit exklusiv und grosszügig eingerichteten Behausungen, standen in der Regel immer in unmittelbarer Umgebung der Burg, damit die Samurai jederzeit schnell bei ihrem Lehnsherrn sein konnten. Wie in dieser Zeit üblich, besassen diese Behausungen einen abgeschlossenen kunstvollen Garten, der von aussen nicht einzusehen war.

In einem der beiden Häuser in Kanazawa waren die Innenräume vollständig ausgebaut, um den Besuchern die Lebensweise der Samurai näher bringen zu können. Das zweite Gebäude bestand im Prinzip nur aus der Hülle und war für die Besucher nicht zugänglich. Dafür war der kunstvoll angelegte Garten rund um das Haus von ausserordentlich hoher Qualität. Die etwa hundertfünfzig Quadratmeter grosse Anlage war ein Gemisch aus buddhistischem Zen Garten und klassischem japanischem Wassergarten.

Die Gruppe um den Mann, der Takeshi kontaktierte, hatten die Bezirksverwaltung davon überzeugt, den Schritt zu wagen und die Attraktivität der Burg als Touristenmagnet weiter zu steigern. Der Plan bestand darin, im zweiten Gebäude ein traditionelles japanisches Restaurant im Sinn eines Ryotei aufzubauen und zu betreiben. Nach anfänglicher Skepsis und langen Verhandlungen hatten sich die Behörden entschieden, einen Versuch zu wagen. Sie hielten jedoch von Anfang an fest, dass es nicht ihre Aufgabe sein könne, ein solches Restaurant aufzubauen. Dafür sollte ein Spezialist gefunden werden, der nicht nur für den Aufbau und Betrieb verantwortlich zeichnete, sondern auch das unternehmerische Risiko trug."

„Was ist ein Ryotei", unterbrach in dem Moment Markus Leimbacher die Erzählung des alten Mannes. „Ich war geschäftlich schon einmal in Japan. Den Begriff Ryotei habe ich aber noch nie gehört."

„Ein Ryotei ist ein klassisches japanisches Restaurant", gab ihm Ruedi Rötheli zur Antwort, nachdem er die Gelegenheit genutzt hatte, ein Glas voll Wasser in beinahe einem Zug auszutrinken.

„Obwohl ich als Koch einiges gelernt hatte, besass auch ich keine Ahnung, um was es sich bei einem Ryotei handelt, bis mir Takeshi das Prinzip erklärte. Bei einem Ryotei besteht das Essen aus mehreren Gängen. Die Präsentation der Mahlzeiten und der Ablauf eines Abendessens sind streng geregelt und haben ihren Ursprung in der japanischen Teezeremonie. Die Speisen werden in kleinen Portionen gereicht, die oft auf künstlerische Weise präsentiert werden. Häufig werden sie dem Gast auf wertvollem Geschirr überreicht, was den Gesamteindruck noch mehr abrunden soll. Dem Gast soll nicht nur ein Genuss des Gaumens geboten, sondern auch das Auge soll erfreut und so die Mahlzeit als Gesamtwerk präsentiert werden. Alle Sinne sollten in gleichem Mass erfreut werden. Für den Kenner ist deshalb ein Essen in einem der herausragenden Ryotei auch keine einfache Mahlzeit, sondern fast eine Art Gesamtkunstwerk. Wie eine Zeremonie, die man in ihrer Intensität beinahe mit einem religiösen Akt vergleichen könnte.

Die wirklich guten Ryotei sind oft nicht gross aber sehr gediegen und auch sehr, sehr teuer. Hat sich ein solches Restaurant erst einmal etabliert, was manchmal Jahre bis Jahrzehnte dauern kann, so kommen Gäste nur auf Empfehlung eines bereits bekannten Stammgastes überhaupt zu einem Tisch. Diese Restaurants sind exklusive Oasen der traditionellen japanischen Gastlichkeit, die sich in den Jahren nach dem Krieg immer grösserer Beliebtheit erfreuten. Ich habe deshalb Takeshi gefragt, warum er ein so aussergewöhnliches Angebot nicht angenommen hat.

„Angebot sein ein Monate alt. Entscheidung für mich nicht einfach sein. Viele Probleme zuerst müssen lösen. Dabei gehen alles um Verlust von Gesicht. Sein sehr schwierig."

Takeshi hatte das Angebot erst kurz vor meinem Eintreffen in Japan erhalten. Bisher hatte er noch nichts unternommen. Es war Zufall oder in der japanischen Betrachtungsweise vielleicht auch ein Wink des Schicksals, dass ich tatsächlich zum richtigen Zeitpunkt in seiner Heimat aufgetaucht war.

Von seinem Bekannten hatte er erfahren, dass die Bezirksverwaltung an einem langfristigen Pachtvertrag interessiert war. Man befand sich im Moment in den Vorabklärungen und das konnte nach Auskunft von Takeshi lange dauern. Die Beamten der Verwaltung wollten sicher sein, den richtigen Partner für das Vorhaben gefunden zu haben. Ein Scheitern wäre mit einem Gesichtsverlust verbunden gewesen und das konnte sich bei einem so prestigeträchtigen Projekt niemand erlauben.

In den Vorgaben die durch die Bezirksverwaltung gestellt wurden, gab es gewisse Auflagen für die Nutzung des Gebäudes und der unmittelbaren Umgebung sowie bezüglich der Integration in den gesamten Museumsbetrieb. Die Auflagen waren jedoch akzeptabel und würden die Funktion des Ryotei als klassisches japanisches Restaurant nicht einschränken. Im Gegenteil, mit der Auslastung durch die Museumsbesucher und der dadurch verbundenen Steigerung des Bekanntheitsgrades, war ein Absturz wie in Beppu nahezu ausgeschlossen.

Eine der wesentlichen Bedingungen war, dass der Pächter den Innenausbau des Gasthauses selber übernehmen und finanzieren musste. Hätte sich Takeshi vor vier Jahren nicht in das Abenteuer in Beppu gestürzt, so hätte das kein Problem dargestellt. So aber verfügte er nicht über die notwendigen Eigenmittel, um das Angebot anzunehmen. Seine Eltern wollte er nicht erneut um Unterstützung anfragen, obwohl es für seinen Vater ein leichtes gewesen wäre, das Projekt zu finanzieren.

Nachdem ich ihm meine Geschichte erzählt hatte und er wusste, dass ich finanziell unabhängig war, sah Takeshi eine letzte Möglichkeit aus seiner jetzigen unbefriedigenden Situation herauszukommen, indem er mich als Investor gewinnen konnte. Ausgeschlossen war für ihn jedoch, mich direkt zu fragen, ob ich ihn unterstützen würde. Deshalb versuchte er auf dem Umweg einer Besichtigung mein Interesse für das Projekt zu wecken. Ich spürte sofort auf was die ganze Geschichte hinauslaufen würde. Für mich war es eine Selbstverständlichkeit meinen ehemaligen Meister zu unterstützen. Damit ergab sich eine Gelegenheit ihm etwas für seine unzähligen Stunden zurückzugeben, die er investiert hatte, um mir die japanische Kochkunst näher zu bringen.

„Bitte verzeih mir, Takeshi-San, sollte meine Frage unangebracht sein. Ich habe von dir sehr viel gelernt, bin aber mit den Feinheiten der japanischen Kultur mit Sicherheit immer noch nicht ganz vertraut. Ich hoffe du erlaubst mir trotzdem die Frage, ob für dich eine Unterstützung meinerseits bei deinem Vorhaben eine denkbare Variante wäre. Dank dir habe ich die Kochkunst bis zu einem gewissen Grad erlernen und perfektionieren können. Dafür stehe ich für immer in deiner Schuld. Ich verfüge über die notwendigen Mittel und es wäre mir eine Ehre, dich bei deinem Vorhaben zu unterstützen. Du würdest mir damit eine Freude machen und mir auch ermöglichen, einen Teil meiner Schuld bei dir zu begleichen.“

Ich kannte Takeshi gut genug, um seine Freude zu erkennen, auch wenn er sich redlich bemühte, seine Emotionen zu verbergen.

„Ich dir danken, Ruedi-San. Deine Frage sein Ehre für mich.“

Ich spürte damals, wie schwer die Antwort Takeshi fiel. Auch wenn er insgeheim gehofft hatte, dass ich ihn fragen würde, war es alles andere als einfach, sich zu einer Antwort durchzuringen. Die Hilfe eines Freundes in Anspruch zu nehmen, war für ihn bisher nicht vorstellbar gewesen. Einerseits war er von dem Wunsch beseelt, ein eigenes Restaurant zu betreiben. Andererseits musste er diese innere Hemmschwelle überwinden, um Hilfe von einem Freund anzunehmen. Zudem kam dazu, ich war trotz aller Freundschaft eben doch ein Gaijin, ein Fremder von ausserhalb und das galt es bei seinem Entscheid, vor allem in Bezug auf das Verhältnis zu seiner Familie, zu berücksichtigen.

Was dieses Problem anbetraf, konnte ich Takeshi nicht helfen. Er musste selber zu einer Entscheidung gelangen, ob er auf mein Angebot eingehen wollte oder nicht. Ich konnte nicht viel mehr tun als ihm meine Unterstützung anzubieten.

„Ich darüber nachdenken müssen. Wenn für dich gut sein, wir zuerst Burg ansehen. Danach nachdenken und erst dann entscheiden."

„Das ist eine ausgezeichnete Idee. Du kannst danach in aller Ruhe einen Entscheid treffen, ob du mein Angebot annehmen willst oder nicht. Für mich spielt es keine Rolle. Jeder Entscheid den du triffst, ist für mich der richtige Entscheid. Mein Angebot ist ein Angebot unter Freunden und Freunde werden wir unabhängig davon bleiben, was du tust."

In den nächsten Stunden der Fahrt nach Kanazawa unterhielten wir uns über alles andere und liessen dieses spezielle Thema ruhen. Es war das erste Mal, dass ich meinen ehemaligen Meister wieder so erlebte, wie das während der Zeit in Perth der Fall gewesen war.

Die Besichtigung der Burg in Kanazawa war wirklich ein ganz besonderes Erlebnis. Das eindrückliche Gebäude mit den vier Stockwerken stand mitten im Stadtzentrum in einem grossen Park mit viel Grünfläche. Der Park war teilweise einem japanischen Garten nachempfunden. Er strahlte Würde und Gelassenheit aus und bildete einen Kontrast zu dem wehrhaft wirkenden Gebäude.

Wir nahmen an einer der offiziellen Führungen durch die Burg teil. Vom japanisch gesprochenen Kommentar verstand ich nahezu nichts. Dennoch war das Innere der Burg beeindruckend. Man konnte Rückschlüsse auf die Lebensweise der Menschen der damaligen Zeit ziehen, selbst wenn man den Kommentar nicht verstand. Das Leben musste ebenso einfach und entbehrungsreich gewesen sein, wie im Mittelalter in Europa. Mit dem kleinen aber entscheidenden Unterscheid, dass die Kultur und die Zivilisation in Japan deutlich höher entwickelt waren, als in unseren Breitengraden. Man legte beispielsweise höchsten Wert auf Reinlichkeit und Ordnung, was man von den mittelalterlichen Städten Europas nicht gerade behaupten konnte.

Nach der Besichtigung der Burg, sahen wir uns auch noch die Unterkünfte der Samurai an. Dabei teilte mir Takeshi mit, dass er selber auch das erste Mal in Kanazawa war.

Wir fanden die Gebäude am Rand des Parks. Der Garten des zweiten Gebäudes war wirklich atemberaubend. Ich hatte so etwas bisher nur auf Bildern gesehen. Die Wirklichkeit übertraf jedoch die Bilder bei weitem. Während ich staunend durch den etwa Hundertfünfzig Quadratmeter grossen Garten schlenderte, hatte Takeshi nur Augen für das Gebäude. Nach einem ersten Rundgang kam er zum Schluss, die Voraussetzungen, um hier ein Ryotei zu eröffnen wären durchaus gegeben. Ich konnte Takeshi nur zustimmen, ohne zu wissen, ob das wirklich den Tatsachen entsprach.

In der Zwischenzeit war es bereits späterer Nachmittag. Wenn wir jetzt noch zurück nach Kobe fuhren, würde es sehr spät werden. Takeshi hatte mir jedoch vor der Reise mitgeteilt, ich solle Gepäck für zwei Tage mitnehmen. Ich war deshalb gespannt, was er sich hatte einfallen lassen. Wir fuhren mit dem alten Toyota dieses Mal Richtung Berge und nicht wie vorher der Küste entlang.

Für mich war dies erneut ein besonderes Erlebnis. Bis die Dunkelheit dies verunmöglichte, versuchte ich von dieser für mich so fremdartigen Landschaft, soviel ich konnte in mir aufzunehmen. Obwohl ich erst seit einigen Wochen in Japan war, kam es mir vor, als wäre ich bereits seit Monaten wieder unterwegs. Ich hatte Mühe die Eindrücke, die bisher auf mich eingestürzt waren, zu verarbeiten. War es in Australien die klimatischen Bedingungen der Wüste, die so gar nichts mit dem oberen Emmental gemein hatten und in Neuseeland die abwechslungsreiche Landschaft mit ihren Gletschern, den Tropenwäldern, den Steppen und der faszinierenden Insellandschaft, so war es in Japan vor allem die kulturelle Andersartigkeit, die mich faszinierte. Die Japaner hatten so völlig andere Wertvorstellungen als alles, was mir bisher begegnet war. Auch die Lektionen von Takeshi in Perth hatten mich nicht einmal ansatzweise auf die Realität vorbereiten können.

Nach einer etwas mehr als vierstündigen Fahrt kamen wir in Otsu an. Die Stadt liegt am wunderschönen Lake Biwa, dem grössten Frischwassersee in Japan. Takeshi hatte im Ryotei Koyo Ryokan, einem Fünfsternhotel, Zimmer reserviert. In dieser luxuriösen Herberge gab es auch ein gutes und sehr bekanntes Restaurant, in dem klassisches japanisches Essen serviert wurde. Es war für Takeshi die einfachste Möglichkeit mir die Eigenheiten der traditionellen japanischen Küche näher zu bringen und das Prinzip eines Ryotei in einem etablierten Restaurant zu zeigen.

„Du selber erleben müssen, was Ryotei eigentlich sein. Erst dann du können wirklich entscheiden, ob du Takeshi unterstützen."

Damit hatte mein Freund nicht Unrecht. Ich liess mich auf diese neue Erfahrung ein und obwohl ich von der Reise müde war, genoss ich dieses ausserordentliche Erlebnis aus vollen Zügen. Das Essen dauerte mehr als drei Stunden, die jedoch wie im Flug vergingen. Ich hatte in meinem bisherigen Leben noch nichts Gleichwertiges erlebt. In Australien waren wir mit Aborigines einmal in einer sternenklaren Nacht draussen am Lagerfeuer gesessen, hatten ihren Gesängen gelauscht und dazu an einem über dem Feuer gebratenen Kaninchen geknabbert. In Neuseeland war der Empfang der Bootscrew mit dem Haka, der Fahrt übers Meer und dem anschliessenden Festmahl ein ganz ausserordentliches Ereignis. Das Nachtessen im Ryotei Koyo Ryokan gehörte genauso in diese Kategorie auf Lebzeiten unvergesslicher Erlebnisse. Ich hatte noch nie etwas so Harmonisches in sich stimmiges und schon fast feierliches erlebt wie dieses Abendessen. Nicht nur die Präsentation übertraf alles was ich bisher an Kochkunst gesehen hatte. Auch die Geschmacksvielfalt war unbeschreiblich. Der einzige kleine Wermutstropfen war die immense Vielfallt des Dargebotenen, was meine Geschmacksnerven an den Rand der Überforderung brachte. Der Wechsel von süss, sauer, salzig und bitter war für mich doch ein wenig gewöhnungsbedürftig.

Als die drei Stunden vorüber waren, hatte ich das Gefühl auf einer Wolke zu schweben. Die Atmosphäre hatte mich dermassen gefangen, ich konnte danach nicht schlafen. Das Zimmer hatte einen kleinen Balkon. Ich nahm mir drei Wolldecken und genoss die frische Brise einer sternenklaren Nacht. Genau diese Momente waren es, für die ich die Enge des oberen Emmentals aufgegeben hatte, um mir die weite Welt anzusehen. Sie entschädigten mich auch für die weniger glücklichen Momente meiner Reise und gaben mir die Kraft meinen Weg fortzusetzen.

Nach diesem Abend konnte ich zumindest einigermassen nachvollziehen, weshalb die Ryotei in Japan eine solch grosse Ausnahmestellung in der Gastronomie genossen.

Am nächsten Tag liessen wir es uns gut gehen. Wir diskutierten noch einmal über das Erlebte und Takeshi erklärte mir auch, was er in seinem eigenen Ryotei anders machen würde. Nach einem kleinen Mittagessen brachen wir am späteren Nachmittag wieder Richtung Kobe auf."

Ruedi Rötheli musste erneut eine kurze Pause einlegen. Seine Kehle fühlte sich an wie mit Schmirgelpapier aufgeraut. Seine beiden Zuhörer sassen immer noch still da und rührten sich nicht.

„In den nächsten zwei Wochen musste Takeshi arbeiten. Er wollte sich diese Zeit auch nehmen, um einen Entscheid zu treffen, wie es weiter gehen sollte. Zurück an seiner Arbeit im Hotel Crown Plaza in Kobe, bat er seinen Vorgesetzten, ihm nach den zwei Wochen eine Auszeit zu gewähren. Er begründete dies damit, er wolle mir ein paar besondere Orte Japans zeigen, bevor ich das Land wieder verlassen würde. Sein direkter Vorgesetzter, der im Gegensatz zum Direktor keinerlei Vorurteile gegen Takeshi hatte, gewährte ihm diesen Wunsch ohne jegliches Zögern.

Ich liess mir mit Unterstützung des Hotels ein Reiseprogramm zusammenstellen und war in der Umgebung von Kobe alleine unterwegs, bis Takeshi wieder Zeit für mich hatte. Ich wollte nach dem Gespräch mit meinem Lehrmeister auch entscheiden, wie es weiter gehen sollte. Ob ich länger in Japan bleiben oder meine Reise nach dem kurzen Abstecher wieder aufnehmen würde, hing primär von seinem Entscheid ab. Schliesslich würde ich mich zu diesem Zeitpunkt bereits beinahe sieben Wochen im Land der aufgehenden Sonne aufhalten. Ohne ein konkretes Ziel zu haben, war dies lange genug. Sonst hätte ich ebenso gut in Neuseeland bleiben können.

Die zwei Wochen verstrichen wie im Flug und als ich Takeshi wie vereinbart in einem Restaurant in unmittelbarer Nähe des Hotels wieder traf, schien er um einiges optimistischer zu wirken als vorher. Nachdem wir uns kurz über die gegenseitigen Erlebnisse ausgetauscht hatten, kam Takeshi ohne weitere Umschweife auf den wichtigsten Punkt.

„Ich haben über Vorschlag nachgedacht, Ruedi-San. Es mir sein Ehre dein Angebot annehmen. Nur vorher noch müssen kleine Problem lösen." Danach erzählte mir Takeshi, er hätte nach längerem Nachdenken mit seiner Schwester Keiko Kontakt aufgenommen. Zu ihr hatte er neben seiner Mutter die engste Beziehung in der Familie. Sie hatte nicht gezögert, als ihr Bruder sie um eine Besprechung bat. Als er ihr die Geschichte erzählte, hörte sie konzentriert und ohne ihn zu unterbrechen zu. Dann stellte sie ihm einige Fragen, die er bis auf eine allesamt ohne Probleme beantworten konnte. Seine Schwester gab sich mit den Antworten zufrieden. Sie sagte ihrem Bruder ihre Unterstützung zu und meinte, sie wäre davon überzeugt, auch ihre ältere Schwester für eine Unterstützung motivieren zu können. Takeshis Freude erhielt jedoch einen Dämpfer, als ihm Keiko ihre Bedingungen stellte. Zum einen wollte sie mich persönlich kennen lernen und zudem wollte sie während der gesamten Planung und Umsetzung auf dem Laufenden gehalten werden. Nachdem er mit seinem Bericht am Ende angelangt war, zögerte er einen Moment, bevor er mir die nächste Frage stellte. „Ist es Problem sein, wenn Schwester wollen dich kennen lernen?"

„Nein, es ist mir im Gegenteil eine Ehre deine Schwester kennen zu lernen", antwortete ich einem sichtlich erleichterten Takeshi.

„Sehr gut", meinte mein Freund freudenstrahlend. „Dann wir kommen Schritt weiter."

Bereits zwei Tag später traf ich erstmals mit Keiko zusammen. Sie war eine eher zierliche Person mit fein geschnittenen Gesichtszügen und schulterlangen schwarzen Haaren, die sie hinten zu einem Rossschwanz zusammengebunden hatte. Sie trug einen dunkelblauen Hosenanzug und Schuhe mit hohen Absätzen, obwohl sie für eine Japanerin schon überdurchschnittlich gross war. Ich muss eingestehen, ich war von ihrem Erscheinungsbild überrascht. Ich hatte etwas anderes erwartet, obwohl ich bei einer entsprechenden Frage nicht genau hätte sagen können, was ich mir vorgestellt hatte. Wir haben uns zu einem Abendessen in einem Restaurant in Kobe getroffen. Keiko wirkte sehr distanziert. Ganz im Gegensatz zu ihrem Bruder, der völlig aufgedreht war. Er erzählte von unserer gemeinsamen Zeit in Australien. Als dieses Thema ausgeschöpft war, kam er auf das Projekt in Kanazawa zu sprechen. Ich hielt mich zurück und auch Keiko stellte nur ab und zu eine Verständnisfrage. Als Takeshi nicht mehr wusste, was er noch erzählen sollte, wandte sich Keiko direkt an mich.

„Wenn ich meinen Bruder richtig verstanden habe, wollen sie die Finanzierung seines Projektes übernehmen. Was ist ihre Motivation meinen Bruder zu unterstützen?"

„Wie Takeshi erwähnt hat, arbeiteten wir in Australien zusammen. Ich habe viel von ihm gelernt und wir wurden Freunde. Nachdem sich unsere Wege getrennt haben, war ich in Australien und in Neuseeland erfolgreich tätig. Das hat zu einer finanziellen Unabhängigkeit geführt. Als mir ihr Bruder von seinem Projekt erzählt hat, bot ich ihm meine Unterstützung an."

Keiko hatte mich während meinen Ausführungen nicht aus den Augen gelassen. „Sie haben meine Frage nicht beantwortet. Ich weiss immer noch nicht, was sie davon haben, meinen Bruder zu unterstützen."

„Ihr Bruder ist mein Freund. Dort wo ich herkomme helfen sich Freunde, auch wenn sie keinen direkten Nutzen davon haben. Zudem würde ich auch profitieren, wenn das Projekt erfolgreich ist, woran ich nicht die geringsten Zweifel hege. Sollte er wider alle Erwartungen scheitern, so trage ich das Risiko. Ich bin in der glücklichen Lage, mir eine solche Investition leisten zu können. Wenn ich dadurch einem Freund helfen kann einen Traum zu erfüllen, sehe ich nicht ein, warum ich dies nicht tun sollte."

„Ich bin überrascht, dass mein Bruder anscheinend für einmal das Glück auf seiner Seite hat. Ich hoffe, sie sind sich bewusst, was sie damit für ihn tun und welches Risiko er eingeht. Sollte er erneut scheitern, so riskiert er nichts weniger, als seine Familie zu verlieren."

„Ich bin mir dessen bewusst. Trotzdem möchte ich meinem Freund helfen. Was das Risiko anbelangt, so werde ich meinerseits alles tun was ich kann, damit für Takeshi kein Nachteil aus der Geschichte entsteht."

Mit dieser Antwort schien sich Keiko zufrieden zu geben. Den restlichen Abend wurde das Thema nicht mehr angesprochen. Dafür entwickelte sich ein interessantes Gespräch, während dem Keiko sogar ein paar Mal lächelte. Als wir uns wieder verabschiedeten, geschah dies in einer guten Stimmung, die bei allen Beteiligten ein positives Gefühl hinterliess.

In den nächsten Tagen trieb Takeshi das Projekt voran. Er hatte Besprechungen mit seinem Bekannten und den Behörden. Die ersten Ergebnisse waren mehr als vielversprechend. Schon bald nach dem ersten Kontakt zeichneten sich jedoch auch die ersten Probleme ab. Am Ende der ersten Woche sassen wir wieder zusammen. Takeshi wollte zuerst etwas kochen und danach noch einmal das Projekt besprechen. Ich war überrascht aber auch erfreut, als ich bei meiner Ankunft Keiko in der Wohnung antraf.

„Es ist schön sie wieder zu sehen", meinte sie mit charmantem Lächeln.

„Die Freude ist ganz meinerseits."

„Mein Bruder hat mich angerufen. Er scheint ein Problem zu haben und bat mich heute vorbei zu kommen. Da sie auch da sind, gehe ich davon aus, es handelt sich um sein Projekt."

„Ich weiss es nicht. Ich bin ebenso gespannt wie sie."

Auf Keikos Gesicht erschien ein leicht sarkastisch wirkendes Lächeln. „Sie scheinen meinem Bruder wirklich ein guter Freund zu sein und dazu noch ein geschickter Diplomat."

In dem Moment kam Takeshi mit einer Schüssel voller Leckereien aus der kleinen Küche. „Ah, Ruedi-San. Schön du gekommen. Haben Schwester in dem Fall schon gesehen. Ich euch danken, ihr gekommen seid. Es gibt viel erzählen und ich brauchen Rat von euch für treffen Entscheid."

Dann erklärte Takeshi uns, die Besprechungen mit den zuständigen Personen der Bezirksverwaltung waren äusserst vielversprechend verlaufen. Es stellte sich jedoch heraus, dass alle notwendigen Abklärungen in der nächsten Woche abgeschlossen werden mussten. Für Takeshi mit der Beschäftigung im Hotel ein Ding der Unmöglichkeit. Wollte er das Projekt definitiv angehen und nach den Ereignissen der Woche sprach alles dafür, musste er die Stelle als Koch im Crown Plaza in Kobe aufgeben. Aufgrund der möglichen Auswirkungen wollte mein Freund sich vorher unsere definitive Unterstützung sichern. Nach seinen Ausführungen sah er uns beide deshalb fragend an. Keiko reagierte nicht gleich und bevor die Pause zu lang wurde, ergriff ich das Wort.

„Auf meine Unterstützung kannst du zählen. Das habe ich dir ja schon gesagt und daran ändert sich auch mit den neuen Informationen nichts."

Keikos skeptischer Blick musterte mich einen kurzen Moment von der Seite und wandte sich dann an ihren Bruder. „Was erwartest du von mir, Takeshi?"

„Ich möchte hören deine Meinung."

Dann erklärte Takeshi, der Hoteldirektor würde innerhalb von Minuten nach seiner Kündigung ihren Vater informieren. Diese Gelegenheit ihm eins auszuwischen, würde er sich nicht entgehen lassen. Deshalb war Takeshi überzeugt, es wäre besser das Familienoberhaupt vor der Kündigung über die Pläne seines Sohnes zu informieren. Selber, auch davon war er überzeugt, konnte er das nicht, da sein Vater von ihm nichts akzeptieren würde. Es käme unweigerlich zu einem Streit und damit zum Bruch mit der Familie. Diesen Weg wollte Takeshi jedoch nur beschreiten, wenn es keine andere Möglichkeit gab. Die einzige kleine Chance, um das Projekt realisieren zu können und den Frieden in der Familie zu wahren, war aus seiner Sicht, dass Keiko mit ihrer Schwester und der Mutter das Gespräch mit dem Familienoberhaupt führten. Ohne die Unterstützung seiner Schwestern und der Mutter würde es unweigerlich zum Bruch mit der Familie kommen.

Keiko gefielen die Ausführungen ihres Bruders überhaupt nicht. Ihr Gesichtsausdruck verhiess gar nichts Gutes. Sie sah zuerst Takeshi und dann mich an. „Haben sie von der Idee meines Bruders etwas gewusst?"

Ich hob sofort in einer abwehrenden Geste die Hände. „Nein, gewusst habe ich es nicht. Sie können mir höchstens vorwerfen, ich hätte aufgrund von Takeshis Aktivitäten etwas geahnt. Bei einem Vorhaben dieser Grösse gibt es keine halben Sachen. Entweder man entscheidet sich mit jeder Konsequenz für das Projekt oder man lässt es besser gleich bleiben."

Sie sah mich erneut einen Moment an und ihr wütender Blick sagte mehr als tausend Worte hätten sagen können. Ich musste mir eingestehen, auch wenn sie zierlich aussah, so konnte diese Keiko doch einschüchternd wirken. Eine Eigenschaft, die ich bei meinem Freund nie beobachtet hatte.

„Gut, du hast meine Unterstützung, auch wenn ich von deinem Vorgehen völlig überrascht wurde und darüber alles andere als glücklich bin. Ich habe übermorgen mit Vater und Mutter aufgrund einer anderen Angelegenheit eine Besprechung. Wenn sich die Möglichkeit ergibt und sofern ich mich vorher mit Mutter absprechen kann, werde ich versuchen das Thema bei Vater anzusprechen. Wie er jedoch reagieren wird, kann ich nicht voraussagen. Sobald das Gespräch vorüber ist, werde ich dich informieren."

Sie machte erneut eine kleine Pause. „Ich hoffe, du hast nach dieser alles anderen als guten Nachricht zumindest etwas Aussergewöhnliches gekocht."

Takeshi enttäuschte seine Schwester in diesem Punkt nicht. Er hatte ein aussergewöhnliches Menu gezaubert. Nicht zuletzt auch deshalb verlief der Rest des Abends äusserst harmonisch und unterhaltsam.

Zwei Tage später informierte Keiko ihren Vater über das Vorhaben ihres Bruders, nachdem sie sich zuvor mit ihrer Mutter beraten hatte. Die Reaktion fiel wie erwartet aus. Takeshis Vater war alles andere als begeistert. Seine Frau brauchte Geduld und gute Nerven, um ihren Gatten einigermassen zu beruhigen. Danach leisteten die Frauen des Hauses Nakamura Überzeugungsarbeit, um das Familienoberhaupt von seinem Vorhaben abzubringen, den einzigen männlichen Sprössling sofort zu enterben.

Am Tag darauf informierte Keiko ihren Bruder, worauf der sofort mit seinem direkten Vorgesetzten sprach. Der war überrascht und über Takeshis Wunsch nicht gerade glücklich. Trotzdem zeigte er sich entgegenkommend, da die Aushilfe bereit war, Takeshis Stelle zu übernehmen. Damit war das Problem des Hotels gelöst. Der Küchenchef liess seinen Mitarbeiter ziehen, ohne ihm gross Steine in den Weg zu legen. Takeshi bedankte sich, räumte seinen Schrank und wollte sich gerade von seinen Kollegen verabschieden, als der Direktor in der Küche erschien.

„Wo wollen sie hin, Nakamura?" Der Tonfall des Direktors liess nichts Gutes erahnen.

„Ich habe Ushida-San meine Kündigung mitgeteilt und er hat sie akzeptiert. Danach habe ich meine persönlichen Dinge geholt und wollte mich eben von meinen Kollegen verabschieden."

„Sie können nicht einfach gehen. Was denken sie sich eigentlich. Sie haben einen Vertrag und der hat eine Kündigungsfrist. Ziehen sie sich um und gehen sie an die Arbeit." Der Direktor liess Takeshi stehen und wandte sich an Ushida. „Was fällt ihnen ein, Ushida. Sie haben ihre Befugnisse überschritten. Ich toleriere ein solches Verhalten nicht. Noch eine so inakzeptable Überschreitung ihrer Kompetenzen und sie sind fristlos gefeuert."

Dann drehte er sich um und wollte die Küche verlassen, als ihn Takeshi von hinten ansprach. „Ich werde nicht hierbleiben, Direktor Osomita. Ich habe mich ordnungsgemäss bei Ushida-San abgemeldet. Wie sie sich vielleicht noch erinnern mögen, haben sie mich aufgrund einer Bitte meines Vaters angestellt und mir nie einen Arbeitsvertrag gegeben. Deshalb waren meine Ferien auch nie bezahlt und ich habe weniger verdient als meine Kollegen. Ich werde also gehen, wie ich das mit Ushida-San vereinbart habe."

Dann nickte Takeshi nur kurz und wandte sich ab, um zu gehen. Mitten in der Bewegung hielt er inne und drehte sich zu dem sprachlosen Direktor um. „Übrigens rate ich ihnen Osomita, lassen sie Ushida-San in Ruhe. Ansonsten könnte mir einfallen, meinem Vater und seinen Freunden mitzuteilen, wie sie mit dem Personal in ihrem Hotel umgehen. Dann werden sie der nächste sein, der das Crown Plaza verlassen wird." Er machte eine kurze Pause. Dann sprach er den Direktor noch einmal mit einer eisig scharfen Stimme an, wie sie seine Kollegen noch nie von ihm gehört hatten. „Haben sie mich verstanden, Osomita."

Der Direktor sah ihn mit wutverzerrtem Gesicht an, drehte sich um und verliess die Küche ohne ein weiteres Wort zu verlieren. Kaum dass er draussen war, begann das gesamte Küchenpersonal zu applaudieren. Einen angenehmeren Abschied hätte sich Takeshi nicht wünschen können.

Nun war der Weg frei, damit er sich voll auf sein Vorhaben konzentrieren konnte. In den nächsten Tagen fanden weitere Besichtigungen und Besprechungen vor Ort statt. Schliesslich war alles so weit, dass die Verträge unterschrieben werden konnten.

Für mich gab es während dieser Phase nicht viel zu tun. Ich hatte deshalb viel Zeit, um nachzudenken. Falls nach der Vertragsunterzeichnung das Projekt von Takeshi gesichert war, so lag meine unmittelbare Zukunft nicht mehr in Japan. So wie es im Moment lief, mochte das eine Weile in Ordnung gehen. Mit jedem Tag der verging, stieg jedoch meine Ungeduld und das Verlangen etwas Nützliches zu tun. Zudem wohnte ich nun bereits seit beinahe sieben Wochen im Hotel Crown Plaza und hatte keine Lust noch länger dort zu bleiben. Ich sehnte mich langsam nicht nur nach einer sinnvollen Aufgabe sondern auch nach einer anderen Behausung. Ich hatte mir deshalb vorgenommen das nächste Mal mit Takeshi über diese Angelegenheit zu sprechen, als ich völlig unerwartet einen Anruf von Keiko erhielt.

„Guten Tag Ruedi-San. Haben sie in den nächsten zwei Tagen etwas vor? Ich würde ihnen gerne etwas zeigen."

Die Anfrage von Keiko kam mir nicht ungelegen, weshalb ich ihr zusagte. Bereits am nächsten Morgen stand sie kurz nach sieben Uhr in der Lobby. Als ich sie dort stehen sah, fiel mir erneut auf, dass sie deutlich grösser war, als die durchschnittliche Japanerin. Sie hatte wieder einen dunklen Hosenanzug an und sah sehr geschäftsmässig aus. Nur trug sie im Gegensatz zum letzten Mal ihre Haare offen. Ich kam nicht darum herum festzustellen, dass Takeshis Schwester überdurchschnittlich gut aussah. So schnell wie mir der Gedanke gekommen war, so schnell verdrängte ich ihn wieder. Es hätte mir gerade noch gefehlt, Gefühle für Takeshis Schwester zu entwickeln.

Nachdem wir uns begrüsst hatten, fuhren wir zum Bahnhof und bestiegen dort den Shinkansen Richtung Tokio. Als ich Keiko fragte wohin wir gehen würden, meinte sie nur, ich solle mich überraschen lassen. In den nächsten Stunden hatten wir genug Zeit, um uns zu unterhalten. Keiko erzählte mir von ihrer Kindheit und von ihrer Familie. Es war für mich ausgesprochen spannend zuzuhören, da ich viel über die mir immer noch fremdartige Kultur Japans erfuhr. Zudem wusste Keiko auch das eine oder andere über Takeshis Jugend zu erzählen, das ich sonst wohl nie erfahren hätte.

In Tokio wechselten wir auf eine andere Route der Hochgeschwindigkeitslinie, die uns nach Sendai, dem Hauptort der Präfektur Miyagi brachte. Dort angekommen stiegen wir erneut um. Auf meine Frage wohin es nun eigentlich gehe, bekam ich endlich eine brauchbare Antwort.

„Wir fahren nach Matsushima, meiner Heimatstadt. Ich würde Ihnen gerne die Gegend zeigen, in der wir aufgewachsen sind und wenn es für sie kein Problem ist, würde meine Mutter sie gerne kennen lernen."

Das traf mich unvorbereitet. Mit einem Besuch bei Takeshis Familie hatte ich nicht gerechnet. Nicht dass ich damit ein Problem hatte. Schliesslich gab es nichts, was mich hätte beunruhigen können. Obwohl, eine Frage stellte sich mir dennoch. „Weiss Takeshi etwas von diesem Besuch?"

Ich spürte sofort, dass ich mit dieser Frage einen wunden Punkt getroffen hatte. „Nein, mein Bruder weiss nichts davon. Das Gespräch mit meinen Eltern ist nicht sehr gut verlaufen. Mein Vater wollte meinen Bruder enterben und ihm auch alle Familienrechte entziehen. Nur die Intervention meiner Mutter brachte ihn schliesslich dazu, davon abzusehen. Seither ist die Stimmung in der Familie auf einem Tiefpunkt angelangt. Mein Vater versteht es ausgezeichnet seinen Unmut auf sehr subtile Weise auszudrücken." Keiko machte eine Pause und wirkte dabei äusserst nachdenklich. „Meine Mutter hat mich gefragt, ob ich ihnen vertrauen würde. Ich habe ihr erklärt, ich würde sie noch nicht so gut kennen, würde aber dem Urteil meines Bruders vertrauen. Sie war damit nicht zufrieden. Sie bat mich deshalb, sie doch einmal nach Hause einzuladen, damit sie sich selber einen Eindruck machen kann. Ich gebe zu, ich hatte Angst sie zu fragen. Deshalb die kleine List, die sie mir hoffentlich nicht übel nehmen. Es geht mir einzig um das Wohl meines Bruders. Ich hoffe, sie verstehen meine Reaktion."

Obwohl das Vorgehen sicher nicht üblich war, hatte ich damit kein Problem. Im Gegenteil, ich war gespannt die Mutter von Takeshi und Keiko kennen zu lernen. „Ich habe damit kein Problem. Sie müssen selber beurteilen können, ob sie damit ein Risiko für ihren Bruder eingehen oder nicht. Ich bin, wie ich bin und ich werde mich nicht verstellen. Zudem kenne ich die

Sitten und Gebräuche in ihrem Land noch zu wenig. Wenn ich also einen Fehler begehen sollte oder etwas sage, was sich für Takeshi als negativ erweisen könnte, so dürfen sie mich dafür nicht verantwortlich machen. Zudem müssen sie nach unserem Besuch auch ihren Bruder informieren. Ich werde ihm sicher nicht verschweigen, dass wir in seinem Elternhaus waren, wenn er mich fragen sollte, wo ich die letzten Tage war."

Keiko sah mich lange von der Seite her an. Ihr Gesichtsausdruck war neutral und nicht zu interpretieren. „Sie sind wirklich ein sonderbarer Mensch. Ich hatte mit deutlich mehr Widerstand gerechnet. Andererseits hätte kein Japaner mir einfach die Verantwortung übertragen."

„Nun, Keiko, ich habe ihnen ja gesagt, dass ich noch viel zu wenig über die Sitten und Gebräuche ihres Landes weiss."

Ich konnte mir ein Grinsen nicht verkneifen. Was Keiko nur mit einem Kopfschütteln quittierte. An ihrem leichten Lächeln konnte ich jedoch erkennen, dass sie kein Problem mit der Situation hatte.

Den Rest der Fahrt bis zu ihrem Elternhaus erzählte mir Keiko noch einige Geschichten von ihrer Familie. Nachdem sie mir das Ziel unserer Reise eröffnet hatte, schien sie deutlich angespannter zu sein als vorher. Ich spürte, dass dieser Besuch auch ihr alles andere als einfach fiel.

Als wir nach unserer Ankunft aus dem Bahnhofsgebäude von Matsushima traten, wurden wir bereits erwartet. Eine schwarze Limousine mit Chauffeur stand auf dem kleinen Bahnhofsplatz und erregte dort ziemlich viel Aufsehen. Ich war überrascht, versuchte mir aber nichts anmerken zu lassen. Die Fahrt dauerte keine Viertelstunde und führte aus der kleinen Stadt hinaus auf eine leichte Anhöhe. Dort stand das Anwesen der Nakamuras. Etwas abgelegen und doch von weitem sichtbar. Der Stammsitz der Familie verdiente tatsächlich den Ausdruck aussergewöhnlich. Um das ganze Grundstück war eine fast drei Meter hohe Mauer gebaut, die in allen Ecken kleine Türmchen besass. Dadurch wirkte das Grundstück von aussen wie eine kleine Festung. Die Zufahrt war in der vierten Ecke des Grundstücks angebracht. Der Weg teilte das Anwesen in zwei Teile. Auf dem kleineren Teil stand das Gebäude. Als wir die Auffahrt hochfuhren, hatte ich den Eindruck auf eine der Burgen zuzufahren, wie ich sie mit Takeshi besucht hatte. Nicht so imposant wie ihre originalen Vorlagen, aber mit drei Stockwerken im gleichen Stil wie die alten Festungen gebaut. Einen wesentlichen Unterschied erkannte ich jedoch sofort, als wir näher kamen. Im Gegensatz zu den Originalen war das Haus der Nakamuras aus solidem Stein gebaut und mit Holz so verkleidet, dass es von aussen wie ein Holzgebäude aussah. Auch wenn die Ausstattung bei weitem nicht so prunkvoll war, wie die altertümlichen Originale, so machte der Stammsitz der Nakamuras doch einen imposanten Eindruck. Der zweite Teil des Anwesens bestand aus einem grossen Park in dessen Mitte ein kleines Holzhaus stand, das ich jedoch bei der Fahrt zum Hauptgebäude nur schemenhaft hinter den vielen Pflanzen erkennen konnte. Ich war wirklich beeindruckt, da ich etwas in dieser Art noch nie vorher gesehen hatte. Als wir vor dem Haus vorfuhren, standen zwei Frauen in klassischer japanischer Kleidung auf der Treppe und schienen auf uns zu warten. Wie sich herausstellte, handelte es sich um die Schwester und die Mutter von Keiko.

Der Empfang war förmlich. Ich wusste nicht genau, was von mir erwartet wurde und so verbeugte ich mich einfach vor den beiden Frauen. Danach sprach mich Keikos Mutter in Japanischer Sprache an. Da ich kein Wort verstand, übersetzte Keiko für mich.

„Meine Mutter heisst sie in unserem Haus willkommen und bittet sie einzutreten."

Ich liess über Keiko ausrichten, dass es mir eine grosse Ehre sei, ihrem Anwesen ein Besuch abzustatten. Nachdem wir das Haus betreten hatten, ging die Herrin des Hauses voran in einen der Räume in der oberen Etage, wo uns Tee und Gebäck serviert wurde. In der Zwischenzeit war es bereits fünfzehn Uhr. Danach begann ein zuerst belangloses Gespräch zu allgemeinen Themen, wobei Keiko die Übersetzung übernahm. Die Fragen wurden nur von Keikos Mutter gestellt. Die Schwester sass nur da und beobachtete mich während der ganzen Zeit neugierig.

Zuerst wollte Takeshis Mutter wissen woher ich kam, was ich in der Zeit vor meiner Ankunft in Japan gemacht hatte und wie ich ihren Sohn kennen lernte. Ich beantwortete all ihre Fragen, ohne dabei allzu ausführlich zu werden. Je mehr ich jedoch berichtete, umso gebannter hörten mir die drei Frauen zu. Da Keiko jeden meiner Sätze übersetzen musste, zog sich das Gespräch oder vielleicht sollte ich besser sagen die Befragung etwas in die Länge. Nach beinahe zwei Stunden schien die Neugier von Takeshis Mutter befriedigt zu sein. Sie dankte mir für meine Offenheit und für die Bereitschaft ihre Fragen zu beantworten. Dann fragte sie mich, warum ich ihrem Sohn helfen wolle.

„Ich bin Takeshi sehr dankbar, dass er sich in Perth meiner angenommen hat. Ich war damals sehr jung, kannte niemanden, war das erste Mal in einem fremden Land und auf mich alleine gestellt. Er hat mich nicht nur viel über die Kochkunst gelernt, sondern mir auch so manches Nützliche über das

Leben beigebracht. Damals war er für mich mein Meister, zu dem ich aufsah. Als ich mich entschieden habe, in die Wüste zu gehen, ist mir der Abschied von ihrem Sohn nicht einfach gefallen. Als wir uns das letzte Mal sahen, habe ich ihm versprochen, ihn einmal in seinem Heimatland zu besuchen. Nach meinem Entscheid Neuseeland zu verlassen, war es naheliegend mein Versprechen gegenüber Takeshi einzulösen. Eigentlich hatte ich nur vor, meinen Freund zu besuchen. Die Person, die ich angetroffen habe, war jedoch nicht mehr mit jenem Takeshi Nakamura vergleichbar, den ich in Perth kennen gelernt habe. Er berichtete mir, was er alles erlebt hatte. Schliesslich erzählte er mir von seinem Projekt und da ich über das notwendige Kapital verfüge, war es für mich selbstverständlich meinen Freund zu unterstützen."

Takeshis Mutter sah mich mit einem durchdringenden Blick an, der mir Unbehagen bereitete. Dann sprach sie noch einmal etwas länger in ihrer Sprache mit Keiko. Ich bemerkte sehr wohl, wie sich ihre Stimme leicht verändert hatte. Der eisige und schneidende Tonfall war nun nicht mehr zu überhören, auch wenn er noch nicht bedrohlich klang. Takeshis Mutter brachte jedoch damit unmissverständlich zum Ausdruck, was für eine Antwort sie erwartete. Man spürte Keiko an, wie unwohl sie sich in diesem Moment fühlte als sie die Worte ihrer Mutter übersetzte.

„Meine Mutter dankt ihnen für ihre aussergewöhnliche Geschichte. Sie ist beeindruckt, was sie in ihrem jungen Leben schon alles gesehen und erlebt haben. Gerade deswegen versteht sie nicht, warum sie ihren Sohn unterstützen wollen. Aus den Erlebnissen, die sie geschildert haben, kann man entnehmen, dass sie bisher nie etwas getan haben, ohne einen Nutzen für sich daraus zu ziehen. Es erscheint deshalb nicht sinnvoll, dass sie Takeshi unterstützten, ohne einen Vorteil für sich zu haben. Wie können sie das erklären."

Ich hatte den Ausführungen von Keiko ruhig zugehört. Obwohl mir die Art der Frage überhaupt nicht gefiel, liess ich mir nichts anmerken. Mit meiner Antwort liess ich mir lange Zeit. Ich musterte Keikos Mutter, die meinem Blick mit versteinert wirkender Miene standhielt. Dann stand ich plötzlich und ohne Vorwarnung auf und kehrte den Spiess um. Ich hatte entschieden meine passive Haltung aufzugeben und in die Offensive zu gehen. „Ich danke ihnen für den ausgezeichneten Tee und das Gebäck, das sie mir offeriert haben. Bitte verzeihen sie mir, aber ich möchte ihre Gastfreundschaft nicht länger strapazieren." Ich verneigte mich, indem ich mit dem Kopf nickte und den Oberkörper nur ganz geringfügig neigte. Ein klares Zeichen der Missbilligung gegenüber meinen Gastgebern. Dann wandte ich mich an Keiko. „Ich denke es wäre besser, wenn ich in der Stadt übernachte.

Könnten sie mir bitte behilflich sein, in die Stadt zu gelangen."

Die Überraschung der drei Frauen hätte nicht grösser sein können. Keiko starrte mich an, als käme ich von einem anderen Planeten. Sie wusste nicht, was sie sagen sollte und schien von der Situation völlig überfordert zu sein. In dem Moment ergriff Keikos ältere Schwester Kimiko das Wort.

„Bitte Mister Roodacht, es ist nicht notwendig unser Haus zu verlassen. Ich entschuldige mich im Namen meiner Mutter und bitte sie um Verständnis. Die Situation ist für unsere Familie nicht gerade einfach und meine Mutter versucht nur eine weitere Eskalation der...."

In dem Moment hob die Mutter ihre Hand und unterbrach ihre Tochter. „Es ist gut Kimiko, du brauchst dich nicht für mich und die Familie zu entschuldigen. Das kann ich auch selber tun."

Ich war nicht wirklich überrascht, dass Keikos Mutter nahezu perfekt englisch sprach. Es passte zu der an sich schon speziellen Situation.

„Ich bitte sie um Entschuldigung Herr Roodacht oder sollte ich besser sagen Herr Rötheli. Unser Benehmen war nicht angebracht. Sie haben bei ihrer Erzählung jedoch auch ein paar Punkte ihrer Geschichte ausgelassen, die zumindest Fragen aufwerfen." Sie machte eine kurze Pause. „Bitte setzen sie sich wieder. Ich würde das Gespräch gerne fortsetzen."

Ich zögerte nur kurz, dann setzte ich mich wieder.

„Ich wäre ihnen dankbar, wenn sie meine Frage beantworten könnten, da ich ihre Beweggründe nicht verstehe. Was für einen Nutzen haben sie, wenn sie meinen Sohn unterstützen."

„Bitte entschuldigen sie, aber ich verstehe ihre Frage nicht. Sie unterstellen mir damit unlautere Absichten. Bei allem Respekt vor ihnen, ihrer Familie, ihrer Gastfreundschaft und ihrer Tradition, aber das habe ich nicht nötig. Wie ich bereits erwähnte, war Takeshi in einer Zeit für mich da, in der ich es schwer hatte. Als er mir damals die Kunst des Kochens beibrachte, fragte er sich sicher auch nicht, was dabei für ihn herausschaut. Heute bin ich in der Lage einen Teil meiner Schuld abzutragen." Ich machte meinerseits eine kurze Pause und sah dabei die drei Frauen an. „Ich verfüge über das notwendige Kapital, um ihren Sohn zu unterstützen. Sollte er erfolgreich sein und davon bin ich überzeugt, so partizipiere ich zu einem kleinen Teil am erwirtschafteten Gewinn. Jede Investition funktioniert nach diesem Prinzip. Für Takeshi war das übrigens eine wichtige Bedingung und die habe ich ihm nicht abgeschlagen. Ich habe hier nur seinem Wunsch entsprochen. Ihr Sohn hat während unserer Zeit in Perth auch versucht mir einige Dinge über ihre Kultur zu vermitteln. Ich habe bei weitem nicht alles verstanden, da es für mich fremd war. Begriffen habe ich jedoch wie wichtig die Ehre und die Wahrung des Gesichts ist und genau deshalb unterstütze ich Takeshi."

Einen kurzen Moment war es äusserst still in dem Raum. Die beiden Schwestern sahen ihre Mutter an und diese betrachtete mich weiter mit ihrem undefinierbaren Blick. „Ich danke ihnen für ihre Offenheit, Herr…"

„Nennen sie mich Ruedi Rötheli, so wie Takeshi das auch tut. Wie viele andere Menschen habe auch ich meine kleinen Eigenheiten. Nachdem ich in Australien von einem Psychopaten verfolgt wurde, der mir und meinem Freund nach dem Leben trachtete, entschied ich mich meine Spuren hinter mir zu verwischen. Selbst nachdem die Person in der Zwischenzeit tot ist, behielt ich diese Angewohnheit bei. Ich kann heute nicht ausschliessen, dass immer noch jemand von den Verwandten hinter mir und meinem Freund Ferdinand O'Driscoll her ist. Durch die Änderung meines Namens schütze ich nicht nur mich, sondern auch die Menschen, an denen mir etwas liegt."

Takeshis Mutter wartete nach meinen Ausführungen erneut einen Moment, bevor sie sich äusserte. „Ich danke ihnen noch einmal für ihre Offenheit, Herr Rötheli. Obwohl das äusserst selten ist, hat mein Sohn wirklich Glück gehabt, dass er ihnen über den Weg gelaufen ist. Ich bitte sie um Verständnis für meinen Wunsch das in Erfahrung zu bringen. Wie sie erwähnten, ist in Japan die Ehre und die Familie ein wichtiger Pfeiler der Gesellschaft. Mein Sohn hat mit seinem Handeln gegen Prinzipien verstossen, die für uns einen hohen Stellenwert haben. Die Probleme die daraus entstanden sind, haben fast unsere Familie auseinander gebracht. Ich möchte noch mehr Schaden für die Familie unter allen Umständen vermeiden. Deshalb war es für mich wichtig, sie kennen zu lernen und mir ein eigenes Bild von ihnen zu machen." Sie erhob sich, was dazu führte, dass wir anderen ebenfalls aufstanden. „Bitte entschuldigen sie mich nun, ich möchte mich zurückziehen." Dann hielt sie inne. „Darf ich davon ausgehen, dass sie trotz dem unangenehmen Gespräch weiter bei uns bleiben?"

„Es wäre mir eine Ehre." Ich verneigte mich leicht.

„Gut, dann sehen wir uns heute Abend zum Essen. Ach ja, ich denke übrigens, sie haben weitaus mehr von unserer Kultur verstanden, als sie sich bewusst sind." Sie nickte kurz und verliess danach in einem leicht schwebenden Gang den Raum. Als Kimiko ihr folgen wollte, machte sie eine abwehrende Geste, worauf ihre Tochter stehen blieb.

Nachdem die Mutter den Raum verlassen hatte, entspannte sich die Atmosphäre merklich. Kimiko wandte sich an ihre Schwester und sagte etwas in Japanischer Sprache zu ihr, worauf sie mit einem kurzen Kopfnicken in meine Richtung verschwand. Dann wandte sich Keiko an mich. „Wollen wir in den Garten gehen? Es wird noch einen Moment dauern, bis das Abendessen zubereitet ist."

Dagegen hatte ich nichts einzuwenden. Ich war sowieso gespannt darauf, diesen Teil des Anwesens einmal von nahem zu sehen. Der Garten war wunderschön gestaltet und sehr gut gepflegt. Ein kleiner Kiesweg führte durch das dicht bepflanzte Kleinod. Wenn man ins Innere dieser grünen Oase vordrang, fühlte man sich wie in einem Miniurwald. Im Zentrum des Gartens stand in einem Teich eine hölzerne Pagode, die über eine kleine Holzbrücke zu erreichen war. Im Teich, der das vier mal vier Meter umfassende Holzhaus umgab, schwammen farbige Kois. Vögel und Insekten schwirrten in dieser kleinen Biosphäre herum und erweckten den Eindruck einer friedlichen und intakten Natur. Keiko und ich setzten uns in das kleine Holzhaus und genossen einen Moment der Ruhe und des Friedens. Nach einer Weile brach Keiko die Stille.

„Ich möchte mich bei ihnen entschuldigen. Wenn ich geahnt hätte, was hier heute geschehen ist, hätte ich sie nicht zu meiner Mutter gebracht."

„Das ist kein Problem, Keiko. In den letzten Jahren habe ich gelernt mit solchen Situationen umzugehen, auch wenn das heutige Gespräch sich vielleicht doch ein wenig vom bisher Erlebten abhebt."

Keiko musste trotz der Situation lächeln. „Das ist wirklich sehr nett ausgedrückt. Ich bin ihnen für ihr Verständnis dankbar."

Einen weiteren Moment war es bis auf die Geräusche der lebendigen Natur um uns herum still.

„Was tun sie eigentlich, wenn sie nicht gerade die Freunde ihres Bruders in aussergewöhnliche Situationen bringen?"

Keiko konnte sich ein Lächeln nicht verkneifen „Ich arbeite in einem Vorort von Tokio in einem Handwerksbetrieb."

„Was ist das für ein Handwerk?"

„Es ist eine Klingenschmiede, die handgefertigte japanische Messer herstellt."

Das weckte sofort mein Interesse. „Das klingt sehr spannend."

„Das ist es in der Tat. Die hochentwickelte japanische Schmiedekunst hat eine Jahrhunderte alte Tradition und lässt sich bis in die Anfänge des vierzehnten Jahrhunderts zurückverfolgen. Zu dieser Zeit begann sich in Japan die Schmiedekunst immer weiter zu perfektionieren. Ihren Höhepunkt erreichte sie im sechszehnten und siebzehnten Jahrhundert, in der Hochblüte der Shogune und der Fürstenhäuser. Bogen und Schwerter waren damals die wichtigsten Waffen in den vielen kriegerischen Auseinandersetzungen Japans. Entsprechend hoch war die Kunstfertigkeit der Schmiede. Als Ende des neunzehnten Jahrhunderts die Zeit der Shogune und der Samurai zu Ende ging und das Tragen von Schwertwaffen per kaiserlichem Dekret verboten wurde, mussten die Schmiede eine neue Betätigung suchen. Eine Möglichkeit lag in der Fertigung von Werkzeugen. Darunter waren neben solchen für die Holzbearbeitung auch Messer für den Gebrauch in der Küche und dem Gewerbe. Wie sie ja sicher von Takeshi erfahren haben, wird in der japanischen Küche der Verarbeitung der Nahrungsmittel allergrösste Beachtung geschenkt. Wir gehen davon aus, dass die bestmögliche Behandlung und dazu gehört auch das präzise Schneiden von Fisch, Fleisch und Gemüse einen wesentlichen Einfluss auf den Geschmack und somit die Qualität der Speisen hat. Deshalb legen japanische Köche grössten Wert auf ihr Handwerkszeug."

Als Keiko das erwähnte, kam mir wieder in den Sinn, wie gewissenhaft Takeshi mit seinen Messern umgegangen war. Er hatte sie jeden Morgen in einem weissen Bündel mit zur Arbeit gebracht und jeden Abend wieder mit nach Hause genommen. Zudem erlaubte er niemandem anderem seine Messer zu benutzen. Neben Takeshi besass nur noch unser damaliger Chef Bertrand Cunollet einen eigenen Messersatz.

Ich konnte mich noch erinnern, dass ich Takeshi einmal fragte, warum er niemanden mit seinen Messern arbeiten lasse. Er sagte mir damals nur, wenn ich eine solche Frage stelle, dann hätte ich nichts verstanden. Erst wenn ich selber in der Lage sei, zu dieser Frage eine Antwort zu geben, hätte ich wirklich verstanden, um was es bei der Kochkunst gehe. Mehr war ihm zu diesem Thema nicht zu entlocken.

„Das ist richtig. Er hat seine Messer immer mit grösster Sorgfalt gepflegt. Von den anderen Köchen habe ich erfahren, dass es einmal zu einer Auseinandersetzung gekommen ist, als jemand anderes eine seiner Klingen benutzen wollte. Das war jedoch vor meiner Zeit. Der Küchenchef, Bertrand Cunollet, hat danach ein Machtwort gesprochen. Von dem Moment an wurden die Werkzeuge der einzelnen Köche respektiert. Niemand hat je wieder eines der Messer von Takeshi auch nur angerührt. Ich habe das damals als Tatsache akzeptiert, aber eigentlich nie verstanden."

Ich dachte einen Moment an diese harte aber auch schöne Zeit, die ich mit Takeshi in Perth verbrachte.

„Ich würde gerne mehr darüber erfahren."

„Dann kommen sie mich doch an meinem Arbeitsplatz besuchen. Ich kann ihnen unsere Produkte zeigen und ihnen unseren Meister Inaki Matsushita vorstellen. Vielleicht können wir sogar kurz bei der Herstellung zusehen, obwohl ich mir da nicht sicher bin."

„Ich danke ihnen, Keiko. Dieses Angebot würde ich gerne annehmen. Da ich selber längere Zeit in einer Küche gearbeitet habe, könnte ich sicher auch prüfen, mir ein eigenes Messerset zuzulegen."

In diesem Moment kam Kimiko über die Brücke in das kleine Haus.

„Ich möchte euch nicht stören. Es ist aber schon spät und das Essen wäre bereit. Darf ich euch bitten, ins Haus zu kommen."

Das anschliessende Abendessen war ausgezeichnet. Die Unterhaltung lief weitaus gepflegter als vor dem Nachtessen. Selbst die Hausherrin beteiligte sich rege an der Diskussion, zog sich jedoch bald einmal mit der Begründung zurück, sie wolle lieber der jungen Generation die Möglichkeit geben, sich auszutauschen. Nachdem die Mutter sich zurückgezogen hatte, lockerte sich die Stimmung noch ein wenig mehr auf. Es ergab sich ein spannendes Gespräch, das sich bis in die frühen Morgenstunden hinzog.

Die Nacht war kurz und als mich Keiko schon ziemlich früh wieder weckte, steckte mir die Müdigkeit noch in allen Knochen. Obschon ich bereits zwei Monate in Japan war, hatte ich mich immer noch nicht an die landesübliche Art gewohnt, auf einer dünnen Matte auf dem Boden zu schlafen.

Nach einem kurzen Frühstück verabschiedete ich mich von Keikos Mutter und ihrer Schwester.

„Es hat mich gefreut, sie kennen gelernt zu haben." Aus ihrer Stimme konnte ich dieses Mal die Ehrlichkeit ihrer Worte entnehmen.

„Es war auch mir eine Ehre, ihre Bekanntschaft gemacht zu haben. Ich hoffe, ich konnte sie von meinen ehrbaren Absichten überzeugen."

Sie nickte mir zu. Auf ihrem Gesicht erschien ein leichtes Lächeln. „Ich würde mich freuen, wenn wir uns wiedersehen würden."

In den nächsten Stunden zeigte mir Keiko die Sehenswürdigkeiten ihrer Heimat. Die Bucht von Matsushima gehört mit ihren zahlreichen kleinen Inseln zu den schönsten Gegenden von Japan. Sie erfreut sich nicht nur bei den Japanern sondern auch bei den Touristen stetig steigender Beliebtheit.

Kurz nach Mittag machten wir uns wieder auf den Rückweg nach Kobe. Während dem ersten Teil der Fahrt sprachen wir nicht allzu viel. Einerseits waren wir nach den zwei anstrengenden Tagen beide zu müde, andererseits gab es doch das eine oder andere, um nachzudenken. Als wir noch etwa eine Stunde von Kobe entfernt waren, kam doch wieder ein Gespräch auf.

„Wie lange willst du eigentlich noch in dem Hotel bleiben?"

Wir waren uns in den beiden Tagen etwas näher gekommen und so hatte die persönliche Ansprache die förmliche abgelöst.

„Das weiss ich noch nicht. Am liebsten würde ich dort sofort ausziehen. Zuerst muss ich jedoch von Takeshi wissen, wie sein Projekt weiter geht. So lange er mich braucht, werde ich sicher hier bleiben. Wenn jedoch alle Punkte geklärt und die Verträge unterschrieben sind, ziehe ich wohl weiter. Ich bin nicht die richtige Person, um monatelange rumzusitzen und nichts zu tun. Mich kribbelt es bereits wieder und wenn sich nichts tut, werde ich ungeduldig und ungeniessbar."

Keiko schien einen Moment lang zu überlegen.

„Das kann ich verstehen. Gegen die Wartezeit bis Takeshi mit seinem Projekt so weit ist, kann ich nicht viel tun. Was deine Unterkunft anbelangt, so hätte ich jedoch eine Alternative zu deiner aktuellen Situation. Ich habe ein sehr grosses, mehrere Zimmer umfassendes Appartement im Bezirk Koto, das ich im Moment alleine bewohne. Wenn du möchtest, könntest du zu mir ziehen. Es hat genügend Platz und wir kommen uns sicher nicht in die Quere. Wenn die Situation mit meinem Bruder geklärt ist, kannst du ja immer noch entscheiden, dir eine eigene Wohnung zu suchen. Ich denke auf jeden Fall, alles ist besser als weiter in diesem Hotel zu bleiben."

„Dein Angebot weiss ich sehr zu schätzen. Ich frage mich jedoch, was Takeshi dazu sagen wird, wenn ich zu dir ziehe?"

„Das lass nur meine Sorge sein. Die Wohnung meines Bruders ist zu klein. Du kannst dort nicht einziehen. Mein Bruder wird einsehen, dass die aktuelle Situation kein akzeptabler Zustand ist. Ich habe ein freies und gut eingerichtetes Zimmer. Zudem sind zwei Toiletten in der Wohnung, wodurch wir uns nur den Wohnraum und die Küche teilen müssen."

Ich war damals dem Vorschlag wirklich nicht abgeneigt. Noch einmal acht Wochen im Hotel wollte ich mir auf keinen Fall antun. Mein Aufenthalt in Japan wäre ohne einen Standortwechsel auf jeden Fall in den nächsten zwei oder drei Wochen beendet gewesen.

„Bevor ich mich definitiv entscheide, würde ich deine Wohnung gerne einmal sehen. Wieso hast du eigentlich so eine grosse Wohnung? Soweit ich weiss, ist Wohnraum in Japan sehr teuer und in der Regel erhält eine Einzelperson nie eine so grosse Wohnung zugesprochen."

„Ich war auch nicht alleine, als ich in die Wohnung einzog. Wir waren zu dritt. Neben meiner Freundin war noch eine weitere Kollegin dabei. In der Zwischenzeit sind beide ausgezogen und ich bin alleine übrig geblieben. Bisher habe ich mich noch nicht darum bemüht, jemand anderen zu finden und der Verwaltung ist dies egal, so lange die Miete pünktlich bezahlt wird. Erst wenn ich einmal die Miete nicht rechtzeitig überweise oder die Mietvertragsdauer abgelaufen ist, bin ich draussen. Ich finde es jedoch gut, dass du die Wohnung vorher sehen möchtest. Lass uns doch gleich heute Abend zu mir gehen."

Aus dem ersten Abend wurde die erste Nacht und bereits am darauffolgenden Tag verliess ich das Hotel, um als Untermieter bei Keiko einzuziehen. Vorher hatte sie mit ihrem Bruder gesprochen und Takeshi hatte nichts gegen mich als Untermieter seiner Schwester einzuwenden. Im Gegenteil, nach seinem Abgang aus dem Hotel, der mit einigen Nebengeräuschen verbunden war, kam ihm mein Auszug eher noch entgegen.

In den ersten Tagen nach meinem Standortwechsel musste ich zuerst einmal lernen, mich in der neuen Umgebung zurechtzufinden. Der Grossraum Tokio ist wie ein Moloch in dem man sich verirren kann. Zwei Tage nachdem ich bei Keiko eingezogen war, nahm sie mich mit an ihren Arbeitsplatz. Die Schmiede war in einer der vielen kleinen Gassen in der Nähe des grossen Fischmarktes von Tokio angesiedelt. Das hatte seinen Grund. Fische gehören zu den bevorzugten Nahrungsmitteln in Japan und entsprechend braucht es auch eine Unmenge von Werkzeugen. Legendär sind die grossen Messer mit denen die Thunfische in Stücke geschnitten werden und auch die wurden in den Messerschmieden hergestellt. Zu der Schmiede gehörte ein kleiner Laden, durch den wir das Unternehmen betraten. Die Wände des Ladens waren mit Regalen bis an die Decke zugestellt und jedes Regal war voll mit Messern. Teilweise hatte es vom selben Messertyp bis zu fünfzehn verschiedene Klingen, die sich bei näherem Hinsehen in einzelnen Details unterschieden. Als ich die Messer das erste Mal sah, wusste ich noch nicht, dass jedes einzelne dieser Messer handgeschmiedet, geschliffen und geschärft worden war. In jedem dieser Messer steckte ein Teil von individueller Hingabe eines kleinen Teams von hochqualifizierten Spezialisten, die ihr Handwerk mit viel Idealismus und grösster Gewissenhaftigkeit erfüllten.

Nachdem mir Keiko einen kurzen Überblick über die verschiedenen Messerarten gegeben hatte, bat sie mich einen Moment zu warten. Sie eilte nach hinten in die Werkstatt und kam zehn Minuten später wieder zurück. „Meister Takeshi Matsushita hat zugestimmt, dass du die Werkstatt besuchen kannst. Er ist im Moment daran Rohlinge zu schmieden. Kommst du mit?"

Ich nickte und folgte Keiko nach hinten durch die Tür in einen Hinterhof. Von dort gelangten wir in die Werkstatt, die ich mir grösser vorgestellt hatte. Sie war vollgestellt mit den unterschiedlichsten Maschinen, Gestellen und Werkstoffen. Im hinteren Bereich standen drei kleine Essen. An einer davon arbeitete ein Mann, der mindestens sechzig Jahre alt sein musste. Er war klein und wirkte schmächtig. Die Art wie er das Werkstück aus der Esse nahm und es danach mit dem Hammer bearbeitete, zeugte jedoch von grossem Geschick und Können. Mit einigen gezielten Schlägen faltete er das Eisen in der Mitte und steckte es danach wieder in die Glut, um die Esse erneut anzuheizen. Dann wartete er ab, bis der Stahl wieder die richtige Farbe hatte, nahm das Stück erneut aus dem Feuer und faltete das Werkstück mit einigen geübten Schlägen. Diesen Prozess wiederholte er mehrmals.

Wir schauten dem Meister einen Moment lang wortlos zu. Während der ganzen Zeit würdigte uns der Meister keines Blickes. Seine ganze Konzentration galt nur dem Werkstück das er bearbeitete. Schliesslich gingen wir so leise wie möglich wieder in den vorderen Teil der Schmiede. Dort nahm Keiko mich beim Arm und führte mich durch eine Tür in einen weiteren Raum der Werkstatt.

„In diesem Teil arbeiten die beiden Schleifer. Sie machen immer die gleiche Arbeit. Der erste erstellt den Grundschliff der Messer und gibt ihnen ihre endgültige Form. Seine Arbeit sorgt dafür, dass aus dem Schmiederohling ein ausgewogenes Messer wird. Diese Arbeit verlangt jahrelange Erfahrung, da ein falscher Schliff das Messer unwiederbringlich zerstören kann."

Wir schauten dem Mann eine Weile zu, wie er die Rohlinge bearbeitete. Als wir eintraten, wandte er sich gerade einem neuen Stapel zu.

„Das ist ja ein ganzer Stapel von Messern. Wie viele Messer werden in der Werkstatt hergestellt?"

„Das hängt davon ab, an welcher Serie der Meister gerade arbeitet. Je nach dem werden zwischen zehn und fünfzig Messer pro Woche fertiggestellt. In der Regel werden Kleinserien von fünf bis dreissig Stück eines Messertyps zusammen gefertigt. Die Kleinserien sind für das normale Publikum wie du und ich beispielsweise. Wobei wir eigentlich sehr wenige Kunden haben, die nicht professionelle Köche oder zumindest äusserst ambitionierte Hobbyköche sind. Zwischendurch stellt der Meister immer wieder Einzelanfertigungen auf Kundenwunsch her. Viele bekannte japanische Köche kommen zu uns in den Laden. Dort werden aufgrund der Muster die genauen Bedürfnisse abgeklärt und danach erstellt der Meister ein auf die Bedürfnisse dieser Kunden abgestimmtes Werkzeug."

In der Zwischenzeit hatten wir uns dem zweiten Mann zugewandt. Dieser polierte die Messer und verpasste ihnen danach den Feinschliff mit dem Schleifstein.

„Trotzdem wir in Kleinserien arbeiten ist doch jedes Messer eine Einzelanfertigung. Wer im Umgang mit diesen Werkzeugen geübt ist, der spürt dies, wenn er das Messer in den Händen hält. Es sind marginale Unterschiede, die einen Koch das eine oder eben das andere Messer auswählen lassen."

Wir schauten den beiden Männern noch eine Weile zu, bevor mich Keiko in ihr Büro führte. „Das ist mein Reich." Sie deutete auf einen von drei kleinen Schreibtischen, der völlig mit Akten überstellt war. „Wenn ich nicht gerade im Laden arbeite oder in Japan herumreise, um unsere Produkte vorzustellen, dann kümmere ich mich hier um die administrativen Angelegenheiten des Geschäfts."

Sie bot mir einen Stuhl an. Dann setzte sie sich hinter ihren Schreibtisch.

„Warum musst du in Japan herumreisen, um die Produkte vorzustellen. Ich habe gedacht das Geschäft läuft gut."

Keiko lächelte. „Das ist korrekt. Wir verkaufen unsere Produkte sehr gut. Die Messer sind von so hochwertiger Qualität, dass sie in der Regel ein ganzes Berufsleben lang halten, wenn man sie gut pflegt. Da die Mehrheit der japanischen Köche äusserst sorgsam mit ihren Werkzeugen umgeht, müssen wir unsere Produkte auch ausserhalb der Region Tokio verkaufen."

„Dann verkauft ihr die Produkte nur in Japan?"

„Ja, wir verkaufen die Produkte nur in Japan. Warum fragst du?"

„Wenn die Produkte qualitativ so hochwertig sind, dann frage ich mich, wieso man sie nicht auch ausserhalb von Japan verkaufen sollte."

Keiko dachte einen Moment lang nach. „Das ist eine gute Frage. Wir haben schon einmal darüber gesprochen. Meister Matsushita war jedoch damals der Meinung, dass seine Messer nur für Menschen sind, die sich mit einem solchen Werkzeug identifizieren können. Er war der Auffassung, die Gaijin seien dazu nicht in der Lage. Man müsse nur in einen ihrer modernen Fastfood-Tempel gehen und versteht sofort, wie tragisch es um ihre Esskultur bestellt sei. Solchen Menschen werde er seine Messer nicht verkaufen. Die wüssten den Wert eines seiner Messer nicht zu schätzen. Bei dieser Meinung ist er bis heute geblieben."

In dem Moment kam mir eine Idee. „Was würdest du davon halten, wenn wir gemeinsam versuchen, den Verkauf von Messern auch über die Grenzen Japans hinaus voranzutreiben?"

Keiko sah mich erstaunt an und dachte kurz nach. „Das wäre eine interessante Sache. Ich weiss jedoch nicht, wie du das anstellen willst."

„Ich habe da so eine Idee. Diese möchte ich jedoch nur angehen, wenn du einverstanden bist. Es wäre für mich eine Herausforderung und die Möglichkeit die Zeit zu überbrücken, bis Takeshi sein Projekt erfolgreich realisiert hat."

In der nächsten halben Stunde erklärte ich Keiko meine Idee, wie wir Messer auch ausserhalb von Japan an Leute verkaufen könnten, die gute Qualitätswerkzeuge zu schätzen wussten. Sie hörte mir äusserst aufmerksam zu und stellte ab und zu eine Verständnisfrage. Als ich mit den Ausführungen am Ende angelangt war, zeigte sie sich von meiner Idee begeistert.

„Du hast meine volle Unterstützung. Ich werde alles daran setzen, um meinen Meister zu überzeugen, dein Vorhaben umzusetzen."

Die nächsten Tage war ich damit beschäftigt die Adresse von Bertrand Cunollet in Frankreich herauszufinden. Das ging damals nicht so einfach wie heute, wo man nur an den nächsten Computer muss, um innerhalb von wenigen Minuten jede gewünschte Adresse zu finden. Ich benötigte drei Tage, bis ich endlich eine Adresse hatte und meinen ehemaligen Vorgesetzten kontaktieren konnte. Wie befürchtet, war er in dem Moment als ich nach beinahe einem Dutzend Versuche endliche durchkam nicht anwesend. Es brauchte erneut zwei Tage, bis ich ihn endlich am Telefon hatte. Er freute sich sehr, von mir zu hören. Wir telefonierten beinahe drei Stunden und als ich wieder auflegte, war die nächste Etappe meines Planes in die Wege geleitet.

Takeshi war zwischenzeitlich auch nicht untätig gewesen. Alle Gespräch waren geführt und sämtliche Vorbereitungen abgeschlossen. Die Verträge lagen unterschriftsbereit vor. Nun war es an mir die notwendigen Schritte zu unternehmen, um die Finanzierung sicherzustellen. Ich suchte mit Takeshi den Ableger der Bank of Western Australia in Tokio auf. Dort veranlasste ich die Überweisung des vereinbarten Betrags auf seine Hausbank. Damit stand der Realisierung seines Projektes nichts mehr im Weg.

Nach der Unterzeichnung der Verträge begannen die Umsetzungsarbeiten. Als erstes standen die Absprachen mit den Behörden und die Diskussionen mit den Handwerkern bezüglich des Innenausbaus auf dem Programm. Das altehrwürdige Haus der Samurai wurde vorübergehend zur Baustelle und dies brachte unendlich scheinende Diskussionen mit den Denkmalschützern mit sich. Über jede noch so kleine Anpassung wurde stundenlang gerungen. Für Takeshi war dies nichts Aussergewöhnliches. Ich fragte mich mehrmals, woher mein Freund die schier unendliche Geduld nahm, um diese Diskussionen durchzustehen. Entsprechend nahm diese Phase des Projekts sehr viel Zeit in Anspruch und war äusserst mühsam.

Auch wenn ich an den Besprechungen nicht dabei war, sah ich Takeshi nun wieder häufiger. Seit er an dem Projekt arbeitete, hatte er sich zu meiner Freude wieder verändert. Endlich erlebte ich meinen alten zielstrebigen und konzentrierten Meister wieder.

Keiko und ihre Schwester besuchten die Baustelle auf Wunsch ihres Bruders auch einmal und zeigten sich nach dem Besuch von dem Projekt sehr beeindruckt. „Ich denke mein Bruder hat zum ersten Mal ein gutes Los gezogen", meinte Keiko nach ihrer Rückkehr. „Wenn es ihm nun noch gelingt in der Küche seine beste Leistung abzurufen, wird er mit Sicherheit erfolgreich sein."

Wir sassen zusammen in Keikos Wohnung und waren dabei das Nachtessen zuzubereiten, als mir meine Vermieterin über ihren Besuch berichtete. Unsere Wohngemeinschaft hatte sich in der Zwischenzeit gut eingespielt. Die Arbeitsteilung, die wir beschlossen hatten, funktionierte ausgezeichnet. Ich war für alles rund um die Küche besorgt. Das beinhaltete die Einkäufe, das Kochen und das Putzen der Küche. Keiko war für die Ordnung und die Sauberkeit in den Badezimmern und in den Gemeinschaftsräumen zuständig. Zudem erledigte sie die Wäsche. Für die eigenen Räume war jeder selber verantwortlich.

An diesem Abend hatte Keiko nach dem Kurzbesuch in Kanazawa ihre Schwester Kimiko mit nach Hause gebracht. Sie hatte keine Lust so spät noch weiter nach Matsushima zu reisen, weshalb ihr Keiko das Gästezimmer angeboten hatte. Für solche Fälle hatte ich immer eine Notreserve für ein wirklich gutes Nachtessen in den Vorräten, die es mir ermöglichte, ohne grossen Aufwand ein Festessen zuzubereiten. Nach dem Essen sassen wir noch einen Moment zusammen.

„Ich hatte in der Zwischenzeit mehrmals mit Bertrand Cunollet Kontakt. Er wird als Überraschungsgast zu der Eröffnung von Takeshis Restaurant erscheinen."

Kimiko hörte erstmals von dem Vorhaben und war auf Anhieb hell begeistert. „Das ist wirklich eine schöne Sache, die du da organisieren konntest. Mein Bruder wird sich sicher freuen und auch stolz sein, seinen alten Meister wieder zu sehen."

„Ich hätte da noch eine weitere Idee. Wäre es möglich, dass ihr euren Vater dazu überreden könnt, bei der offiziellen Eröffnung von Takeshis Restaurant anwesend zu sein. Er würde dort auch auf Bertrand Cunollet treffen, der sicher nur lobende Worte über seinen ehemaligen Mitarbeitenden äussern wird. Das könnte dazu beitragen, dass sich die Wogen in der Familie ein wenig beruhigen."

Einen Moment herrschte Schweigen. Dann war es erneut Kimiko, die als erste das Gespräch wieder aufnahm. „Auch diese Idee finde ich gut. Es wird jedoch schwierig sein, Vater davon zu überzeugen, an der Eröffnung teilzunehmen."

„Trotzdem sollten wir es versuchen", erwiderte Keiko. „Wenn der Familienfrieden wieder hergestellt werden soll, dann ist dies eine gute Gelegenheit. Wir müssen versuchen, Mutter für die Sache zu gewinnen. Mit ihrer Unterstützung könnten wir Vater vielleicht überreden. Nach dem was ich heute gesehen habe, lohnt sich ein Versuch auf jeden Fall."

Vier Wochen später oder anders ausgedrückt nicht ganz vier Monate nachdem ich in Japan eingetroffen war, fand an einem Samstagnachmittag die Eröffnung von Takeshis neuem Restaurant statt. Bevor die zahlreichen Gäste das neue Gasthaus besichtigen konnten, fand eine shintoistische Zeremonie statt, welche dem neuen Gasthaus Segen und Glück bringen sollte. In einem auf Traditionen basierenden Land wie Japan, kam dieser Zeremonie grosse Bedeutung zu.

Takeshi hatte zuerst darauf bestanden, ich müsse als Finanzgeber mit an vorderster Front an der Zeremonie teilnehmen. Es hatte einige Zeit und die Unterstützung von Keiko benötigt, um ihm das wieder auszureden. Schliesslich gab er sich damit zufrieden, dass ich wie ein Gast anwesend sein würde.

Am Tag der Eröffnung selber war Takeshi ein reines Nervenbündel. Er war schon früh am Morgen vor Ort, um dafür zu sorgen, dass möglichst alles reibungslos ablief. Insgesamt waren an dem Anlass über fünfhundert Gäste aus Gesellschaft, Wirtschaft und Politik der gesamten Region geladen. Alles was Rang und Namen hatte, war durch die Initianten für die Eröffnung aufgeboten worden.

Als ich in Begleitung von Keiko und Bertrand Cunollet auf dem für den Anlass von der Polizei eigens abgesperrten Areal erschien, gab es zuerst ein Problem zu lösen. Da Bertrand Cunollet als Überraschungsgast nicht auf der Liste stand, wollte man ihn nicht auf das Gelände lassen. Keiko musste den sichtlich nervösen Takeshi in Begleitung eines der Initianten des Projekts extra zum Eingang holen. Als er Bertrand Cunollet erkannte, wäre der arme Takeshi beinahe in Ohnmacht gefallen. Er war einen Moment fast den Tränen nahe und seine tiefe Verbeugung zeigte den Respekt, den er vor seinem ehemaligen Vorgesetzten und Lehrmeister empfand. Trotzdem wollten die Polizisten uns nicht auf das Gelände lassen. Es brauchte schon eine recht eindrückliche Intervention von Takeshi, die vermutlich über das halbe Festgelände zu hören war, bis der sichtlich erzürnte Polizist schliesslich nachgab.

Takeshi, der nun auf einer Wolke des Glücks zu schweben schien, beeilte sich und zerrte uns beide zu einer Vorstellungsrunde zu den Offiziellen. Für mich, wie für Bertrand, der erst am Vortag in Tokio angekommen war, bedeutete dieser Vorstellungsmarathon ein richtiggehendes Spiessrutenlaufen. Zum Glück für uns wich Keiko die ganze Zeit nicht von unserer Seite und war beim Übersetzen und bei der Einhaltung der richtigen Verhaltensregeln behilflich.

Ich hatte mit Bertrand Cunollet und Keiko bereits den Abend vor der Veranstaltung verbracht. Wir hatten ihn auf die speziellen Gegebenheiten so gut wie möglich vorbereitet. Mein ehemaliger Chef war sichtlich in die Jahre gekommen und wirkte noch um einiges ruhiger als früher. Er hatte vor kurzem erst seinen zweiten Michelin Stern erhalten und gehörte somit wirklich zu den Grossen seiner Gilde. Hier in Japan war er für beinahe alle Anwesenden jedoch nur irgendein Gaijin, wie jeder andere Nichtjapaner auch.

Als alle anderen Gäste da waren und kurz bevor die Zeremonie begann, trafen noch Takeshis Eltern in Begleitung von Kimiko ein. In dem Moment als Katsumi Nakamura in seinem dunklen Anzug und mit den grauen kurzen Haaren das Festzelt vor dem eigentlichen Restaurant betrat, ging ein Raunen durch die versammelte Menge. Trotz der etwas grimmig wirkenden Mine machte Takeshis Vater, der deutlich kleiner war als sein Sohn, einen schon fast staatsmännischen Eindruck. Die Respektsbezeugungen die ihm von allen Seiten entgegengebracht wurden, unterstrichen dies noch zusätzlich.

Die drei gingen durch das Festzelt auf Takeshi zu, der sich tief und lange vor seinen Eltern verbeugte. Nach einem kurzen Wortwechsel setzten sie sich nicht unweit von uns auf eilends herbeigebrachte Stühle und die Zeremonie konnte beginnen.

Nach dem offiziellen Teil wurde in den Räumen der beiden Häuser ein Festessen aufgetischt. In dem allgemeinen Gedränge wiesen die Platzanweiser Bertrand Cunollet und mich aus dem Samurai-Gebäude. Im Restaurant gab es nur eine begrenzte Anzahl Plätze, die für die höheren Würdenträger reserviert waren.

Für mich und meinen Gast aus Europa war das kein Problem. Wir waren an einen Tisch mit zwei japanischen Familien und ihren Kindern gesetzt worden. Die Eltern sprachen kein Wort Englisch und die Kinder hatten in der Schule erst gerade die ersten Lektionen in Englisch erhalten. Nachdem wir uns mit Zuhilfenahme von Händen und Füssen gegenseitig vorgestellt hatten, fand kaum mehr ein weiterer Austausch statt. Mein ehemaliger Chef und ich hatten uns immer noch viel zu erzählen, weshalb uns die Situation nicht gross störte.

Als gerade die Vorspeise serviert wurde, entstand plötzlich eine gewisse Unruhe. Ich merkte erst, dass dies uns galt, als Keiko gefolgt von ihrem Vater plötzlich an unserem Tisch stand.

„Wir haben dich überall gesucht Ruedi-San. Was ist geschehen?"

Keiko wirkte sichtlich nervös. Wir waren nach der Zeremonie voneinander getrennt worden, da sie ihre Eltern begrüssen wollte. Ich stand auf und verneigte mich kurz vor ihrem Vater, bevor ich Keiko antwortete. Aus den Augenwinkeln bemerkte ich sehr wohl, dass dies vom Familienoberhaupt mit einem kurzen Zucken zur Kenntnis genommen wurde.

„Uns wurde mitgeteilt, dass es im Gasthaus zu wenige Plätze gäbe und wir uns doch bitte in das andere Gebäude begeben sollten. Wobei das wohl auch hier einige Probleme verursacht hat. Wir haben aber dank dem Entgegenkommen dieser beiden Familien zwei Plätze gefunden."

Keiko schien nun völlig aus der Fassung zu geraten und wollte gerade zu einer Entgegnung ansetzen, als ihr Vater sich zu Wort meldete.

„Mein Name ist Katsumi Nakamura. Wir wurden uns leider noch nicht vorgestellt."

Ich wandte mich dem Familienoberhaupt des Nakamura Clans zu und verbeugte mich noch einmal, bevor ich antwortete. „Mein Name ist Ruedi Rötheli. Ich kenne ihren Sohn und ihre Tochter. Es ist mir eine Ehre ihre Bekanntschaft zu machen."

„Ganz meinerseits. Bedauerlicherweise bin ich ja der letzte der Familie, dem dieses Vergnügen zu Teil wird." Er verneigte sich ebenfalls kurz vor mir. Dann sah er Bertrand Cunollet an und wandte sich wieder mir zu. „Würden sie mich mit ihrem Freund bekannt machen."

„Bitte verzeihen sie, das ist Bertrand Cunollet aus Frankreich. Wir kennen uns aus Perth in Australien, wo er Takeshis und mein Meister war."

Katsumi Nakamura wandte sich an Bertrand Cunollet. „Es freut mich, auch ihre Bekanntschaft zu machen. Wie ich gehört habe, waren sie der Lehrmeister meines Sohnes."

„Es ist mir eine Ehre sie kennen zu lernen, Herr Nakamura. Was jedoch ihre Annahme anbelangt, ich sei der Lehrmeister ihres Sohnes gewesen, muss ich sie korrigieren. Ich hatte die Ehre ihrem Sohn einige Dinge der westlichen Art zu kochen beizubringen und er hat mir dafür vieles der japanischen Kochkunst beigebracht. Wer in dem Fall der Lehrling und wer der Meister war, lässt sich nicht so genau sagen."

Das erste Mal sah ich so etwas wie ein kurzes Lächeln über die Gesichtszüge von Takeshis Vater gleiten. „Eine sehr weise Antwort. Ich würde mich freuen, wenn wir das Gespräch fortsetzen könnten. Da unsere Anwesenheit zu einem Teil dafür verantwortlich ist, dass sie hier hin verwiesen wurden und nicht in das neue Restaurant, bitte ich sie, mit uns zu kommen. Wenn wir etwas zusammenrücken, finden wir sicher noch zwei Plätze für sie."

Wir kamen dieser Aufforderung gerne nach.

Bevor wir uns erheben konnten wandte sich Katsumi Nakamura an unsere Tischnachbarn. Wie ich von Keiko erfuhr, dankte er den Familien dafür, dass sie uns beiden Gastrecht gewährt hatten und bat sie gleichzeitig um Entschuldigung, dass er uns nun wieder entführte. Er erklärte kurz, bei uns handle es sich um Ehrengäste die leider falsch eingewiesen wurden. Katsumi Nakamura reichte beiden Familienvätern seine Visitenkarte und erklärte ihnen, er würde sich gerne für ihr Entgegenkommen erkenntlich zeigen.

Beide Familien zeigten grosses Verständnis und waren hoch erfreut über das kleine Geschenk von Katsumi Nakamura. Man wusste nie, wann sich ein solches Angebot als nützlich erweisen konnte.

Als wir den Wechsel des Standortes vollzogen hatten, mussten wir zuerst mindestens ein Dutzend Entschuldigungen über uns ergehen lassen, bevor wir doch noch etwas zu Essen erhielten.

Bertrand Cunollet wurde beim Versuch etwas zu essen immer wieder durch Fragen unterbrochen und musste hier und da über dieses und jenes Thema Auskunft erteilen. Mehr als einmal wurde er gefragt, wie er Takeshi kennen gelernt habe und wie sich die Zusammenarbeit gestaltete. Die lobenden Worte des erfahrenen Kochs für seinen Standesbruder, taten der Seele des in den letzten Jahren arg gebeutelten Takeshi besonders gut.

Auch Takeshis Vater blieb dies nicht verborgen. So wie Keiko, Kimiko und ich gehofft hatten, verfehlten der Besuch und die Aussagen des erfahrenen Kochs beim Familienoberhaupt der Nakamuras seine Wirkung nicht. Als er sich nach einer äusserst gelungenen Eröffnungsfeier als einer der letzten von seinem Sohn verabschiedete, meinte er nur: „Ausgezeichnet, mein Sohn." Ein Lob, welches Takeshi zu tiefst berührte.

Bereits am nächsten Tag traf ich Bertrand Cunollet wieder. Ich hatte ihn zu uns zum Brunch eingeladen. Keiko kannte diese Form des verspäteten Frühstücks bis anhin noch nicht. In den Tagen vorher hatte ich halb Tokio nach Delikatessgeschäften abgesucht, um die erlesensten Zutaten zu finden.

Da Bertrand Cunollet nur eine Woche in Japan bleiben konnte, galt es die

Zeit für mein eigentliches Vorhaben zu nutzen. Bereits am Montag besuchten wir erneut die Messerschmiede von Meister Takeshi Matsushita. Als ich mit meinem Gast das Geschäft betrat, wurden wir bereits von Keiko und ihrem Meister erwartet. Er hatte sich entschieden, den speziellen Gast selber zu begrüssen.

Bertrand Cunollet traute seinen Augen kaum, als er die langen Regale voll mit Messern sah. Er blieb einen kurzen Moment stehen und sein Gesicht nahm einen Ausdruck an, wie bei einem kleinen Knaben, der gerade einen Laden voller Spielzeug betreten hatte. Den immer noch scharfen Augen von Meister Matsushita war das kurze Aufblitzen in den Augen von Bertrand Cunollet nicht entgangen. Ein Lächeln huschte über sein Gesicht. Auch wenn er schon über sechzig Jahre alt war, erkannte er einen Kunden, der seine Arbeit zu schätzen wusste auf Anhieb. Er sagte kurz etwas zu Keiko und trat danach auf seine Gäste zu, um sie zu begrüssen. Seine Ansprache wurde von Keiko übersetzt. „Meister Matsushita begrüsst sie in seiner Schmiede und ist erfreut, ihre Bekanntschaft zu machen. Er würde ihnen gerne einige der speziellen Messer aus seinem Sortiment zeigen und ihre Meinung dazu einholen. Wenn sie uns bitte folgen würden."

Der kleine Schmied hatte die Antwort gar nicht erst abgewartet, sondern war bereits durch die Tür Richtung Werkstatt verschwunden. Wir beeilten uns ihm zu folgen. Er führte uns in den kleinen Raum mit den Bürotischen, in dem auch Keikos Schreibtisch stand. Dann öffnete er einen Schrank und holte mehrere Schachteln mit Messern hervor. Gleichzeitig begann er zu erklären. „Eine Garnitur Messer für einen erfahrenen Koch besteht in der Regel aus drei bis fünf Messern. Jedes dieser Messer hat eine bestimmte Funktion und ist speziell dafür angefertigt. Ich habe hier mehrere Varianten der verschiedenen Messer. Nehmen sie bitte jedes in die Hand und sagen sie mir, welches sich am besten anfühlt. Ich habe hier Rüben, ein Stück Rindfleisch und ein paar Fische, damit sie die Messer auch benutzen können."

In der nächsten Stunde probierten wir diverse Messer aus. Mit Hilfe von Keiko diskutierten wir dann mit Meister Matsushita über die Unterschiede und Nuancen, die jedes Messer auszeichnete. Schliesslich hatte ich vier Messer ausgesucht und Bertrand Cunollet deren fünf. Meister Matsushita bestätigte uns eine gute Wahl getroffen zu haben. Er meinte, wir sollen am Freitag wieder kommen. Danach liess er sich über Keiko entschuldigen und verabschiedete sich.

Bertrand Cunollet wandte sich mir mit einem verwirrten Ausdruck im Gesicht zu. „Ich verstehe nicht ganz."

Keiko hatte die Reaktion des Sternekochs ebenfalls bemerkt und konnte ein Lachen nicht unterdrücken. „Bitte verzeihen sie, Meister Cunollet, ich wollte sie nicht auslachen. Mein Meister wird aufgrund ihrer Wahl die Messer für sie anfertigen. Bis am Freitag sollten die Messer fertig sein."

Der Gesichtsausdruck des Sternekochs wechselte erneut von verwirrt, über erstaunt, zu ungläubig. „Sie meinen, er wird die Messer aufgrund unserer Angaben neu herstellen?"

„Genau das habe ich damit sagen wollen. Die Messer, die ihnen Meister Matsushita soeben gezeigt hat, sind Muster. Er benötigt sie, um Sonderanfertigungen zu erstellen. Aufgrund ihrer Wahl und der Art wie sie das Messer beim Schneiden benutzt haben, weiss er nun ganz genau, wie er die Messer schmieden muss."

Die Zeit bis zum vereinbarten Treffen verbrachten wir mit der Besichtigung von Sehenswürdigkeiten in Tokio und dessen Umgebung. Takeshi konnte sich leider nicht an den Ausflügen beteiligen, da er seit der Eröffnung seines neuen Restaurants völlig ausgelastet war. Ich hatte zumindest erreichen können, dass wir vor dem Rückflug von Bertrand Cunollet noch einen Tisch im neuen Restaurant erhielten.

Bevor wir jedoch die japanische Kunst eines Mahls in einem Ryotei geniessen konnten, stand noch der zweite Termin bei Meister Matsushita an.

Als wir in der Schmiede eintrafen stand der Meister im Laden und beschäftigte sich mit der Ware in den Regalen. Er zeigte sich erfreut, uns wieder zu sehen und bat uns nach der Begrüssung in die Büroräume, um uns die beiden Messersets zu zeigen. Danach beobachtete er unsere Reaktion. Er war sichtlich gespannt darauf, unsere Meinung zu seiner Arbeit zu hören.

Bertrand Cunollet war hell begeistert, als er seine Messer sah. Er nahm sich Zeit, sie zu prüfen und zu begutachten. Für ihn war es unglaublich, dass er zu diesem Preis ein auf seine persönlichen Bedürfnisse abgestimmtes Werkzeugset mit einer so hohen Qualität erhielt. Während all der Jahre, die ich in Perth mit ihm zusammengearbeitet habe, sah ich ihn nie so begeistert, wie an jenem Freitag in der kleinen Schmiede in Tokio. Er nahm die verschiedenen Klingen immer wieder in die Hand und betrachtete sie von allen Seiten. Schliesslich dankte er Meister Matsushita mit mehreren ein wenig ungelenk wirkenden Verbeugungen für seine Arbeit.

Nachdem die Messer bezahlt und in einer schönen Holzkiste gut verpackt waren, lud uns Meister Matsushita zu einer Runde Tee mit Sacke ein oder wie sich herausstellte zu einer Runde Sacke mit Tee.

Nachdem jeder einen mehr oder weniger geistreichen Trinkspruch von sich gegeben hatte und der Sake langsam aber unaufhaltsam seine Wirkung entfaltete, kam Meister Matsushita übergangslos auf das geschäftliche zu sprechen. Da Keiko übersetzen musste, gestaltete sich das Gespräch nicht so einfach.

„Meister Matsushita möchte wissen, wie ihr euch einen Vertrieb seiner Messer ausserhalb von Japan vorgestellt habt?"

Bertrand Cunollet sah mich an und gab mir zu verstehen, dass ich die Frage beantworten solle.

„Nun, die Idee wäre eine Firma zu gründen, an der wir alle drei zu gleichen Teilen beteiligt sind. Ziel des Unternehmens wäre es, den Köchen ausserhalb Japans die japanische Kochkunst näher zu bringen und damit verbunden auch die entsprechenden Werkzeuge zu verkaufen. Dafür sollen Reisen für Köche nach Japan organisiert werden. Die Köche lernen dabei die japanische Kochkunst näher kennen und können auch Messer direkt in der Messerschmiede bestellen. Wenn dadurch die Nachfrage nach Matsushita Messern steigt, soll in einem zweiten Schritt ein kleiner Verkaufsladen für Matsushita Messer in Frankreich eröffnet werden, damit nicht alle Personen nach Japan gebracht werden müssen."

Ich sah Bertrand Cunollet an, der zustimmend nickte. Nachdem Keiko das Ganze übersetzt hatte, blieb es einen Moment lang still, während Meister Matsushita nachdachte. Dann sagte er zwei kurze Worte und schenkte die Gläser wieder ein.

„So machen wir es und trinken darauf", übersetzte Keiko, während Meister Matsushita bereits sein Glas hob.

Nachdem wir auf die gemeinsame Zukunft angestossen hatten, sagte Matsushita noch einmal etwas in Japanisch, worauf Keiko völlig überrascht zu sein schien. Es entwickelte sich ein kurzes Gespräch zwischen den beiden, während dem sich Keiko mehrmals vor ihrem Vorgesetzten verneigte, bevor sie den Inhalt übersetzte.

„Meister Matsushita hat mir die Verantwortung für die gesamte Organisation übertragen. Er meinte, ich würde ihre Sprache sprechen und er wisse, dass ich die Fähigkeiten dazu mitbringe. Das ist für mich eine grosse Ehre."

Nachdem sich Meister Matsushita wieder verabschiedet hatte, um in der Schmiede seinem geliebten Handwerk nachzugehen, legten wir die Einzelheiten unseres Vorhabens fest. Bertrand Cunollet würde in Frankreich eine einfache Gesellschaft gründen und nach einem geeigneten Ladenlokal Ausschau halten. Gleichzeitig würden wir in Japan alles vorbereiten, um eine erste Reisegruppe empfangen zu können. In einem Monat würden Keiko und ich nach Paris fliegen, um die Verträge zwischen den Unternehmen zu unterzeichnen. In der Zwischenzeit würde Bertrand Cunollet unter seinen Freunden und Bekannten die Werbetrommel rühren und versuchen, eine erste Reise nach Japan zu organisieren.

„Ich denke, ich kenne da einige Leute die mir noch einen Gefallen schuldig sind. Den werde ich einfordern und sie davon überzeugen, eine Reise nach Japan wäre genau das, was ihnen im Moment zu ihrem Glück fehlt. Wenn sie nach der Woche und der überstandenen Sake-Taufe wieder wohlbehalten zurück sind, habe ich danach zwei Gefallen die ich einlösen kann."

Bertrand Cunollet strahlte vor Freude, als hätte er einen Volltreffer im Lotto getippt. Ich hatte unseren ehemaligen Küchenchef in all den Jahren in Perth nie in so aufgeräumter Stimmung gesehen, wie in dieser Woche in Japan. Ob es sein Rückzug aus dem harten Tagesgeschäft war oder sein Umzug in die nähere Heimat, wusste ich nicht genau. Auf jeden Fall gefiel mir diese Version meines ehemaligen Vorgesetzten weitaus besser, als diejenige, die ich aus den Zeiten in Australien kannte.

Bevor Bertrand Cunollet am Sonntagnachmittag die Heimreise antrat, stand am Samstagabend noch das Essen im neuen Restaurant von Takeshi auf dem Programm. Obwohl das Restaurant ausgebucht war, kam Takeshi trotzdem nach jedem Gang zu uns, um unsere Meinung zu seinem Gericht einzuholen. Bertrand Cunollet schwärmte vom ersten bis zum letzten Moment und machte sich nach jedem Gang Notizen in ein kleines schwarzes Büchlein, das er ständig mit sich herumtrug.

Ich war völlig überrascht und musste ihn angestarrt haben, wie wenn er etwas völlig Wirres tun würde.

„Du musst gar nicht so erstaunt dreinschauen. Diese Eigenheit alles in einem schwarzen Notizbuch einzutragen habe ich dir zu verdanken. Seit du damals in Perth das erste Mal mit deinem schwarzen Büchlein in der Küche rumgestanden bist, ist mein schwarzes Büchlein mein ständiger Begleiter. Jedes Mal, wenn ich von Kollegen deswegen belächelt wurde, so erzähle ich ihnen die Geschichte des jungen Schweizers, der damals in meiner Küche auftauchte und mit diesem Vorgehen zu einem passablen Koch wurde", erklärte mir Bertrand Cunollet mit einem Lächeln im Gesicht.

Als das Essen nach beinahe fünf Stunden vorüber war, setzte sich ein müder aber zufriedener Takeshi zu uns an den Tisch. Er war überglücklich. Sein neues Projekt war im Gegensatz zu seinem ersten Versuch in Beppu über alle Erwartungen gut angelaufen.

„Es ausgezeichnet läuft. Telefon geht ganzer Tag. Für drei Monate völlig ausgebucht und für nächste drei bis vier Monate über Hälfte von Restaurant schon belegt." Takeshi genehmigte sich einen Schluck Wasser. „Ich sein sehr zufrieden."

Wir sprachen noch eine Stunde lang miteinander, dann verabschiedeten wir uns von unserem Freund. Er hatte mit dem Restaurant in Kanazawa seine Bestimmung gefunden und ich war dankbar, dass ich meinen Teil dazu beigetragen hatte.

In den nächsten Wochen sah ich Takeshi nur noch dreimal kurz zwischen seinen Einsätzen. Ich muss zugeben, ich war darüber nicht unbedingt un-glücklich. Jedes Mal wenn ich meinen Freund seit der geglückten Eröff-nungsfeier sah, musste ich zuerst eine Viertelstunde Dankesbezeugungen über mich ergehen lassen. Einerseits konnte ich die Gefühle von Takeshi verstehen, andererseits wurde es langsam unangenehm. Ich fürchtete mich fast ein wenig vor dem Moment, an dem ich meinem Freund sagen musste, es sei nun gut und er brauche sich nicht weiter zu bedanken.

Keiko und ich konzentrierten uns auf die Umsetzung unseres Vorhabens. Wir gründeten mit Unterstützung eines Anwalts eine Firma, über die der Export der Messer stattfinden sollte.

Von Bertrand Cunollet hatten wir schon drei Tage nach seiner Rückkehr nach Frankreich Bescheid erhalten, dass sein Teil unseres Vorhabens äusserst positiv angelaufen sei. Er hatte alle notwendigen Schritte eingeleitet und auch schon ein Ladenlokal an guter Lage in einem belebten Vorort von Paris in Aussicht. Als nächstes wollte er mit seinen Kollegen Kontakt aufnehmen. Er war sicher er konnte genügend Interessenten zusammenbringen, um eine erste Reise nach Japan zu organisieren. Ich konnte seinen Tatendrang rich-tiggehend spüren. Der Ausflug ins Land der aufgehenden Sonne hatte bei ihm einen richtigen Motivationsschub ausgelöst. Er hatte wieder eine span-nende Aufgabe und war schon fast übermotiviert.

Weitere vier Wochen später führte Bertrand Cunollet die erste Reise-gruppe bestehend aus vier Personen nach Japan. Allesamt Köche von be-kannteren französischen Restaurants und Könner ihres Fachs. Zusammen mit Keiko hatte ich die acht Tage ihres Aufenthalts gut durchgeplant.

Bereits am Morgen nach der Ankunft führten wir die Gruppe in die Werkstatt von Meister Matsushita. Die vier Köche waren hell begeistert und wir konnten sie kaum mehr aus der Werkstatt heraus bringen. Dieses Mal hatte Meister Matsushita nicht so viel Zeit wie bei unserem letzten Zusam-mentreffen. Er freute sich jedoch sehr, uns beide zu sehen und begrüsste uns wie alte Freunde, was bei Keiko doch einiges Erstaunen hervorrief. Der etwas eigenwillige Schmied hatte ansonsten keine ausgeprägte Beziehung zu seinen Kunden. Bei uns machte er jedoch eine seiner wenigen Ausnahmen.

Die acht Tage mit der Reisegruppe verliefen wie im Flug. Trotzdem wurde ich mir dabei bewusst, dass es Zeit war weiter zu ziehen. Im Rahmen des Abschlussessens in Takeshis Ryotei, das die Reisegruppe schon fast nach gewohnter Manier in Entzücken versetzte, teilte ich Takeshi meinen Entschluss mit. Seine Reaktion war etwas befremdend. Einen kurzen Moment sagte er nichts. Sein Gesichtsausdruck blieb versteinert. Schliesslich verneigte er sich so tief vor mir, wie Japaner dies nur vor hochgestellten Persönlichkeiten tun. Dann dankte er mir noch einmal für alles, was ich für ihn getan hatte, versprach, mich regelmässig über den Stand unseres Geschäfts zu informieren und verabschiedete sich dann abrupt. Ich war im ersten Moment ein wenig irritiert. Da ich Takeshi jedoch kannte, liess ich eine weitere Intervention bleiben. Ich würde ihn vor meiner Abreise sicher noch einmal sehen und hoffte, dass er sich bis dahin wieder gefangen hatte.

Bei Keiko löste meine Nachricht deutlich mehr Emotionen aus. „Du kannst jetzt nicht gehen. Wir sind mitten im Aufbau des Geschäfts."

Ich erklärte Keiko, dass sie mich nicht mehr brauche. Die Firma für den Verkauf der Messer nach Europa war gegründet, die Geschäftsbeziehungen mit Bertrand Cunollet waren ausgezeichnet angelaufen und ich konnte nichts Essentielles mehr beitragen. Diesen Argumenten konnte sich Keiko nicht verschliessen und obwohl sie alles andere als glücklich war, intervenierte sie nicht mehr weiter.

So kam es, dass ich knapp neun Monate nach meiner Ankunft Japan bereits wieder verliess."

Ruedi Rötheli war mit seiner Erzählung am Ende angelangt. Gerade noch rechtzeitig. Der Kellner erschien schon zum zweiten Mal an ihrem Tisch. „Meine Herren, bitte entschuldigen sie, aber wir müssen leider schliessen."

Die Rechnung war bezahlt und die drei erhoben sich.

„Ich weiss, ich wiederhole mich, aber ihre Geschichten sind ... verrückt."

„Das mag zutreffen, Herr Pfarrer und ich gebe zu, mit der Distanz eines langen Lebens kommt es mir manchmal auch so vor. Dennoch und das sollte ihnen Herr Leimbacher bestätigen können, entsprechen sie der Wahrheit."

Markus Leimbacher, der während den beinahe vier Stunden Erzählung gespannt zugehört und sich zwischendurch ein paar Notizen gemacht hatte, schien immer noch ein wenig in Gedanken versunken. Er zuckte leicht zusammen, als sein Name fiel.

„Das ist korrekt, Herr Pfarrer. Was ich heute Abend gehört habe, entspricht dem, was ich aus den Papieren schliessen konnte, die ich von Herrn Rötheli erhalten habe. Die Geschäftsdokumente des Restaurants und des Exportgeschäfts für Messer aus Japan stimmen mit den Angaben überein. Es gibt vielleicht nur eine nennenswerte Differenz zu dem Stand der Erzählung, bei der wir heute Abend verblieben sind. In der Zwischenzeit ist es nicht nur ein Restaurant, das Takeshi gehört, sondern es sind deren sieben. Das Gleiche kann man zu dem Messergeschäft sagen. Es gibt in der Zwischenzeit deren zwölf, die über die ganze Welt verteilt sind. Die Schmiede in Japan ist immer noch die Gleiche, nur dass dort anstelle der fünf Personen deren dreizehn arbeiten."

„Es sind sogar vierzehn, nicht dreizehn. Meister Yoshizawa, der Nachfolger meines guten Freundes Matsushita hat vor drei Wochen einen neuen Hilfsschmied eingestellt." Ruedi Rötheli hatte die Bemerkung wie nebenbei eingestreut und dadurch Markus Leimbacher zum Erstaunen gebracht.

„Woher wissen sie das? Ich habe aufgrund ihrer Dokumente die aktuelle Situation geprüft. Aufgrund meiner Informationen arbeiten aktuell dreizehn Mitarbeitende für die Messerschmiede von Meister Matsushita."

Ruedi Rötheli musste lächeln. Der leicht bestürzte Unterton in der Feststellung von Markus Leimbacher zeigte ihm nur, wie ernst und seriös der Notar an die Aufgabe herangegangen war und das freute den alten Mann.

„Das ist völlig richtig, Herr Leimbacher. Wenn sie offiziell nachfragen, so erhalten sie genau diese Information. Ich kann ihnen jedoch versichern, aktuell sind es vierzehn und nicht dreizehn Mitarbeiter. Ich hatte diese Woche noch mit Keiko Kontakt und sie hat mir diese letzte Neuigkeit mitgeteilt."

Sie hatten inzwischen das Restaurant verlassen. Nachdem Ruedi Rötheli vorgeschlagen hatte, die beiden für einen nächsten Termin wieder zu kontaktieren, sobald er seine Abklärungen beendet hatte, machte sich jeder der drei getrennt auf den Heimweg.

5. Von Verwandten, Fliegern und tiefen Gefühlen

Ruedi Rötheli griff zum vierten oder fünften Mal zum Telefon und stellte die Nummer ein, die er am Morgen auf einen Notizblock geschrieben hatte. Neben dem Telefon lag das aufgeschlagene Dossier mit allen Daten, die Markus Leimbacher über Selina Gasparin hatte in Erfahrung bringen können. Bevor er mit ihr persönlich in Kontakt trat, hatte sich Ruedi Rötheli vorgenommen, so viel wie möglich über das Leben der Tochter seiner Schwester herauszufinden. Was er jedoch in den Unterlagen gelesen hatte, war alles andere als berauschend. Das Leben schien es mit der jungen Frau nicht eben gut gemeint zu haben. Aus den wenigen Informationen konnte er schliessen, dass es um die junge Mutter nicht zum Besten stand. Ein Grund mehr für Ruedi Rötheli, bald einmal mit ihr Kontakt aufzunehmen.

In dem eher etwas konservativen Appenzell hatte es die alleinstehende Mutter einer kleinen Tochter nicht gerade einfach. Sie führte ein bescheidenes und eher zurückgezogenes Leben. Von den Einheimischen wurde sie grösstenteils toleriert, von manchen aber auch gemieden. Es war für die junge Mutter nicht immer einfach, gegen die Widrigkeiten von gutbürgerlichen Vorurteilen anzukämpfen. Trotzdem versuchte sie immer das Beste aus ihrer Situation zu machen, auch wenn ihr das oft nicht einfach fiel.

Unter dem frühen Verlust ihrer eigenen Mutter litt sie auch heute immer noch. Nach einer Jugend in Heimen und bei Pflegeeltern, die alles andere als glücklich verlaufen war, hatte sie mit neunzehn Jahren ihren ersten Freund kennen gelernt. Ihre Hoffnung, endlich eine Stütze in ihrem Leben gefunden zu haben, erwies sich als grosser Trugschluss. Der skrupellose Kerl nutzte die Verletzlichkeit der jungen Frau ohne jegliche Bedenken aus. Als er erfuhr, dass sie schwanger war, hat er sich bei Nacht und Nebel aus dem Staub gemacht. Vorher leerte er jedoch noch alle Konten und riss sich auch die sonstigen verwertbaren Dinge unter den Nagel.

Die gesamte Schwangerschaft und die Geburt musste Selina alleine durchstehen. Kam dazu, dass ihr Umfeld nicht sehr positiv auf ihren Zustand reagierte. Neben den Sorgen einer ungewissen Zukunft, musste sie auch noch die Schmähungen von ein paar Unbelehrbaren über sich ergehen lassen. Doch auch diese Hürde meisterte sie mit ihrer bescheidenen aber hartnäckigen Art.

Die Geburt ihrer Tochter verlief glücklicherweise problemlos. Als sie das kleine Mädchen erstmals in den Armen hielt, waren all die Mühen der Zeit davor vergessen. Doch bald einmal wurde die Euphorie der Geburt durch den bitteren Geschmack des Alltags abgelöst. Einmal aus dem Spital entlassen, versuchte sich Selina mehr schlecht als Recht durchzuschlagen. Die Wohnung musste sie aufgeben, da sie sich die Miete nicht mehr leisten konnte. Nach längerem Suchen, während dem für kurze Zeit sogar eine Obdachlosigkeit drohte, fand sie schliesslich eine Bleibe.

Was ihr wirtschaftliches Überleben anbelangte, so hatte sie für einmal Glück. Die Wirtin des Restaurant Hirschen, die in ihrem Leben selber einige unschöne Erfahrungen gemacht hatte, erbarmte sich der jungen Mutter. Sie gab ihr eine Anstellung als Kellnerin in ihrem Restaurant. Obwohl der Lohn eher bescheiden ausfiel und die neue Kellnerin auf die Trinkgelder angewiesen war, reichte es aus, um sich gerade so durchs Leben zu schlagen.

Nach anfänglicher Skepsis begannen die einheimischen Gäste die neue Bedienung zu akzeptieren. Sie machte ihre Arbeit korrekt und beklagte sich nie. Ihr freundliches Lächeln und die zurückhaltende aber stets korrekte Art mit den Kunden umzugehen, wurde zu ihrem Markenzeichen. Mit der Zeit erarbeitete sich die junge Mutter den Ruf einer redlichen und arbeitsamen Frau. Auch wenn ihr Einzelne, vor allem konservative und alteingesessene Unverbesserliche immer noch hinter vorgehaltener Hand vorwarfen, sie führe ein lasterhaftes Leben.

Was Ruedi Rötheli aus den Telefonaten und den Dokumenten erfahren hatte, machte ihn tief betroffen. Das Ergebnis seiner Abklärungen hätte auch seiner Schwester nicht gefallen. Für ihn stand deshalb fest, er würde alles in seiner Macht stehende tun, um der Tochter seiner Schwester zu helfen.

Selina Gasparin wollte eben gerade zur Arbeit, als das Telefon klingelte. Sie nahm den Anruf entgegen und hörte einen kurzen Moment zu, bevor sie den Redefluss des Anrufers abrupt unterbrach.

„Hören sie zu. Ich kenne sie nicht, verstehe nicht was sie von mir wollen und will auch nichts von ihnen. Lassen sie mich in Ruhe." Dann unterbrach sie die Verbindung, ohne ein weiteres Wort zu verlieren.

Ruedi Rötheli wurde von der Reaktion völlig überrumpelt. Damit hatte er nicht gerechnet. Nachdem die erste Überraschung überwunden war, erschien ein leichtes Lächeln auf seinem Gesicht. Das Verhalten der jungen Frau erinnerte ihn an seine Schwester Katrin. Sie hätte in einer solchen Situation auch so reagiert. Wie die Mutter so die Tochter. Ruedi wollte nun die junge Frau erst Recht kennen lernen. Er war zudem äusserst gespannt, ob sie Katrin ähnlich sah.

Nach kurzem Nachdenken beschloss er deshalb spontan nicht mehr zuzuwarten, sondern Selina Gasparin persönlich aufzusuchen. Wenn er sie am Telefon nicht erreichen und ihr sein Anliegen erklären konnte, so liess sich das bei einem persönlichen Kontakt möglicherweise eher realisieren.

Eine halbe Stunde nach dem Telefonat stand sein Chauffeur mit der Limousine vor dem Hotel. Dreieinhalb Stunden später betrat Ruedi Rötheli das Restaurant Hirschen in einem Aussenquartier von Appenzell. Es war bereits kurz nach drei Uhr und die Gaststube bis auf zwei ältere Bauern leer. Ruedi setzte sich an einen Tisch am Fenster und sah sich gespannt um. Aufgrund der kleinen Fenster, die nicht so viel Tageslicht in die Gaststube liessen, brannte bereits ein Grossteil der Innenbeleuchtung. Ansonsten machte die Schankstube einen sauberen und ordentlichen Eindruck.

„Guten Tag, was darf ich ihnen bringen?"

Ruedi Rötheli wäre fast vom Stuhl gefallen, als ihn die Kellnerin unvermittelt ansprach. Die junge Frau, die ihn nach seinen Wünschen fragte, war das absolute Ebenbild seiner Schwester Katrin. Einzig die schwarze Haarfarbe und die grünblauen Augen passten nicht zu dem Bild von Katrin, wie er es in Erinnerung hatte.

„Ich hätte gerne einen Pfefferminztee."

„Kommt sofort."

Die Kellnerin drehte sich um und ging zum Tresen. Einen kurzen Moment später kam sie mit dem Tee zurück.

„Ihr Pfefferminztee. Darf es sonst noch etwas sein?"

„Ja, haben sie einen Moment Zeit, um sich zu setzen?"

Kaum dass Ruedi Rötheli die Frage gestellt hatte, spürte er sofort, wie Selina Gasparin eine deutliche Abwehrhaltung aufbaute.

„Tut mir leid, für so was habe ich keine Zeit."

Die Frage an sich überraschte die Kellnerin keineswegs. Es war offensichtlich, dass so etwas öfters vorkam. Auch wenn die Gründe der anderen Fragesteller mit grösster Wahrscheinlichkeit anders geartet waren, als die von Ruedi Rötheli. Mit einem aufgesetzt wirkenden Lächeln wollte sich Selina gerade abwenden, als Ruedi Rötheli erneut das Wort ergriff. „Mein Name ist Ruedi Rötheli. Ich bin der jüngere Bruder ihrer Mutter Katrin und habe sie heute Morgen angerufen."

Selina hielt mitten in der Bewegung inne. Ihr Interesse hatte schlagartig zugenommen und sie sah sich den eigenartigen Gast genauer an. „Sie sind das?" Die junge Kellnerin wirkte alles andere als erfreut. „Ich habe ihnen doch schon heute Morgen gesagt, dass ich für so einen Blödsinn keine Zeit habe. Was wollen sie eigentlich von mir?"

„Ich möchte nur zehn Minuten ihrer Zeit. Mehr nicht. Ich würde ihnen gerne erklären, warum ich sie aufgesucht habe. Wenn sie danach kein Interesse an einem weiteren Gespräch haben, werde ich wieder gehen und sie hören nie mehr etwas von mir."

Einen Moment lang betrachtete Selina den alten Mann vor sich nachdenklich. Wie er da vor ihr auf seinem Stuhl sass, sah er nicht wie ein Verbrecher oder ein Verrückter aus. Trotzdem konnte man nie vorsichtig genug sein.

„Wenn sie nicht hier mit mir sprechen möchten, kann ich sie auch einmal in ihrer Freizeit zu Hause aufsuchen."

Das kam nun wirklich nicht in Frage. Lieber würde sie einen Rüffel ihrer Chefin riskieren, als einen Fremden zu sich nach Hause einzuladen.

„Nein, auf keinen Fall." Selina zögerte einen Moment. Schliesslich setzte sie sich auf den Stuhl gegenüber von Ruedi Rötheli. „Sie haben fünf Minuten. Mehr Zeit kann ich mir nicht nehmen, sonst riskiere ich, meine Arbeit zu verlieren. Das kann ich mir auf keinen Fall leisten. Also fassen sie sich kurz, ich möchte wirklich keine Probleme mit meiner Chefin kriegen."

„Gut, ich fasse mich so kurz wie möglich. Mein Name ist wie bereits erwähnt Ruedi Rötheli. Ich bin der jüngere Bruder ihrer Mutter Katrin Rötheli aus Trub im Oberemmental. Vor beinahe achtundfünfzig Jahren bin ich kurz vor meinem sechszehnten Geburtstag von zu Hause weggelaufen. Ich habe meine Familie und auch meine Schwester in Trub zurückgelassen..."

In den nächsten knapp fünf Minuten erzählte Ruedi der schweigend dasitzenden Selina Gasparin eine Kurzfassung seiner Geschichte. Die junge Frau hörte mit zunehmendem Erstaunen der Erzählung ihres Gegenübers zu. Je länger der Bericht dauerte, umso skurriler kam ihr das Ganze vor. Die Sache schien fast zu verrückt, um wahr zu sein. Sie erfuhr in den paar wenigen Minuten mehr über die Vergangenheit und die Familie ihrer Mutter als in all den Jahren zuvor. Als der alte Mann mit seiner Geschichte am Ende angelangt war, musste sie das Gehörte zuerst einen Moment setzen lassen. Sie starrte vor sich hin und schien mit ihren Gedanken irgendwo anders zu sein, nur nicht in der Stille des Gasthauses in Appenzell. Gerade als sie aus ihrer Erstarrung zu erwachen schien und zu einer Antwort ansetzen wollte, machte sich einer der Gäste bemerkbar.

„Ich komme sofort."

Selina stand auf, um sich zu dem Gast zu begeben. Zuvor wandte sie sich an den sonderbaren Mann, dem sie in den letzten Minuten wie gebannt zugehört hatte. „Entschuldigen sie bitte, ich komme sofort wieder." Dann drehte sie sich um und bediente den Gast. Als sie zurück kam setzte sie sich ohne zu zögern hin. "Was sie mir da erzählt haben, ist für mich nicht leicht zu verkraften", begann sie etwas zögerlich. „Meine Mutter war, was ihre Familie anbelangt, ihr Leben lang äusserst zurückhaltend. Von sich aus hat sie nie etwas erzählt. Meinen Fragen ist sie immer ausgewichen. Die paar wenigen Informationen, die sie eher durch Zufall preisgab, ergaben kein klares Bild. Ich hatte bis heute keinen Kontakt mit jemandem aus meiner Verwandtschaft. Ich wusste nicht einmal, dass ich noch Verwandte habe." Selina musste mit ihren Emotionen kämpfen.

„Ich würde ihnen gerne etwas mehr erzählen", meinte in dem Moment Ruedi Rötheli. Er hatte erkannt, dass er mit seinem Erscheinen bei Selina, einen wunden Punkt getroffen hatte, was er bedauerte.

„Was die Familie anbelangt, so hatte meine Mutter mit ihrer Vergangenheit gebrochen. Sie wollte nichts mehr mit ihren Verwandten zu tun haben. Ich konnte das nie verstehen und habe einige Jahre versucht, mehr über das Leben meiner Mutter vor meiner Geburt zu erfahren. Sie hatte jedoch die Brücken hinter sich so gründlich und konsequent abgebrochen, dass ich mit meinen bescheidenen Mitteln nicht viel in Erfahrung brachte." Selina machte eine kurze Pause. „Hören sie, Herr Rötheli, ich muss noch bis fünf Uhr arbeiten. Danach habe ich einen Moment frei, bevor ich um viertel nach sechs meine Tochter von der Krippe abholen muss. Wenn sie bis dann warten können, haben wir eine Stunde Zeit, um weiter zu sprechen. Ich würde es jedoch vorziehen, wenn wir uns an einem anderen Ort als an meinem Arbeitsplatz treffen könnten. Das Kaffee Adler wäre ein guter Treffpunkt. Es liegt in unmittelbarer Nähe der Kinderkrippe."

Ruedi war mit diesem Vorschlag selbstverständlich einverstanden. Er hatte kein Problem damit, diesen zusätzlichen Aufwand auf sich zu nehmen. Es war immer sein Ziel gewesen, die Tochter seiner Schwester näher kennen zu lernen. Im Moment hatte er jedoch das Gefühl, mit seinem Besuch etwas ausgelöst zu haben, was er nicht beabsichtigt hatte. Das konnte er nicht einfach so stehen lassen. Deshalb war es ihm mehr als Recht, wenn er die Unterredung später fortsetzen konnte.

Die Zeit bis zum Treffen im Kaffee Adler verbrachte Ruedi Rötheli damit, den Hauptort des Kantons Appenzell Innerrhoden zu besichtigen. Die engen Gassen und die Geschäfte strahlten ein ganz eigenes Flair aus. Manches war auf die vielen Touristen ausgelegt, die den kleinen Ort zu jeder Jahreszeit heimsuchten. Trotzdem waren die vielen alten Gebäude und die

Geschichte, die in diesen Gassen steckten, etwas ganz besonderes. Er merkte kaum, wie die Zeit verstrich und musste sich schlussendlich noch beeilen, um rechtzeitig am vereinbarten Treffpunkt zu sein. Als er in dem gemütlichen Kaffee Adler ankam, sass Selina Gasparin bereits an einem der Tische.

„Entschuldigen sie meine Verspätung. In bin das erste Mal in Appenzell und habe bei der Besichtigung des Ortes fast die Zeit vergessen."

Selina Gasparin musste lächeln. „Das ist kein Problem. Sie sind nicht der Einzige, dem das so geht. Die engen Gassen und die alten Häuser strahlen eine Faszination aus, der man sich nur schwer entziehen kann. Wenn sie die Möglichkeit haben, sollten sie einmal während der Adventszeit vorbei kommen. Die Stimmung zu dieser Jahreszeit ist fast nicht zu übertreffen."

Sie hielt noch einmal inne, um den Themenwechsel nicht zu abrupt erscheinen zu lassen. „Können sie mir noch etwas mehr von der Familie meiner Mutter erzählen?"

„Das werde ich gerne tun, insofern ich dazu in der Lage bin. Wie ich ja bereits erzählt habe, bin ich noch in der Schulzeit von zuhause ausgebrochen. Was die Zeit davor anbelangt, kann ich ihnen alles erzählen, an was ich mich noch erinnere. Über die Zeit nach meinem Wegzug weiss ich jedoch nicht allzu viel. Ich werde aber versuchen alle ihre Fragen zu beantworten."

In der nächsten Stunde erzählte Ruedi so viel er nur konnte und beantwortete alle möglichen Fragen seiner Nichte. Am Ende kam er schliesslich zum eigentlichen Grund seines Besuchs.

„Ich weiss, wir kennen uns erst etwas mehr als eine Stunde und das ist herzlich wenig. Wie ich ja bereits erwähnte, bin ich nach beinahe sechzig Jahren zurück in die Schweiz gekommen. Meine Rückkehr hat einen Grund. Während meiner Zeit im Ausland ist es mir gelungen ein nicht unerhebliches Vermögen anzuhäufen. Aufgrund von ausserordentlichen Umständen, die ich jetzt nicht erklären kann, habe ich mich entschieden, einen Teil meines Vermögens zu verteilen. Wie das vorgehen soll, würde ich gerne anlässlich einer Orientierung an alle Empfangsberechtigten Ende Monat in Trub bekanntgeben. Ich hätte meine Schwester auch gerne dabei gehabt. Da sie die direkte Nachfahrin von Katrin sind, bitte ich sie, an ihrer Stelle an der Veranstaltung teil zu nehmen."

„Sie wollen von mir, dass ich Ende September für eine Information von Appenzell nach Trub komme?"

„Das ist korrekt. Genau das wäre meine Bitte an sie."

„Wann genau soll das sein?"

„Am Freitag achtundzwanzigster September um neunzehn Uhr im Gemeindezentrum in Trub."

„Das ist unmöglich. An einem Freitag muss ich arbeiten. Zudem habe ich eine Tochter, die ich nicht einfach an einem Freitagabend zuhause lassen kann. Was sie von mir möchten ist nicht machbar."

Ruedi dachte einen Moment lang nach. „Ich könnte ihnen helfen dieses Problem zu lösen."

„Wie wollen sie das anstellen?"

„Ich organisiere eine Stellvertretung, die sie an diesem Tag kompetent vertritt. Das dürfte kein allzu grosses Problem sein. Dazu müssten sie mir aber erlauben, mit ihrer Chefin zu sprechen. Ich bin sicher, sie wird für diese spezielle Situation Verständnis aufbringen. Ihre Tochter können sie selbstverständlich mitnehmen. Ich werde ihnen für den gesamten Besuch ein Auto mit Chauffeur zur Verfügung stellen und ihnen ein Hotelzimmer ihrer Wahl reservieren lassen. Damit wären sie unabhängig. Sie können danach selber entscheiden, ob sie in einem Hotel in der Region übernachten wollen, oder am gleichen Tag wieder zurück nach Appenzell fahren möchten."

Selina sah den alten Mann ein wenig verwirrt an. Seine Stimme hatte schon fast einen leicht flehenden Klang angenommen. Es schien ihm wirklich viel daran zu liegen, dass sie an diesem Anlass teilnahm.

„Ich verstehe nicht, warum es für sie so wichtig ist, dass ich an dieser Veranstaltung teilnehme."

Ruedi Rötheli sah seine Nichte einen Moment lang nachdenklich an, bevor er ihr die Frage beantwortete. „Ich habe in meinem Leben ein paar Fehler gemacht, auf die ich alles andere als stolz bin. Einer der grössten, wenn nicht sogar der grösste Fehler war es, meine Schwester einfach alleine zurückzulassen, als ich von zuhause weggelaufen bin. Ich wünschte mir, Katrin wäre noch hier und ich könnte zumindest einen kleinen Teil dessen wieder gut machen, was sie durch meinen Auszug aus dem Elternhaus ertragen musste. Das ist jedoch leider nicht mehr möglich. Sie sind die Tochter meiner Schwester und damit die Einzige, der ich noch etwas zurückgeben kann. Deshalb ist es mir ein Anliegen, dass sie anstelle ihrer Mutter an dem Anlass teilnehmen. Dafür würde ich alles tun, was in meiner Macht steht."

Selina wusste in dem Moment nicht, was sie sagen sollte. Zudem war es an der Zeit ihre Tochter von der Krippe abzuholen. „Ich kann ihnen im Moment nichts versprechen, ausser dass ich darüber nachdenken werde. Kann ich sie irgendwo erreichen?"

Ruedi Rötheli griff in die Tasche seines Vestons und reichte seiner Nichte einen Umschlag. „In diesem Umschlag ist ein Schreiben des Notars, der die ganze Angelegenheit in meinem Namen organisiert. Zudem finden sie darin einen Betrag, den jeder erhalten hat, der an die Information eingeladen wurde, unabhängig davon, ob die jeweilige Person an der Veranstaltung teilnimmt oder nicht. Es ist als Aufwandsentschädigung gedacht und gehört ihnen, egal ob sie an dem Anlass teilnehmen werden oder nicht. Sie finden auch eine Karte mit meiner Telefonnummer. Ich wäre ihnen sehr dankbar, wenn sie mir in den nächsten Tagen Bescheid geben könnten, ob ich mit ihrer Teilnahme rechnen darf." Ruedi Rötheli erhob sich. „Nun möchte ich sie nicht länger aufhalten, damit sie nicht zu spät kommen, um ihre Tochter abzuholen", meinte er und sah Selina einen kurzen Moment nachdenklich an. „Wie gesagt, wir kennen uns noch nicht lange, aber wir sind verwandt und ich wollte deshalb fragen, ob ich sie Selina nennen darf?"

Selina musste lächeln. Sie hatte in der Zwischenzeit den Argwohn verloren, der sie zu Beginn noch verfolgt hatte. Auch wenn sie ihn erst ein paar Stunden kannte, so hatte dieser alte Mann doch etwas Vertrauenswürdiges an sich, das sie tief berührte. Sie wollte ihm deshalb den Wunsch keinesfalls abschlagen. Zudem war es ein besonderes Gefühl, nach all den Jahren wieder so etwas wie eine Familie zu haben. Sie begann dieses neue Gefühl zu geniessen, auch wenn sie das niemals zugegeben hätte.

„Wenn ich sie im Gegenzug Onkel Ruedi nennen darf und wir vom förmlichen sie zu du wechseln, habe ich sicher nichts dagegen."

Ruedi Rötheli musste lachen. „Aber sicher darfst du mich Onkel Ruedi nennen. Es hat mir sehr viel bedeutet, dass du dir die Zeit genommen hast und ich dich kennen lernen durfte."

Danach verabschiedeten sich die beiden und Ruedi Rötheli machte sich auf den Heimweg. Er konnte zufrieden sein, auch wenn er sein eigentliches Ziel nicht erreicht hatte. Es bestand immer noch die Möglichkeit, dass seine Nichte nicht an dem Anlass teilnahm. Zumindest musste er sich keinen Vorwurf machen. Im Rahmen seiner Möglichkeiten hatte er getan, was er konnte. Jetzt musste er abwarten, wie sich Selina entscheiden würde.

Zwei Tage später erhielt Ruedi Rötheli den erwarteten Anruf von Selina Gasparin. Sie hatte sich entschieden an der Veranstaltung teilzunehmen.

Der alte Mann war über diesen Entscheid so glücklich, dass er seiner Nichte fast überschwänglich dankte. Wie er es versprochen hatte, bot er ihr an, ihre Chefin anzurufen.

„Das ist nicht nötig. Ich habe bereits mit meiner Chefin gesprochen und ihr die ganze Geschichte erzählt. Sie hat keinen Moment gezögert und mir den Tag frei gegeben. Ich kann sogar einen Tag länger bleiben, wenn ich das möchte." Sie hielt kurz inne und man konnte ihr eine gewisse Verlegenheit anmerken, als sie die nächste Frage stellte. „Ich wäre dir jedoch sehr dankbar, wenn ich auf dein Angebot mit dem Auto und dem Chauffeur zurückkommen dürfte. Es wäre für mich eine grosse Erleichterung."

„Das ist überhaupt kein Problem. Du würdest mir sogar eine Freude machen, wenn ich dir die Limousine, den Chauffeur und ein Hotelzimmer zur Verfügung stellen dürfte. Du kannst davon Gebrauch machen oder auch nicht und gehst keinerlei Verpflichtung ein."

Ruedi Rötheli war in diesem Moment das erste Mal seit langem wieder mit sich und der Welt zufrieden. Er hätte auch noch viel mehr getan, um die Tochter seiner Schwester für sein Vorhaben begeistern zu können. Es war ihm wirklich ein Herzenswunsch, dadurch zumindest symbolisch seiner geliebten Schwester Katrin einen Teil des Schmerzes zu vergelten, den sein Auszug aus dem Elternhaus bei ihr hervorgerufen hatte.

„Sehr gut meine Herren. Ich freue mich wirklich, dass wir das Unmögliche möglich machen konnten und alle auf der Liste aufgeführten Personen und Institutionen, die wir erreichen konnten, sich dazu bereit erklärt haben, an der Veranstaltung von kommendem Freitag teilzunehmen. Für den Anlass ist alles vorbereitet. Ich habe gestern noch mit dem Restaurant Löwen gesprochen. Vor meinem Vortrag wird ein gutes Nachtessen serviert. Ich werde meine Ausführungen nach dem Hauptgang und vor dem Dessert halten. Wer gegessen hat, kann eine Überraschung besser verkraften." Er machte eine kleine Pause und sah seine beiden Mitstreiter an. „Ich möchte es ihnen überlassen, ob sie an dem Nachtessen teilnehmen oder nicht. Es ist auch jedem Teilnehmenden freigestellt, sich nach dem Vortrag zu verabschieden und auf das Dessert zu verzichten. Ich gehe jedoch davon aus, dass die meisten bleiben werden."

„Was ist mit ihnen, werden sie bleiben", wurde Ruedi Rötheli in dem Moment von Markus Leimbacher gefragt.

„Nein, ich werde mich nach meinem kurzen Referat zurückziehen. Würde ich bleiben, so müsste ich den ganzen Abend Fragen beantworten und hätte keine einzige ruhige Minute. Mir ist klar, dass ich mich danach den einzelnen Personen stellen muss. An dem Abend, an dem ich bildlich gesprochen die Katze aus dem Sack lasse, werde ich jedoch darauf verzichten." Ein leichtes Grinsen huschte über Ruedi Röthelis Gesichtszüge. „Es wird in den kommenden Monaten noch genügend Möglichkeiten geben, um mit allen ausführlich zu sprechen."

„Ich werde sicher während dem Essen anwesend sein und auch nach ihrer Präsentation noch da bleiben", meinte Pfarrer Küenzle ein wenig lakonisch. „Als Pfarrer von Trub kann ich mir etwas anderes eh nicht erlauben. Zudem freue ich mich darauf, wieder einmal einen Abend mit den Leuten aus meiner Gemeinde zu verbringen. Ich kann jedoch gut nachvollziehen, dass sie an diesem Abend nicht unbedingt dabei sein wollen. Wäre ich in ihrer Situation, würde ich wohl den gleichen Entscheid treffen."

„Was mich anbelangt", meldete sich auch noch Markus Leimbacher zu Wort, „so werde ich mich nach dem offiziellen Teil auch entschuldigen müssen. Ich habe am Abend noch einen anderen Anlass, an dem ich teilnehmen muss. Nach den Gesprächen mit den verschiedenen Parteien gehe ich nicht davon aus, dass es grosse Diskussionen geben wird."

Ruedi Rötheli war erfreut dies zu hören. Die letzten Wochen waren sehr anstrengend gewesen. Jetzt machte es den Eindruck, als hätten sich die Anstrengungen gelohnt. Er war sehr zufrieden, dass nun das eigentliche Vorhaben am nächsten Freitag starten konnte.

„Ich bin froh, dass es uns gelungen ist, alle Arbeiten rechtzeitig abzuschliessen. Ohne ihren Einsatz und ihre Unterstützung, wäre das nicht möglich gewesen. Ich möchte ihnen an dieser Stelle für ihre hervorragende Arbeit danken."

„Ich habe bisher nicht viel dazu beigetragen, ausser an den Besprechungen teilzunehmen", meinte Pfarrer Küenzle. „Eigentlich gebührt das Lob Herr Leimbacher. Er hatte bisher den grössten Teil der Arbeit geleistet."

„Unterschätzen sie ihren Anteil an der ganzen Sache nicht, Herr Pfarrer", entgegnete ihm Ruedi Rötheli. „Sie haben mit den richtigen Bemerkungen zum richtigen Zeitpunkt das ihre dazu beigetragen, damit wir in der Sache so gut vorangekommen sind. Zudem werden sich die Aufgaben in den nächsten Monaten leicht verschieben. Die Zeit in der ihre Qualitäten gefragt sind, kommt mit Sicherheit in den kommenden Wochen und Monaten noch." Ruedi Rötheli dachte kurz nach. „Eigentlich würde ich ihnen gerne noch einen weiteren Abschnitt meiner Geschichte erzählen. Bevor ich am Freitag vor die Versammlung trete, sollten sie den grössten Teil meiner Lebensgeschichte kennen. Lassen ihre Termine das zu?"

„Ich habe heute nichts anderes vor und habe auch nichts gegen einen weiteren Teil ihrer Geschichte einzuwenden." Der Pfarrer lehnte sich schon in seinem Stuhl zurück und schien es sich bequem zu machen.

„Mir geht es ebenso", stimmte Markus Leimbacher seinem Vorredner zu. „Auch ich habe heute den ganzen Tag für sie reserviert. Zu tun hätte ich genug. Aber ich bin ebenso gespannt wie Pfarrer Küenzle, wie ihre Geschichte weiter gehen wird." In dem Moment schien ihm ein Gedanke zu kommen. „Mir wäre es jedoch recht, wenn wir etwas zu Essen besorgen könnten."

Dagegen hatte auch Ruedi Rötheli nichts einzuwenden. Markus Leimbacher beauftragte deshalb seine Assistentin das Notwendige für ihr leibliches Wohl zu beschaffen. Dann begann der alte Mann einen weiteren Teil seiner Lebensgeschichte zu erzählen.

„Während dem Aufbau der verschiedenen Lodges in Neuseeland war ich jeweils an den meisten Neueröffnungen anwesend. Einerseits war es immer spannend zu sehen, wie ein in der Theorie geplantes Gebäude nach der Vollendung in der Praxis aussah. Andererseits lernte ich dabei auch eine Menge Leute kennen, da wir nur exklusive Kunden zu einer Neueröffnung einluden. Unter diesen Leuten war auch einmal eine Gruppe Kanadier. Sie stammten aus Montreal und arbeiteten dort in der Musikindustrie. Was sie genau gemacht haben, weiss ich nicht mehr. Das Gespräch mit den drei verlief jedoch so spannend, dass ich damals beschloss, auf jeden Fall einmal Kanada zu besuchen. Als ich mich entschied Japan zu verlassen, war deshalb das nächste Ziel meiner Reise bereits gegeben.

Ich hatte mich alleine an den Flughafen begeben. Einerseits hasste ich Abschiedsszenen und andererseits wollte ich nicht, dass meine Freunde wussten, wohin ich als nächstes gehen würde. Von Keiko und Kimiko hatte ich mich zu Hause verabschiedet. Wie erwartet, war der Abschied nicht ohne Tränen abgelaufen, auch wenn die beiden Schwestern sich alle Mühe gegeben hatten, die Beherrschung nicht zu verlieren.

Meinen Freund Takeshi hatte ich schon vor ein paar Tagen das letzte Mal gesehen. Er war mit seinem neuen Restaurant dermassen ausgelastet, dass er es sich einfach nicht leisten konnte, zum Zeitpunkt meiner Abreise nach Tokio zu kommen. Wir hatten uns deshalb bei unserem letzten Treffen bereits verabschiedet. Takeshi tat sich mit meiner Abreise aus Japan sehr schwer. Für ihn war mein Aufenthalt in seiner Heimat zu kurz gewesen. Zudem fühlte er sich in meiner Schuld. Ein Umstand, den Japaner nicht einfach so vergessen konnten. Ich war mir bewusst, Takeshi würde diese Bürde für den Rest seines Lebens mit sich herumtragen. Meine Beteuerung, es handle sich um einen Ausgleich für die von ihm in Australien geleisteten Dienste, liess er nicht gelten. Ich musste meinem Freund versprechen, dass ich nicht wieder Jahre warten würde, bis ich ihn das nächste Mal besuche. Wir vereinbarten uns regelmässig zu kontaktieren und uns gegenseitig auf dem Laufenden zu halten. Dieses Versprechen nahm ich sehr ernst. In den folgenden Jahren befand ich mich, wo immer ich auch war, in einem regelmässigen Austausch mit Takeshi. Zudem versuchte ich, wann immer es möglich war, einen Abstecher nach Japan einzuschalten und meinen Freund zu besuchen. Als er vier Jahre nach der Eröffnung seines ersten Restaurants damit begann, eine richtige Kette von Ryoteis aufzubauen, war ich an jeder Neueröffnung mit dabei, wenn es sich nur irgendwie einrichten liess. Zudem war ich während der Aufbauphase sein grösster Investor. Wenn er ein neues Restaurant plante und die finanziellen Mittel nicht ausreichten, war ich sein erster Ansprechpartner, bevor er sich an die Banken wandte.

Das Ticket von Tokio nach Toronto habe ich unter dem Namen Ron Redick erstanden. Auch diese Identität erwies sich als absolut zuverlässig. Ich war jedes Mal erstaunt, was für hervorragende Arbeit meine Freunde in Hongkong geleistet hatten. Egal mit welchem Dokumente und unter welchem Namen ich reiste, nie hatte ich mit den Papieren auch nur die geringsten Schwierigkeiten.

Als ich in Toronto ankam, war es bereits Ende August. Der Sommer neigte sich langsam seinem Ende entgegen, auch wenn die ersten Vorboten des Herbstes noch auf sich warten liessen. Als ich aus dem Flughafengebäude trat, wehte mir eine frische Brise entgegen. Ein erstes Anzeichen dafür, dass ich den Inhalt meines Koffers in den nächsten Wochen und Monaten wohl überarbeiten musste. Auch wenn es in Japan und in Neuseeland deutlich frischer gewesen war, als im Outback von Australien, so besass ich doch nicht die Kleidung, die für einen kalten Winter in Kanada erforderlich war.

Toronto war eine pulsierende Metropole. Es war immer irgendetwas los und die Stadt wimmelte meistens von Kongressteilnehmern oder Touristen. Trotzdem fand ich ohne grössere Schwierigkeiten ein Hotel, das meinen Ansprüchen gerecht wurde. Nachdem ich mich ein paar Tage ausgeruht hatte, sah ich mich in der Stadt und der näheren Umgebung ein wenig um. Ich besuchte die Sehenswürdigkeiten und genoss es einfach in einem Land zu sein, in dem ich mich nicht nur mit allen Leuten unterhalten konnte, sondern auch alle Strassenschilder und Beschriftungen verstand. An den Abenden war ich regelmässig in den verschiedenen kleinen Restaurants und Bars unterwegs. Dabei lernte ich auch einige Leute kennen, mit denen ich mich über alles Mögliche unterhalten konnte. Mehr als einmal hörte ich dabei auch, dass Toronto nicht nur die grösste Stadt Kanadas, sondern dank der Nähe zu den Vereinigten Staaten auch die kanadische Wirtschaftsmetropole war. Trotzdem schienen auch die anderen kanadischen Städte ihre Reize zu haben. Nach drei Wochen entschied ich mich deshalb, meine Zelte in Toronto abzubrechen und nach Montreal zu übersiedeln.

Montreal war völlig anders als Toronto. Man spürte hier deutlich den Einfluss des französischen Flairs der Region Quebec. Alles war ein wenig lockerer und weniger auf Business ausgerichtet, als in der Grossstadt am Ontariosee. Ich hatte mich entschieden für die Reise von Toronto nach Montreal den Überlandbus zu benutzen, obwohl ich deutlich länger brauchte, als mit dem Flugzeug. Dadurch konnte ich ein wenig die Landschaft geniessen und mir einen ersten Eindruck von Kanada ausserhalb einer Grossstadt machen. Die Fahrt war kurzweilig, vermochte mich dennoch nicht vom Hocker zu reissen. Nach etwas mehr als sechs Stunden, war ich nicht unglücklich in Montreal angekommen zu sein.

Am Busterminal musste ich mich zuerst einmal orientieren. Ich wusste aus Erfahrung, dass es irgendwo in der Umgebung des Terminals eine Touristeninformation geben musste. Da jedoch hier nicht nur ein Überlandbus ankam, sondern den ganzen Tag ein Bus nach dem anderen ein- und wieder ausfuhr, war die Anlage sehr gross und entsprechend unübersichtlich. Ich wusste im ersten Moment nicht wirklich wohin ich mich wenden sollte und muss wohl mit meinem kleinen Überseekoffer und dem alten Militärrucksack einen leicht verunsicherten Eindruck abgegeben haben.

„La première fois à Montréal"?

Die junge Frau, die mich auf Französisch ansprach, grinste mich von der Seite mit leicht geneigtem Kopf an. Sie hatte braune, schulterlange Haare und war nur unwesentlich kleiner als ich. Das spitzbübische Lächeln, mit dem sie mich bedachte, passte hervorragend zu ihren sanften Gesichtszügen. Sie sah ziemlich sportlich aus und hatte einen kleinen Rucksack über die rechte Schulter gehängt.

Aus der Schule konnte ich ein paar wenige Brocken Französisch und versuchte ihr deshalb, eine einigermassen vernünftige Antwort zu geben, was jedoch ziemlich kläglich ausfiel.

„Du bist in dem Fall weder Kanadier noch Amerikaner", entgegnete sie in akzentfreiem Englisch auf meinen missratenen Verständigungsversuch.

„Nein, tut mir leid, weder das eine noch das andere."

Sie streckte mir die Hand entgegen. „Ich heisse Sophie und du?"

„Mein Name ist Ron."

„Freut mich, Ron. Woher kommst du?"

„Ich bin eben gerade mit dem Bus aus Toronto angekommen und wollte mich auf die Suche nach einem Hotel machen. Kannst du mir etwas empfehlen?“

„Das kommt ganz darauf an, was du suchst. Soll es eher etwas teures oder etwas billiges sein. Willst du länger bleiben oder bist du nur auf der Durchreise?“

Ich musste lachen. Diese Sophie war wirklich eine spezielle Persönlichkeit. Ihre herzliche, schon fast ein wenig freche Art war erfrischend. Sie war mir vom ersten Moment an sympathisch. Ein wenig erinnerte sie mich an Holly, die ebenfalls mit ihrem leicht vorwitzigen Mundwerk aus dem Rahmen fiel. Auf jeden Fall hatte ich vorher noch nie so schnell mit jemandem Kontakt gefunden. Mein Bekannter aus der Bar in Toronto schien, zumindest was die Leute anbetraf, Recht zu haben. Montreal war eine reizende Stadt und gefiel mir, bevor ich überhaupt etwas von der Stadt gesehen hatte.

„Das weiss ich noch nicht. Ein Bekannter aus Toronto hat mir einen Besuch von Montreal empfohlen. Ich will mir die Stadt und auch die Gegend ein wenig ansehen und etwas gute Musik hören. Man hat mir gesagt, gute Musik und feines Essen gäbe es in Montreal zuhauf. Deshalb bin ich einfach einmal her gereist. Wie lange ich bleiben werde hängt ganz davon ab, was es alles zu sehen und zu erleben gibt. Was das anbelangt, bin ich offen. Wohin es danach gehen wird, kann ich im Moment nicht sagen. Das hängt davon ab, ob der Tipp meines Bekannten wirklich so gut ist, wie er behauptet hat.“

„Natürlich ist die Information ausgezeichnet“, meinte Sophie in gespielter Entrüstung. „Du bist hier in der Kulturmetropole Kanadas, auch wenn jede andere kanadische Stadt das ebenso für sich beansprucht. Ich bin nur etwas erstaunt, dass man das in Toronto auch schon gemerkt hat. Das ist eher die Ausnahme als die Regel. Du hattest Glück, dass du so eine Person getroffen hast. Montreal ist nämlich wirklich der Schmelztiegel des Musikbusiness in Kanada. Es gibt keine Stilrichtung, die du hier nicht finden wirst. Das Gleiche gilt auch für das Essen. Von der wirklich exquisiten Küche bis zur deftigen Hausmannskost findest du hier alles und in der Regel erst noch zu erschwinglichen Preisen. Du wirst keine Stadt in Kanada finden, in der du besser bedient wirst, als hier in Montreal.“

„Wenn ich deine Lobeshymne höre, könnte man fast meinen, du arbeitest für die Tourismuszentrale von Montreal. Bist du hier aufgewachsen, dass du dich hier so gut auskennst?“

Sophie liess wieder ihr herzliches Lachen hören. „Nein, ich komme ursprünglich nicht aus Montreal, habe aber die letzten sechs Jahre hier gelebt. Inzwischen kenne ich mich in der Stadt und der Umgebung recht gut aus.“

„Dann komme ich auf meine Frage zurück, ob du mir nicht eine Unterkunft empfehlen kannst?"

Sophie sah mich einen Moment von der Seite her an. Sie schien abzuwägen, ob es sich lohnen würde, den Kontakt über ein simples Gespräch hinaus auszudehnen. „Ich kann dir schon eine Empfehlung für eine Unterkunft geben. Um damit jedoch nicht völlig daneben zu liegen, würde ich dich gerne noch etwas besser kennen lernen. Schliesslich möchte ich dir ja nicht einen völlig falschen Rat erteilen. Ich habe Hunger und möchte gerne etwas essen. Ein paar Minuten zu Fuss von hier gibt es ein gutes kleines Bistro. Die haben immer eine Kleinigkeit auf der Speisekarte und es ist nicht zu sehr überlaufen. Komm doch einfach mit und erzähl mir noch was über dich. Danach finden wir sicher eine deinen Bedürfnissen entsprechende Unterkunft."

Dagegen hatte ich überhaupt nichts einzuwenden. Nach der langen Reise mit dem Überlandbus hatte ich wirklich ein wenig Hunger. Ich war davon überzeugt, im Notfall würde ich auch alleine eine Unterkunft finden, sollte sich am Ende die Empfehlung meiner neuen Bekannten als unbrauchbar herausstellen. „Das ist ein ausgezeichneter Vorschlag. Nach der Reise könnte ich auch etwas zu Essen vertragen."

Obwohl ich mit dem Rucksack und meinem Koffer nicht gerade mit leichtem Gepäck unterwegs war, stellte sich die kurze Strecke bis zum Bistro als nicht allzu beschwerlich heraus.

Das Essen in dem kleinen Restaurant war vorzüglich, genauso wie es Sophie vorausgesagt hatte. Nach dem Essen begann ein interessantes Gespräch, das uns beide faszinierte. Ich erzählte Sophie woher ich kam und was ich in den letzten Jahren alles erlebt hatte. Sophie ihrerseits erzählte mir ihre Geschichte. Wir verbrachten den ganzen Nachmittag in dem gemütlichen Lokal. Dabei erfuhr ich einiges über meine Gesprächspartnerin.

Wie sie mir erzählte, hatte Sophie eben gerade ihr Masterstudium in Meeresbiologie an der McGill Universität in Montreal mit einem Doktorat erfolgreich abgeschlossen. Bevor sie ihre neue Stelle als Meeresbiologin am Institut Océanographique de Bedford in Halifax antrat, hatte sie noch ein paar Wochen frei. Man hatte ihr dort eine Assistenzstelle in einem der Forschungsprojekte angeboten. Das war aussergewöhnlich, da das renommierte Institut selbst Assistenzstellen in der Regel nur an Personen vergab, die bereits erste Berufserfahrung vorweisen konnten. Dass jemand gleich nach dem Universitätsabschluss eine Assistenzstelle angeboten erhielt, war für die betreffende Person eine grosse Auszeichnung.

Bis zu ihrem Stellenantritt blieb Sophie noch genügend Zeit, um sich von ihrem Prüfungsstress zu erholen und einige freie Tage zu geniessen. Als erstes hatte sie deshalb in den letzten Tagen ihre Tante Beth in Quebec besucht. Die drei Tage hatten ihr gut getan. Hausmannskost und die alten Familiengeschichten, die sie so gerne hörte, waren genau das richtige Mittel gewesen, um auf andere Gedanken zu kommen. Eigentlich wäre sie gerne noch ein wenig geblieben, aber Tante Beth musste zu einer Sitzung des Stammesrats. Da wusste man nie genau wie lange das dauern würde und alleine wollte Sophie nicht in dem alten Haus ihrer Tante bleiben. Deshalb hatte sie heute Morgen den ersten Bus zurück nach Montreal genommen.

Am Busbahnhof angekommen bin ich ihr anscheinend sofort aufgefallen. Ich muss mitten in der geschäftigen Menge wie ein Fremdkörper gewirkt haben, der ihr Interesse weckte. Als sie mich ansprach, hatte sie eigentlich keinen konkreten Plan. Sie hatte nach der Busfahrt einfach das Bedürfnis mit jemandem zu sprechen und da ich so verloren wirkend dastand, wollte sie sehen wie ich reagieren würde. Das Resultat dieses Versuchs war ein spannender Nachmittag in einem genialen Bistro mit ausgezeichnetem Essen und einer gemütlichen Atmosphäre. Langsam lief mir jedoch die Zeit davon. Es war bereits kurz vor sieben und wenn ich eine anständige Unterkunft finden wollte, musste ich mich langsam beeilen.

„Ich habe den Nachmittag wirklich aus vollen Zügen genossen. Es ist jedoch schon ein wenig spät und wenn ich nicht auf der Strasse schlafen will, so muss ich mich um eine Unterkunft kümmern. Kannst du mir nun ein Hotel empfehlen?"

Sophie sah mich mit ihrem so einzigartigen Lächeln an. „Zwei Strassen weiter gibt es eine ausgezeichnete Pension, von der ich sicher bin, dass sie noch Zimmer frei hat. Während der Uni wohnen dort sonst Studenten. Im Moment sind jedoch gerade Semesterferien. Zudem weiss ich aus erster Hand, dass einige Studenten die Pension verlassen haben, da ihre Ausbildung abgeschlossen ist. Die Preise sind für Montreal absolut in Ordnung und der Services liegt deutlich über dem Standard für eine Unterkunft in dieser Preisklasse. Die Inhaberin heisst Susanne Prentiss. Sag ihr, ich hätte dich geschickt, dann kriegst du mit Sicherheit ein gutes Zimmer."

Sie legte eine kleine Pause ein und schien einen Moment nachzudenken, während sie mich von der Seite betrachtete. „Eine andere Variante wäre, wenn du zu mir kommst. Ich habe eine kleine Wohnung hier in Montreal. Sie liegt in einem Quartier etwa zwanzig Minuten zu Fuss von hier entfernt. Die Wohnung werde ich auch behalten, wenn ich nach Halifax ziehe. Meine Mitbewohnerin, mit der ich bis jetzt die Wohnung teilte, hat das Studium ebenfalls beendet und ist ausgezogen. Eines der Zimmer ist also frei. Wenn du willst kannst du das Zimmer haben. Du beteiligst dich während der Zeit in der du in Montreal bleibst an der Miete und an den Kosten für das Essen. Sonst kannst du tun und lassen was du willst. Was meinst du dazu?"

Jetzt musste ich einen Augenblick nachdenken. Der Nachmittag mit Sophie hatte aussergewöhnlich viel Spass gemacht. Ich musste kaum befürchten, dass mir etwas geschehen konnte. Zudem war ich nach der Zeit mit Keiko das Wohnen in einer Wohngemeinschaft gewohnt. Wenn die Mitbewohner einigermassen akzeptabel und die Regeln klar sind, sprach einiges für eine Wohngemeinschaft und gegen ein steriles Leben in einem Hotelzimmer. Dem gegenüber stand die Tatsache, dass ich Sophie wirklich nicht kannte.

„Wir kennen uns jetzt erst vier Stunden und dreiundzwanzig Minuten. Du weisst nahezu nichts von mir und machst mir trotzdem ein solches Angebot."

„Ich verlasse mich auf meine Menschenkenntnisse und mein Bauchgefühl. Beides sagt mir, dass ich bei dir das Risiko eingehen kann."

Ich überlegte einen Moment. Eigentlich ging es mir mit Sophie ähnlich. Obwohl ich sonst bei ersten Bekanntschaften eher etwas zurückhaltend war, hatte ich zu ihr sofort Vertrauen gefasst. Auch wenn es nach kaum fünf Stunden ein wenig vermessen war, das zu behaupten, so bestand zwischen uns von Anfang an eine Vertrautheit, die ich mir nicht erklären konnte. Zudem konnte ich in den nächsten Wochen möglicherweise noch von Sophies Ortskenntnissen profitieren. Eine einheimische Führung war immer die beste Möglichkeit, um eine unbekannte Gegend näher kennen zu lernen.

Keiko und ich waren uns während der Zeit, in der ich bei ihr zu Gast war, sehr nahe gekommen. Wobei eine bestimmte Grenze nie überschritten wurde. Weder Keiko noch ich hatten je während den Monaten, in denen wir zusammen lebten, das Bedürfnis einer körperlichen Beziehung. Zwischen uns hatte sich vielmehr eine Vertrautheit wie zwischen Bruder und Schwester ergeben. Es war ein sonderbar vertrautes Gefühl und ich musste dabei oft an Katrin denken.

„Gut, lass es uns versuchen. Ich wäre aber nicht unglücklich, wenn wir bald einmal aufbrechen könnten. Nach der langen Busfahrt bin ich doch etwas müde und habe unbedingt eine Dusche nötig."

Wie sich herausstellte, hatte ich wirklich eine ausgezeichnete Wahl getroffen. Das Zweifamilienhaus, in dem Sophie ihre Wohnung hatte, lag in Westmount, einem Quartier nicht allzu weit weg von der McGill Universität. Sie hatte die Wohnung nur dank Beziehungen in der Familie übernehmen können. Der Besitzer des Hauses, der auch die andere Seite bewohnte, war irgendwie mit Sophie verwandt. Auf dem Weg zur Wohnung versuchte sie mir den Grad der Verwandtschaft zu erklären. Ich verstand jedoch nur, dass es sich nicht um eine Verwandtschaft im üblichen Sinn handelte. Es hatte etwas mit ihrer Zugehörigkeit zu den First Nations, den Ureinwohnern Kanadas zu tun. Um zu verstehen, um was es ging, musste man die Struktur ihres Stammes verstehen und das konnte ich damals nicht nachvollziehen. Für den weiteren Verlauf der Geschichte ist es zudem auch nicht so wichtig.

Wie ich in den folgenden Wochen und Monaten feststellen durfte, spielte die Familie im Leben meiner Vermieterin eine äusserst zentrale Rolle. Sophie Le Maitre, wie sie mit vollem Namen hiess, stammte eigentlich aus British Columbia, um genauer zu sein von Vancouver Island. Ihre Mutter war eine Angehörige der First Nations vom Volksstamm der Tla-qui-o-tha, die einen Nachkommen eines französischen Einwanderers geheiratet hatte. Obwohl Sophie gemäss den kanadischen Gesetzen zur Bestimmung der indigenen Völker nicht zu den First Nations zählte, fühlte sie sich dieser Gruppe zugehörig. Auch ihre Verwandten sahen das so und hatten für die kuriose, nicht nachvollziehbare Anschauung der kanadischen Regierung kein Verständnis.

Überhaupt waren die Gesetze in Bezug auf die indigene Bevölkerung in Kanada für mich nur äusserst schwer nachzuvollziehen. Im Gegensatz zu Neuseeland war das Verhältnis vieler Kanadier gegenüber ihren Ureinwohnern eher zwiespältig. Aufgrund von wirtschaftlichen Interessen, die sich nicht mit den Wünschen und Bräuchen der verschiedenen Stämme der Ureinwohner Kanadas vereinbaren liessen, unterdrückte die Regierung die einzelnen Volksstämme. Auch wenn sich jede kanadische Regierung mit vielen Worten bemühte etwas anderes zu behaupten, so war es doch eine Tatsache, dass der Staat die wirtschaftlichen Interessen klar über die Interessen ethnischer Minderheiten stellte.

Ich muss dazu anführen, dass sich die Situation in den vergangenen Jahren deutlich verbessert hat. Zu jener Zeit, als ich mich in Kanada aufhielt, stand es um das moralische Gewissen des Staates gegenüber den Ureinwohnern nicht gerade zum Besten. Das äusserte sich auch in den kuriosen Gesetzen, die aufgrund eines Beschlusses der Regierung festlegten, wer zu den First Nations zu zählen ist und wer nicht. Erschwerend war sicherlich, dass die First Nations nicht eine Nation, sondern ein Gemisch aus hunderten, ja tausenden von Volksgruppen und Stämmen ist. Ihre Ausbreitung reicht von Alaska über Kanada bis in die Vereinigten Staaten. Das machte es der Regierung einfacher ihre Interessen auch gegen den Willen der Ureinwohner durchzusetzen.

Zum Glück musste ich mich nicht mit diesen Themen herumschlagen. Obwohl Sophie direkt betroffen war, schien sie nicht das geringste Interesse zu haben, sich darüber zu unterhalten. Für mich als Aussenstehenden war es einfach nur erstaunlich, die Unterschiede zweier Länder wie Neuseeland und Kanada im Umgang mit ihren indigenen Völkern persönlich zu erleben.

Die nächsten beiden Wochen begannen mit einem gegenseitigen Abtasten und Kennenlernen. Dabei stellte ich mit Freude fest, dass die Sophie le Maitre, die ich in der ersten Stunde kennen gelernt hatte, durchaus mit der Sophie Le Maitre identisch war, die ich in den zwei Wochen unter dem gleichen Dach kennen lernte. Der leicht vorwitzigen, manchmal schon fast ein wenig frechen Art blieb sie auch nach dieser Anfangsphase treu. Wir lachten viel und hatten grossen Spass zusammen.

Sophie musste in dieser Zeit noch einige Dinge erledigen und war das zweite Wochenende unterwegs. Vorher wurde ich den Nachbarn vorgestellt, nicht dass plötzlich die Polizei vorfuhr und ich noch als Einbrecher verhaftet wurde. Bei dem Gedanken daran lachte sich Sophie halb Tod.

Meine Vermieterin hatte mich auch zweimal in die Stadt mitgenommen und mir die wichtigsten Sehenswürdigkeiten gezeigt. Zudem empfahl sie mir, meinen Kleiderschrank um ein paar Stücke zu ergänzen. „Egal wie lange du bei mir bleibst und du kannst so lange bleiben wie du Lust hast, brauchst du unbedingt wärmere Kleider, wenn du in Kanada nicht erfrieren willst."

Das leuchtete mir ein. Der Einkaufsbummel danach war mit Abstand das verrückteste und lustigste, was ich seit langem erlebt hatte. Nach der vierstündigen Einkaufstour besass ich einen ganzen Schrank voll neuer Kleider und wäre auch für eine Antarktistour bestens ausgerüstet gewesen. Wie sich in den kommenden Monaten zeigen sollte, war der Einkauf Gold wert. Als die Temperaturen ein erstes Mal fielen, konnte ich die neuen Kleider bestens brauchen.

Am Morgen nach dem verlängerten Wochenende, war meine Mitbewohnerin das erste Mal seit wir uns kannten nicht gerade gut gelaunt. Sie hatte mir nicht gesagt, wohin sie wollte und ich hatte selbstverständlich auch nicht nachgefragt. Als ich jedoch am Morgen aufstand, sass Sie bereits mit einer Tasse Kaffee am Küchentisch.

„Hallo Sophie."

„Hi."

„Wie war dein Ausflug?"

„Gut."

Sie hatte bei ihren Antworten nicht aufgesehen, sondern nur vor sich hingestarrt. Ich schenkte mir auch einen Kaffee ein. Dann setzte ich mich ihr gegenüber an den Tisch und wartete. Nach einer Weile sah mich Sophie mit hochgezogener Augenbraue an. „Ist was?"

„Nein, alles in Ordnung", ich hob die Hände und schüttelte in einer möglicherweise etwas übertriebenen Geste den Kopf.

Nach einer knappen Viertelstunde, in der wir einfach so dasassen und Kaffee schlürften, änderte Sophie plötzlich ihr Verhalten. Wie wenn jemand einen Schalter umgelegt hätte, war ihre trübselige Stimmung von einem Moment auf den anderen wie weggeblasen.

„Bitte entschuldige, Ron. Das Wochenende ist nicht ganz so gelaufen, wie ich mir das vorgestellt hatte." Auf ihrem Gesicht erschien wieder das süsse Lächeln, das Sophie so sympathisch machte, auch wenn es dieses Mal ein wenig gequält wirkte. „Bist du die drei Tage gut zurechtgekommen?"

„Ja, lief ausgezeichnet. Ich denke jedoch wir müssen einkaufen gehen. Der Kühlschrank ist ziemlich leer."

„Das habe ich auch schon festgestellt. Ich habe jedoch einen anderen Vorschlag. Ich muss für zwei Tage nach Halifax. Es geht um meinen zukünftigen Job. Wenn du Lust hast, könntest du mitkommen. Wir müssten aber in zwei Stunden spätestens aufbrechen. Heute Abend könnten wir essen gehen. Morgen muss ich an einer Sitzung teilnehmen und bin am Abend zu einer Cocktailparty eingeladen. Ich würde mich freuen, wenn du als meine Begleitung mitkommen könntest. Übermorgen muss ich dann noch ein paar Papiere unterschreiben und den Rest des Tages könnten wir etwas unternehmen, bevor wir wieder zurückkommen. Die Wetterprognosen für die nächsten paar Tage sehen ausgesprochen gut aus. Es könnte die letzte Schönwetterperiode werden, bevor der Herbst sich von seiner weniger gastlichen Seite zeigt. Hast du Lust mitzukommen?"

„Lust habe ich schon, ich frage mich nur, wie du meine Präsenz den Leuten erklären willst?"

Nun war die Frustration völlig verschwunden und hatte wieder dem gewohnten spitzbübischen Grinsen Platz gemacht. „Ich sage einfach allen, du seist mein Freund."

„Ich denke nicht, dass es so einfach ist. Wir sind inzwischen sicher mehr als nur Bekannte geworden. Mich als deinen Freund auszugeben, könnte jedoch problematisch werden. Wir kennen uns zu wenig lange und dazu habe ich keine Ahnung wie man sich als Freund in Kanada auf einer Cocktailparty benehmen muss. Wenn ich Fehler mache und das scheint mir doch eher wahrscheinlich, so könnte dir das möglicherweise für deinen Job schaden und diese Verantwortung kann ich auf keinen Fall übernehmen."

„Da mach dir mal keine Sorgen. Diese Partys sind in der Regel eher etwas steif. Es wird höchstens allgemeine Konversation betrieben und das bleibt meistens nur oberflächlich. Zudem hätten wir auf der Reise nach Halifax genügend Zeit, um uns bezüglich deinem Verhalten und deiner Geschichte abzusprechen. Selbst wenn der unwahrscheinliche Fall eintreffen sollte, dass deine Präsenz an dieser Party für mich wirklich zum Problem wird, wäre ich dir sogar dankbar. In einem solchen Fall wäre ich froh, auf die Anstellung in einem intoleranten Unternehmen verzichten zu können."

Ich dachte kurz nach. „Wie lange weisst du schon, dass du Morgen in Halifax sein musst?"

Ich spürte sofort, dass ich die richtige Frage gestellt hatte. „Das weiss ich schon eine Weile. Warum fragst du?"

„Bitte versteh mich nicht falsch, aber könnte es sein, dass deine spontane Idee mich mitzunehmen auf dein nicht ganz zufriedenstellend verlaufenes Wochenende zurückzuführen ist?"

Das Grinsen verschwand aus Sophies Gesicht und machte einem Ausdruck Platz, als wäre sie beim Mogeln erwischt worden. „In Ordnung, du hast Recht. Ich war das Wochenende bei meinem Freund, oder vielleicht müsste ich besser sagen, bei meinem fast Freund. Wir kennen uns seit ein paar Jahren und waren eigentlich nie etwas anderes als gute Kollegen. Bis auf die Wochen vor den Prüfungen, als sich plötzlich etwas mehr daraus zu ergeben schien. Zu der Zeit musste ich mich jedoch auf die Prüfungen konzentrieren und habe deshalb eher zurückhaltend reagiert. Ich wollte das dieses Wochenende klären, was mir leider nicht gelungen ist. Der Versuch ist gründlich misslungen. Das ist eigentlich auch schon alles. Dass ich dich gefragt habe, ob du mitkommen willst, hat möglicherweise damit zu tun. Würde ich das verneinen, so würde ich mich selbst belügen. Es hat zwei Gründe, warum ich dich gefragt habe. Zum einen möchte ich im Moment lieber nicht alleine unterwegs sein. Zum anderen würde mir deine Anwesenheit an der Cocktail-Party effektiv helfen, nicht das Objekt von irgendwelcher Anmache zu werden. Du kannst möglicherweise verstehen, dass ich dazu im Moment überhaupt keine Lust habe."

„Das kann ich sehr gut verstehen. Ich möchte das auch nicht über mich ergehen lassen."

Ich hatte an Sophies Stimme erkannt, dass sie ehrlich meinte, was sie sagte. In dem Moment schoss mir plötzlich ein Gedanken durch den Kopf und ich konnte mir ein Grinsen nicht verkneifen. „Was ist aber, wenn ich dich plötzlich anmache?"

Sie sah mich mit einem Blick an, der mir einen leichten Schauer über den Rücken jagte. Zudem hätte ich schwören können, dass ich in ihren Augen ein kurzes Aufblitzen erkannte. „Keine Regel ohne Ausnahme", meinte sie nur und hatte wieder dieses freche Grinsen im Gesicht.

In der nächsten Stunde räumten wir schnell die Wohnung auf und kramten genügend Gepäck für drei Tage zusammen. Dann nahm Sophie ihren Wagen aus der Garage und wir fuhren rund eine halbe Stunde über die chronisch verstopfte Stadtautobahn Richtung Longeuil, einem sieben Kilometer von Montreal entfernten Vorort. Erst als ich bemerkte, dass Sophie den Wegweisern zum Flughafen folgte, wusste ich wohin die Fahrt ging. Als wir auf das Areal des Flughafens Saint Hubert fuhren, war definitiv klar, wie wir nach Halifax kommen würden.

„Ich gehe nicht davon aus, dass wir am Flughafen sind, um zu shoppen. Warum hast du mir nicht vorher gesagt, dass wir fliegen werden?"

„Sorry, ich habe nicht gedacht, dass es wichtig ist, wie wir nach Halifax kommen. Ist fliegen für dich ein Problem?"

„Nein, überhaupt nicht. War nur so eine Frage."

„Sehr gut, dann können wir ja loslegen." Da war wieder dieses spitzbübische Lächeln, das mich eigentlich hätte stutzig machen sollen.

Nachdem das Auto abgestellt war, begaben wir uns in die Abflughalle. Dort herrschte zu meiner Überraschung ziemlich viel Betrieb. Sophie kannte sich hier anscheinend sehr gut aus. Sie steuerte ohne zu zögern direkt das Restaurant an und bestellte sich einen Espresso. Während wir auf die Bestellung warteten, informierte sie mich über das weitere Vorgehen.

„Ich wäre dir dankbar, wenn du einen Moment hier warten könntest, Ron. Ich muss noch schnell unsere Reise organisieren. Ich brauche dazu ungefähr eine halbe Stunde."

Sie wartete meine Bestätigung gar nicht erst ab, sondern stürzte ihren Espresso hinunter und verschwand danach in der Menge der Leute. Ich blieb mit dem Gepäck alleine im Restaurant zurück und vertrieb mir die Zeit damit, mich ein wenig umzusehen.

Ziemlich genau eine halbe Stunde später kam Sophie wieder zurück. Sie hatte einen schwarzen Pilotenkoffer dabei, den ich vorher noch nicht bei ihr gesehen hatte. „Alles geregelt, wir können gehen." Sie ergriff ihren Rucksack und ging erneut ohne eine Antwort abzuwarten davon. Mir blieb nichts anderes übrig, als mein Gepäck zu nehmen und ihr so rasch wie möglich zu folgen, damit ich sie nicht aus den Augen verlor. Wir durchquerten die Halle und gingen auf einen der Ausgänge zu, die zum Flugfeld führten. Auf dem Schild oberhalb der Tür war zu lesen: ‚Nur für Piloten und Passagiere'. Mich beschlich eine leichte Vorahnung, als ich Sophie durch die Tür auf den Vorplatz folgte.

Draussen bogen wir links ab in Richtung der Hangars, wo die Privatmaschinen standen. Sophie ging an ein paar Maschinen vorbei und steuerte dann auf eine Piper PA einunddreissig Navajo zu. Das zweimotorige Leichtbauflugzeug mit sechs Sitzen sah ziemlich imposant aus. Als wir unmittelbar davor standen, reichte mir Sophie ihren Rucksack.

„Kannst du bitte das Gepäck hinten in den Stauraum legen und dich danach vorne rechts auf den Copiloten Sitz setzen. Ich muss noch kurz den Aussencheck vornehmen, bevor wir abfliegen können."

Ich blieb wie angewurzelt stehen und sah Sophie mit halb aufgerissenem Mund an. Wie ich so dastand, muss ich ziemlich dämlich ausgesehen haben. Mein Verdacht hatte sich eben gerade bestätigt. Meine Vermieterin war gleichzeitig auch meine Pilotin. Ich konnte Sophie ansehen, wie sehr sie die Situation genoss. Sie grinste über das ganze Gesicht. „Wenn du da stehen bleibst, kommen wir nie nach Halifax", meinte sie schliesslich, nachdem sie sich wieder von ihrem Lachanfall erholt hatte.

Als alles verstaut und Sophie die Piper gründlich inspiziert hatte, setzte sie sich auf den Sitz neben mir, kontrollierte die Instrumente und startete die Motoren. Kurz danach setzte sich das Flugzeug in Bewegung. Ich gebe gerne zu, ich hatte ein leicht mulmiges Gefühl in der Magengegend, aber Sophie liess keine Zweifel daran aufkommen, dass sie sehr genau wusste, was sie da tat. Während wir langsam Richtung Piste rollten, zeigte sie mir noch kurz, wie ich mit dem internen Funk umgehen musste. Dann bat sie mich einen Moment ruhig zu sein, bis der Start vorüber war. „Sobald wir in der Luft sind und Höhe gewonnen haben, können wir wieder zusammen diskutieren."

Ich war erstaunt, wie professionell sie die Sache anging. Das war eine Seite an meiner ansonsten fast immer gut gelaunten Mitbewohnerin, die ich bis jetzt noch nicht kennen gelernt hatte. Ich gebe zu, ich war wirklich zutiefst beeindruckt. Der Start verlief problemlos und war für mich ein aussergewöhnliches Erlebnis. Das erste Mal sass ich bei einem Start im Cockpit eines Flugzeugs. Das gab dem Ganzen eine völlig andere Perspektive. Ich war auch in Neuseeland schon einige Meilen geflogen. So viel Spass hatte mir die Fliegerei bisher jedoch noch nie gemacht. Nachdem die kleine Maschine nach einem kurzen Steigflug ihre Reisehöhe von rund dreitausend Metern erreicht hatte, erzählte mir meine Pilotin, sie habe dank ihrem Vater schon früh mit der Fliegerei begonnen. Wie ich dabei erfuhr, war ihr Vater Arzt und Pilot. Er besass ein eigenes Wasserflugzeug und besuchte damit Patienten auf ganz Vancouver Island, bis hoch nach Graham Island und dem nördlichen Ende der Dixon Entrance. Er gehörte zu einer Gruppe von fliegenden Ärzten, die in ganz British Columbia und den Inseln vor der Küste, den Minen und Holzfällerlagern sowie bei den Bewohnern der abgelegenen Siedlungen Hausbesuche machten.

Sophie hatte bereits mit sechzehn Jahren bei ihrem Vater mit den ersten Flugstunden begonnen. Den Ausweis als Pilotenschülerin erhielt sie erst mit achtzehn Jahren. Dafür legte sie im Rekordtempo die Prüfung ab und gehörte mit ihren neunundzwanzig Jahren bereits zu den Routiniers mit über zehn Jahren Flugerfahrung. In der Zwischenzeit war sie regelmässig mit dem Flugzeug unterwegs. Sie hatte nach der Erstausbildung auch den Berufspilotenschein absolviert und verdiente sich auch schon mal etwas Geld mit Taxi und Transportflügen. Wie sie mir während dem Flug erklärte, war sie Mitglied von drei Aeroclubs. Dass sie einen nicht unerheblichen Teil ihrer Freizeit mit der Fliegerei verbrachte, hatte sie mir bisher tunlichst verschwiegen.

„Die Piper gehörte einem Freund der Familie, weshalb ich das Flugzeug zu einigermassen erschwinglichen Konditionen nutzen darf, wenn sie nicht ausgebucht ist", erklärte sie mir den Umstand, dass wir mit einem gut ausgestatteten Businessflugzeug unterwegs waren. Die Maschine hatte eine IRF Zulassung und war voll instrumentenflugtauglich. Eine Ausrüstung, die für Privatmaschinen eher selten war.

Der Flug nach Halifax dauerte knapp drei Stunden und war für mich ein phantastisches Erlebnis. Mit Sophie machte das Fliegen wirklich Spass. Sie erklärte mir die Instrumente und liess mich auch einmal das Steuer halten, ohne dabei ein Risiko einzugehen. Die Landung in Halifax auf dem Grossflughafen war dann noch einmal eine Steigerung des bis dahin Erlebten. Beim Anflug auf den Flughafen konnte ich der Maschine vor uns bei der Landung zusehen, was mich völlig in den Bann zog. Ich muss für Sophie wie ein Kleinkind gewirkt haben, dass erstmals in seinem Leben ein Süsswarengeschäft besuchte.

Nach meinem ersten Flug im Cockpit einer Propellermaschine war ich hell begeistert und bestürmte Sophie nach der Landung mit einer Menge Fragen, die sie mit Engelsgeduld beantwortete. Bereits nach diesem ersten Flug kam mir erstmals der Gedanke, selber den Pilotenschein zu erwerben. Es war eine Herausforderung, die einen gewissen Reiz hatte und ich hatte im

Moment nichts anderes zu tun. Einmal mehr profitierte ich davon, dass meine Finanzen mir ermöglichten, solche Herausforderungen anzugehen, ohne mich um die grundlegenden Dinge des Lebens allzu sehr Sorgen zu machen.

Von meinem ersten Abstecher nach Halifax ist mir die Cocktailparty am besten in Erinnerung geblieben. Was mir Sophie nämlich vorher nicht gesagt hatte, war der Umstand, dass die Cocktailparty zu ihren Ehren gegeben wurde. Das merkte ich erst an der Party, als ich plötzlich die Begleitung des Ehrengastes war. Mein Vorhaben, möglichst nicht aufzufallen, war damit von der ersten Sekunde an hinfällig. Kam dazu, dass mich Sophie überall als ihren Freund vorstellte. Dadurch musste ich einige heikle Situationen überstehen, wenn die Fragen während den nicht vermeidbaren Gesprächen zu detailliert wurden. Ich war deshalb nicht unglücklich, als der Anlass endlich vorüber war.

„Du hast dich wirklich gut geschlagen. Ich denke nur etwa die Hälfte der Leute hat bemerkt, dass wir nicht sehr eng befreundet sind."

Ich kannte Sophie noch zu wenig gut, um mir sicher zu sein, wie sie die Bemerkung meinte. „Verzeih mir, wenn ich frage, aber ich bin mir nicht sicher, ob das nun gut oder schlecht ist."

Sophie lachte laut hinaus. „Das ist sehr gut. Ich hätte nicht gedacht, die ganze Meute auch nur fünf Minuten täuschen zu können."

Am nächsten Morgen fuhren wir nach einem guten Frühstück mit dem Taxi zum Institut Océanographique de Bedford, welches sich auf der anderen Seite der Halifax Bucht in Darthmouth befand. Während Sophie für zwei Stunden an einer Besprechung teilnahm und danach noch einige Dokumente unterschreiben musste, hatte ich die Möglichkeit einen Teil des Instituts zu besichtigen. Unter anderem zeigte mir mein Begleiter auch eines der Forschungsschiffe, das gerade am Pier lag und für die nächste Reise vorbereitet wurde. Für mich war es sehr spannend wieder einmal auf einem Schiff zu sein. Vor allem, da dieses Schiff nicht einmal ansatzweise mit der MS Goedehoop zu vergleichen war, mit der ich die Reise nach Australien überstanden hatte. Der damals bereits alte Frachter war im Vergleich zu der CFAV Endeavour ein Relikt aus dem vorigen Jahrhundert.

Die Endeavour war ein Forschungsschiff der kanadischen Marine, das vier Jahre vorher in Dienst gestellt worden war. Sie würde in wenigen Wochen zu einer weiteren Forschungsreise aufbrechen, weshalb unser Besuch an Bord eher kurz ausfiel. Immerhin durfte ich für einen Moment auf die Brücke wo wir auch den Kapitän antrafen. Er nahm sich sogar die Zeit, um mir im Schnelldurchgang die wichtigsten Instrumente zu erklären. Nach meiner dritten Frage hielt er kurz inne und sah mich von der Seite her an. „Wenn ich ihre Fragen richtig deute, sind sie selber schon zur See gefahren?"

„Das ist korrekt. Es ist jedoch schon lange her. Ich war als Matrose auf Binnengewässern in Europa unterwegs und verbrachte danach als Schiffsjunge auf einem Stückgutfrachter einige Monate auf See."

Das weckte das Interesse des Kapitäns und er stellte mir ein paar Fragen zur Seefahrt, die ich anscheinend alle mehr oder weniger zufriedenstellend beantwortete. Schliesslich meinte er nur: „Freut mich einen erfahrenen Seemann an Bord zu haben. Wenn sie wieder einmal Lust auf eine Schiffsreise verspüren, können sie bei mir jederzeit anheuern."

Die freundlichen, aber nicht ganz ernst gemeinten Worte des Kapitäns schmeichelten mir sehr. Wir wechselten noch ein paar Worte, bevor ich mit meinem Begleiter die Brücke wieder verliess.

Obwohl dieser überraschende Besuch des Instituts wirklich etwas Besonderes war, freute ich mich darauf, den restlichen Tag mit Sophie zu verbringen. Nachdem wir das Institut verlassen hatten, nahmen wir zuerst den Bus in die Stadt und danach die Darthmouth Ferry hinüber nach Halifax.

Die Grossregion Halifax bestand nicht nur aus der eigentlichen Stadt Halifax. Zu ihr gehörten auch die angegliederten Orte Darthmouth, Bedford und Sackville, die zusammen das einheitliche Stadtgebiet Halifax Metro bildeten. Halifax und Darthmouth waren während den beiden Weltkriegen jeweils Dreh- und Angelpunkt für Kriegslogistik jeglicher Art gewesen. Vor allem zwischen neunzehnhundertneununddreissig und fünfundvierzig war es der wichtigste Stützpunkt in der transatlantischen Kriegslogistik. Für die britische Royal Navy und die Royal Canadian Navy war Halifax einer der wichtigsten Häfen. Daneben war Halifax auch der zentrale Einwanderungshafen für Kanada. Bereits seit den Zwanzigerjahren des letzten Jahrhunderts kam der Grossteil der kanadischen Einwanderer über diesen Hafen ins Land. Das hatte sich erst in den letzten Jahren nach und nach geändert, seit immer wie mehr Einwanderer auch mit dem Flugzeug einreisten.

Da das Fliegen immer erschwinglicher wurde, hatte auch der Tourismus an Bedeutung gewonnen. Gegenüber heute steckte die Reiselust damals noch in den Kinderschuhen. Der Stanfield International Flughafen, war erst zehn Jahre vorher eröffnet worden. Seither trafen jedes Jahr immer mehr Touristen in Halifax ein, auch wenn die Anzahl Personen noch in keinem Verhältnis zu den heutigen Massentourismuszahlen stand.

Die Stadt hat für Touristen einige Sehenswürdigkeiten zu bieten. Neben den Einkaufsstrassen mit guten Geschäften gibt es da noch das historische Fort Georg auf dem Citadel Hill sowie einige weitere historische Gebäude. Auch der Point Pleasant Park ist ein Ort, der durchaus ein Besuch wert ist.

Wir machten einen Spaziergang durch die Shoppingstrasse der Stadt und gingen in einem der zahlreichen Bistros einen kleinen Happen essen. Nach einem kurzen Unterbruch im Hotel, genossen wir die Annehmlichkeiten eines der bekanntesten Restaurants der Stadt. Ich nutzte die Gelegenheit, um meine Gastgeberin zu einem exquisiten Abendessen einzuladen, was Sophie durchaus zu schätzen wusste.

Obwohl wir uns bei unseren ersten gemeinsamen Tagen in Halifax sehr viel näher kamen, hielt ich mich bewusst zurück. Jeder andere hätte wohl die Situation ausgenutzt, und mit Sophie eine Beziehung begonnen. Ihre Verletzlichkeit nach dem Verlust ihres Freundes war gross. Sie wäre zweifellos auf jeden Annäherungsversuch eingegangen, was mir ihre Antwort auf die scherzhaft gestellte Frage vor dem Abflug nach Halifax bereits gezeigt hatte.

Ich hatte jedoch schon damals das Gefühl, dass mit Sophie ein ganz besonderer Mensch in mein Leben getreten war. Sie war die erste Frau, die wirklich mein Interesse weckte. Ich wollte mich jedoch nicht so schnell auf eine Beziehung einlassen, da ich das Risiko, sie zu verlieren, noch nicht eingehen wollte. Damals machte es einfach nur riesen Spass mit ihr zusammen zu sein, einige Tage mit ihr zu verbringen, zu Lachen und das Leben zu geniessen. Aus Erfahrung wusste ich jedoch, dass sich das bei mir schnell ändern konnte. Sollte dieser Drang weiter zu ziehen wieder stärker werden, so wollte ich mir im Moment mit Sophie nicht ein zusätzliches Problem aufhalsen. Während der zwei Tage in Halifax spürte ich jedoch mehr als jemals zuvor in meinem Leben, dass ich da jemanden an meiner Seite hatte, der mir mehr bedeutete als mir lieb war.

Der Flug zurück nach Montreal war erneut ein eindrückliches Erlebnis und bestärkte mich in dem Entscheid, das Wagnis einzugehen, selber die Pilotenausbildung zu beginnen. Sophie war von meiner Idee hell begeistert. In den Tagen nach unserem Ausflug waren wir deshalb noch mehrmals auf dem Flugplatz Saint Hubert. Sie unterstützte mich dabei die notwendigen Aufenthaltspapiere für Kanada zu beschaffen, damit ich mich überhaupt für die Pilotenausbildung anmelden konnte.

In den restlichen Tagen bis zu ihrer Abreise nach Halifax wurden wir zu einem beinahe unzertrennlichen Paar. Wir unternahmen möglichst viel zusammen und genossen die letzten warmen Tage des Indian Summer in Kanada. Mit dem Flugzeug machten wir Ausflüge in der ganzen Region rund um Montreal und besuchten auch einmal Ottawa und Quebec. Zudem flogen wir noch zweimal nach Halifax, da sich Sophie um einen Wohnsitz kümmern musste. Sie hatte Glück und fand eine kleine Wohnung in unmittelbarer Nähe des Forschungsinstituts. Damit ersparte sie sich einen langen Arbeitsweg, was bei dem zu erwartenden Schnee und dem kalten Winter kein Nachteil war.

Die verbleibenden Tage gingen schnell vorüber und bald einmal stand das letzte Wochenende vor der Tür, das wir gemeinsam in Montreal verbringen konnten. In den fünf Wochen waren wir uns so nahe gekommen, dass ich den kleinen Avancen meiner Vermieterin nicht mehr hatte wiederstehen können. Als Konsequenz davon war das zweite Zimmer in ein Gästezimmer mit integriertem Büro umgewandelt worden. Damit hatte ich auch einen Ort an dem ich lernen und mich mit der Theorie der Fliegerei auseinandersetzen konnte. In der Zwischenzeit hatte ich mit der Ausbildung begonnen. Die erste theoretische Zwischenprüfung stand unmittelbar bevor.

Der Abschied fiel uns beiden schwer. Auch wenn wir wussten, dass die Trennung nur bis zum nächsten Wochenende dauern würde, so kam sie in unserer aktuellen Situation völlig ungelegen. Sophie hatte zwei oder drei Versuche unternommen, um mich für einen Umzug nach Halifax zu begeistern. „Wenn du dich entscheiden könntest, nach Halifax zu ziehen, könnten wir zusammen sein. Wir würden sicher problemlos eine grössere Wohnung finden. Ich kann mir im Moment fast nicht vorstellen, wie ich die Zeit ohne dich verbringen soll."

Das war für mich eine völlig neue Seite an Sophie. Sie wirkte in diesem Moment äusserst verletzlich und gar nicht so taff, wie sie sich hinter dem Steuerknüppel der Piper gab. Einen kurzen Moment habe ich deshalb die Möglichkeit eines Standortwechsels in Erwägung gezogen. Wenn ich das Ganze jedoch nüchtern betrachtete, so überwogen die Nachteile deutlich gegenüber den Vorteilen. Sophie hatte in Halifax eine Beschäftigung, der sie nachgehen konnte. Sobald sie sich etwas eingearbeitet hatte, würde die neue Aufgabe sie grösstenteils in Beschlag nehmen. Ich dagegen hätte mir einen Job suchen müssen, da ich ja nicht den ganzen Winter in Halifax in der Wohnung rumsitzen konnte.

„Ich kann dich verstehen Sophie. Mir geht es im Moment nicht anders. Ich möchte auch lieber mit dir zusammen sein, als die nächsten Monate alleine zu verbringen. Halifax gehört jedoch nicht unbedingt zu den Metropolen Kanadas. Wenn ich mit dir nach Halifax komme, müsste ich mir einen

Job suchen. Schliesslich kann ich nicht den ganzen Tag nur zu Hause rumsitzen und warten bis du am Abend nach Hause kommst. Das Einzige was ich gelernt habe ist Koch, wobei ich nicht einmal einen offiziellen Abschluss besitze. In Halifax als Koch zu arbeiten ist zudem nicht der Grund, weswegen ich nach Kanada gekommen bin. Zudem habe ich in Montreal mit der Fliegerei begonnen. In Halifax hätte ich nicht die gleichen Möglichkeiten, um fliegen zu lernen, wie hier in Montreal. Auch wenn ich dich jetzt schon vermisse, so kommt für mich Halifax im Moment nicht in Frage."

Damit musste sich Sophie abfinden. Sie liess meine Argumentation auch so stehen und intervenierte nicht weiter. So sehr sie sich auch gewünscht hätte mit mir zusammen zu sein, wenn sie die Sache nüchtern betrachtete, so war für mich Halifax tatsächlich keine Alternative. Wäre nicht das Institut Océanographique de Bedford in der Stadt, Sophie hätte ihren Umzug nach Halifax abgebrochen.

Das letzte Wochenende bevor Sophie ihre Stelle am Institut antrat, verbrachten wir doch in Halifax. Inzwischen hatte nach einem kurzen Herbst der Winter bereits seinen weissen Mantel über die Stadt ausgebreitet. Es war kalt geworden und die ersten Ausläufer der Winterstürme waren Mitte November bereits zu spüren. Wir hatten die Piper Navajo in Montreal gelassen und waren mit einer Kursmaschine nach Halifax geflogen. Den grössten Teil des Wochenendes verbrachten wir in der Wohnung in trauter Zweisamkeit, bis Sophie am Montagmorgen ihren neuen Job antreten durfte. Nachdem ich sie zum Institut begleitet hatte, machte ich mich auf den Weg, um mit der nächstmöglichen Kursmaschine wieder nach Montreal zurückzukehren.

In den kommenden Wochen pendelte sich unser Leben an den unterschiedlichen Standorten langsam ein. Sophie wurde, wie ich vorausgesagt hatte, von ihrer spannenden Aufgabe immer wie mehr vereinnahmt. Vom Team war sie sehr gut aufgenommen worden und nach einer kurzen Einarbeitungsphase integrierte sie sich überraschend schnell in das Projektteam. Ihre ruhige und kompetente Art sowie ihr manchmal äusserst unorthodoxes Vorgehen, waren eine willkommene Ergänzung des bestehenden Teams.

Sophie selbst war überrascht, wie schnell die Zeit verstrich. Die Aufgaben waren spannender als sie erwartet hatte. Ihre Befürchtungen, sie könnte sich in dem ein wenig biederen Halifax bald einmal langweilen, trafen nicht im Entferntesten ein. Trotzdem setzte sie alles daran, um sich die Wochenenden frei zu halten, damit wir uns treffen konnten. Die Beziehung zu mir war ihr mindestens eben so viel wert, wie ihre neue Arbeitsstelle. Das Einzige, was ein Treffen verhindern konnte, war das unberechenbare Wetter. In den Wintermonaten konnte es durchaus vorkommen, dass einer der berüchtigten Stürme jeder Bemühung zu reisen, einen Strich durch die Rechnung machte.

In diesen Monaten stürzte ich mich an der Saint-Hubert Flying School mit grossem Enthusiasmus in die Pilotenausbildung. Ich hatte im Gegensatz zu vielen anderen die Möglichkeit, mich vollumfänglich der Ausbildung zu widmen. Die Theorieprüfung schloss ich deshalb bereits nach zweieinhalb Monaten erfolgreich ab. Danach konnte ich mich dem praktischen Teil zuwenden. Das gestaltete sich jedoch schwieriger als ich erwartet hatte. Aufgrund des Wetters war der Flugbetrieb im Winter deutlich eingeschränkt. Der praktische Teil der Ausbildung verzögerte sich deshalb. Dennoch verbrachte ich den grössten Teil des Tages auf dem Flugplatz, da ich keine Gelegenheit verpassen wollte, um zu fliegen. Das Wetter liess manchmal kurzfristig einen Übungsflug zu. Dann konnte derjenige profitieren, der zu dem Zeitpunkt vor Ort war.

Unweit der Büroräumlichkeiten der Flugschule gab es ein kleines Bistro, in dem sich vor allem die Mitarbeiter des Flughafenareals häufig aufhielten. Ich verbrachte in den ersten Wochen einen grossen Teil der Zeit dort und wurde dadurch zu so was wie einem Stammgast. Dabei lernte ich auch einige Mechaniker kennen, die sich mit der Wartung der grossen Anzahl von Privatfliegern beschäftigten. Es gab auf dem Gelände ein halbes Dutzend Betriebe, die im Bereich der Flugzeugwartung tätig waren. Bei einem der verschiedenen Gespräche erwähnte ich, dass ich gerne den technischen Teil der Fliegerei näher kennen lernen würde. Daraufhin hat mich einer der Mechaniker eingeladen ihn einmal in der Werkstatt zu besuchen. Ich zögerte nicht, das Angebot wahrzunehmen. Der Besuch war interessant und bestätigte mir, dass es sich lohnen würde, das Thema etwas zu vertiefen.

Eine Anfrage bei der Fliegerschule Saint Hubert brachte mich jedoch nicht weiter. Sie verwiesen mich an die technische Universität, welche Lehrgänge für Flugzeugmechaniker anbot. Als ich Sophie das nächste Mal sah, erzählte ich ihr von meinen Bemühungen. Sie hörte mir ganz ruhig zu. Als ich am Ende angelangt war, griff sie zum Telefon.

„Was hast du vor, Sophie?"

Sie winkte ab und gab mir zu verstehen still zu sein. „Salut Gilbert, comment tu vas…"

Das Gespräch dauerte beinahe eine Stunde. Mir blieb nicht viel anderes übrig als zuzuhören und abzuwarten, bis Sophie ihren Anruf beendet hatte.

„Das war mein guter Freund Gilbert. Das ist derjenige, dem die Piper gehört, die wir bereits ein paar Mal nutzen konnten. Ich habe ihm dein Anliegen geschildert und er hat sich bereit erklärt, dir zu helfen. Er kennt den Inhaber der Firma, die sein Flugzeug wartet und wird ein gutes Wort für dich einlegen, damit du in der Werkstatt mithelfen kannst. Wenn du eine bestimmte Anzahl Stunden in der Werkstatt gearbeitet hast und sie dir das bestätigen, kannst du eine Zertifizierungsprüfung ablegen. Dabei musst du vor einem Experten beweisen, dass du beispielsweise einen Motor auseinandernehmen und wieder zusammenbauen kannst. Wenn ich alles richtig verstanden habe, gibt es beispielsweise für die Wartung einer Piper Navajo rund sechsundvierzig solcher Zertifizierungsprüfungen. Hast du diese alle abgeschlossen, kannst du überall für diesen Flugzeugtyp Wartungen durchführen. Bist du einmal für ein Flugzeug zertifiziert, so kannst du mit Zusatzprüfungen auch andere Typen der gleichen Marke warten." Sophie sah mich fragend an.

„Ausgezeichnet, dann werde ich einmal in der Werkstatt vorbeischauen."

„Gilbert hat mir zudem noch mitgeteilt, er überlege sich seine Piper zu verkaufen. Wenn wir also noch etwas fliegen wollen, sollten wir das in der nächsten Zeit tun, bevor ich keine Beziehungen mehr habe."

In der folgenden Woche suchte ich die Werkstatt auf. Der Inhaber hatte tatsächlich schon einen Anruf von Sophies Freund erhalten. Er hörte mich an und meinte danach, es sei schwierig jemanden der nicht angestellt sei in der Werkstatt zu beschäftigen. Die Flugsicherheitsprüfung nehme es mit den Kontrollen sehr genau. Auf meinen Vorschlag mich offiziell als Angestellten aufzunehmen und mir die Möglichkeit zu geben mich auf die Zertifizierung vorzubereiten, wollte er zuerst nicht eingehen. Erst als ich ihm eine kleine Spende zustellte, lenkte er doch noch ein.

Von da an verbrachte ich den grössten Teil der Zeit in der Werkstatt mit putzen und aufräumen. Bevor ich das erste Mal einen Schraubenschlüssel in die Hände nehmen durfte, vergingen mehrere Wochen. Mit der Zeit akzeptierten mich die beiden Mechaniker und ich konnte damit beginnen, mich auf die erste Zertifizierung vorzubereiten. Parallel dazu nutzte ich jede Möglichkeit, um zu fliegen. Es dauerte vier Monate, bis ich genügend Flugstunden hatte. Nach erfolgreich absolvierter Prüfung hielt ich kurz danach die Privatpilotenlizenz in der Tasche. Bis die definitive Lizenz ausgestellt war, dauerte es einige Wochen. Ich konnte deshalb bei der Schule eine provisorische Lizenz abholen, mit der ich sofort fliegen konnte. Bei dieser Gelegenheit teilte ich der Schule auch gleich mit, dass ich die Ausbildung bis zur Erreichung der Verkehrspilotenlizenz fortsetzen wolle. Dieses Mal wurde meine Anfrage aufgrund der positiven Erfahrung im ersten Teil der Ausbildung ohne Vorbehalte entgegengenommen. Man teilte mir umgehend mit, dass ich für die Weiterführung der Pilotenausbildung ohne Einschränkung zugelassen werde.

Um die Berufspilotenlizenz zu erlangen, stieg der Aufwand gegenüber der Privatpilotenlizenz erheblich. Neben den Kursen, musste ich mindestens noch einmal das Doppelte an Zeit zu Hause aufwenden, um alleine zu lernen. Während des Winters und bis Mitte April spielte das nicht so eine grosse Rolle. Danach wollte ich jedoch wieder mehr Zeit mit Sophie verbringen, was die Ausbildung leicht verzögerte. Ein Problem war das glücklicherweise nicht. Die Gruppenkurse, welche an fixe Termine gebunden waren, hatte ich gleich zu Beginn abgeschlossen. Der zweite Teil beinhaltete vor allem ein intensives Selbststudium und die Prüfungen, welche individuell abgelegt werden konnten.

Ich freute mich sehr darauf, wieder mehr Zeit mit Sophie verbringen zu können. In den letzten Monaten hatte es sich nicht so oft ergeben, dass wir zusammen sein konnten. Trotzdem war unsere Bindung noch stärker geworden. Auch die grosse Distanz zwischen Montreal und Halifax hatte das nicht verhindern können. Dank meiner neu erworbenen Fluglizenz konnte ich oft schon am Freitagmorgen nach Halifax fliegen und wenn das Wetter einmal verrücktspielte, blieb ich einfach einen oder zwei Tage länger dort. Schliesslich konnte ich meine Zeit, bis auf ein paar wenige Einschränkungen, nach meinem eigenen Ermessen selber gestalten.

Das änderte sich erst, als der Winter sich wieder zurückzog und nach einem kurzen Frühling dem Sommer Platz machte. Sophie setzte alles daran, um in diesem Sommer drei Wochen Ferien zu erhalten. Eigentlich ein Wunsch, der alles andere als üblich war. Sie begründete ihr Anliegen damit, dass sie ihre Familie auf Vancouver Island besuchen wolle. Auch wenn es zu dieser Zeit bereits erschwingliche Linienflüge gab, so war die Reise an die Westküste doch noch etwas Spezielles. Sophie liess sich nach der ersten Absage nicht einfach von ihrem Vorhaben abbringen. Nachdem sie das erste Mal nur gefragt hatte, reichte sie das zweite Mal eine offizielle und begründete Anfrage ein, die schliesslich auch bewilligt wurde.

Dadurch konnten wir drei volle Wochen zusammen verbringen. Wir genossen diese Zeit aus vollen Zügen. Mit der Piper Navajo flogen wir in mehreren Etappen nach Vancouver. Dabei hatte ich für Sophie eine kleine Überraschung bereit. Gilbert hatte sich tatsächlich entschieden, das Flugzeug zu verkaufen. Diese Möglichkeit hatte ich mir nicht entgehen lassen. Die Verhandlungen dauerten nicht sehr lange und die Piper Navajo wechselte ihren

Besitzer."

„Sie haben ein eigenes Flugzeug?" Für einmal war es nicht Pfarrer Küenzle sondern Markus Leimbacher, der Ruedi Rötheli unterbrach.

Der alte Mann, der dieses Mal von der Unterbrechung überrascht wurde, sah den Notar einen kurzen Moment verwirrt an, ehe er antwortete. „Ja und nein. Präziser wäre, ich hatte sogar mehr als ein Flugzeug. Heute besitze ich jedoch keines mehr. Damals in Montreal, als ich mir das Ziel setzte, die Fliegerei auf professioneller Ebene zu betreiben, war es eigentlich fast eine logische Folge, irgendeinmal ein Flugzeug zu kaufen. Mit der Zeit wurde es mühsam und auch kostenintensiv, immer wieder Flugzeuge zu mieten. Kam dazu, dass sich ein Kauf geradezu aufdrängte, als Gilbert seine Piper loswerden wollte. Sonst hätte ich, so kurz nach Abschluss der Privatpilotenlizenz, kaum bereits ein Flugzeug gekauft. Da wir mit der Piper jedoch schon einiges erlebt hatten und das Angebot von Gilbert aufgrund der guten Beziehungen zur Familie von Sophie mehr als gut war, konnte ich nicht ablehnen. Ich überlegte nicht lange und habe den Flieger gekauft. Kam neben allem anderen noch dazu, dass die Piper Navajo zu dieser Zeit für ihre Klasse eines der besten Flugzeuge war, das man als Privatperson kaufen konnte.

Jetzt blieb nur noch das Problem, Sophie zu erklären, woher ich so viel Geld hatte. Nach der ersten Überraschung, führten wir eine sehr, sehr lange Diskussion, bis sie sich mit meinen Erklärungen endlich zufrieden gab. Später habe ich auch andere Flugzeuge besessen, da ich die Fliegerei auch nach meiner Zeit in Kanada weiter betrieben habe. Dabei legte ich stets grossen Wert darauf, immer auf dem neusten Stand der Aviatik Ausbildung zu sein. Ich habe mein Wissen bis vor etwa zehn Jahren immer wieder erweitert. Das hat mir die Möglichkeit gegeben auch Jets und grössere Maschinen zu fliegen, was ich bei jeder sich bietenden Gelegenheit nutzte. Trotz all dem kann ich heute noch sagen, dass mein erster Flugzeugkauf nicht der schlechteste war, den ich je getätigt habe." Ruedi Rötheli hielt kurz inne. „Die Fliegerei war und ist für mich eine Leidenschaft, die ich erst aufgeben werde, wenn mir die Gesundheit nicht mehr erlaubt zu fliegen. Für mich waren neben der Zeit in Argentinien die Jahre in Kanada, in denen ich für meine kleine Fluggesellschaft geflogen bin, eine der schönsten Zeiten in meinem Leben."

„Verstehe ich das richtig, sie besassen in Kanada eine Fluggesellschaft?" Erneut hatte der sichtlich erstaunte Markus Leimbacher den Redefluss von Ruedi Rötheli unterbrochen.

„Das ist korrekt, ich habe nicht nur die Berufspilotenlizenz erworben, sondern bin danach auch einige Jahre lang mit Passagier- und Transportmaschinen geflogen. Wobei ich einschränken muss, dass es sich um eine kleine Regionalgesellschaft handelte und nicht um ein international tätiges Unternehmen. Mit Ausnahme vielleicht der Flüge, die uns in die Grenzregion der Vereinigten Staaten führten, was jedoch eher die Ausnahme als die Regel war. Die Flotte bestand auch nicht aus Grossflugzeugen, sondern zum grössten Teil aus Wasserflugzeugen mit drei bis neun Plätzen. Das grösste Flugzeug, welches ich zu dieser Zeit geflogen bin, war eine DC3, die wir bei Bedarf gechartert haben. Um auf genügend Flugstunden zu kommen, dass ich die Maschine überhaupt fliegen durfte, musste ich jedes Jahr zwei bis drei Wochen bei einer befreundeten Gesellschaft anheuern. In unserem Unternehmen nutzten wir die DC3 nur gut ein Dutzend Male. Neben all dem habe ich auch noch die Helikopterprüfung abgelegt. Ich war zu dieser Zeit geradezu süchtig, alles fliegen zu können, was sich in der Luft bewegte. Diese Leidenschaft konnte ich in Kanada voll auskosten. Selbst mein grösster Schicksalsschlag in meinem Leben, der eng mit der Fliegerei verknüpft war, hat an dieser Tatsache nie etwas geändert." Ruedi Rötheli musste erneut eine kurze Pause einlegen. Er schien für einen Moment völlig in Gedanken versunken zu sein. „Ich verdanke Sophie vieles, aber dass sie mir die Türen zur Aviatik geöffnet hat, gehört zum Grössten, was jemals jemand für mich getan hat."

Einen kurzen Augenblick konnten die beiden Zuhörer in den Augen von Ruedi Rötheli einen zutiefst melancholischen und traurigen Ausdruck erkennen, der jedoch so schnell wieder verschwand, wie er aufgetaucht war.

„Das letzte Mal bin ich übrigens vor etwa sechs Wochen geflogen. Meine internationale Fluglizenz ist immer noch gültig und die Fliegerei immer noch meine grösste Passion. Aber lassen sie mich die Geschichte der Reihe nach weiter erzählen." Ruedi Rötheli griff zu dem Glas Wasser, das vor ihm stand und trank noch einmal einen Schluck, bevor er den Faden der Geschichte wieder aufnahm. „Wir sind mit dem Flugzeug in zwei Tagen und drei Etappen von Montreal über Kenora in Ontario und Edmonton in Alberta nach Tofino in British Columbia geflogen. Da wir uns am Steuerknüppel abwechseln konnten, hat die Reise trotz der nicht ganz viertausend Kilometer Flugstrecke grossen Spass gemacht. Kam dazu, dass wir uns in der Zwischenzeit wirklich hervorragend verstanden. Die Beziehung zu Sophie hatte sich in den letzten Monaten zu etwas entwickelt, das weit über einen Flirt oder eine kurze Liebschaft hinausging. Ich war deshalb vor dem erstmaligen Besuch von Sophies Familie sehr nervös, obwohl ich auch schon in Neuseeland und in Japan die Eltern meiner Freunde kennen lernte. In diesem Fall war es nicht das Gleiche. Es stellte sich jedoch schnell heraus, dass meine Bedenken völlig unbegründet waren. Von Sophies Familie wurde ich von der ersten Sekunde an herzlich empfangen und sofort als Mitglied der Familie adoptiert. Die nächsten zwei wundervollen Wochen verbrachten wir bei Sophies Eltern. Sie war während der Zeit wie verwandelt. Wir besuchten die Lieblingsorte ihrer Kindheit und waren so oft wie möglich draussen in der Natur. Ich sah nicht nur meinen ersten Bären, sondern auch die ersten Wale. Dieses Erlebnis hat mich wirklich tief beeindruckt. Schon die Wüste in Australien, mit ihrer endlosen Ausbreitung, hatte mein an die Enge der Schweiz gewohntes Weltbild ziemlich durcheinandergewirbelt. Dann sah ich das erste Mal Vancouver. War in meiner Kindheit Bern ein Ort, der mich aufgrund der vielen Häuser und der engen Gassen tief beeindruckt hatte, so blieb mir damals beim ersten Anblick von Sydney, Tokio, Toronto und Vancouver fast der Atem weg. Schon damals standen in den grossen Metropolen die ersten Wolkenkratzer. So etwas hatte ich vorher noch nie gesehen. Die lärmigen Städte sind jedoch nichts im Vergleich zu der Weite der Wälder Kanadas.

Der zweitgrösste Flächenstaat der Welt ist zu über vierzig Prozent von Wald bedeckt. Von reinen Laubwäldern im östlichen Teil über die Küstenregenwälder im Westen bist zu den arktischen Randzonen im Norden war der Baumbestand äusserst abwechslungsreich. Dazu kamen die Seen und die vielen Flüsse, die das Land nahezu undurchdringlich machten.

Mit Sophie hatte ich eine Begleiterin, die mir aufgrund ihrer Kenntnisse viele Schönheiten dieser ausserordentlichen Natur zeigen konnte. Zusätzlich kannte sie zu beinahe jedem Ort, den wir besuchten, eine Geschichte ihres Stammes. Ich konnte ihr stundenlang zuhören, wenn sie über die Geister der Ahnen, über die Wanderung der Lachse oder das Verhalten der Bären erzählte. Die Verbundenheit und der Respekt vor der Natur waren die Grundpfeiler ihrer Philosophie und ihrer Naturreligion. Wie schon in Neuseeland, faszinierten mich auch in Kanada das Leben und die Geschichte der Ureinwohner. Bereits das vierte Mal in meinem immer noch jungen Leben, hatte ich die Möglichkeit erhalten, eine völlig andere Kultur kennen zu lernen. Was ich während dieser zwei Wochen alles an Eindrücken und an Erlebnissen mitnahm, würde genügen, um mehrere Tage mit Erzählungen zu füllen.

Die Verabschiedung von Sophies Familie fiel nach den zwei Wochen nicht nur Sophie sondern auch mir äusserst schwer. Ich verliess ihr Elternhaus im Bewusstsein, hier jederzeit willkommen zu sein. Eine Erfahrung, die ich in meinem Elternhaus vermisst hatte.

Für den Rückweg nach Halifax hatten wir genügend Zeit eingeplant. Sophie wollte noch eine Schulfreundin in Vancouver besuchen, die sie schon lange nicht mehr gesehen hatte. In einem ersten Schritt flogen wir deshalb von Tofino nach Vancouver. Dort verbrachten wir einen Tag bei Sophies Schulfreundin. Danach flogen wir über Calgary und Winnipeg nach Montreal, wo wir einen Tag in Sophies Wohnung blieben. Wir genossen es noch einmal einige Stunden nur für uns zu haben und einfach das Leben zu geniessen, bevor wir wieder an den Ausgangspunkt unserer Reise nach Halifax zurückkehrten.

Wie sich zeigen sollte, hatten wir gut daran getan, die Zeit zu nutzen. Nach diesen einzigartigen Sommerferien holte uns der Alltag wieder ein. Sophie musste für die drei Wochen Freizeit büssen. Ihr Vorgesetzter, der alles andere als begeistert gewesen war, dass sie ihren Willen doch noch durchgesetzt hatte, teilte sie die nächsten Monate für zusätzliche Wochenendschichten ein. Als sich Sophie darüber beschwerte, stellte ihr Vorgesetzter nur trocken fest, Sonderwünsche hätten eben ihren Preis. Das Problem lösten wir teilweise damit, dass ich während dieser Zeit jeweils nach Halifax flog und das verlängerte Wochenende dort verbrachte.

Mit der Fliegerei kam ich langsam aber stetig voran. Nachdem ich die obligatorischen Theoriekurse ohne allzu grosse Schwierigkeiten hinter mich gebracht hatte, galt es die notwendigen Flugstunden zu sammeln, um die Berufspilotenlizenz zu erhalten. Dafür reichten meine Flugstunden mit der Piper Navajo nicht aus. Ich musste auch mindestens einen Teil der Flugstunden in der kommerziellen Fliegerei absolvieren. Dank der Beziehungen, die ich mittlerweile nicht zuletzt auch durch meine Arbeit in der Werkstatt hatte, konnte ich einzelne Aufträge für die auf dem Flugplatz ansässigen Chartergesellschaften übernehmen. Hier kam mir meine Flexibilität zu Gute, die es mir auch innerhalb von kürzester Zeit ermöglichte einzuspringen. Das führte dazu, dass ich kein Jahr brauchte, um in den Besitz der Berufspiloten- und Instrumentenfluglizenz zu gelangen.

Je mehr ich flog, umso mehr Lust hatte ich an der Fliegerei. Die kleinen Maschinen wie die Piper oder die mittleren Flieger, wie die DC3, waren schön und recht. Ich wollte jedoch unter allen Umständen auch einmal bei einer der grösseren Maschinen am Steuer sitzen. Dazu musste ich in einem nächsten Schritt zuerst erneut die Schulbank drücken. Es ging darum die Linienfluglizenz zu erhalten. Erst danach würde es mir möglich sein, in einer kommerziellen Fluggesellschaft die nötige Praxis zu absolvieren, um die Lizenz als Airline Pilot abzuschliessen. Danach standen mir auch die Türen zu den grossen Maschinen offen. Ich würde keinesfalls aufgeben, bevor ich dieses Ziel erreicht hatte.

Auch in Sophies Leben zeichnete sich eine einschneidende Änderung ab. Nachdem sie beinahe zwei Jahr im Institut in Halifax gearbeitet hatte, erhielt sie eine ungewöhnliche Anfrage. Eines Abends liess der Institutsleiter sie in sein Büro kommen.

„Danke, dass sie trotz Feierabend noch kurz Zeit haben. Ich möchte gerne etwas mit ihnen besprechen. In drei Monaten sind sie bereits zwei Jahre bei uns. In dieser Zeit haben sie wirklich ausgezeichnete Arbeit geleistet, was nicht unbedingt selbstverständlich ist. Als wir ihnen eine Anstellung im Institut anboten, wussten wir von ihren Qualitäten. Es ist jedoch immer noch ein Unterschied etwas über jemanden zu wissen oder den praktischen Beweis selber zu erleben." Er hielt kurz inne und Sophie nutzte die Gelegenheit, um sich für das Kompliment zu bedanken. Der Institutsleiter nickte nur kurz, um sogleich seine Ausführungen wieder aufzunehmen.

„Wir haben in den vergangenen Wochen die Aktivitäten für das nächste Jahr zusammengestellt. Es wird wieder eine grössere Expedition geben, die während der Sommermonate mit der Endeavour unterwegs sein wird. An Bord ist noch ein Platz im Wissenschaftsteam frei und ich wollte sie fragen, ob sie sich der Expedition anschliessen wollen?"

Sophie wäre in diesem Moment fast in Ohnmacht gefallen. Das Angebot kam für sie völlig überraschend. In der Regel musste man mindestens fünf Jahre Erfahrung am Institut aufweisen, um überhaupt für eine Expedition in Betracht gezogen zu werden. Dass sie diese Anfrage erhielt, war wirklich aussergewöhnlich. Ihre Freude war so gross, dass sie im ersten Moment nicht wusste, was sie sagen sollte. Sie stand einfach nur mit einem völlig überraschten Gesichtsausdruck da und starrte ihren Vorgesetzten an, als komme er von einem fremden Stern.

„Ich brauche nicht gleich eine Antwort. Sie können sich die Sache bis Morgen überlegen", meinte er mit einem verständnisvollen Lächeln.

„Ja, ja, ich meine nein, nein, ich brauche nicht zu überlegen und ja, ich komme selbstverständlich gerne mit auf die Expedition." Sophie war vor lauter Aufregung die Röte ins Gesicht gestiegen.

„Gut, das freut mich", meinte der Institutsleiter und streckte ihr die Hand entgegen, „willkommen an Bord des Expeditionsteams."

Sophie nickte nur, stammelte etwas von Danke und wollte das Büro schon verlassen, als ihr oberster Boss noch einmal zu sprechen begann. „Ach ja, ich habe ganz vergessen zu sagen, wohin es gehen soll. Wir werden den Sommer in der Arktis verbringen. Ich hoffe das beeinflusst ihren Entscheid nicht, mit uns zu kommen?"

Sophie starrte ihren Vorgesetzten mit offenem Mund an.

„Miss Le Maitre, ist alles in Ordnung?"

„Ja, Entschuldigung, alles in Ordnung und nein, mein Entscheid wird dadurch nicht im Geringsten beeinflusst. Im Gegenteil, ich danke ihnen, dass sie mich für diese Expedition berücksichtigen. Danke, vielen Dank."

„Nichts zu danken, Frau Le Maitre. Sie haben sich die Teilnahme an der Expedition durch ihre ausgezeichnete Arbeit verdient."

Sophie nickte und verliess das Büro ihres Chefs. Als sie vor dem Büro stand, fragte sie sich, ob sie das wirklich gerade erlebt hatte, oder ob sie nur träumte. Dann rannte sie in ihr Büro und griff zum Telefon, um mir die Neuigkeit sofort mitzuteilen. Ich verstand zuerst nicht das Geringste von dem, was sie mir zu erzählen versuchte. Erst nach dem dritten Versuch war mir endlich klar, was mir Sophie da mitteilte. Ich freute mich natürlich für sie und gleichzeitig hielt sich meine Begeisterung in Grenzen. Für mich bedeutete das, ich musste den nächsten Sommer alleine verbringen. Das mich der Gedanke, vier Monate alleine zu sein, nicht eben gerade in Freudenstürme ausbrechen liess, müsste eigentlich nachvollziehbar sein. Ich versuchte jedoch alles, um Sophie in diesem Moment die Freude nicht zu verderben.

Am darauffolgenden Wochenende kam das Gespräch zwangsläufig wieder auf die Expedition und Sophie spürte trotz meiner Bemühungen sofort, dass meine Begeisterung sich in Grenzen hielt.

„Möchtest du lieber, dass ich nicht an der Expedition teilnehme?"

„Was für eine Frage, Sophie! Sicher will ich, dass du an dieser Expedition teilnimmst. Eine Anfrage wie diese ist so aussergewöhnlich, dass du sie nicht ablehnen kannst. Dass du mir überhaupt so eine Frage stellst. Wenn ich nicht gerade in helle Begeisterung ausbreche, hat es nichts damit zu tun, dass du diese Reise nicht antreten sollst. Es hat auch nichts mit dir, sondern mit mir selber zu tun. Ich kann mir einfach nicht vorstellen, wie ich die schönsten vier Monate des Jahres ohne dich verbringen soll. Auch wenn es noch mehr als ein halbes Jahr dauert, bis du gehen wirst, beim Gedanken daran fehlst du mir jetzt schon."

Nach dieser Erklärung sah mich Sophie mit einem Blick an, den ich an ihr noch nie gesehen hatte.

„Das ist das Schönste, was mir je irgendjemand gesagt hat."

In den nächsten Stunden waren wir vollauf damit beschäftigt, diesen Augenblick möglichst lange auszukosten. Als die Emotionen einigermassen abgeklungen waren, nahmen wir das Gespräch wieder an der Stelle auf, an der wir es unterbrochen hatten.

„Ich werde in dem Fall die Gelegenheit nutzen und mir einen Ort suchen, an dem ich möglichst viel fliegen kann. Vielleicht könnte ich ja nach Vancouver gehen. Dort soll es genügend Möglichkeiten geben, um zu fliegen. Bis dann sollte ich auch im Besitz der Helikopterlizenz sein."

„Das finde ich eine gute Idee. Ich kann dir vielleicht über meine Familie eine Unterkunft vermitteln. Was den Sommer betrifft, so kann ich dich sehr gut verstehen. Dass wir einen gemeinsamen Sommer verlieren, ist für mich auch nicht einfach zu akzeptieren. Wir können jedoch den Frühling und den Winter zusammen verbringen. Ich weiss auch, dass dies kein Ersatz für den Sommer ist. Mir würde es jedoch einfacher fallen, dich so lange alleine zu lassen, wenn wir vorher und nachher etwas unternehmen könnten. Zudem wäre während der Expedition etwas da, auf das ich mich freuen kann, wenn ich zurückkomme."

„In Ordnung, Sophie. Ich schlage dir vor, ich komme die letzten Wochen vor deiner Abreise nach Halifax. Dann können wir jede freie Minute nutzen, die uns vor deinem Aufbruch zur Expedition bleibt."

„Das ist eine sehr gute Idee", meinte Sophie sichtlich glücklich dazu.

Der Herbst und der Winter vergingen wie im Flug. Sophie war voll mit den Vorbereitungen der Expedition beschäftigt. Ich meinerseits versuchte so viele Flugstunden wie möglich zu absolvieren, damit ich gute Chancen hatte, in Vancouver eine Anstellung zu finden. Auch wenn Piloten gesucht waren, ohne gültige Lizenzen ging gar nichts.

Gut einen Monat vor Sophies Abreise hatte ich auch mein letztes Ziel erreicht. Die Prüfung für die Heli Lizenz bestand ich beinahe problemlos. Zu Beginn der praktischen Ausbildung war dies alles andere als sicher gewesen. Hatte ich die Theorie im abgekürzten Verfahren noch ohne jegliche Probleme bewältigt, so ging es bei der praktischen Umsetzung nicht mehr so rasch voran. Mein Fluglehrer beruhigte mich jedoch sofort. Er hatte schon mehrfach Umsteiger betreut. Wie er mir erklärte, taten diese sich in der Regel zu Beginn schwerer als Anfänger, die noch nie geflogen waren. Dafür kamen sie danach viel schneller vorwärts, wenn sie einmal den Dreh raus hatten. Genau so war es auch bei mir. Nachdem ich endlich einmal das Prinzip verstanden hatte, bereitete mir der Rest keine grossen Probleme mehr.

Mit der Helikopterlizenz hatte ich nahezu alles erreicht, was ich in der Fliegerei erreichen konnte. Das Einzige, was mir noch fehlte, waren die Flugstunden, um die Airline Lizenz auch definitiv zu erhalten. Diese Aufgabe stand als letztes auf dem Programm. Erste Kontakte waren aufgrund der Beziehungen von Sophie bereits hergestellt worden. Bevor ich jedoch mein

Quartier von Montreal nach Vancouver verschob, wollte ich die letzten paar Tage vor ihrem Aufbruch mit Sophie in Halifax verbringen. Meine Freundin gab sich jede erdenkliche Mühe, um möglichst jeden Abend so früh wie möglich zu Hause zu sein. Ich meinerseits spielte den Hausmann. Ich kaufte ein, kochte und machte den Haushalt. Daneben genossen wir einfach nur die gemeinsame Zeit. Schliesslich stand die letzte Woche vor Sophies Abfahrt bevor. Wie das bei nahezu allen grösseren Reisen üblich ist, waren im letzten Moment noch alle möglichen Dinge zu erledigen. Ich war froh, wenn ich Sophie am Morgen noch zum Frühstück sah. Man konnte ihr deutlich anmerken, wie ihre Anspannung von Tag zu Tag stieg. Ansonsten lief eigentlich alles nach Plan.

Ich hatte mir vorgenommen noch am Tag von Sophies Abreise nach Montreal zurückzufliegen. Es gab noch ein, zwei Aufgaben zu erledigen, bevor ich mich auf den Weg nach Vancouver machen wollte. Unter anderem musste ich noch einmal bei der Schule vorbei, um das Vorgehen bezüglich der Anerkennung der Flugstunden zu regeln. Zudem musste ich mich noch einmal versichern, dass die Piper während dem Sommer gut untergebracht war. Ich hatte mich nach Absprache mit Sophie entschieden, die Maschine in Montreal zu lassen. Deshalb war ich, nachdem ich Sophie zum Institut gebracht und mich von ihr verabschiedet hatte, zum Flughafen gefahren. Dort wollte ich mich gerade daran machen die Piper auf den Flug nach Montreal vorzubereiten, als die Sekretärin der Wartungsfirma in den Hangar kam.

„Mister Redick!"

Ich sah von meiner Arbeit auf. „Ja?"

„Telefon für sie."

Ich war ein wenig überrascht, da ich keine Ahnung hatte, wer mich hier anrufen sollte. Ausser Sophie wusste niemand, dass ich am Flughafen war. Hoffentlich war nichts passiert. Ich putzte mir rasch mit einem Lappen die Hände und beeilte mich dann, die Sekretärin einzuholen, die schon wieder auf dem Rückweg ins Büro war. Als ich hinter ihr in den kleinen Raum trat, reichte sie mir ohne eine weitere Erklärung den auf dem Schreibtisch liegenden Hörer.

„Ja, Hallo."

„Hallo Ron, kannst du sofort zum Institut kommen?"

„Hallo Sophie. Ist etwas passiert?"

„Nein, kannst du bitte sofort zum Institut kommen?

„Ja sicher, aber warum rufst du mich an. Was ist los?"

„Das erkläre ich dir, wenn du da bist. Wie lange brauchst du?"

„Eine Stunde. Ich war eben gerade dabei an der Piper zu arbeiten und bin völlig verdreckt. Ich muss kurz duschen, dann komme ich sofort."

„Beeil dich bitte. Wenn du da bist, melde dich an der Rezeption. Sie wissen dort Bescheid, dass du kommst und werden dir weiter helfen."

„Ich verstehe nicht, was das soll."

„Das wirst du schon sehen. Beeil dich und komm so rasch du kannst."

Ich beeilte mich, brauchte trotzdem etwas mehr als eine Stunde, bis ich mich an der Anmeldung des Instituts einfand. Als ich der jungen Frau hinter dem Schalter meinen Namen nannte, griff sie sofort zum Telefon und eine Minute später kamen zwei Männer auf mich zu. Den einen von ihnen hatte ich schon ein paar Mal gesehen. Er hiess Mike Harper und arbeitete mit Sophie zusammen. Den anderen kannte ich nicht. Langsam wurde ich wirklich nervös. Hoffentlich war Sophie nichts passiert.

„Hallo Mister Redick", begrüsste mich Harper. „Danke, dass sie es so rasch einrichten konnten vorbei zu kommen. Darf ich ihnen Robert Martin vorstellen. Er ist der Expeditionsleiter der Arktis Expedition, die Morgen auslaufen sollte und bei der auch Frau Le Maitre dabei ist."

„Ist mit Sophie etwas nicht in Ordnung?"

„Nein, Frau Le Maitre geht es ausgezeichnet. Das ist nicht der Grund, weshalb wir sie gebeten haben ins Institut zu kommen."

Ich war erleichtert und spürte, wie sich der Druck, der sich bei mir in der letzten Stunde aufgebaut hatte, wieder legte. Gleichzeitig weckte die Bemerkung jedoch auch meine Neugier. Ich konnte mir nicht vorstellen, was die beiden Herren sonst von mir wollten. Sie führten mich in ein Sitzungszimmer. Kaum sassen wir, kam der Expeditionsleiter sofort zur Sache. „Wir haben sie aus einem bestimmten Grund hierher gebeten. Bevor ich ihnen jedoch mitteilen kann, um was es sich handelt, hätte ich noch ein paar Fragen. Ist das für sie ein Problem?"

„Nein, das ist kein Problem. Im Moment kann ich mir zwar nicht vorstellen, was ich ihnen erzählen könnte, dass sie nicht bereits wissen. Aber wenn ich ihnen damit einen Dienst erweisen kann. Was möchten sie gerne wissen?

„Ist es korrekt, dass sie eine Ausbildung als Pilot abgeschlossen haben?"

Mit dieser Frage hatte ich nun wirklich nicht gerechnet. Die Sache wurde ja immer kurioser. Ich konnte mir keinen Reim darauf machen, weshalb ich ins Institut meiner Freundin gerufen wurde, um dann über meine Kenntnisse als Pilot Auskunft zu geben. „Ja, das ist korrekt. Ich habe die Berufs- und die Linienpilotenlizenz für Flugzeuge sowie die Berufspilotenlizenz für Helikopter abgeschlossen. Im Moment bin ich dabei die notwendigen Flugstunden zu absolvieren, um auch noch die definitive Anerkennung der Airline Lizenz zu erhalten."

„Was fliegen sie alles für Flugzeugtypen?"

Ich erklärte meinem Gesprächspartner, welche Flugzeugtypen ich bereits geflogen war, über wie viele Stunden Flugerfahrung ich verfügte und für welche Flugzeuge ich aufgrund der Lizenz zugelassen war.

„Das klingt äusserst interessant. Haben sie mit dem Helikopter ähnlich viel Erfahrung?"

„Nein, die Helikopterlizenz habe ich erst vor zwei Monaten abgeschlossen. Seither habe ich einige Touristenrundflüge in Montreal und ein paar Versorgungsflüge durchführen können. Was den Heli anbelangt, habe ich deutlich weniger Flugstunden als bei den Flächenflugzeugen."

Trotzdem waren die beiden Herren anscheinend von meinen Kenntnissen beeindruckt. Als nächstes baten sie mich um eine kurze Beschreibung meines Lebenslaufs. Auch diese Auskunft erteilte ich den beiden Männern, soweit sich dies mit der Identität von Ron Redick deckte. Ich musste dabei vorsichtig sein, um nicht etwas Falsches zu erzählen. Die beiden gaben sich jedoch mit meinen Ausführungen zufrieden. Ungefähr eine Stunde nachdem ich im Institut eingetroffen war und das Gespräch begonnen hatte, war die Befragung schliesslich zu Ende.

„Das ist wirklich eine aussergewöhnliche Lebensgeschichte", war die erste Reaktion von Robert Martin. „Ich danke ihnen für ihre Offenheit und Geduld, mit der sie die Frage beantwortet haben. Es scheint mir, dass sie in ihrem Leben schon einiges gesehen und erlebt haben. Ich denke, es ist an der Zeit ihnen mitzuteilen, warum wir sie gebeten haben herzukommen." Er machte eine kurze Pause, die bei mir die Spannung erhöhte. „Über die Expedition sind sie ja sicher durch ihre Beziehung zu Frau Le Maitre auf dem Laufenden. Das Expeditionsteam setzt sich aus vierundvierzig Personen zusammen, die aus den verschiedensten Fachbereichen kommen. Darunter sind Wissenschaftler, technische Spezialisten und Supportpersonal. Gestern hatte einer unserer technischen Spezialisten einen Unfall, der so schwerwiegend war, dass er für die Expedition ausfällt. Wir haben uns sofort daran gemacht, einen Ersatz für ihn zu suchen. Die eigentliche Ersatzperson hat bereits einen anderen Auftrag angenommen und das Institut verlassen, wofür wir Verständnis haben. Das Angebot war so gut, er konnte es nicht ablehnen und schliesslich muss man ja auch von etwas leben. Er kommt deshalb für die Expedition nicht mehr in Frage. Wir haben über unsere diversen Kontakte versucht einen anderen Ersatz zu finden. Bisher hatten wir jedoch trotz unserer Bemühungen keinen Erfolg. Die Wahrscheinlichkeit so kurzfristig jemanden mit der benötigten Qualifikation zu finden, der für vier Monate in die Arktis will, ist eher gering. In dieser Situation wurden wir von Frau Le Maitre auf sie aufmerksam gemacht. Nach allem was ihre Partnerin uns von ihnen erzählt hat, würden sie einen wesentlichen Teil der Voraussetzungen mitbringen, die wir an diesen bestimmten technischen Spezialisten stellen." Er machte noch einmal eine kurze Pause und sah seinen Kollegen fragend an, der nur nickte. „Wir möchten ihnen deshalb das Angebot unterbreiten, den offenen Platz des technischen Spezialisten und damit den Platz im Expeditionsteam einzunehmen. Wir sind uns bewusst, dass dieses Angebot völlig überraschend und sehr kurzfristig kommt. Aussergewöhnliche Situationen und um eine solche handelt es sich hier, verlangen jedoch auch aussergewöhnliche Massnahmen."

Ich gebe ehrlich zu, in diesem Moment wäre ich vor Überraschung fast vom Stuhl gefallen. Die Frage hatte ich im Prinzip verstanden, aber ich war im ersten Moment nicht in der Lage zu erfassen, welche Tragweite dieses Angebot hatte.

Die beiden Herren mussten an meinem Gesichtsausdruck erkannt haben, was die Frage bei mir auslöste. Bevor ich etwas sagen konnte, ergriff Robert Martin deshalb erneut das Wort. „Ich kann durchaus nachvollziehen, dass sie von dem Angebot überrascht sind. Erlauben sie mir deshalb noch ein paar Präzisierungen. Unsere technischen Spezialisten bringen alle in einem bestimmten Teilgebiet Fähigkeiten mit, die wir während der Expedition benötigen. Im Fall dieser speziellen Stelle geht es um die fliegerische Ausbildung. Wir brauchen jemanden, der ein Flugzeug und einen Helikopter fliegen kann. Zudem sollte er über genügend Fachkenntnisse in der Mechanik verfügen, um im Bedarfsfall die Geländefahrzeuge zu bedienen und technische Probleme bei den Flugzeugen und den Fahrzeugen zu lösen. Personen mit diesen Fähigkeiten, die kurzfristig zur Verfügung stehen, gibt es nicht wie Sand am Meer. Wir haben Expeditionsteilnehmer die einzelne dieser Fähigkeiten aufweisen, jedoch nur einen Experten, der alles auf sich vereint. Um kein Risiko einzugehen und den erforderlichen Sicherheitsstandard zu gewährleisten, müssen wir die Aufgabe doppelt besetzen."

Nach dieser Erklärung war mir einiges klarer, auch wenn ich immer noch nicht ganz in der Lage war, die Tragweite der Anfrage zu erfassen. „Ich möchte ihnen zuerst einmal danken, dass sie mir dieses Angebot unterbreitet haben. Das Vertrauen, das sie mir damit entgegenbringen, weiss ich sehr zu schätzen. Ich gehe davon aus, sie brauchen innerhalb der nächsten paar Minuten eine Entscheidung meinerseits?"

Robert Martin lächelte ein wenig. „Innerhalb der nächsten paar Minuten nicht gerade. Wir sind uns im Klaren, dass sie zuerst darüber nachdenken müssen. Aufgrund des sehr engen Terminplans müssen wir von ihnen jedoch heute noch eine Entscheidung haben. Ich schlage ihnen deshalb vor, sie beantworten zuerst für sich die Frage, ob sie sich grundsätzlich in der Lage sehen würden und auch motiviert genug wären, an einer solchen Expedition teilzunehmen. Als nächstes stünde eine medizinische Voruntersuchung an, für die unser Ärzteteam bereits auf sie wartet. Danach würden wir sie dem Team vorstellen und sie hätten die Möglichkeit Fragen zu stellen. Parallel dazu müssten wir unsererseits die notwendigen administrativen Abklärungen treffen. Dies alles müsste bis Morgenabend erledigt sein. Danach müssen die notwendigen Ausrüstungsgegenstände beschafft werden. Dann denke ich, hätten sie auch noch ein paar Dinge in ihrem privaten Umfeld zu erledigen. Schliesslich würden wir übermorgen Mittag in See stechen."

„Ich habe gedacht die Abfahrt ist für Morgen vorgesehen."

Erneut erschien auf dem Gesicht von Robert Martin ein Lächeln. „Die Besetzung dieser Aufgabe ist uns so wichtig, dass wir einen Tag Verzug in Kauf nehmen. Bezogen auf die ganze Expedition ist diese Verspätung nicht tragisch. Wir haben bewusst in die Abläufe einige Tage Reserve eingebaut. Auch wenn es nicht optimal ist, gleich zu Beginn einen Rückstand einzuhandeln, so nehmen wir dies in Kauf, wenn wir dafür mit einem kompletten Team in das Abenteuer starten können. Es gibt zudem einen kleinen Vorteil bei einem frühen Rückstand. Wir haben immer noch die Möglichkeit diesen wieder aufzuholen und trotzdem das ganze Programm durchzuziehen."

Nach dieser Erklärung herrschte in dem kleinen Konferenzzimmer ein Moment Ruhe. „Ich bin sicher, sie verstehen, dass ich diese Anfrage zuerst verdauen muss. Zudem wäre ich ihnen dankbar, wenn ich mich mit Sophie unterhalten könnte."

„Selbstverständlich verstehen wir das. Wir haben nichts anderes erwartet. Alles andere wäre ziemlich aussergewöhnlich. Denken sie ruhig darüber nach und tauschen sie sich mit Frau Le Maitre aus. Sie wartet sicher bereits gespannt darauf, dass unsere Besprechung zu Ende ist. Ich möchte sie deshalb auch nicht länger aufhalten, wenn sie keine weiteren Fragen haben."

Ich musste nicht lange überlegen und stimmte dem Vorschlag zu. Wie sich herausstellte, wartete Sophie tatsächlich darauf, dass die Besprechung endlich vorüber war. Kaum trat ich aus dem Sitzungszimmer, kam sie auf mich zu. In der Zwischenzeit war es kurz vor Mittag.

„Ich schlage ihnen vor, wir treffen uns nach dem Mittagessen wieder hier und besprechen dann das weitere Vorgehen. Ist ihnen das recht so", meinte in dem Moment Robert Martin, der als letzter den Raum verlassen hatte.

„Das ist ausgezeichnet", entgegnete ich auf die Frage des Expeditionsleiters. „Bis dann sollte ich ihnen auch eine verbindliche Antwort geben können."

„Sehr gut, dann bis später."

Damit wandten sich die beiden Herren ab und liessen mich und Sophie alleine zurück.

„Bitte entschuldige, dass ich dir heute Morgen nicht sagen konnte, um was es sich handelt. Nachdem ich deinen Namen vorgeschlagen habe, musste ich zuerst ein paar Fragen beantworten und danach wollten die beiden Herren explizit, dass ich dir nicht sage, um was es geht. Sie wollten deine Reaktion sehen, wenn sie dir die Neuigkeit mitteilen."

Sophie sah mich gespannt an. „Was meinst du zu dem Angebot?"

„Ich bin im Moment ein wenig überfordert. Wie ist es überhaupt dazu gekommen, dass du meinen Namen erwähnt hast."

„Als ich heute Morgen ins Institut kam, herrschte mehr oder weniger ein Chaos. Anscheinend wurde William gestern Abend auf dem Nachhauseweg in einen Verkehrsunfall verwickelt. Er ist dabei so schwer verletzt worden, dass er die Teilnahme an der Expedition absagen musste. Er wird wohl selbst nach der Expedition immer noch nicht in der Lage sein, selber zu gehen. Von den vierundvierzig Personen haben nur fünf eine Fluglizenz. Zwei sind Wissenschaftler und drei gehören zu den technischen Spezialisten. Die Wissenschaftler dürfen nur in Ausnahmefällen fliegen. Sie müssen sich voll auf die Experimente konzentrieren. Eine Ausnahme käme höchstens in einem Notfall in Frage oder so lange keine Experimente stattfinden. Ansonsten sollen die Teams von den Piloten draussen auf dem Eis abgesetzt und nach der Erledigung ihrer Arbeiten wieder abgeholt werden.

Von allen Piloten kann zudem nur einer Helikopter fliegen. Es muss jedoch immer zwei Personen im Expeditionsteam geben, die ein Gerät bedienen können, sonst ist das Risiko zu gross, dass es zu Ausfällen von Experimenten oder sogar Teilen der Expedition kommt. Sollte auf einem der Flüge etwas vorkommen, so muss immer ein zweiter Pilot auf Piket sein, der im Notfall zu Hilfe eilen konnte. Wenn nicht zwei Heli-Piloten auf der Expedition dabei sind, müssen die Ausseneinsätze auf die unmittelbare Umgebung der Basis beschränkt werden. Jetzt kannst du sicher nachvollziehen, wieso alle Hebel in Bewegung gesetzt wurden, um zwei technische Spezialisten bei der Expedition mit an Bord zu haben.

Als ich mitbekam, dass die ersten Versuche Ersatz zu finden alle erfolglos verlaufen waren, habe ich deinen Namen erwähnt. Ich habe ihnen erklärt, dass du über die geforderten Lizenzen verfügst und auch bereits erste praktische Erfahrung bei Landungen auf Schneepisten hast. Sie wollten etwas mehr von dir wissen. Ich habe ihnen erzählt was ich weiss, worauf sie mich baten, dich zum Institut zu bestellen. Den Rest hast du ja selber erlebt."

„Bist du wirklich überzeugt, dass ich für die Aufgabe der Richtige bin. Ich war noch nie in der Arktis. Meine Erlebnisse im Schnee beschränken sich auf eine Gletscherwanderung in Neuseeland, unsere gemeinsamen Erlebnisse hier in Kanada und die gut zwei Dutzend Landungen die ich im Winter auf Schneepisten gemacht habe. Meine Landungen auf Eispisten kann man wirklich an einer Hand abzählen."

„Trotzdem, ich würde bei dir jederzeit in ein Flugzeug oder einen Heli steigen, wenn du entscheidest, dass ein Flug möglich ist. Genau um das geht es auch. Wir brauchen jemanden auf den man sich verlassen kann, der weiss was er tut, kein Aufschneider ist und über die notwendigen Fähigkeiten verfügt. Deshalb habe ich dich vorgeschlagen. Zudem wäre es für mich das Grösste, wenn ich dieses Erlebnis mit dir teilen könnte."

Das war ein Argument über das ich in der Hektik der Ereignisse noch gar nicht nachgedacht hatte. Abgesehen davon, dass ich so ein aussergewöhnliches Angebot fast nicht ablehnen konnte, bot sich hier die Möglichkeit den Sommer mit Sophie zu verbringen. Oder vielleicht musste man besser sagen, den Winter mit Sophie zu verlängern.

„Gut, wenn du mir hoch und heilig versprichst, dass wir nach dieser Reise immer noch zusammen sind, egal wie die vier Monate verlaufen, dann komme ich mit."

„Da brauchst du dir keine Sorgen zu machen. Wir werden uns sowieso nicht viel mehr sehen, als wenn wir zuhause wären. Im Gegenteil, die Arbeiten stehen während der Wochenenden nicht still. Vielleicht herrscht einmal ein reduzierter Betrieb, aber in der Regel arbeitet man sieben Tage in der Woche durch. Zeit zum Ausruhen gibt es dann wieder, wenn die Expedition vorüber ist. Trotzdem könnten gerade die paar Stunden, die wir gemeinsam verbringen können, einen positiven Einfluss auf den Rest der Zeit haben. Ich sehe also nicht das geringste Problem für unsere Beziehung."

Wir diskutierten noch drei, vier andere Themen bis der Mittag vorüber war. Mein Entscheid stand jedoch fest. Wenn der medizinische Test und die folgenden Abklärungen positiv verliefen, so würde ich diese einmalige Herausforderung annehmen.

„Wollen sie damit sagen, sie sind tatsächlich auf einer wissenschaftlichen Arktisexpedition gewesen?" Erneut war es Markus Leimbacher, der Ruedi Rötheli unterbrochen hatte. Die Aufmerksamkeit seiner beiden Zuhörer hatte während dem letzten Teil seiner Erzählung zugenommen.

„Ja, das ist korrekt. Ich konnte dank Sophie an einer Arktis Expedition teilnehmen und dies zu einer Zeit, da noch nicht hunderte von gutbetuchten Touristen in die Arktis verfrachtet wurden. Damals war die Ausbreitung des Packeises auch im Sommer noch so gross, dass man die Nordwestpassage nicht mit dem Schiff befahren konnte."

„Waren sie auch am Nordpol?" Pfarrer Küenzle sah Ruedi Rötheli gespannt an.

Nein, für den Nordpol hat es nicht gereicht. Ich bin darüber hinweg geflogen, gelandet sind wir jedoch nicht, da das Wetter zu unsicher war. Aber der Reihe nach." Ruedi Rötheli nahm einen Schluck, bevor er seine Erzählung fortsetzte. „Nachdem ich den medizinischen Test ohne Probleme bestanden hatte, wurde ich dem Team der technischen Spezialisten vorgestellt, das aus sieben Personen bestand. Die Teammitglieder standen immer noch unter Einfluss der schlechten Nachrichten, die sie am Morgen erhalten hatten. Ich musste deshalb ein paar wirklich kritische Fragen über mich ergehen lassen, die ich anscheinend zur Zufriedenheit aller beantwortet habe. Bei der anschliessenden Besprechung, bei der ich nicht anwesend war, sprach sich keiner der sieben gegen meine Teilnahme aus. Danach folgte noch einmal eine Besprechung mit allen Führungspersonen der Expedition und des Instituts, während der ich erneut meine Geschichte erzählen und auch weitere Fragen zu allen möglichen Themen beantworten musste. Als alle Fragen gestellt waren, wurde ich gebeten das Sitzungszimmer zu verlassen.

In der Zwischenzeit war es bereits ziemlich spät geworden. Sophie und ich begaben uns deshalb ins institutseigene Restaurant, um etwas zu essen. Wir waren gerade beim Kaffee angekommen, als Robert Martin in Begleitung des Institutsleiters zu uns an den Tisch trat.

„Also, Herr Redick, ich kann ihnen offiziell mitteilen, dass von Seiten des Instituts und der Expedition nichts mehr gegen ihre Teilnahme spricht. Was meinen sie dazu?"

„Ich würde mich freuen, mit dabei zu sein."

„Ausgezeichnet, dann heisse ich sie hiermit als Mitglied der Expedition an Bord willkommen."

Damit war ich offizielles oder sagen wir besser beinahe offizielles Mitglied des Teams. In den nächsten Stunden füllte ich einen Stapel von Dokumenten aus und musste ein gutes Dutzend Papiere unterschreiben. Erst als diese Angelegenheiten erledigt und das letzte Dokument unterschrieben war, konnte ich mich offiziell Mitglied des Arktis Expeditionsteams nennen. In der Zwischenzeit war es beinahe schon wieder Morgen. Wir machten uns rasch auf den Heimweg, um noch zu ein paar Stunden Schlaf zu kommen. In fünf Stunden hatten wir bereits den nächsten Termin im Institut.

Eigentlich hätte die Expedition bereits seit beinahe einem Tag unterwegs sein müssen, als wir am nächsten Morgen um halb acht wieder im Institut ankamen. Aufgrund der Ereignisse war jedoch der Aufbruch um mindestens einen weiteren Tag verschoben worden. Das ganze Team war deshalb zu einem gemeinsamen Morgenessen mit anschliessendem Briefing aufgeboten. In diesem Rahmen wurde ich den Mitgliedern der Expedition offiziell als Ersatzmitglied vorgestellt. Danach hatte ich den ganzen Tag damit zu tun, die Ausrüstung zu fassen und noch einmal bei den Ärzten vorbei zu schauen, die mich auch noch ein letztes Mal drangsalieren wollten.

Am Abend wurde ich mit einer Transportmaschine der Royal Canadian Air Force nach Montreal geflogen, da ich zuhause noch einiges erledigen musste. Als ich an Bord kam, wurde ich gebeten ins Cockpit zu kommen. Der Captain stellte sich mir vor und informierte mich kurz über den Flug. Dann sah er mich an.

„Können sie das Baby in die Luft bringen und in Montreal wieder runter kriegen?"

„Wie meinen sie das?"

„Man hat uns mitgeteilt, sie hätten alle erforderlichen Lizenzen. Können sie die Maschine nun heil rauf und auch wieder heil runter bringen?"

„Ja, Sir. Es wäre mir sogar ein Vergnügen."

Der Captain lächelte.

„Dann nehmen sie Platz und lassen sie uns loslegen."

Der Co-Pilot war aufgestanden und überliess mir seinen Sitz. Er setzte sich dafür auf den Platz des Navigators.

Ich war mir bewusst, dass dies wohl der überraschende letzte Test war, der zeigen sollte, ob ich für die Expedition wirklich geeignet war. Ich war alles andere als unglücklich, dieser Prüfung unterzogen zu werden. Im Gegenteil. Wie oft erhielt man die Möglichkeit eine dieser Militärmaschinen zu fliegen. Der Flug und auch die Landung verliefen problemlos. Als wir auf dem Flughafen in Montreal auf der Warteposition angekommen waren. Reichte mir der Captain die Hand.

„War mir eine Freude mit ihnen geflogen zu sein. Jederzeit wieder. Auf sie wartet draussen ein Fahrzeug, das sie zu ihrem Haus bringt. Sie haben bis Morgen Mittag Zeit, alles zu erledigen. Seien sie um elf Uhr dreissig wieder hier. Dann ist der Rückflug angesagt."

Als ich zuhause ankam, begann ich sofort meine Aufgaben zu erledigen. Es gab einiges, das vor meiner Abreise noch getan werden musste. Neben der Information von verschiedenen Personen musste ich das Haus aufräumen und ein paar persönliche Dinge für die Reise zusammenstellen, die ich mitnehmen wollte. Es reichte gerade so, um rechtzeitig wieder am Flughafen zu sein. Dieses Mal wurde ich zum Landeplatz der Helikopter geführt, wo eine Sea King auf mich wartete. Der Captain des grossen Helikopters bat mich auch bei diesem Flug, auf dem Co-Pilotensitz Platz zu nehmen. Das Prozedere vom Vortag wiederholte sich. Ich wurde gebeten den Heli in die Luft zu bringen, was bei einem solchen Koloss nicht so einfach war. Einen Heli dieser Grösse hatte ich noch nie geflogen. Ich brachte die Maschine jedoch ohne grössere Probleme in die Luft, auch wenn ich dieses Mal deutlich nervöser war, als am Vortag. Der Flug inklusive der Landung in Halifax verliefe jedoch problemlos. Am Flughafen wurde ich abgeholt und direkt zum Institut gefahren. Dort angekommen bezog ich die Kabine an Bord des Schiffes. Man hatte den ganzen Belegungsplan noch einmal umgestellt, damit ich mit Sophie eine Doppelkabine nutzen konnte. Obwohl das eigentlich normal und nachvollziehbar war, löste es nicht bei allen Besatzungsmitgliedern Begeisterung aus. Danach wurde eine letzte Mahlzeit an Land serviert, bevor wir für die nächsten vier Monate auf einem schwankenden Schiff oder auf einer dicken Eisplatte verbringen würden. Während dem Essen kam der Expeditionsleiter zu uns an den Tisch.

„Ich habe gehört, sie hatten zwei interessante Flüge?"

Ich konnte mir ein Grinsen nicht verkneifen. „Sie waren sogar äusserst interessant. Vor allem der Rückflug heute war ein ganz spezielles Erlebnis."

„Entschuldigen sie, dass wir sie einfach ins kalte Wasser geworfen haben. Wir mussten diesen letzten Test, den sie übrigens mit Bravour und Bestnoten der beiden Captains bestanden haben, zur Sicherheit der Expedition noch durchführen."

Er klopfte mir auf die Schulter und ging wieder zurück zu seinem Tisch.

Die Nacht verbrachten wir bereits auf dem Schiff, da die Ausfahrt für den frühen Morgen des nächsten Tages mit gut vierzig Stunden Verspätung angesetzt war. Obwohl es noch ausgesprochen früh war, stand die gesamte Besatzung an Deck, als das Schiff seine Reise in die Arktis in Angriff nahm.

Im Gegensatz zu den meisten anderen, die während den ersten Tagen die Fahrt noch geniessen konnten, stand für mich bereits vom ersten Moment an lernen auf dem Programm. Ich hatte einiges an Informationen aufzuarbeiten, welche die anderen Expeditionsteilnehmer schon vorher studiert hatten.

Die erste Etappe führte in sieben Tagen von Halifax nach Frobisher Bay dem heutigen Iqaluit. Zu dieser Zeit war die Siedlung ein Stützpunkt der Royal Canadian Air Force, die sie ihrerseits von der US Luftwaffe übernommen hatte. Während des zweiten Weltkriegs war Frobisher Bay ein wichtiger Durchgangsknoten für die amerikanischen Streitkräfte im Pazifikkrieg gegen Japan. Die letzten Hinterlassenschaften jener Zeit konnte man immer noch sehen. Dazu gehörten die grossen Treibstofftanks die schon von weitem sichtbar waren. Das Wetter war stabil und wir wurden von Stürmen und hohem Wellengang verschont. Am Ziel angekommen trennte sich die Expedition in zwei Gruppen auf. Zwölf Personen blieben neben der Besatzung auf dem Schiff. Sie würden in den nächsten Wochen versuchen auf der Nordwestpassage so weit wie möglich an die Eisplatte heranzufahren und möglichst viele Messungen der Meerestemperatur, der Strömungen und des Eisabbruchs vorzunehmen.

Die restlichen Expeditionsteilnehmer verliessen in Frobisher Bay das Schiff. Die weitere Reise bis zum Basiscamp an der Grenze vom Festland zur Eisdecke in der Alert Bay, wurde mit dem Flugzeug zurückgelegt. Dafür standen uns zwei DHC6 Twin Otter für den Transport des Expeditionsteams zur Verfügung. Die zweimotorigen Turboprop Maschinen waren sonst für die kanadische Küstenwache im Einsatz und extra für diese Expedition abgestellt worden. Sie waren optimal für das Vorhaben geeignet, da sie dank ihrem Propellersystem auch auf kürzesten Strecken starten und landen konnten. Gegenüber der zivilen Version verfügten die Maschinen über zwei Seitentüren für eine bessere Beladung. Zudem liessen das starre aber stabile Fahrwerk sowie die grossen Räder auch Landungen auf Schnee und Eis zu, weshalb die kanadische Küstenwache mehr als zweiundzwanzig Flugzeuge dieses Typs im Einsatz hatte. Mit einer Reichweite von über tausendachthundert Kilometern und einer Zuladung von über zwei Tonnen war diese Maschine genau das Arbeitsinstrument, welches wir für die Expedition benötigten. Die beiden Flugzeuge die uns zur Verfügung standen, waren erst zwei Jahre alt und hatten noch keine fünfhundert Flugstunden. Sie waren in Top Zustand und mit allen erforderlichen Geräten ausgerüstet.

Das restliche Expeditionsteam von dreissig Personen teilte sich in zwei Gruppen auf. Vier Personen blieben vorerst in Frobisher Bay. Sie hatten die

Aufgabe, das restliche Material bereit zu stellen, damit dieses in den kommenden Tagen ins Camp geflogen werden konnte. Es handelte sich dabei vor allem um Verpflegung, Messinstrumente und Ausrüstungsgegenstände für die Ausseneinsätze auf dem Eis. Schliesslich würden in einer letzten Transportphase die vier Hundeschlittenführer samt Gespann ins Basiscamp gebracht. Die ganze Aktion sollte maximal eine Wochen dauern. Gleich anschliessend sollten die ersten beiden Aussenstationen aufgebaut werden. Ab diesem Zeitpunkt begann der abenteuerliche Teil der Expedition. Der Transport der Expeditionsteilnehmer auf das Eis würde mit den Flugzeugen erfolgen. Für mich bedeutete das Landungen auf der Arktiseisplatte. Ein Abenteuer, von dem nur einige wenige Piloten sagen konnten, sie hätten diese Erfahrung in ihrem Leben gemacht.

Der erste Flug mit den bis an die Grenze beladenen Flugzeugen verlief problemlos. Wir flogen in zwei Etappen über die Resolut Bay bis zum Basiscamp in der Alert Bay, dem nördlichsten Festlandzipfel vor dem grossen Eismeer. Der Flug dauerte mit dem Stopp zum Auftanken zwölf Stunden.

Bevor wir am nächsten Tag die gleiche Strecke wieder zurück flogen, mussten wir eine Nacht Pause einlegen. In der provisorischen Unterkunft war das alles andere als angenehm. Das Basiscamp sollte mit neuartigen Zelten errichtet werden, die eine aufblasbare dreifach Wandung hatten und aus nahezu unzerreissbarem Spezialgewebe bestanden. Neben einem erhöhten Isolationseffekt aufgrund der Luftkammern in den Wänden, sollten die speziellen Zelte auch eine höhere Stabilität erreichen. Eines der Ziele der Expedition war es, diese neuartige Ausrüstung unter arktischen Bedingungen auf ihre Tauglichkeit zu testen. Im Sommer, wenn die Stürme weniger heftig und die Temperaturen nicht so eisig waren wie im Hochwinter, bot sich dafür auf der Eisplatte eine optimale Testmöglichkeit.

In der ersten Nacht konnte die neue Ausrüstung jedoch noch nicht genutzt werden. Die eilends aufgestellten Polarzelten, mussten für die erste Übernachtung genügen. Am nächsten Morgen machten wir so rasch wie möglich unsere Maschinen klar und flogen dann zurück nach Frobisher Bay, während das Team damit begann, das eigentliche Basiscamp zu errichten.

Für die beiden Wissenschaftler mit Pilotenlizenz, die auf den langen Flügen zur Sicherheit ebenfalls mitflogen, war es eine willkommene Ergänzung zu dem ansonsten schon grossen Abenteuer, das die Expedition für jeden Teilnehmer darstellte. So flogen wir insgesamt vier Mal hin und her, bis alle Personen und alles Material im Basiscamp waren. Gleich darauf begannen die Flüge ins arktische Eis. Ziel war es zwei Aussencamps zu errichten, die während zwei Monaten in der unwirklichen Eislandschaft Forschungsarbeiten durchführen sollten. Das erste der beiden Camps sollte rund fünfhundert Kilometer Richtung Nordpol liegen. Das Zweite Camp lag auf dem hundertzwanzigsten nördlichen Längengrad in jeweils etwa tausend Kilometern Entfernung vom Nordpol und siebenhundertfünfzig Kilometer vom Alert Airport mitten in der Eiswüste. Die genauen Standorte waren bereits vorher mittels Erkundungsflügen bestimmt worden. Wir hatten uns darauf geeinigt, dass jedes Pilotenteam primär einen Standort anfliegen sollte. Das zweite Team stand während dieser Zeit auf Abruf bereit und konnte sich ausruhen. So war nicht nur die Sicherheit gewährleistet, sondern auch für alle Piloten genügend Erholungszeit gegeben.

Die Wissenschaftler waren in vier Teams aufgeteilt. Die ersten drei Teams besetzten im Rotationsverfahren die Aussenstationen. Jedes Team hatte dabei seine eigenen Experimente die es an den drei Standorten durchführte. Dazu kam die Erhebung der Daten der Langzeitexperimente, die an allen Standorten über die gesamte Expeditionsdauer erhoben wurden. Sie wurden jeden Tag ans Basiscamp gemeldet, wo das vierte Team, zu dem auch Sophie gehörte, die Auswertung übernahm. Im Basiscamp wurden alle Daten gesammelt und die erste Analyse vorgenommen. Daneben hatte das vierte Team am Ende der Expedition die Aufgabe die letzten Ablesungen vorzunehmen und danach die Messstationen abzubauen und die Camps abzubrechen. Das bedeutete, jedes Expeditionsmitglied konnte mindestens einmal das Erlebnis auf der Eisplatte zu übernachten geniessen. So zumindest lautete der Plan, sofern das Wetter dem ganzen keinen Strich durch die Rechnung machen würde.

Für uns Piloten hiess das, jedes Camp dreimal in der Woche anzufliegen, um Verpflegung und Ausrüstungsgegenstände zu bringen und Abfälle sowie nicht mehr benötigtes Material zu holen. Dazu kamen bis zum Ende der Expedition drei ausserplanmässige Flüge. Zwei, um verletzte und kranke Teammitglieder zu holen und einer, um ein krankes Teammitglied schnellstens in das Militärspital von Frobisher Bay zu bringen. Trotz der vielen Einsatzstunden, der unterschiedlichen Aufgaben und der nicht gerade optimalen Bedingungen, erlebte die Beziehung zu Sophie eine weitere Festigung. Wir erhielten nur sehr wenig Gelegenheit, um zusammen zu sein. Vor allem zwischen den Flügen fand sich ab und zu ein Moment, um gemeinsam zu essen oder auch eine Pause einzulegen. Der Zweisamkeit waren jedoch deutliche Grenzen gesetzt. Nicht einmal in den Unterkünften gab es wirklich so etwas wie Privatsphäre, selbst wenn wir das Privileg einer Zweierkabine besassen.

Oder vielleicht sollte man besser sagen, wir hatten innerhalb des Schlafzeltes eine visuelle Abtrennung, die Privatsphäre simulierte. Mehr aber leider auch nicht. Wenn der Komfort jedoch begrenzt ist, so muss man eben versuchen, aus den vorhandenen Möglichkeiten das Beste zu machen. Genau das taten wir auch. Wenn ich nicht fliegen konnte, so waren meine Aufgaben eher monoton. Ich war wie die Andern des technischen Teams dafür zuständig die Anlagen und die Transportmittel in Schuss zu halten. Das bedeutete regelmässige Wartungsarbeiten an den beiden Twin Otters. Das Highlight erlebten wir ganz am Ende der Expedition, als ich Sophie und ihr Team vom letzten Camp abholte. Nachdem der grösste Teil der Arbeiten erledigt war, hatten wir eine Stunde Zeit, um in der unmittelbaren Umgebung des Camps die fantastische Landschaft der Eiswüste zu geniessen. Bei schönstem Wetter und nahezu Windstille war dies ein einzigartiges Erlebnis, das ich nie mehr vergessen werde.

Die vier Monate gingen schliesslich ohne nennenswerte Zwischenfälle vorüber. Genauso, wie von der Expeditionsleitung geplant. Für mich waren die Flüge über die endlose Weite aus Eis und Schnee eine wirkliche Herausforderung. Nie vergessen werde ich die Nächte, an denen wir die Aurora Borealis, das nördliche Polarlicht am ansonsten sternenklaren Nachthimmel beobachten konnten. In diesen Momenten wusste ich, dass sich der kurzfristige Entscheid, an der Expedition teilzunehmen trotz aller Widrigkeiten, der harten Arbeit und den vielen Entbehrungen mehr als gelohnt hatte.

Ich war dennoch glücklicher als Sophie, als die vier Monate endlich vorüber waren und wir nach einer ereignislosen Rückreise im Hafen von Halifax einliefen. Die Ankunft war noch einmal ein ganz spezielles Ereignis, da die Angestellten des Instituts und die Familien der Expeditionsteilnehmer auf dem Pier vor Ort waren, als das Schiff anlegte. Das gab dem Ganzen eine sehr spezielle Atmosphäre. Nach dem Anlegen und der allgemeinen Begrüssung, der Sophie und ich uns entziehen konnten, da niemand auf uns wartete, hatten wir erstmals wieder einen Nachmittag Freizeit. Wir nutzten dies, um möglichst rasch nach Hause zu kommen, ausgiebig zu duschen und die Annehmlichkeiten der eigenen vier Wände zu geniessen. Ich freute mich darauf endlich wieder in einem bequemen Bett schlafen zu können, ohne auf andere Rücksicht nehmen zu müssen oder von jedermann gestört zu werden.

Am Abend stand ein Essen kombiniert mit dem letzten Expeditionsrapport auf dem Programm, an dem alle Expeditionsteilnehmer anwesend waren. Der Expeditionsleiter dankte allen Teilnehmenden für die hervorragende Arbeit. Gleichzeitig wies er darauf hin, dass es noch eine letzte Anstrengung benötigen würde, um die Abschlussarbeiten mit der gleichen Sorgfalt und Disziplin abzuschliessen, wie diese während der ganzen Expedition an den Tag gelegt worden war.

Sophie und ich hatten beschlossen zuerst den offiziellen Abschluss der Expedition abzuwarten, der in zwei Tagen erneut an einem Abend stattfinden sollte. Bis dahin hatten wir beide noch diverse Aufgaben zu erledigen, wobei meine deutlich weniger aufwändig waren, als diejenigen von Sophie.

Zuerst räumten wir unsere Kabinen und brachten danach die Unterlagen respektive das Forschungsmaterial an Land. Dann gab es die letzten Wartungsarbeiten zu erledigen und aufzuräumen. Damit war mein Teil an der Expedition abgeschlossen.

Sophie hingegen hatte schon erste Besprechungen für die weiterführenden Aufgaben. Im Gegensatz zu mir lag ein grosser Teil der Arbeit noch vor ihr. Es galt die Forschungsergebnisse auszuwerten und Berichte zu verfassen. Sie würde die nächsten Monate mit diesen Aufgaben beschäftigt sein.

Das grosse Abschlussfest der Expedition fand schliesslich am dritten Abend nach unserer Rückkehr statt. Daran nahmen neben den eigentlichen Expeditionsteilnehmern auch alle anderen Personen teil, die irgendwie mit der Expedition zu tun hatten. Es wurden Reden gehalten und auch einzelne Leute ausgezeichnet. Ich war äusserst erstaunt, als ich auch aufgerufen wurde und vor versammelter Menge den Dank der Institutsleitung entgegennehmen konnte. Dabei wurde vor allem meine sehr gute Leistung hervorgehoben, was unter den gegebenen Umständen von der Institutsleitung als aussergewöhnlich beurteilt wurde.

Für mich war das gleichbedeutend mit dem Abschluss meiner Arbeit für das Institut. Das Schlussgespräch mit dem Expeditionsleiter hatte ich bereits hinter mir. Er hatte sich schon fast überschwänglich bei mir bedankt. „Ich will dir nicht vorenthalten, dass wir deine Teilnahme als eines der grösseren Risiken der Expedition eingestuft hatten. Die unkonventionelle Art, wie wir dich rekrutierten und die doch eher oberflächlichen Kenntnisse zu deiner Person, entsprechen eigentlich nicht unseren Grundsätzen für die Personalselektion. Was du jedoch unter diesen Umständen in den letzten vier Monaten geleistet hast, ist wirklich absolut aussergewöhnlich. Dafür möchte ich dir schon heute im Namen der Expeditionsleitung und auch im Namen des Instituts bestens danken. Ich würde dich jederzeit wieder auf eine Expedition mitnehmen und habe mich sehr gefreut dich kennen gelernt zu haben."

Ich wusste diese Beurteilung des Expeditionsleiters sehr zu schätzen. Sie war für mich mehr Wert, als die finanzielle Entschädigung für die Reise. Vor allem zu Beginn der Expedition zweifelte ich selbst manchmal einen kurzen Moment, ob ich der Aufgabe wirklich gewachsen war. Umso erfreulicher war das Ergebnis der vier aussergewöhnlichen Monate.

„Ich hoffe sie hatten einen schönen Abend." Der Leiter des Instituts war beinahe unbemerkt an unseren Tisch getreten. Alle Anwesenden bestätigten seine Frage entweder mit einem Kopfnicken oder mit einer gemurmelten Zustimmung. Dann wandte er sich direkt an mich.

„Ich hätte sie gerne kurz gesprochen, Herr Redick, sofern sie einen kurzen Moment Zeit haben."

„Selbstverständlich, kein Problem."

Ich stand auf und folgte dem Institutsleiter, bis wir ein wenig abseits standen, wo der Lärm der verschiedenen Gespräche nicht so störte. „Ich konnte leider bisher noch nicht mit ihnen sprechen und würde dies gerne nachholen. Wenn sie in den nächsten paar Tagen einmal Zeit hätten, um im Institut vorbei zu kommen, würde mich das freuen. Was meinen sie dazu?"

„Natürlich komme ich gerne vorbei. Ich habe im Moment noch keine weiteren Pläne und bin deshalb was den Termin anbelangt relativ flexibel."

„Ausgezeichnet, dann rufen sie doch morgen in meinem Sekretariat an und lassen sich einen Termin geben."

Danach verabschiedete sich der Institutsleiter wieder. Ich war ein wenig überrascht und hatte keine Ahnung, was er von mir wollte. Eigentlich waren für mich die Expedition und die Arbeit für das Institut abgeschlossen. Alle Papiere waren unterzeichnet, die Ausrüstungsgegenstände waren abgegeben und die Entschädigung für die vier Monate war auch schon auf mein Konto überwiesen.

Als ich wieder zurückkam, sah mich Sophie neugierig an. „Was wollte Hillman von dir?"

„Er hat mich gefragt, ob ich in der nächsten Woche Zeit für ein Gespräch hätte. Bisher habe er seinerseits noch keine Zeit gefunden, um mit mir zu sprechen. Er würde das gerne noch nachholen. Ich habe keine Ahnung, was er von mir will. Wir haben vereinbart, dass ich Morgen anrufe und danach einmal ins Institut komme, um das Gespräch zu führen. Dann wird sich zeigen, was er will."

Danach war das Thema für den Abend erledigt.

Zwei Tage später hatte ich den Termin am Institut. Nach einer kurzen aber herzlichen Begrüssung kam Richard Hillman ohne grosse Umschweife auf den Punkt. „Ich möchte ihnen zuerst noch einmal für ihren Einsatz im Rahmen der Expedition danken. Wir wussten wirklich sehr zu schätzen, dass sie so kurzfristig einspringen konnten. Zudem haben sie unsere Erwartungen in jeder Beziehung bei weitem übertroffen. Auch ihre Kollegen, von denen der eine oder andere vor der Expedition Bedenken hatte, waren äusserst positiv überrascht. Nun da ihr Einsatz vorüber ist, haben wir uns gefragt, was sie als nächstes vorhaben?"

„Das ist noch nicht klar. Nachdem Sophie zur Expedition eingeladen wurde, wollte ich eigentlich die vier Monate nutzen, um Flugpraxis zu sammeln. Ich benötige noch einige Flugstunden, um die definitive Linienpilotenlizenz zu erhalten. Dann kam ihr Angebot an der Expedition teilzunehmen. Dank den Flügen in der Arktis konnte ich einige der mir noch fehlenden Stunden absolvieren. Als nächstes werde ich abklären, inwieweit diese an die Pilotenlizenz angerechnet werden. Ist das nicht der Fall, nehme ich meinen ursprünglichen Plan wieder auf und suche eine Möglichkeit, um zu den benötigten Stunden zu kommen. Sobald ich danach die Linienpilotenlizenz habe, will ich bei einer Fluggesellschaft anheuern, um auch einmal etwas Grösseres zu fliegen, als eine Twin Otter."

„Ich habe bereits davon gehört, dass sie dieses Ziel verfolgen. Deshalb würde ich ihnen gerne einen Vorschlag unterbreiten. Wir haben eine Gruppe von Piloten, die für das Institut Flüge durchführt. Es sind vor allem Versorgungsflüge für unsere Aussenstellen oder auch mal Transporte von Forschungsteams und Ausrüstung. Wir hätten sie gerne als Teil dieses Teams. So könnten sie die notwendigen Flugstunden leisten und wir hätten einen verlässlichen Piloten und technischen Spezialisten. Was meinen sie dazu."

Ich war im ersten Moment völlig überrascht. Meine Frage muss deshalb wohl etwas dümmlich geklungen haben.

„Bieten sie mir eine Stelle im Institut an?"

Richard Hillman konnte sich ein Lächeln nicht verkneifen. „Ja, ich biete ihnen eine Stelle in unserem Spezialisten Team an, falls sie interessiert sind."

Natürlich war ich daran interessiert. Das würde meine unmittelbaren Probleme lösen und mir erst noch ermöglichen, in der Nähe von Sophie zu sein. Bevor ich jedoch mit meiner Freundin gesprochen hatte, konnte ich das Angebot nicht annehmen. „Ich danke ihnen für das Angebot und ihr Vertrauen. Die Aufgabe würde mich sehr interessieren. Bevor ich ihnen jedoch zusagen kann, möchte ich die Situation mit Sophie besprechen."

Wir einigten uns darauf, dass ich innerhalb Wochenfrist Bescheid geben würde und danach war die Besprechung auch schon zu Ende.

Am Abend erzählte ich Sophie von dem Angebot.

„Das ist ja grossartig. Warum hast du nicht gleich zugesagt?"

„Ich wollte es vorher mit dir besprechen."

„Was mich betrifft, ist es in Ordnung, wenn du auch für das Institut arbeitest. Ich habe sicher nichts dagegen einzuwenden."

„Gut, dann rufe ich Hillman morgen an und gebe ihm Bescheid." Ich dachte einen Moment lang nach. „Wie wollen wir das mit den Wohnungen lösen?"

„Das ist kein Problem. Die Wohnung in Montreal werde ich über die Uni an Studenten vermieten. Ich kann mir so sicher sein, dass wir normale Mieter in der Wohnung haben. Was die Wohnung hier anbelangt, so ist sie etwas zu klein, wenn wir beide ständig hier wohnen. Eine grössere zu finden, dürfte eher schwierig werden. Vielleicht kann uns das Institut helfen."

„Warum ist es schwierig eine grössere Wohnung zu finden?"

„Also in unmittelbarer Umgebung des Instituts gibt es nicht sehr viele grössere Wohnungen oder Häuser. Dass wir nicht verheiratet sind erschwert zudem die Suche."

Ich sah Sophie mit leicht geneigtem Kopf einen Moment lang an und begann dann zu grinsen. „Wenn das ein Problem ist, dann lass uns doch heiraten."

Ich werde ihren Gesichtsausdruck wohl den Rest meines Lebens nicht mehr vergessen. Sie schien einen Moment zu brauchen, um zu realisieren, was ich eben gerade gesagt hatte.

„Hast du wirklich gesagt, was ich verstanden habe."

Ich konnte mir ein Grinsen nicht verkneifen. „Also ich muss schon sagen, wenn ich dich nicht schon so lange kennen würde und genau wüsste, was für eine hervorragende Wissenschaftlerin du bist, würde ich jetzt wirklich daran zweifeln. Rein logisch gesehen müsste ich Gedanken lesen können, wenn ich wüsste, was du verstanden hast. Zu glauben ich könne Gedanken lesen ist jedoch alles andere als wissenschaftlich. Wenn du jedoch verstanden hast, dass ich dich gefragt habe, ob wir heiraten wollen, was eigentlich faktisch gesehen ein Heiratsantrag ist, dann…"

Den Rest konnte ich nicht mehr aussprechen, da mich Sophie in dem Moment wie eine Pantherin ansprang und so stürmisch küsste, dass ich nicht mehr antworten konnte.

„Ja, meine Antwort auf deine Frage ist ja."

Zwei Wochen später haben wir in kleinem Kreis und ohne grossen Pomp und Zeremoniell geheiratet.

„Sie waren verheiratet?" Das Erstaunen in Pfarrer Küenzles Stimme war nicht zu überhören.

„Ja, ich war einmal in meinem Leben verheiratet."

Der Pfarrer merkte an der leicht veränderten Stimmlage von Ruedi Rötheli, dass die Erinnerung daran keine positiven Emotionen hervorrief. Er liess es deshalb bei der einen Frage bleiben und hakte nicht weiter nach.

„Die Hochzeitsfeier war einfach aber wunderschön und fand draussen in der Natur an einem leicht windigen aber sonst herrlichen Herbstabend statt. Neben der Familie von Sophie, die eilends nach Halifax gereist war, hatten wir noch ein paar Freunde aus dem Institut eingeladen. Von meiner Seite war niemand anwesend. Meine Freunde hatte ich nicht angerufen, da ich immer noch Wert darauf legte, die verschiedenen Abschnitte meines Lebens nicht miteinander zu vermischen. Die Bande zu meiner eigentlichen Familie im Oberemmental waren an dem Tag abgerissen, als ich Trub Richtung Basel verlassen hatte.

Für Flitterwochen hatten wir nicht viel Zeit. Wir reisten für eine Woche nach Hawaii und das musste auch schon genügen. Sophies Familie nahm uns das Versprechen ab, im nächsten Sommer einen längeren Aufenthalt in To-fino einzuplanen, damit die Heirat auch nach Familientradition nachgeholt werden konnte. Diesem Wunsch kamen wir gerne nach. Nach der Woche Ferien und nachdem ich in einer zusätzlichen Woche den Umzug von Mont-real nach Halifax erledigt hatte, begann meine Arbeit am Institut.

Richard Hillman hatte mir nicht zu viel versprochen. Ich war keine zwei Wochen an meiner neuen Arbeitsstelle, als ich bereits im Cockpit einer Douglas DC3 sass. Dem Institut stand ein Transportflugzeug dieses Typs zur Verfügung. Die robusten zweimotorigen Maschinen wurden regelmässig zu Versorgungsflügen eingesetzt, wobei sich das Institut und die Küstenwa-che den Betrieb teilten. Zudem stand noch ein Wasserflugzeug der Marke De Havilar DHC2 Beaver im Einsatz und im Bedarfsfall eine Lockheed CC 130. Für mich die einmalige Gelegenheit mit einem der genialsten Transportflug-zeuge zu fliegen, das jemals gebaut wurde.

Den Winter und den Frühling verbrachten wir so gemeinsam in Halifax. Dank der Unterstützung durch das Institut fanden wir auch ein kleines Haus, das wir mieten konnten und in dem wir uns sehr wohl fühlten. Das Leben meinte es in dieser Zeit wirklich gut mit uns und wir genossen diesen Um-stand aus vollen Zügen.

Im Sommer flogen wir wie versprochen nach Vancouver Island. Sophies Eltern hatten alles für ein grosses Familienfest organisiert. Rund hundert-achtzig Personen waren zu dem Anlass eingeladen, als wir unserer Verbin-dung auch noch den Segen des Stammes geben liessen. Ich lernte auch die weitere und nähere Verwandtschaft von Sophie kennen und die Familie führte mich in die Sitten und Gebräuche ihres Volkes ein. Wie schon erwähnt stammte Sophies Familie von den Tla-qui-o-tha ab. Der kleine Stamm mit damals etwa achthundert Stammesangehörigen gehörte zum Nuu-chah-nulth Council, einem Zusammenschluss von vierzehn Stämmen der First Nations aus der Region Vancouver Island mit ungefähr siebentausend Stammesmitgliedern. Die Zeremonie war schlicht und dauerte eine knappe Stunde. Dafür lief das anschliessende Fest fast zwei Tage und war begleitet von Tänzen und Gesängen sowie einem hervorragenden Festessen.

Sophie und ich genossen die zwei Wochen, die zu einem grossen Teil von festlichen Anlässen bestimmt waren. Trotz dem Trubel und der Festlaune der Menschen um uns herum, fanden wir einige Tage, an denen wir alleine unterwegs sein konnten. Sophies Vater hatte uns für den Aufenthalt das Wasserflugzeug zur uneingeschränkten Nutzung zur Verfügung gestellt. Wir nutzten diese Möglichkeit ausgiebig und flogen an der Küste entlang weit über Vancouver Island hinauf in den Norden. Dort schlugen wir in einer der wunderschönen und abgelegenen Buchten unser Lager auf und verbrachten eine Nacht in der freien Natur. Dabei achteten wir darauf, dass wir nicht von wilden Tieren überrascht werden konnten. Die sternenklare Nacht war jedoch so wunderschön, dass wir sowieso keine Lust hatten zu schlafen. Nach einem einfachen aber hervorragenden Mahl aus gebratenem Fisch und Gemüse, sassen wir am Lagerfeuer und lauschten den Klängen der Nacht.

„In zwei oder drei Monaten ist meine Aufgabe im Rahmen des Projektes endgültig abgeschlossen. Die Daten sind nahezu vollständig ausgewertet und der Schlussbericht ist zu einem grossen Teil geschrieben. Kurz bevor wir in die Ferien sind, wurde ich gefragt, ob ich an einem nächsten Projekt teilnehmen wolle. Ich habe mir Bedenkzeit bis nach den Ferien ausgebeten, da ich die Sache vorher mit dir besprechen wollte."

Sophie hielt kurz inne.

„Ich bin nun beinahe drei Jahre am Institut und hätte nie gedacht, in dieser kurzen Zeit so viel zu erleben. Was in der Zeit alles geschehen ist, das ist wirklich verrückt. Manchmal habe ich fast das Gefühl, ich lebe in irgendeinem Traum und erwache demnächst daraus.

In der letzten Zeit hat sich jedoch eine gewisse Routine eingeschlichen. Ich bin mir deshalb nicht sicher, ob ich in ein neues Projekt einsteigen soll. Das würde mich erneut für drei oder vier Jahre an das Institut binden. Das bisher erlebte lässt sich jedoch kaum toppen und Routine liegt mir gar nicht. Es liegt auch nicht am Institut als Arbeitgeber oder an meinem Vorgesetzten und meinen Kollegen. Die Forschungstätigkeit ist ebenfalls spannend und abwechslungsreich. Ich möchte aber auch einmal noch etwas anderes tun. Zudem will ich mehr mit dir zusammen sein. Ich bin davon überzeugt, mit meiner Erfahrung kann ich auch an einem anderen Ort eine interessante Beschäftigung finden. Was meinst du dazu?"

Ich sah meine Frau an. „Du hast mein Leben völlig auf den Kopf gestellt. Ich hätte niemals gedacht, dass ich einmal heiraten werde. Die Stelle beim Institut habe ich auch nur dank deiner Fürsprache erhalten. Das hat mir ermöglicht, die Verkehrspilotenlizenz definitiv zu erwerben, was mein eigentliches Ziel war. Sofern es möglich ist, würde ich in der nächsten Zeit dieses Wissen gerne anwenden und möglichst viele Flugstunden absolvieren. Im Institut hätte ich aktuell diese Möglichkeit. Wenn du aber lieber etwas anderes tun willst, so ist das kein Problem. Die Fliegerei kann ich auch anderswo praktizieren."

Sophie sah mich einen Moment lang mit glänzenden Augen an. „Ich hatte wirklich grosses Glück, dass ich dich damals am Busbahnhof angesprochen habe. Es ist mit Abstand das Beste, was mir in meinem Leben jemals geschehen ist."

Nach dieser Feststellung waren wir eine ganze Weile mit anderem beschäftigt, bevor wir das Gespräch fortsetzten.

„Um noch einmal auf meine Frage von vorhin zurück zu kommen. Wenn es für dich wirklich kein Problem ist, so würde ich mein Engagement in Halifax gerne beenden und mir etwas anderes suchen."

„Einverstanden. Hast du schon an etwas Bestimmtes gedacht?"

„Nein, eigentlich nicht." Sophie dachte kurz nach. „Ich würde eigentlich gerne wieder in meine Heimat zurückkehren. Nicht unbedingt nach Tofino, aber in die unmittelbare Umgebung. Damit könnte ich ab und zu auch meine Familie besuchen, ohne gerade eine halbe Weltreise zu unternehmen." Erneut machte sie eine kurze Pause. Irgendetwas schien ihr in diesem Moment durch den Kopf zu gehen. „Mein Vater hat mir bei unserem letzten Besuch gesagt, er wolle sich langsam zur Ruhe setzen. Er überlegt sich, ob er nicht die Beaver verkaufen soll. Wenn er nicht mehr in halb British Columbia Krankenbesuche macht, braucht er das Flugzeug nicht mehr. Er ist heute lieber mit dem Boot unterwegs. Ich müsste einmal mit ihm sprechen. Vielleicht würde er uns die Beaver verkaufen. Zusammen mit der Piper Navajo könnten wir ja versuchen selber etwas aufzubauen. Wir können beide fliegen und hätten zwei Flugzeuge. Ich kenne viele die mit deutlich weniger Anfangskapital eine eigene Existenz gegründet haben."

Ich musste zugeben, an den Überlegungen von Sophie war etwas dran. Die Idee, wieder einmal etwas Eigenes auf die Beine zu stellen, kam meinem Naturell und meinen Aktivitäten der letzten Jahre entgegen. Die Anstellung am Institut war eine ausserordentliche Erfahrung, die ich unter keinen Umständen missen wollte. Mir hatten die Aufgaben, die ich für das Institut erledigen konnte, geholfen die Airline Lizenz als Pilot zu erreichen. Dennoch war für mich auf Dauer die Abhängigkeit eines Angestelltenverhältnisses nicht ein erstrebenswerter Zustand. Mir hatte es in gewisser Weise vor Augen geführt, wie wertvoll die Freiheit war, jederzeit eigene Entscheidungen treffen zu können.

„Ich finde die Idee gut. Wir müssten die Sache noch etwas konkretisieren und abklären, welche Voraussetzungen wir erfüllen müssen. Aber grundsätzlich ist die Idee wirklich mehr als prüfenswert." Ich machte eine kleine Pause. „Eigentlich würde es mich reizen, selber wieder ein neues Unternehmen aufzubauen. Bisher hatte ich immer Spass daran, solche ungewöhnlichen Herausforderungen anzugehen."

Wir diskutierten noch eine Weile über die Möglichkeiten, die ein solches Vorhaben mit sich brachte, bevor wir schliesslich einschliefen.

Nachdem wir von unserem Ausflug zurück waren, informierten wir Sophies Eltern über unsere Idee. Die Aussicht, ihre Tochter wieder in unmittelbarer Nähe zu haben, löste vor allem bei Sophies Mutter grosse Begeisterung aus. Ihr Vater sah die Sache schon etwas pragmatischer. Er erkannte sofort die Möglichkeit, sein über alles geliebtes Flugzeug, das ihm beinahe so viel bedeutete wie seine Kinder, in guten Händen zu wissen. Zudem bot er uns seine Unterstützung bei der Realisierung unserer Pläne an. In all den Jahren hatte er dank seiner Arbeit einige Kontakte knüpfen können, die sich nun möglicherweise als nützlich erweisen konnten. Wir waren für dieses Angebot äusserst dankbar. Damit hatten wir im Prinzip einen verlängerten Arm in Tofino, der für uns Abklärungen treffen und Verhandlungen führen konnte, während wir in Halifax unsere Aufgaben zu Ende führten. Wir hatten auf jeden Fall vor, unsere Anstellung im Institut gewissenhaft zu Ende zu bringen. Dies würde bedeuten, dass ein Umzug frühestens in drei vielleicht erst vier oder sechs Monaten möglich war.

Die Unterstützung von Sophies Vater war deshalb eine grosse Erleichterung, da wir damit Sophies Familie hinter unserem Vorhaben wussten. Trotzdem stand von Anfang an fest, dass wir nicht nach Tofino ziehen würden, auch wenn wir uns ansonsten bei Sophies Eltern äusserst wohl fühlten. Wir wollten uns eine eigene Existenz aufbauen und dazu brauchten wir eine gewisse Distanz zur Familie.

In den verbleibenden Tagen besprachen wir jede mögliche Variante, die uns in den Sinn kam. Mit jedem Gespräch wurde das Projekt konkreter und als wir wieder die Heimreise antraten, lag ein realisierbarer Plan auf dem Tisch. Bestanden vorher noch minimale Zweifel, so waren diese am Ende der Reise endgültig ausgeräumt. Spätestens jetzt waren wir uns sicher. Unsere Tage im Osten Kanadas waren endgültig gezählt. Im Institut löste unser Entscheid nicht gerade Begeisterung aus. Wir durften mit Freude zur Kenntnis nehmen, dass nicht nur unsere Arbeit, sondern auch wir persönlich sehr geschätzt wurden. Entsprechend versuchten unsere Vorgesetzten alles, um uns umzustimmen. Selbst der Leiter des Instituts schaltete sich ein. In einem Gespräch versuchte er uns von den Vorteilen zu überzeugen, die ein Verbleib im Institut mit sich brachte. Er musste jedoch zur Kenntnis nehmen, dass unser Entschluss unumstösslich war, was er bedauerte.

Die Zeit bis wir unsere Zelte in Halifax definitiv abbrachen, verlief schliesslich schneller als wir erwartet hatten. Als der Tag da war, an dem wir definitiv Abschied nahmen, wurde uns wirklich bewusst, welch schöne Zeit wir in dieser Gegend Kanadas verbracht hatten. Der Abschiedsschmerz wurde jedoch von der Vorfreude auf das Kommende verdrängt.

Unser Umzug fiel sehr bescheiden aus. Wir hatten durch einen glücklichen Umstand die Möbel unserer Wohnung verkaufen können. Damit blieb uns der grosse Umzugsaufwand erspart. Die restlichen grösseren Objekte, die noch übrig blieben und uns am Herzen lagen, konnten wir mit einem Umzugsunternehmen an die Westküste schicken. Unser persönlicher Kleinkram fand ohne grössere Probleme und ohne das Gewichtslimit zu überschreiten in unserer Piper Navajo Platz.

Wir hatten für unseren Wechsel an die Westküste genügend Zeit eingeplant. Wenn sich schon die Gelegenheit ergab über Kanada zu fliegen und an einigen der schönsten Plätze einen Zwischenhalt einzulegen, so wären wir verrückt gewesen, davon nicht Gebrauch zu machen. Vor allem wenn mit dem Herbst eine der schönsten Jahreszeiten anstand. Der sogenannte Indian Summer gehört zu den schönsten Naturereignissen überhaupt und übertrifft in seiner Intensität alles, was wir vom Herbst aus unseren Breitengraden kennen. Die Wälder strahlen dann an schönen Tagen in den herrlichsten Farben. Konnte man das Ganze dann noch aus der Luft geniessen, war das Erlebnis noch einmal eindrücklicher."

„Davon habe ich auch schon gehört", unterbrach Pfarrer Küenzle den Redefluss von Ruedi Rötheli. „Mir wurde über die Pracht und die Farben der

Wälder Kanadas schon so viel erzählt, dass ich wirklich die grösste Lust hätte, das Land einmal zu besuchen."

„Das würde sich auf jeden Fall lohnen, Herr Pfarrer", entgegnete ihm Ruedi Rötheli, der sich von dem Unterbruch nicht irritieren liess. „Ich habe in keinem anderen Land, mit Ausnahme vielleicht der angrenzenden vereinigten Staaten jemals ein solch farbenprächtiges Naturspektakel gesehen, wie es im Indian Summer in den Wäldern Kanadas stattfindet." Er machte eine kurze Pause und setzte dann seine ursprüngliche Erzählung an der Stelle fort, an der ihn Pfarrer Küenzle unterbrochen hatte. „Als wir schliesslich in Vancouver ankamen, war es immer noch über zehn Grad warm. Sophies Vater hatte ein kleines Haus in Richmond, einem Vorort von Vancouver gefunden, das wir kurzfristig und zu einem akzeptablen Preis mieten konnten. Es lag etwas abseits mitten in der Natur und war für unsere Bedürfnisse geradezu eine Luxusherberge. Von diesem provisorischen Domizil aus, wollten wir in den nächsten Monaten unser Unternehmen aufbauen. Der Vorteil war, dass unsere neue Behausung nicht allzu weit vom Flughafen Vancouver entfernt war, wo wir unsere Piper Navajo untergestellt hatten. Es gab jedoch auch einen Nachteil. Die Kosten für den Abstellplatz auf dem Flughafen in Vancouver waren immens hoch. Auf Dauer stellte deshalb Vancouver als Basis keine akzeptable Lösung dar.

In den nächsten Wochen gründeten wir nicht nur unser Unternehmen und holten die notwendigen Bewilligungen ein, sondern versuchten auch einen Standort zu finden, der für unser Vorhaben geeignet war. Diesen Ort fanden wir in Sidney auf Vancouver Island in unmittelbarer Umgebung des Victoria International Airports. Der Flughafen bot den Vorteil, dass er neben einer Landebahn mit Hangars auch einen Landesteg für Wasserflugzeuge besass. Wir brauchten drei Monate, bevor wir unsere Basis auf dem Flughafen und unser neues Zuhause in Brentwood Bay, an der Südspitze von Vancouver Island, beziehen konnten. Der Zweck unseres jungen Unternehmens war es einerseits Touristenflüge anzubieten und andererseits die Versorgung von Holzfällerlagern, Minen und anderen abgelegenen Camps sicherzustellen. Da der Victoria International Airport als Knotenpunkt zwischen dem US Staat Washington und Vancouver Island fungierte und Sidney die einzige Anlaufstelle der Washington State Ferry in Kanada war, eignete sich aus unserer Sicht dieser Ort vorzüglich für den Aufbau eines kleinen Flugunternehmens.

Als Zubringer boten wir Individualtouristen Flüge nach Vancouver oder andere Destinationen in British Columbia sowie Flüge zu sämtlichen Destinationen auf Vancouver Island an. Der Tourismus steckte Ende der sechziger Jahre erst in seinen Anfängen, was bedeutete, wir mussten in diesem Bereich einiges an Aufbauarbeit leisten. Glücklicherweise hatten wir unser zweites Standbein, das von der ersten Minute an Ertrag abwarf. Sophies Vater hatte dank seiner ausgezeichneten Beziehungen zwei Minengesellschaften und eine Holzfällergesellschaft dazu bringen können, uns die Versorgungsflüge zu übertragen. Wir hatten die Beaver von Sophies Vater übernommen, der uns zu Beginn unserer Tätigkeit auch noch als dritter Pilot zur Verfügung stand. Damit konnten wir bereits in der ersten Saison zwei Flugzeuge einsetzen und diese erst noch zu beinahe dreiviertel ihrer Kapazität auslasten. Gegen Ende der Sommersaison mussten wir sogar einen guten Bekannten von Sophies Vater, der ein eigenes Wasserflugzeug vom Typ Piper besass, für unser Unternehmen beschäftigen. Wir konnten mit unseren beiden Maschinen nicht mehr alles bewältigen und waren für die Unterstützung dankbar.

Der Start in die Selbständigkeit war uns somit sehr gut gelungen, auch wenn wir aufgrund der Investition in die Beaver im ersten Jahr in der Bilanz rote Zahlen auswiesen. Ende der ersten Saison nahm Sophie, die sich um das Marketing des Unternehmens kümmerte, mit diversen Reiseunternehmen in den Vereinigten Staaten Kontakt auf. Das stellte sich als richtiggehender Glücksfall heraus. Meine Frau schien ein gutes Händchen für die Kundenbetreuung zu haben. Ihr Charme und ihr natürlicher Umgang mit Menschen wirkten sich äusserst positiv auf unsere Geschäfte aus. Die Folgen ihrer Akquisitionstätigkeit spürten wir im folgenden Sommer. Was in der ersten Saison noch als kleiner Bach begonnen hatte und für uns eher eine Ergänzung zu den Transportflügen darstellte, drohte uns im zweiten Sommer beinahe zu überrollen. Schon vor dem Saisonstart, als die ersten Buchungsanfragen eintrafen, zeichnete sich ein Kapazitätsproblem ab. Wir würden die Anfragen nie mit unserer Infrastruktur bewältigen können und mussten deshalb rasch reagieren. Kurzerhand stellten wir einen zusätzlichen Piloten mit seinem eigenen Flugzeug an. Er erledigte für uns die ganze Saison Flüge im Auftragsverhältnis.

Die Steigerung des Auftragsvolumens hatte auch auf andere Bereiche des Unternehmens Auswirkungen. Die Koordination der Aufträge wurde immer schwieriger. Der administrative Aufwand verdreifachte sich gegenüber dem Vorjahr. Wir konnten neben der Fliegerei nicht auch noch diese Aufgaben erledigen, sonst fehlte uns die notwendige Erholungszeit. Sophie fragte deshalb ihren kleinen Bruder Matthew, ob er uns im administrativen Bereich unterstützen könne. Der fünf Jahre jüngere Bruder von Sophie hatte eine Schule für Elektrotechnik abgeschlossen und danach der Tradition der Familie folgend den Pilotenschein erworben. Bevor er sich entschied in unser Unternehmen einzutreten, war er für eine Regierungsstelle tätig, die sich mit dem Kraftwerksbau auf Vancouver Island beschäftigte. Obschon er bei uns weniger verdiente, kam für ihn unser Angebot zum richtigen Zeitpunkt. Er stürzte sich voller Begeisterung in die neue Herausforderung und war eine willkommene Bereicherung unseres Teams. Damit war er bereits der dritte Le Maitre, der in unserem neuen Flugunternehmen beschäftigt war.

Obwohl Sophie nun die benötigte Unterstützung hatte, konnte sie die Koordination der Büroarbeiten nicht vollständig abgeben. Sie kam deshalb im Gegensatz zu mir nicht auf so viele Flugstunden, was bei ihr nicht gerade Freude auslöste. Ich konnte Sophies Frust nachvollziehen, da sie ebenso gerne im Cockpit eines Flugzeuges sass, wie ich selber. Trotzdem war es für das Unternehmen wichtig, dass auch die administrativen Aufgaben und die Beziehungen zu den Kunden so gut wie möglich gepflegt wurden.

Auch das zweite Jahr schlossen wir vor allem dank der hervorragenden Beziehungspflege meiner wunderbaren Frau aussergewöhnlich gut ab. Es machte den Eindruck, als hätten wir tatsächlich zum richtigen Zeitpunkt den Entscheid getroffen, die kleine Regionalairline zu gründen. Die hohe Qualität unseres Services, auf den wir beide den allergrössten Wert legten, wirkte sich positiv auf unseren Erfolg aus. Wir konnten mit dem bisher erreichten sehr zufrieden sein und die Zukunftsperspektiven sahen vielversprechend aus. Denn auch in den nächsten Monaten riss die Glückssträhne nicht ab. Die Anzahl Touristenflüge nahm ständig zu und lösten langsam die Transportflüge als Haupteinnahmequelle ab. Das brachte aber auch Gefahren mit sich. Im Gegensatz zu den Versorgungsflügen für die verschiedenen Camps, war das Tourismusgeschäft stark konjunkturabhängig. Dadurch mussten wir mit grossen Schwankungen rechnen, wenn beispielsweise das Wetter einmal einen Sommer lang nicht optimal war, wirkte sich das direkt auf den Umsatz aus. Wir setzten deshalb jeden Hebel in Bewegung, um auch unsere Transportkunden zufrieden zu stellen. Unsere Zuverlässigkeit sprach sich schnell in der Branche herum. Mitte des zweiten Jahres kam zu den bestehenden Bergbaugesellschaften noch eine weitere mit vier Standorten dazu. Zudem hatte Matthew dank seiner Beziehungen zur Elektrizitätswirtschaft auch noch einen Kunden akquirieren können. Das war erneut ein positiver Schritt in der Entwicklung des Unternehmens, brachte jedoch wieder Kapazitätsprobleme mit sich. Wollten wir die eben gerade gewonnenen Aufträge nicht wieder verlieren, kaum dass wir den Zuschlag erhalten hatten, blieb uns keine andere Möglichkeit, als die Flotte aufzurüsten. Das bedeutete jedoch eine nicht unerhebliche Investition und somit ein sehr grosses Risiko für das noch junge Unternehmen. Wir diskutierten die Situation ein paar Mal, ohne zu einem Entschluss zu kommen. Sophie tendierte erneut zu einem eher kleineren Flugzeug und sprach sich dafür aus, eine zweite Beaver anzuschaffen. Wenn wir ein gebrauchtes Flugzeug kaufen würden, so hätten wir mit der Bank die Finanzierung möglicherweise sicherstellen können. „Zudem", argumentierte sie weiter, „könnten wir eine kleinere Maschine im Notfall auch im Tourismusgeschäft einsetzen."

Ich war hingegen der Meinung, eine weitere Beaver würde uns nicht weiter bringen. Die Kapazität war zu klein. Damit wir nicht gleich wieder ein Problem erhielten, tendierte ich zum Kauf einer grösseren Maschine. Mit der Twin Otter hatte ich in der Arktis sehr gute Erfahrungen gemacht. Ich konnte mir vorstellen, dieses Flugzeug für unser Unternehmen anzuschaffen.

„Die Twin Otter hat neunzehn Plätze und ist für uns schon eine Kategorie zu gross. Kommt dazu, dass ausser uns beiden niemand die Maschine fliegen kann. Selbst ich müsste vorher noch eine Typenprüfung ablegen."

Sophies Argumentation hatte etwas an sich und war nicht einfach von der Hand zu weisen. Trotzdem liess ich mich nicht so schnell von meiner Idee abbringen. „Du hast in jeder Beziehung Recht, Sophie. Das sind genau die Argumente die gegen den Kauf einer Twin Otter sprechen. Es gibt aber auch Argumente, die für den Kauf eines grösseren Flugzeugs sprechen. Wir haben Aufträge, die wir nur noch mit einem Flugzeug in der Grösse einer Twin Otter ausführen können. In den letzten Monaten hätten wir sogar eine DC3 brauchen können. Schon heute müssen wir einen Teil der Aufträge an Mitbewerber abgeben. Die Twin Otter würde uns helfen, den grössten Teil der Versorgungsflüge für uns zu sichern. Wenn wir diesen Schritt nicht wagen, so gehen wir das Risiko ein, Kunden zu verlieren."

„Das mag sein, aber eine Twin Otter liegt ausserhalb dem, was wir uns leisten können. Also erübrigt sich jede weitere Diskussion."

Die Bestimmtheit mit der Sophie dies feststellte, liess nicht den geringsten Zweifel aufkommen, dass für sie das Thema ein für alle Mal erledigt war.

Für mich galt das nicht. Wenn ich in den letzten Jahren eines bewiesen hatte, so war es mein Instinkt, Situationen wie diese richtig einschätzen zu können. Woher ich das hatte, wusste ich nicht. Tatsache war, ich hatte dank meinem feinen Gespür mehrmals Erfolg gehabt. Es gab keinen Grund, dieses Mal meinem Gefühl nicht zu folgen. Ich war davon überzeugt, ohne eine

Expansionsstrategie würde das Unternehmen in den nächsten zwei bis drei Jahren scheitern. Dass wir zum richtigen Zeitpunkt an der richtigen Stelle waren und mit der Geschäftsidee Erfolg hatten, war in der Zwischenzeit auch anderen nicht entgangen. Vielleicht noch nicht dieses Jahr, aber spätestens dann, wenn die Tourismuszahlen noch einmal stiegen, so würden auch andere hier aufkreuzen und versuchen, ihren Teil vom Kuchen abzusahnen. Um dieser möglichen Konkurrenz Paroli zu bieten, waren wir heute noch zu klein. Den einen der beiden Bereiche der Konkurrenz zu überlassen, war auch keine akzeptable Alternative. Es machte keinen Sinn, sich auf nur eine Sparte zu fokussieren. Davon konnten wir nicht leben. Es brauchte eine gesunde Mischung aus beiden Geschäftsbereichen, damit wir auch langfristig erfolgreich sein konnten.

Ich sah mich deshalb ein wenig um und reaktivierte auch die Kontakte, die ich noch aus der Zeit hatte, als ich für das Institut geflogen war. Ob es Glück, purer Zufall oder Schicksal war, kann ich nicht sagen. Tatsache bleibt, ich kam mit meiner Anfrage genau zum richtigen Zeitpunkt. Bei der Küstenwache wurden Überlegungen angestellt, die Twin Otter abzulösen und dafür grössere und seerettungstaugliche Hubschrauber zu beschaffen. Die erste Phase war bereits abgeschlossen und aktuell befanden sich vier Hubschrauber von zwei Herstellern in der praktischen Erprobung. Obwohl es noch nicht offiziell kommuniziert war, standen zwei Twin Otter zum Verkauf, da man unabhängig vom Resultat des Praxistests mindestens einen Teil der Flugzeuge ablösen wollte. Wir hatten dadurch die unglaubliche Gelegenheit eine Spezialmaschine, wie ich sie in der Arktis geflogen war, zu einem akzeptablen Preis zu erwerben.

Das Problem an der ganzen Geschichte war, ich musste mich innerhalb einer sehr kurzen Frist entscheiden. Um genauer zu sein, innerhalb von sechs Tagen. In dieser Zeit mit einer Bank eine Finanzierung zu organisieren, war nahezu unmöglich. Wenn ich dieses Flugzeug für unser junges Unternehmen erstehen wollte, so musste ich die Finanzierung selber sicherstellen. Eine Investition dieser Grössenordnung konnte ich jedoch nicht einfach so tätigen. Das hätte Fragen aufgeworfen, die ich nicht beantworten wollte. Ich musste deshalb einen Weg finden, um die Maschine über einen Investor zu beschaffen. Dazu kam für mich nur eine einzige Person in Frage.

Ich hatte mit Drisi schon länger keinen Kontakt mehr gehabt. Es war längstens überfällig, ihn wieder einmal anzurufen. Ich liess ihm deshalb per Fernschreiben eine Nachricht zukommen, ich würde ihn innerhalb der nächsten drei Tage jeweils zu einem bestimmten Zeitpunkt anrufen. Bereits der erste Versuch war erfolgreich.

„Ruedi Rötheli, das darf doch nicht wahr sein. Ich habe schon gedacht, du lebst nicht mehr. Also wie kannst du….“

Die nächsten Minuten musste ich die Vorwürfe von Drisi über mich ergehen lassen. Er erklärte mir ziemlich umständlich, Edison habe das Telefon erfunden, damit man anrufen könne. Inzwischen verfüge selbst Australien über ein ausgebautes Telefonnetz und eine Post, die Briefe zustellen könne.

„Ich hätte dich ja selber angerufen, aber da ich nicht weiss, wo du dich rumtreibst, war das schlicht und einfach nicht möglich.“

Wir hatten das letzte Mal nach der Rückkehr der Arktisreise telefoniert und Drisi hatte noch keine Ahnung, dass ich inzwischen verheiratet war.

„Wie geht es eigentlich deiner Sophie“, fragte er, als er sich wieder einigermassen beruhigt hatte.

„Meiner Frau geht es ausgezeichnet“, gab ich zur Antwort, worauf es einen Moment lang still blieb. Einen sehr langen Moment sogar. „Bist du noch da, mein Freund“, fragte ich ein wenig überrascht.

„Willst du mir allen Ernstes sagen, dass du geheiratet und mich nicht eingeladen hast?“ Drisis Stimme klang leise und leicht schneidend. Wenn ich jetzt die falsche Antwort gab, würde ich meinen Freund tatsächlich sauer machen. Das wollte ich unter allen Umständen vermeiden.

„Tut mir Leid, mein Freund. Es ging alles sehr schnell und du weisst ja, dass ich meine Vergangenheit nicht mit der Gegenwart vermische. Vielleicht kann ich es ja wieder gut machen. Ich habe da nämlich folgendes Problem…“

Nachdem ich Drisi alles erklärt hatte, war er selbstverständlich bereit, mir zu helfen. Er bestand jedoch darauf, dass ich ihm bei nächster Gelegenheit Sophie vorstellen müsse. Sonst würde er sich ernsthaft überlegen, mir die Freundschaft zu künden. Dann vereinbarten wir, ich würde ihn noch einmal kontaktieren, sobald ich die notwendigen Abklärungen getroffen hatte.

Die Woche war anstrengend gewesen und ich war froh, dass ich seit langem wieder einmal ein Wochenende mit Sophie alleine verbringen konnte. Als wir am Samstagabend nach einem ausgezeichneten Essen vor unserem Haus am Meer sassen und den milden Abend genossen, sprach ich sie noch einmal auf das Problem mit der Erweiterung unserer Flotte an.

„Ich weiss, dass wir eigentlich vereinbart hatten, an diesem Wochenende einmal nicht über die Firma zu sprechen. Ich habe jedoch ein Terminproblem. Es gibt eine Sache die ich vor Ende dieses Wochenendes lösen muss.“

Sophie, die neben mir auf dem Liegestuhl lag und vor sich hindöste, sah mich etwas müde an. „Welches Problem meinst du?"

„Ich meine die Sache mit der Erweiterung unserer Flotte." Als Sophie nach einer kurzen Pause nicht reagierte, setzte ich meine Ausführungen fort. „Ich habe in der Zwischenzeit ein paar Abklärungen getroffen und eine Lösung gefunden." Ich erzählte Sophie von der Möglichkeit, die Twin Otter zu erwerben und welche Bedingungen damit verknüpft waren. „Ich weiss, wir können die Twin Otter nicht selber finanzieren. Dazu fehlt uns das notwendige Kapital. Ich habe jedoch aus der Zeit vor meiner Ankunft in Kanada, noch ein paar Verbindungen. Unter anderem zu einem guten Freund, der uns als Investor unterstützen würde. Er ist absolut vertrauenswürdig und könnte uns den Kauf des Flugzeuges ermöglichen. Was meinst du dazu?"

Sophie hatte sich meine Geschichte in Ruhe angehört. „Vertraust du dieser Person?"

„Ja, ich vertraue ihr ebenso wie ich dir vertraue."

„Wenn er die Finanzierung sicherstellt, hat dies einen Einfluss auf die Besitzverhältnisse des Unternehmens?"

„Nein, hat es nicht. Mein Freund würde die Twin Otter kaufen und uns gegen eine Entschädigung zur Nutzung überlassen. Das zu vorteilhaften Konditionen, die deutlich unter dem Mietpreis der Piper Navajo liegen, den wir in Montreal bezahlt haben. Nach drei Jahren erhalten wir zudem die Möglichkeit das Flugzeug zu einem reduzierten Preis zu übernehmen."

Sophie wirkte einen Moment lang nachdenklich. „Für mich ist es schwierig nachzuvollziehen, dass du Kontakt zu Leuten hast, die fast selbstlos mehrere Millionen in ein Geschäft investieren können, ohne Aussicht auf einen Gewinn zu haben."

Wir hatten schon mehrfach Diskussionen über meine Vergangenheit geführt. Als mich Sophie vor unserer Hochzeit diesbezüglich ausfragte, verhielt ich mich sehr zurückhaltend. Über gewisse Abschnitte in meinem Leben wollte ich auch mit ihr nicht sprechen. Im Moment auf jeden Fall nicht.

„Ich weiss, Sophie, das ist sicher schwer zu verstehen. Ich kann dir jedoch einfach nur immer wieder versichern, es steckt weder etwas Unrechtes noch Ungesetzliches dahinter. Ich habe einen Freund aus meiner Zeit in Australien, der über die entsprechenden Mittel verfügt, um uns in dieser Angelegenheit zu unterstützen. Wenn er uns damit helfen kann, unseren Traum zu realisieren, so tut er das gerne, auch wenn für ihn dabei nichts herausschaut."

Sophie dachte noch einmal einen Moment nach. Ich liess ihr alle Zeit die sie benötigte. Nach beinahe einer Viertelstunde meinte sie: „Gut, ich bin einverstanden. Wenn du deinem Freund vertraust, dann ist das für mich in Ordnung."

Am Montag rief ich zuerst Drisi an, der sich über meinen Entscheid freute. Danach gab ich meinem Bekannten bei der Royal Canadian Air Force Bescheid, ich würde auf die Offerte eingehen. Ich erklärte ihm, der geschäftliche Teil werde über eine Investmentfirma abgewickelt, mit der ich in Verbindung stehe und die direkt mit ihm Kontakt aufnehmen würde. Drei Wochen später erhielt ich eine Mitteilung von Drisi, der Kauf sei unter Dach und Fach. Er habe sich aber nach eingehender Diskussion mit meinem Bekannten dazu entschieden, beide Flugzeuge zu kaufen.

„Wenn es für dich von Nutzen ist, kannst du gleich beide Maschinen zu den vereinbarten Bedingungen übernehmen. Wenn du nicht willst oder wenn es deinem Unternehmen nichts bringt, so werde ich das zweite Flugzeug für die R&D Holding nutzen und die Maschine nach Australien holen."

Nachdem ich meine erste Überraschung überwunden hatte, informierte ich Sophie über die neue Situation.

„Mein Freund lässt sich manchmal von seiner Intuition leiten und passt sein Vorgehen spontan der Situation an. Wie in diesem Fall, kommt es auch schon mal vor, dass ich davon überrascht werde. Tatsache ist, es besteht ein Angebot, beide Maschinen zu übernehmen und das wäre bei den Konditionen nicht zu unserem Nachteil. Was meinst du dazu?"

Sophie reagierte dieses Mal ziemlich pragmatisch: „Ich habe gestern die Kosten für das Flugzeug noch einmal durchgerechnet. Bei dem Preis, den dein Freund verlangt, müssen wir die Maschine knapp zu einem Viertel auslasten, um bereits gewinnbringend zu sein. Das ist eine weitaus bessere Rate als ich jemals gedacht habe. Unter diesen Voraussetzungen muss man eigentlich nicht lange überlegen und beide Maschinen übernehmen. Wir gehen ein minim höheres Risiko ein und steigern unsere Kapazität."

Ich war froh, dass Sophie den Entscheid unterstützte. Ein paar Stunden später rief ich Drisi an und teilte ihm unseren Entschluss mit und dankte ihm noch einmal für seine Unterstützung.

„Nichts zu danken. Ich freue mich schon jetzt darauf deine Frau kennen zu lernen. Das wäre für mich längstens Entschädigung genug."

Zwei Wochen später konnten wir die beiden Twin Otter auf dem Militärstützpunkt in Greenwood Nova Scotia abholen. Wir nutzten einen Linienflug nach Halifax und liessen es uns nicht nehmen dem Institut einen Kurzbesuch abzustatten. Die Freude, der alten Kollegen war gross. Danach fuhren wir zum Stützpunkt, um unsere Maschinen in Empfang zu nehmen. Da das ganze Übernahmeprozedere den Rest des Tages in Anspruch nahm, übernachteten wir in der Basis und machten uns am nächsten Morgen auf den Weg zurück nach Hause. Wir hatten uns entschieden die Flugzeuge eines nach dem anderen abzuholen. Die Air Force kam unserem Anliegen entgegen. So flogen wir zuerst mit der ersten Maschine in drei Etappen nach Vancouver Island, um einmal zu übernachten und danach das ganze Prozedere ein zweites Mal zu wiederholen.

Als beide Maschinen nebeneinander auf dem Victoria International Airport standen, war das ein erhabenes Bild, auf das wir beide stolz waren. Die beiden Twin Otter hatten immer noch die Bemalung der kanadischen Küstenwache und erregten deshalb einiges an Aufsehen. Bestandteil des Kaufvertrages war es, dass wir die Bemalung innerhalb Jahresfrist so verändern mussten, dass sie nicht mehr als Flugzeuge der Küstenwache identifiziert werden konnten. Wir hatten entschieden, dass wir die Grundfarbe Gelb beibehalten und durch zwei blaue Linien an der Seite ergänzen wollten. Zudem brachten wir am Seitenruder unser Firmenlogo an, welches wir auch an den anderen drei Maschinen aufmalten. Nachdem diese Arbeiten abgeschlossen waren, besassen wir ein Flugunternehmen das über fünf eigene Flugzeuge verfügte. Für die nächste Sommersaison waren wir damit gerüstet.

Im Winter ging die Flugtätigkeit in der Regel stark zurück, obwohl es an der Westküste längst nicht so kalt wurde, wie im Osten. Nachdem die beiden Twin Otter in unserem Besitz waren, setzte Sophie alles daran, dass wir auch im Winter Aufträge für Versorgungsflüge erhielten. Diese waren nicht so beliebt wie die Sommerflüge. Trotzdem mussten sie durchgeführt werden, da in den Bergwerken wie in den Wasserkraftwerken auch während des Winters gearbeitet wurde. Aufgrund des Wetters mussten die Flüge jedoch besser geplant und auch mehr Spielraum für unvorhergesehenes eingerechnet werden. Die Risiken, die man dabei eingehen musste, waren weitaus höher als im Sommer bei schönem Wetter. Für mich war das weniger ein Problem. Seit der Expedition in die Arktis war ich Flüge dieser Art auch bei nicht optimalen Bedingungen gewohnt. Ich übernahm deshalb einen grossen Teil der Aufträge selber. So oft Sophie konnte, begleitete sie mich dabei als Copilotin. Dadurch konnte sie zusätzliche Erfahrung mit der Twin Otter sammeln und wir konnten auch in der kalten Jahreszeit etwas mehr Zeit zusammen verbringen.

Die erste volle Saison mit den beiden grossen Flugzeugen verlief hervorragend. Wir hatten zusätzlich einen Piloten und eine Person in der Administration einstellen können, da Matthew mittlerweile auch ständig hinter dem

Steuerknüppel sass. Beide neuen Teammitglieder rekrutierten wir aus dem Stamm der Tla-qui-o-tha, womit wir die erste Regionalfluggesellschaft in British Columbia waren, die mehrheitlich Personal der First Nations beschäftigte. Neben ein paar Kritikern der teils neidischen Konkurrenten, brachte uns dieser Umstand überwiegend positive Rückmeldungen ein. Zu unserem Erstaunen erhielten wir, nachdem die Tatsache in den Lokalnachrichten publik wurde, noch andere Aufträge, mit denen wir nicht gerechnet hatten.

Anfangs der Sommersaison bestätigte sich dann meine Prognose, dass nun auch andere Transportunternehmen an dem Geschäft Interesse fanden. Darunter auch überregionale Fluggesellschaften, die versuchten Marktanteile mit tiefen Preisen zu gewinnen. Zu unserer Freude konnten wir dennoch die erste Sommersaison mit der erweiterten Flotte mit einer überdurchschnittlich hohen Auslastung von zweiundachtzig Prozent abschliessen. Für uns ein hervorragendes Ergebnis.

Nicht ganz vier Jahre nach dem Start unserer Unternehmung konnten wir mit dem Erreichten mehr als nur zufrieden sein. Alles lief hervorragend, bis im Winter jener Donnerstag Mitte Februar kam, der auf einen Schlag alles verändern sollte.

Wir mussten an jenem Tag drei Versorgungflüge in zwei Holzfäller- und ein Bergarbeitercamp durchführen. Das Wetter hatte uns schon die ganze Woche einen Strich durch die Rechnung gemacht. Obwohl die Bedingungen alles andere als optimal waren, mussten wir bei einem kleinen Nachlassen des Sturms das Wagnis eingehen. Es war ein kalkuliertes Risiko, da wir lange genug gewartet hatten, bis der Sturm wirklich soweit abgeflaut war, dass wir den Flug wagen konnten. Ich wurde von Matthew begleitet, der in der Zwischenzeit seine Ausbildung vollständig abgeschlossen hatte und nur noch als Pilot tätig war. Wir hatten die ersten beiden Aufträge bereits abgeschlossen und waren gerade am dritten Standort im Landeanflug, als wir per Funk die Nachricht erhielten, wir sollten so schnell wie möglich zur Basis zurückkehren. Mehr Informationen enthielt die Mitteilung nicht. Wir landeten und Matthew begann sofort mit dem Ausladen, während ich versuchte erneut mit der Basis Kontakt aufzunehmen. Als ich endlich durchkam, teilte man mir mit, es hätte mit einem unserer Flugzeuge einen Unfall gegeben. Trotz mehrfacher Nachfrage wollte man mir nicht mehr sagen, als dass ich sofort zur Basis zurückkehren sollte. Wir brauchten zwei Stunden, bis wir mit höchster Beschleunigung wieder zurück waren. Nachdem wir die Maschine abgestellt hatten, begaben wir uns sofort ins Büro. Dort erfuhr ich, dass kurz nach unserem Abflug ein Notruf aus einem der Goldgräber Camps eingegangen war. Sie hatten mehrere Krankheitsfälle und brauchten dringend Medikamente und Nahrungsmittel. Sophie hatte sich entschieden mit einer der Beaver den Flug zu wagen. Während dem Flug hatte sie einen Motorenschaden und musste notlanden. Sie konnte einen Notruf absetzen, so dass sie keine fünf Stunden später gefunden wurde."

Hier musste Ruedi Rötheli seine Erzählung unterbrechen. Die Emotionen, die beim Gedanken an das Ereignis wieder hochkamen, waren trotz der langen Zeit die verstrichen war, immer noch gross. Seine beiden Zuhörer hörten schweigend zu und liessen dem alten Mann die Zeit die er benötigte, um seine Erzählung fortsetzen zu können.

„Die Notlandung auf dem kleinen See misslang. Die Landepiste war extrem kurz und obwohl der gefrorene See eben war, kam die Maschine bei der Landung aus dem Gleichgewicht. Sie überschlug sich kurz nach dem Aufsetzen und brach auseinander. Möglich, dass eine Windböe daran Schuld war oder dass es sich um einen Pilotenfehler handelte. Die genauen Umstände konnten nie gänzlich geklärt werden. Der Gerichtsmediziner stellte fest, dass sich Sophie beim Überschlag des Flugzeuges dermassen stark verletzt hatte, dass sie auf der Stelle Tod war. Ich war dem Gerichtsmediziner für diese Auskunft dankbar. Dadurch wusste ich zumindest, dass sie nicht zusätzlich gelitten hatte, auch wenn es im Moment nur ein sehr kleiner Trost war. Erst viel später half mir diese Tatsache das Ereignis besser zu verarbeiten.

Die Beerdigung wurde zu einem Grossereignis. Ein Grossteil des Stammes der Tla-qui-o-tha und viele Menschen, die Sophie geschätzt hatten, waren an dem kalten aber schönen Wintertag anwesend. Von der Ostküste war eine grössere Delegation des Instituts angereist und auch aus Sophies Zeit an der Universität in Montreal waren viele Bekannte und Freunde erschienen. Ich kann mich nur noch schemenhaft daran erinnern, was damals alles geschah. Zu der Zeit stand ich dermassen völlig neben mir, dass ich nicht wirklich realisierte, was ablief. Der so unerwartete Tod meiner über alles geliebten Sophie hat mich damals völlig aus der Bahn geworfen. Dass ich diese Phase meines Lebens überhaupt überstanden habe, verdanke ich nur Sophies Familie. Vor allem der Grossmutter, die sich trotz des eigenen Schmerzes rührend um mich gekümmert hat. Ihre Gegenwart, das starke Gemeinschaftsgefühl und der Zusammenhalt der ganzen Familie in dieser schrecklichen Zeit, halfen mir über diesen Schicksalsschlag hinweg zu kommen.

Nach der Beerdigung und nachdem alle Gäste wieder abgereist waren, blieb mir keine grosse Zeit, um zu trauern. Im Frühling begann bereits die Tourismussaison wieder und ich hatte alle Hände voll damit zu tun, um die

Vorbereitungen rechtzeitig abzuschliessen. Dennoch brauchte ich zwei Wochen, um nach der Beerdigung wieder zu mir selbst zu finden. In diesen Wochen räumte ich unser Haus und zog nach Victoria in ein kleines Zweizimmer Appartement in der Nähe des Wasserflughafens um. Ich konnte nicht mehr in jener Umgebung bleiben, in der ich mit Sophie so viele wundervolle Stunden verbracht hatte. Die Einrichtung meiner neuen Bleibe hielt ich bewusst spartanisch. Vor allem liess ich alles weg, das mich an Sophie erinnerte. Ich behielt nur eine Handvoll Andenken, die mich heute noch begleiten und mich an diesen wundervollen Menschen erinnern, der mit seinem so herzerfrischend strahlenden Lachen alle für sich gewinnen konnte.

Schon kurz nach ihrem Tod hatte ich mich entschieden, Kanada zu verlassen. Dieses Mal war es nicht der Drang weiter zu ziehen der mich davon trieb, sondern der Wunsch zu vergessen und etwas Neues zu beginnen. Bevor ich dies tun konnte, musste ich jedoch die Fluggesellschaft so ausrichten, dass sie für die Zukunft finanziell wie organisatorisch abgesichert war. In Sophies kleinem Bruder Matthew hatte ich jemanden, dem ich die Verantwortung Schritt für Schritt übertragen konnte. Er hatte sich nach dem Einstieg in das Unternehmen zu einem grossartigen Mitarbeiter entwickelt und war dank seiner ruhigen und besonnenen Art genau der richtige Mann für diese Aufgabe. Als ich ihm das erste Mal andeutete, welche Pläne ich für die Zukunft hatte, brach er weinend zusammen. Während der Zeit nach dem Unfall seiner Schwester hatte er trotz der eigenen Trauer die Übersicht behalten und dafür gesorgt, dass die verbleibenden Aufträge pünktlich und professionell ausgeführt wurden. Seine eigene Trauer hatte er zurückgestellt und diese Dämme, die er um sich errichtet hatte, brachen nun nach meiner Ankündigung völlig zusammen. Ich schickte ihn eine Woche nach Hause, nach der er gestärkt und zuversichtlich zurückkam.

In den kommenden Monaten arbeiteten wir hart und erfolgreich daran, das Unternehmen so weit zu stabilisieren und auf die Zukunft auszurichten, dass es alle möglichen Turbulenzen überstehen konnte.

Dann kam jener Tag an dem ich mich definitiv aus Kanada verabschiedete. Wie bei meinen vorhergehenden Aktivitäten hatte ich die Besitzverhältnisse der mittlerweile fest etablierten Regionalfluggesellschaft so geregelt, dass Matthew als Vorstandsvorsitzender die alleinige Verfügungsgewalt hatte. Im Gegensatz zu den anderen Investitionen, gab ich dieses Mal den Besitz nicht aus den Händen. Die Airline sollte unter allen Umständen weiter bestehen, damit der Tod von Sophie nicht völlig sinnlos gewesen war. Für mich war das Regionalflugunternehmen so etwas wie das Vermächtnis meiner Frau und das wollte ich unter keinen Umständen aus den Fingern geben. Auch wenn ich die Kraft nicht aufbrachte, um die Firma vor Ort selber weiter zu führen. Ich konnte auch aus der Ferne alles daran setzen, dass ihr Vermächtnis Bestand hatte und sich weiter entwickelte. Die Fluggesellschaft wurde deshalb in eine Aktiengesellschaft umgewandelt, in der ich und Drisi mit siebzig Prozent den Hauptanteil hielten. Die restlichen dreissig Prozent teilten sich Matthew und die Anwaltskanzlei in Toronto, die mit fünf Prozent eine Minderheitsbeteiligung hielt. Sie stellen ebenso meine direkte Vertretung im Verwaltungsrat sicher. Ich selber begab mich nur noch vor Ort, wenn es um wichtige strategische Entscheide oder grosse Investitionen ging, welche die Zukunft des Unternehmens massgebend beeinflussten.

In den kommenden Jahren war ich deshalb in unregelmässigen Abständen Gast in Sidney, um an den wichtigen Entscheiden der Airline teil zu haben. Das kleine Appartement in der Nähe des Wasserflughafens blieb mein Stützpunkt. Über all die Jahre liess ich es gleich spartanisch eingerichtet. Als das alte Gebäude mit der Zeit einem Neubau weichen musste, sorgte ich dafür, auch in diesem Neubau weiterhin eine Bleibe zu haben, die ich als Stützpunkt nutzen konnte. Das letzte Mal war ich vor meiner Reise in die Schweiz in Victoria zu Besuch."

Ruedi Rötheli sah gedankenverloren irgendwo in die Ferne, als würde ihm in diesem Moment viele Erinnerungen durch den Kopf gehen, die in melancholisch stimmten. Seine beiden Zuhörer wirkten ebenso betroffen. Dieser Teil von Ruedis Lebensgeschichte hatte sie mehr mitgenommen, als alles andere, was der alte Mann bisher erzählt hatte.

„Das ist das erste Mal, dass ihre Geschichte ein traurigen Ende nimmt", meinte Pfarrer Küenzle nachdenklich. „Ich hätte nicht gedacht, dass es einmal dazu kommen könnte. Bisher waren ihre Erzählungen so positiv und erfrischend."

Ruedi Rötheli schien aus seiner schon fast lethargisch scheinenden Haltung zu erwachen. „Das Leben hat manchmal Überraschungen bereit, mit denen man eben nicht gerechnet hat. Solche Schicksalsschläge muss man lernen wegzustecken, aufzustehen und weiter zu machen. Auch wenn es traurig und hart ist. Das Leben geht weiter."

6. Von Campern, Reisen und grossartigen Filmen

In der grossen Mehrzweckhalle der Gemeinde Trub waren drei lange Reihen mit weiss überzogenen Tischen aufgestellt, an denen sich eine illustre Gesellschaft niedergelassen hatte. Die meisten der knapp hundert Anwesenden kannten sich gegenseitig. Sie teilten sich auf die persönlich eingeladenen Personen oder Organisationen und deren Anhang auf. Obwohl die Stimmung ziemlich ausgelassen wirkte, konnte man eine gewisse Anspannung spüren, da niemand genau wusste, um was es bei dem Anlass eigentlich ging.

Die Parteien hatten mit der Einladung einen Betrag in der Höhe von tausendeinhundertelf Franken als Unkostenentschädigung erhalten. Markus Leimbacher hatte bei den Gesprächen mit den unterschiedlichen Parteien erwähnt, dass bei einer Teilnahme an der Veranstaltung ein weiterer Betrag ausbezahlt würde. Genauso wie Ruedi Rötheli sich erhofft hatte, verfehlte dieser Hinweis seine Wirkung nicht. Das bewies der fast zur Hälfte gefüllte Saal. Für die meisten waren schon die tausendeinhundertelf Franken ein Betrag, der ihnen vorher noch nie jemand geschenkt hatte. Gerade deswegen traute man der Sache nicht so recht. Wäre die Einladung nicht von einem in der Region bekannten Notar übergeben worden, wären gar nicht erst alle Eingeladenen erschienen.

Nachdem gegen achtzehn Uhr alle geladenen Gäste nach und nach eingetroffen waren, wurde zuerst ein Nachtessen mit vier Gängen serviert, wie es auf der Einladung festgehalten war. Zwischen den einzelnen Gängen blieb genügend Zeit, um etwas zu schwatzen und über den Sinn und Zweck der Veranstaltung zu spekulieren. Die Gerüchte gingen dabei in die unterschiedlichsten Richtungen. Die einen sprachen von einem grossen Bauvorhaben, die anderen von bevorstehenden Bohrungen der Nagra und von Dritten hörte man, ein Mäzen aus Übersee wolle ein Feriendorf für eine Sekte aufbauen, wie das vor ein paar Jahren im Wallis geschehen war.

Der Umstand, dass Pfarrer Küenzle zusammen mit Markus Leimbacher während des Hauptgangs in der Mehrzweckhalle erschienen, gab den Diskussionen noch einmal neue Nahrung. Der Notar setzte sich direkt an den vordersten Tisch und bestellte etwas zu trinken. Danach öffnete er seine Mappe und begann damit Papiere durchzulesen. Einzelne Personen liessen es sich nicht nehmen, zu ihm nach vorne zu gehen, um ihn persönlich zu begrüssen. Davon liess der Notar sich jedoch nicht aus der Ruhe bringen. Bei allen Fragen blieb er ruhig, aber bestimmt und liess sich keine Information zum Zweck oder Inhalt der Veranstaltung entlocken.

Pfarrer Küenzle war ebenfalls zuerst an den Tisch getreten und hatte sich dort installiert. Dann mischte er sich jedoch unter die Leute, um sie zu begrüssen und da und dort ein paar Worte zu wechseln. Bis auf ein paar Ausnahmen kannte er als Pfarrer der Gemeinde alle Anwesenden. An jedem Tisch wurde er gefragt, ob er auch etwas mit der Sache zu tun habe und um was es eigentlich gehe. Er gab immer die gleiche Antwort, dass man sich noch einen Moment gedulden möge, die Fragen würden in Kürze beantwortet werden und er könne im Moment auch nicht mehr dazu sagen.

Einige Stunden vorher hatten sich Ruedi Rötheli und seine beiden Mitstreiter ein letztes Mal getroffen, um den Ablauf des Abends und das weitere Vorgehen nach diesem wichtigen Schlüsseltag zu besprechen.

Nach einem ausgezeichneten Mittagessen und nachdem man den Ablauf des Abends im Detail besprochen hatte, kam Ruedi Rötheli schliesslich zum weiteren Vorgehen. „Am heutigen Abend werde ich die Parteien über meine Absichten informieren. Wir haben bisher noch nicht im Detail über den weiteren Ablauf gesprochen. Das möchte ich jetzt tun, bevor heute Abend die Information der Parteien stattfindet. Ich will mein Vermögen nicht nach dem Zufallsprinzip an irgendjemanden verschenken. Wer welchen Anteil daran erhalten soll, will ich selber bestimmen. Da ich jedoch in den letzten beinahe sechzig Jahren keinen Kontakt mit meinen Verwandten hatte, muss ich versuchen, im kommenden Jahr etwas mehr zu erfahren. Ich will mir ein Bild der Menschen machen, denen ich möglicherweise einen Teil meines Vermögens überlassen werde. Deshalb möchte ich die Personen, zu einem Wettstreit einladen. Dieser Wettstreit soll mir als Entscheidungshilfe dienen, wie ich mein Vermögen am besten verteilen könnte. Wenn Menschen etwas gewinnen können und erst Recht wenn es sich dabei noch um Geld handelt, so zeigen sie in der Regel ihr wahres Gesicht. Der Wettstreit wird nach einfachen Regeln durchgeführt. Jede Partei wird in Form einer Bankanweisung einen bestimmten Betrag erhalten. Sie können danach selber entscheiden, was sie mit dem Geld anstellen wollen. Die Regeln besagen nur, dass die Parteien, mit dem zur Verfügung gestellten Betrag nachweisbar etwas Sinnvolles anstellen sollen. Was sie tun ist vor Ablauf der festgelegten Frist schriftlich und nachprüfbar dem Notariatsbüro Leimbacher einzureichen. Wer einen weiteren Teil meines Vermögens haben will, der muss sich an diese Bedingungen des Wettstreits halten. Ob dabei jede Partei alleine handelt oder ob sich Parteien zusammenschliessen, ist den Beteiligten freigestellt. Jede Partei die einen Beitrag einreicht und sich dabei an die Regeln hält, hat eine Chance, einen zusätzlichen Teil des Vermögens zu gewinnen.

Die eingereichten Berichte werde ich mit ihnen besprechen und schliesslich dahingehend beurteilen, wer von den Parteien den zur Verfügung gestellten Betrag am sinnvollsten eingesetzt hat. Danach erstelle ich eine Rangliste und entscheide, wer wieviel im Rahmen des Wettstreits gewonnen hat.

Sie beide sollen dabei die Rolle meines Gewissens und meiner Kontrollstelle einnehmen und mich dabei unterstützen, meine Entscheide nicht einseitig zu fällen. Zudem haben sie, Herr Leimbacher, mit ihrem Büro die Aufgabe, die Berichte zu prüfen. Sollte jemand versuchen zu betrügen, verliert die Partei die Berechtigung, an dem Wettstreit teilzunehmen."

Ruedi Rötheli sah seine beiden Zuhörer an. „Was halten sie davon?"

„Ich denke, ich habe verstanden, um was es ihnen geht. Ich bin mir aber nicht sicher, ob heute Abend alle Anwesenden verstehen werden, was sie beabsichtigen", stellte Pfarrer Küenzle nüchtern fest.

„Aus diesem Grund werden heute Abend alle Anwesenden zusammen mit dem Betrag ein Reglement erhalten, in dem alle Bedingungen des Wettstreits noch einmal schriftlich festgehalten sind." Ruedi Rötheli kramte kurz in seinen Unterlagen und übergab seinen beiden Zuhörern ein Papier, auf dem die Regeln beschrieben waren.

Nach ein paar Minuten, meinte Pfarrer Küenzle: „Sie haben recht, Herr Rötheli, mit dieser Beschreibung sollte jeder verstehen, um was es geht."

„Dieser Meinung kann ich mich vorbehaltlos anschliessen", stimmte Markus Leimbacher sofort zu.

„Sehr gut, gibt es sonst noch Fragen zum Ablauf des Abends?"

Seine beiden Gesprächspartner schüttelten nur den Kopf.

„Gut, dann schlage ich ihnen vor, ich erzähle ihnen einen weiteren Teil meiner Lebensgeschichte, wenn sie nichts anderes vor haben." Ruedi Rötheli wartete die Bestätigung seiner beiden Gesprächspartner gar nicht erst ab, sondern begann ohne Umschweife zu erzählen. „Nachdem ich in Victoria alles geregelt hatte, fuhr ich mit dem Bus in das fünfzehn Kilometer entfernte Sidney an der Südspitze von Vancouver Island. Dort bestieg ich die Fähre nach Anacortes im US Bundesstaat Washington. Ich wusste zu diesem Zeitpunkt noch nicht, was ich in Zukunft genau machen wollte. Nach allem was ich erlebt hatte, zog es mich einfach nur weg aus Kanada. Nicht dass ich dieses wunderbare Land mit seinen unendlichen Wäldern, seiner fantastischen Natur und seiner offenen und herzlichen Menschen nicht geschätzt hätte. Ich brachte die Gedanken an Sophie nicht aus meinem Kopf und das drohte mich zu erdrücken. Überall kamen Erinnerungen an sie auf, die ich nicht einfach beiseiteschieben konnte. Ich wollte deshalb an einen Ort, an dem es nicht mehr so kalt, so rau und so windig war. Wenn genügend Zeit verstrich, dann würden sich die Wunden, die der Tod meiner über alles geliebten Frau hinterlassen hatte, sicher von selber schliessen.

Nach der Überfahrt mit der Fähre in die Vereinigten Staaten, nahm ich den nächsten Greyhound Bus nach Seattle. Dort stand für mich ein Van bereit, mit dem ich vor hatte zuerst nach Portland und dann der Westküste entlang nach Los Angeles zu reisen. Ich wollte mir dafür Zeit lassen und so oft ich Lust verspürte einen Stopp einlegen, um auf andere Gedanken zu kommen. Unterwegs waren Besuche bei meinen ehemaligen Geschäftspartnern vorgesehen. Einerseits wollte ich mich für die hervorragende Zusammenarbeit bedanken und andererseits die Leute bitten, die Regionalfluggesellschaft auch weiterhin zu unterstützen. Danach wäre das Kapitel Kanada für mich vorerst einmal abgeschlossen.

Den Van hatte ich einige Wochen nach dem Tod von Sophie bei einem Händler in Vancouver bestellt. Er war darauf spezialisiert normale Fahrzeuge zu Campern umzubauen. Ich hatte mich für einen Ford Ecoline entschieden und mir alle Optionen einbauen lassen, die mir zweckdienlich erschienen. Neben einem Allradantrieb und einer geländegängigen Federung, die das Fahrzeug um einiges bulliger erscheinen liess, hatte ich auch jede erdenkliche Art von technischer Spielerei einbauen lassen, die damals überhaupt erhältlich war. Neben einer kleinen Funkanlage, die auf dem neusten technischen Stand war, hatte ich zudem den Prototypen eines Navigationssystems eingebaut, das auf dem damals aktuellen Satellitensystem der US Navy basierte. Von diesen Prototypen existierten rund zwei Dutzend Exemplare, die an ausgelesene Zivilpersonen zum Test abgegeben worden waren. Ich war dank meiner Beziehungen zur Royal Canadian Navy zu diesem aussergewöhnlichen Stück Technik gekommen. Dafür hatte ich mich verpflichtet, einen regelmässigen Erfahrungsbericht zu erstellen und diesen dem Hersteller zukommen zu lassen. Das etwas unhandliche Gerät, das zudem eine kleine Richtantenne erforderte, die ich wie eine Salatschüssel auf dem Dach montieren konnte, gab die Position auf damals beachtliche zwanzig bis dreissig Meter Genauigkeit auf einem Monochrombildschirm an, der an die Radaranlage auf einem Schiff erinnerte.

In Portland angekommen suchte ich direkt das Reisebüro auf, mit dem wir in den letzten Jahren so erfolgreich zusammengearbeitet hatten. Der Besuch bei meinen Bekannten riss noch einmal einige Wunden auf. Ich hatte jedoch das Glück, auf zwei sehr verständnisvolle Frauen zu treffen, die sofort spürten, dass mein Schmerz noch zu tief sass. Sie versicherten mir, dass der Tod von Sophie und mein Austritt aus dem operativen Geschäft der Fluggesellschaft, keinen Einfluss auf die Zusammenarbeit haben würden. Beide dankten mir, dass ich sie noch einmal aufgesucht hatte. Sie wussten diese Geste sehr zu schätzen. Auf die Frage, was ich nun tun wolle, konnte ich keine konkrete Antwort geben. „Ich weiss noch nicht genau, wo ich hin will und was ich machen möchte. Im Moment ist vorgesehen, dass ich der Küste entlang über San Franzisco nach Los Angeles fahre, mir die Stadt ansehe und danach entscheide was ich weiter tun werde. Ich denke es gibt sicher ein paar gute Plätze zwischen hier und Los Angeles, um einen Moment zu verweilen."

„Da könnten wir ihnen möglicherweise behilflich sein. Wir stellen ihnen eine interessante Route zusammen, inklusive den richtigen Hotels und Herbergen. Durch unsere Tätigkeit in der Reisebranche kennen wir auch besondere Standorte entlang der Strecke. Wenn sie wollen, können wir die Leute auch benachrichtigen, dass sie vorbei kommen, was ihnen mit Sicherheit einen Platz sichern wird. Damit können sie sich für die Strecke so viel Zeit lassen wie sie möchten."

„Ich danke ihnen für das Angebot, aber ich möchte ihnen keine Umstände machen."

„Das tun sie mit Sicherheit nicht. Kommen sie Morgen noch einmal vorbei. Wo sind sie in Portland?"

„Ich habe einen Standplatz im Cape Lookout State Park."

Sie sah mich einen Moment mit einem leicht nachdenklichen und abschätzenden Blick an. „In dem Fall sind sie mit einem Camper unterwegs. Ich kenne den Cape Lookout State Park. Nichts Besonderes, nicht sehr sicher und mit durchschnittlichem Komfort. Was haben sie für ein Fahrzeug."

„Ich habe einen Sportsmobil Camper. Er steht draussen auf dem Parkplatz."

Ein leichtes Zeichen der Anerkennung glitt über ihr Gesicht. „Gebraucht oder neu?"

„Er ist neu. Als ich mich entschieden habe, Kanada zu verlassen, habe ich ihn auf meine Bedürfnisse zusammenstellen lassen. Er basiert auf dem neuen Ford Ecoline, ist jedoch geländegängig. Hat Platz für zwei Personen und ist mit allem Komfort ausgerüstet. Damit bin ich in beinahe jeder Beziehung unabhängig. Einzig eine Tankstelle braucht es ab und zu."

„Das ist eine ausgezeichnete Wahl." Sie schien noch einmal einen Moment nachzudenken und nahm schliesslich einen Zettel auf den sie eine Adresse und eine Kombination aus Namen und Telefonnummer notierte. Dann reichte sie mir den Zettel sowie eine Visitenkarte und einen zusammengelegten Plan, auf dem sie an einer bestimmten Stelle eine Markierung gemacht hatte. „Ich habe selber auch einen Camper und bin damit in meiner Freizeit häufig unterwegs. Das hier ist die Adresse eines privaten Abstellplatzes für Camper etwas weiter die Küste runter. Sie finden diesen Platz in keiner offiziellen Liste. Man kommt dort nur auf Empfehlung eines Mitglieds rein. Ich empfehle ihnen den Standort zu wechseln und ihr Fahrzeug dort abzustellen. Wenn sie an der angegebenen Adresse angekommen sind, halten sie vor dem Wachhaus. Man wird sie nach der Mitgliederkarte fragen. Sagen sie, dass sie auf Empfehlung eines Mitglieds kommen. Danach nennen sie ihren Namen. Man wird sie fragen, wer ihr Pate ist. Nennen sie Namen und Nummer genau in der Reihenfolge, wie sie auf dem Zettel stehen. Als nächstes wird man sie nach dem Passwort fragen. Das steht auf der Rückseite des Zettels. Sagen sie das Passwort nicht, sondern lernen sie es auswendig und schreiben sie es vor den Augen des Wachpersonals auf die Hinterseite dieser Visitenkarte und geben sie die Karte ab. Man wird ihnen das Tor öffnen. Fahren sie hinein und folgen sie den Anweisungen des Wachpersonals. Sie erhalten einen Stellplatz zugewiesen und müssen danach die Formalitäten erledigen. Die Kosten für die Stellplätze sind vier bis zehnmal höher als auf den normalen Abstellplätzen. Dafür bieten sie ihnen wirklich jeden Luxus, den sie als Camper haben können. Noch wichtiger ist jedoch der Sicherheitsstandard, der besser ist als auf jedem der öffentlichen Plätze in Amerika. Auf den Stellplätzen des Netzes haben sie ihre Ruhe und sind absolut sicher. Man legt zudem grossen Wert auf Privatsphäre. Alle Plätze sind an bevorzugter Lage. Von dort aus können sie auch problemlos in eine Stadt gelangen. Auf den meisten Stellplätzen können Fahrzeug oder Roller gemietet werden, damit man nicht mit dem Camper rumfahren muss.“

„Das tönt wirklich ausgezeichnet. Ich werde auf jeden Fall einmal hin gehen. Besten Dank dass sie mir die Möglichkeit geben das Netz zu nutzen.“

„Das ist gerne geschehen. In der Vergangenheit gab es immer wieder Überfälle auf Campingplätze. Als Reaktion darauf wurde von Prominenten eine Reihe von speziellen Plätzen ins Leben gerufen, die nur das Netz genannt werden. Dafür wurde ein Unternehmen gegründet, welches sich zu Beginn aus Spenden von interessierten Campern finanzierte. In der Zwischenzeit umfasst das Netz über hundert Standplätze entlang der ganzen Westküste von Seattle bis San Diego. Jedes Jahr kommen weitere Plätze dazu. Es gibt bereits Standorte in den angrenzenden Bundesstaaten Nevada, Utah, Arizona und Colorado. Auch die Ostküste wird demnächst erschlossen werden. Das Konzept besteht darin Promis und anderen wohlhabenden Campern eine Möglichkeit zu bieten, in aller Ruhe diese aussergewöhnliche Form von Urlaub zu geniessen, ohne sich um die Sicherheit zu Sorgen.

Ich wusste durch Sophie genug von ihnen, dass ich kein Risiko eingehe, wenn ich für sie bürge. Sie passen zu den Leuten, die in der Regel auf den Plätzen des Netzes unterwegs sind. Es sind Personen, die nur in Ruhe ihrem Hobby nachgehen möchten, ohne ständig daran erinnert zu werden, dass sie sonst in der Öffentlichkeit stehen. Viele von ihnen wollen einfach die Ruhe geniessen und mal mit Gleichgesinnten auch über etwas anderes sprechen können, als über Profit, Karriere und Business. Ich denke, das ist im Moment genau das Richtige für sie."

„Ich danke ihnen für ihr Vertrauen, mir den Zutritt zu diesem Netzwerk zu ermöglichen."

Meine Gesprächspartnerin lächelte nur. „Das ist gerne geschehen. Ich hoffe sie können dadurch ihre Reise trotz der widrigen Umstände zumindest ein wenig geniessen."

„Ich werde mir Mühe geben. Da ist übrigens noch eine kleine Sache, die sie vielleicht wissen sollten. Ich bin in die Staaten nicht unter meinem Namen eingereist. Unter anderem auch, um zu vermeiden, dass man mich mit der Regionalfluggesellschaft in Verbindung bringt. Auch wenn das hier sicher nicht so ausgeprägt ist wie in British Columbia."

„Das ist kein Problem. Sie werden feststellen können, dass auch nicht alle Campingbesucher unter ihrem richtigen Namen unterwegs sind. Es reicht, wenn sie mir den Namen nennen. Ich gehe davon aus, dass sie auch Dokumente dazu haben."

„Das ist richtig"

„Gut, mehr als ihre neue Identität brauche ich nicht zu wissen."

„Ich reise in den Staaten unter dem Namen Rick Reid."

„Sehr gut. Sie werden es mit Sicherheit nicht bereuen über die Plätze des Netzes zu reisen. Kommen sie Morgen oder Übermorgen noch einmal vorbei, dann kann ich ihnen die Liste mit den anderen Standorten und auch noch ein paar weitere Empfehlungen für ihre Reise geben."

„Das werde ich tun. Besten Dank noch einmal."

„Sie müssen sich nicht bedanken. Sie und Sophie haben für unser Unternehmen sehr viel getan. Dank den Angeboten für die Kanadareisen, die nicht jeder anbieten kann, haben wir unseren Umsatz mindestens verdoppelt. Wir sind zu einer Art Geheimtipp für diese Kundschaft geworden und dazu trägt auch die hervorragende Qualität ihres Unternehmens bei."

Nach diesem Gespräch fuhr ich gleich zu der Adresse, die ich von der Besitzerin des Reisebüros erhalten hatte. Dort angekommen stand ich vor einem grösseren Grundstück, das von einer Mauer umgeben war. Am Eingangstor stand ein kleines Wachhäuschen in dem ein Mann sass. Ich nannte, in der Reihenfolge wie mir aufgetragen wurde die Informationen und wurde eingelassen. Der Campingplatz war ungefähr zu zwei Dritteln belegt. Es gab einen äusserst komfortablen, schon fast luxuriösen Aufenthaltsbereich mit Sanitären Anlagen, einem Restaurant und einem kleinen Laden. Zwischen den einzelnen Stellplätzen gab es genügend Platz, so dass man trotz der vielen Camper ein Minimum an Privatsphäre hatte.

Man hatte mir die Platznummer mit einem Plan in die Finger gedrückt und mir aufgetragen den Camper dort abzustellen. Danach sollte ich zur Verwaltung neben dem Restaurant kommen. Als ich dort ankam wurde ich bereits von einem Angestellten der Verwaltung erwartet. Ich musste zuerst einige Formulare ausfüllen. Dann teilte mir der junge Mann mit, dass ich als Mitglied auf Probe aufgenommen sei. Ich hatte dadurch die Möglichkeit in allen Anlagen des Netzes für ein ganzes Jahr einzuchecken. Während diesem Jahr hatte ich die gleichen Rechte und Pflichten, wie alle anderen Nutzer. Als einziger Unterschied durfte ich keine neuen Mitglieder empfehlen. Das war nur Vollmitgliedern vorbehalten, die seit mindestens einem Jahr Mitglied des Netzes waren.

Von der Leiterin des Reisebüros erhielt ich wie versprochen die Liste mit den Abstellplätzen des Netzes, für den Weg nach Los Angeles. Die aus ihrer Sicht lohnenswertesten Standorte waren mit einem Kurzbeschrieb versehen. Für diesen Gefallen bedankte ich mich mit einem grossen Strauss Rosen und einem Gutschein für ein Nachtessen im besten Restaurant von Portland.

Danach begann ich meine eigentliche Reise. In den wenigen Tagen die ich bisher unterwegs war, hatte ich mich an meine fahrbare Unterkunft gewöhnt. Der Camper war rasch zu meinem Zuhause geworden, da er weitaus bequemer eingerichtet war, als das einfach eingerichtete Zimmer in Victoria. Auf den Abstellplätzen des Netzes gab es zudem immer etwas für das Gemüt. Neben hervorragenden Restaurants standen an den meisten Standorten Schwimmbäder, Tennisplätze oder auch einmal eine Sauna zur Verfügung.

Auf der Strecke nach Los Angeles hatte ich elf Möglichkeiten, um an Standorten des Netzes anzuhalten. Jeder dieser Standorte war von ausserordentlich hoher Qualität und nicht einmal ansatzweise mit den anderen Campingplätzen zu vergleichen. Ich wollte so viele dieser Stellplätze wie möglich nutzen. Schon auf den ersten drei Plätzen lernte ich spannende Menschen kennen. Obwohl ich den Kontakt zu anderen Benutzern nicht aktiv suchte, war ich mit einigen Leuten ins Gespräch gekommen. Ich war positiv überrascht. In den Statuten des Netzes, die ich mit der Mitgliederkarte nach der Anmeldung erhalten hatte, stand der deutliche Hinweis, die meisten Gäste würden Wert auf ihre Privatsphäre legen. Wenn Mitglieder nicht von selber etwas über sich preisgaben, so war jegliches Nachfragen zu unterlassen. Ich war erstaunt, wie konsequent sich die Leute an diese Vorgabe hielten. Trotzdem pflegten die Camper regen Kontakt untereinander.

Bis ich den ersten Teil der Strecke nach San Franzisco hinter mir hatte, wurde ich mehr als einmal zum Essen eingeladen. Es ging jeweils äusserst heiter zu und her. Ich reihte mich meinerseits in die Schar derjenigen ein, die zu einem Essen einluden. Beim dritten Mal in San Franzisco kochte ich beinahe für das halbe Camp. Dabei kam mir einmal mehr meine Ausbildung als Koch entgegen. Ich kochte mit den Campingkochern im Freien, was nicht nur mir, sondern auch den Gästen richtig Spass machte. Vom Restaurant hatte ich mir jeweils zusätzliche Tische und Geschirr geliehen, damit ich das Menu vorbereiten konnte. Die Gäste brachten ihre Tische und Stühle selber mit. Beim zweiten Mal hatte ich vierunddreissig Personen eingeladen und beim dritten Essen hatten sich siebenundvierzig Personen für das Abendessen angemeldet. Die Erfahrungen der ersten beiden Kochrunden hatten mir jedoch gezeigt, dass es besser war, für mehr Personen zu kochen. Meistens kamen zu den angemeldeten noch ein paar spontane Gäste dazu.

In San Franzisco wurde ich vom Koch des Restaurants angesprochen, als ich am zweiten Tag zum Abendessen vorbei kam. Er fragte mich ob ich nicht zusammen mit ihm an einem Abend für die Gäste kochen würde. Sein Kollege aus West Haven, wo ich das dritte Mal gekocht hatte, habe ihn angerufen und von dem Essen geschwärmt. Es wäre ihm eine Ehre, wenn er gemeinsam mit mir kochen dürfte. Ich liess mich breitschlagen und keine Stunde später war im Restaurant eine Anmeldeliste angeschlagen. Wir hatten vereinbart am nächsten Morgen das Menu festzulegen und am Folgetag abends zu kochen.

Als ich am nächsten Morgen gegen zehn Uhr ins Restaurant kam, hatten sich bereits über siebzig Personen eingeschrieben, obwohl wir festgelegt hatten, dass alle Leute ihre Stühle und Tische selber mitnehmen mussten.

Ich schlug deshalb vor, alle Gerichte so festzulegen, dass diese einfach auf einem Gaskocher und einem Grill zubereitet werden konnten. Als Vorspeise sollte es japanische Gyoza, eine Art Teigtaschen geben. Das Rezept hatte ich von Takeshi, der diese einfachen Teigtaschen perfektioniert hatte. Danach sollte eine Bouillabaisse folgen. Das Rezept für die französische Fischsuppe hatte ich von meinem ehemaligen Meister Bernard Cunollet. Nach der Suppe bereitete ich Pasta all Pesto Genovese gefolgt von Risotto alla Milanese mit Trüffeln und gegrilltem Wolfsbarsch zu. Alles Gerichte, die man in grossen Mengen und in grossen Töpfen über dem Feuer oder eben einem Gasherd kochen konnte. Der Koch des Restaurants war mir auch beim Einkauf und der Vorbereitung behilflich. Zum Dessert hatte ich schon am Morgen ein Erdbeer-Mille-Feuille mit Vanillecreme in der Küche des Restaurants hergestellt und es anschliessend im Kühlraum gelagert. Diese Überraschung als Höhepunkt rundete den Abend ab.

Die Begeisterung war bei allen Anwesenden gross und als die letzten sich entschieden doch noch schlafen zu gehen, war es bereits drei Uhr früh am nächsten Morgen. Nach einer kurzen Nacht wurde ich um halb acht Uhr geweckt. Ein Teil meiner Gäste war bereits wieder mit einem Frühstück vor meinem Camper und half mir danach mit den Aufräumarbeiten, so dass kurz vor Mittag nichts mehr an das Gelage des Vortages erinnerte.

In den nächsten Tagen, die ich noch in San Francisco verbrachte, war dieser Abend das Gesprächsthema Nummer eins der ganzen Gemeinschaft. Neben dem Kochen gab es jedoch auch noch genügend andere Themen, die für ausserordentlichen Gesprächsstoff sorgten. Schon alleine die unterschiedlichen Fahrzeuge, die man auf dem Platz sah, boten die Möglichkeit ganze Abende zu diskutieren und zu fachsimpeln. Mit meinem geländegängigen Ford fiel ich in der Reihe der eher etwas grösseren Fahrzeuge deutlich aus dem Rahmen. Die meisten anderen Camper gehörten eher der Kategorie der luxuriösen Eigenheime auf Rädern an. Das Verrückteste was ich während dieser Reise einmal sah, war ein ganzer Truck mit Aufleger der wie ein Wohnmobil aufgebaut war. Er hatte Mühe innerhalb des Abstellplatzes so zu manövrieren, dass es zu keinen Schäden kam.

Oft wurde ich gefragt, ob man nicht einen Blick ins Innere meines Kleincaravans werfen dürfe, was ich selbstverständlich gerne zuliess. In der Regel waren die Besucher danach erstaunt, wie viel Technik und Komfort auf so wenig Platz optimal untergebracht werden konnte.

Nachdem ich in San Francisco nicht nur die zahlreichen viktorianischen Häuserfronten besichtigt und die kulinarischen Aspekte dieser multikulti Metropole erkundet hatte, machte ich mich wieder auf den Weg. Meine Reise dauerte jedoch nur zweieinhalb Stunden, bevor ich meinen Ford in Monterey am nächsten Stellplatz des Netzes parkierte. Ich hatte mich für Monterey entschieden, da die Stadt einen Flugplatz besass und dort Flugzeuge wie auch Helikopter gemietet werden konnten. Obwohl ich erst einige Monate unterwegs war, fehlte mir die Fliegerei bereits. Kam dazu, dass ich zu wenige Heli-Flugstunden aufweisen konnte und dadurch die Lizenz gefährdet war. Nach dem Unfall hatte ich einen Teil von Sophies Aufgaben übernommen und war deshalb kaum mehr zu Flugstunden gekommen. Ich machte mich deshalb sofort nach der Ankunft auf dem Platz auf den Weg zum Flughafen. Den Rest des Tages verbrachte ich mit Abklärungen zu meinen Lizenzen. Die Flugzeuglizenz stellte kein Problem dar. Schwieriger wurde es mit der Heli Lizenz. Nach der Durchsicht aller Unterlagen und nachdem sich der zuständige Beamte in Los Angeles rückversichert hatte, teilte er mir mit, die Lizenz würde grundsätzlich akzeptiert. „Sie haben jedoch zu wenige Flugstunden, damit wir die Lizenz vorbehaltlos erteilen können. Sie müssen mit einem Experten mindestens zwei Flugstunden mit einer Zwischenlandung absolvieren. Wenn sie das erfolgreich hinter sich bringen, dann erhalten sie die definitive Lizenz für Flüge in den Vereinigten Staaten."

Das war nicht so tragisch, auch wenn mich die zwei Flugstunden inklusive Briefing und Gebühren mit dem Fluglehrer wohl an die dreitausend Dollar kosten würden. Der Fluglehrer hatte jedoch erst nächste Woche einen freien Termin. Das bedeutete, ich musste so lange warten.

Da ich nicht eine Woche am Strand liegen wollte, ohne etwas zu unternehmen, entschied ich mich in der Zwischenzeit anstelle des Helis einen Ausflug mit einem Flugzeug zu unternehmen. Nachdem ich die vorhandenen Möglichkeiten abgeklärt hatte, mietete ich für den nächsten Tag eine Beechcraft Queen Air. Die Maschine war an diesem Tag noch nicht gebucht. Für die folgende Woche war das Flugzeug jedoch ausgebucht und sollte am Tag nach meinem Flug generalüberholt werden. Ein Blick in das Wartungsbuch bestätigte mir aber, dass die Maschine gut gepflegt war. Ich beglich also die Anzahlung und machte mich dann auf den Rückweg zum Stellplatz.

Als ich bei meinem Camper ankam, fand ich einen Mann mit seinem Sohn vor meinem Zuhause stehen. Sie versuchten durch die abgedunkelten Scheiben ins Innere zu blicken und waren am Diskutieren. Ich machte mich bemerkbar indem ich freundlich grüsste und danach an ihnen vorbei ging, um mein fahrbares Domizil zu öffnen.

„Bitte entschuldigen sie, dass wir ein wenig neugierig waren, aber ein Fahrzeug wie dieses sieht man nicht alle Tage."

„Kein Problem. Ich bin es bereits gewohnt, dass ich damit ein wenig auffalle", stellte ich mit einem leichten Grinsen fest.

Der Mann kam auf mich zu und streckte seine Hand aus. „Mein Name ist Marc Foster und das ist mein Sohn Justin. Ist ihr Modell das Neuste auf dem Markt?"

„Ich gehe einmal davon aus. Der Van wurde nach meinen Angaben und Wünschen zusammengestellt. Es sind ein paar spezielle Elemente eingebaut worden. Gegenüber dem normalen Ford Ecoline wurde eine erhöhte Radaufhängung für das Gelände und ein viermalvier Antrieb eingebaut. Zudem gibt es noch ein paar weitere Spielereien, wie eine Funkanlage und ein Navigationssystem. Wenn sie wollen, können sie gerne reinschauen."

„Wenn wir dürfen, würden wir gerne einen Blick ins Innere werfen."

„Kein Problem, lassen sie mich vorher nur noch das Dach anheben, damit man drin auch stehen kann."

Ich öffnete meinen Van, hob das Dach an und liess die beiden danach das Innere erkunden. Wie schon die anderen Besucher, waren auch sie von der Funktionalität des Fahrzeugs beeindruckt. Justin fand vor allem die elektronischen Geräte interessant, war jedoch ansonsten von meinem Camper nicht so begeistert. „Das ist schon verrückt, wie viele Dinge auf so wenig Platz untergebracht sind. Ich mag aber unser grösseres Mobil doch noch etwas mehr. Da hat man mehr Platz, um sich einmal hinzulegen und muss nicht vorher alles wegräumen und das halbe Fahrzeug umbauen", meinte Justin.

Dann bemerkte er den Pilotenkoffer mit den Karten und den Flugunterlagen, die ich vor meinem Besuch auf dem Flughafen herausgenommen und noch nicht wieder weggeräumt hatte.

„Ist das ein Pilotenkoffer?"

„Ja, das hast du richtig erkannt", entgegnete ich mit einem Lächeln. Ich hatte sein gestiegenes Interesse sehr wohl bemerkt.

„Haben sie auch noch ein Flugzeug?"

„Nein, im Moment habe ich kein Flugzeug. Aber ich miete mir ab und zu eine Maschine, um etwas zu fliegen, damit ich nicht aus der Übung komme."

„Was fliegen sie für Maschinen."

„Im Moment ein- und zweimotorige Privatflugzeuge."

„Was für welche denn?"

Marc Foster wollte die Wissbegierde seines Sohnes bremsen. „Justin, sei nicht so neugierig", meinte er mit ruhigem Tonfall zu seinem Jungen.

„Das ist kein Problem, Mister Foster, ich gebe gerne Auskunft, so lange ich das kann." Dann wandte ich mich seinem Sohn zu. „In den letzten Jahren bin ich die meiste Zeit mit dem gleichen Flugzeugtyp geflogen, der Twin Otter von De Havilland. Das ist eine zweimotorige kanadische Turboprop Maschine die man auf dem Land wie auch als Wasserflugzeug fliegen kann. Zudem bin ich im Winter in Kanada und Alaska auch mit einer DC3 geflogen. Die kennst du vermutlich eher als die Twin Otter?"

Der junge Bursche hatte vor Staunen den Mund aufgerissen. „Eine DC3! Das ist schon eine wirklich grosse Maschine."

Nun hatte ich wohl auch das Interesse von Marc Foster geweckt. „Mein Sohn hat Recht. Eine DC3 ist schon ein recht grosser Brummer. Ich weiss, man sollte nach den Regeln des Netzes keine Fragen stellen. Erlauben sie mir trotzdem die Frage wo sie in Alaska waren?"

„Kein Problem, das kann ich ihnen gerne erzählen. Da ist nichts Geheimnisvolles daran."

Wir setzten uns auf drei Campingstühle, die ich aus meinem Fahrzeug herausgenommen hatte und erzählte meinen beiden Zuhörern von meinen Versorgungs- und Transportflügen für das Institut und die beiden Firmen, für die ich im Winter jeweils unterwegs gewesen war. Dabei achtete ich jedoch darauf den Namen des Instituts und die Expedition in die Arktis nicht zu erwähnen. Schliesslich kannte ich die Fosters erst seit wenigen Minuten. Die Erfahrung in meinem bisherigen Leben hatte mich gelernt, eher zurückhaltend und vorsichtig zu sein. Vater und Sohn hingen an meinen Lippen, wie wenn ich über den Mondflug berichtet hätte. Als ich mit meiner Erzählung am Ende angelangt war, herrschte zuerst ein Moment Ruhe. Ich war immer wieder überrascht, wie andere auf meine Abenteuer reagierten. Für mich war das Ganze schon lange nichts Aussergewöhnliches mehr.

„Das ist beeindruckend, was sie alles erlebt haben", meinte Marc Foster. „Es ist schon ein wenig spät und wir wollen sie nicht länger aufhalten. Wenn sie jedoch Lust haben, würden wir uns freuen, wenn sie uns Morgen ebenfalls besuchen. Ich würde gerne noch ein wenig mehr mit ihnen plaudern. Sie scheinen interessante Geschichten auf Lager zu haben."

Ich fand die beiden sympathisch und hatte eigentlich gegen einen Besuch ihres Wohnmobils nichts einzuwenden. Morgen stand jedoch bereits etwas anderes auf meinem Programm. „Ich danke ihnen für die Einladung, Herr Foster. Ich würde mir ihren Camper gerne anschauen, aber Morgen geht es leider nicht. Ich habe für Morgen eine Beechcraft Queen Air reserviert. Ich brauche dringend ein paar Flugstunden und will einen Rundflug zum Grand Canyon und danach ins Monument Valley unternehmen."

Die beiden sahen mich erneut mit offenem Mund an und ich konnte einfach nicht anders, ich musste lachen.

„Sie fliegen zum Grand Canyon", meinte Justin mit einem staunenden Ausdruck im Gesicht. Dann wandte er sich an seinen Vater. „Dad, können wir das auch einmal machen?"

Sein Vater, der durch die Frage etwas überrumpelt wurde, wirkte im ersten Moment leicht verunsichert. Anscheinend hatte ich da ungewollt etwas vom Zaun gebrochen, was nicht in das Ferienkonzept von Justins Vater passte. In dem Moment kam mir eine spontane Idee. „Ich will mich nicht aufdrängen, aber wenn sie Lust haben, können sie mitkommen. Es kommt noch ein Co-Pilot mit, da man den Grand Canyon nicht alleine durchfliegen darf. Ansonsten ist das Flugzeug leer. Die Beech hat fünf Plätze. Sie müssten nur die zwanzig Dollar für die Versicherung bezahlen und morgen früh zum Eingang des Stellplatzes kommen."

Justin sah seinen Vater fragend an. „Das ist ein Super Angebot. Es kommt jedoch etwas kurzfristig."

„Dad bitte." Justin hatte noch keine Lust aufzugeben und sein flehendes Bitten zeigte schliesslich Wirkung. Marc Foster überlegte kurz und wandte sich dann wieder an mich. „Würde es ihnen wirklich nichts ausmachen, uns mitzunehmen?" Ich musste nicht überlegen. Passagiere mitzunehmen hatte schliesslich in den letzten Jahren zu meinen beruflichen Aufgaben gehört. „Nein, das ist für mich wirklich kein Problem. Sie müssen aber Morgen um fünf Uhr beim Eingang des Stellplatzes sein. Jeder von ihnen sollte mindestens zwei Liter zu trinken sowie ein paar Sandwiches dabei haben. Wir wollen Morgen vor sechs Uhr abfliegen und werden etwa gegen einundzwanzig Uhr zurück sein. Die reine Flugzeit wird etwa vierzehn Stunden betragen. Wir werden nur in Twin Falls eine Pause von etwa zwei bis drei Stunden einlegen." Ich hielt einen Moment inne, um den beiden Gelegenheit für Fragen zu geben. Dann setzte ich meine Ausführungen fort. „Ich muss sie zudem darauf aufmerksam machen, dass der Flug über den Grand Canyon und das Monument Valley etwas holprig werden könnte, da die Verwirbelungen der Luft in diesem Gebiet sehr stark sein können. Das ist mit ein Grund, wieso wir so früh abfliegen. Wenn sie also mit dem Fliegen Probleme haben, dann…"

Beide meinten jedoch, das sei kein Problem und so sahen wir uns am nächsten Morgen pünktlich vor dem Tor des Stellplatzes, wo das Taxi bereits auf uns wartete.

Der Flug war fantastisch. Da wir die ganze Flugroute bereits am Vortag gemeldet hatten und die Beechcraft Queen Air eine Reichweite von mehr als zweitausendsechshundert Kilometer besass, mussten wir nur einmal zum Tanken zwischenlanden. Die Strecke zwischen Monterey, dem Grand Canyon und dem Monument Valley konnten wir in einem Zug durchfliegen. Damals war das im Gegensatz zu heute noch möglich. Wer die gleiche Strecke heute fliegt, muss vor dem Grand Canyon landen und erhält danach einen Airwayslot, der ihn zu einem bestimmten Zeitpunkt zum Durchflug des Grand Canyon berechtigt. Anders wäre es gar nicht mehr möglich, den dichten Luftverkehr überhaupt noch zu Händeln. Zudem war es damals im Gegensatz zu heute noch möglich, in geringer Höhe durch den Grand Canyon zu fliegen. Die heute existierenden Flugkorridore wurden erst Mitte der achtziger Jahre eingeführt. Heute darf der Grand Canyon nur noch in einer Flughöhe zwischen dreizehn und vierzehntausend Fuss durchflogen werden. Nicht mehr das gleiche Erlebnis wie damals, als der Flug aufgrund der unberechenbaren Winde und des unkontrollierten Flugverkehrs nicht nur ein riesengrosses Vergnügen sondern auch ein riskantes Abenteuer war.

Nach der erfolgreichen Durchquerung des Grand Canyon flogen wir in Mindesthöhe durch das Monument Valley. Erneut ein Erlebnis, das man sich heute nicht mehr erlauben kann, ohne gleich die Fluglizenz abzugeben. Danach führte uns der Flugplan nach Twin Falls und dort über die Wasserfälle, was ein würdiger Abschluss unseres Abenteuerflugs zu drei von vielen Naturmonumenten Nordamerikas war.

In Twin Falls legten wir eine beinahe dreistündige Pause ein. Wir fuhren mit einem Taxi zu den Wasserfällen, um das was wir überflogen hatten, auch noch einmal von unten zu sehen. Dann assen wir eine Kleinigkeit und machten uns wieder auf den Rückweg zum Flugplatz, wo bereits alles bereit war, dass wir unsere Reise fortsetzen konnten.

Für die zweite Etappe nahmen wir den beinahe direktesten Weg zurück an die Küste, dann dieser entlang bis nach Monterey, wo wir wie vorausgesagt gegen einundzwanzig Uhr eintrafen. Meine beiden Passagiere, die vom Tag hell begeistert waren, hatten sich während des Fluges gut gehalten und mit ihrer Kamera mehrere Filme belichtet. Nach der Landung waren alle glücklich und zufrieden, aber auch ausgelaugt und müde.

„Ich hoffe, ihr hattet einen schönen Tag. Ihr müsst nicht auf mich warten. Geht schon einmal zurück zum Platz des Netzes. Ich muss noch die Abgabe und die Abrechnung für die Beechcraft erledigen. Das dauert noch mindestens eine, eher zwei Stunden, wenn nicht noch mehr. Es macht keinen Sinn, dass ihr beide hier herumsitzt und wartet."

Bevor sie sich auf den Weg zu ihrem fahrbaren Zuhause machten, musste ich noch versprechen, sie am folgenden Abend für ein Nachtessen in ihrem Camper zu besuchen.

Den nächsten Tag verschlief ich bis in den späteren Vormittag hinein. Glücklicherweise waren die Abstände der einzelnen Plätze gross genug, damit das Schnarchen des einen Gastes nicht im Wohnzimmer des anderen zu hören war. Dadurch konnte ich zumindest ungestört ausschlafen.

Am Abend kam ich meinem Versprechen nach und besuchte Marc Foster und seinen Sohn Justin in ihrem Camper. Wobei der Begriff Camper einer Beleidigung des Fahrzeugs gleich kam, über das die beiden verfügten. Das luxuriöse Wohnmobil war auf dem Grundgestell eines grossen Busses aufgebaut. Es war eines jener Luxusmobile, das mehr wie eine fahrende Junior-Suite eines Fünfsternehotels aussah als wie ein Camper. Es fehlte beinahe an Nichts, was man in einem kleinen Appartement nicht auch hätte finden können. Im Gegenteil, was an Luxus auf den wenigen Quadratmetern, die zur Verfügung standen, hatte eingebaut werden können, war vorhanden. Ich hatte wirklich Hemmungen, mich mit meinen nicht mehr ganz taufrischen Jeans auf das schöne Ledersofa zu setzen und war froh, als wir es uns bei wunderschönem Wetter im Vorzelt draussen vor dem Wohnmobil gemütlich machten. Was ich bis jetzt von meinen zwei Gastgebern kennen gelernt hatte, passte nicht ganz zu dem grossen Bus mit ausfahrbaren Seitenteilen, vor dem ich im Moment sass. Ich hätte ihnen eher eine etwas grössere Version meines Campers zugetraut.

„Das ist ein sehr schönes Wohnmobil, das ihr beide da besitzt. Sehr komfortabel eingerichtet und aussergewöhnlich… luxuriös."

Marc Foster konnte sich ein Lachen nicht verkneifen. „Ich verstehe sehr gut, was du meinst." Seit wir den abenteuerlichen Flug gemeinsam unternommen hatten, duzten wir uns. „Ich hatte mir ursprünglich auch kein solches Fahrzeug gewünscht. Meine Frau bestand jedoch damals darauf. Für sie war immer nur das Beste gut genug. Auch bei der Innenausstattung hat sie sich nach allen Regeln der Kunst ausgetobt. Als wir das Fahrzeug endlich hatten, kam sie ein einziges Mal auf einen Wochenendtrip mit. Danach war ihr diese Herumreiserei zu beschwerlich. Wir haben das Fahrzeug nun seit fünf Jahren und haben es zweimal für eine Reise genutzt. Den grössten Teil der Zeit steht das Monster jedoch bei uns auf dem Parkplatz."

„Deine Frau ist in dem Fall nicht mitgekommen."

„Nein, abgesehen davon, dass sie in der Zwischenzeit meine Exfrau ist, war sie nach dieser einen Woche lieber in Luxushotels unterwegs. Justin und ich machen zwei Wochen alleine Ferien. Schon das zweite Mal. Wir verbringen so einen Teil seiner Semesterferien zusammen. Während der Schulzeit wohnt er in der Regel bei seiner Mutter in Palm Beach. Die erste Woche waren wir in Santa Barbara und in der Moro Bay, bevor wir hierhergekommen sind. Morgen wollen wir wieder weiter und die nächste Etappe in Angriff nehmen. Justin wollte dich jedoch unbedingt noch einladen, bevor wir weiter ziehen. Er redet nur noch von dem Flug von gestern und will nun unbedingt selber Pilot werden."

In dem Moment kam Justin aus dem Wageninnern ebenfalls nach draussen. „Ja, das will ich auf jeden Fall. Ich wollte mich unbedingt noch einmal für den absoluten Wahnsinnstag bei dir bedanken. Der Flug wird mit Sicherheit einer der Höhepunkte unserer Ferien bleiben", meinte Marcs Sohn. Dann ging er zum leicht überdimensionierten Grill, um seinem Vater beim Grillen der Steaks zu helfen. Marc hatte kurz vorher drei grosse T-bone-Steaks auf den Grill gelegt. Während das Fleisch vor sich hin brutzelte, genossen wir ein gut gekühltes Glas Cabernet Sauvignon. Der Wein stammte aus einer der grossen Weinanbaugebiete der Region. Kalifornien besitzt eine lange Weintradition und verfügt über wirklich exzellente Weine.

Es dauerte nicht lange, bis die drei grossen Fleischstücke gar waren. Gerade in dem Moment, als Marc das Fleisch vom Grill nehmen wollte, kam einer der Kellner des Restaurants mit einem Handschubkarren und einer Kochkiste zum Wohnmobil.

„Ah, genau zum rechten Zeitpunkt", meinte Marc Foster. „Ein Steak richtig grillen ist für mich kein Problem. Was die Zutaten und das Dessert anbelangt, habe ich mich jedoch der Dienste des Restaurants versichert."

Das Fleisch war wirklich von hervorragender Qualität, ausgezeichnet gewürzt und genau auf den Punkt gebraten. Dazu gab es Tomatensalat und eine Art Kartoffeltortillas mit einer Gemüsefüllung, die ebenfalls ausserordentlich gut schmeckten. Der Schlusspunkt bildete ein Dessert in Form einer Eistorte mit Fruchtgelee.

Nach dem Essen sassen wir noch eine ganze Weile um den Grill. Die Holzkohle glühte nur langsam aus, wodurch wir fast die ganze Nacht eine gemütliche Atmosphäre vor dem Wohnmobil hatten. Gegen Mitternacht musste Justin, der noch einige Marschmelos gegrillt hatte, schliesslich ins Bett. Als dies nach einem Moment des Diskutierens geschafft war, kam Marc mit einer Flasche gutem, altem Scotch und zwei Gläsern aus dem Wohnmobil. Obwohl ich ansonsten äusserst selten Alkohol trank, genoss ich dieses Mal den Drink. Der Scotch war über fünfzig Jahre alt und gehörte zum Besten, was ich jemals von dieser Whiskysorte genossen habe.

„An so einen ausgezeichneten Tropfen könnte ich mich gewöhnen. Der ist wirklich sehr gut."

„Das freut mich zu hören", meinte Marc mit einem zufriedenen Lächeln. „Nicht alle Leute wissen einen guten Tropfen Scotch zu schätzen. Sie stürzen das Zeug oft runter wie Mineralwasser. Einen Drink wie diesen sollte man jedoch geniessen können."

Einen Moment lang sassen wir einfach nur draussen und liessen Frieden eines klaren Sternenhimmels auf uns wirken.

„Was hast du eigentlich noch vor?"

Ich konnte der Frage von Marc Foster anhören, dass sie nur belanglos und ohne jeden Hintergedanken gestellt war.

„Ich werde noch einen Moment hier in Monterey bleiben und danach der Küste entlang weiter nach Los Angeles fahren. Wenn ich schon in der Gegend bin, möchte ich einmal Hollywood sehen und eine Führung in den Uniwers Studios besuchen. Im Gegensatz zu vielen anderen, die nach Los Angeles kommen, habe ich nicht das geringste Bedürfnis, Filmstar zu werden. Die Möglichkeit mit einer Studiobesichtigung zumindest ein wenig hinter die Kulissen dieser Industrie zu blicken, werde ich mir aber nicht entgehen lassen. Bis es jedoch so weit ist, lasse ich mir noch eine Weile Zeit. Ich habe es im Moment nicht eilig und will vor allem die Tage geniessen. Vorerst habe ich nächste Woche noch einen Heli Flug vor mir. Ich will meine Lizenz erneuern, damit ich auch in den Staaten fliegen kann. Erst wenn das erledigt ist, werde ich mich auf den Weg machen."

„Du fliegst auch noch Helikopter?" Marc konnte sein Erstaunen nicht verbergen.

„Du bist nicht der Erste, der mir das nicht glauben will. Ich weiss nicht, ob es an meinem Camper liegt, oder was es sonst für einen Grund hat."

Marc hob abwehrend die Hände. „So habe ich es eigentlich nicht gemeint und ich denke auch nicht, dass es an deinem Camper liegt. Man trifft einfach selten Leute, die Flugzeuge und Helikopter fliegen können. Was fliegst du eigentlich sonst noch alles, etwa auch noch Flugboote?"

Ich musste erneut grinsen. Die Bemerkung von Marc war eher sarkastisch gemeint, weshalb er umso mehr überrascht war, als ich ihm antwortete. „Ja, Flugboote fliege ich tatsächlich auch. Aber sonst nichts mehr. Keine Raketen und auch keine Fesselballone. Wobei, Raketen würden mich schon noch interessieren oder sagen wir zumindest Düsenflugzeuge. Ich denke, irgendwann werde ich wohl diese Prüfung auch noch ablegen."

„Du scheinst ja wirklich von einem Flugvirus besessen zu sein."

„Ich weiss nicht, ob man das so sagen kann. Ich hatte die Möglichkeit und die Zeit, fliegen zu lernen. Als ich damit einmal angefangen hatte, hörte ich erst wieder auf, als ich im Besitz aller möglichen Lizenzen war. Kommt dazu, dass fliegen mit zweimotorigen Turboprop Maschinen, wie der Beechcraft keine wirkliche Herausforderung ist. Wirklich spannend wird die Fliegerei erst mit den grossen Maschinen wie der DC 3 oder einer Lockheed Herkules. Dort macht die Fliegerei wirklich Spass. Damit ich jedoch solche Maschinen fliegen konnte, musste ich die Profi Lizenz erwerben."

„Du bist tatsächlich eine Herkules geflogen?"

„Wie ich schon erwähnte, war ich während einigen Monaten in einem Unternehmen beschäftigt, das Versorgungsflüge nach Alaska durchführte. Dabei konnte ich mehr als zwei Dutzend Mal mit einer Herkules fliegen. Alleine dafür hat sich die ganze Plackerei, all die Fluglizenzen zu erwerben, mehr als nur gelohnt."

„Willst du die Fliegerei nicht weiterhin als Beruf ausüben?"

Das war eine sehr gute Frage, über die ich eigentlich noch nie wirklich nachgedacht hatte.

„Ich kann dir diese Frage nicht abschliessend beantworten. Ich denke aber eher nicht, ausser es würde sich eine wirklich aussergewöhnliche Möglichkeit ergeben. Sofern das der Fall ist, werde ich sicher versuchen, die Lizenzen so lange wie möglich zu behalten und auch noch die Jetlizenz zu erlangen. Dazu benötige ich genügend Flugstunden, sonst muss die Prüfung erneut abgelegt werden. Deswegen will ich in der nächsten Woche noch einige Stunden fliegen, da ich kurz davor stehe die Heli Lizenz zu verlieren, sofern ich nicht noch ein paar Flugstunden absolvieren kann."

Einen Moment blieb es still.

„Du hast Recht, wenn du alles unternimmst, um deine Träume zu realisieren. Ich habe in den letzten Tagen auch festgestellt, dass ich mir dafür mehr Zeit nehmen muss. Ich wollte zuerst diese Reise nicht machen und habe mich nur aufgrund des Drängens von Justin dazu bereit erklärt. Jetzt bin ich ihm dankbar, dass er mich dazu überredet hat. Wir werden in den restlichen Tagen noch Richtung San Franzisco fahren, um uns die Stadt anzusehen. Danach fahren wir wieder nach Hause."

Er sah mich einen Moment lang von der Seite her an.

„Wenn du mit deiner Tour am Ende bist und Lust hast, komm uns doch in LA besuchen. Mein Grundstück ist gross genug. Du kannst deinen Camper problemlos bei uns abstellen. Ich habe zudem ein komfortables Gästehaus, das selten bis nie benutzt wird, da die wenigen Gäste, die wir haben, meist in den Zimmern des Haupthauses schlafen. Du kannst so lange bleiben, wie du Lust hast. Seit der Scheidung von meiner Frau lebe ich sowieso alleine dort und das wird sich in der nächsten Zeit sicher nicht ändern."

Er reichte mir eine Karte mit einer Adresse in Simi Valley. Die Karte war neutral, ohne jeglichen Rückschluss darauf, was Marc Foster beruflich tat. Ich sah mir die Karte einen Moment nachdenklich an.

„Besten Dank, das ist ein sehr verlockendes Angebot. Wo genau liegt dieses Simi Valley?"

„Das liegt etwas oberhalb von Los Angeles. Eine ruhige und sichere Gegend. Etwas weniger hektisch, als das Zentrum von LA. Aber wie gesagt, komm doch einfach vorbei. Ich habe genug Platz und würde mich sehr freuen, wenn du uns besuchst."

„Gut, danke, ich will dir nichts versprechen. Ich werde mich aber melden, wenn ich in Los Angeles bin. Wenn es dir dann in deinen Terminplanung passt, würde es mich freuen, dich zu besuchen."

Wir sprachen noch ein paar Minuten über belanglose Dinge, bevor ich mich verabschiedete.

Die nächste Woche verbrachte ich entweder in der Luft oder am Strand. Es war wirklich schön, wieder ein paar Stunden mit dem Heli fliegen zu können. Ebenso genoss ich es, am Strand zu sein und einfach nur die Seele baumeln zu lassen. Als die Woche vorüber war, nahm ich die nächste Etappe meiner Reise in Angriff. Ich hatte mir vorgenommen den nächsten Stopp in Santa Barbara einzulegen. In der Region gab es ein paar Weingüter und auch einige ausgezeichnete Restaurants, denen ich einmal einen Besuch abstatten wollte.

Langsam begann sich mein Leben wieder auf die Zukunft auszurichten. Ich trauerte nicht mehr ständig nur der Vergangenheit nach, auch wenn ich zwischendurch immer noch Phasen hatte, in denen mich die Gefühle fast überwältigten. Seit zwei, drei Wochen konnte ich jedoch endlich wieder durchschlafen, ohne die halbe Nacht wach zu liegen und an Sophie zu denken. Ich konnte mich wieder an den einfachen Dingen des Lebens freuen.

Die Region um Santa Barbara bot neben Kilometer langen Sandstränden, gediegenen Hotels und einem ausgeprägten Nachtleben auch ein Hinterland mit grossartigen Weingütern. Meine kulinarisch veranlagte Seite besass durchaus ein Flair für solche Vergnügungen. Eine gute Wein Degustation mit anschliessendem Essen zog ich einer Party in einer der überfüllten Snob-Discos an der Strandpromenade von Santa Barbara bei weitem vor. Gut zwei Wochen lang war ich tagsüber oft am Strand oder am Segeln auf dem Meer anzutreffen. Den späteren Nachmittag sowie den Abend verbrachte ich meist in der weiteren Umgebung bei der Degustation von erlesenen Weinen. Dabei lernte ich auch einige interessante Leute kennen, die meine Leidenschaft teilten.

Nach diesen zwei Wochen machte ich mich auf den Weg nach Los Angeles. Ich wollte meine Reise entlang der Westküste Amerikas mit dem Besuch der Filmmetropole der Vereinigten Staaten abschliessen. Danach hatte ich mir vorgenommen eine Standortbestimmung vorzunehmen und meine Zukunft neu auszurichten. Mein Leben brauchte einen neuen Sinn und ich eine Beschäftigung, die mich herausforderte. Schliesslich war ich nun schon wieder mehrere Monate unterwegs.

Was genau ich tun wollte, von dem hatte ich noch keine Vorstellung. Ich verliess mich auf meinen Instinkt, der mich bisher immer an eine interessante Aufgabe herangeführt hatte. Eine Variante wäre es, wieder einmal Drisi zu besuchen. Obwohl er noch nichts von seinem Glück wusste, war ich überzeugt, er würde mich nicht abweisen. In der R&D Holding gab es zudem mit Sicherheit genug zu tun, um mich bis ans Ende meiner Tage zu beschäftigen. Eine andere Variante war eine Fortsetzung der Reise quer durch Nordamerika an die Ostküste runter bis nach Florida. Ich hatte gehört, dort sollte es mindestens ebenso schön sein, wie an der Westküste.

Dass Los Angeles eine der grössten und am dichtesten besiedelten Metropolen Amerikas ist, spürte man spätestens, wenn man auf den Strassen unterwegs war. Der zähflüssige Verkehr war geprägt von Staus und Kilometer lange Schlangen. Er war immer gleich dicht, egal um welche Tageszeit man unterwegs war. Meine Suche nach dem Abstellplatz des Netzes, der ein wenig versteckt in der Nähe des Chino Hills State Parks lag, war deshalb gelinde ausgedrückt mühsam. Als ich endlich ankam, erlebte ich eine unangenehme Überraschung. Der Platz war voll belegt und es standen nur noch ein paar Tagesplätze zur Verfügung. Damit man niemanden abweisen musste, hatten die stark frequentierten Abstellplätze des Netzes Tagesplätze eingerichtet. Sie boten den gleichen Komfort wie die normalen Stellplätze, waren jedoch auf einen, maximal zwei Tag Aufenthaltsdauer beschränkt.

Nachdem ich mein Fahrzeug parkiert hatte, wurde ich im Office auf alle Punkte des speziellen Status hingewiesen, die mit den Kurzzeitplätzen verbunden waren. Ich konnte eine Nacht bleiben und musste den Platz bis am nächsten Tag um vierzehn Uhr geräumt haben. Ab achtzehn Uhr konnte ich dann wieder vorbei kommen. Waren bis zu diesem Zeitpunkt nicht alle

Stellplätze belegt, konnte ich wieder für eine Nacht dort bleiben. Das war zumindest eine kurzfristige, jedoch keine befriedigende Lösung. Auf meine Frage zu einer Alternative erhielt ich eine eher ernüchternde Antwort.

„Im Moment sind vermutlich alle Stellplätze rund um Los Angeles belegt. Die meisten die hierher kommen, haben ihren Platz im Voraus reserviert. Teilweise erhalten wir jetzt bereits Reservationsanfragen für nächstes Jahr, obwohl jeder weiss, dass wir maximal sechs Monate im Voraus reservieren dürfen. Es kommt sehr selten vor, dass jemand die Reservation verpasst, da man bei einer verpassten Reservation für eine Dauer zwischen einem Jahr und unbestimmter Zeit für den Platz gesperrt werden kann. Wer drei solcher Sperrungen innerhalb von fünf Jahren hat, wird aus dem Netz ausgeschlossen. Damit stellen wir sicher, dass die Auslastung immer da ist und wir niemanden abweisen müssen, während dem der Platz halb leer ist.

Es gibt jedoch in Los Angeles oder zumindest in der unmittelbaren Umgebung noch zwei weitere Stellplätze. Wenn sie wollen kann ich die beiden anderen anrufen und nachfragen, ob noch etwas frei ist?"

„Nein danke, das ist nicht nötig. Ich denke ich werde mir eine andere Möglichkeit suchen. Könnten sie mir die Adresse eines Hotels geben, in dem ich den Van sicher abstellen kann und ein akzeptables Zimmer erhalte."

„Das dürfte auch nicht so einfach sein. Im Moment sind drei internationale Kongresse in der Stadt und die Hotels sind ausgebucht. Sie müssen schon ziemlich weit aus der Stadt raus, um ein anständiges Hotel zu finden, welches noch freie Zimmer hat."

Die Mitarbeiterin der Verwaltung sah etwas in ihrer Kartei nach. Kommen sie Morgen um elf wieder vorbei. Sie müssen drei Stunden später sowieso auschecken. Ich werde ein paar Telefonate machen. Dann kann ich ihnen etwas mehr sagen."

Ich bedankte mich und ging zurück zu meinem Van.

Am nächsten Vormittag war ich wie gewünscht gegen elf Uhr wieder in der Verwaltung. Die Angestellte des Netzes war immer noch da und schien immer noch gleich beschäftigt zu sein wie gestern.

„Ich habe verschiedene Personen kontaktiert. Leider ist es so, wie ich befürchtete. Ich kann ihnen keine Hotelempfehlung abgeben. Wie ich angenommen habe, sind die Hotels in und rund um Los Angeles alle ausgebucht. Dafür gibt es in unserem Partnerstellplatz in North Arroyo einen freien Platz für die nächsten drei Tage. Ich habe ihnen den Platz provisorisch reservieren können. Sie müssen jedoch bis in einer Stunde zurückrufen und die Reservation bestätigen. Er ist für drei Tage befristet. Wenn sie wollen, können sie danach wieder hierher kommen. Auch wenn dann noch alles belegt sein wird, gibt ihnen das einen weiteren Tag in LA und vielleicht ergibt sich dann eine andere Lösung."

Ich bedankte mich für die Abklärungen, erledigte die Austrittsformalitäten und die Bestätigung der Reservation, um mich dann auf den Weg zu dem anderen Platz zu machen, der rund achtzig Kilometer entfernt auf der anderen Seite von Los Angeles lag. Drei Tage waren nicht viel, aber ich hoffte, dass ich zumindest eines der Filmstudios besichtigen konnte. Dann war eigentlich das Hauptziel meiner Reise erreicht.

Die Fahrt durch Los Angeles dauerte eine halbe Ewigkeit. Ich brauchte für die achtzig Kilometer über sechs Stunden. Teilweise schlich ich im ersten Gang über den Highway. Als ich endlich an meinem Standort für die nächsten drei Tage ankam, war es bereits nach sechs Uhr am Abend.

„Sind sie durch die Stadt gefahren?", fragte mich die junge Frau in der Verwaltung mit einem leicht schadenfrohen Grinsen im Gesicht.

Ich hatte darauf meinerseits ebenfalls nur ein Grinsen übrig. „Ist das so offensichtlich?"

Nachdem die Aufnahmeformalitäten geklärt waren, fragte ich meine Gesprächspartnerin, welches Filmstudio die beste Besichtigungstour anbot. „Ich bin das erste Mal in Los Angeles und weiss nicht, ob ich je wieder in diese Gegend kommen werde. LA ist die Filmhauptstadt Amerikas und ich würde gerne etwas mehr darüber erfahren."

„Erstens ist LA nicht die Filmhauptstadt Amerikas, sondern der ganzen Welt und zweitens sind die allgemeinen Führungen durch die Studios nicht zu empfehlen. Ich kann ihnen höchstens vorschlagen eine VIP-Tour zu buchen. Da sind sie nicht in den Massen der Touristen, müssen nicht anstehen und können je nach Situation vielleicht sogar einmal in ein aktives Filmset reinschauen. Wenn sie wollen kann ich versuchen für Morgen oder übermorgen einen Platz zu reservieren."

Ich musste nicht lange überlegen. Die Besichtigung des Studios war eigentlich der wichtigste Grund, weshalb ich nach Los Angeles gekommen war. „Das wäre wirklich genial, wenn sie das organisieren könnten."

Die junge Frau sicherte mir zu, alles Notwendige zu unternehmen, um noch einen Platz zu ergattern und tatsächlich übergab sie mir noch am gleichen Abend einen Umschlag mit einem Ticket für eine VIP-Tour.

Die Besichtigung stellte sich als kurzweilig und unterhaltsam heraus. Die Spezialeffekte waren interessant anzusehen und beeindruckten durch ihre gute Inszenierung. Da ich nicht wusste, was mich erwarten würde, war ich mit dem was geboten wurde zufrieden, auch wenn ich nach dem Besuch nicht wirklich viel mehr über die Filmindustrie wusste.

Am Abend stellte ich mit Unterstützung der jungen Frau in der Verwaltung das Programm für den nächsten Tag zusammen. Ich wollte die kurze Zeit, die mir in LA blieb, möglichst optimal nutzen. Schliesslich war mein Aufenthalt auf drei Tage beschränkt, da sich keine Möglichkeit für eine Verlängerung des Aufenthalts ergeben hatte. Als alles geklärt und ich mich bereits bedankt und verabschiedet hatte, erinnerte ich mich an die Karte, die ich in Monterey von Marc Foster erhalten hatte. Ich blieb stehen und zögerte einen Moment. Es gehörte eigentlich nicht zu meinem Stil, fremde Menschen anzurufen, wobei man bei den Fosters ja auch nicht mehr von Fremden sprechen konnte. Zudem hatte mich Marc mehr als einmal gebeten, ihn auf jeden Fall zu kontaktieren und ich hatte ihm versprochen das auch zu tun. Ich drehte mich noch einmal um.

„Darf ich das Telefon benutzen?"

„Sicher, bedienen sie sich."

Ich gab die Nummer auf dem Zettel ein. Es knackte mehrmals in der Leitung, dann hörte ich das Rufsignal. Nach gut einem halben Dutzend Mal Klingeln wollte ich die Verbindung schon wieder unterbrechen, als eine Frauenstimme sich meldete. „Guten Tag, einen Moment bitte", dann war es wieder still. Ich musste zwei weitere Minuten warten, bis die gleiche Frauenstimme sich wieder meldete. „Büro Marc Foster, was kann ich für sie tun?"

„Guten Tag, mein Name ist Rick Reid, könnte ich bitte Marc Foster sprechen."

„In welcher Angelegenheit?"

Ich hatte nicht erwartet, detailliert über meine Absichten Auskunft geben zu müssen. Anscheinend war Marc Foster ein vielbeschäftigter Mann und ich wollte keinesfalls stören. „Es geht um eine private Angelegenheit."

„Bedaure, Mister Foster ist im Moment in einer Besprechung und nicht erreichbar. Kann ich ihm etwas ausrichten?"

„Ja, bitte teilen sie ihm mit, ich hätte angerufen und lasse grüssen. Das ist alles. Danke."

„Das werde ich gerne tun. Kann Mister Foster sie zurückrufen?"

„Nein, ich bin nur noch bis übermorgen in LA. Danach reise ich weiter. Morgen bin ich zudem den ganzen Tag unterwegs und nicht erreichbar. Ich wäre ihnen deshalb dankbar, wenn sie die Nachricht übermitteln könnten."

Die Frau versprach die Mitteilung auszurichten und danach beendete ich das Gespräch. Zumindest hatte ich es versucht, das reichte mir für den Moment vollkommen aus. Ich bedankte mich bei der jungen Frau. Dann begab ich mich zu meinem Camper, um etwas zu essen und danach zu schlafen. Ich musste Morgen für die private Besichtigungstour mit einer Führerin durch LA und die nähere Umgebung früh aufstehen.

Der Tag war anstrengend und eindrücklich zugleich. Im Stil des Pauschaltouristen mit gehobenen Ansprüchen führte mich meine junge, leicht enthusiastische Studentin im Eiltempo zu den verschiedenen Sehenswürdigkeiten von LA. Das Spezielle war, dass wir mit zwei Motorrädern unterwegs waren, mit denen wir uns in der Stadt deutlich schneller fortbewegen konnten, als mit dem Auto. Dadurch sahen wir in der kurzen Zeit nicht nur mehr, sondern kamen auch an Orte, die mit dem Auto kaum zu erreichen waren. Als wir am Abend wieder auf dem Campingplatz ankamen, war ich müde. Ich bedankte mich bei meiner Führerin, die den Tag mindestens ebenso genossen hatte wie ich. Beim Camper angekommen, fand ich einen Briefumschlag mit einer Nachricht. Darin stand nur, ich solle nach meiner Rückkehr in die Verwaltung kommen. Da ich sowieso noch ein paar Runden schwimmen wollte, begab ich mich zum Verwaltungsgebäude, das gleichzeitig Restaurant, Kleinmarkt, Schwimmbad, Wellnessbereich und Waschsalon war.

„Ahh, guten Tag Mister Reid. Ich habe hier eine Nachricht für sie. Eine Frau hat angerufen und liess ausrichten, sie sollen noch einmal die gleiche Nummer anrufen, wie gestern."

Ich bedankte mich, fragte, ob ich das Telefon noch einmal benutzen dürfe und holte die Karte von Marc Foster hervor. „Büro Marc Foster, was kann ich für sie tun?"

„Guten Tag, mein Name ist Rick Reid. Kann ich Marc Foster sprechen?"

„Guten Tag Herr Reid. Danke, dass sie zurückrufen. Herr Foster hat mir aufgetragen ihnen mitzuteilen, er freue sich sehr auf ihren Besuch." Danach nannte sie mir eine Adresse im Simi Valley und gab mir ein paar zusätzliche Angaben, die es mir erleichtern sollte den Ort zu finden. „Wissen sie schon wann sie dort sein können?"

„Heute bleibe ich noch in der Anlage und werde Morgen am späteren Vormittag hier weg fahren. Ich sollte im Verlauf des Nachmittags dort sein."

„Ausgezeichnet, dann werde ich dafür sorgen, dass man sie erwartet."

Damit war zumindest für die nächsten zwei Tage klar, was ich unternehmen würde. Danach hatte ich mich entschieden, mit dem Camper an die Ostküste zu fahren. Der Van war mir in den letzten Monaten ans Herz gewachsen. Im Moment hatte ich weder Lust eine feste Bleibe zu beziehen, noch mich in irgendein Abenteuer zu stürzen. Abgesehen davon war auch nichts absehbar, was mich interessierte. Ich hatte mich deshalb entschieden über Las Vegas zum Grand Canyon zu fahren, den ich nach dem Überflug unbedingt auch noch von unten sehen wollte. Danach sollte die Route weiter über Phoenix, Tucson, El Paso, Fort Worth, Dallas, Houston, New Orleans, Tallahassee und Orlando nach Miami führen. Nach dieser Reise, für die ich mir weiterhin Zeit lassen wollte, würde ich entscheiden, was ich weiter tun wollte. Ich schlief richtig lange aus, genehmigte mir ein ausgiebiges Frühstück und verliess kurz vor Mittag den Abstellplatz des Netzes. Es war noch zu früh, um ins Simi Valley zu fahren. Während der Tour am Vortag, waren wir auch am Ventura Beach gewesen. Dort kannte ich dank der jungen Studentin ein Restaurant mit einem bewachten Parkplatz und einem schönen Strandabschnitt, an dem ich den Nachmittag verbringen konnte.

Gegen fünf Uhr fuhr ich zu der Adresse, die mir die Frau am Telefon genannt hatte. Als ich an der Strasse ankam, die zum Haus von Marc Foster führen musste, stand dort ein kleines Wachhaus mit einer Schranke, wie man sie vor Militäranlagen überall im Land fand. Ich hielt an und ein Wachmann erkundigte sich nach meinen Absichten. Nachdem ich diese mitgeteilt hatte, kontrollierte er etwas auf einer Liste und hiess mich schliesslich willkommen. Er reichte mir einen kleinen Plan auf dem das Haus der Fosters angekreuzt war. Danach hob er den Schlagbaum und ich konnte in das Quartier einfahren. Das innere des Geländes wirkte sehr gepflegt. Alles war grün und überall blühten Blumen. Die Strasse war so angelegt, dass sie in einem Bogen durch das gesicherte Areal führte, um wieder am Eingang zu enden. Rund um das ganze Gelände war ein etwa drei Meter hoher Zaun aufgebaut, der mit Sicherheitstechnik ausgestattet war. Von der Strasse her konnte man die Villen im Inneren nur zum Teil erkennen. Selbst so wirkten sie beeindruckend und gehörten zu den grössten Anwesen, die ich bisher in der Umgebung von Hollywood gesehen hatte.

Als ich zu der angegebenen Hausnummer kam, zweigte ein kleinerer Weg von der Hauptstrasse ab. Er führte zu einem Wendepunkt mit Parkplatz für fünf bis sechs Fahrzeuge. Dass ich am richtigen Ort war, erkannte ich aufgrund des grossen Wohnmobils, das ich vor einigen Wochen selbst besichtigt hatte. Ich stellte meinen Van unmittelbar daneben und begab mich dann zum Haupthaus, wo ich bereits erwartet wurde. An der Eingangstür empfing mich eine Hausangestellte, die mich freundlich begrüsste und danach in den Salon führte. Marc Foster war noch nicht da. Sie fragte mich, ob ich im Innern oder draussen beim Pool warten wolle. Ich entschied mich für den Pool, worauf sie mir einen Krug mit kühler, wundervoll aromatischer Limonade brachte. Ich genoss die warmen Temperaturen und die wirklich schöne Umgebung des Anwesens, das aus drei Gebäuden bestand. Neben dem langen, flachen Haupthaus, standen links und rechts jeweils ein alleinstehender Anbau. Das eine schien eine Art Gästehaus zu sein und im zweiten musste neben den Geräten für den Garten und den Pool wohl das Personal untergebracht sein. Ich weiss nicht mehr wie lange ich einfach dasass und über die vergangenen Tage nachdachte, als plötzlich Marc Foster neben mir stand.

„Hallo Rick. Wie ich sehe hast du den Weg zu uns gefunden."

Wir begrüssten uns wie alte Freunde. Er schien eben erst angekommen zu sein. In seinem dunkelblauen Massanzug machte mein Gastgeber einen völlig anderen Eindruck, als in der Freizeitbekleidung, in der ich ihn kennen gelernt hatte. Er wirkte mit seiner leichten Bräune wie aus einem Heft der Schönen und Reichen, wobei letzteres aufgrund des Anwesens, auf dem ich mich gerade befand, mit Sicherheit den Tatsachen entsprach.

„Hallo Marc, schön dich zu sehen. Danke für die Einladung."

„Schön, dass du gekommen bist", meinte er während er sich des Sakkos entledigte und danach den Schlips lockerte.

„Du wohnst hier wirklich an einem aussergewöhnlichen Ort." Ich sah mir meinen Gesprächspartner an. Dann deutete ich mit einer Geste auf seine Kleidung. „Es macht ganz den Eindruck, als seist du schon wieder voll im Tagesgeschäft engagiert."

Marc Foster lächelte. „Das kann man so sagen. Das Geschäft liess mich auch in den zwei Wochen Ferien nie ganz in Ruhe und jetzt bin ich wieder mitten drin. Wenn du erlaubst, möchte ich kurz etwas Bequemeres anziehen und danach können wir ein wenig plaudern. Du bleibst doch sicher einen Moment hier, oder?"

Ich hob abwehrend die Hände. „Ich möchte dir nicht zur Last fallen. Ich habe gedacht, ich komme kurz vorbei und sage Hallo. Dann mach ich mich wieder auf den Weg."

„In dem Fall besprechen wir das gleich beim Nachtessen." Danach machte Marc kehrt, ohne eine Antwort abzuwarten, um eine Viertelstunde später in lockerer Freizeitkleidung wieder zu erscheinen. „Ich soll dir beste Grüsse von Justin ausrichten. Er hat bereits wieder Schule und wird erst am Wochenende kommen. Auf jeden Fall hat er mir eingebläut, dich ja nicht vor dem Wochenende wieder abreisen zu lassen."

Ich wusste nicht recht was ich antworten sollte. Heute war erst Mittwoch und ich hatte eigentlich keine Lust die Zeit dadurch totzuschlagen, indem ich alleine in einem fremden, grossen Haus herumsass.

„Eigentlich hatte ich nicht im Sinn, lange zu bleiben."

Marc Foster lachte erneut. „Ich kann dich sehr gut verstehen. Ich möchte auch nicht ein paar Tage alleine in einem fremden Haus rumhängen."

Dieser Marc Foster war wirklich ein sonderbarer Zeitgenosse. Schon auf dem Stellplatz des Netzes hatte ich das Gefühl, dass seine Art zu denken, der meinen ziemlich ähnlich war. Es waren vor allem Kleinigkeiten, die trotz vorhandener Unterschiede auch auf Gemeinsamkeiten hindeuteten. Marc erinnerte mich irgendwie an Drisi und das war durchaus positiv gemeint.

„Konntest du die Studios in LA schon besuchen?"

Die Frage riss mich aus meinen Gedanken. „Ja, ich habe eine der VIP-Touristentouren gebucht. Es war recht interessant. Hat mir einen kleinen Einblick in die ganze Filmindustrie ermöglicht, auch wenn es eher oberflächlich war. Für Touristen eben. Eigentlich schade, ein Blick hinter die Kulissen wäre wo möglich spannend gewesen."

Marc hatte schweigend zugehört. „Ich kenne die Touren. Wir haben einen Teil der Animationen dafür produziert. Wie du richtig festgestellt hast, gibt es nur einen oberflächlichen Eindruck. Hinter die Kulissen blicken kann man selbst mit einem VIP-Ticket nicht wirklich."

Jetzt war meine Neugier geweckt. „Wie meinst du das, du hättest einen Teil der Animationen produziert?"

Marc Foster sah mich nachdenklich an. „Du hast einen amerikanischen Pass, warst aber in den letzten Jahren nicht in den Staaten, oder?"

Meine Aufmerksamkeit stieg bei der Frage sofort an. Obwohl ich keinen Unterton in der Stimme von Marc erkannte, war ich etwas verwirrt. Ich fragte mich, was mein Pass und mein Aufenthaltsort der letzten Jahre mit der Arbeit von Marc Foster zu tun hatten. Entsprechend vorsichtig war ich, als ich antwortete. „Das ist richtig, ich war in den letzten Jahren in Kanada."

Marc dachte kurz nach, bevor er seine Ausführungen fortsetzte. „Bitte versteh mich nicht falsch. Ich bin nur etwas erstaunt. Es kommt fast nie vor, dass ich in der Nähe von Los Angeles jemanden antreffe, dem der Name Foster nichts sagt. Vor allem wenn dazu noch über Hollywood gesprochen wird. In solchen Situationen werde ich hellhörig. Ich arbeite in einer Branche, in der Vorsicht schon fast zur berufsnotwendigen Paranoia gehört."

Einen Moment war ich verunsichert. In den letzten Jahren hatte ich mich in Kanada auf meine Arbeit konzentriert und mich wenig um anderes gekümmert. Anscheinend hatte ich etwas verpasst. „Wie gesagt, ich war die letzten Jahre in Kanada. Ich habe zwar einen amerikanischen Pass, bin aber nur sehr kurz in den Staaten gewesen. Aufgewachsen bin ich in Europa. Ich war aus beruflichen Gründen viel unterwegs. Zudem habe ich mich mangels Zeit nie besonders für Kino und die Filme interessiert."

Marc Foster hatte sehr aufmerksam zugehört. „Ich verstehe, wenn meine Fragerei für jemanden der nicht so eng mit der Branche verbunden ist, etwas seltsam anmutet. Die Sache zu erklären wäre ein wenig mühsam. Ich möchte dir deshalb einen Vorschlag machen. Komm doch einfach Morgen mit in mein Unternehmen. Dann kann ich dir vor Ort zeigen, was ich tue und warum ich ein wenig verunsichert wirkte. Danach verstehst du vielleicht meine Reaktion etwas besser. Was meinst du dazu?"

„Wie bereits gesagt, habe ich im Moment nichts Spezielles vor."

„Ausgezeichnet. Übrigens, wenn du willst, kannst du im Gästehaus übernachten. Seit meine Frau ausgezogen ist, habe ich so gut wie keine Gäste mehr. Für das Haus wäre es gut, wenn wieder einmal jemand darin wohnt. Du kannst aber auch in deinem Van übernachten, wenn dir das lieber ist. Beim Parkplatz ist ein Stromanschluss und einen Wasseranschluss kann ich Morgen hoch ziehen lassen."

Ich musste nicht lange überlegen. Obwohl ich mich in meinem Van zuhause fühlte, würde ich nicht auf ein normales Bett verzichten, wenn mir das angeboten wurde. Ich nahm deshalb das Angebot von Marc Foster gerne und dankend an. Den Rest des Abends verbrachten wir mit einem ausgezeichneten Essen und einem wirklich interessanten Gespräch über die unterschiedlichsten Themen. Bevor ich mich schlafen legte, liess ich es mir nicht nehmen, ein paar Runden im Pool zu schwimmen.

Am nächsten Morgen, nach einer Nacht in der ich ausgezeichnet geschlafen hatte, machten wir uns kurz vor acht Uhr auf den Weg. Marc hatte mir bisher keine weiteren Informationen zu seiner Arbeit gegeben. Ich muss heute zugeben, ich war damals extrem gespannt, wohin wir gehen würden. Die Fahrt dauerte knapp zwanzig Minuten und endete in einem Industrieviertel in unmittelbarer Nähe des Bob Hope International Airports in North Hollywood. Das Gebäude, in dessen Tiefgarage wir fuhren, war fünf Stockwerke hoch und sah von aussen wie ein normales Bürohaus aus. Die einzige Ausnahme bestand darin, dass die unterste Etage ausser am Haupteingang keine Fenster und Türen hatte. Erst ab dem ersten Stock war eine Fensterfront zu erkennen. Zudem war das ganze Gebäude von einem Sicherheitszaun umgeben und in regelmässigen Abständen mit Kameras versehen. Das schien in dieser Gegend jedoch nichts Besonderes zu sein, da beinahe jedes Grundstück eingezäunt oder von einer Mauer umgeben war.

Vor der Einfahrt in die Tiefgarage stand ein kleines Pförtnerhaus in dem zwei aufmerksame Wachen sassen. Als wir zu zweit vorfuhren, kam einer der beiden Wächter zum Wagen.

„Guten Morgen Mister Foster, Sir. Sie haben einen Gast dabei?"

„Guten Morgen Mike. Ja, Mister Reid ist auf meine persönliche Einladung heute bei uns. Müssen sie den Sicherheitscode haben?"

Der Wachmann sah kurz auf sein Klemmbrett, das er bei sich trug und schüttelte dann den Kopf. „Ich denke, das ist nicht nötig, Sir", meinte der Mann. Dann drehte er sich kurz zu seinem Kollegen und nickte. Der zweite Mann im Wachhaus, der vor einem Bildschirm sass und die ganze Geschichte beobachtete, betätigte einen Schalter, worauf sich die Schranke öffnete.

„Danke, Mister Foster, Sir. Bitte melden sie sich an der Rezeption zur Bestätigung."

„Mach ich Mike. Ich wünsche ihnen einen schönen Tag."

„Danke Sir, das wünsche ich ihnen auch."

Damit war das kurze Gespräch beendet. Ich war ziemlich beeindruckt und kam mir fast vor wie in einem Agententriller. Selbst auf den Militärstützpunkten in Kanada hatte ich noch keine so intensiven Sicherheitsvorkehrungen gesehen. Wenn ich bis anhin eher zurückhaltend reagiert hatte, so war meine Neugier spätestens nach diesem Intermezzo geweckt.

Marc Foster hatte das sehr wohl bemerkt und sein Schmunzeln zeigte mir, dass er die Situation zu geniessen schien. Obwohl ich vor Neugier fast platzte, nahm ich mich zusammen und tat völlig unbeteiligt, bis Marc von sich aus das Thema ansprach.

„Ich nehme an, du fragst dich sicher, was wir hier tun und was das Prozedere vorhin sollte?"

„Nein, keineswegs. Mein bester Freund ist Spion der Königin und mit ihm erlebe ich das beim Mittagessen auch jedes Mal."

Marc musste lachen. „Also, an Schlagfertigkeit mangelt es dir sicher nicht. Ich weiss, für Aussenstehende mutet das Vorgehen seltsam an, aber wir haben unsere Gründe, für die starken Sicherheitsmassnahmen."

Marc stellte das Auto in der übersichtlichen Einstellhalle ab. Auch hier waren überall Kameras installiert, die wirklich jede noch so kleine Ecke erfassten. Als nächstes begaben wir uns zu einer hell erleuchteten Treppe, die hoch in die Empfangshalle führte, welche unmittelbar hinter dem Haupteingang lag. Hinter dem Tresen sassen noch einmal zwei Sicherheitsleute. Ich erhielt ein bereits ausgefülltes Formular mit meinem Namen und meinen Angaben, das ich prüfen, ergänzen und dann unterschreiben musste. Danach wurde von mir ein Portraitfoto erstellt und keine fünf Minuten später erhielt ich einen Ausweis. Er sah aus wie eine Kreditkarte und hatte auf der Vorderseite neben meinem Foto einen Chip und einen grossen blauen Punkt, in dem mit gelber Farbe Alpha sieben geschrieben stand. Auf der Rückseite stand im oberen Teil gross Foster Magic Emotion und darunter Visual Effects Studios geschrieben. Schliesslich war unter dem Schriftzug noch ein Magnetstreifen angebracht, der den Ausweis vervollständigte.

„Das ist das Neuste an Sicherheitstechnik, was es gibt", erklärte mir Marc, während wir zum Aufzug gingen und danach in den fünften Stock fuhren. „Es ist ein Prototyp mit einer Chipkarte, die in Zukunft auch bei den Kreditkarten Verwendung finden wird. Wir nutzen die Karte heute bereits für unser Sicherheitssystem. Wenn du hier im Unternehmen bist, musst du sie immer bei dir tragen. Du brauchst sie, um die Türen im Gebäudeinnern zu öffnen. Zudem können wir mit der Karte jederzeit feststellen, wo du dich aufhältst."

In dem Moment hielt der Lift an und wir traten in eine zweite Lobby, die wesentlich luxuriöser aussah, als der kleine Empfangsraum beim Haupteingang.

„Willkommen bei Fosters Magic Emotion", meinte Marc nicht ohne Stolz, als wir aus dem Lift traten. „Mein Unternehmen ist eines der drei grössten Visual Effects und Trickfilmstudios in den Vereinigten Staaten. Wir stellen hier einerseits Trickfilme her und andererseits arbeiten wir für die grossen Filmstudios, wenn es darum geht spezielle Effekte in Filmen herzustellen. Wir haben uns vor allem auf die virtuelle Produktion von Spezialeffekten spezialisiert und gehören dort zu den Marktführern. Wer sich etwas mit dem Filmgeschäft auskennt und in Los Angeles ist das der überwiegende Teil der Bevölkerung, der kennt meine Firma und auch mich als ihren Inhaber. Möglicherweise kannst du nun nachvollziehen, dass ich etwas erstaunt war, jemanden zu treffen, dem das alles gar nichts sagt."

Ich war tatsächlich erstaunt und auch überrascht, obwohl ich ehrlicherweise damals mit dem was mir Marc erzählte nicht viel anfangen konnte. Kinobesuche hatten in den letzten Jahren nicht gerade zuoberst auf meiner Aktivitäten-Liste gestanden. Die Bedeutung von Marcs Unternehmen und auch seiner Person sollte mir erst viel später klar werden. Ich konnte mir deshalb auch wenig darunter vorstellen, was es mit dem Begriff Visual Effects auf sich hatte.

„Du hast mir und Justin ein Erlebnis der besonderen Art beschert, indem du uns zu dem Flug über den Grand Canyon eingeladen hast. Dafür bin ich dir sehr dankbar. Ich würde mich deshalb gerne bei dir revanchieren und dir ebenfalls ein Erlebnis ermöglichen, das nur wenigen Leuten vorbehalten ist."

Wir hatten in der Zwischenzeit das Büro von Marc Foster erreicht.

„Ich schlage dir vor, wir machen eine kurze Besichtigung, der wichtigsten Räumlichkeiten des Unternehmens. Dann hast du einen ersten Eindruck, was wir hier eigentlich tun. Wenn ich mich nicht täusche, konntest du mit dem, was du bisher gesehen hast, noch nicht allzu viel anfangen. Für die Führung wird sich uns meine Assistentin Kimberly anschliessen. Ich habe heute leider nur etwa zwei Stunden Zeit, danach muss ich zu einem Termin in die Stadt. du und Kimberly werden mich begleiten. Während ich die Besprechung habe, ist für dich eine kleine Überraschung arrangiert."

Marc hatte sich in der Zwischenzeit an seinen Schreibtisch gesetzt und sah kurz seine Agenda durch. In diesem Moment klopfte es an der Tür. Eine junge, äusserst attraktive Frau anfangs dreissig in einem dunkelblauen Hosenanzug trat ein.

„Guten Morgen, bin ich zu spät?"

Marc sah von seiner Agenda auf. „Hallo Kimberly. Nein, du bist keineswegs zu spät, komm nur herein. Darf ich dir meinen Freund Rick Reid vorstellen. Er ist derjenige, von dem ich dir erzählt habe."

Kimberly kam mit einem charmanten Lächeln auf mich zu und streckte mir die Hand entgegen. „Freut mich sie kennen zu lernen, Mister Reid. Sie scheinen Marc ziemlich beeindruckt zu haben. Er hat mir alles von ihrem Flug über den Grand Canyon erzählt."

Wenn ich mich nicht täuschte war dies die Stimme, die ich vor zwei Tagen am Telefon hatte. „Guten Morgen Miss…"

„Nennen sie mich nur Kimberly, das tun hier alle und lassen sie die Miss ruhig weg. Wir haben untereinander einen unkomplizierten Umgang."

„Also dann, guten Morgen Kimberly. Freut mich sie kennen zu lernen. Könnte es sein, dass wir vor zwei Tagen zusammen telefoniert haben?"

„Sie haben ein gutes Gehör. Ich habe tatsächlich die Anrufe entgegen genommen." Sie lächelte und wandte sich dann an Marc. „Hat sich seit gestern noch etwas ergeben, oder ist die Situation immer noch die Gleiche?"

„Nein, es hat sich nichts ergeben. Ich treffe ihn heute noch einmal, um die Besprechung fortzusetzen. Ich gehe jedoch davon aus, dass wir nur kleinere Teilarbeiten übernehmen können. Sein Entscheid, ein eigenes Studio zu gründen, ist mit grösster Wahrscheinlichkeit bereits getroffen. Er hat neben uns noch mit zwei anderen Studios Kontakt, die jedoch nicht einmal ansatzweise über die gleichen Möglichkeiten verfügen wie wir. Ich gehe deshalb davon aus, er wird mit uns eine engere Zusammenarbeit anstreben. Was jedoch klar ist, er will die Fäden in den Händen behalten und wir werden ihn höchstens bei der Ausführung unterstützen können. Soweit ich weiss, hat er bereits eine Lagerhalle in Van Nuys gemietet. Eine gegenseitige Beteiligung hat er auch bereits ausgeschlossen. Ich will versuchen mit ihm einen Kooperationsvertrag abzuschliessen. So oder so dürfte es für uns nur von Vorteil sein, wenn ich tatsächlich mit ihm zu einer Einigung komme. Danach wird es an uns liegen, ihm zu beweisen, dass wir mehr als nur ein kleiner Zulieferer sind."

Ich fühlte mich ein wenig deplatziert. Abgesehen davon, dass ich nicht die geringste Ahnung hatte, um was es eigentlich ging, fühlte ich mich in meinen Jeans und dem blauen Hemd sowie dem locker über die Schulter geworfenen Pullover nicht angemessen gekleidet. Obwohl beides frisch gewaschen war, konnte es mit der Businesskluft meiner beiden Begleiter nicht einmal ansatzweise konkurrieren.

„Wir können jedoch später auf dem Weg in die Stadt noch einmal kurz darüber sprechen. Jetzt schlage ich vor, führen wir unseren Gast einmal kurz durch unser Gebäude."

Marc sah mich an und deutete auf meinen Badge. „Übrigens noch eine zusätzliche Information zu deinem Badge. Er weist dich als internen Mitarbeiter der Fosters Magic Emotion Visual Effects Studios aus. Oder noch präziser gesagt als Kadermitarbeiter des Unternehmens. Ich habe den Badge Alpha eins und Kimberly hat die Alpha drei, damit du abschätzen kannst, welchen Wert diese Karte besitzt. Du hast damit mit zwei Ausnahmen zu allen Bereichen im Unternehmen Zutritt. Es kann sein, dass dich jemand darauf anspricht. Wir pflegen hier einen ziemlich offenen und lockeren Umgang und duzen uns alle. Wenn jemand wissen will, was deine Aufgabe ist, sagst du nur, du seist neu in meinem Stab für Sonderprojekte zuständig. Dann wird niemand mehr weitere Fragen stellen. Pass gut auf den Badge auf. Es gibt Leute, die ein Vermögen dafür zahlen würden."

Das überraschte mich nun doch ein wenig. Ein so weit reichendes Vertrauen seitens von Marc hatte ich nicht erwartet. Gleichzeitig wurde ich mir der Verantwortung bewusst, die Marc mir damit übertragen hatte.

Nach dieser Bemerkung meines Gastgebers machten wir uns auf den Weg in die unterste Etage. Als wir im Lift nach unten fuhren, begann Marc zu erzählen. „Unser Unternehmen ist wie bereits erwähnt in der Filmbranche tätig. In vielen Filmen nehmen wir eine wichtige Aufgabe wahr, die später im eigentlichen Film kaum bemerkt wird. Wir sind für die Gestaltung aller Effekte zuständig, die nicht in der Realität abgebildet werden können. Das

Einsatzgebiet ist sehr gross. Es gibt wenige Filme, in denen keine Spezialeffekte vorkommen. Wir haben uns auf den Bereich Science Fiction und Fantasy Filme spezialisiert. Dieser Bereich boomt überdurchschnittlich stark. Der Grund ist die ständige Verbesserung der Computertechnik. Damit steigen die Möglichkeiten von digitaler Animation. Die Effekte werden immer besser und realitätsnaher. Vor ein paar Jahren noch konnten wir nur mit Modellen arbeiten. Heute lässt sich vieles mit Grafikprogrammen bereits viel realistischer darstellen und die Entwicklung schreitet in unheimlichem Tempo voran und kennt gegen oben keine Grenzen.

Im Moment sind verschiedene grössere Projekte in Vorbereitung und wir haben das Vergnügen in vielen Bereichen an vorderster Front mit dabei zu sein. Heute will ich dir ein paar der Geheimnisse zeigen, die mit unserer Arbeit verbunden sind. Danach habe ich wie bereits erwähnt eine Besprechung, die in den Uniwers Studios stattfindet. Ich habe mir gedacht, dass dies eine gute Gelegenheit ist, ein wenig tiefer hinter die Kulissen zu blicken, als du dies bei einer der normalen Besichtigungen tun konntest. Kimberly wird mit dir eine spezielle Tour durch die Studios machen und dabei Bereiche besuchen, an denen normale Touristen nie hinkommen. Die Chancen stehen sehr hoch, dass du sogar den einen oder anderen Star von nahem sehen wirst. Es würde mich nicht verwundern, wenn du danach ein ganz anderes Bild vom Filmbusiness haben wirst."

In der Zwischenzeit waren wir unten angekommen und hatten die Produktionshalle betreten. Sie war zwei Stockwerke hoch und in verschiedene Segmente unterteilt. In jedem dieser Bereiche wurde an einem unterschiedlichen Projekt gearbeitet. In den nächsten zwei Stunden erhielt ich von Marc eine Einführung in den Begriff ‚Visual Effects' in seiner praktischen Anwendung. Die Zeit verging wie im Flug. Ich hätte nie gedacht, dass dieses Gebiet so spannend sein konnte. In einem ersten Schritt lernte ich die Green Screen Technik kennen und was sich damit alles anstellen liess. Was ich dabei erlebte, überstieg mein Vorstellungsvermögen bei weitem. Oder vielleicht musste man besser sagen, die Effekte, die sich danach im Film ergaben, waren nahezu unvorstellbar.

Als ich dort war, wurden gerade Vorbereitungen für die Aufnahmen einer Science Fiction Serie getroffen. Es sollten mehrere Szenen gedreht werden, in der es im Weltraum zu einem Kampf zwischen Kriegsschiffen kam. Als wir in den Bereich der Halle traten, waren ein paar Techniker dabei, das Set für die Nahaufnahmen aufzubauen. Die Vorgabe war es, verschiedene Piloten in Nahaufnahme zu zeigen, während sie mit ihren Fluggeräten den Gegner bekämpften. Dazu hatten die Techniker einen Sessel und ein nachgebildetes Cockpit auf eine Stahlstütze mit einem Gelenkkopf gesetzt. Auf beiden Seiten waren zwei Stangen angebracht, mit denen zwei Leute den Sitz auf dem Gelenkkopf in jede beliebige Richtung drehen konnten. Der Pilot sass im Sessel und wurde so durchgerüttelt, als wäre er in einem echten Cockpit. Nach der Aufnahme vor dem Green Screen wurden das Weltall, die Sterne und andere Raumschiffe im Hintergrund eingeblendet.

Durch einfache Umbauten konnten die Cockpits verschiedener Fluggeräte dargestellt werden. Wichtiger war jedoch, dass ein und dieselbe Person mit Unterstützung der Maskenbildner verschiedene Piloten darstellen konnte. Waren die Szenen einmal gedreht, wurden diese grafisch Bild für Bild nachbearbeitet. Eine riesige Sisyphusarbeit, die sich trotzdem auszuzahlen schien. In einer Woche konnten so ein paar Minuten Film gedreht werden. Ich hatte keine Ahnung wie das gehen sollte. Es war aber wirklich eindrücklich zu erleben, wie die Leute von Marcs Team die Sache angingen.

Im nächsten Raum, der durch eine bewegliche Wand abgetrennt war, wurde an einer anderen Szene gearbeitet. Dort ging es um die Darstellung einer Explosion. Dazu wurde ein Modell in die Luft gesprengt und das Ganze durch mehrere Kameras gefilmt. Für eine Szene, die im fertigen Film möglicherweise einige Sekunden lang dauerte, arbeitete ein Team mehrere Tage, ohne die Zeit der Modellbauer mit einzurechnen.

Als Kimberly zum Aufbruch drängte, wurde ich richtiggehend aus einer anderen Welt zurück in die Realität gerissen. Was ich in den letzten zwei Stunden gesehen hatte, war der absolute Wahnsinn. In dieser Firma arbeitete eine Truppe von beinahe verrückten Genies mit der neusten Technologie daran, das unmögliche auf der Kinoleinwand möglich zu machen. Sie kamen mir wie eine Gruppe von Erwachsenen vor, die in einem grossen Experimentierkasten spielten und dabei eine unheimliche Begeisterung an den Tag legten.

Wir verliessen die Halle wieder und begaben uns noch einmal kurz ins Büro von Marc.

„Wie hat dir die Führung gefallen?" Er hatte die Frage mit einem leichten Lächeln im Gesicht gestellt, wie wenn er meine Antwort auf die Frage bereits kennen würde, bevor er sie überhaupt gestellt hatte.

„Das war wirklich äusserst beeindruckend. Schade, dass die zwei Stunden so schnell vergangen sind. Wenn ich mich nicht schwer täusche, haben wir noch lange nicht alles gesehen."

„Das ist völlig richtig. Wir haben erst an der Oberfläche des Unternehmens gekratzt. Die drei kleinen Bereiche die wir besucht haben sind interessant, aber bei weitem nicht die interessantesten Bereiche der Firma. In den Grafikabteilungen, wo die Animationen grafisch nachbearbeitet werden, gibt es noch viel zu sehen."

In der Zwischenzeit waren wir in der Tiefgarage angekommen und nahmen die kurze Fahrt nach Los Angeles in Angriff. Es blieb noch genügend Zeit, um rechtzeitig zu Marcs Termin in den Studios zu sein.

Als wir im Verwaltungsgebäude der Uniwers Studios ankamen, trennten sich unsere Wege. Marc wurde abgeholt, um an seiner Sitzung teilzunehmen und auf uns wartete eines dieser Studiowägelchen, das uns in den inneren Bereich der Studios brachte. Um dorthin zu gelangen, mussten wir durch die Sicherheitskontrolle. Dafür wurden unsere Ausweise durch einen Kartenleser gezogen, der unsere Identität bestätigte und unsere Eintrittszeit ins Studiogelände festhielt. Danach konnten wir passieren.

In den nächsten Stunden führte mich Kimberly durch die verschiedenen Gebäude auf dem Areal. In den meisten davon war etwas los. Entweder wurden gerade Szenen von Filmen oder Fernsehserien gedreht oder man war daran ein Set umzubauen oder neu zu errichten. Überall wo Kimberly auftauchte wurde sie wie eine alte Bekannte begrüsst. Sie bewegte sich in den Studios, wie in ihrem Zuhause. Durch die Postproduktionsräume, in denen Filme geschnitten und vertont wurden oder in die Regie eines Fernsehproduktionsstudios, in dem gerade eine Gameshow aufgezeichnet wurde, überall erhielten wir problemlos Zutritt.

Das Highlight des Tages war jedoch das Mittagessen, welches wir in der Betriebskantine einnahmen. An unserem Nachbartisch sassen vier Schauspieler von denen selbst ein Banause wie ich zwei kannte. Der eine war Rock Hudson und der andere John Wayne. Als wir uns setzten, grüssten sie Kimberly. Anscheinend kannte nicht nur Marc eine ganze Menge Leute. Ich wurde der Gruppe als Assistent von Marc vorgestellt. Wir tauschten ein paar Worte aus und die vier wünschten mir einen guten Start in den neuen Job."

„Sie haben John Wayne persönlich getroffen?" Pfarrer Küenzle schaute Ruedi Rötheli mit einem völlig verblüften Gesichtsausdruck an.

„Ja, ihn, Rock Hudson, Dean Martin und Forrest Tucker. Die vier sassen im Betriebsrestaurant der Studios und tranken Kaffee. Sie haben über irgendein Projekt gesprochen."

„Das ist ja Wahnsinn." Pfarrer Küenzle konnte sich fast nicht beruhigen.

Markus Leimbacher sah den Pfarrer ein wenig verwirrt an. Er schien die Reaktion des Älteren nicht nachvollziehen zu können. Möglicherweise lag es an den Schauspielern, die seiner Generation nicht mehr so bekannt waren. Ruedi Rötheli hingegen konnte das durchaus verstehen. Schliesslich wusste er, wie er selber reagiert hatte, nachdem die vier das Betriebsrestaurant wieder verlassen hatten. „Kimberly hat mir später erklärt, in der Betriebskantine der Uniwers Studios gebe es eine Regel, die alle befolgten. Die Kantine ist eine neutrale Zone. Dort gibt es keine Stars und keine Bevorzugung. Dafür konnte man dort über alles sprechen und sicher sein, dass nichts nach aussen drang. Wer diese Regel brach, wurde aus der Gemeinschaft ausgeschlossen und hatte nicht mehr die geringste Chance einen Auftrag zu erhalten."

Nachdem Ruedi Rötheli einen Schluck getrunken hatte, erzählte er weiter. „Nach dem Essen setzten wir unsere Tour dort fort, wo wir vor der Mittagspause aufgehört hatten. Wir wollten eben gerade durch den Haupteingang des nächsten Studiogebäudes, als wir von hinten angesprochen wurden.

„Geniesst ihr die Besichtigung?"

Eigentlich hatten wir vereinbart, wir würden uns gegen siebzehn Uhr mit Marc beim Verwaltungsgebäude treffen. Er war am Morgen davon ausgegangen, die Sitzung würde etwas länger dauern. Umso erstaunter waren wir, als uns Marc mit einem breiten Grinsen im Gesicht gegenüberstand.

„Du bist schon hier? Ist das ein gutes oder schlechtes Zeichen? Du hast doch angenommen, die Sitzung würde deutlich länger dauern", bemerkte eine sichtlich erstaunte Kimberly.

Dem Grinsen nach zu schliessen, das auf Marcs Gesicht erschien, war das Resultat wohl besser ausgefallen, als er angenommen hatte. „Es ist mir gelungen, mit Georg eine Einigung zu erzielen." Marc rieb sich die Hände. Er schien völlig aufgedreht zu sein. „Wir werden für die nächsten zwei bis drei Projekte einziger Partner von Georg Logans neuer Produktionsfirma sein."

Ich vermutete, es handelte sich um eine sehr positive Nachricht. Zumindest liess die Reaktion von Kimberly darauf schliessen. Die ansonsten so distinguiert wirkende Assistentin von Marc riss die Arme in einer Art Siegerpose in die Höhe und drehte sich in einem kleinen Freudentanz um die eigene Achse. So schnell der Gemütsausbruch jedoch gekommen war, so schnell verschwand er wieder. Gleich darauf entschuldigte sich Kimberly für ihre Tanzeinlage und sah sich verstohlen um, ob es jemand bemerkt hatte.

„Das ist noch nicht alles. Als ich im Sitzungszimmer ankam, hielt sich Georg Logan nicht lange mit Einführungsgeplänkeln auf, sondern kam sofort zur Sache. Er teilte mir seinen Entscheid mit und legte gleich auch einen nahezu fertigen Vertragsentwurf auf den Tisch. Ich musste Paul und Patrick sofort kommen lassen. Gemeinsam mit den Juristen von Georg Logan haben wir in den letzten Stunden das Dokument durchgearbeitet. Wir sind rasch vorangekommen und haben die wichtigsten Punkte in kürzester Zeit erledigen können. Im Moment sind die Juristen beider Seiten daran die Verträge zu überarbeiten. Um siebzehn Uhr muss ich wieder im Büro von Georg Logan sein. Dann sollten die Verträge zur Unterzeichnung bereit stehen. Anschliessend gibt es ein kleines improvisiertes Apéro, zu dem ihr beide ebenfalls eingeladen seid. Wir haben also gut drei Stunden Zeit, bevor wir zurück im Verwaltungsgebäude sein müssen. Diese Zeit möchte ich nutzen, um mit euch beiden zu sprechen. Ich schlage deshalb vor, wir gehen zurück ins Restaurant und trinken nochmals einen Kaffee. Um diese Zeit ist dort nicht sehr viel los und ich weiss mit absoluter Gewissheit, dass der Bereich der Kantine sicher ist. Dort kann uns niemand abhören und wir können ungestört zusammen sprechen."

Auf dem Rückweg zum Restaurant erzählte uns Marc noch mehr vom Ablauf der Besprechung. Im Gegensatz zu Kimberly, die anscheinend genau wusste, um was es ging, verstand ich nur wenig. Als wir im Restaurant ankamen und uns mit den Getränken an einen etwas abseits gelegenen Tisch gesetzt hatten, wurde die Geschichte auch für mich in einer Art und Weise konkreter, die ich nicht erwartet hatte.

„Es gibt noch einen Punkt, über den ich vor der Vertragsunterzeichnung mit dir sprechen möchte, Rick. Ich bin mir bewusst, es ist weder der optimale Ort noch der beste Zeitpunkt, um das Thema anzusprechen. Für den weiteren Verlauf der Angelegenheit ist es für mich jedoch wichtig", begann Marc ein wenig umständlich mit seiner Erklärung. „Eigentlich hatte ich vor, mit dir nach der Besichtigung darüber zu sprechen, ob du dir einen Einsatz in meinem Unternehmen oder konkreter gesagt in diesem Projekt vorstellen könntest. So wie die Sache jedoch heute abgelaufen ist, zwingt mich die Situation dazu, die Geschichte zu beschleunigen." Nach dieser Einführung konnte sich Marc sicher sein, meine volle Aufmerksamkeit zu haben. „Dieses Projekt, für das wir heute den Vertrag abschliessen, könnte zum Grössten gehören, was ich in dieser Branche bis jetzt realisieren konnte. Zudem wird es die Existenz der Firma für die nächsten mindestens zehn Jahre absichern. Es wird uns zudem weitere Möglichkeiten eröffnen, von denen ich bisher nur zu träumen wagte. Damit ist ein gewisses Risiko verbunden, dass sich das Unternehmen zu fest auf ein Standbein abstützt und dadurch Gefahr läuft, am Ende ohne Nachfolgeprojekte dazustehen. Ich habe mich deshalb schon vor längerem entschieden, für die Realisierung einen Projektleiter anzustellen, der die Umsetzung des Vorhabens übernehmen soll. Das gibt mir die Möglichkeit, mich primär um die Weiterentwicklung der Firma zu kümmern. Die Person, die ich mit dieser Aufgabe betrauen möchte, muss gewisse Eigenschaften mitbringen, die schwer zu finden sind. Ich will eine unabhängige Person, die sich mit der Branche identifizieren kann, ihr aber nicht zu nahe steht. Alle Insider kommen deshalb nicht in Frage. Zudem soll es jemand sein, der über eine innovative Grundhaltung verfügt, Erfahrung im Management hat, nicht vor unkonventionellen Lösungswegen zurückschreckt und sich durch andere nicht aus der Ruhe bringen lässt. In den Staaten gibt es sicher eine Menge Leute, die einen Teil der Anforderungen erfüllen würden. Sie zu finden, ist aber schwierig. Kommt dazu, dass der Faktor Zeit eine wichtige Rolle spielt. Wir haben nicht damit gerechnet, dass sich die Geschichte in diesem Tempo entwickeln würde. Nun stehe ich vor der Herausforderung, eine schnelle und qualitativ gute Lösung für mein Problem zu finden. Wenn ich in meiner bisherigen Berufskarriere einen Faktor nennen müsste, der hauptsächlich für meinen Erfolg verantwortlich war, so würde ich sofort und ohne zu zögern mein Gespür für Menschen und für Opportunitäten erwähnen. Im Moment haben wir eine solche Opportunität, die wir nutzen werden, indem wir die Verträge unterzeichnen. Was das erwähnte Gespür für Menschen anbelangt, so bin ich seit unserer Begegnung in Monterey davon überzeugt, den richtigen Mann für die Aufgabe als Projektleiter dieses aussergewöhnlichen Projektes gefunden zu haben. Unser erstes Gespräch an jenem Abend als wir deinen Van sahen, der Flug am nächsten Tag über den Grand Canyon und auch die Fortsetzung des Gesprächs am Folgeabend, haben mich tief beeindruckt. Ich hatte von dem Moment an das Gefühl, dass du der richtige Mann für die Übernahme der Projektleitung sein könntest. Wie du ja sicher bemerkt hast, erfolgte nach deinem Anruf letzte Woche ziemlich schnell ein Rückruf von Kimberly. Das hat seinen Grund. Ich habe nach unserem Zusammentreffen in Monterey einige Erkundigungen über dich eingezogen. Wir sind über deine Patin für das Netz auf dein Unternehmen in Kanada gestossen. Zuerst waren wir etwas überrascht, als wir feststellten, dass du in Kanada als Ron Redick und nicht als Rick Reid bekannt bist. Die Nachforschungen ergaben, dass alles korrekt ist und du anscheinend britisch amerikanischer Doppelbürger bist."

Meine Aufmerksamkeit nahm in dem Moment schlagartig zu. Obwohl ich wusste, dass ich nichts Verbotenes getan hatte, ausser vielleicht vor einigen Jahren in Hongkong Pässe zu erwerben, war ich gespannt, was als nächstes folgen würde.

„Da wir aufgrund unserer Erfahrungen schon fast unter einer leichten

Paranoia leiden, was die Sicherheit anbelangt, haben wir die Überprüfung etwas erweitert. Dadurch wissen wir, dass sowohl deine Einreise in Kanada, wie auch deine Einreise in die Staaten korrekt und ohne Widersprüche verlaufen sind. Auch unter deinem Namen und der Passnummer ist nichts zu finden, was auf ein Problem hindeutet. Wie du mir gesagt hast, ist der Pass korrekt und lässt sich bis zu seiner Ausstellung zurückverfolgen. Wir haben auch deinen äusserst beeindruckenden Lebensweg in Kanada bis zu deiner Einreise aus Tokio überprüft. Dort gibt es auch nicht einen einzigen Punkt, der Fragen aufwirft oder Probleme verursachen könnte." Hier machte Marc eine Pause und schien kurz nachzudenken, wie er fortfahren sollte. Dann schien ihm ein spontaner Gedanke zu kommen, den er unbedingt loswerden wollte. „Übrigens, unabhängig davon, wie wir weiter vorgehen, musst du mir unbedingt von deinem Abenteuer in der Arktis erzählen. Hätte ich nicht die Bestätigung in den Händen gehalten, ich hätte diese Geschichte nie geglaubt. Bist du tatsächlich mit einem Flugzeug mitten auf der arktischen Eisplatte gelandet und hast dort für eine Expedition Versorgungsflüge durchgeführt?"

Im ersten Moment wusste ich nicht recht, wie ich nun reagieren sollte. Soeben hatte ich erfahren, dass Marc meine Vergangenheit durchleuchtet hatte. Ich war mir noch nicht im Klaren, ob ich Verständnis aufbringen oder wütend werden sollte. Wenn ich nun jedoch diese einfache Frage beantwortete, würde ich meine ganze Lebensgeschichte damit bestätigen oder eben abstreiten. Ich war mir nicht sicher, ob Marc genau das damit beabsichtigte. Wenn ja, war es auf jeden Fall ausserordentlich geschickt eingefädelt.

„Ja, ich bin wirklich in der Arktis geflogen. Ich kann dir auch gerne bestätigen, dass deine Abklärungen den Tatsachen entsprechen. In Kanada war ich wirklich unter dem Namen Ron Redick und nicht unter dem Namen Rick Reid bekannt. Ich besitze zwei Pässe. Einen britischen auf den Namen Ron Redick und einen amerikanischen auf den Namen Rick Reid. Beide Pässe sind echt, legal und korrekt erworben. Es ist somit richtig, dass ich britisch amerikanischer Doppelbürger bin. Ich kann dir auch versichern, dahinter stehen in keiner Art und Weise illegale Machenschaften oder ein Verbrechen. Zudem bin ich auch kein Spion oder sonst in irgendeiner Form an den Daten deines Unternehmens interessiert. Mehr kann ich euch dazu nicht sagen. Entweder du vertraust mir oder du lässt es bleiben", antwortete ich mit einem leicht verärgerten Unterton in der Stimme.

Auf Marcs Gesicht erschien dieses leichte Schmunzeln, das ich schon mehrfach bei ihm bemerkt hatte. Ich wusste nicht recht, ob es eher damit zu tun hatte, dass ich seine Absicht durchschaut hatte oder weil ihn meine Antwort einfach amüsierte. „Du beweist mir einmal mehr, dass ich mit meinem Gefühl nicht falsch liege. Die wenigsten Leute wären in der Lage gewesen, meine Absicht überhaupt zu verstehen. Ich danke dir, dass du unsere Abklärungen mit deiner Antwort bestätigt hast. Zudem möchte ich auch, dass du weisst, wir haben in Japan nicht weiter geforscht und werden das auch nicht tun. Was wir erfahren haben, reicht für unsere Zwecke vollkommen aus. Du hast deine Gründe, warum du so vorgegangen bist und das respektieren wir.

Ich möchte zudem auch, dass du weisst, wir haben unsere Abklärungen nicht selber getroffen, indem wir rumtelefoniert und Erkundigungen eingezogen haben. Meine Position und mein Unternehmen bringen den Vorteil mit sich, dass ich auch ein paar Beziehungen habe, die in gewisse Kreise reichen. Zudem ist Kimberly nicht nur meine Assistentin. Sie ist auch die Sicherheitschefin des Unternehmens und war früher für eine staatliche Organisation tätig, bevor sie zu uns gestossen ist. Kommt dazu, dass sie seit dem Ausscheiden meiner Frau aus dem Unternehmen die Nummer zwei in der Firmenhierarchie ist, selbst wenn auf ihrem Ausweis eine drei steht.

Von den Kanälen, die wir für die Abklärungen zugezogen haben, erhielten wir vorbehaltlos grünes Licht was deine Person anbetrifft. Das wäre nicht der Fall, wenn auch nur ein Hauch eines Zweifels bestehen würde. Kimberly wie ich vertrauen diesen Leuten zu hundert Prozent. Sie gehören in ihrem Job zu den Besten die es überhaupt gibt."

Einen Moment lang herrschte Schweigen. Als die Stille schon fast bedrückend wurde, ergriff plötzlich Kimberly das Wort. Sie hatte bisher schweigend zugehört und den Wortwechsel zwischen mir und Marc Foster nur äusserst interessiert beobachtet.

„Entschuldige, wenn ich noch mal nachfrage. Du warst wirklich mit einem Flugzeug in der Arktis."

Trotz der für mich unglücklichen Situation musste ich lächeln, als ich den leicht ehrfürchtigen Unterton in ihrer Stimme wahrnahm. Kimberly hatte im richtigen Moment mit dem richtigen Tonfall die richtige Frage gestellt, um die Situation schlagartig zu entschärfen.

„Ja, das ist korrekt. Meine Frau hat mir damals die Stelle am Institut Océanographique de Bedford in Halifax vermittelt. Die Geschichte ist etwas verrückt und hört sich wirklich schon fast unglaubwürdig an. Ich spreche deshalb eigentlich nur sehr ungern über dieses spezielle Erlebnis."

„Wie war das, über die Arktis zu fliegen und auf dem Eis zu landen."

„Das war sehr speziell und gehört zum Verrücktesten, was ich in meinem bisherigen Leben angestellt habe. Wenn das Wetter in der Arktis schön ist, kein Sturm tobt und die Sonne scheint, dann fühlt man sich wie in einer anderen Welt. Die Weite, diese Monotonie aus Schnee und Eis ist überwältigend. Vom fliegerischen Standpunkt her, stellen die Winde und der unebene Boden bei der Landung die grössten Herausforderungen an den Piloten. Vor allem wenn man erstmals an einer Stelle landet, die man vorher nur überflogen hat. Wenn du auf einer ebenen Eisfläche landest, auf der vorher noch niemand anderes war, gehört dass zu den fliegerisch grössten Herausforderungen, die es gibt. Wenn du dort einen auch noch so kleinen Fehler machst, kann das katastrophale Folgen haben. Dann sind keine Flughafenfeuerwehr und Notfallärzte da, um zu helfen. Jeder Fehler kann deshalb der letzte sein. Ich erzähle euch gerne ein anderes Mal etwas mehr darüber. Im Moment denke ich, ist das Thema von Marc wohl etwas dringender, als meine Erlebnisse aus der Vergangenheit."

„Da bin ich mit dir einverstanden", meinte Marc dazu. „Obwohl ich Kimberly durchaus verstehen kann." Marc sah mich eindringlich an, bevor er fortfuhr. „Ich könnte durchaus verstehen, wenn du über unsere Vorgehensweise verärgert bist. Du hast jedoch heute Morgen einen ersten Eindruck davon erhalten, wie viel Knowhow in der Filmproduktion steckt. Unser Kapital ist unser Wissen und die Fähigkeit, Probleme und Schwachstellen zu erkennen, bevor diese für das Unternehmen bedrohlich werden können. Ich würde es deshalb sehr bedauern, wenn unsere Massnahmen, die einzig und alleine der Sicherheit des Unternehmens dienten, etwas an unserer Beziehung ändern würden. Bevor wir deshalb weiter diskutieren, muss ich wissen, wie du zu unseren Nachforschungen stehst und ob unser Vorgehen für dich ein Problem darstellt?"

Ich sah Marc nachdenklich an, bevor ich antwortete. „Wenn ich behaupten würde, ich sei hocherfreut darüber, so würde ich lügen. Handkehrum bin ich mir auch seit längerem bewusst, dass mein Verhalten solche Situationen provozieren kann. Als ich mich entschieden habe diesen Weg zu gehen, war ich mir auch bewusst, dass dies Folgen haben würde. Damit muss ich leben. Ihr habt nur das getan, was aus eurer Sicht notwendig war und ich trage euch deshalb sicher nichts nach. Genauso wie ihr eure Gründe habt, die Nachforschungen zu betreiben, hatte ich Gründe so vorzugehen. Für euch stand die Sicherheit im Vordergrund, ebenso wie für mich, wobei in meinem Fall sogar mein Leben gefährdet war."

Marc wirkte nach meiner Antwort deutlich erleichtert.

„Sehr gut. Wie ich bereits erwähnte, brauche ich einen Projektleiter und du bringst den überwiegenden Teil der Anforderungen mit. Deine Aufgabe wäre primär die Koordination zwischen unseren Projektteams und den Leuten von Georg Logans Unternehmen."

In der nächsten halben Stunde erklärte mir Marc im Detail, was er von mir erwartete, wenn ich den Job übernahm. Ich hatte das Gefühl, die Aufgabe wäre für mich lösbar. Natürlich musste ich mich noch deutlich tiefer in die Materie einarbeiten. Ich traute mir aber ohne weiteres zu, auch dieses Problem lösen zu können.

„Du musst dich nicht hier und jetzt entscheiden", meinte Marc mitten in meine Überlegungen hinein. „Mich würde nur interessieren, was du grundsätzlich davon hältst und ob du der Meinung bist, du könntest diese Aufgabe lösen."

„Aufgrund deiner Erklärungen und dem was ich bisher weiss, denke ich, die Aufgabe ist lösbar. Es braucht sicher etwas Einarbeitungszeit und vor allem am Anfang auch etwas Unterstützung deinerseits." Ich dachte kurz nach. „Bevor ich jedoch definitiv zusage, würden mich die Bedingungen interessieren, die mit der Aufgabe des Projektleiters verbunden sind. Wenn ich einmal weiss, was alles verlangt wird, so kann ich definitiv entscheiden, ob ich in der Lage bin die Aufgabe wahrzunehmen."

„Wenn es nur an den Bedingungen liegt, bin ich überzeugt wir finden eine Lösung. Die Einzelheiten können wir morgen zusammen besprechen. Ich schlage dir vor, du kommst mit an die Vertragsunterzeichnung und lernst dabei auch noch Georg Logan kennen. Dann kannst du dir ein abschliessendes Bild machen und entscheiden, ob du die Aufgabe übernehmen willst."

Eine Stunde später, nachdem wir noch das eine oder andere Detail zu dem Vorhaben besprochen hatten, begaben wir uns zurück zum Verwaltungsgebäude der Uniwers Studios. Dort wurden wir bereits erwartet. Die Juristen hatten in den vergangenen Stunden wirklich hervorragende Arbeit geleistet. Sie waren noch nicht ganz am Ende ihrer Arbeit angelangt, jedoch zumindest so weit, dass der Basisvertrag unterschrieben werden konnte. Zwei Anhänge, die einige zusätzliche rechtliche Details regelten, mussten noch geklärt werden. Diese zwei offenen Punkte waren jedoch kein Hindernis, um den Vertrag zu unterzeichnen.

Kimberly und ich waren mit einem guten Dutzend anderer Personen im grossen Sitzungszimmer anwesend, als Marc und Georg Logan ihre Unterschriften unter die Papiere setzten. Nach dem kurzen Akt und dem Austausch der Verträge wurde ein Apéro serviert. Bei dieser Gelegenheit lernte ich Georg Logan kennen.

Der eher schmächtig wirkende Mann war eine zurückhaltende Persönlichkeit. Während der halben Stunde, in der wir in dem Konferenzzimmer standen und neben ein paar Häppchen und Champagner allgemeine Konversation betrieben, hielt er sich meistens im Hintergrund auf. Trotzdem liess er es sich nicht nehmen, alle Anwesenden persönlich zu begrüssen. Vor allem jene Leute, die nicht zu seinem direkten Umfeld gehörten oder die er heute zum ersten Mal sah. Denen widmete er einen Augenblick seiner Zeit. Als er bei mir ankam, sah er mir einen Moment lang prüfend ins Gesicht. Ich konnte in seinen Augen erkennen, dass hinter dieser schüchternen Maske ein hochintelligenter Mann steckte, den man aufgrund seines zurückhaltenden Verhaltens in der Regel unterschätzte.

„Sie sind also der Wunderknabe, von dem mir Marc berichtet hat? Es freut mich sehr, sie kennen zu lernen."

„Auch wenn ich mich ebenfalls freue sie kennen zu lernen, müssen sie mich wohl mit jemand anderem verwechseln. Ich bin alles andere, aber mit Sicherheit kein Wunderknabe."

„Die Bescheidenheit ehrt sie. Aber Marc hat mir von ihrem Arktis Abenteuer erzählt und auch wie sie in Kanada aus dem Nichts eine Fluggesellschaft aufgebaut haben. Für mich ist das bewundernswert, da mehr als eine durchschnittliche Leistung erforderlich ist, um damit erfolgreich zu sein." Er machte eine kurze Pause, in der mich diese undurchdringlichen Augen prüfend musterten. „Vielleicht haben wir einmal etwas Zeit, um uns darüber zu unterhalten. Ich würde mich freuen etwas mehr über ihre Erlebnisse zu erfahren. Vielleicht kann man das eine oder andere in das Projekt einbauen."

Das war auch schon alles, was wir an diesem ersten Treffen miteinander besprachen. Trotzdem hinterliess die starke Persönlichkeit von Georg Logan bei mir einen tiefen Eindruck.

Auf dem Rückweg zu seiner Firma war Marc völlig überdreht. Für mich war das schwer nachvollziehbar, da ich einen grossen Teil der Vorgeschichte nicht kannte. Als wir in seinem Büro ankamen, liess er sofort das gesamte Personal zusammenrufen. Egal was gerade an Arbeiten anstand, alle rund zweihundertfünfzig Personen fanden sich in der grossen Halle ein. Nicht alle waren über den kurzfristigen Unterbruch ihrer Arbeit begeistert. Als die gesamte Belegschaft versammelt war, hielt sich Marc nicht mit Vorreden auf, sondern kam sofort zur Sache. „Meine lieben Kolleginnen und Kollegen. Ich habe soeben im Beisein von Kimberly und Rick Reid, einem guten Freund und zukünftigen Mitarbeiter von Fosters Magic Emotion, einen langfristigen Zusammenarbeitsvertrag mit Georg Logan unterschrieben."

Als die Leute den Namen hörten, ging ein Raunen durch die Menge der anwesenden Mitarbeiter.

„Der Vertrag regelt in einem ersten Schritt die Zusammenarbeit im aktuellen Projekt von Georg. Wird dieses Projekt zu einem Erfolg, woran ich persönlich nicht im Geringsten zweifle, sieht der Vertrag eine weitere Zusammenarbeit in den Folgeprojekten vor. Wir werden auch in diesen Folgeprojekten der Exklusivpartner von Georg Logan sein. Voraussetzung ist jedoch eine gute Arbeitsleistung im ersten Teil. Mit der Vertragsunterschrift ist das Weiterbestehen unseres Unternehmens über die nächsten fünf bis zehn Jahre gesichert. Wir werden in den nächsten drei Wochen das neue Projektteam zusammenstellen und mit den Vorbereitungsarbeiten beginnen. Der Termindruck ist verhältnismässig hoch und es wird Anstrengungen von uns allen benötigen, um die gesetzten Ziele zu erreichen. Ich bin sicher, gemeinsam wird uns dies gelingen.“

Damit war Marcs kurze Ansprache auch schon vorüber. Die Leute, von denen die Nachricht positiv aufgenommen wurde, zerstreuten sich rasch wieder. Marc, Kimberly, die beiden Rechtsanwälte und fünf weitere Personen, die ich bisher noch nicht kannte sowie ich selbst, trafen sich im grossen Konferenzraum neben Marcs Büro. In der kurzfristig einberufenen Sitzung wurde der Vorgehensplan für die nächsten drei Wochen kurz besprochen. Danach, mittlerweile war es schon beinahe acht Uhr am Abend, verabschiedeten sich alle und gingen nach Hause.

Für mich war es ein ereignisreicher Tag gewesen. Ich scheute mich auch nicht zuzugeben, dass ich müde war. Aufgrund meines Zigeunerlebens war ich mir solche Tage einfach nicht mehr gewohnt. Als wir in Marcs Haus zurück waren, stand bereits ein einfaches Abendessen auf dem Tisch. Die Hausangestellte hatte auf Anweisung von Marc für alles Notwendige gesorgt.

„Was meinst du zu dem, was du heute erlebt hast?“ Obwohl Marc Foster sichtlich auch müde war, wollte er meine Meinung hören.

„Für mich war das ziemlich viel, für einen durchschnittlichen Tag.“

„Das sehe ich auch so. Dass plötzlich alles so schnell gehen würde, war nicht vorgesehen. Auf das war ich nicht vorbereitet. Sonst nimmt so ein Prozess zwei bis drei Wochen in Anspruch.“ Marc schien einen Moment über seine eigenen Worte nachzudenken. „Eigentlich hätte ich so etwas ahnen müssen. Schliesslich kenne ich Georg lange genug, um mit solchen Ereignissen zu rechnen. Ein solches Vorgehen ist typisch für ihn.“

Dann wandte er sich direkt an mich.

„Hast du schon ein wenig darüber nachdenken können, ob dich die Aufgabe als Projektleiter reizen würde?“

„Ich denke schon, dass es für mich eine spannende Aufgabe wäre. Das Ganze geht mir aber fast ein wenig zu schnell. Vor drei Tagen bin ich noch mit dem Van auf den Strassen rumgetingelt und plötzlich bietet sich die Möglichkeit, als Projektleiter eines Grossprojektes tätig zu sein. Abgesehen davon gibt es noch an die tausend Dinge, die in diesem Zusammenhang zu lösen wären. Ich habe weder eine Wohnung noch haben wir jemals über einen Vertrag gesprochen."

„Gut, dann schlage ich vor, wir machen uns gleich daran, die noch offenen Lücken in deiner Informationskette mit Inhalten zu füllen. Als erstes kann ich dir mitteilen, dass du hier so lange wohnen kannst, wie du willst. Das Gästehaus steht auf unabsehbare Zeit leer. Es hat zudem einen eigenen Zugang und ist auch sonst autonom. Das einzige was wir gemeinsam nutzen würden, wäre der Pool und der Garten. Was alles andere anbelangt, dazu kann ich dir heute Folgendes sagen…"

In den nächsten Stunden erklärte mir Marc den ganzen Plan sowie alle Bedingungen, die damit verbunden waren. Er informierte mich nicht nur über die Vertragsbedingungen, die er mir anbieten konnte, sondern erzählte mir auch weitere Details zu der Aufgabe, die ich übernehmen sollte. Als wir uns kurz nach Mitternacht zurückzogen, hatte ich erstmals an diesem Tag das Gefühl, über genügend Informationen zu verfügen, um einen Entscheid treffen zu können.

„Morgen kommt übrigens Justin. Ich schlage dir vor, du nimmst dir das Wochenende Zeit, um über die Sache nachzudenken. Ich kann dir versichern, dass dich mein Sohn nicht die ganze Zeit über in Anspruch nehmen wird. Am Montag können wir noch einmal mit den Leuten im Betrieb sprechen. Danach müsste ich jedoch von dir einen Entscheid haben."

Mit der Gewissheit im Kopf, dass ich noch einige Dinge durchdenken musste, legte ich mich schlafen.

Als Justin am Samstag im Haus seines Vaters eintraf, war er hell begeistert mich dort vorzufinden. Er nahm mich den grössten Teil des Samstags in Beschlag. Ich erzählte ihm alles was er wissen wollte, spielte das erste Mal in meinem Leben Tennis und verbrachte auch einige Zeit im Pool. Marc half bei allen Aktivitäten mit. Er genoss es, seinen Sohn glücklich zu erleben. Am Abend fand eine improvisierte Party statt, zu der auch Kimberly erschien. Ich lernte dabei noch einige weitere Leute kennen, die sich alle darum bemühten, mir ein positives Bild des Unternehmens zu vermitteln.

Am Sonntag nach dem Mittagessen musste Justin bereits wieder zurück zu seiner Mutter. So war wenigsten der Nachmittag ein wenig ruhiger. Marc und ich nutzten die Zeit, um noch einzelne Fragen zum weiteren Vorgehen zu diskutieren. Schliesslich teilte ich Marc meinen Entschluss mit.

„Also, ich möchte dir folgenden Vorschlag machen. Die Aufgabe des Projektleiters interessiert mich und ich möchte sie gerne übernehmen. Im Moment bin ich noch ein wenig unsicher, ob ich auch wirklich fachlich in der Lage bin, die hohen Anforderungen in einer akzeptablen Qualität zu erfüllen. Trotzdem würde ich es gerne versuchen."

„Ausgezeichnet. Sehr guter Entscheid. Ich zweifle übrigens nicht an deinen Qualitäten und werde alles unternehmen, damit die Geschichte gut über die Bühne geht."

In den nächsten Wochen und Monaten schlug ich mich damit herum, mit den Besonderheiten und dem Alltag in dieser verrückten Branche zu Recht zu kommen. Das hörte sich im ersten Moment einfach an, war aber alles andere als das. Ich lernte eine Menge Leute kennen, darunter einige der exzentrischsten Exemplare der Gattung Homo Sapiens, die mir mein ganzes Leben über den Weg gelaufen sind. Vor allem unter den Filmschauspielern hatte es Persönlichkeiten, die nicht nur sich selbst viel zu ernst nahmen, sondern auch davon ausgingen, nein teilweise sogar erwarteten, dass auch der Rest der Menschheit das so sah.

Doch nicht nur die Filmschauspieler, sondern auch ein Teil meiner neuen Kollegen stellte für mich eine Herausforderung der ganz besonderen Art dar. Unter all diesen Kuriositäten stach jedoch einer ganz besonders hervor: Detlef Bimbaumeler. Ich lernte diesen teutonischen Besserwisser ohne jeglichen Tiefgang an der ersten Sitzung des Projektteams kennen. Er war in dem Dreierteam, das von Georg Logan als Bindeglied zur Gesamtprojektleitung und den anderen Teilprojekten delegiert worden war. Obwohl eigentlich als eine Art Logistikkoordinator vorgesehen, gab er zu allem und jedem seinen Kommentar ab. Es bereitete ihm dabei nicht die geringste Mühe, auch seinen beiden Kollegen in den Rücken zu fallen, wenn sich ihm eine Möglichkeit bot. Sobald er eine Gelegenheit erkannte, sich als Person in den Vordergrund zu schieben, ergriff er diese ohne jegliche Rücksichtnahme, wobei ihm seine überdurchschnittlichen rhetorischen Fähigkeiten entgegen kamen. Seine beiden Kollegen, die eigentlich mit ihm hätten zusammenarbeiten müssen, unternahmen alles, um ihm aus dem Weg zu gehen. Sie schämten sich für ihr drittes Teammitglied und nutzten jede Gelegenheit, um sich von ihm und seinen Aktivitäten zu distanzieren. Dass sie dabei offen und ohne jede

Rücksichtnahme vorgingen, schien Bimbaumeler nicht im Geringsten zu stören. Entweder schien er das Ganze nicht zu bemerken oder er setzte sich in seiner unermesslichen Arroganz bewusst darüber hinweg.

Ich habe nie herausgefunden, welcher traurigen Fügung des Schicksals ich es zu verdanken hatte, diesem Dilettanten über den Weg zu laufen. Auf jeden Fall dauerte es nicht lange, bis wir aneinander gerieten. Meine Anweisung sich nicht weiter in Bereiche einzumischen, in denen er nichts zu tun hatte, ignorierte er mit stoischer Ruhe. Er versprach jedes Mal wortreich, sich selbstverständlich an die Regeln zu halten, um im nächsten Satz seine vorherige Aussage gleich Lügen zu strafen. Das ging so lange, bis ich ihm untersagte, weiter an anderen, als an den Sitzungen des Projektausschusses teilzunehmen. Von dem Moment an liess er seine Maske fallen.

„Sie haben mir gar nichts zu sagen. Ich bin nicht ihnen unterstellt und mache, was ich für richtig halte", kam damals prompt die Antwort.

Nach dem zweiten Vorfall, der sich anfangs der dritten Woche ereignete, begann ich mir ernsthaft zu überlegen, wie lange ich mir das noch antun wollte. Obwohl ich nicht gerade dazu neigte, bei den ersten auftauchenden Problemen die Flinte ins Korn zu werfen, fragte ich mich dennoch, ob ich doch nicht besser meine Reise fortsetzen sollte. Dass ich mir Gedanken machte, blieb anscheinend nicht unbemerkt, auch wenn ich mich nie öffentlich zu dem Thema geäussert hatte. Eigentlich hatte ich vorgehabt, an der Sitzung des nächsten Tages die Sache der Hierarchie ein für alle Mal zu klären. Detlef Bimbaumeler tauchte jedoch an der Sitzung nicht auf. Als er auch an den beiden Folgetagen nicht mehr erschien, sprach ich einen seiner Kollegen darauf an. Der zeigte sich ziemlich erstaunt. „Weisst du nichts davon?"

Seine Frage verwirrte mich leicht. „Wovon sollte ich etwas wissen?"

„Irgendjemand hat bei Georg Logan interveniert. Ich habe eigentlich gedacht, du wüsstest, wer das war. Daraufhin wurde Bimbaumeler zu Logan ins Büro gerufen. Er hat ihm zwei Umschläge in die Finger gedrückt. In einem davon waren ein Empfehlungsschreiben und ein Check mit einer grosszügigen Abfindungssumme. Im anderen Umschlag waren Flugtickets der ersten Klasse für ihn und seine Familie von Los Angeles nach Frankfurt. Er hat ihm nahegelegt im Verlauf der nächsten Woche nach Deutschland zurückzukehren und sein Glück dort zu versuchen. Seine Mentalität passe nicht in ein Land wie Amerika und würde nach seiner Beurteilung auch nirgendwo anders hinpassen als in good old Germany. Detlef hat das nicht so gut aufgenommen. Es soll zu einem kurzen Ausbruch gekommen sein, der jedoch von der Security sofort unterbunden wurde. Sie haben ihn kommentarlos und mehr oder weniger sanft auf die Strasse gestellt. Er erhielt ein Studioverbot ausgesprochen und dürfte es schwer haben, in LA einen neuen Job zu finden, da sich das Ereignis in Windeseile überall herumsprach."

Er betrachtete mich ein wenig abwägend von der Seite. „Wir waren alle davon überzeugt, du hättest bei Georg Logan interveniert."

Ich hob in einer reflexartigen Reaktion vielleicht fast ein wenig zu theatralisch sofort abwehrend die Hände. „Das geht nicht auf meine Kappe, obwohl ich gerne zugebe, über diese Entwicklung alles andere als unglücklich zu sein. In der Regel löse ich meine Probleme selber und brauche nicht gleich jedes Mal die Unterstützung der Geschäftsleitung."

Meine Antwort auf die Frage, sprach sich erneut wie ein Lauffeuer im Projektteam herum. Ich würde mich in Zukunft daran gewöhnen müssen, dass die Kommunikationswege in der Filmbranche sehr kurz waren.

Ich war über die Entwicklung der Situation nicht gerade glücklich. Dieses Ereignis konnte meine Autorität als Projektleiter untergraben, bevor das Projekt begonnen hatte. Ich sprach deshalb Marc auf die Sache an.

„Da mach dir mal keine Sorgen. Ich habe gehört, Georg Logan hat persönlich eingegriffen. Anscheinend hat er bemerkt, dass da etwas schief läuft."

Bis auf diesen Negativhöhepunkt verlief die Einführungsphase sehr gut und nach drei Wochen war das Team bereit, um mit den eigentlichen Arbeiten zu beginnen. Für mich gab es nach diesen drei Wochen definitiv keine Zweifel mehr, dass ich im Projekt weiter arbeiten würde.

In den nächsten Monaten arbeiteten wir intensiv an der Umsetzung einzelner Teilaufgaben für das neuste Projekt von Georg Logan. Im Bereich, in dem ich mit meinen Leuten tätig war, arbeiteten noch fünf weitere Teams an verschiedenen Teilaufgaben. Da wir wirklich nur mit einem kleinen Teil des Gesamtprojekts beschäftigt waren, fehlte mir das Verständnis für die Zusammenhänge. Das störte mich jedoch zu diesem Zeitpunkt nicht. Meine Aufgabe machte Spass und es verging kein Tag, an dem ich nicht etwas Neues dazulernte. Mein Team bestand aus Leuten der unterschiedlichsten Bereiche. Neben zwei Kameraspezialisten einem Beleuchtungstechniker und zwei Modellbauern gehörten noch zwei Computerspezialisten, eine Maskenbildnerin und eine Kostümschneiderin dazu. Zusätzlich kamen die beiden Verbindungsleute von Georg Logans Firma sowie immer wieder Schauspieler zum Team, wenn wir eine Szene umsetzen mussten.

Was das Filmische anbelangte, konnte ich nicht mitreden. Die Handlung erzählte von einer Rebellion in der Zukunft und spielte irgendwo in einem weit entfernten Fantasieuniversum. Von solchen Dingen hatte ich nicht die geringste Ahnung und mir fehlte es auch an der nötigen Fantasie, um bei der Gestaltung mitzuhelfen.

Ich war jedoch der Antreiber, der dafür sorgte, dass die Arbeiten vorwärts gingen und die Verspieltheit der Produktionsleute sich in Grenzen hielt. Manchmal gab es auch Konflikte zu lösen und Streit zu schlichten. Auch wenn es ab und zu ausserordentliche Einsätze benötigte, so gelang es uns trotzdem die Terminvorgaben regelmässig einzuhalten.

Mit Marc tauschte ich mich laufend über den Stand der Arbeiten aus. Wir diskutierten ab und zu über die Entwicklung des Projektes und die Zusammenarbeit mit den Leuten von Georg Logan. Marc war mit der Entwicklung sehr zufrieden. Alle Rückmeldungen die er erhielt, waren positiv. Es hatte sogar schon erste kleinere Folgeaufträge für die Firma gegeben. Die Zusammenarbeit mit Georg Logan sprach sich in der Branche herum und das war fast so etwas wie ein Qualitätssiegel.

Nach vier Monaten erhielt ich völlig unerwartet eine Einladung zu einer Koordinationssitzung. An der Besprechung waren neben Georg Logan persönlich, die leitenden Mitarbeiter des Projekts dabei. Bisher hatte man noch nie jemand von Marcs Firma zu einer dieser Sitzungen eingeladen, da aufgrund unserer Arbeiten die Teilnahme an Sitzungen auf Stufe Gesamtprojekt nicht notwendig war.

An der Sitzung wurde ich aufgefordert, über den Stand unserer Arbeiten Auskunft zu geben. Dann fragte man mich noch zweimal nach meiner Meinung zu einem Thema und schon war der Spuk wieder vorbei. Als ich gerade gehen wollte, rief mich Georg Logan noch einmal zu sich.

„Ich wollte dich bitten, in Zukunft regelmässig an der Sitzung teilzunehmen. Du hast mit deinem Team bisher ausgezeichnete Arbeit geleistet. Im Gegensatz zu meinen Leuten, habt ihr noch nicht einen Termin überschritten. Kommt dazu, die kleinen Änderungen, die ihr veranlasst habt, waren wirklich innovativ."

„Selbstverständlich kann ich an den Sitzungen teilnehmen."

„Gut, dann sehen wir uns nächste Woche. Selbe Zeit, selber Ort."

Am Abend erzählte ich die Geschichte Marc beim Abendessen. Er reagierte ungläubig und völlig verblüfft. „Das darf ja nicht wahr sein." Aus seiner Stimme war Freude und Begeisterung herauszuhören. „Was hat dir Georg Logan sonst noch gesagt?"

Ich wiederholte Georg Logans Kommentar.

„Das ist ja Wahnsinn. Du hast in vier Monaten mehr erreicht, als ich im ganzen letzten Jahr." Marc schüttelte ungläubig den Kopf.

„Das verstehe ich nicht ganz. Was meinst du damit, ich hätte mehr erreicht als du?"

„Ich habe ein Jahr mit Georg Logan Verhandlungen geführt, bis ich den Vertrag hatte. Der garantiert uns einen gewissen Mindestumfang an Aufträgen während den nächsten drei Jahren. Alles andere ist leistungsabhängig. Anders gesagt, ist ein Minimum an Arbeiten garantiert. Gegen oben ist jedoch alles offen und anscheinend stellt Georg Logan nun die Latte höher. Wie es aussieht, hast du ihn mit deinen Leuten überzeugt, dass mehr möglich ist. Zudem hat er dich in den inneren Zirkel aufgenommen. Dieser Personenkreis ist an allen wichtigen Entscheidungen direkt beteiligt. Dort wird auch die kreative Ausrichtung des Projekts festgelegt. Sämtliche Fäden laufen dort zusammen." Marc lehnte sich in seinem Stuhl zurück. Auf seinem Gesicht erschien ein zufriedenes Lächeln. „Ich denke du brauchst noch etwa einen Monat und dann wird dir erst richtig klar werden, in was für ein fantastisches Projekt du da reingeraten bist."

Wie Marc an jenem Abend völlig korrekt feststellte, erhielt ich durch die Teilnahme an den Sitzungen immer tieferen Einblick in das Vorhaben. Zudem lernte ich auch die Denkweise von Georg Logan immer besser kennen. Plötzlich verstand ich Zusammenhänge, die ich vorher gar nicht hatte erkennen können, da mir die Informationen fehlten. Was wir hier produzierten, war revolutionär und würde das Genre des Science Fiction Films völlig auf den Kopf stellen. Es konnte sogar die Filmindustrie als Ganzes beeinflussen und das Verrückteste war, ich steckte mitten in der Geschichte drin.

Die Arbeitsweise von Georg Logan war sehr strukturiert und dennoch eigenartig. Er legte grössten Wert darauf, immer über ein aktualisiertes Drehbuch zu verfügen, auf dem man die nächsten Schritte aufbauen konnte. Gleichzeitig, passte er jedoch sein Vorgehen immer wieder der jeweiligen Situation an. Das führte dazu, dass an jeder zweiten Sitzung ein neu überarbeitetes Drehbuch vorlag. Nach der fünfzehnten oder zwanzigsten Überarbeitung musste jeder Mitarbeitende sich schon aufs äusserste konzentrieren, um nicht die Übersicht zu verlieren.

Als Projektleiter war es meine Aufgabe dafür zu sorgen, dass immer mit der aktuellen Version gearbeitet wurde. Nachdem ich das Prinzip einmal verstanden hatte, sorgte ich dafür, dass die Anpassungen gleich nach der Sitzung kommuniziert und die betreffenden Stellen in allen Drehbüchern ausgetauscht wurden.

Der Grund für das sonderbare Vorgehen von Georg Logan lag an seinem

Hang zur Perfektion. Er hatte klare Vorstellungen, wie die Spezialeffekte in seiner Geschichte auszusehen hatten. Die Special Effects Teams trieb er deshalb immer wieder dazu an, noch einen Schritt weiter zu gehen und die technischen Möglichkeiten immer und immer wieder zu verbessern. Er wollte unter allen Umständen auf der Leinwand eine Darstellung haben, die so realitätsnah wie möglich ausfiel. Seinem Hang zum Perfektionismus ordnete er alles unter. War eine Szene einmal abgedreht und das Endresultat entsprach nicht seinen Vorstellungen, so musste die Szene erneut gedreht werden, bis er mit dem Resultat zufrieden war. Das führte vor allem in der ersten Phase der Produktion zu einigen Personalwechseln. Mit der Zeit fand sich jedoch eine Gruppe von Enthusiasten zusammen, die sich der Herausforderung stellten und solange an den jeweiligen Szenen arbeiteten, bis der Chef mit dem Resultat zufrieden war.

Mein Anteil an der gesamten Arbeit war aus meiner persönlichen Sicht eher gering. Ich war kein Spezialist auf einem der Gebiete, die für die Produktion erforderlich waren, auch wenn ich mit der Zeit immer mehr dazulernte. Vor allem in der ersten Phase konnte ich deshalb in der detaillierten Umsetzung kaum mitreden. Meine Stärken lagen in der Art und Weise wie ich Problemstellungen anging. Man konnte meine Aufgabe wohl am ehesten als die eines strukturierten Querdenkers bezeichnen. Viele meiner Kollegen besassen festgefahrene Meinungen, wie eine Problemstellung zu lösen war. Ich fragte mich jedoch immer wieder, warum man das Problem nur von einer oder zwei Seiten betrachtete. In meiner bisherigen Karriere hatte ich stets einen anderen Ansatz bevorzugt. Wenn ein Weg sich als möglich anbot, versuchte ich in der Regel immer noch einen zweiten und dritten Weg zu finden, der vielleicht noch effizienter, vielversprechender oder einfacher war.

Als ich nach der Einführungsphase diese Art des Vorgehens auch einmal einbrachte, löste das zuerst einen Sturm der Entrüstung aus. Meine Kollegen waren stets schon dabei an der Umsetzung der ersten Lösung zu arbeiten, wenn ich immer noch versuchte, einen anderen Weg zu finden.

Der einzige, der mein Vorgehen guthiess, war Georg Logan. Ich hatte ein oder zwei Mal auch insofern Glück, als sich meine Lösungswege im Nachhinein als die besseren herausstellten, als die zuerst eingeschlagenen Ansätze.

Das war natürlich nicht immer der Fall. Die ersten beiden Male reichten jedoch aus, um bei Georg Logan einen nachhaltigen Eindruck zu hinterlassen. Als das meine Kollegen einmal gemerkt hatten, hielten sie sich mit ihrer Kritik zurück. Ursprünglich war nach Beginn der Produktionsarbeiten ein Zeitraum von acht Monaten bis zur Fertigstellung des Films vorgesehen.

Nach Ablauf dieser Frist war noch nicht einmal ein Drittel des Films produziert. Die Verzögerungen führten zu Budgetüberschreitungen und plötzlich schien das ganze Projekt gefährdet zu sein.

Georg Logan hatte den grössten Teil seines eigenen Vermögens in die Produktion des Filmes gesteckt. Das alleine reichte jedoch nicht aus, um die Realisierung des Projekts zu sichern. Er wandte sich deshalb an das Studio, um von dort Unterstützung zu erhalten. Obwohl die verantwortlichen Leute mit dem bisher Gesehenen mehr als zufrieden waren, glaubten sie aufgrund der Verzögerungen nicht mehr an die Realisierung des Films. Sie hatten sich deshalb entschieden, aus dem Projekt auszusteigen und die bisherigen Aufwendungen als Verlust abzuschreiben.

Als sie Georg Logan ihren Entscheid kommunizierten, war das für ihn eine herbe Enttäuschung. Er liess sich jedoch aufgrund der Vorkommnisse nicht aus der Ruhe bringen. Nachdem er den ersten Schock verdaut hatte und das ging relativ schnell, nahm er erneut mit dem Studio Verhandlungen auf, um sich die Rechte an dem Projekt zu sichern. Er wollte sich aus der Verpflichtung gegenüber dem Studio auskaufen und die alleinige Verantwortung für das Projekt übernehmen.

Die Forderungen des Studios beliefen sich auf vierzig Millionen Dollar und waren gemäss dem Verantwortlichen nicht verhandelbar. Nur für diese Summe waren sie bereit, die Rechte an dem Projekt abzugeben.

Georg Logan war mit dem Resultat der kurzen aber klaren Diskussion mit dem Studio nicht zufrieden. Wenn er das Projekt retten wollte, so brauchte er nicht nur die vierzig Millionen für das Studio sondern zusätzlich noch einmal in etwa die gleiche Summe, um die Produktion bis zu ihrem Ende sicherzustellen. Trotzdem er alles versuchte und alle seine Kontakte aktivierte, brachte er die Summe nicht zusammen. Ihm blieb deshalb nicht viel anderes übrig, als Marc über die Situation zu informieren. Das war der Moment, in dem ich von dem Problem erfuhr. Es war an einem jener Abende, als Marc und ich nach einem anstrengenden Tag gemeinsam ein Steak auf dem Grill brieten und einfach nur den Frieden des schwindenden Tages genossen. Ich spürte bald einmal, dass Marc nicht ganz bei der Sache war.

„Was ist eigentlich mit dir los, Marc?"

„Nichts, warum meinst du."

Marc spielte den Überraschten, was jedoch einfach zu durchschauen war. „Du bist ein miserabler Schauspieler, wenn man bedenkt, wie lange du schon im Filmgeschäft tätig bist."

Marc musste lachen, obwohl auch dieses Lachen sich ziemlich bedrückt anhörte. Er nahm einen Schluck aus seinem Weinglas und schien einen Moment lang nachzudenken. Gerade so, als überlege er sich, ob er mich wirklich ins Vertrauen ziehen konnte. „Also gut. Wir stecken in grossen Schwierigkeiten. Oder besser gesagt Georg Logan steckt in grossen Schwierigkeiten. Wenn nicht ein Wunder geschieht, muss die Produktion eingestellt werden."

Dann erzählte mir Marc die ganze Geschichte.

Ich hörte aufmerksam zu. Mir gingen dabei eine ganze Menge Gedanken durch den Kopf. Als Marc mit seiner Erzählung am Ende angelangt war, hatte ich bereits einen Entschluss gefasst.

„Wann triffst du Georg Logan das nächste Mal?"

„Wir sehen uns Morgenabend. Warum interessiert dich das?"

„Wo triffst du dich mit ihm?"

„Wir haben eine Besprechung in seinem Büro, um das weitere Vorgehen festzulegen. Aber warum interessiert dich das?"

„Das erklär ich dir Morgen, sofern ich an der Sitzung teilnehmen kann."

„Ich denke nicht, dass Georg Logan das schätzen würde. Zudem verstehe ich nicht, was du an der Sitzung willst."

„Lass dich überraschen. Ich muss diese Nacht ein paar Telefonate machen. Morgen an der Sitzung kann ich dir mehr sagen."

Georg Logan war im ersten Moment überrascht, als ich als Begleiter von Marc zu der Besprechung erschien. Wie es seine pragmatische Art war, stellte er jedoch keine Fragen. Er hielt sich auch nicht lange mit irgendwelchen Floskeln auf, sondern kam sofort zur Sache.

„Ich denke, du hast Rick bereits über die Situation informiert, wenn ihr zu zweit an die Sitzung kommt?"

Er sah Marc fragend an, der zur Bestätigung nur nickte.

„Gut, dann gleich zur Sache. Ich habe mit dem Studio einen Vertrag unterzeichnet, der mir sämtliche Rechte an dem Projekt abtritt, sofern ich die vereinbarte Summe aufbringen kann. Diese beläuft sich nun noch auf zweiundzwanzig Millionen Dollar. Ich konnte den Preis herunterhandeln und zudem eine Frist bis Ende Jahr erreichen, um die Finanzierung aufzubringen." Georg Logan machte eine kurze Pause. „Schliesslich brauche ich noch weitere vierzig bis fünfzig Millionen Dollar, um das Projekt zu Ende zu bringen, da das Studio alle Zahlungen eingestellt hat. Unter dem Strich sind also vierzig bis maximal siebzig Millionen Dollar erforderlich, um das Projekt weiterführen zu können. Es ist mir bis heute nicht gelungen die Summe aufzubringen. In der kurzen Zeit gelang es mir, für maximal fünfzehn Prozent der Summe Zusagen zu erhalten. Als Konsequenz davon müssen wir die Arbeiten vorerst einmal einstellen. Ich werde in den kommenden Monaten alles daran setzen, um das fehlende Kapital zu beschaffen. Aber dessen ungeachtet fehlen im Moment die nötigen Mittel, um das Projekt fortzusetzen. Ende nächster Woche ist vorerst einmal Schluss."

Nach dieser Nachricht, herrschte ein Moment bedrücktes Schweigen. Ich beschloss deshalb mit meinem Vorschlag rauszurücken.

„Ich hätte dir einen Vorschlag zu unterbreiten, von dem bisher niemand etwas weiss. Ich habe letzte Nacht ein paar Telefonate gemacht und wäre unter gewissen Voraussetzungen in der Lage die gesamte Finanzierung des Projekts sicherzustellen."

Ich hätte wohl ebenso gut sagen können, ich komme vom Mars und wolle anstelle der Fertigstellung des Films mit dem Team eine sofortige Invasion der Erde durch grüne Männchen vorbereiten. Die Reaktion meiner beiden Zuhörer wäre kaum anders ausgefallen. Die zwei sahen mich mit einem Gemisch aus Überraschung, Unglauben und auch ein wenig Empörung an.

„Rick, jetzt ist wirklich nicht der Moment, um sich über die Situation lustig zu machen. Selbst wenn du deine Fluggesellschaft verkaufst und deinen Van noch dazu gibst, reicht das nicht, um die siebzig Millionen Dollar zu beschaffen. Zudem würde ich dem sowieso nie zustimmen. Kein Projekt ist es Wert, dafür ein anderes funktionierendes Projekt in den Sand zu setzen."

„Obwohl das eigentlich nicht Marc zu entscheiden hat, schliesse ich mich seiner Meinung vorbehaltlos an", stellte Georg Logan in einem nüchternen Tonfall fest. „Trotzdem würde ich im Gegensatz zu Marc gerne wissen, wie du darauf kommst, du könntest kurzfristig fünfzig bis siebzig Millionen Dollar auftreiben, um das Projekt zu retten", ergänzte Georg Logan.

„Bevor ich deine Frage beantworte, möchte ich mich entschuldigen, dass ich euch auf diesem Weg informiere. Ich musste ein wenig improvisieren." Dann wandte ich mich an Marc. „Du hast ja meine Vergangenheit in Kanada erforscht und hast bereits einiges herausgefunden. Deine Abklärungen haben in Tokio aufgehört. Ich hatte aber auch vorher ein Leben und dort gelang es mir, zu ein wenig Vermögen zu kommen. Zudem habe ich Beziehungen, die es mir ermöglichen die benötigte Summe aufzubringen." Ich machte eine kurze Pause und wandte mich dann Georg Logan zu. „Ich bin mir bewusst, dass dieser Umstand völlig überraschend kommt. Nichts desto trotz bin ich wirklich in der Lage, das benötigte Kapital zu beschaffen. Wie ich erwähnte, sind damit ein paar Bedingungen verknüpft. Die erste davon ist, dass mein Geschäftspartner und ich nicht offen als Investoren auftreten wollen. Wir ziehen es aus verschiedenen Gründen vor, im Hintergrund zu bleiben. Sollte unsere Beteiligung zustande kommen, ist deshalb darüber Stillschweigen zu wahren. Der zweite Punkt betrifft das aktuelle und die künftigen Projekte. Sollte der erste Film erfolgreich sein und ich zweifle nicht im Geringsten daran, wollen wir in der gleichen Grössenordnung und zu den gleichen Bedingungen an den Folgeprojekten ebenfalls als Investoren dabei sein. Selbst dann, wenn dies danach nicht mehr nötig wäre. Der dritte Punkt betrifft meine Person. Ich will zumindest für das erste Projekt weiterhin meine bisherige Rolle als Projektleiter wahrnehmen können. Als stiller Teilhaber werden weder ich noch mein Geschäftspartner sich in irgendeiner Form in das Projekt einmischen. Wenn ich einen Beitrag leiste, so ist er in der gleichen Form und der Funktion als Projektleiter, wie ich das bisher getan habe. Das sind die wesentlichen Bedingungen, die wir an eine Finanzierung stellen. Wir gehen nicht davon aus, dass dies ein Problem sein sollte."

Nachdem ich meine Erklärung abgeschlossen hatte, blieb es einen Moment still. Als erster fand Marc seine Sprache wieder.

„Mich betrifft ja das Ganze eher weniger, ausser dass ich nie gedacht hätte, einen Multimillionär in meinem Gästehaus zu beherbergen", stellte Marc Foster mit einer nicht zu überhörenden Portion Ironie in der Stimme fest. „Den Entscheid muss Georg alleine treffen, obwohl ich gerne zugebe, dass ich mich freuen würde, wenn das Projekt zu Ende geführt würde."

Georg Logan hatte ruhig zugehört. Plötzlich stellte er eine Frage, die ich eher von Marc erwartet hatte. „Warum bist du eigentlich in den Staaten mit einem Camper unterwegs, wenn du ein Leben in Luxus führen könntest?"

„Das ist eine gute Frage, die sich trotzdem einfach beantworten lässt. Nach dem Tod meiner Frau in Kanada musste ich etwas unternehmen, um auf andere Gedanken zu kommen. In Kanada wollte ich nicht mehr bleiben, da mich alles an Sophie erinnert hat. Ich habe mit der Reiserei im Van versucht, das tragische Ereignis für mich zu verarbeiten. Dass ich während meiner Reise zuerst auf Marc und danach auf dich getroffen bin, war reiner Zufall. Die Beschäftigung im Projekt hat mir jedoch wieder neue Kraft gegeben, etwas zu bewegen und das ist der Hauptgrund, weshalb wir heute hier sind. Dass sich eine Situation ergibt, in der mein Vermögen eine Rolle spielt, ist ebenso Zufall. Ich habe dir die Finanzierung angeboten, da ich nach allem was ich gesehen habe vom Projekt überzeugt bin. Es geht mir nicht darum mitzubestimmen, reinzureden oder dir zu sagen was du zu tun hast. Wenn du jedoch erfolgreich bist, profitiere ich als stiller Investor ebenso vom Erfolg. Zudem glaube ich im Gegensatz zu den Studios felsenfest an den Erfolg des Projekts."

Georg Logan sah mich lange an, bevor er wieder etwas sagte.

„Gut, meine Herren, dann lassen sie uns die Verträge ausarbeiten und uns danach mit dem befassen, für was wir eigentlich zusammengefunden haben. Machen wir den besten Film, den es je gegeben hat."

Es dauerte drei Wochen, bis alle Details ausgearbeitet und die Verträge unterschrieben waren. Die Details hatten Georg Logans Juristen und meine Anwälte in Toronto ausgehandelt. So stellten wir sicher, dass ausser uns dreien und Drisi nicht mehr als fünf weitere Leute über alle Details der Abwicklung Bescheid wussten.

Inzwischen brodelte in Hollywood die Gerüchteküche. Es war der Filmindustrie nicht entgangen, dass hier ein Einzelner die Rechte eines Films von einem Studio erworben hatte und das Projekt gegen die Meinung der mächtigen Filmbosse vorantrieb. Von Seiten des Studios wurde der Deal mit Georg Logan offiziell als Erfolg bewertet. Man war davon überzeugt, noch einmal mit einem blauen Auge aus einem Verlustgeschäft davon gekommen zu sein. Für Georg Logan hatte man nur ein mitleidiges Lächeln übrig. Aus den offiziellen Kommentaren konnte man den leicht verächtlichen Tonfall heraushören, mit dem der Pressesprecher die Sache kommentierte, sobald Journalisten das Thema ansprachen.

Georg Logan hatte aus den Ereignissen seine eigenen Schlüsse gezogen. Nach einem Interview mit einer Fernsehjournalistin und nachdem diese durch Verdrehung der Fragen das Projekt als Lachnummer hinstellte, verweigerte er sämtliche weiteren Interviewanfragen. Das trug nicht zur Beruhigung der Situation bei, sondern liess die Gerüchteküche noch weiter ansteigen. Erst als mit den Oskar Nominationen das Interesse auf andere Themen gelenkt wurde, verschwand das Projekt aus der Öffentlichkeit.

In der Zwischenzeit lief die Produktion des Filmes ungeachtet der Nebengeräusche weiter. Es dauerte jedoch fast zwei Jahre, bis alle Szenen abgedreht und die Postproduktion des Filmes so abgeschlossen war, wie sich Georg Logan dies vorgestellt hatte. Die reinen Produktionskosten beliefen sich schliesslich auf über achtundsechzig Millionen Dollar, ohne die Summe die Georg Logan an die Studios bezahlt hatte, um alle Vermarktungsrechte zu besitzen. Mit der Fertigstellung des Films waren jedoch nicht alle Hürden genommen. Es benötigte noch einmal mühsame Verhandlungen und einige Hindernisse mussten aus dem Weg geräumt werden, bis der Tag des Kinostarts feststand. Aufgrund der negativen Vorschusslorbeeren, die sich durch den Rummel rund um die Ablösung der Filmrechte ergeben hatten, gestaltete sich dieser Teil fast schwieriger als die Produktion des Films. Die Kinobetreiber wollten das Werk zuerst nicht in den grossen Kinos zeigen. Als jedoch schon am ersten Abend die Leute vor den Kinos in langen Schlangen anstanden und es zu Protesten kam, da nicht alle den Film sehen konnten, schalteten die Kinobesitzer weitere Vorführungen hinzu. Trotz des katastrophalen Starts spielte der Film bereits in den ersten beiden Wochen beinahe das Doppelte seiner Produktionskosten ein. Damit jedoch nicht genug. Der Aufbau des Films löste einen Hype aus, wie ihn die Filmindustrie bisher noch nie gesehen hatte. Es gab Kinos in den Staaten, in denen der Film beinahe ein Jahr lief. Die geschätzten Einnahmen beliefen sich auf beinahe das Zwanzigfache der Produktionskosten.

Die einzigen, die nicht vom fantastischen Ergebnis des Filmes profitierten, war das Studio, das Georg Logan die Rechte verkauft hatte. Trotz mehreren Anfragen war niemand der Verantwortlichen bereit, die Angelegenheit zu kommentieren. Die einzige Reaktion war die fristlose Entlassung der beiden verantwortlichen Personen kurz nach dem Kinostartwochenende.

Georg Logan ging mit einer Ausnahme nicht auf die Geschichte ein. Die spitze Bemerkung über den Sinn von Investitionen, Loyalität und Vertrauen wurden jedoch auch von den Bossen der Studios zur Kenntnis genommen.

In der Zwischenzeit hatten längst die Vorbereitungsarbeiten für die zweite Folge der Trilogie begonnen. Georg Logan hatte einen ersten Entwurf des Drehbuchs bereits vor dem Erscheinen des ersten Teils geschrieben. Als die Geschichte soweit Gestalt angenommen hatte, dass man die Struktur des Filmes erkennen konnte, bestimmte Georg Logan die einzelnen Produktionsteile. Zu meiner Überraschung erhielt ich einen Sonderauftrag. Der erste Teil des Filmes sollte auf einem Eisplaneten spielen. Er machte an einer Produktionssitzung rasch klar, wer aus seiner Sicht die besten Voraussetzungen hatte, um diesen Teil des Filmes zu realisieren. „Ich habe lange überlegt, wem ich die Verantwortung für den ersten Teil des Films übertragen soll. Dieser Teil ist wichtig, um das Publikum in die Kinosäle zu bringen. Rick Reid hat als einziger von uns allen Erfahrung mit der Arktis und somit mit dem Leben auf dem Eis. Ich übertrage deshalb Rick die Verantwortung für die Produktion des ersten Teils des Films." Dann sah er mich direkt an. „Rick, du erhältst ein eigenes Team und bist vollumfänglich für die Realisierung von diesem Teil des Films verantwortlich. Was meinst du dazu?"

Zu sagen ich wäre überrascht gewesen, war die Untertreibung des Jahrhunderts. Ich wusste nicht Recht, was ich antworten sollte. Bevor die Pause jedoch peinlich wurde, nahm ich die Aufgabe dankend an. Als die Sitzung vorüber war, wartete ich, bis ich Georg Logan alleine sprechen konnte. „Ich möchte mich bei dir noch für das Vertrauen bedanken, dass du mir mit der Übergabe der Verantwortung für den ersten Teil der Produktion übertragen hast. Um ehrlich zu sein bin ich mir aber nicht sicher, ob ich genügend qualifiziert bin, um diese Aufgabe zu übernehmen. Ich hoffe du gibst mir diese Aufgabe nicht nur wegen meinem Engagement als Investor."

Wie es seine Angewohnheit war, antwortete mir Georg Logan nicht sofort, sondern streute eine seiner berühmten Pausen ein, während der er sein Gegenüber jeweils intensiv musterte. „Du hast mir gesagt, du willst als stiller Investor auftreten und das habe ich respektiert und respektiere es auch weiterhin. Du hast mir ebenfalls gesagt, dass du deine Aufgabe als Projektleiter auch weiterhin wahrnehmen willst. Auch das respektiere ich. Als Projektleiter für den ersten Teil des Films möchte ich dich haben, da du von allen Leuten die ich kenne am besten qualifiziert bist. Gibt es noch eine Fragen?"

Nach dieser klaren Ansage ärgerte ich mich über mich selber. „Nein, keine weiteren Fragen. Danke für dein Vertrauen, Georg."

„Gern geschehen und nun mach dich an die Arbeit. Wir müssen einen Film produzieren."

Nachdem ich im ersten Film mit Erfolg als Projektleiter in Marcs Unternehmen tätig gewesen war, bedeutete die neue Aufgabe eine grosse Herausforderung. Ich hatte in den vergangenen zwei Jahren sehr viel über die Filmproduktion gelernt. Auch wenn ich mit grossem Respekt an die Sache heran ging, fühlte ich mich nach der Äusserung von Georg Logan bereit, die Verantwortung zu übernehmen. Da gab es nur ein kleines Problem zu lösen. Mit der Annahme des Auftrags war ich gezwungen die Beschäftigung in Marcs Unternehmen aufzugeben. Daran hatte ich während der Sitzung nicht gedacht. Es war mir erst auf dem Rückweg zum Haus in den Sinn gekommen. Ich überlegte mir deshalb während der ganzen Rückfahrt, wie ich die neue Situation Marc erklären sollte. Was ich jedoch nicht wusste, Georg Logan hatte bevor er mir den Vorschlag unterbreitete, bereits mit Marc gesprochen. Die beiden waren sich rasch einig geworden, ich wäre der am besten geeignete Kandidat für die erste Sequenz des Films. Zu meiner Überraschung war Marc bereits zuhause, als ich beim Anwesen ankam. Nach einer kurzen Begrüssung wollte ich gerade zu einer Erklärung ansetzen, als Marc mir zuvor kam. „Gratuliere zu deiner neuen Aufgabe."

„Du weisst in dem Fall schon Bescheid?"

Marc konnte ein Grinsen nicht unterdrücken. „In Hollywood bleiben Geheimnisse nicht lange Geheimnisse. Was hat dir Georg Logan alles über den Auftrag erzählt?"

Ich gab Marc alle Informationen, die ich erhalten hatte.

„Was er dir in dem Fall nicht erzählt hat, ist die Geschichte mit dem Standortwechsel", stellte Marc nüchtern fest. „Diesen Teil wollte er in dem Fall mir überlassen. Ich denke, unsere gemeinsame Zeit hier in Simi Valley ist abgelaufen."

Georg Logan hatte mit dem Ertrag aus dem ersten Film in der Nähe von San Franzisco eine grosse Ranch gekauft und dort neben seinem Wohnhaus auch sein eigenes Studio eingerichtet. Ein grosser Teil des zweiten Films würde dort entstehen. Der neue Standort lag jedoch beinahe dreihundert Meilen von meinem heutigen Domizil und Arbeitsplatz entfernt. Das bedeutete für mich, ich musste umziehen. Auch wenn sich Marcs Begeisterung in Grenzen hielt, so war für ihn bereits nach dem Gespräch mit Georg Logan klar gewesen, dass damit unsere gemeinsame Zeit zu Ende ging. Bevor ich jedoch bei Marc auszog, feierten wir noch einmal eine unserer legendären Steak Partys und genossen den Frieden eines wundervollen Abends.

Am nächsten Morgen machte ich mich mit dem Van auf den Weg nach San Franzisco. Es war ein geniales Gefühl wieder einmal mit dem Camper unterwegs zu sein. Ich merkte erst jetzt, wie sehr ich das einfache Leben in meinem kleinen fahrbaren Zuhause vermisst hatte. Dieses Gefühl von Freiheit und Unabhängigkeit, das ich vor meiner Beschäftigung bei Marc so genossen hatte. Auch wenn ich wusste, dass die Leute von Georg Logan bereits auf mich warteten, legte ich auf dem Platz des Netzes in Santa Maria auf halber Strecke nach San Franzisco einen Zwischenhalt mit Übernachtung ein. Ich erledigte die Formalitäten, stellte den Van auf den zugewiesenen Platz und nahm meine Campingausrüstung aus dem Stauraum. Dann kaufte ich im kleinen Laden des Platzes ein paar Zutaten und bereitete mir ein kleines aber feines Nachtessen zu. Ich war gerade dabei ein Stück Fleisch auf den Grill zu legen, als eine Frau mich ansprach.

„Verzeihen sie, ich möchte sie nicht stören. Wie ich sehe, haben sie ihren Grill angezündet."

Ich drehte mich um. Vor mir stand eine attraktive und sportliche Frau mit einem sympathischen Lächeln.

„Das ist richtig. Kann ich etwas für sie tun?"

„Also, ich habe den Abstellplatz der ihnen gegenüber steht und als ich ihr Grillfeuer sah, habe ich mich gefragt, ob ich vielleicht mein Fleisch bei ihnen auf den Grill legen dürfte. Dann muss ich meinen Grill nicht selber aufstellen und Feuer machen." Sie sah mich fragend an.

„Selbstverständlich, das ist kein Problem. Kommen sie nur rüber. Ich mache immer genug Glut, damit ich nach dem Essen noch etwas draussen sitzen und die Wärme des Feuers geniessen kann."

Die Frau bedankte sich und kam kurz darauf mit einem Teller auf dem zwei kleine Fleischstücke lagen sowie zwei Gläsern und einer guten Flasche Wein zurück. „Ich habe mir gedacht, wir könnten während dem das Fleisch auf dem Grill liegt, einen kleinen Schluck zusammen trinken."

Dem wollte ich mich auf keinen Fall verschliessen. Der Abend begann äusserst angenehm und wurde, je länger er dauerte, immer wie besser. Später, sehr viel später, als schon beinahe der Morgen dämmerte, fasste ich einen Entschluss. Sobald ich meine Aufgabe im zweiten Teil der Trilogie erfolgreich abgeschlossen hatte, würde ich der Umgebung von San Franzisco den Rücken kehren und meine Reise wieder aufnehmen. Die Unterbrechung hatte fast vier Jahre gedauert und wie mir an diesem Abend klar wurde, war das eindeutig lange genug.

Nach dem Erfolg des ersten Teils stieg die Spannung auf den zweiten Teil beinahe ins Unermessliche. Die Spekulationen, welche Fortsetzung die Geschichte im zweiten Teil nehmen würde, trieben die verrücktesten Blüten. Nach dem ersten Teil waren bereits erste Fanclubs gegründet worden, die sich bei jeder sich bietenden Gelegenheit an den Spekulationen beteiligten.

Ich für meinen Teil brauchte nicht zu spekulieren, da ich an vorderster Front mit dabei war. Die Aufgabe, die mir Georg Logan übertragen hatte, stellte sich jedoch als deutlich schwieriger heraus, als ich angenommen hatte.

Da in diesem ersten Abschnitt des Films fast alle Hauptdarsteller beteiligt waren, wurden viele Szenen von den Schauspielern real gespielt. Bisher hatte ich nur gelegentlich mit Schauspielern zu tun gehabt. Diese Erfahrung änderte meine Sichtweise auf die Arbeit im Filmbusiness noch einmal wesentlich. Ich lernte die ganze Palette dessen kennen, was man auf der Leinwand nie sah und sich in der Regel immer hinter den Kulissen abspielte.

Als Projektleiter hatte ich im ersten Teil der Trilogie vor allem Spezialeffekte bearbeitet und diese so realitätsnah wie möglich gestaltet. Dabei waren die meisten Szenen schon vorher abgedreht worden und wir hatten sie mit technischen Tricks noch realitätsnaher dargestellt oder waren dafür verantwortlich, dass Teile davon noch einmal nachgedreht werden mussten.

Die Arbeit mit den Schauspielern war eine um einiges grössere Herausforderung. In meiner neuen Rolle hatte ich die Funktion eines Co-Producers. Zum Glück hatte ich für die Regiearbeit eine ausgezeichnete Unterstützung durch einen erfahrenen Regieassistenten, der mir half die Ideen in szenische Abläufe umzusetzen. Trotzdem war die Aufgabe nervenaufreibend. Zu meinem Erstaunen liess mir Georg Logan freie Hand. Das einzige was er von mir kompromisslos verlangte, dass ich ihn über die aktuelle Situation auf dem Laufenden hielt. Dabei schärfte er mir ein, egal um welche Uhrzeit oder um welches noch so geringe Problem es sich handle, ich müsse ihn umgehend informieren, sobald ich das Gefühl hätte, ich könne eine Situation nicht alleine lösen. Diese Anweisung verfolgte ich konsequent, auch wenn sie mir weit mehr als nur eine abschätzige Bemerkung einbrachte.

Das hatte zur Folge, dass Georg Logan in den ersten Wochen des Drehs mehr als zwei Dutzend Mal auf dem Set stand. Dabei kam auch ich nicht ungeschoren davon. Zweimal musste ich vor versammelter Equipe einen Anschiss über mich ergehen lassen. Was ich kommentarlos entgegen nahm, um danach genau das umzusetzen, was Georg Logan von mir verlangte. Deutlich mehr mussten jedoch andere ihren Kopf hinhalten. Dabei machte er auch vor den Stars nicht halt. Mit der Zeit wurde deshalb auch klar, dass der Meister die Entscheide seines Schülers gut hiess und Intrigen und andere Mätzchen nichts ausser Ärger einbrachten. Als das geklärt war, liess man sich höchstens noch auf kurze Diskussionen ein. Das vereinfachte die Arbeit deutlich. Es dauerte mehr als sechs Monate bis alle Szenen im Kasten waren. Danach begann die Nachbearbeitung im Studio, die weitere drei Monate und einige schlaflose Nächte in Anspruch nahmen. Schliesslich war der erste Teil des Films in einer Grundversion vollendet.

Dann kam jener Freitagvormittag an dem das Kernteam die erste Sequenz begutachten wollte. Ich war extrem nervös vor dieser ersten Vorführung. Die beiden Nächte davor konnte ich kaum schlafen, da ich mir nur allzu bewusst wurde, wie gross eigentlich die Verantwortung war, die ich da auf mich genommen hatte.

Die erste Vorführung des so wichtigen Einführungsteils dauerte wenig mehr als zwanzig Minuten. Der kleine Vorführsaal im Studio mit dreissig Plätzen war völlig überfüllt. Neben allen Führungsleuten, der technischen Crew und den Special Effekt Leuten, waren auch sämtliche Hauptdarsteller trotz teils laufenden Dreharbeiten extra für die kurze Vorführung angereist.

Als das letzte Bild durch den Projektor gelaufen war, ging das Licht im Vorführraum wieder an. Für zehn, fünfzehn Sekunden herrschte absolute Stille. Niemand bewegte sich und kein Laut war zu hören. Ich werde diese wenigen Sekunden, die mir wie eine Ewigkeit vorkamen, mein ganzes Leben nie mehr vergessen. Dann plötzlich begann jemand zu klatschen und kurz darauf schien der kleine Raum völlig aus den Fugen zu geraten. Georg Logan brauchte mehrere Minuten, um wieder für Ruhe im Raum zu sorgen.

„Meine Damen und Herren. Selbst wenn das noch nicht die definitive Version ist und wir noch ein paar Änderungen vornehmen werden, so lassen sie mich Folgendes sagen: Was sie hier eben gesehen haben, ist die Messlatte für den gesamten Rest des Projekts. Ich möchte dem Team und Rick Reid als verantwortlichem Producer für ihre herausragende Arbeit danken. Wenn wir die anderen Teile des Films ebenso hinkriegen wie den Anfang, dann wird die zweite Folge die erste um Längen übertreffen. Wir haben jedoch noch viel zu tun und jeder kennt nun das Mass an dem wir uns selber messen werden. Packen wir's an, gehen wir an die Arbeit Leute."

Die nächsten Monate verbrachte ich auf der Ranch. Zuerst erledigte ich mit dem Team die gewünschten Anpassungen, was jedoch keine drei Wochen in Anspruch nahm. Als das erledigt war, holte mich Georg Logan in seinen persönlichen Stab zurück. Dort stand ich ihm für Sonderaufgaben zu seiner persönlichen Verfügung. Schliesslich hatte ich zugesagt, bis zum Ende der Produktion des zweiten Films mit dabei zu bleiben. Was danach kam, hatte ich bewusst offen gelassen.

Dieses Mal rissen sich die Kinos um die Rechte, den Film in der Premieren Woche zeigen zu dürfen. Die Premiere selber wurde zu einem Spektakel, das seinesgleichen suchte. Der Film startete gleichzeitig in über zweitausendfünfhundert Kinos weltweit, was noch einmal eine organisatorische Meisterleistung erforderte. Am ersten Wochenende wurde beinahe das Vierfache der Produktionskosten von siebenundachtzig Millionen Dollar eingespielt. Insgesamt spielte der zweite Teil deutlich über das zwanzigfache der Produktionskosten ein und lief in einzelnen Kinos sechsundfünfzig Wochen am Stück.

Das alles erlebte ich nur noch aus der Ferne. Zu dieser Zeit war ich längst an der Ostküste der Vereinigten Staaten. Nachdem die Premiere vorüber und mein Anteil an der Finanzierung des dritten Teils der Trilogie geregelt war, verabschiedete ich mich und nahm meine Reise mit dem Van wieder auf.

In Miami hielt ich mich zwei Monate auf, bevor ich die Staaten Richtung Südamerika verliess. Damit hatte ich einen weiteren Abschnitt meines Lebens hinter mich gebracht." Ruedi Rötheli machte eine Pause. Es war spät geworden. Seine beiden Zuhörer hatten sich in den vergangenen Monaten an die Erzählungen gewöhnt. Trotzdem fühlten sie sich ebenfalls leicht erschlagen. Die letzte Geschichte hatte beinahe drei Stunden gedauert.

„Auch wenn ich mich wiederhole", stellte Pfarrer Küenzle mit müde klingender Stimme fest, „es ist völlig verrückt, was sie alles erlebt haben."

Martin Leimbacher hatte Ruedi Rötheli nicht aus den Augen gelassen und fixierte den alten Mann immer noch mit einem Blick, der fast etwas wie Ehrfurcht ausdrückte. „Ich gehe noch einen Schritt weiter, als unser Kollege Pfarrer Küenzle. Hätte ich nicht die Aufgabe gehabt, die Geschichte zu verifizieren und wüsste ich nicht aufgrund meiner Prüfung der Dokumente, dass sie auch stimmt, ich würde ihnen nicht ein einziges Wort davon glauben."

Ruedi Rötheli musste lächeln. „Das beweist mir, dass ich die richtige Person für die Prüfung der Unterlagen und damit auch meiner Geschichte ausgelesen habe. Ein Skeptiker gibt sich entsprechend mehr Mühe, die Wahrheit zu finden, als jemand der allzu leichtgläubig ist."

„Haben sie eigentlich viele Schauspieler kennen gelernt?"

„Ja, da waren einige darunter. Neben den Hauptdarstellern der Trilogie, traf ich vor allem auf der Ranch in der Umgebung von San Franzisco viele Leute. Georg Logan hatte dort eine kleine Bungalowsiedlung, in der ich fast zwei Jahre wohnte. Neben einem Dutzend ständig dort wohnender Personen, die etwa einen Viertel der Räume belegten, kamen und gingen je nach Projekt unterschiedlich viele Leute. Darunter waren auch viele Filmschauspieler. Da das Gelände gut gesichert war, hatten sie dort ihre Ruhe. Zudem fand fast jedes Wochenende wenn Georg Logan vor Ort war eine Art Party statt. Dort trafen sich seine Freunde und Kollegen sowie die Leute die aktuell an einem Projekt arbeiteten. Man schaute sich Filme an, diskutierte über die neusten Entwicklungen in der Branche und genoss das gesellige Zusammensein unter seinesgleichen. Georg Logans Partys unterschieden sich wesentlich von den dutzenden von schrillen Hollywoodevents, die jedes Wochenende in und rund um Los Angeles stattfanden. In den fünf Jahren hatte ich mich trotz zahlreicher Einladungen und ein paar wenigen Ausnahmen erfolgreich um die Teilnahme an solchen Anlässen gedrückt."

Einen Moment herrschte Schweigen. Ruedi war etwas müde vom Erzählen und seine beiden Zuhörer waren müde vom Zuhören. Mittlerweile war es kurz vor achtzehn Uhr. In der Mehrzweckhalle in Trub waren sicher die ersten Teilnehmenden bereits eingetroffen. Auch wenn zuerst noch ein Essen serviert wurde, so mussten sich Markus Leimbacher und Pfarrer Küenzle doch langsam auf den Weg machen.

7. Von Informationen, Heimen und Gesprächen

Im grossen Saal der Mehrzweckhalle in Trub herrschte eine aufgeräumte Stimmung. Die mit der Einladung verschickte Menü Karte des berühmten Sternekochs und die damit verbundene Aussicht auf ein aussergewöhnliches Essen, hatten seine Wirkung nicht verfehlt. Wie es Ruedi Rötheli geplant und vorausgesehen hatte, genossen die zahlreichen Gäste nicht nur die aussergewöhnliche Küche, sondern waren dank einem vollen Magen auch mehr als zufrieden. Trotzdem stieg nach dem Hauptgang die Unruhe im Saal. Kaum war das Geschirr vollständig abgeräumt, als Notar Markus Leimbacher an das zuvorderst im Saal stehende Rednerpult trat. Gleichzeitig wurden die Fenster verdunkelt und das Licht im Saal leicht herabgedimmt. Blitzartig verstummten die diversen Gespräche und von einem Moment auf den anderen herrschte eine angespannte Ruhe unter den Anwesenden.

„Meine sehr verehrten Damen und Herren. Im Namen des Gönners dieses Anlasses möchte ich sie hier heute Abend recht herzlich willkommen heissen. Danke, dass sie sich die Zeit genommen haben und so zahlreich erschienen sind. Ich gehe davon aus, sie alle sind gespannt darauf, den Grund zu erfahren, weshalb sie heute Abend hierher eingeladen wurden. Ich möchte sie deshalb nicht lange auf die Folter spannen und gleich zur Sache kommen." Markus Leimbacher machte eine kurze Pause und sah sich die Leute vor sich im Saal an. Die wenigen unter den Anwesenden, die ihn wirklich besser kannten, hatten mit Sicherheit bemerkt, dass ihm die Sache offenbar Spass machte. „Ich denke es ist an der Zeit, das Geheimnis zu lüften und ihnen die Person vorzustellen, die diesen Abend überhaupt erst ermöglicht hat. Bitte begrüssen sie mit mir den Mann, der sie über alles weitere informieren wird."

Er hob seinen Arm und zeigte zum Eingang zuhinterst im Saal, wo Ruedi Rötheli in der Zwischenzeit durch die Tür in den Saal getreten war. Alle Anwesenden drehten sich um und sahen den kleinen Mann in seinem dunkelblauen Anzug, dem weissen Hemd und dem blaugrauen Schlips an, der fast ein wenig verlegen im Rahmen der Tür stand. Während ein aufgeregtes Raunen durch die Menge ging, schritt Ruedi Rötheli nach vorne ans Rednerpult. Er wartete geduldig, bis wieder Ruhe eingekehrt war. „Guten Abend alle zusammen. Ich freue mich, dass sie meiner Einladung heute Abend gefolgt sind. Bevor ich Ihnen mehr zum Zweck der Veranstaltung sage, möchte ich mich kurz vorstellen. Mein Name ist Ruedi Rötheli…" Als der Name ausgesprochen war, ging erneut ein vielstimmiges Raunen durch den Saal. Einzelne, vor allem ältere Personen, standen auf, um den Mann besser sehen zu können. Der alte Mann musste warten, bis sich der Lärm wieder soweit gelegt hatte, dass er seine Ausführungen fortsetzen konnte. „Ich bin mir sicher, mein Name ist nicht allen Anwesenden bekannt. Vor vierundsiebzig Jahren bin ich als jüngstes Kind von Josef und Rosalie Rötheli auf dem Viertelihof hier in Trub geboren. Nach einer für mich nicht immer einfachen Kindheit, habe ich meine Familie vor beinahe sechzig Jahren von einem Tag auf den anderen verlassen." Erneut begannen die Anwesenden miteinander zu reden und Ruedi musste warten, bevor sich die Unruhe einigermassen gelegt hatte. Als es endlich still war und nachdem er noch ein paar Sekunden zusätzlich gewartet hatte, begann Ruedi Rötheli wieder zu sprechen. „Einige von ihnen werden wohl von meinem plötzlichen Auftauchen nach all den Jahren überrascht sein. Ich kann das durchaus nachvollziehen. Vor zwei Jahren habe ich selber nicht damit gerechnet, heute Abend hier vor ihnen zu stehen. Dahinter steckt eine besondere Geschichte. Damit ich sie nicht unzählige Male wiederholen muss, habe ich zu dieser unorthodoxen Methode gegriffen und sie heute Abend hier in die Mehrzweckhalle in Trub eingeladen. Sie müssen nicht befürchten, nun von einer stundenlangen Erzählung gelangweilt zu werden. Heute Abend beschränke ich mich auf das Wesentliche. Ich möchte ihnen erzählen, warum ich wieder zurück in die Schweiz gekommen bin. Nach meinem Aufbruch aus Trub war ich in den folgenden Jahren auf allen fünf Kontinenten unterwegs und habe vieles gesehen und erlebt. Ich bin jedoch nicht nur herumgereist, sondern habe auch an verschiedenen Orten Projekte realisiert. Dabei ist es mir in all den Jahren gelungen ein kleines Vermögen anzuhäufen. Man kann durchaus sagen, dass es sich dabei um ein nicht ganz unerhebliches Vermögen handelt, wie ich gerne festhalten möchte. Aufgrund verschiedener Vorkommnisse, auf die ich heute nicht näher eingehen will, habe ich mich entschlossen einen Teil dieses Vermögens im Sinne einer vorzeitigen Ausschüttung meines Erbes an sie, die sie hier anwesend sind, zu verteilen." Nach dieser Eröffnung stieg der Lärm im Saal wieder an. Der alte Mann wartete geduldig, bis der Lärmpegel so weit gesunken war, dass er weitersprechen konnte. „Dass ich mich dazu entschlossen habe und heute hier vor ihnen stehe, um über mein Erbe zu sprechen, hat ebenfalls einen Grund. Ich werde heute vierundsiebzig Jahre alt und wenn es nach meinen Ärzten geht, werde ich den achtzigsten Geburtstag kaum mehr erleben. Ich habe deshalb entschieden, die Verteilung meines Vermögens vor meinem möglichen Ableben selber in die Hand zu nehmen.

Die Aufteilung der zur Verfügung stehenden Summe will ich nicht einfach dem Zufall überlassen. Des Weiteren habe ich entschieden, dass alle Bezugsberechtigten sich einem Verfahren stellen müssen, aus dem ich mit Unterstützung meiner Begleiter entscheiden werde, welchen Anteil der zur Verfügung stehenden Summe der jeweiligen Person respektive der jeweiligen Organisation zukommen wird." Wieder brandete Unruhe unter den Anwesenden auf, die Ruedi Rötheli zu einer Pause zwang. „Die Teilnahme an diesem Wettstreit, ist für alle hier Anwesenden freiwillig. Wer entscheidet sich dieser Herausforderung zu stellen, der muss einige einfache Regeln befolgen. Jede teilnehmende Partei erhält eine Summe, mit der innerhalb Jahresfrist etwas Sinnvolles unternommen werden soll. Die Bedingungen die es dabei einzuhalten gilt, sind in einem Dokument beschrieben, das heute alle Anwesenden mit einer Bankanweisung des Betrags erhalten werden. Wer nicht an dem Wettstreit teilnehmen will, der erhält die gleiche Summe wie alle andern und kann damit tun und lassen, was er will. Damit sind jedoch jegliche weitere Ansprüche aus meinem Vermögen ausgeschlossen. Die von mir erwähnten Unterlagen werden ihnen von den Assistenten von Markus Leimbacher persönlich übergeben. Ich bitte die Kontaktpersonen um Verständnis, dass wir aus rechtlicher Sicht die Entgegennahme des Umschlags mit einer Unterschrift bestätigt haben müssen." Ruedi machte eine kurze Pause und nahm einen Schluck aus dem Glas, das vor ihm auf dem Rednerpult stand. „Damit habe ich ihnen mitgeteilt, was ich ihnen heute Abend mitteilen wollte. In den nächsten Wochen werde ich mit allen von ihnen persönlich Kontakt aufnehmen. Dann stehe ich Ihnen für Fragen zur Verfügung, die ich ihnen sofern möglich gerne beantworten werde. Ich bitte sie um Verständnis, dass ich aufgrund meiner gesundheitlichen Verfassung heute Abend nicht länger bei ihnen bleiben kann. Ich danke ihnen, dass sie heute gekommen sind und freue mich, sie in nächster Zeit einmal persönlich zu treffen."

Ruedi Rötheli winkte noch einmal und verliess dann das Rednerpult, um durch eine Seitentüre aus dem Saal zu verschwinden. Das Ganze war so schnell gegangen, dass die Leute erst jetzt erkannten, was da vor sich ging. Kaum hatte sich die Türe hinter dem alten Mann geschlossen, stieg der Geräuschpegel wieder deutlich an.

In der Zwischenzeit hatte Markus Leimbacher den Platz am Rednerpult wieder eingenommen.

„Meine Damen und Herren." Der erste Versuch sich Gehör zu verschaffen, ging im lauten Trubel der im Saal herrschte, völlig unter. „Meine Damen und Herren, ich bitte sie." Der zweite Versuch war erfolgreich. Wenn auch nur langsam, so kehrte doch wieder Ruhe in der Mehrzweckhalle ein. Markus Leimbacher wartete geduldig vor dem Mikrofon bis endgültig Ruhe herrschte. „Ich danke ihnen. Wie ihnen Herr Rötheli erklärt hat, wird er sich in den kommenden Wochen mit ihnen allen in Verbindung setzen und ihre Fragen beantworten. In der Zwischenzeit erhalten sie von meinen Assistentinnen einen Umschlag, in dem die Informationen zum weiteren Vorgehen aufgeführt sind. Bitte lesen sie die Unterlagen durch. Falls Unklarheiten bestehen, können sie mich ab Montagmorgen in meinem Büro erreichen. Eine Karte mit meinen Koordinaten liegt der Dokumentation bei.

Zudem finden sie ein einfaches Formular und einen frankierten Antwortumschlag. Bitte kreuzen sie auf dem Formular an, ob sie am Wettstreit teilnehmen wollen oder nicht. Ihre Antwort muss per Post oder durch persönliche Abgabe bis Ende Oktober im Notariatsbüro Leimbacher in Langnau eingetroffen sein. Nach dem einunddreissigsten Oktober eingehende Formulare werden automatisch als Nichtteilnahme gewertet." Markus Leimbacher machte noch einmal eine kurze Pause. „Ich schlage ihnen vor, dass wir mit dem Dessert und dem Kaffee das Essen und den Abend abschliessen. Ich werde noch einen Moment hier im Saal sein, falls jemand von ihnen einen Termin vereinbaren möchte. Ansonsten wünsche ich ihnen noch einen schönen restlichen Abend und danke ihnen für ihr Kommen und ihre Aufmerksamkeit." Markus Leimbacher nickte den Personen im Saal zu und begab sich dann wieder an den Tisch, an dem er bereits vorher gesessen hatte. Nahezu gleichzeitig öffneten sich die Türen der Mehrzweckhalle und drei Kellnerinnen betraten den Saal mit Tabletts mit Kaffee und dem Dessert.

Möglicherweise war das der Grund, wieso im ersten Moment niemand auf den Notar zukam. Schliesslich hatten die Leute für den Rest des Abends genügend Gesprächsstoff. Dass dem tatsächlich so war, zeigte auch der Gesprächspegel, der nach dem Ende der Ansprache des Notars wieder eine Spur lauter geworden war.

Kurz nach den Kellnerinnen betraten auch die beiden Assistentinnen von Markus Leimbacher mit den Dossiers für die verschiedenen Gruppen den Saal. Sie begannen sofort mit der Verteilung der Umschläge, die deutlich besser klappte, als sich Markus Leimbacher das vorgestellt hatte. Keine Viertelstunde nachdem die Assistentinnen mit ihrer Verteilaktion begonnen hatten, waren sie auch schon mit den unterschriebenen Dokumenten bei ihrem Chef am Tisch.

Kurz nachdem alle Umschläge verteilt worden waren, erschien ein Mann bei Markus Leimbacher und bat ihn um einen Termin. Ansonsten schienen alle anderen, damit beschäftigt zu sein, die Unterlagen zu studieren und sich über den Inhalt zu unterhalten.

Keine halbe Stunde nach dem Auftritt von Ruedi Rötheli und nachdem Markus Leimbacher den kurzen offiziellen Teil beendet hatte, verliess er mit seinen zwei Assistentinnen die Veranstaltung. Er war sich sicher, er würde in der nächsten Zeit die eine oder andere der anwesenden Personen in seinem Büro begrüssen können.

Der Notar und sein Gefolge waren jedoch nicht die ersten, die den Saal verliessen. Selina Gasparin war kurz nachdem das Dessert serviert worden war und nachdem sie den Umschlag erhalten hatte, als erste aufgebrochen. Für sie und vor allem für ihre Tochter Lara war es ein anstrengender Tag gewesen. Lara war müde und gehörte eigentlich längstens ins Bett, auch wenn sie Morgen keinen Kindergarten hatte. In den Umschlag hatte Selina nur einen kurzen Blick geworfen. Als sie die Summe der Bankanweisung sah, hielt sie sich vor Überraschung reflexartig die Hand vor den Mund. Obwohl Ruedi Rötheli bei seinem Besuch etwas in dieser Richtung angedeutet hatte, verschlug ihr die Höhe des Betrags beinahe den Atem. So viel Geld hatte sie noch nie gesehen. Trotzdem befiel sie beim Gedanken daran ein ungutes Gefühl. Auch wenn sie bisher in ihrem Leben auf vieles hatte verzichten müssen, so war sie doch immer gut zurechtgekommen. Ihre Unabhängigkeit und ihre Freiheit niemandem Rechenschaft ablegen zu müssen, waren für sie wichtiger als ein grosses Vermögen.

Selina hatte deshalb bereits kurz nachdem sie den Betrag gesehen hatte entschieden, diesen auf die Bank zu bringen und damit ein Ausbildungskonto für ihre Tochter zu eröffnen. Für sich selbst brauchte sie nicht mehr als sie hatte. Auch an dem Wettstreit würde sie keinesfalls teilnehmen. Der Gedanke, um das Geld ihres neu gefundenen Onkels mit anderen zu wetteifern, kam ihr völlig absurd vor und passte nicht im Geringsten zu ihren Wertvorstellungen. Dennoch war sie dem alten Mann dankbar, dass er durch den Betrag ihrer Tochter eine gute Ausbildung ermöglichen würde. Sie hoffte, ihn noch einmal zu treffen, um ihm persönlich dafür danken zu können. Ansonsten war für sie das sonderbare Abenteuer mit diesem Abend auch schon wieder vorüber.

Die meisten anderen Empfänger hatten den Umschlag ebenfalls sofort nach dem Erhalt geöffnet und die darin enthaltenen Unterlagen studiert. Ab und zu hörte man erstaunte Ausrufe über die Höhe des Betrages, der mit der Entgegennahme des Umschlages zur Auszahlung fällig wurde. Ansonsten drehten sich die Gespräche bald einmal um die Regeln des Wettstreits. Zudem schienen nicht alle davon begeistert zu sein, sich an so einem Possenspiel überhaupt zu beteiligen.

Pfarrer Küenzle war seit der Verteilung der Umschläge vom Kirchgemeinderat in Beschlag genommen worden. Man hatte ihm nicht nur Fragen zu Ruedi Rötheli und dessen Geschichte gestellt, sondern wollte von ihm auch wissen, welche Summen man bei diesem Wettstreit gewinnen könne.

„Ich kann ihnen nur sagen, was ich mit Sicherheit weiss. Die Lebensgeschichte von Ruedi Rötheli ist glaubwürdig und wurde vom Notariat Markus Leimbacher geprüft. Sein Vermögen, von dessen Grösse ich keine Ahnung habe, wurde legal und korrekt erwirtschaftet. Auf mich persönlich hat Herr Rötheli einen äusserst kompetenten und seriösen Eindruck hinterlassen. Mehr kann ich ihnen leider nicht mitteilen. Ich habe Herrn Rötheli mein Wort gegeben, mich während dem Verfahren neutral zu verhalten. Sie werden sicher verstehen, dass ich als Pfarrer dieses Wort nicht brechen werde.“

Trotz dieser Erklärung und obwohl sie ihren Pfarrer und dessen Redlichkeit kannten und respektierten, versuchten sie den Rest des Abends immer wieder, ihm noch die eine oder andere Information zu entlocken.

In den ersten Wochen nach der Veranstaltung traf sich Ruedi Rötheli nur einmal mit Markus Leimbacher zu einem Kaffee. Pfarrer Küenzle hatte an dem Treffen aufgrund eines Todesfalls in der Gemeinde und seinen damit verbundenen Pflichten nicht teilnehmen können. Mit ihm hatte sich Ruedi kurz telefonisch ausgetauscht. Viel hatte er im Rahmen des kurzen Gesprächs nicht erfahren. Der Pfarrer war vom Anlass positiv überrascht, konnte ihm jedoch nichts Aussergewöhnliches berichten. Ausser vielleicht, dass er weder Max noch die beiden Zwillingsschwestern in der Mehrzweckhalle gesehen hatte. Sie vereinbarten, sich ein anderes Mal zu treffen, sobald die Belastung des Pfarrers wieder einen normalen Stand erreicht hatte. Mittlerweile waren seit dem Anruf auch schon wieder zwei Wochen vergangen. Die kurze Besprechung mit Markus Leimbacher verlief in ähnlichem Stil.

„Aus meiner Sicht war der Anlass ein voller Erfolg. Ich hatte nicht einen Moment das Gefühl, die Veranstaltung würde irgendwie aus den Fugen geraten. Auch nach ihrer Ansprache und nachdem sie den Saal wieder verlassen hatten, ist die Stimmung nur kurz angestiegen, um sich sofort wieder zu beruhigen. Selbst als die Umschläge mit der Beschreibung des Wettstreits verteilt wurden, hat sich daran nichts geändert. Bevor ich ungefähr eine halbe Stunde nach ihnen die Veranstaltung verliess, ist eine einzige Person zu mir gekommen, um einen Termin zu vereinbaren. Sonst habe ich auch in der

Zwischenzeit von niemandem etwas gehört. Entweder interessieren sich die Leute nicht für die Sache, oder die Beschreibung ist so klar, dass niemand Fragen hat."

„Wer hat um einen Termin nachgefragt?"

„Der Finanzverwalter des Alters- und Pflegeheims, in dem ihre beiden Schwestern sind, wollte unbedingt einen Termin. Er ist letzten Mittwoch in Begleitung des Heimleiters bei mir erschienen. Die beiden haben mir eine Vollmacht ihrer Schwestern unter die Nase gehalten und rückhaltlose Aufklärung gefordert. Sie bestanden darauf zu erfahren, wie hoch die zur Verfügung stehende Summe des Erbes ist. Dann haben sie etwas von Pflichtanteil erzählt und darauf bestanden, dass die Rechte ihrer Mandantinnen gewahrt würden. Ich habe ihnen erklärt, dass es sich hier nicht um eine Erbteilung im eigentlichen Sinn handle, worauf sie vehement protestiert haben. Ich musste sie schliesslich fast aus dem Büro werfen."

Ruedi Rötheli nahm dies mit einer gewissen Verwunderung zur Kenntnis. Dass solche Machenschaften in der Schweiz üblich waren, hatte er bisher nicht geahnt. In Südamerika konnte dies vorkommen, aber hier in der Schweiz. Er nahm sich vor, seine beiden Schwestern noch diese Woche aufzusuchen. Zumindest war er nun vorgewarnt, was ihn möglicherweise erwarten würde. Vor dem Termin bei seinen Schwestern stand jedoch noch ein anderer Besuch auf dem Programm. Er wollte sein Elternhaus und damit auch den Besuch bei seinem Bruder Max vor allem anderen angehen. Nachdem er bisher erst aus der Ferne einen Blick auf den Hof seiner Eltern geworfen hatte, wollte er nun seinem Bruder Max nach all den Jahren wieder gegenübertreten. Seit er aus Argentinien wieder in die Schweiz zurückgekommen war, hatte er diesen Moment am meisten gefürchtet. Lange stellte er sich immer wieder die Frage, ob er besser zuerst anrufen oder einfach an einem Tag auf dem Bauernhof erscheinen sollte. Jedes Mal, wenn er sich zu einem Entscheid durchgerungen hatte, kamen ihm innerhalb kürzester Zeit wieder Zweifel, es könne vielleicht doch besser sein, es anders anzugehen. Bei ihrem letzten Zusammentreffen hatte er sich deshalb hilfesuchend an Pfarrer Küenzle gewandt. Der Seelsorger hörte ruhig zu und dachte schliesslich einen langen Moment nach. Als bei Ruedi Rötheli schon das Gefühl aufkam, der Pfarrer habe ihn nicht richtig verstanden, antwortete ihm der Geistliche auf seine Frage. „Ich würde ihnen wirklich gerne einen Rat geben, Herr Rötheli, aber ich habe ihren Bruder in der Mehrzweckhalle nicht gesehen. Vom Viertelishof waren nur sein Sohn Peter mit seiner Frau Rita und den beiden älteren Kindern anwesend. Mit Peter habe ich kurz gesprochen.

Er meinte, sein Vater hätte nicht mehr die Kraft, um einen ganzen Abend in einem Saal zu sitzen. Zudem sei er sich nicht sicher, wie er den Auftritt von ihnen aufgenommen hätte. Nach dem Tod seiner Frau hat er anscheinend nur noch selten über die Vergangenheit gesprochen. Ich weiss deshalb nicht, was auf sie zukommen wird, wenn sie ihren Elternhof besuchen. Deshalb kann ich ihnen wirklich keinen Ratschlag geben, wie sie am besten Vorgehen könnten." Mehr wusste der Pfarrer damals nicht zu berichten.

Ruedi beschloss deshalb, einfach einmal sein Glück zu versuchen. Am nächsten schönen Herbsttag machte er sich auf den Weg zu seinem Elternhof. Er fuhr jedoch nicht bis vor die Haustür, sondern liess den Wagen auf der Hauptstrasse anhalten. Dem völlig verdutzten Chauffeur drückte er zweihundert Franken in die Finger und sagte ihm, er solle spätestens um achtzehn Uhr im Restaurant Löwen sein und dort auf ihn warten. Er wisse noch nicht genau, wann er kommen werde. Den kurzen Rest des Wegs zum Hof legte Ruedi Rötheli zu Fuss zurück.

Seine Ankunft war nicht unbemerkt geblieben. Gerade als er ab dem Kiesweg auf den grossen Vorplatz trat, öffnete sich die Türe des Stöckli und sein Bruder Max trat auf den Platz hinaus. In langsamen, kurzen Schritten an seinem Stock gehend, kam er Ruedi ein paar Meter entgegen. Mitten auf dem Platz, als die beiden noch etwa zwei Meter voneinander entfernt waren, blieben beide stehen und musterten sich gegenseitig.

„Du bist es also wirklich", stellte Max nach einer Weile fest. „Ich habe zuerst nicht glauben können, dass du zurückgekommen bist."

Dann drehte sich Max ohne ein weiteres Wort zu verlieren um und steuerte die Sitzbank neben der Eingangstür zum Stöckli an.

„Willst du dort stehen bleiben, wie bestellt und nicht abgeholt? Ich muss mich auf die Bank setzen. Die Zeiten als ich noch stundenlang rumstehen konnte, sind längstens vorbei."

Ruedi setzte sich ebenfalls in Bewegung und holte seinen deutlich langsameren Bruder ein, bevor dieser bei der Bank angekommen war. Dann setzten sich die zwei Brüder und betrachteten schweigend den Bauernhof, der im Licht der Herbstsonne beschaulich vor ihnen lag.

„Ich hätte nicht gedacht, dass ich dich noch einmal wieder sehe", meinte Max, der das Schweigen als erster durchbrach.

Ruedi wusste nicht, was er auf diese Bemerkung hätte entgegnen sollen und liess die Feststellung deshalb unbeantwortet stehen.

„Als du damals verschwunden bist, hast du einen ziemlich grossen Aufruhr verursacht. Ich kann mich an die Geschichte trotz der langen Zeit noch erinnern, als wäre es gestern gewesen. Aufgrund deines Anrufs am Samstagabend hat noch niemand damit gerechnet, dass etwas nicht in Ordnung sein könnte. Erst als du am Sonntagabend gegen zehn Uhr immer noch nicht zuhause warst, begannen wir uns Sorgen zu machen. Ich habe dann meine Freunde in der Landjugend angerufen und die haben eine Telefonaktion gestartet. Das Resultat dürfte dir ja bekannt sein. In dem Moment wussten wir, dass dir entweder etwas Schlimmes zugestossen war oder du von zuhause weggelaufen bist. Die Nachricht von deinem Verschwinden hat sich im Dorf wie ein Lauffeuer herumgesprochen. Am Montag sind Vater und ich nach Trubschachen zur Polizei, um eine Vermisstenanzeige aufzugeben. Dort sagte man uns, wir müssten mindestens eine Woche warten. Vorher könne man nicht sicher sein, ob es doch nicht nur ein Lausbubenstreich sei. Es hat über eine Stunde hitzigster Diskussionen erfordert, bis sich der Polizist zumindest bereit erklärte, die Vermisstenanzeige aufzunehmen. Zwischendurch wollten sie Vater sogar einsperren, weil er sich nicht von seinem einmal gefassten Entschluss abbringen liess und dabei fast ausfällig wurde." Max musste eine Pause einlegen. Es war offensichtlich, dass ihn die Geschichte selbst nach all den Jahren, immer noch emotional belastete.

Ruedi hingegen verspürte nicht die geringste Lust, etwas zu entgegnen. Anscheinend hatte sein Entscheid, das Elternhaus zu verlassen, doch mehr ausgelöst, als er zuerst angenommen hatte.

„Als du mehr als eine Woche weg warst, hat die Polizei eine landesweite Suchmeldung nach dir aufgegeben. Es kam sogar in den Mittagsnachrichten. Unsere Familie war nicht nur in der Gemeinde, sondern sogar in der ganzen Region das Thema Nummer eins, über das man sich die Mäuler zerriss. Zwei Journalisten, einer von der Berner Zeitung und einer vom gelben Heftli, sind sogar zu uns auf den Hof gekommen. Vater wurde so wütend, dass er den zweiten Journalisten mit der Mistgabel vom Hof jagte. Dadurch wurden die Gerüchte in der Gemeinde nur noch mehr angekurbelt, obwohl sich das halbe Dorf über den Vorfall amüsiert hat.

Je länger du weg warst, umso schlimmer wurden die Geschichten, die man sich erzählte. Immer häufiger hiess es dabei, du seist von zuhause vertrieben worden und man hätte dich ungerecht behandelt. Als etwas mehr als ein Jahr darauf auch Kathrin davonlief, wurde es noch schlimmer. Von dem Moment an hatten wir keine Ruhe mehr. Vater hat das noch mehr zugesetzt als die Geschichte mit Mutter. Im Dorf gab es ein paar Leute, allen voran das Blaser Rösli, die keine Ruhe mehr gaben. Sie hat das Verschwinden ihrer besten Freundin nie verkraftet. Vermutlich hat Katrin ihr oft das Herz ausgeschüttet, da sie ja sonst niemanden mehr hatte, mit dem sie reden konnte. Dadurch erfuhr das Rösli einige Dinge, die sie im Dorf herumerzählt hat, nachdem Katrin verschwand. Sie ist dabei gezielt vorgegangen und hat die Geschichte häppchenweise erzählt. Immer gerade genug, dass den Leuten der Gesprächsstoff nicht ausging und die Flamme weiter loderte.

Sie hat es dabei vor allem auf Rosalie abgesehen. Jede Gelegenheit zum Intrigieren hat sie ausgenutzt. Obwohl der damalige Pfarrer in der Predigt mehrmals darauf hingewiesen hat, machte das Blaser Rösli weiter Stimmung. Das blieb auf die Dauer nicht ohne Wirkung. Zuerst hat man in der Chäsi über Rosalie gelästert. Dann wurde sie nicht mehr von allen gegrüsst und schliesslich ist es so weit gekommen, dass sie auch mit den Landfrauen Probleme erhielt. Zwei Vorstandsmitglieder wollten sie aus dem Landfrauenverein ausschliessen. Das hat eine riesen Diskussion ausgelöst und das Dorf in zwei Lager gespalten. Der Ordnung halber und um einen grösseren Skandal zu vermeiden, lehnte der Gesamtvorstand den Antrag seiner beiden Mitglieder ab. Bei jeder Gelegenheit gab man ihr jedoch zu spüren, wie unerwünscht sie war. Es gab deshalb auch einige Streitereien. Schliesslich hat sich Rosalie entschieden aus den Landfrauen auszutreten. Für sie war das ein wirklich schlimmer Moment, den sie nie mehr überwunden hat. Je älter sie wurde, umso mehr machte ihr die Sache zu schaffen und umso verbitterter wurde sie deswegen. In all den Jahren hat Sie die Verantwortung dafür immer wieder auf dich geschoben. Wenn du damals nicht einfach verschwunden wärst, hätte sich das alles nicht ereignet. Ich habe den Grund, weshalb du für sie von Anfang an ein rotes Tuch warst, nie wirklich verstanden. Mit Sicherheit hätte ich aber früher einschreiten sollen. Damit wäre der Familie wohl vieles erspart geblieben. Damals war ich aber blind und habe einfach nicht erkannt, was da ablief. Später, sehr viel später, als mir endlich alles klar wurde, war es längst zu spät. Du warst weg, Katrin war weg und wir hatten bereits Probleme in der Gemeinde.

Obwohl die Familie aufgrund der Vorfälle je länger je mehr ausgegrenzt wurde, habe ich persönlich davon am wenigsten gespürt. Unter den Bauern in Trub war die Ablehnung bei weitem nicht so gross wie unter den Frauen und den Kindern. Vor allem die Kinder haben in der Schule darunter gelitten. Glücklicherweise wollte Peter schon früh Judo lernen und ich habe das trotz der Kosten und dem grossen Aufwand zugelassen. Dadurch konnte er sich in der Schule durchsetzen, wovon auch die anderen beiden profitiert haben. Dann begannen bei Rosalie die Depressionen. Trotz der Behandlung wurde es von Jahr zu Jahr schlimmer. Schliesslich konnten wir sie nicht mehr zuhause behalten und mussten sie nach Münsingen bringen. Dort ist sie mit einundsechzig Jahren als alte und verbitterte Frau gestorben."

Erneut machte Max eine lange Pause, in der die beiden Brüder einfach nur auf der Bank vor dem Stöckli sassen, jeder in seine eigenen Gedanken versunken. Ruedi hatte von all dem bisher nichts gewusst. Pfarrer Küenzle hatte ihm diesen Teil der Familiengeschichte nie erzählt. Was ihm Max da berichtete, liess vieles in einem anderen Licht erscheinen. Nicht so weit, dass Ruedi nun plötzlich seinen Entscheid hinterfragt hätte, den er in seiner Jugend getroffen hatte. Hätte er jedoch früher erfahren, wie sich die Situation nach seinem Abgang zuhause entwickelte, er hätte mit Sicherheit eher den Kontakt zu seinem Elternhaus gesucht.

„Vielleicht kannst du nun nachvollziehen, dass dein Erscheinen nach all den Jahren nicht nur Begeisterung ausgelöst hat. Als mir Peter die Geschichte erzählte, wollte ich es trotz der Dokumente, die er mit brachte, nicht glauben. Die ersten zwei Tage konnte ich nicht mehr richtig essen und habe kaum mehr geschlafen. Obwohl ich heute zu alt bin, um mich über das was vor einer Ewigkeit geschah noch aufzuregen, so sind doch einige Erinnerungen hochgekommen, auf die ich lieber verzichtet hätte. Seit dem Tag warte ich darauf, dass du auf dem Hof vorbei kommst. Eigentlich hatte ich mir vorgenommen, dir so richtig die Meinung zu sagen. Aber jetzt, wo du da bist, habe ich einfach keine Kraft dazu. Ich habe ein Gefühl, wie wenn sich eine offene Wunde, nach all den Jahren endlich geschlossen hat und das ist gut so." Max sah seinen jüngeren Bruder von der Seite her an. Er hatte bisher in einem ruhigen und emotionslosen Tonfall gesprochen.

Ruedi war den Ausführungen seines Bruders ruhig gefolgt. Auch wenn er das verstanden hätte, so war keinerlei Verbitterung oder Vorwurf in der Stimme seines Bruders zu hören. Was man jedoch spürte, war die emotionale Belastung, welche die Geschichte bei Max auslöste. Die so unerwartete Rückkehr seines Bruders setzte Max mehr zu, als er je eingestanden hätte. Ruedi war damals als junger Bursche ein grosses Risiko eingegangen, welches nur sehr wenige Menschen überhaupt wagen würden. Weshalb er das getan hatte, interessierte in all den Jahren nie jemanden wirklich und von sich aus hatte er nie darüber gesprochen. Gerade deshalb trafen ihn die Worte seines Bruders mehr als üblich. Denn Max war nicht der Einzige, bei dem die Vergangenheit Erinnerungen und Emotionen auslöste.

„All die Jahre in denen du weg warst und wir dich für verschollen hielten, hat mich eine Frage immer wieder beschäftigt. Warum? Warum hast du damals unser Elternhaus verlassen?"

Ruedi musste sich zusammennehmen, als ihm sein Bruder die eine Frage stellte, von der er gehofft hatte, sie würde nie gestellt werden. Er brauchte ein paar Sekunden, bevor er in einem gleichmütigen Ton antworten konnte.

„Es ist lange her Max. Vieles ist geschehen und viel Zeit ist verstrichen. Als ich damals den Entscheid traf, mein Zuhause zu verlassen und alles was mir bis dahin lieb und teuer war, hinter mir zu lassen, war ich noch nicht einmal sechzehn Jahre alt. Ich schaute in all den Jahren nie zurück und habe nie Wunden geleckt. Wenn ich dazu einen Grund gehabt hätte, so sind diese Wunden längst verheilt und vernarbt. Ich habe nicht die geringste Lust diese Narben wieder aufzureissen. Dazu bin ich zu alt, zu müde und auch wenn es fast ein wenig überheblich klingen mag, möglicherweise auch zu weise. Wir stehen heute beide im Zenit unseres Lebens. Lass uns diese Zeit, die uns noch verbleibt in Frieden verbringen und nicht in Streit und Zwietracht."

Nun war es an Max, eine Weile über das nachzudenken, was sein kleiner Bruder eben gerade erzählt hatte. Selbst wenn er dies nie zugegeben hätte, so empfand er so etwas wie Stolz. Der Kleine hatte sich wirklich zu einem beachtlichen Mann entwickelt. Er war fast ein wenig dankbar, dass er dies auf seine alten Tage noch hatte erleben dürfen.

„Auch wenn ich damit wohl meine offenen Fragen mit ins Grab nehmen werde, so muss ich dir dennoch Recht geben. Wir sind zu alt, um alte Narben wieder aufzureissen. Lass uns die Zeit geniessen, die uns noch bleibt." Er hielt noch einmal einen kurzen Moment inne und schliesslich huschte das erste Mal seit er seinen Bruder nach einer halben Ewigkeit wieder gesehen hatte, der Ansatz eines leichten Lächelns über sein Gesicht. „Du bist wirklich in all den Jahren weise geworden, kleiner Bruder. Früher hast du schon viel gelesen und deshalb mehr gewusst als wir anderen. Aber damals warst du eher ein naseweiser Querulant als ein weiser Mann. Das scheint sich jedoch geändert zu haben und das ist mit Sicherheit alles andere als überheblich."

Er wandte seinen Blick von seinem Bruder ab und sah hinüber zum Bauernhaus. „Ich habe Lust auf einen Kaffee und drüben im Haus sind Peter und seine Familie gespannt darauf, dich kennen zu lernen. Ich gehe davon aus, dass du nach all den Jahren zumindest Zeit für einen Kaffee und ein Stück Kuchen haben wirst, bevor du wieder gehst?"

Ruedi war seinem Bruder dankbar, dass er nicht auf der Beantwortung seiner Frage bestanden hatte.

„Sicher habe ich Zeit für einen Kaffee und zudem würde ich auch gerne deinen Sohn und seine Familie kennen lernen." Ruedi machte eine kurze Pause und sah seinen Bruder an. „Danke, für dein Verständnis, Max."

Max war aufgestanden und stützte sich auf seinen Stock, während er Ruedi ebenfalls ansah. „Ich danke dir, für deinen Besuch und deine Worte. Es ist für mich wirklich eine grosse Freude, dass ich dich noch einmal sehen durfte. In meinem Alter weiss man nie, wann der letzte Tag geschlagen hat. Aber jetzt lass uns nach drüben gehen. Dort gibt es ein paar Leute die eine Menge Fragen haben. Zudem möchte ich auch gerne erfahren, was du in all den Jahren erlebt hast und was so Spezielles geschehen ist, dass du so überraschend zu uns zurückgekommen bist."

Inzwischen hatte sich auch Ruedi erhoben. Die beiden schritten in gemächlichem Tempo auf ihr Elternhaus zu. Als sie vor der Haustür angekommen waren, wurde diese von innen geöffnet. Im Türrahmen stand eine junge Frau Mitte dreissig. „Willkommen", meinte sie mit einem freundlichen Lächeln im Gesicht. „Du bist in dem Fall Onkel Ruedi. Darf ich Onkel Ruedi sagen."

Ruedi Rötheli musste lachen. „Aber sicher darfst du das."

„Ich bin Rita, die Frau von Peter. Es freut uns sehr, dass du uns besuchen kommst. Kommt doch rein ihr zwei. Ich habe Kaffee und Kuchen auf dem Tisch."

Ruedi zögerte einen Moment. Nicht etwa aufgrund der eben ausgesprochenen Einladung. Er stand vor der Tür zu seinem Elternhaus. Es war beinahe sechzig Jahre her, dass er das letzte Mal den Fuss über diese Türschwelle gesetzt hatte. Für andere mochte dies nichts Spezielles sein. Für Ruedi Rötheli bedeutete dieser eine Schritt, er war wirklich wieder heimgekehrt.

Im Innern des Hauses hatte sich alles verändert. Er blieb kurz hinter dem Eingang stehen und sah sich neugierig um. Max, der hinter ihm ins Haus getreten war, erriet die Gedanken seines Bruders.

„Du wirst kaum etwas wieder erkennen. Das Haus wurde innen vor fünf Jahren nahezu völlig ausgehöhlt und danach mit einer neuen Raumaufteilung wieder aufgebaut. Das war notwendig geworden, nachdem der Boden im ersten Stock durchzubrechen drohte. Der Denkmalschutz bestand darauf die Aussenfassade des Viertelishof zu erhalten. Wir durften das Haus nicht abreissen und vollständig neu bauen. Deshalb blieb nichts anderes übrig, als den Kern innen auszuhöhlen und danach neu aufzubauen. Der grösste Teil der Kosten wurde durch den Denkmalschutz, den Bund und durch die Gemeinde übernommen. Nur so konnten wir das Ganze überhaupt realisieren. Trotzdem war der Umbau für die Familie eine sehr grosse Belastung."

Rita hatte den beiden alten Herren zugehört, meldete sich aber nun wieder zu Wort. „In der Zwischenzeit haben wir den Kredit bei der Bank abge-

zahlt. Aber lasst uns doch lieber in die Küche gehen, als über Finanzproble-
me zu sprechen. Peter und die Kinder warten schon auf euch und der Kaffee
wird durch das Herumstehen auch nicht heisser."

Den Rest des Nachmittags verbrachten Ruedi, sein Bruder und die Familie von Peter in der Küche seines ehemaligen Elternhauses. Er erzählte aus
seinem Leben, wo er überall gewesen war und was er alles erlebt hatte. Sein
Bruder Max hörte zu und stellte nur selten eine Frage. Als Ruedi mit seiner
Erzählung am Ende angelangt war, herrschte ein Moment Ruhe in der grossen Küche. Selbst die Kinder, die gebannt zugehört hatten, schwiegen nur
und sahen den alten Mann staunend an.

„Wie es scheint, hast du wirklich ein aussergewöhnliches Leben geführt.
Ich kann auch verstehen, dass wir nie etwas von dir gehört haben. Warum
kommst du aber jetzt zurück und was ist das eigentlich für eine Geschichte
mit diesem Wettstreit um dein Vermögen? Den Sinn dahinter habe ich nicht
verstanden." Max sah seinen Bruder fragend an. Man konnte spüren, wie die
Spannung in der Küche leicht anstieg. Anscheinend hatte die Familie dieses
Thema bereits intensiv diskutiert.

„In dem Umschlag, den ihr an jenem Abend in der Mehrzweckhalle erhalten habt, ist ein Dokument, in dem alles beschrieben ist. Mehr gibt es
dazu nicht zu sagen."

„Warum verteilst du dein Vermögen nicht einfach an die Familie, so wie
das jeder andere tun würde."

Ruedi sah seinen Bruder nachdenklich an. „Ich habe kein Leben gelebt
wie jeder andere. Warum soll ich jetzt mein Vermögen verteilen, wie jeder
andere. Für mich macht das keinen Sinn. Als ich die Schweiz verliess, hatte
ich gerade einmal etwas mehr als einhundert Franken von der Konfirmation.
Was ich heute besitze habe ich mir hart erarbeitet. Ich will deshalb wissen,
wem ich mein Vermögen vermache. Seit meinem Aufbruch aus Trub war ich
nie mehr in der Schweiz. Ich hatte keinen Kontakt zu meiner Familie und
lerne euch jetzt erst kennen, so wie ich alles wieder kennen lerne, was mit
meinen Wurzeln zu tun hat. In all den Jahren hat es andere Menschen gegeben und einige davon sind ebenfalls zu meiner Familie geworden. Heute
habe ich sogar mehr als eine Familie. Trotzdem möchte ich einen Teil meines Vermögens dorthin geben, wo einst meine Wurzeln waren. Ich will jedoch wissen an wen ich das Geld abgebe und nicht einfach eine Summe
aufgrund meiner Blutsbande verteilen. Deshalb habe ich diesen aussergе-
wöhnlichen Weg gewählt. Ich zwinge niemanden sich dieser Herausforderung zu stellen. Wer die Chance ergreifen will, der kann dies tun. Jeder muss

für sich selber entscheiden, ob er sie ergreifen will oder nicht."

Einen Moment lang herrschte in der Küche Schweigen. Schliesslich war es die älteste Tochter, die spontan das Wort ergriff. „Mir ist es völlig egal, wie du das mit dem Geld machst. Ich finde es einfach toll, dass wir dich kennen lernen durften, Onkel Ruedi. Deine spannenden Geschichten haben mir super gut gefallen. Ich könnte dir noch stundenlang zuhören", meinte sie mit einem breiten Lachen im Gesicht und bevor die Erwachsenen etwas dazu sagen konnten, meldete sich das jüngste der Kinder zu Wort. „Ich fand die Geschichte auch ganz super toll", ergänzte der Dreikäsehoch die Bemerkung seiner Schwester.

„Die Kinder haben ein gutes Gespür für Menschen. Sie haben sich bereits zu deinen Gunsten entschieden. Auch wenn ich deine Erklärung zugegebenermassen nicht wirklich nachvollziehen kann, so haben die Kinder sicher das feinere Gespür als ich alter Mann." Max sah Ruedi mit einem emotionslosen Blick an. „Ich für meinen Teil habe entschieden, dass Peter sich um die ganze Angelegenheit kümmern soll. Wie es von deinem Notar gefordert wurde, habe ich eine Vollmacht ausgefüllt und die gesamte Verantwortung an meinen ältesten Sohn übertragen. Er muss selber entscheiden, ob er mit seinen beiden Geschwistern über die Sache sprechen will oder nicht. Ich halte mich aus der Geschichte raus. Für einen solchen Schabernack und bitte verzeih mir Ruedi, wenn ich deine Idee als solchen bezeichne, aber für so einen Schabernack bin ich einfach zu alt."

Peter war es offensichtlich unangenehm, dass sein Vater sich so negativ über Ruedis Vorhaben äusserte. Er gab sich deshalb entsprechend Mühe, als er nun das Wort ergriff. „Wie ich Vater bereits gesagt habe, kommen meine Schwester und mein kleiner Bruder nächstes Wochenende nach Hause. Dann werden wir über das weitere Vorgehen beraten. Auch wenn Vater mir die Verantwortung übertragen hat, so möchte ich meine Geschwister an der Geschichte beteiligen und zumindest ihre Meinung einholen."

Eine halbe Stunde später verabschiedete sich Ruedi Rötheli von seinen nun endgültig wiedergefundenen Verwandten, nicht ohne zu versprechen, bald wieder vorbei zu kommen. Er war müde. Der Besuch hatte ihm weitaus mehr zugesetzt, als er angenommen hatte. Es war nicht die körperliche sondern die psychische Belastung, die ihn ermüdet hatte. Deshalb kam ihm der kurze Fussmarsch vom Viertelishof zum Restaurant Löwen gerade recht. Er konnte in der klaren Luft ein wenig entspannen. Als er auf den grossen Platz vor dem Löwen ankam, sah er noch Licht im Pfarrhaus. Er entschied sich deshalb spontan, kurz bei Pfarrer Küenzle reinzuschauen. Als der Pfarrer die

Tür öffnete glitt ein freudiges Lachen über sein Gesicht.

„Herr Rötheli! Das ist aber eine freudige Überraschung. Ich hätte nicht erwartet, sie hier zu sehen. Kommen sie nur rein."

„Danke, Herr Pfarrer. Ich war gerade in der Gegend und sah bei ihnen noch Licht. Ich dachte, wenn ich schon hier bin, schaue ich kurz vorbei. Wenn sie aber keine Zeit haben, möchte ich sie wirklich nicht stören."

„Sie stören mich überhaupt nicht. Wenn es sie nicht stört, dass ich gerade am Kochen bin, dann kommen sie nur herein. Ich wollte mir gerade eine Portion Spaghetti kochen. Haben sie Lust mit mir zu essen? Ich bin in ganz Trub für meine Sauce berühmt. Der Kirchgemeinderat steht in der Regel wie in der Rekrutenschule Schlange, um noch einen Nachschlag zu kriegen." Sein Grinsen auf dem Gesicht zeigte Ruedi Rötheli, dass die letzte Bemerkung nicht ganz ernst gemeint war.

„Eigentlich wollte ich nur kurz Hallo sagen."

„Dann kommen sie herein. Ich muss in die Küche, sonst brennt die Sauce an. Sie kennen den Weg ja", meinte der anscheinend ausserordentlich gut gelaunte Dorfgeistliche und verschwand ohne eine Antwort abzuwarten Richtung Küche. Ruedi Rötheli trat über die Türschwelle, schloss die Haustür hinter sich und folgte dem Pfarrer in die geräumige Küche.

„Nehmen sie sich noch einen Teller aus dem Schrank dort. Sie wollen einem Pfarrer ja sicher nicht einen Wunsch ausschlagen. Ich würde mich heute über etwas Gesellschaft wirklich sehr freuen."

Ruedi Rötheli gab seinen Widerstand auf, holte den Teller aus dem Schrank und setzte sich an den Küchentisch.

„Was haben sie in der Zwischenzeit alles erlebt? Wir haben uns ja seit ein paar Wochen nicht mehr gesehen."

„Da gibt es nicht viel zu erzählen. In den letzten beiden Wochen habe ich mich für einmal um andere Dinge gekümmert. Heute stand der erste Besuch auf der Liste. Ich war den ganzen Nachmittag bei meinem Bruder Max und habe das erste Mal seit beinahe sechzig Jahren wieder den Fuss über die Schwelle meines Elternhauses gesetzt." Ruedi erzählte dem Pfarrer, was er bei seinem Besuch erlebt hatte.

In der Zwischenzeit waren die Spagetti fertig und die beiden genossen zusammen das Nachtessen. Der alte Mann musste unumwunden zugeben, die Sauce des Pfarrers schmeckte wirklich ausgezeichnet. Für einmal hatte es sich gelohnt, sich überreden zu lassen.

„Wir hatten noch keine Gelegenheit, über den Abend der Präsentation zu sprechen. Hat sich nach meiner kurzen Ansprache noch etwas Erwähnenswertes ereignet?"

„Das kommt darauf an, was man unter erwähnenswert versteht. Nachdem sie weg waren stieg der Lärmpegel in der Halle kurz an. Markus Leimbacher konnte die Menge jedoch wieder beruhigen. Danach begannen sich einzelne Gruppen zu bilden, die über das Gehörte diskutierten. Dass ich vom Kirchgemeinderat in Beschlag genommen wurde, habe ich ihnen ja schon gesagt. Die Diskussion war wirklich… aufschlussreich. Es ging nicht lange und es bildeten sich zwei Lager. Die einen wollen das Geld für Afrika spenden und die anderen wollen die Summe in den Kirchenrennovationsfond stecken. Mit der Zeit wurde die Diskussion ziemlich heftig. Gerade als die ersten Kraftausdrücke fielen, kamen noch zwei Leute aus dem Gemeinderat dazu. Sie hatten sich vorher mit ihren Kollegen dazu entschieden, die Diskussion an der nächsten Gemeinderatssitzung zu führen und nicht im Saal darüber zu streiten. Taktisch gesehen sicher der bessere Entscheid als der des Kirchgemeinderats. Die zwei Gemeinderäte haben dann leider alles andere getan, als zur Entspannung der Situation im Kirchgemeinderat beizutragen. Sie brachten zusätzlich die Idee ein, die Summe des Gemeinderats und des Kirchgemeinderats zusammenzulegen und damit die Gemeinde gemeinsam zu vertreten. Das stachelte die Diskussion noch mehr an. Als wir als letzte die Mehrzweckhalle verliessen, war der Kirchgemeinderat völlig zerstritten." Pfarrer Küenzle hatte die ganze Geschichte in einer Art und Weise erzählt, die ohne jeden Zweifel deutlich machte, wie sehr ihn diese Situation amüsierte. „Ich muss ihnen ehrlich eingestehen, dass für mich bis zu diesem Zeitpunkt nicht alle Zweifel zerstreut waren, was ihr Vorhaben anbelangt. Dass ich mich dazu überreden liess mitzuwirken, hat mit ihrer beeindruckenden Persönlichkeit zu tun. Die Geschichte ihres Lebens, die Art wie sie ihr Schicksal in die eigenen Hände genommen haben, veranlasste mich, die leichten Zweifel zu ignorieren. Nachdem was ich jedoch an diesem Abend erlebt habe, kann ich ihre Gründe endlich nachvollziehen. Jetzt verstehe ich, was sie zu diesem Schritt veranlasst hat und sie können sicher sein, dass sie nun nicht nur meine vollste Unterstützung, sondern auch noch mein uneingeschränktes Einverständnis mit ihrem Vorgehen haben."

Ruedi Rötheli war sich des Ernstes der Situation bewusst, konnte sich ein Lächeln dennoch nicht verkneifen. „Danke, Herr Pfarrer. Eigentlich hätte ich nicht gedacht, dass sich meine Befürchtungen so rasch bewahrheiten würden. Wenn es jedoch jetzt schon so anfängt, dann kann dieses Jahr ja noch spannend werden."

Es war spät geworden an diesem denkwürdigen Abend. Der Dorfpfarrer war bestens aufgelegt und erzählte Geschichten aus der Gemeinde und seiner Vergangenheit. Als die Polizeistunde anbrach und der Löwen seine Pforten schloss, bestand Pfarrer Küenzle darauf, den Chauffeur noch zu einem letzten Kaffee einzuladen. Ruedi konnte ihm seinen Wunsch nicht abschlagen und rief den Chauffeur zu sich ins Pfarrhaus. Der überraschte Angestellte, willigte nur zögernd ein, liess sich aber doch noch breitschlagen. Es machte fast den Anschein, als wolle der Dorfgeistliche den gemütlichen Abend bis zur letzten Sekunde hinauszögern. Als der vermeintliche Kurzbesuch schliesslich sein Ende fand, war Mitternacht schon längstens überschritten. Ruedi liess deshalb seinen ursprünglichen Plan fallen und verschob seinen Besuch bei den Zwillingsschwestern auf den übernächsten Tag.

Als sein Chauffeur mit dem Auto vor dem Altersheim vorfuhr, kamen bei Ruedi Rötheli äusserst gemischte Gefühle auf. Auch wenn er schon deutlich über siebzig war, so fühlte er sich in der Umgebung eines Altersheims alles andere als wohl. Bisher hatte er jeweils Institutionen dieser Art gemieden, wie der Teufel das Weihwasser. Wenn er jedoch seine beiden Schwestern sehen wollte, so blieb ihm nichts anderes übrig, als sie in der Altersresidenz aufzusuchen. Dabei ging es nicht nur um das Altersheim als solches, sondern auch um die Ereignisse im Nachgang zur Informationsveranstaltung, in Trub. Markus Leimbacher hatte für das Verhalten der beiden Vertreter seiner Schwestern deutliche Worte gefunden.

„Man hat die Geldgier aus den Augen dieser beiden Typen leuchten sehen. Sie sind mir eher wie ein paar Aasgeier vorgekommen als wie die Vertreter ihrer Schwestern. In dem halbstündigen Gespräch gab es für sie nur zwei Themen. Wie kommen wir an die Summe ran, die an dem Abend versprochen wurde und wie viel kann sonst noch rausgeholt werden. Als ich den beiden mitteilte, in ihrem Auftrag würde der Betrag ihren Schwestern nur direkt ausgehändigt, haben sie mit einer Vollmacht rumgewedelt und mir mitgeteilt, die sei rechtlich bindend. Notfalls würden sie das auch über den Rechtsweg einfordern. Daraufhin habe ich das Gespräch nach einer halben Stunde abgebrochen und ihnen mitgeteilt, dass ich selber mit ihren beiden Schwestern sprechen wolle. Das wollten sie nicht zulassen und am Ende musste ich sogar drohen, damit sie die Kanzlei wieder verlassen haben."

Als Ruedi die Treppe des Altersheims hoch zum Haupteingang schritt, klangen die Worte von Markus Leimbacher in seinen Gedanken nach. Er trat in das Gebäude und begab sich zum Schalter, hinter dem eine junge Frau sass und arbeitete. „Wie kann ich ihnen helfen?"

„Mein Name ist Ruedi Rötheli. Ich möchte gerne meine Schwestern Brigit und Margrit Rötheli besuchen."

Die junge Frau sah Ruedi Rötheli mit einem neugierigen Blick an, bevor sie antwortete. „Einen Moment bitte Herr Rötheli."

Sie griff zum Telefon vor sich. „Hallo Herr Ramseyer. Herr Rötheli ist da." Sie hörte einen Moment zu und meinte dann: „Ist gut Herr Ramseyer." Dann legte sie den Hörer auf und wandte sich wieder an Ruedi Rötheli. „Wenn sie bitte einen Moment warten könnten. Herr Ramseyer der Leiter des Heims kommt gleich."

Ruedi Rötheli bedankte sich und trat zwei Schritte zurück. Er musste nicht lange warten, bis ein Mann Mitte vierzig die Treppe hinunter auf ihn zukam. Das aufgesetzt wirkende Lächeln konnte nicht darüber hinwegtäuschen, dass der Mann leicht nervös wirkte. Er streckte Ruedi Rötheli die Hand entgegen, als er auf ihn zukam.

„Guten Tag Herr Rötheli. Mein Name ist Andreas Ramseyer. Ich freue mich, sie kennen zu lernen. Wie kann ich ihnen behilflich sein?"

Ruedi Rötheli sah den Mann ruhig an.

„Guten Tag Herr Ramseyer. Ich möchte meine beiden Schwestern Brigit und Margrit besuchen."

„Das ist kein Problem, Herr Rötheli. Eigentlich haben wir ja feste Besuchszeiten, aber in ihrem Fall machen wir selbstverständlich eine Ausnahme. Wenn sie mir folgen wollen, ich bringe sie gleich zu ihren Schwestern."

Andreas Ramseyer führte Ruedi zu einem der Zimmer im Flügel des Gebäudes. Er klopfte an die Tür und trat dann ein, ohne auf eine Antwort zu warten. Ruedis Schwestern sassen in dem Zweierzimmer an einem Tisch und betrachteten durch das grosse Balkonfenster die grüne Landschaft hinter dem Gebäude. Als der Heimleiter eintrat reagierten sie nicht einmal. Sie starrten weiterhin aus dem Fenster, gerade als ob niemand in ihr Zimmer gekommen wäre.

Ruedi trat hinter Andreas Ramseyer in den nicht gerade grossen Raum. Einerseits war er erfreut seine beiden Schwestern nach so langer Zeit wieder zu sehen, andererseits war er leicht erschüttert, als er ihren Zustand erkannte. Sie wirkten völlig teilnahmslos, schon fast apathisch wie sie so da sassen.

„Meine Damen, ich habe eine kleine Überraschung. Sie haben Besuch. Ihr Bruder ist da."

Ruedi war kein Psychologe. Trotzdem erkannte er am übertriebenen Tonfall des Heimleiters sofort, dass hier Freundlichkeit vorgetäuscht wurde. Die Schwestern reagierten auf jeden Fall nicht auf die Ansprache. Andreas

Ramseyer ging deshalb auf die beiden Frauen zu und berührte sie an der Schulter. Dann erwähnte er noch einmal, sie hätten Besuch. Bei diesem zweiten Kontaktversuch war bei einer der Frauen eine minimale Reaktion zu erkennen, mehr aber auch nicht.

„Es tut mir leid, heute scheint wieder einer jener Tage zu sein, an denen es ihren Schwestern nicht so gut geht. Die guten und schlechten Tage wechseln sich ab. An guten Tagen kann man mit ihnen ein paar Worte wechseln und an schlechten Tagen scheinen sie nichts um sich wahrzunehmen."

Die Erklärung des Heimleiters war für Ruedi Rötheli ernüchternd. Bisher hatte er nicht gewusst, dass es Brigit und Margrit so schlecht ging. „Was ist mit meinen Schwestern?"

Andreas Ramseyer sah Ruedi Rötheli mit betroffener Miene an. „Sie leiden beide unter Altersdemenz."

Die Nachricht traf Ruedi völlig unerwartet.

„Wenn es für sie in Ordnung ist, lasse ich sie nun mit ihren beiden Schwestern alleine, Herr Rötheli. Ich wäre ihnen jedoch dankbar, wenn sie mich noch aufsuchen könnten, bevor sie uns wieder verlassen. Sie brauchen sich nur an der Rezeption zu melden. Ich komme dann sofort runter."

Ruedi Rötheli wusste genau, was der Heimleiter von ihm wollte. Er würde wohl nicht darum herum kommen, sich einen Moment mit diesem Mann auseinanderzusetzen. „Das werde ich gerne tun. Ich melde mich, sobald ich meinen Besuch bei meinen Schwestern beendet habe."

Danach verliess Andreas Ramseyer das Zimmer und liess Ruedi alleine mit den beiden Frauen im Zimmer zurück. Als der Heimleiter den Raum verlassen hatte, begab sich Ruedi nach vorne zu dem Tisch und setzte sich auf einen der beiden freien Stühle. Dann sah er seine Schwestern mit einem traurigen Blick an. Die beiden hatten sich bisher nicht gerührt. Nachdem er eine Weile dagesessen war und Ruedi schon überlegte, sich wieder zu verabschieden, bewegte sich plötzlich eine der beiden Frauen und sah Ruedi direkt an. Dann huschte ein Lächeln über ihr Gesicht, von dem Ruedi nicht genau wusste, wie er es einordnen sollte.

„Dir scheint es in all den Jahren gut gegangen zu sein, kleiner Bruder."

Jetzt war Ruedi Rötheli völlig verunsichert. Er starrte die eine der beiden, von der er nicht wusste, ob es sich um Brigit oder Margrit handelte, völlig verunsichert an.

„Schhhht", zischte in dem Momente die zweite der Schwestern. „Bist du sicher, dass der Teufel nicht lauscht." Dann wandte sie ihren Blick zu Ruedi und sah ihn direkt an. „Geh Ruedeli, schau mal nach, ob dieser Halunke nicht hinter der Tür steht."

Ruedi Rötheli sah die beiden völlig entgeistert an. Er war nun so verwirrt, dass er nicht wusste was er tun sollte.

„Na los! Oder brauchst du eine schriftliche Extraeinladung?"

Ruedi stand auf und ging zur Tür. Er öffnete sie leise und sah sich kurz im Flur um. Dort war niemand zu sehen. Rasch schloss er die Tür wieder und kehrte zu den beiden Schwestern an den Tisch zurück.

„Du siehst gut aus", meinte nun wieder diejenige der beiden, die ihn zuerst angesprochen hatte.

„Du bist Brigit, oder?"

„Wer den sonst? Sag nur, du kannst uns immer noch nicht auseinanderhalten."

„Nein, kann er sicher nicht. Erst recht nicht nach all den Jahren." Nun hatte auch die zweite der beiden Schwestern den Kopf gehoben und sah Ruedi Rötheli mit einem Grinsen im Gesicht an. „Los, erzähl schon, wie es dir in all den Jahren ergangen ist. Wir haben möglicherweise nicht viel Zeit. Der Teufel wird sicher bald schon wieder reinschauen."

Jetzt war Ruedi völlig verwirrt. „Ich verstehe nicht, was da abläuft. Was treibt ihr beiden da für einen Schabernack?"

„Ist das nicht offensichtlich? Seit dieser Teufel die Leitung des Heims übernommen hat, ist es hier kaum mehr zum Aushalten. Da haben die Margrit und ich beschlossen, dass wir jetzt debil werden. Hat einen Moment gedauert, bis sie das akzeptiert haben. Seither haben wir unsere Ruhe. Mehr oder weniger auf jeden Fall."

„Wir hatten unsere Ruhe", ergänzte Brigit den Bericht. „Seit du erschienen bist, hat der Teufel mit allen Mitteln versucht, unsere Unterschriften unter die Vollmacht zu erhalten. Wir wissen zwar immer noch nicht, um was es geht, aber das Dokument haben wir nicht unterschrieben. Vielleicht kannst du uns sagen, was los ist?"

Ruedi Rötheli sah seine Schwestern völlig entgeistert an. „Wollt ihr beide wirklich sagen, ihr spielt hier all diesen Leuten etwas vor?"

Margrit sah ihre Schwester an und grinste leicht. „Siehst du, ich habe dir immer gesagt, es ist ansteckend. Jetzt ist der Ruedeli auch schon debil."

Wie aus heiterem Himmel begannen die beiden zu kichern. Dann erzählte Brigit ihrem völlig verwirrten Bruder in kurzen Worten, was sich ereignet hatte. Bis vor drei Jahren hatten sie sich im Altersheim wohl gefühlt. Sie waren in einem Zweierzimmer untergebracht und wurden gut versorgt. Die Stimmung im Heim war sehr gut und auch die Gesundheit beider Schwestern war für ihr Alter ausgezeichnet. Dann war das Leiterehepaar in Pension gegangen und als Nachfolger für die Heimleitung wurde Andreas Ramseyer angestellt. Mit ihm kam eine neue Philosophie in das Heim. Der Neue stellte sich eher als umtriebiger Manager und weniger als Heimleiter heraus. Er begann sofort damit, sämtliche Abläufe auf ihre Rentabilität zu prüfen, um das Altersheim nach wirtschaftlichen Gesichtspunkten zu führen. Anscheinend kam das den Interessen der Stiftung entgegen. Auch ein Teil der Stiftungsräte hatten mit dem Abgang des Leiterehepaars gewechselt. Diese neuen Leute forderten eine auf ökonomischen Prinzipien basierende Heimleitung. In einem nächsten Schritt begann der neue Heimleiter die Insassen dahingehend zu bearbeiten, ihr Vermögen dem Heim zu vererben. Dabei liess er nichts unversucht, um die Heimbewohner mit mehr oder weniger sanften Mitteln, sogar manchmal bedenklich nahe am Rande der Legalität, für sein Vorhaben zu gewinnen.

Ruedi Rötheli hatte schweigend und mit steigendem Unverständnis der Geschichte zugehört. Seine beiden Schwestern, die sehr leise sprachen und sich bemühten, möglichst keine Aufmerksamkeit zu erregen, schienen alles andere, nur nicht dement zu sein.

„Warum habt ihr vorhin so komisch reagiert, als ich hereingekommen bin."

„Wir merkten schon bald einmal, dass wir mehr Ruhe haben, wenn wir uns still und zurückhaltend verhalten. Also haben wir denjenigen im Altersheim, die wirklich etwas dement sind, das Verhalten abgeschaut. Dann haben wir auch begonnen, uns so zu verhalten. Nicht von einem Tag auf den anderen, aber nach und nach. Der Arzt des Heims, der gleichzeitig auch Dorfarzt ist, hat uns rasch durchschaut. Vor allem, da wir ihn schon als kleinen Buben kannten und er oft bei uns im Garten gespielt hat. Wir mussten etwas Überzeugungsarbeit leisten, aber schliesslich hat er sich entschieden, uns zumindest nicht zu verraten. Er ist von der Entwicklung im Heim auch alles andere als begeistert. Seither haben wir eigentlich unsere Ruhe. Im Heim sind sie froh, dass man mit uns nicht viel zu tun hat und wir mit unserem Zimmer zufrieden sind."

Ruedi schüttelte den Kopf. Die Geschichte, die ihm Margrit und Brigit auftischten, war ungeheuerlich.

In dem Moment klopfte es an die Tür und eine Ordensschwester betrat das Zimmer. Sie war sichtlich überrascht, als sie Ruedi im Zimmer sah.

„Was machen sie denn hier", wandte sie sich mit einem misstrauischen Unterton in der Stimme an Ruedi.

„Guten Tag, mein Name ist Ruedi Rötheli. Ich besuche meine beiden Schwestern."

Die Ordensschwester sah Ruedi mit einem strengen Blick an. „Es ist aber noch keine Besuchszeit."

„Das hat mir Herr Ramseyer auch schon gesagt. Er meinte jedoch, in meinem Fall mache er eine Ausnahme."

„Ach so. Dann wird das sicher in Ordnung sein." Sie sah den alten Mann an, der eigentlich schon selber Insasse des Heims hätte sein können. „Brauchen sie noch irgendetwas?"

„Nein, danke", meinte Ruedi Rötheli.

Die Ordensschwester nickte kurz und wollte schon gehen, als Ruedi doch noch einmal die Hand hob, um auf sich aufmerksam zu manchen. „Kann man irgendwo etwas zu trinken erhalten?"

„Wir haben eine kleine Cafeteria. Aber ihre Schwestern waren schon seit zwei Jahren nicht mehr da. In der letzten Zeit haben sie ihr Zimmer nur an Feiertagen verlassen. Wenn sie etwas wollen, müssen sie in die Cafeteria. Ich kann ihnen leider nichts aufs Zimmer bringen lassen. Das ist verboten worden. Die Schwestern erhalten nur noch zu den üblichen Mahlzeiten etwas."

Ruedi musste sich beherrschen, um nicht den Kopf zu schütteln. Hier herrschten ja Zustände wie in einem Gefängnis. „Das macht gar nichts. Ich danke ihnen."

Gut, dann lasse ich sie wieder alleine. Ihre beiden Schwestern bekommen ausser vom Arzt selten Besuch. Sie freuen sich sicher, ein wenig Gesellschaft zu haben." Dann schloss sich die Tür wieder hinter der Ordensschwester.

„Sie ist nett", meinte Brigit als die Schwester draussen war. „Etwas einfältig, aber nett."

„Ja, nett ist sie wirklich", ergänzte Margrit. „Aber schon ziemlich einfältig."

Ruedi musste ein Lachen unterdrücken. Das waren seine Schwestern, da bestand nicht mehr der geringste Zweifel. Nach dem Schock von vorhin tat das richtig gut. „Wollt ihr beide mir allen Ernstes erzählen, ihr spielt dieses Spiel nun schon seit mehr als zwei Jahren."

„Sind das schon zwei Jahre her, Brigit. Das kann doch nicht sein."

„Doch, zwei Jahre dürfte in etwa passen. Ich denke schon, dass es zwei Jahre her ist."

Ruedi musste wieder ein Lachen unterdrücken. „Aber das ist ja verrückt. Wie haltet ihr zwei das nur aus."

Brigit sah ihren Bruder an und auf ihrem Gesicht erschien ein verschmitztes Lächeln. „Erstens sind wir zu zweit und zweitens können wir uns köstlich über die Leute amüsieren. Du kannst dir nicht vorstellen, was du alles mitbekommst, wenn die anderen denken in deinem Oberstübchen sei nicht mehr alles Geschirr in den Regalen am richtigen Ort."

„Genauso ist es. Manchmal, wenn sie uns wieder einmal rauslassen, können wir kaum abwarten wieder zurück zu kommen, um uns über das zu amüsieren, was wir erlebt haben", ergänzte Magrit die Feststellung ihrer Schwester.

Ruedi konnte nur den Kopf schütteln. „Wieso wart ihr eigentlich nicht erstaunt mich zu sehen?"

Dieses Mal war es Margrit, die ihrem Bruder antwortete. „Du wurdest uns angekündigt. Zuerst wollte uns Notar Leimbacher sprechen. Das hat der Ramseyer jedoch verhindert. Dafür ist er selbst gekommen und wollte von uns eine Unterschrift unter eine Vollmacht haben. Das hättest du erleben sollen. Nachdem wir das dritte Formular verschmiert hatten, hat er einfach unsere Unterschriften gefälscht."

„Das war wirklich komisch. Zum Glück haben wir uns so lange beherrschen können. Als Margrit mit dem Füller das dritte Mal über das Papier gefahren ist und der Ramseyer einen Tobsuchtsanfall bekam, hätte ich das Ganze fast verraten. Ich habe fast in die Hosen gepinkelt."

Erneut mussten die beiden kichern.

„Ich habe ihn während der ganzen Zeit, noch nie so wütend gesehen", meinte Magrit, als sie sich wieder beruhigt hatten.

„Am nächsten Tag kam er erneut bei uns vorbei. Er konnte es nicht lassen, uns zu erzählen, dass die Vollmacht auch ohne unsere Unterschrift ihren Zweck erfüllt habe. Er werde an der Veranstaltung teilnehmen. Danach haben wir nichts mehr von ihm gehört. Erst vor einigen Tagen ist er wieder erschienen, um uns darüber zu informieren, was du an dem Anlass angekündigt hast. Er meinte, nun würde er an einen Teil deines Vermögens kommen. Dann stellte er fest, bevor er gegangen ist, damit wären wir doch noch für etwas nützlich. Danach haben wir ihn nicht mehr gesehen, bis er eben gerade mit dir durch die Tür gekommen ist."

Ruedi Rötheli dachte einen Moment nach. „Euch scheint es hier ansonsten gut zu gehen, wenn ich mich nicht täusche."

Er sah seine Schwestern fragend an.

„Du täuscht dich nicht, kleiner Bruder", meinte Brigit.

„Ich denke auch, dass du dich nicht täuschst", ergänzte Magrit die Bemerkung ihrer Schwester.

„Gut, dann werde ich meinen Besuch für heute beenden. Ich komme so bald wie möglich wieder vorbei, damit wir unser Gespräch noch etwas weiter führen können."

„Das wäre wirklich schön. Wir erhalten nämlich nicht oft Besuch. Zudem würde es mich schon interessieren, wo du all die Jahre gesteckt hast", stellte Margrit dieses Mal mit einem sachlichen Tonfall fest.

„Wo du warst und was du alles getrieben hast. Das würde auch mich sehr interessieren." Brigit sah ihren Bruder nachdenklich an. „Auf jeden Fall hat es uns gefreut, dass du uns besucht hast. Nun geh, bevor der Ramseyer Verdacht schöpft."

Dazu gab es nicht mehr viel zu sagen. Ruedi umarmte seine beiden Schwestern, verliess das Zimmer und begab sich danach zurück zum Eingang. Dort wollte er zuerst einfach durchgehen, entschied sich jedoch im letzten Moment anders. Er wandte sich an die junge Frau an der Rezeption.

„Könnten sie bitte Herrn Ramseyer ausrichten, ich lasse herzlich für die Ausnahme danken. Leider habe ich einen Anruf erhalten und muss kurzfristig einen unvorhergesehenen Termin wahrnehmen. Ich werde ein anderes Mal bei ihm reinschauen. Ich danke ihnen."

Ruedi Rötheli nickte und wandte sich zum Ausgang.

„Aber, Herr Ramseyer hat gesagt…"

Den Rest hörte er schon nicht mehr, da er das Altersheim bereits verlassen hatte. Einmal draussen steuerte er auf das Bahnhofrestaurant zu, wo sein Chauffeur auf ihn wartete. Er musste unbedingt mit Markus Leimbacher sprechen. Hier gab es offensichtlich ein Problem, das so rasch wie möglich gelöst werden musste.

Markus Leimbacher und sein Klient hatten es sich für einmal in der Polstergruppe bequem gemacht.

„Dann haben sie also ihre beiden Schwestern gesehen?"

Ruedi Rötheli hatte über seinem Besuch im Altersheim informiert. „Ja, ich habe die beiden gesehen. Es war ein sonderbares Erlebnis. Fast schon ein wenig surreal." Er erzählte Markus Leimbacher die ganze Geschichte, genauso wie sie im Zimmer seiner Schwestern abgelaufen war.

„Die beiden behaupten also, die Unterschriften auf der Vollmacht wären gefälscht?"

„Ja, das haben sie behauptet und ich glaube ihnen. Es passt zu gut zu dem, was sie mir bereits vom Heimleiter erzählt haben und was ich selber erlebt feststellen konnte."

Markus Leimbacher dachte einen Moment über das Gehörte nach. Dann sah er Ruedi Rötheli an. „Dass die Unterschriften gefälscht wurden, wird sich sicher belegen lassen. Nachdem ich sie nun schon eine Weile kenne, glaube ich nicht, dass dies der Grund ist, weshalb sie da sind. Wozu brauchen sie meine Hilfe?"

Auf Ruedi Röthelis Gesicht erschien ein Lächeln. „Ich bin schon froh, dass mir Pfarrer Küenzle damals sie und nicht einen anderen Notar empfohlen hat. Obwohl ich mich schon vorher für sie entschieden hatte, wäre ich vielleicht doch noch ins Grübeln gekommen. Das wäre jedoch mit Sicherheit ein Fehler gewesen. Sie haben Recht, die gefälschte Vollmacht ist nur eine Auswirkung des eigentlichen Problems. Dieser Heimleiter hat sich in dem Moment ins Abseits manövriert, als er das Formular fälschte. Das eigentliche Problem scheint mir woanders zu liegen. Ich möchte, dass sie für mich die Besitzverhältnisse des Altersheims abklären."

Erneut sah Markus Leimbacher seinen Klienten einen Moment lang nachdenklich an, bevor er antwortete. „Ich brauche keine Abklärungen zu treffen. Die Informationen die sie wollen, habe ich bereits. Bevor ich sie ihnen jedoch gebe, müssen sie mir sagen, was sie damit vorhaben. Sie sind nicht mein einziger Klient und ich muss zuerst sicher sein, dass ich damit in keinen Interessenkonflikt gerate. Ich habe sie während unserer gemeinsamen Arbeit wirklich schätzen gelernt. Trotzdem kann ich mir keinen Fehler erlauben, der auch nur im Ansatz dem Ruf meiner Kanzlei schaden könnte."

Ruedi Rötheli brauchte nicht lange zu überlegen. Er würde Markus Leimbacher so oder so ins Vertrauen ziehen. Ob er dies nun heute oder in einigen Wochen tat, darauf kam es nun wirklich nicht an. Er erklärte deshalb dem Notar was er vorhatte.

„In dem Fall kann ich ihnen die Informationen wirklich nicht geben, da sonst, ein Interessenkonflikt entsteht. Ich könnte ihnen jedoch in anderer Form behilflich sein. Wenn sie einverstanden sind, frage ich den Stiftungsratspräsidenten an, ob er zu einem Gespräch mit ihnen bereit ist. Er ist ein vernünftiger Mensch, von dem ich mit Sicherheit weiss, dass er ein Vorgehen dieser Art wie sie es vom Heimleiter geschildert haben, unter keinen Umständen duldet. Ich gehe deshalb davon aus, er weiss nicht, was da abläuft. Wenn er mit ihnen sprechen will, so könnten sie ihm selber aus erster Hand berichten, was da vor sich geht und was sie vorhaben."

„Das ist eine ausgezeichnete Idee. Wenn sie das arrangieren könnten, würde das die Sache wesentlich vereinfachen."

„Gut, in Ordnung. Ich brauche ein paar Tage und gebe ihnen danach Bescheid, was sich ergeben hat."

„Sehr gut. Nehmen sie sich die Zeit, die sie benötigen. Es eilt im Moment nicht, obwohl ich das Problem bald einmal lösen will. So wie die Situation jetzt ist, kann sie auf keinen Fall bleiben."

Damit war eines der anstehenden Probleme auf bestem Weg zu einer Lösung. Ruedi dachte einen Moment nach. Dann ergriff er erneut das Wort.

„Wir haben schon fast November. Der Monat, um sich zu entscheiden ist schon bald abgelaufen. Ich möchte mich deshalb wieder einmal mit ihnen und Pfarrer Küenzle treffen, um das weitere Vorgehen zu besprechen. Wenn sie für Mitte November einen Termin organisieren könnten, wäre ich ihnen dankbar. Bis dann habe ich mit grösster Voraussicht alle Parteien das erste Mal besucht. Dann ergibt sich auch ein erstes Bild, ob es überhaupt zu einem Wettstreit unter den möglichen Begünstigten kommen wird."

Die Fahrt nach Appenzell wäre im Sommer wohl deutlich schöner gewesen, als mitten im verregneten, trüben Herbst. Zu dieser Jahreszeit hinterliessen die Wolken und nebelverhangenen Hügel einen eher tristen Eindruck. Das würde sich erst wieder ändern, wenn der erste Schnee einen weissen Teppich über die Landschaft gelegt hatte. Dann hinterliessen die sanft geschwungenen Hügel einen Eindruck der Ruhe und Zufriedenheit.

Ruedi Rötheli interessierte sich jedoch weniger für die Landschaft. Er hatte im vergangenen Monat beinahe alle Parteien besucht, die bei der ersten Präsentation eingeladen waren. Einzig die Nachkommen von Tante Elsbeth hatten sie bisher immer noch nicht ausfindig machen können. Die letzte Information von Markus Leimbacher wies darauf hin, dass eine Tochter seiner Tante irgendwo in Kanada lebte. Da jedoch keine Anschrift existierte, war sie nicht auffindbar. Damit waren die Anzahl Teilnehmer am Wettstreit noch vor dem eigentlichen Start um eine Partei dezimiert worden.

Von den anderen Besuchen waren nicht alle zufriedenstellend ausgefallen. Ruedi würde seinen beiden Partnern nicht nur Positives zu berichten haben. Er freute sich deshalb umso mehr auf diesen letzten Besuch bei seiner Nichte. Als er Selina angerufen hatte, um einen Termin zu vereinbaren, war er sich nicht sicher, wie sie reagieren würde. Die Befürchtungen, er könnte auf Ablehnung stossen, erwiesen sich jedoch als unbegründet. Selina freute sich sogar ihren Onkel wieder zu sehen. Als Treffpunkt schlug sie das gleiche Kaffee Adler vor, in dem sie sich das letzte Mal getroffen hatten.

Ruedi Rötheli war früher als zum vereinbarten Zeitpunkt am Treffpunkt. Für einmal waren der Verkehr flüssig und die Fahrt reibungslos verlaufen.

Die Gaststätte war höchstens zur Hälfte besetzt, da sich bei diesem Wetter nicht viele Touristen nach Appenzell verirrten. Ruedi genoss den ruhigen Moment und die gute Küche des Restaurants Adler. Mit einer guten Viertelstunde Verspätung traf Selina ebenfalls ein. Sie hatte etwas länger arbeiten müssen. Nach einer herzlichen Begrüssung, kam Ruedi gleich zur Sache. „Wie hat dir die Veranstaltung in Trub gefallen?"

„Es war ein wunderschöner Tag. Der Chauffeur hat mich früh genug abgeholt. Er war äusserst zuvorkommend. Wir sind zuerst nach Trub in den Löwen gefahren. Dort haben wir etwas Kleines gegessen. Dann besuchten wir die Kirche und den Friedhof und schliesslich unternahmen wir noch einen kleinen Spaziergang. Dabei habe ich erstmals von weitem das Geburtshaus meiner Mutter gesehen. Danach begaben wir uns in die Mehrzweckhalle. Wir waren die ersten, die eintrafen und konnten uns so einen Platz an einem Tisch ganz hinten im Saal sichern.

Das Essen war hervorragend und für sich alleine schon die ganze Reise wert. Als du dann deinen Auftritt hattest, wurde Lara etwas ängstlich. Sie ist einen solchen Aufruhr nicht gewohnt und wollte plötzlich nach Hause. Ich hingegen habe mich über die Reaktion der Leute auf deine Ansprache sehr amüsiert. Für Lara war der Tag nach deinem Auftritt einfach zu viel. Sie begann zu nörgeln und war unzufrieden. Zum Glück hat es dann noch ein Dessert gegeben. Das hat sie ein wenig beruhigt und ich konnte wenigstens kurz in den Umschlag schauen. Wir sind aber keine Viertelstunde nachdem das Dessert serviert wurde aufgebrochen. Der Chauffeur war glücklicherweise nicht weit und wir sind trotz der Anstrengung noch am gleichen Abend nach Hause gefahren."

„Ihr habt euch kein Hotelzimmer genommen?"

„Nein, Lara wollte unbedingt in ihrem eigenen Bett schlafen und ich musste am nächsten Tag gegen Mittag bereits wieder arbeiten. Also wollte ich lieber so rasch wie möglich nach Hause."

„Gut, wenn das für dich so in Ordnung ist, dann ist es das für mich auch", meinte ein erstaunter Ruedi Rötheli. Jeder andere hätte die Möglichkeit in einem Hotel seiner Wahl, unabhängig der entstehenden Kosten, zu übernachten sicher ausgenutzt. Ein weiterer Punkt, der eindeutig zu Gunsten von Selina sprach.

„Hast du in der Zwischenzeit schon darüber nachgedacht, ob du am Wettstreit teilnehmen willst?"

Selina sah ihren Onkel an und wirkte ein wenig verlegen. „Dazu hatte ich ja bereits auf der Rückreise genügend Zeit. Ich habe mich entschieden nicht teilzunehmen. Du hast sicher gute Gründe, diese Sache zu inszenieren. Ich bin aber nicht die richtige Person für so was. Abgesehen davon, dass ich nicht am Geld anderer Leute interessiert bin, habe ich genug damit zu tun, meinen Lebensunterhalt zu bestreiten und für meine Tochter zu sorgen. Ich kann nicht auch noch an Spielen teilnehmen. Wenn du das Geld zurück willst, ist das für mich ebenfalls kein Problem."

„Davon kann nun wirklich keine Rede sein. In den Unterlagen stand eindeutig, dass die Teilnahme am Wettstreit für alle freiwillig ist und dass jeder, der sich entscheidet nicht daran teilzunehmen, den Betrag behalten kann. Hast du dir schon überlegt, was du mit dem Betrag anstellen willst?"

„Ja. Sofern du einverstanden bist, würde ich den Summe gerne auf ein Ausbildungskonto für Lara überweisen. Ich selber brauche kein Geld. Das, was ich im Restaurant verdiene reicht problemlos aus, um unseren Lebensunterhalt zu bestreiten."

„Ich bin selbstverständlich mit deinem Entscheid einverstanden, auch wenn ich es bedaure, dass du nicht an dem Wettstreit teilnehmen willst."

„Ich bin dir nicht nur für dein Verständnis, sondern auch für die Möglichkeit mich persönlich bei dir zu bedanken, sehr dankbar. Als ich dich das erste Mal getroffen habe, war mir das sehr unangenehm mit der Vergangenheit meiner Mutter konfrontiert zu werden. Ich hatte viel Zeit nachzudenken und in der Zwischenzeit bin ich froh, dass du mich gefunden hast. Dich kennen gelernt zu haben, ist mir viel wichtiger, als dein Geld zu erhalten."

Der alte Mann war von den Worten seiner Nichte tief berührt. Egal was noch geschehen würde, wenn er sich jemals fragen sollte, ob sich die Reise in die Schweiz und der ganze Aufwand gelohnt hatte, so brauchte er nur an diesen Moment zu denken.

„Das freut mich sehr und ich kann dir versichern, dass auch ich sehr glücklich bin, dich getroffen zu haben."

Selina sah auf die Uhr. „Schon so spät. Ich muss Lara abholen gehen." Sie sah ihren Onkel einen Moment an. „Hast du Lust mitzukommen. Wir gehen danach nach Hause und ich mache noch etwas Kleines zu essen. Nichts Grossartiges, nur ein einfaches Nachtessen."

„Es wäre mir eine grosse Freude", meinte ein überraschter Ruedi Rötheli. Er hatte einen solchen Vertrauensbeweis seiner Nichte nicht erwartet.

Die Kinderkrippe lag nicht weit entfernt. Nachdem sie die etwas scheue Lara abgeholt hatten, begaben sie sich in die Zweizimmer Altstadtwohnung in der Selina mit Lara wohnte. Die kleine Wohnung lag im Dachgeschoss eines der alten Gebäude. Man erreichte sie über eine Aussentreppe, die nachträglich am Haus angebracht worden war. Ruedi versuchte sich nichts anmerken zu lassen, als sie die äusserst zweckmässig eingerichtete Dachwohnung betraten. Eine Einbauküche, ein Tisch mit vier Stühlen, ein Bücherregal und eine Sitzecke, die gleichzeitig als Bett diente, füllten den ersten Raum nahezu vollständig aus. Im anderen Raum war ein Kinderzimmer mit einem Bett, zwei Schränken und einem kleinen Schreibtisch untergebracht. Die Wohnung war selbst für eine Zweizimmerwohnung winzig. Trotzdem entging es Ruedi nicht, wie stolz Selina auf ihr eigenes Heim war.

Nachdem sie angekommen waren, begab sich Lara in ihr Zimmer und holte dort Malstifte und einen grossen Block hervor. Dann setzte sie sich an den Tisch und begann zu zeichnen.

„Hast du alle Schularbeiten erledigt?"

„Ja, schon am Mittag in der Krippe."

„Gut, dann kannst du noch etwas malen."

Währenddessen machte sich Selina daran das Nachtessen vorzubereiten.

Ruedi verbrachte den Abend bei seiner Nichte, half beim Kochen und spielte danach noch mit Lara, bevor sie schlafen musste. Für Ruedi war das der richtige Moment, um sich ebenfalls zu verabschieden.

„Für mich wird es auch langsam Zeit zu gehen. Ich habe noch einen langen Heimweg vor mir und in meinem Alter ist es gut, wenn man einmal ins Bett kommt. Ich danke dir für das wirklich gute Nachtessen."

„Ach das war nichts Besonderes", entgegnete Selina sofort.

„Auf jeden Fall hat es mich gefreut dich noch einmal gesehen zu haben. Deine Haltung was den Wettstreit anbelangt, kann ich nachvollziehen und respektiere sie auch." Dann verabschiedete er sich und wandte sich zur Tür, um zu gehen. Nachdem er diese geöffnet hatte, drehte er sich noch einmal um. „Ich hoffe, es war nicht das letzte Mal, dass wir uns begegnet sind. Es würde mich freuen, wenn du und Lara mich einmal in Thun besuchen kommt. Auch wenn du nicht am Wettstreit teilnimmst, heisst das ja noch lange nicht, dass wir den Kontakt wieder verlieren müssen."

„Es wäre mir eine Freude, dich einmal in den Schulferien von Lara in Thun zu besuchen. Auch ich würde mich freuen, wenn wir uns wiedersehen würden. Inzwischen wünsche ich dir eine gute Heimreise."

Danach verliess Ruedi Rötheli seine Nichte für dieses Mal endgültig. Eines stand für ihn nach diesem Besuch fest. Auch wenn Selina nicht an dem Wettstreit teilnahm, so würde er jeden Hebel in Bewegung setzen, um seiner Nichte in Zukunft unter die Arme zu greifen. Selbst wenn er dabei das Risiko einging, den Stolz dieser bemerkenswerten jungen Frau zu verletzen. Für

Ruedi stand fest, dass sie trotz ihrer Bescheidenheit etwas Besseres verdient hatte, als diese Zweizimmerwohnung in einem alten Haus in Appenzell.

Es war erst das zweite Mal, dass sich Ruedi Rötheli mit seinen beiden Mitstreitern im neu renovierten Einfamilienhaus in Bärau traf. Ruedi war stolz auf seine neue Zweigniederlassung. Von aussen sah man dem Haus die Veränderung nicht an, da Ruedi grossen Wert auf Anonymität gelegt hatte. Wenn man das Haus betrat, kam man direkt nach dem Eingang zu einem kleinen Empfang, hinter dem ein Grossraumbüro mit beheiztem Konferenzraum im angebauten Wintergarten lag.

Dass Ruedi Rötheli so viel Wert darauf legte nicht aufzufallen, hatte seinen Grund. Er musste damit rechnen, dass sein Vorhaben, auch in der Öffentlichkeit auf ein gewisses Interesse stossen würde. Das bestätigte sich bereits kurz nach der Präsentation im Mehrzwecksaal in Trub. Schon am nächsten Tag hatte Markus Leimbacher einen Anruf eines Journalisten erhalten. Da dieser nicht wusste, wo er Ruedi Rötheli erreichen konnte, wandte er sich an den Notar. Der erzählte dem neugierigen Journalisten das Wenige, was er nach Absprache mit Ruedi Rötheli weitergeben durfte. Zwei Tage darauf erschien ein kleiner Artikel im Lokalteil der Berner Zeitung, der zumindest in der Region für ein gewisses Aufsehen sorgte. Je nachdem was in den nächsten Monaten noch alles geschah, konnte das Interesse der Medien durchaus noch anwachsen. Markus Leimbacher hatte deshalb überhaupt nichts dagegen, wenn ihre Besprechungen in Zukunft an einem anderen Ort als seinem Büro stattfanden.

Ruedi Rötheli hatte die Sitzung auf den Mittag angesetzt. Er hatte mit einem der bekanntesten Restaurants in der Region eine Vereinbarung getroffen, dass bei Bedarf bei ihm gekocht wurde. Es gab dafür im Büro eine kleine, aber erstklassig ausgerüstete Küche. So konnte man nicht nur in Ruhe eine Besprechung durchführen, sondern auch noch ein hervorragendes Essen geniessen. Gegen diese Kombination hatte weder der Pfarrer noch der Notar etwas einzuwenden. Einen einzigen Kompromiss mussten die beiden dabei eingehen. Eine Sitzung mit Ruedi Rötheli begann bereits mit dem Mittagessen und nicht erst nach dem Dessert.

„Seit unserem letzten Treffen ist bereits mehr als ein Monat verstrichen. Ich bin äusserst gespannt, was sich in der Zwischenzeit alles ereignet hat", eröffnete der Gastgeber die Besprechung. „Ich schlage vor, dass einer nach dem anderen erzählt, was er in der Zwischenzeit so alles erlebt hat."

„Das ist ein sehr guten Vorschlag", ergriff der Pfarrer sofort die Initiative. „Wenn sie beide nichts dagegen haben, dann fange ich gleich an. Ich habe von uns drei wohl am wenigsten zu erzählen." Er sah seine beiden Kollegen fragend an.

„Nein, nein, das ist schon gut", winkte Ruedi Rötheli ab. „Ich gehe davon aus, dass auch unser Freund Notar Leimbacher nichts dagegen hat, ihnen den Vortritt zu lassen."

Markus Leimbacher grinste nur und schüttelte den Kopf, ohne eine Antwort zu geben.

„Danke Herr Leimbacher, es wird auch nicht allzu lange dauern. Ich hatte seit unserer letzten Begegnung nur mit ihnen Herr Rötheli und mit dem Kirchgemeinderat zu tun. Den ersten Teil der Geschichte mit meinen Kollegen aus der Kirchgemeinde, der sich noch am Abend der Präsentation abgespielt hat, habe ich ihnen ja schon erzählt. Seither hatten wir eine weitere Sitzung. Die ist ebenfalls alles andere als angenehm verlaufen. Die Streitereien haben eine äusserst mühsame Fortsetzung gefunden. Dann wurde mir das Ganze zu blöd. Ich bin mitten in der Sitzung wortlos aufgestanden, um das Sitzungszimmer zu verlassen. Die anderen Teilnehmer waren so überrascht, dass die Streitereien von einem Moment auf den anderen aufhörten. Der Präsident fragte mich, was ich vorhätte. Als ich ihm sagte, ich würde nicht dafür bezahlt, um einem streitsüchtigen Kirchgemeinderat zuzuhören, sind die Mitglieder endlich zur Vernunft gekommen."

In dem Moment wurde Pfarrer Küenzle von Markus Leimbacher unterbrochen. „Entschuldigen sie, wenn ich sie unterbreche, Herr Pfarrer. Ich habe ihren ersten Bericht noch nicht gehört. Um was drehte sich der Streit?"

Markus Leimbacher sah den Pfarrer fragend an.

„Sie haben sich darum gestritten, wie das Geld einzusetzen ist. Von den sieben Kirchgemeinderäten waren deren fünf an der Veranstaltung in der Mehrzweckhalle. Dort war man sich schon nicht einig, ob der Betrag in die Renovation der Kirche oder eine Spende investiert werden sollte. Als dann noch zwei Vertreter des Gemeinderats dazu kamen und noch mehr Öl ins Feuer gossen, nahm das Ganze schon fast kindische Züge an. Vor zwei Wochen war dann die erwähnte Sitzung. Eine Einigung haben sie auch dort keine gefunden. Zumindest hat man sich jedoch darauf einigen können, am Wettstreit teilzunehmen." Das war alles, was Pfarrer Küenzle zu berichten hatte.

„Ich kann das bestätigen. Der Antrag des Kirchgemeinderats ist zwei Tage vor Anmeldeschluss völlig korrekt bei mir eingegangen", ergriff Markus Leimbacher erneut das Wort. „Damit stehen den fünf Anmeldungen für den

Wettstreit insgesamt sechs Absagen gegenüber."

Ruedi Rötheli war ernüchtert. Er hatte eigentlich damit gerechnet, dass sich mehr Parteien an seinem Wettstreit beteiligen würden.

„Wer hat ausser meiner Nichte sonst noch alles abgesagt?"

„Wie bereits erwähnt haben ihr Bruder und ihre Schwestern abgelehnt am Wettstreit teilzunehmen. Wobei es in der Familie ihres Bruders Max zu einem Streit gekommen sein muss. Sein Sohn Peter hat mich angerufen und mir mitgeteilt, dass sein Vater ihm die Verantwortung übertragen habe. Er habe sich nun entschieden nicht am Wettstreit teilzunehmen.

Zwei Tage später erhielt ich einen Anruf von Peters Bruder Beat, der mir mitteilte der Rest der Familie sei mit dem Entscheid nicht einverstanden. Sie würden darauf bestehen, dass sie als Vertreter ihres Vaters am Wettstreit teilnehmen können. Wenn ihr Vater und ihr ältester Bruder auf das Geld verzichten wollen, dann wäre das deren Sache. Der Rest der Familie werde auf keinen Fall verzichten und den Anteil notfalls über Gericht einfordern."

Ruedi Rötheli nahm diese Information mit Besorgnis und mit leichter Enttäuschung zur Kenntnis. Er hatte nicht damit gerechnet, dass die Familie aufgrund seines Vorschlags aneinander geraten würde.

„Ich werde mich darum kümmern. Wer hat sonst noch abgesagt?"

Markus Leimbacher nahm ein Blatt Papier aus seinen Unterlagen.

„Die Frau ihres Onkels Kurt, Sonja Rötheli nimmt nicht teil. Sonja Rötheli oder in der Zwischenzeit wieder Fasnacht, scheint auf den Namen Rötheli nicht gut zu sprechen zu sein. Sie wolle nach all dem Ärger mit dieser Sippe nichts mehr zu tun haben. Ihre Tante Rosalie Widmer hat nie geheiratet und ist in ein Zisterzienserinnenkloster eingetreten. Sie ist schon vor ein paar Jahren gestorben und hat alles dem Kloster hinterlassen. Die Mutter Oberin dankt in dem Sinn für die Spende an das Kloster und verzichtet auf eine Teilnahme am Wettbewerb. Ihr Onkel Heinrich ist ebenfalls vor längerem verstorben und hat keine Nachfahren hinterlassen. Es fehlt nur noch ihre Tante Elsbeth respektive deren Kinder, die irgendwo in Kanada sind. Wir haben sie bisher nicht gefunden und ich habe ehrlich gesagt keine grosse Hoffnung, sie noch aufzutreiben. Ihre Spur verliert sich irgendwo in Kanadas North West Territories."

„Dann dürfte es tatsächlich nicht einfach sein, sie zu finden. Ich kenne diese Gegend Kanadas ein wenig. Dort gibt es wenig Menschen und unheimlich viel Land, um verloren zu gehen."

Nur die Leute die Ruedi Rötheli wirklich besser kannten, hätten den leicht melancholischen Unterton aus seiner Stimme heraushören können.

Wie immer, wenn Kanada in irgendeiner Form Thema war, kamen bei dem alten Mann Erinnerungen an eine der schönsten Zeiten in seinem Leben auf.

„Dann haben wir fünf oder sechs Teilnehmende am Wettstreit. Ich denke, ich werde Beat und Rita am Wettstreit teilnehmen lassen, auch wenn ihr Vater das nicht so vorgesehen hat. Vorher möchte ich jedoch noch mit Max und dessen Sohn Peter sprechen. Ich will unter keinen Umständen, dass in der Familie meines Bruders aufgrund meines Erscheinens Streit ausbricht."

Markus Leimbacher zuckte mit den Schultern. „Es ist ihr Spiel und sie bestimmen die Regeln."

Ruedi Rötheli musste lachen. „Es ist schon mein Spiel, die Regeln sind jedoch bereits vor dem Spiel festgelegt worden. Ich erlaube mir nur, die Ausnahmen zu diesen Regeln zu definieren, wenn sich dadurch Probleme vermeiden lassen." Ruedi Rötheli machte eine kurze Pause. „Ich bin ihnen beiden sehr dankbar, dass sie mich unterstützt haben, nach der Vorbereitung auch den ersten Teil der Umsetzung meines Vorhabens zu realisieren. In einem nächsten Schritt gilt es nun abzuwarten, was sich die Teilnehmenden des Wettstreits alles ausdenken. In der Zwischenzeit habe ich noch ein anderes Problem, das eigentlich nur indirekt mit unserem Projekt zu tun hat, aber im Rahmen der Abklärungen dazu aufgetaucht ist. Ich habe Herrn Leimbacher gebeten einige Abklärungen zu den Besitzverhältnissen des Altersheims vorzunehmen, in dem meine beiden Schwestern wohnen. Nachdem er mir den notwendigen Kontakt verschafft hat, fand letzte Woche die erste Besprechung mit Robert Von Bürener, dem Präsidenten des Stiftungsrats statt. Sie ist für mich sehr zufriedenstellend ausgefallen. Ich möchte sie deshalb darüber informieren, was ich in diesem Fall als erstes unternehmen werde."

Man sah Pfarrer Küenzle an, dass er ein wenig verwirrt war.

„Ich möchte ja nicht unhöflich sein, aber könnte mir einer von ihnen sagen, um was es bei diesem Gespräch ging?"

Ruedi Rötheli erzählte dem erstaunten Pfarrer, was er bei seinem Besuch im Altersheim erfahren hatte. „Nachdem wir alle nun den gleichen Wissensstand haben, möchte ich ihnen das weitere Vorgehen in dieser Sache aufzeigen. Ich habe mich nach dem Gespräch entschieden, in die Stiftung zu investieren. Zuerst wollte Robert Von Bürener nichts davon wissen. Ich musste schon meine ganze Überredungskunst aufwenden und auf die Folgen aufmerksam machen, damit er seine Haltung überdacht hat. Schliesslich hat er meiner Spende zugestimmt. Ich werde eine nicht unerhebliche Summe in die Stiftung einbringen. Damit wird ein Anbau an das bestehende Altersheim mit modernen Zweizimmerappartements finanziert. Wenn der Anbau fertig ist, ziehen die Bewohner des Altbaus um, damit danach dieser renoviert werden kann. Ziel ist es nur noch Zweizimmerappartements im Altersheim zu haben. Als Gegenleistung für meine Einlage in die Stiftung erhalte ich zwei Sitze im Stiftungsrat. Einer der älteren Stiftungsräte wird zurücktreten und der Stiftungsrat wird aufgrund der Erhöhung des Stiftungskapitals vorübergehend um eine Person aufgestockt. Meine Ernennung und die des zweiten Stiftungsrats sollten an der nächsten ordentlichen Sitzung anfangs Dezember erfolgen. Da ich sonst niemanden kenne, der den zweiten Sitz im Stiftungsrat einnehmen könnte, würde ich mich freuen, wenn einer von ihnen mit mir zusammen diese Aufgabe wahrnehmen würde. Was meinen sie dazu?"

Die beiden sahen sich gegenseitig an. Anscheinend wollte keiner von ihnen zuerst das Wort ergreifen. Schliesslich war es Pfarrer Küenzle, der die Stille durchbrach. "Was erwarten sie von diesem Stiftungsrat?"

„Ich benötige seine Unterstützung, um die Reorganisation durchzusetzen. Im fünfköpfigen Gremium sind mindestens zwei Mitglieder keinesfalls meiner Meinung und einer tendiert dazu mit diesen beiden zu stimmen. Damit verfügen sie im Moment über die Mehrheit. Aufgrund meiner Spende, die einen Ausbau und damit eine qualitative Verbesserung bringen wird, sollte ich als sechstes Mitglied aufgenommen werden. Mit dem Präsidenten und einem von ihnen als neuem Ratsmitglied haben wir danach die Mehrheit, da der Präsident bei Gleichstand den Stichentscheid hat."

„Was wollen sie mit dem Einzug in den Stiftungsrat bewirken?" Nun war es Markus Leimbacher, der etwas mehr wissen wollte.

„Ich will, dass die neu eingeführte Philosophie das Altersheim nach betriebswirtschaftlichen Prinzipien zu führen, wieder geändert wird. Ein Altersheim ist kein Unternehmen. Es soll alten Menschen ermöglichen, ihren Lebensabend in Würde und unter den bestmöglichen Bedingungen zu führen. Vor allem sollen die Heimleitung und die Finanzverwaltung den Heimbewohnern nicht ihr Vermögen aus der Tasche ziehen und sie behandeln wie Gefängnisinsassen. Ich verfüge glücklicherweise über die notwendigen finanziellen Mittel, um diese Grundsätze durchzusetzen."

Nachdem der Notar die Absicht kannte, gab es für ihn keinen Grund mehr, um zu zögern.

„Wenn Pfarrer Küenzle die Aufgabe nicht übernehmen möchte, dann können sie auf meine Unterstützung zählen. Ich bin auch der Meinung, dass man alten Menschen das Recht auf ein würdiges Dasein nicht wegnehmen darf", sagte ein sichtlich betroffener Notar Leimbacher.

„Ich würde die Aufgabe gerne übernehmen. Gemäss meinem Arbeitsvertrag brauche ich dazu jedoch die Zustimmung des Kirchgemeinderats und die nächste Sitzung ist erst im Januar. Kommt dazu, dass ich mir nicht sicher bin, ob einem Gesuch stattgegeben wird, da einer der Kirchgemeinderäte selbst im Stiftungsrat des Altersheims ist."

„In dem Fall können sie auf mich zählen, Herr Rötheli."

„Ausgezeichnet. Dann sorgen wir dafür, dass wir offiziell in das Gremium aufgenommen werden und danach sehen wir weiter."

Ruedi Rötheli machte sich eine Notiz in seinen Unterlagen.

„Das wären die wichtigsten Punkte für heute. Ich werde als nächstes mit meinem Bruder Max sprechen und sie danach informieren."

„Wenn wir die Sitzung bereits abgeschlossen haben, könnten sie uns ja den letzten Teil ihrer eigenen Geschichte erzählen. Mich würde interessieren, was sich nach ihrem Aufenthalt in Los Angeles noch alles ergeben hat."

Ruedi Rötheli musste lachen.

„Ich habe gedacht, sie hätten langsam genug von den Erzählungen und könnten die Geschichte nicht mehr hören."

„Da gebe ich einmal mehr meinem Kollegen recht", meldete sich nun auch Markus Leimbacher zu Wort. „Nach allem was ich bisher gehört habe, würde mich der Ausgang der Geschichte schon noch interessieren. Wir wissen ja, dass sie aus Argentinien zu uns nach Trub gekommen sind. Viel mehr über ihr Leben dort wissen wir jedoch nicht. Wenn sie Zeit haben, würde ich den Rest schon gerne noch erfahren."

„Also gut, wenn es ihnen wirklich nicht zu viel ist, will ich ihnen den Rest meiner Lebensgeschichte gerne erzählen. Ich schlage aber vor, wir wechseln vom Konferenztisch in die etwas gemütlichere Sitzecke."

Nachdem sich alle niedergelassen hatten, begann Ruedi Rötheli zu erzählen. „Wo sind wir zuletzt verblieben. Ich glaube der zweite Teil der Trilogie war gerade abgedreht. Den Teil mit der Premiere habe ich aber noch nicht erzählt. Also, an jenem Abend als die Premiere in New York stattfand...."

8. Von Schweizern, Rindern und einer Estancia

„Ich fühlte mich nicht so wohl in meiner Haut. Georg Logan hatte darauf bestanden, dass ich an der Premiere des zweiten Teils dabei sein müsse. „Du hast einen wesentlichen Anteil am Gelingen dieses Projekts und ich will dich unter allen Umständen dabei haben", war seine kurze nüchterne Feststellung gewesen. Auch wenn ich alt genug war, um meine eigenen Entscheidungen zu treffen, konnte ich Georg Logan dennoch nicht widersprechen. Also fügte ich mich und kaufte mir einen neuen Satz Kleider, um an der Premiere unter den vielen gut gekleideten Leuten nicht aufzufallen.

Die Premierenveranstaltung selber war in jeder Beziehung einzigartig. Im Nachhinein war ich Georg Logan dankbar, dass er darauf bestanden hatte, mich mitzunehmen. Am Anlass selber hielt ich mich die meiste Zeit über eher irgendwo am Rande des Geschehens auf. Dennoch erlebte ich mehr, als ich mir vorher in meinen kühnsten Träumen vorgestellt hatte. Die anderen Anwesenden zu beobachten, war wirklich ein ausserordentliches Vergnügen. Unter den eingeladenen Gästen waren einige Leute, die sich deutlich wichtiger nahmen, als sie waren. Sie stritten sich im Gegensatz zu mir darum, wer den besseren Platz und mehr Zeit im Scheinwerferlicht erhielt. Wie sie sich auf dem roten Teppich, diesem Laufsteg der Eitelkeit produzierten, war teilweise schon fast abartig. Für mich war das alles andere, als ein Vergnügen. Wie alle geladenen Gäste, blieb mir nichts anderes übrig als über diesen Weg ins Kino zu gelangen. Ich war heilfroh, als ich dieses Spiessrutenlaufen endlich hinter mir hatte. Im Kino hatte jeder Geladene einen reservierten Platz. Meiner lag unmittelbar hinter der Sitzreihe der Hauptprotagonisten.

Obwohl ich den Film schon mehrmals gesehen hatte, genoss ich die erste öffentliche Aufführung aus vollen Zügen. Es war wirklich ein tolles Gefühl, zu erleben, wie die Leute auf den Film reagierten. Als die Vorführung vorüber war, gab es eine sehr lange Standing Ovation, während der die Hauptdarsteller, der Regisseur und Georg Logan vorne auf der Bühne den Applaus des Publikums entgegen nahmen. An der anschliessenden Premierenparty war fast alles dabei, was in der Filmbranche Rang und Namen hatte. Ich meinerseits hatte nicht vor, allzu lange zu bleiben, wobei mir Georg Logan auch hier einen Strich durch die Rechnung machte. Er hatte Christine, eine seiner Assistentinnen gebeten auf mich aufzupassen und mich ja nicht gleich davonziehen zu lassen. Christine lenkte mich geschickt in die Nähe von Georg Logan. Der war sichtlich erfreut, als er mich bemerkte und liess mich auch nicht so schnell wieder ziehen. So kam es, dass ich die Bürgermeister von New York und von Los Angeles sowie den Gouverneur des Staates New York kennen lernte. Wobei kennen lernen vielleicht etwas übertrieben ist. Sie haben mir die Hand geschüttelt, da ich zu dem Zeitpunkt in der unmittelbaren Nähe von Georg Logan stand, der es natürlich nicht lassen konnte, mich vorzustellen. Bei der ersten sich bietenden Gelegenheit habe ich mich dann vorsichtshalber etwas zurückgezogen und die Party als einer der ersten verlassen, nicht ohne mich vorher von Georg Logan zu verabschieden.

Wir hatten schon vorher alle Punkte geklärt und so konnte ich nach meinem Rückflug nach San Franzisco gleich die letzten Vorbereitungen für die Wiederaufnahme meiner Reise treffen. Georg Logan sah ich nicht mehr. Er hatte für die nächsten Wochen einen übervollen Terminkalender. Ich würde ihn voraussichtlich frühestens zur Premiere des dritten Teils wieder sehen. Das hatte ich ihm bei unserer letzten Besprechung versprechen müssen und ich nahm mir vor, mein Versprechen auf jeden Fall zu halten.

Als ich die Ranch definitiv verliess, nahm davon niemand Notiz. Die Vorbereitungen für den dritten Teil waren längst am Laufen und auf dem Gelände herrschte schon wieder geschäftiges Treiben. Mir sollte das nur Recht sein. So konnte ich San Franzisco ohne grosses Aufsehen verlassen und mich meiner nächsten Etappe zuwenden. An der Ausfahrt aus dem Grundstück musste ich kurz anhalten. Einer der Wachen kam auf mich zu.

„Einen Moment bitte, Herr Redick. Ich habe hier noch ein Paket von Mister Logan. Er hat uns beauftragt es ihnen zu übergeben, wenn sie abreisen. Wenn sie noch einen Augenblick warten könnten.“

Er ging zurück in das Wachhaus und kam mit einer Kiste zurück. Ich öffnete die Seitentür und er stellte das grosse, über zwanzig Kilo schwere Paket in den Van.

„Wir alle wünschen ihnen eine gute Fahrt.“

Ich dankte ihm für die guten Wünsche und schloss danach die Seitentür. In der Zwischenzeit hatte der zweite Wachmann die Schranken gehoben und ich verliess mit dem Van das Grundstück. Als ich durch den Ausgang auf die Strasse fuhr und damit das Gelände endgültig verliess, wurde mir erst wirklich bewusst, dass ich damit ein weiteres Kapitel meines Lebens abschloss.

Am Abend, ich hatte bereits einige Kilometer hinter mich gebracht und auf einem der Plätze des Netzes mein Fahrzeug abgestellt, öffnete ich das Paket. Es enthielt einen Brief von Georg Logan, einen schwarzen Karbonkoffer, ein Stativ und zwei Fotos jeweils in einem schönen Rahmen. Auf dem ersten Foto war die ganze Filmcrew inklusive den Hauptdarstellern, anlässlich des letzten Drehtags und auf dem zweiten waren Georg Logan, die Hauptdarsteller, der Regisseur und ich anlässlich der Premiere zu sehen. Ich konnte mich an den Augenblick noch irgendwie vage erinnern. Darunter stand Folgendes geschrieben: „Für meinen guten Freund Rick, der wesentlich dazu beigetragen hat, dass dieser Film zu einem einzigartigen Erfolg wurde."

Damit hatte ich nun wirklich nicht gerechnet. Die Widmung auf dem Foto berührte mich zutiefst. Ich betrachtete das Bild noch einen Moment, bevor ich es zur Seite legte und den Brief öffnete.

Darin dankte mir Georg Logan noch einmal für meine ausgezeichnete Arbeit. Zudem wies er auf den Karbonkoffer hin, der den Prototyp einer Filmkamera enthielt, wie sie erst in einigen Jahren auf den Markt kommen würde. Davon gab es nur gerade ein halbes Dutzend, die für die NASA hergestellt worden waren. Die Technologie war noch neu und die Herstellung sehr teuer, weshalb die Kamera noch nicht serienmässig hergestellt werden konnte. Dazu gab es ein gutes Dutzend kleine Kassetten mit insgesamt fast fünfhundert Stunden Aufnahmekapazität.

Dazu hatte Georg Logan geschrieben, ich solle meine Reise dokumentieren und ihm bei Gelegenheit einmal zeigen, was ich alles erlebt hätte. Das war ein Geschenk, welches wirklich zu Georg Logan passte. Der Gedanke, nach allem was ich in der Filmbranche erlebt hatte, einmal selber gestalterisch tätig zu sein, gefiel mir ganz gut.

In den nächsten drei Monaten reiste ich mit meinem Wohnmobil quer durch die Staaten von San Franzisco über Tucson, Houston, New Orleans, und Orlando nach Miami. Ich brauchte einen Moment, um mich wieder an das Reisen mit dem Van zu gewöhnen. Mit jedem Tag der verging passte ich mich mehr an das manchmal doch eher spartanische Leben auf den Campingplätzen des Netzes an. Nach einer Woche war es so, als hätte ich nie etwas anderes getan. Ich genoss es richtig, wieder unterwegs zu sein. Erst jetzt merkte ich, wie sehr ich das Gefühl von Freiheit und Unabhängigkeit in den letzten Jahren vermisst hatte.

Die Fahrt verlief beinahe problemlos, wenn man von den zwei Pannen und dem Versuch absah, mein Fahrzeug auszurauben und mich in die ewigen Jagdgründe zu befördern. Ich hatte jedoch, wie komischerweise so oft in meinem Leben, das notwendige Glück, um diese Situationen zu überstehen.

Neben diesem unschönen Teil der Reise gab es auch einige schöne Momente. Als ich in San Franzisco abfuhr, bin ich zuerst einmal zwölf Stunden am Stück durchgefahren. Es machte riesig Spass, wieder hinter dem Steuer zu sitzen. Den ersten Halt legte ich erst in Tucson im Bundesstaat Arizona ein. Die Stadt mit ihren etwas mehr als fünfhunderttausend Einwohnern liegt auf einem Hochplateau und ist von mehreren Bergen umgeben, deren höchster immerhin beinahe dreitausend Meter misst. Ich hatte nicht vor, lange zu bleiben, als ich auf dem Platz des Netzes ankam.

„Sie haben wirklich Glück. Es ist eben noch ein Platz frei geworden, da eine der Personen die gebucht hatten kurzfristig aufgrund von Krankheit absagen musste."

„Sind sie so stark ausgebucht?"

„In der Regel schon. Viele Veteranen kommen hier her, um sich den grossen Schrottplatz mit den alten Flugzeugen anzuschauen. Zudem ist die Nachfrage seit dem Aufbau dieser neuen Biosphären Station im Oro Valley noch einmal deutlich angestiegen. In der Regel muss man fast ein Jahr im Voraus reservieren, um einen Platz zu erhalten. Wenn die Absage früh genug kommt, so gibt es eine Warteliste. Nur in einem Fall wie diesem kommt ein Glückspilz wie sie zum Zug, wenn er genau zum richtigen Zeitpunkt am richtigen Ort ist."

„Schön. Wie lange hat der Pechvogel reserviert?"

Die junge Frau am Desk sah mich mit einem Grinsen an. Dann sah sie im Reservationsbuch nach.

„Vier Tage."

„Gut, in dem Fall bleibe ich auch vier Tage und sehe mir den Flugplatz und dieses Bio-Ding einmal näher an. Danke übrigens für den Hinweis."

Danach parkte ich den Van auf dem mir zugewiesenen Abstellplatz und richtete mich häuslich ein. In den nächsten Tagen besuchte ich den riesigen Flugplatz mit seinen ausrangierten Maschinen und die Biosphäre im Oro Valley. Beides war zugegebenermassen sehr beeindruckend. Nach vier Tagen nahm ich die Reise wieder auf. Die nächste Etappe führte mich erneut in einer langen Tagestour von Tucson über Juarez und San Antonio nach Huston. Ich hatte aus der Erfahrung in Tucson gelernt und noch am Abend meiner Ankunft abgeklärt, wo auf der Strecke es einen freien Stellplatz gab. Eigentlich war ursprünglich einmal geplant gewesen, meinen nächsten Halt in Dallas einzulegen. Dort war der Stellplatz aber ebenso ausgebucht wie in Fort Worth. In Huston hielt ich mich nur zwei Tage auf, bevor in Slidell, nur wenige Kilometer vom Zentrum von New Orleans entfernt, ein Stellplatz des Netzes frei wurde. Ich blieb insgesamt vier Tage in New Orleans, auch

wenn ich gerne noch etwas länger geblieben wäre. Neben den vielen Schönheiten des alten New Orleans, liess ich mir keine Möglichkeit entgehen, um
in den vielen Clubs rund um die Bourbon Street so viel Jazzmusik anzuhören
wie nur möglich. In der Stadt war die Dichte an absoluten Spitzenmusikern
wohl grösser als an jedem anderen Ort auf der Welt. Den Van suchte ich nur
zum Übernachten und zum Ausschlafen auf. Als die Zeit in New Orleans
abgelaufen war, verliess ich die Stadt nur ungern wieder. Auf der ganzen
Reise und da bezog ich den ersten Teil bis nach Los Angeles mit ein, hatte
ich nie so viel Spass in einer Stadt gehabt, wie die Tage in New Orleans.

Der zweite Teil meiner Reise mit dem Van, auch wenn dazwischen ein
Unterbruch von beinahe fünf Jahren lag, war völlig anders als der erste Teil.
Es war nicht nur die Landschaft, sondern auch die Städte, die nicht mit dem
ersten Teil der Reise zu vergleichen waren. Zudem hatte sich auch der
Grund meiner Reise wesentlich geändert. Es war immer noch so, dass ich oft
an Sophie dachte. Dennoch hatte ich den tiefen Schmerz, der vor all den
Jahren am Anfang der Reise gestanden hatte, zum grössten Teil überwunden.
Jetzt trieb mich vor allem die Freude am Reisen an. Diesbezüglich hatte mich
der zweite Teil bisher nicht enttäuscht. Dass dies auch nach dem bisherigen
Höhepunkt in New Orleans nicht abreissen würde, stellte ich spätestens fest,
als ich an meinem nächsten Standort in Orlando ankam.

In Orlando hatte das Netz ähnlich wie in Los Angeles mehr als einen
Stellplatz. Ich erwischte nicht den schlechtesten der drei Plätze. Er lag etwas
abseits vom Zentrum Orlandos an einem kleinen See und war gut an das
öffentliche Verkehrsnetz angebunden. Deshalb konnte ich die Sehenswürdigkeiten, von denen es etliche in der Region gab, in aller Ruhe besichtigen.
Nachdem ich mehrere Tage im neuen Walt Disney Ressort verbracht und
mir dort alles in Ruhe angesehen hatte, besuchte ich auch das Kennedy
Space Center und machte mehrere Ausflüge in die Everglades.

Neben der normalen Touristentour konnte ich auch mit dem Biologen
Robert Harmon, drei Tage in den Everglades verbringen. Ich hatte ihn auf
der Touristentour kennen gelernt, die er als Nebenbeschäftigung leitete, um
seinen Lebensunterhalt ein wenig aufzubessern. In seinem eigentlichen Beruf
war er als Park Ranger für den Staat Florida tätig. Zu seinen Aufgaben gehörte es, die Bio Diversität des Ökosystems Everglades zu beobachten und
falls nötig Massnahmen vorzuschlagen um diese auch in Zukunft zu bewahren. In der letzten Zeit befasste er sich mit einem Phänomen, das in den
Everglades in den letzten zwei, drei Jahren aufgetaucht war und sich immer
weiter verbreitete. Es handelte sich um die immer stärkere Ausbreitung der

asiatischen Tiger Python, die vermutlich durch unverantwortliche Reptilien-halter in das Naturschutzgebiet eingeschleppt worden waren. Da die Schlangen in den Everglades keine natürlichen Feinde haben, breiten sie sich in einem rasanten Tempo aus. Auf ihrem Speiseplan stehen vor allem kleine Raubtiere wie Waschbären oder Opossum, die in einzelnen Bereichen des Naturschutzgebiets bereits arg dezimiert worden waren. Dadurch begann das ökologische Gleichgewicht des Naturschutzgebietes Everglades immer wie mehr aus den Fugen zu geraten, was Einfluss auf Flora und Fauna dieser einzigartigen Landschaft hatte.

Robert war eher ein unkonventioneller Typ. Seine ganze Leidenschaft war das Naturschutzgebiet, in dem er sich auskannte wie kein anderer. Er war jedoch nicht einer jener Eigenbrötler, die man ansonsten in solchen Berufen häufiger antraf. Wenn er an den Wochenenden nicht mit seinem Boot in den Sümpfen rumfuhr, so stand er in der Küche seines kleinen Hauses am Herd und kochte. Mit Ausnahme der Küche und einem grossen Esstisch aus solidem Holz, an dem problemlos zwölf Personen Platz fanden, war das Haus fast ebenso spartanisch eingerichtet, wie mein Van.

Nachdem ich mit meinem neuen Bekannten drei Tag in den Sümpfen verbracht hatte, lud er mich zu einem seiner Essen in seine Hütte ein. Leider konnte ich seine Einladung nicht annehmen, da ich nach zwei Wochen den Stellplatz des Netzes verlassen musste. Auch wenn mir das dieses Mal schwer viel, so beschloss ich dennoch meine Reise wieder aufzunehmen und sie mit der letzten Etappe nach Miami abzuschliessen.

„Wenn dein einziges Problem ein Abstellplatz für deinen Van ist, so kannst du den problemlos auf mein Grundstück neben das Haus stellen. Platz ist genügend vorhanden und du kannst mein Bad und meine Küche benutzen, solange du da bist. Ich habe jedoch kein zweites Schlafzimmer und du müsstest im Van schlafen."

Das war für mich eine mehr als akzeptable Alternative, weshalb ich das Angebot von Robert gerne annahm. Nach den zwei Wochen auf dem Abstellplatz des Netzes, verbrachte ich noch eine weitere Wochen auf dem Grundstück von Robert. Wir kochten jeden Tag zusammen und tauschten unsere Erfahrungen in der Kochkunst aus. Obwohl es mir bei Robert gut gefiel und die Abwechslung zwischen den Ausflügen in die Everglades und den Abenden in der Küche wirklich unterhaltsam war, entschloss ich mich dennoch nach der zusätzlichen Woche in Orlando meine Reise fortzusetzen.

Die letzte Etappe war nicht mehr allzu lange. Von Orlando nach Miami waren es gerade einmal vier Stunden Fahrt. Für mich auch die letzten vier

Stunden mit meinem Van. Auch wenn es mir schwer fiel, so hatte ich mich dennoch entschieden den Camper zu verkaufen. Den Verkauf hatte ich schon in Los Angeles eingefädelt, als ich noch bei Marc Foster wohnte. Bei einem unserer vielen Gespräche hatten wir auch über den Kauf und Verkauf von Campern gesprochen. Marc erzählte mir damals, dass es dafür auch eine Adresse im Netz gab, über die alle Mitglieder ihre Fahrzeuge verkaufen konnten. Nachdem ich entschieden hatte, meine Reise fortzusetzen, kontaktierte ich die Person die mir Marc empfohlen hatte.

Wir trafen uns auf der Ranch von Georg Logan. Schon der Umstand, dass ich da wohnte, schien ihn mächtig zu beeindrucken. Als er dann den Van sah, war auch mir als Laie klar, dass er sofort Feuer gefangen hatte.

„Das ist ein aussergewöhnliches Fahrzeug, das sie da haben. Dafür einen Käufer zu finden, dürfte sehr schwierig werden."

„Das verstehe ich. Dann entschuldigen sie, dass ich sie vergeblich kommen liess. Ich werde den Van in dem Fall selber verkaufen."

„Warten sie, so war das nicht gemeint. Was wollen sie dafür haben?"

Ich erklärte ihm, was ich vor hatte und nannte ihm den Preis, den ich für das Fahrzeug wollte. „Der Preis ist nicht verhandelbar. Zudem müssen sie den Van in Miami abholen. Wie lange es dauert, bis ich in Miami bin, kann ich ihnen nicht sagen. Wenn ich angekommen bin, rufe ich sie an."

Da ich einen wirklich guten Preis genannt hatte und er genau wusste, dass er am Verkauf des Fahrzeugs gut verdienen würde, stimmte er diskussionslos zu und holte den Van auch innerhalb von zwei Tagen ab, nachdem ich in Miami angekommen war.

Das Hotelzimmer, welches ich in Miami buchte, gehörte eher in die luxuriösere Kategorie. Nachdem ich in den letzten Jahren keine Ferien mehr gemacht hatte, wollte ich mir einfach etwas gönnen. Das Wetter war ausgezeichnet und ich verbrachte viel Zeit am Strand. Pläne wie es weiter gehen sollte, hatte ich damals noch keine.

Unter den verschiedenen Leuten die ich kennen lernte waren neben einer Menge zwielichtiger und unangenehmer Persönlichkeiten auch ein paar interessante Personen. Mit der Zeit bildete sich eine kleine Gruppe von fünf Personen, die sich über eine längere Zeit im Hotel aufhielten. Wir hatten draussen an der Poolbar einen Tisch, an dem wir uns immer nach dem Nachtessen trafen. Meistens sassen wir einfach nur gemütlich zusammen und sprachen über die unterschiedlichsten Dinge. Zu der Gruppe gehörten ein älteres Ehepaar aus Milwaukee, ein Mann aus Südamerika, und eine Argentinierin aus der Region Mendoza. Das Ehepaar Wilson besass in Milwaukee, in Wisconsin und in Michigan insgesamt fünf Grossbäckereien, die sie nun ihren Kindern übergeben hatten. Seither verbrachten sie viel Zeit an verschiedenen schönen Orten in Amerika. Unter anderem waren sie auch längere Zeit in San Franzisco gewesen und nun hier in Miami. Dann war da Diego Armando Morales. Von dem eher schweigsamen jedoch äusserst liebenswürdigen Mann erfuhr ich nicht sehr viel. Obwohl er einige spannende Geschichten zu erzählen wusste, machte er um seine Person ein Geheimnis. Alles was er preisgab war sein Name und dass er im Ruhestand war. Den Geschichten nach zu urteilen, hatte er in seinem Leben einiges mitgemacht und war weit herumgekommen. Schliesslich war da noch Gabriela Lucia Hernandez. Sie war Argentinierin und kam aus San Martin, einer kleinen Stadt in unmittelbarer Nähe von Mendoza. Nach ihrem Studium in Design und Gestaltung in Buenos Aires hatte sie ihre Ausbildung in New York fortgesetzt und danach einige Jahre in einer Firma in Toronto gearbeitet. Nach fast einem Jahrzehnt harter und erfolgreicher Arbeit in Kanada, hatte sie sich entschieden, wieder in ihr Heimatland zurückzukehren. Zuvor wollte sie jedoch die Ferien der letzten zehn Jahre nachholen und in Miami ein wenig entspannen.

Das Interessante an der Konstellation unserer Gruppe war, die Gemeinsamkeiten die wir trotz unserer offensichtlichen Unterschiede hatten. Es kommt vor, dass man Menschen begegnet, die man vorher in seinem Leben noch nie gesehen hat und mit denen man sich trotzdem vom ersten Moment an verbunden fühlt. Auch wenn es offensichtliche Unterschiede im Alter, der Herkunft, den Werten und sonstigen Dingen gab, so war da auch bei unserer Gruppe eine nicht definierbare Gemeinsamkeit zu finden. Das äusserte sich dadurch, dass uns die Themen nie ausgingen und wir trotz teilweise unterschiedlicher Positionen immer zusammen diskutieren konnten.

„Ich hätte nie gedacht, dass ich einmal eine solche Gruppe von Leuten treffe, mit denen ich auch über die schwierigsten Themen sprechen konnte, ohne dass es gleich in Krieg oder Mord und Totschlag ausartet, hatte unser geheimnisvoller Freund Morales einmal an einem Abend festgestellt."

„Mein lieber Diego", bemerkte da Bob Willson, „hätte ich jedes Mal bei Meinungsverschiedenheiten gleich an Mord und Totschlag gedacht, ich würde heute noch versuchen in einer Bäckerei meine Brötchen zu verdienen. Ich hätte nicht einen einzigen Bagel verkauft, geschweige denn ein Backimperium aufgebaut. Die Grundlage jeglichen Erfolgs ist es, mit jedem Menschen über jedes Problem diskutieren zu können und dann die nützlichste Schlussfolgerung daraus zu ziehen."

Wir sassen nicht den ganzen Tag zusammen sondern unternahmen die unterschiedlichsten Dinge. Manchmal zusammen, manchmal jeder für sich oder in Gruppen. Je nach Lust und Laune. Wer jedoch am Abend im Hotel war, der traf sich mit den anderen am gewohnten Tisch. Das ging fast zwei Monate, bis eines Abends Diego als letzter erschien.

„Hallo Diego, schön dass du auch noch kommst."

Diego nickte nur und winkte dem Kellner. „Eine Magnum Flasche Dom Pérignon und fünf Gläser."

„Es tut mir Leid, Sir, wir haben keinen Dom Pérignon."

„Dann holen sie mir den Hoteldirektor her. Jetzt gleich." Man konnte an seiner Stimme hören, dass er keinen Widerspruch duldete und das hatte auch der Kellner sofort bemerkt. Nachdem er „Jawohl Sir" hervorgestottert hatte, beeilte er sich den Direktor zu holen.

Wir anderen mussten Diego wohl etwas verwirrt angesehen haben. „Ich erkläre es euch nachher. Jetzt lasst mich erst dafür sorgen, dass wir etwas Passendes zu trinken haben."

In dem Moment kam der Direktor des Hotels in Begleitung des Kellners und fragte, wie er helfen könne. „Wenn sie keinen Dom Pérignon haben, was ist dann der beste Champagner den sie führen."

Der Direktor sah sein Gegenüber abschätzend an. „Dass wir keinen Dom Pérignon haben, trifft nicht ganz zu. Wir führen die teuren Champagner Marken nur nicht im allgemeinen Sortiment. Diese werden nur durch die Direktion und nach Prüfung der Kreditwürdigkeit verkauft. Wir bitten sie diesbezüglich um Verständnis. Leider haben wir in der Vergangenheit einige schlechte Erfahrungen gemacht."

„Das ist kein Problem. Was ist die beste Flasche die sie im Moment haben?"

„Die beste Flasche die wir zurzeit anbieten können ist ein Krug Clos du Mesnil neunzehnhundertachtundfünfzig. Die Flasche kostet neuntausend Dollar."

„Gut, dann bringen sie zwei Flaschen und fünf Gläser." Er griff in die Tasche und holte eine Kreditkarte hervor. „Buchen sie den Betrag von meiner Kreditkarte ab und machen sie dazu auch gleich noch meine Rechnung fertig. Ich muss leider heute Abend noch abreisen."

Der Direktor nickte und entfernte sich danach mit Diegos Kreditkarte.

„Du scheinst es ja ziemlich eilig zu haben, uns zu verlassen", stellte ich mit einem leicht erstaunten Unterton fest.

„Das ist leider korrekt. Ich weiss, dass ich euch bis heute wenig über mich erzählt habe. Das hat einen Grund. Meine Vergangenheit ist nicht ganz ohne jeden Makel und es gibt Leute, die nicht sehr gut auf mich zu sprechen sind. Ich habe erfahren, dass mir eine Gruppe dieser Leute auf die Spur gekommen ist. Neben den Feinden habe ich auch einige wenige gute Freunde, die mir das verraten haben. Es ist für mich deshalb an der Zeit, weiter zu ziehen. Normalerweise habe ich mich in den letzten zwei Jahren nie so lange an einem Ort aufgehalten. Ich möchte mit euch auf die gute Zeit anstossen, die ich mit euch verbringen durfte. Leider reicht es mir nicht mehr, um euch ein Nachtessen zu spendieren."

Dann griff er in seine Tasche und holte drei Karten hervor. Auf der nur eine Telefonnummer und ein Name standen. Er reichte uns je eine Karte. „Wenn ihr je einmal ein Problem habt, für das ihr Hilfe braucht, die euch sonst niemand geben kann, dann ruft diese Nummer an und nennt meinen Namen und eine Telefonnummer, wie ich euch erreichen kann."

In der Zwischenzeit war der Kellner zurückgekommen. Wir tranken noch ein Glas Champagner zusammen. Dann verlies uns Diego Armando Morales, von dem wir nicht einmal wussten, ob es wirklich sein richtiger Name war. Sein Aufbruch war wie ein Signal. Zwei Tage später verabschiedete sich auch Gabriela Lucia Hernandez, um nach Argentinien zurückzukehren und einen weiteren Tag später reisten die Wilsons und ich ebenfalls aus Miami ab.

Der Flug war lange und ich war froh endlich wieder Boden unter den Füssen zu haben. Bevor ich in Miami abgeflogen war hatte ich Drisi ausrichten lassen, wann ich in Sydney eintreffen würde. Bis er mein Mail erhielt, hatte er nicht die geringste Ahnung, dass ich ihn mit einem Besuch beehren wollte. Die Freude war deshalb umso grösser, als mich Drisi persönlich am Flughafen abholte. Er begann schon zu winken, um auf sich aufmerksam zu machen, als ich noch nicht einmal durch den Zoll war. Mein Freund hatte sich in den letzten Jahren ein wenig verändert. Die Haare waren nicht mehr ganz so dicht wie früher und auch seine Figur zeigte erste Ansätze eines leichten Wohlstandsbauchs. Ansonsten war er immer noch der gleiche umtriebige Wirbelwind wie immer.

„Hallo alter Freund, schön dich wieder einmal in Australien zu sehen. Du hast dich lange Zeit rar gemacht." Dann musterte mich Drisi einen Moment. „Du siehst sehr erholt aus. Wenn ich es nicht besser wüsste, so würde ich darauf tippen, du hast die letzten sechs Monate als Bademeister verbracht." Drisi sah mich fragend an und ich konnte nicht anders, ich musste einfach lachen.

„Warum lachst du?"

„Ich habe mir gerade vorgestellt, wie ich als Bademeister auf einem Aussichtsturm in Miami am Strand sitze. Ich war in den letzten Monaten von San Franzisco nach Miami unterwegs. Danach habe ich zwei Monate in Miami gelebt und vorwiegend das Strandleben genossen. Zugegeben, ich war auch mehr als nur ein paarmal am Strand."

Drisi sah mich nachdenklich an. „Was hast du denn in Miami gemacht?"

„Das ist eine lange Geschichte mein Freund. Ich habe mir gedacht. Ich schau wieder einmal bei dir vorbei und bring dich auf den neusten Stand."

„Das hast du gut gemacht. Ich denke, ich kann dir ebenfalls einige Neuigkeiten erzählen. Dann lass uns nach Hause gehen und ein wenig plaudern." Er drehte sich, um zu gehen. „Warum hast du mir nicht gesagt, dass du kommen willst. Dann hätte ich dir unseren Firmenjet geschickt. Das wäre um einiges einfacher gegangen und schliesslich gehört ja die Hälfte der Maschine auch dir."

„Du hast einen eigenen Firmenjet?"

„Nein, wir haben einen eigenen Firmenjet. Wenn du überall wo du dich rumtreibst immer wieder neue Geschäfte aufreisst, muss ich hinterherrennen und danach zum Rechten sehen. Die Probleme mit den Fluggesellschaften, um kurzfristig noch Plätze zu kriegen, haben mich genervt. Also habe ich mich entschlossen, einen eigenen Jet zu kaufen."

Nach dieser kurzen Erklärung begaben wir uns nach draussen vor das Abfertigungsgebäude, wo wir gerade noch rechtzeitig kamen, um Patrick Webster zu unterstützen. Er hatte das Firmenfahrzeug in einer Zone abgestellt, die nur zum Ein- und Ausladen diente. Nach der Meinung des Polizisten stand er schon zu lange dort, ohne dass etwas ein- oder ausgeladen wurde. Als wir aus dem Gebäude kamen, drohte der Streit gerade zu eskalieren. Nach einer kurzen Erklärung lenkte der Polizist wenn auch widerwillig ein und stellte fest, er lasse es für dieses Mal bei einer Verwarnung bewenden.

Als wir im Auto sassen und Richtung Firmensitz der R&D Holding Companie fuhren, kam ich noch mal auf die Bemerkung von Drisi zu dem Flugzeugkauf zu sprechen.

„Was ist das eigentlich genau für ein Jet, den du dir angeschafft hast und von dem auch ein Teil eines Sitzes mir gehört?"

Drisi sah mich grinsend an. „Ich habe mir gedacht, dass dich das interessiert. Ich habe einen Gulfstream Privatjet gekauft. Mark Hampton von der kanadischen Airforce hat mir den Deal vermittelt. Er hat mir übrigens aufgetragen, dich Grüssen zu lassen und dir mitzuteilen, du sollst dich wieder einmal bei ihm melden. Er ist in der Zwischenzeit die Karriereleiter hochgerutscht und verbringt nun mehr Zeit im Büro als im Flieger."

„Mark ist die Karriereleiter hochgerutscht?"

„Ja, er ist jetzt Colonel und stellvertretender Leiter des Luftwaffenstützpunktes. Im Gegensatz zu dir sehen wir uns mindestens einmal im Jahr."

Den kleinen Seitenhieb liess ich über mich ergehen, ohne ihn zu kommentieren.

„Die Gulfstream ist eine Spezialanfertigung, die ursprünglich für die Airforce vorgesehen war, jedoch aufgrund eines politischen respektive Budgetproblems nicht ausgeliefert werden konnte. Mark hatte den Auftrag die Maschine anderswo unterzubringen. Er hat mich als dritte Person kontaktiert und ich habe nicht lange gezögert und die Maschine gekauft. Der Preis war gemäss Experten äusserst korrekt, wenn nicht sogar günstig. Zusammen mit Patrick haben wir dann ein Team von Pilot und Co-Pilot gesucht und gefunden, die in jeder Beziehung absolut zuverlässig sind. Beide haben in der australischen Armee gedient und sind Teil des Sicherheitsteams, wenn sie nicht mit dem Flugzeug unterwegs sind. Die Maschine steht normalerweise auf dem Sydney Airport. Im Moment ist sie jedoch samt Crew mit einem Auftrag unterwegs. Du musst bis nächste Woche warten, wenn du damit rumspielen willst. Der Pilot war früher Ausbildner für Kampfjets und hat neben der Pilotenlizenz auch eine Ausbildungslizenz."

Das war eine ausgezeichnete Nachricht. Damit konnte ich mir endlich meinen langgehegten Wunsch erfüllen, die Jetpilotenlizenz zu erlangen. Unter diesen Voraussetzungen war klar, dass ich eine Weile hier in Sydney bleiben würde. Die Reise nach Argentinien musste warten. Im Moment standen die politischen Verhältnisse eh nicht gerade zum Besten und deshalb kam mir die neue Herausforderung gerade recht.

„Ausgezeichnet, dann lass uns nach Hause fahren. Auch wenn der Flug nicht allzu lange war, bin ich doch etwas müde. Zudem bin ich gespannt darauf zu erfahren, was bei dir in den letzten Jahren alles gelaufen ist."

Die nächsten Monate verbrachte ich in Sydney bei meinem Freund. Wir hatten uns vieles zu erzählen. Darunter war Lustiges und auch Trauriges. Ich konnte das erste Mal ohne allzu grosse Probleme über Sophie sprechen. Ab der zweiten Woche kam ich wieder zum Fliegen. Als ich das erste Mal seit Monaten hinter dem Steuerknüppel sass, merkte ich erst, wie sehr ich die Fliegerei vermisst hatte.

Während der Zeit in Sydney wohnte ich am Hauptsitz unserer Unternehmung in einem Apartment im obersten Stock des Bürogebäudes.

Dadurch hatte ich den kürzest möglichen Arbeitsweg. Drisi hatte es sich nicht nehmen lassen, mich in die Geschäfte mit einzuspannen. „Wenn du schon wieder einmal da bist, so kannst du auch gleich etwas tun. Es gibt ein paar Leute die würden dich gerne einmal persönlich kennen lernen. Dann sind da noch ein paar Freunde, die dich schon zu lange nicht mehr gesehen haben."

So kam es, dass ich nach all den Jahren erstmals wieder den Fuss auf neuseeländischen Boden setzte. Für Drisi, der mich begleitete, war dies bereits Routine. Er und Holly trafen sich alle zwei bis drei Monate einmal. Unter den beiden war eine ebenso enge Freundschaft entstanden, wie sie einst zwischen mir und Holly bestanden hatte. Ich war sehr gespannt, wie das Treffen mit ihr ausfallen würde. Als wir aus dem kleinen Gebäude des Abfertigungsterminals für Businessjets traten stand Holly schon dort. Sie hatte sich in den Jahren nicht gross verändert. Als sie auf mich zukam und mich in die Arme schloss, hatte sie Tränen in den Augen. Mir ging es nicht viel besser. Ich hatte ebenso Schwierigkeiten mit diesem emotionalen Moment umzugehen. Nach einer schier endlos dauernden Umarmung liess sie mich los und betrachtete mich dann etwas genauer.

„Hallo, Mann aus dem Land der Berge. Du siehst gut aus. An dir scheinen die Jahre spurlos vorbei gegangen zu sein. Ist langsam Zeit, dass du dich wieder einmal blicken lässt."

Holly hatte sich überhaupt nicht verändert. Sie hatte immer noch das gleiche freche Mundwerk wie damals, als ich sie das erste Mal getroffen hatte. Für mich war dies jedoch nebensächlich. Ich war einfach nur glücklich, meine Freundin wieder einmal zu treffen. Wir verbrachten eine ganze Woche in Neuseeland und besuchten während dieser Zeit mehrere der Lodges. Zudem war ein Treffen mit den Stammesältesten angesetzt. Wie das letzte Mal, als ich in Neuseeland gewesen war, artete der Anlass zu einem Riesenfest mit mehreren hundert Teilnehmenden aus. Holly wich während der ganzen Zeit nicht von meiner Seite und ich konnte spüren, wie sehr sie sich freute, mich wieder einmal zu sehen. Die Woche ging viel zu schnell vorbei und als wir uns wieder verabschiedeten, musste ich Holly versprechen, nicht wieder mehr als zehn Jahre verstreichen zu lassen, bis ich das nächste Mal nach Neuseeland kam. Der Abschied fiel uns beiden wieder so schwer wie beim ersten Mal.

Als Drisi und ich durch den Zoll und auf dem Weg zum Flugzeug waren, herrschte eine bedrückte Stimmung.

„Du weisst, dass sie nie geheiratet hat?" Für einmal war Drisi ebenfalls in nicht allzu aufgeräumter Stimmung. Obwohl er sich gefreut hatte, Holly wieder einmal zu sehen, schien ihn die Situation auch zu bedrücken.

„Stimmt, jetzt wo du es sagst. Ich habe bisher gar nie an so was gedacht. Warum kommst du darauf."

„Ich mag Holly sehr und wir sind uns in all den Jahren etwas näher gekommen. Es hat eine ganze Weile gedauert, bis ich ihr Vertrauen erringen konnte. Als ich das letzte Mal in Neuseeland war, erzählte sie mir dann ihre ganze Geschichte. Ich habe Holly noch nie so emotional erlebt. Sie erklärte mir, dass sie wie ihre Ururgrossmutter ihre grosse Liebe gefunden habe. Als sie diese wieder verlor, hat sie sich entschieden, ihr Leben dem Wohl des Stammes zu widmen, da sie davon überzeugt ist, nie wieder das zu finden, was sie verloren hatte."

Ich musste das Gehörte zuerst einmal verdauen. „Du denkst, mit der verlorenen Liebe hat sie mich gemeint?"

Drisi sah mich kurz mit einem nachdenklichen Blick von der Seite her an. „Auch wenn sie das nie erwähnt hat, so bin ich überzeugt, dass es genauso ist. Ich dachte nach dem Besuch und dem was wir in der letzten Woche erlebt haben, solltest du das vielleicht wissen."

In den nächsten Wochen arbeitete ich konzentriert am Hauptsitz der R&D Holding Company, in der Pilotenschule des Sydney Airport und so oft es irgendwie ging in der Luft über Australien. Es war gar nicht einmal so einfach gewesen, einen Platz für die Fliegerausbildung zu erhalten. Nachdem ich an einigen Stellen abgeblitzt war, musste Drisi seine Beziehungen spielen lassen. Ich bekam dies auch bei jeder Gelegenheit zu spüren, liess mich davon jedoch nicht aus der Ruhe bringen und arbeitete hart an meinem Ziel.

Neben der Fliegerei lernte ich in der R&D Holding vor allem die Struktur des Unternehmens besser kennen. Drisi hatte ein Gerüst an verschiedenen Firmen geschaffen, die sich zu einer komplexen Holdingstruktur zusammenfügten. Daneben gab es verschiedene Partnerunternehmen, die nur insofern mit der ursprünglichen R&D Mining Companie verbunden waren, als die Besitzverhältnisse in den Händen der gleichen Aktionäre lagen. Die Tatsache, dass ich einer dieser Aktionäre war, erstaunte mich in der Zwischenzeit nicht mehr. Drisi hatte mir bereits bei anderer Gelegenheit mitgeteilt, wie er unser Vermögen in den unterschiedlichsten Bereichen angelegt hatte. Alle Investitionen erfolgten vom gemeinsamen Vermögen und alle Gewinne wurden geteilt. Jedem von uns wurde ein Salär ausbezahlt, das für die persönlichen Ausgaben bestimmt war. Alle Ausgaben der letzten Jahre, mit

Ausnahme der Investitionen, hatte ich von diesem Konto bestritten.

Die Finanzierung der Projekte von Georg Logan waren ebenfalls als Investition abgebucht worden. Ich ging im Prinzip davon aus, die Investition hatte sich gelohnt, genaueres wusste ich damals jedoch nicht. Ebenso wenig wusste ich, wie sich unsere finanziellen Verhältnisse sonst darstellten. Deshalb hatte ich mich nach dem spontanen Entscheid, den Flugschein für Jets zu erwerben, auch dazu entschieden, die restliche Zeit zu nutzen und die aktuelle Struktur des Unternehmens besser kennen zu lernen.

Was ich dabei erfuhr, war mehr als nur erstaunlich. Der Wert der Holding betrug inzwischen beinahe zehn Milliarden Dollar. Eine Zahl, die mein Erfassungsvermögen sprengte. Wenn ich daran dachte, dass wir unser Unternehmen einmal mit ein paar hundert Dollar Startkapital begonnen hatten, war die Entwicklung wirklich mehr als aussergewöhnlich. Ein grosser Teil des Erfolgs ging auf das Konto des ausgezeichneten Instinkts meines Freundes, der das Kapital optimal angelegt hatte. Ein zweiter Teil kam aus den Erträgen meiner Investitionen, die auch nicht gerade eine schlechte Rendite abwarfen. Der Rest war schliesslich auf unseren gemeinsamen Erfolg in der Wüste Australiens zurückzuführen. Auf jeden Fall war es genug, um eigentlich nie mehr in meinem Leben auch nur einen Finger krümmen zu müssen.

Es ging doch etwas länger, als ich gerechnet hatte, bis ich endlich den Ausweis und die notwendigen Praxisstunden besass, um in Zukunft auch Jets fliegen zu können. Als es soweit war musste ich Drisi möglichst schonend beibringen, dass ich bald wieder weiter ziehen würde. Für ihn war das keine Hiobsbotschaft. Er wusste nicht erst seit meinem aktuellen Besuch, dass ich nicht der Mann war, der in einem Büro versauerte.

„Ich weiss nur zu genau, dass man dich nicht lange irgendwo halten kann. Schliesslich sind wir ja deinen Lebenslauf mit all den aussergewöhnlichen Ereignissen erst gerade durchgegangen. Was hast du als Nächstes vor?"

„Ich habe Gabriela versprochen, dass ich nach Argentinien kommen werde, um sie zu besuchen und Tango zu lernen. Im Moment ist Argentinien nicht das sicherste Land auf der Welt, trotzdem möchte ich mein Versprechen einlösen. Zuerst will ich aber Spanisch lernen. Ich habe bei meinen Reisen gehört, dass es in Quito eine wirklich gute Sprachschule mit kompetenten Dozenten gibt. Danach sehen wir weiter."

Drisi wirkte einen Moment lang nachdenklich. „Vielleicht sollte ich auch mal etwas mehr Zeit dafür verwenden, das Leben zu geniessen." Er runzelte die Stirn. „Ein paar Wochen Irland würden mir vermutlich gut tun. Segeln liegt im Dezember nicht drin, aber die Pubs sind immer für ein Guinness gut. Ich denke ich nehme mir auch ein paar Tage frei und gehe wieder einmal nach Hause. Ich habe schon lange nicht mehr Weihnachten und Neujahr in Irland gefeiert."

Er sah mich an und plötzlich lief ein Grinsen über sein Gesicht. „Warst du eigentlich schon einmal bei einer irischen Weihnachtsfeier? Ich denke kaum, dass sich das durch etwas anderes überbieten lässt."

Drisi brauchte nicht allzu lange, um mich zu überreden. Weihnachten war für mich seit ich Sophie verloren hatte eher eine schwierige Zeit. Es kam mir deshalb nicht ungelegen die Feiertage mit Freunden zu verbringen und nicht alleine zu sein.

Ich liess es mir nicht nehmen die Gulfstream zusammen mit dem Piloten zu fliegen. Der Copilot sass für einmal im hinteren Teil des Jets und gab sich alle Mühe nicht nervös zu wirken. Neben dem Copiloten sassen auch noch Drisi und zwei seiner Brüder in der Kabine.

Der Empfang bei Drisis Eltern war überwältigend. Ich wurde von der Familie beinahe überschwänglich aufgenommen. Molly, Drisis Mum wollte fast nicht mehr aufhören, dafür zu danken, dass ich der Familie so viel Glück gebracht hatte. Mein Freund hatte bereits von seinem Anteil am Opal Fund in Australien ein grosses Haus für die Familie auf einem schönen Grundstück etwas ausserhalb von Baltimore errichtet und den Bootsbaubetrieb seines Vaters wieder auf Vordermann gebracht. Das Unternehmen, das mittlerweile von einem der Söhne geführt wurde, warf wieder Gewinn ab und baut heute hochspezialisierte Sportsegelboote. Zudem hatte Drisi im Namen der Familie Anteile an den Hotels im Ort übernommen und mitgeholfen, diese zu sanieren. Inzwischen war mehr als die halbe Gemeinde Baltimore irgendwie mit den O'Driscolls verbunden und das Dorf erlebte im Bereich Tourismus einen regelrechten Aufschwung.

Das alles und noch einiges mehr erfuhr ich während den beinahe vier Wochen, die wir in Baltimore verbrachten. Dabei jagte ein Höhepunkt den anderen. Angefangen bei der wirklich aussergewöhnlichen Weihnachtsfeier, bis hin zu den unterschiedlichen Feierlichkeiten, die zu unseren Ehren durchgeführt wurden. Das absolute Highlight dieser an Höhepunkten ereignisreichen Zeit war, als Drisi und ich im Rahmen des dreitägigen Abschiedsfestes vom Bürgermeister in den Ehrenbürgerstand von Baltimore erhoben wurden. Das Abschiedsfest selber ging in die Annalen der Stadtgeschichte ein und wurde selbst mit einem Gedenkstein am Rathaus verewigt, den die

Familie O'Driscoll nicht ganz uneigennützig spendierte.

Von Cork flogen wir nach Biarritz und danach mit einem Mietwagen weiter nach Saint-Jean-de-Luz am Atlantik. Dort besass mein ehemaliger Küchenchef Bertrand Cunollet eine kleine Herberge, in der er regionale Gerichte zubereitete. Er war in der Zwischenzeit beinahe siebzig Jahre alt und pendelte immer noch zwischen seinem Wohnsitz und Paris hin und her.

Der sichtlich in die Jahre gekommene Sternekoch freute sich riesig, als er uns beide sah. Nachdem er seine beruflichen Aktivitäten etwas zurückgeschraubt hatte, genoss er nun die Beziehungspflege mit Freunden und Bekannten. Dass wir bei ihm auftauchten, war für ihn nicht nur ein Grund in alten Erinnerungen zu schwelgen, sondern auch ein willkommener Anlass, um ein Fest nach dem anderen zu feiern.

Den Tag durch unternahmen wir kleine Exkursionen in die Region. Jedes Mal hatte der Ausflug etwas mit Kochen zu tun. Am Abend wurden wir dann mit den erstandenen Köstlichkeiten nach allen Regeln der Kochkunst verwöhnt. Der alte Meisterkoch versuchte sich jeden Tag, wieder von neuem zu übertreffen.

Als wir uns nach etwas mehr als zwei Woche wieder verabschiedeten, kam es erneut zu einem äusserst emotionalen Moment. Es erinnerte mich an jenen Tag, vor einer schier unendlich langen Zeit, als wir mit unserem alten Rover vor dem Freshwater Bay Jachtclub aufgebrochen waren.

Auf dem Weg Richtung Biarritz war es lange still im Auto. Diese zwei Wochen bei unserem Freund hatten tiefe Spuren hinterlassen und uns beiden ging vieles durch den Kopf.

„Es war wirklich genial, dass wir Bertrand noch einmal gesehen haben", meinte ich, um diese unangenehme Stille zu durchbrechen.

„Das war es. Ich habe ihn in den letzten Jahren ein paar Mal aufgesucht. Aber nicht in Saint-Jean-de-Luz, sondern in Paris. Bis vor zwei Jahren hat er das Messer Geschäft in Paris geführt. Es erwies sich als Glücksgriff, Bertrand mit dieser Aufgabe betraut zu haben. Mit seiner Persönlichkeit und seinen Beziehungen hatte er viel dazu beigetragen, dass dieses Geschäft zu einem grossen Erfolg wurde. Vor zwei Jahren entschied er, sich endgültig aufs Altenteil zurückzuziehen und auch den Messerverkauf abzugeben. Seither führt er das kleine Bistro in Saint-Jean-de-Luz."

Ich war froh zu hören, dass sich auch dieses Geschäft positiv entwickelt hatte, auch wenn es im Vergleich zu anderen Aktivitäten nur ein Nischengeschäft war. Erneut eine Investition, die sich gelohnt hatte.

Nachdem wir uns am Flughafen von Biarritz verabschiedet hatten, flog ich mit der nächsten Maschine der Air France nach Paris. Dort nahm ich den ersten möglichen Direktflug nach Ecuador.

Die Ankunft in Quito war ziemlich heftig. Die Hauptstadt von Ecuador liegt auf zweitausendachthundertfünfzig Meter Höhe, was durchaus zu körperlichen Reaktionen führen kann. Ich fühlte mich kurzatmig und musste für die geringste Anstrengung sofort Tribut zollen. Die ersten zwei Tage verbrachte ich deshalb grösstenteils im Hotel Hilton Colon im Zentrum von Quito, wo ich fürs Erste Quartier bezogen hatte.

Ich brauchte eine Woche, um mich an die Höhe zu gewöhnen. Dann suchte ich mit Hilfe des Hotels die Sprachschule, die mir ein flüchtiger Bekannter empfohlen hatte. Obwohl sie der Universität von Quito angeschlossen war, lag sie nicht in unmittelbarer Umgebung des Universitätsgeländes, sondern etwas ausserhalb in einem Villenviertel für die Oberschicht. Dort konnte ich einen zehnwöchigen Halbtageskurs belegen, der mir am Ende ein offizielles Sprachdiplom einbrachte, sofern ich die Prüfung bestand. Die zehn Wochen gingen wie im Flug vorüber. Ich arbeitete hart und lernte im Gegensatz zu meinen meist jüngeren Schulkolleginnen und Kollegen so viel ich konnte, um am Ende die Prüfung zu bestehen. Trotzdem ich einer der ältesten Studenten der Schule war, traf ich interessante Leute, die mir auch einiges über Land und Leute erzählen konnten. Während den zehn Wochen unternahm ich zwei Ausflüge ins Hochland und einen ins Tiefland ans Meer. Den grössten Ausflug hatte ich mir jedoch für die Zeit nach dem Sprachunterricht aufgespart. Schon in den ersten beiden Wochen hatten wir die touristischen Schönheiten Ecuadors durchgenommen und dabei waren selbstverständlich auch die Galapagos zur Sprache gekommen. Nach allem was ich dabei an Fotos sah, wollte ich mir diese Möglichkeit keinesfalls entgehen lassen.

Als ich das erste Mal in das Reisebüro nicht unweit der Universität kam und mein Anliegen vorbrachte, legte mir die Angestellte drei Angebote vor. Zwei Luxusreisen, die vor allem von amerikanischen und kanadischen Touristen gebucht wurden und ein einfaches Angebot, für das sich eher Rucksacktouristen interessierten. Ich entschied mich für das einfachste Angebot, ohne genau zu wissen, auf was ich mich da einliess. Die Erklärungen der jungen Reisebüroangestellten hätten mich eigentlich warnen müssen. „Das Schiff ist kein Luxuskreuzer, sondern ein umgebauter Fischkutter. Es ist einer der freien Anbieter, die ihr eigenes Schiff haben. Die Besatzung ist äusserst erfahren und hat einen ausgezeichneten Guide. Schiff und Besatzung sind von der Parkverwaltung zertifiziert. Insgesamt sind acht Personen an Bord. Sie müssten sich die Kabine mit jemandem teilen. Der Flug nach Guayaquil geht am Morgen um halb sieben Uhr ab dem Flughafen von Quito. Sie müssten bereits um fünf Uhr am Flughafen sein. In Guayaquil steigen sie dann auf einen Flug um, der sie auf die Galapagos bringt. Sie werden gegen elf Uhr dort sein und danach das Schiff besteigen. Die Tour dauert fünfzehn Tage und wird sie an alle bekannten Orte auf den Galapagos führen."

Zwei Tage nachdem ich die Prüfungen hinter mich gebracht hatte, flog ich nach Guayaquil und blieb dort für zwei Tage in einem Hotel am Strand, bevor ich mich am Flughafen einfand. Ich hatte mich für diese Variante entschieden, da ich lieber ausschlief und gemütlich frühstückte, bevor ich gegen neun Uhr am Flughafen sein musste, anstatt um vier Uhr aufzustehen, um rechtzeitig am Flughafen zu sein. Trotzdem wartete ich über zwei Stunden, da der Flug von Guayaquil auf die Galapagos erst mit grosser Verspätung abhob.

Dass ich mich hier auf ein spezielles Abenteuer eingelassen hatte, erlebte ich bereits auf dem Flug. Kaum dass wir in der Luft waren, verteilte die Stewardess die Rettungswesten. Wir wurden gebeten, diese griffbereit in das Netz an der Rücklehne des Vordersitzes zu stecken. Eine Prozedur, die alles andere als üblich war. Mein Sitznachbar nahm die Sache mit Humor. „Wenn wir den ersten Landeversuch schaffen, dann brauchen wir die Westen kaum."

Ich wurde natürlich neugierig, was es mit seiner Bemerkung auf sich hatte. Mein Nachbar erklärte mir die Situation ziemlich ausführlich. „Der Flughafen auf den Galapagos befindet sich auf einer topfebenen Insel, die den unberechenbaren Winden des Meeres voll ausgesetzt ist. Die Landung ist deshalb je nach Wind mehr oder weniger kritisch. Es kommt öfters vor, dass Flugzeuge bei ihren Landeversuchen durchstarten müssen. Sie haben nur vier Versuche, um auf der Insel zu landen. Klappt es beim vierten Versuch nicht, so muss der Flieger wieder zurück nach Guayaquil, um neu aufzutanken, sofern der Sprit für den Rückflug reicht und der Flieger nicht schon beim Landeanflug von einer Böe ins Meer gedrückt wird. In der Regel bedeutet dies, das die Piloten nach dem dritten Versuch durchstarten und ohne einen möglichen vierten Versuch erst am Folgetag wieder die Insel ansteuern."

Ich kannte das von meiner eigenen Fliegerei. Dort hatte ich im Winter bei Stürmen auch mit Pisten zu tun, die manchmal mehr als einen Versuch erforderten, um sicher landen zu können.

Wir hatten dieses Mal jedoch Glück. Die Landung klappte bereits im ersten Anlauf und das Abenteuer Galapagos konnte beginnen. Nachdem ich die Formalitäten in dem kleinen Abfertigungsgebäude des Flughafens hinter mich gebracht hatten, wurde ich von unserem Guide in Empfang genommen. Er hiess Enrique, war Mtte zwanzig und sprach fliessend fünf Sprachen. In seinem khakifarbenen Hemd der Parkverwaltung und den kurzen blauen Shorts sah er wirklich äusserst kompetent aus. Nachdem er alle Gäste beisammen hatte, führte er uns zum Landesteg wo ein kleines Beiboot lag. Von dort wurden wir in mehreren Etappen zu unserem Schiff überführt, das für die nächsten fünfzehn Tage unser Zuhause war.

Der Fischkutter machte einen soliden und sauberen Eindruck. Er hatte erst kürzlich eine neue Lage Farbe erhalten. Neben Enrique waren mit dem Kapitän, dem Bootsmann und dem Koch noch drei weitere Besatzungsmitglieder an Bord. Dazu kamen neben mir ein frisch verheiratetes Paar aus England, ein Nationalparkwächter aus Alaska und vier Schweizer. Ein Vater mit seinen zwei Söhnen und einem Kollegen des älteren der beiden Söhne. Es war das erste Mal seit ich mein Heimatland verlassen hatte, dass ich auf Schweizer traf. Nach ihren Gesprächen und ihrem Dialekt zu urteilen, stammten sie erst noch aus dem gleichen Kanton wie ich.

Nachdem wir mit dem Gepäck in dem kleinen Beiboot übergesetzt hatten, bezogen wir zuerst einmal unsere Kajüten. Die vier Schweizer waren im Bug untergebracht und wir anderen vier im Heck, wo ich mir mit dem Nationalparkranger eine Zweierkabine teilte. Wobei der Begriff Kabine leicht übertrieben war. Es handelte sich mehr um ein Gestell für Fischereiutensilien, das zur Kajüte mit zwei Betten umfunktioniert worden war. Die Platzverhältnisse waren mehr als bescheiden und der Komfort auf dem Schiff massiv eingeschränkt. Im ersten Moment muss ich zugeben, war ich ziemlich ernüchtert. Auch wenn mir nicht nach Luxus zumute war, etwas mehr Annehmlichkeiten hätte ich doch erwartet.

Nach dem Bezug der Kabinen gab es ein Begrüssungsessen, bevor wir die erste Etappe unserer Reise in Angriff nahmen. Dabei lernte ich die Crew und auch meine Mitreisenden ein wenig näher kennen. Der Kapitän hatte einen schwarzen Bart und ein wettergegerbtes Gesicht. Er war äusserst wortkarg und verbrachte nach der Begrüssung die meiste Zeit im Führerhaus, in dessen hinterem Teil er zusammen mit dem Bootsmann und dem Koch auch seine Kabine hatte. Er wurde während der ganzen Fahrt von allen nur Capitano genannt. Der Bootsmann war ein lustiger Kerl mit Namen Miguel. Er steuerte bei den Landgängen das kleine Beiboot, vertrat den Kapitän und war sonst Mädchen für alles. Dann war da noch Pepe der Koch. Egal zu welcher Tages oder Nachtzeit, Pepe traf man immer in der Kombüse an.

Von meinen Mitreisenden, von denen sich alle am ersten Tag mit vollem Namen vorstellten, sind mir nur die Vornamen in Erinnerung geblieben, da wir uns für den Rest der Reise damit ansprachen. Das englische Paar hiess Leslie und Phillipe. Sie hatten kürzlich erst geheiratet und waren danach zu ihren Flitterwochen aufgebrochen. Ihre Reise hatten sie in Brasilien begonnen, waren danach in Peru und wollten nun mit dem Galapagos Trip als Höhepunkt die Flitterwochen abschliessen. Nach den fünfzehn Tagen ging es zurück nach England, wo der Alltag wieder auf sie wartete. Die vier Schweizer waren eine wirklich verrückte Truppe. Der älteste von ihnen war Hansruedi, der mit seinen sechsundfünfzig Jahren erstmals ausserhalb von Europa unterwegs war. Er war die Ruhe selbst, nahm alles immer sehr gelassen und freute sich, diese Reise mit seinen beiden Söhnen Markus und Jürg erleben zu dürfen. Jürg der jüngere war der Fotograf der Reise. Er hatte überall sein Kameraset mit dabei und war ständig daran, mit dem Lichtmesser die Verhältnisse zu bestimmen. Er muss während den fünfzehn Tagen an die dreissig Filme belichtet haben. Sein grösserer Bruder Markus war bereits seit vier Monaten als Rucksacktourist in Südamerika unterwegs. Nach Mexiko, Guatemala und Costa Rica, war er vor vier Wochen in Ecuador eingetroffen und hatte für die Gruppe die Galapagos Reise organisiert. Der letzte im Bund war der Kollege von Markus. Er hiess Daniel und war mit seinen beiden Mitreisenden erst gestern aus dem kalten Europa in Quito eingetroffen. Für ihn stand die Reise nicht unter einem allzu glücklichen Stern, da er bereits nach einer Stunde auf dem Schiff einen leichten Grünstich im Gesicht hatte und diesen bis zum Ende der Reise nicht verlieren sollte. Als letzter der Gäste komplettierte Magnus, der schwedische Park Ranger aus Jukon in Alaska die Reisegesellschaft. Er war ein Kleiderschrank von einem Mann und hatte die Reise als Geschenk zum fünfundzwanzig jährigen Jubiläum von seinem Arbeitgeber erhalten. Der äusserst wortkarge aber hilfsbereite Ranger war sich sonst eher tiefe Temperaturen gewohnt und schwitzte schon kräftig, kaum dass wir das Schiff betreten hatten.

Nach einem wirklich ausgezeichneten Mittagessen startete El Capitano die Dieselmotoren des Kutters und manövrierte das Schiff durch das gute Dutzend Boote in der geschützten Bucht auf das offene Meer hinaus. Es sollte für eine Weile das letzte Mal sein, dass wir ein anderes Schiff sahen.

Die nächsten Tage wurden für mich zu einem wirklich unvergesslichen Erlebnis. Damals war es noch möglich nahezu alle Orte der Galapagos aufzusuchen, da anfangs der achtziger Jahre der Tourismus auf den Galapagos noch nicht limitiert war. Die Besucherzahlen nahmen jedoch jedes Jahr zu und auch wenn die kritische Grenze noch nicht erreicht war, wurde damals schon über eine Einschränkung des Tourismus diskutiert.

Für uns war das damals noch kein Thema. Vom Start auf der Insel Santa Cruz, wo wir zuerst eine kleine Kolonie von Flamingos aufsuchten, fuhren wir jeden Tag eine andere Bucht an. In den ersten zwei Tagen sahen wir vor allem Robben und Leguane, sowie eine kleine Kolonie von Pinguinen.

Am dritten Tag kamen wir nach Puerto Agora wo wir die Charles Darwin Station besuchten. Die Wildschutzbehörde hatte sich zum Ziel gesetzt, den Fortbestand der Galapagos Riesenschildkröten sicherzustellen. Nachdem wir einiges über die Zucht und die Pflege dieser aussergewöhnlichen Tiere erfahren hatten, machten wir am nächsten Tag einen Ausflug ins Landesinnere, wo wir die Riesenschildkröten in ihrer natürlichen Umgebung bewundern konnten. Die grüne und hügelige Landschaft mit ihren grossen Wiesenflächen erinnerte mich fast ein wenig ans Emmental, auch wenn die Erinnerung an meine Heimat schon leicht verblasst war.

Nach einem Tag Wanderung in den Hügeln, wo wir auch von einem heftigen Regenschauer überrascht wurden, verliessen wir noch am gleichen Abend Santa Cruz in Richtung der kleinen Insel Santa Fé. Wir kamen dort am späten Nachmittag an. Das Schiff fuhr in eine geschützte Bucht, in der wir in der beginnenden Dämmerung noch knapp das Ufer erkennen konnten. Das Abendessen fand bereits in der Dunkelheit und unter den kleinen Lampen der Schiffsbeleuchtung statt. Wie immer war das Nachtessen ein Höhepunkt des Tages. Wie es der Koch fertig brachte in der nun wirklich alles andere als geräumigen Kombüse so ausgezeichnet zu kochen, blieb mir während der ganzen Reise ein Rätsel. Die Mahlzeiten waren trotz der Dominanz von Reis als Hauptnahrungsmittel ziemlich ausgewogen. Es gab jeden Tag Fisch, den die Besatzung teils während der Überfahrt mit Schleppleinen oder währendem wir ankerten vor Ort mit einfachen Haken fing. Doch auch denen unter den Gästen, die nicht Fischliebhaber waren, verging die Lust auf das Meeresgetier nicht. Dieser verrückte Smutje brachte es tatsächlich fertig, während den ganzen fünfzehn Tagen den Fisch nie gleich zuzubereiten.

Nachdem wir mit dem Essen fertig waren, wurden die Lichter im Boot bis auf die Positionslampen gelöscht. Danach konnte man an der Reling des

Schiffs die fluorisierenden Körper der Roben erkennen, die unter dem Schiff durchjagten. Zudem führten die Tiere rund um das Schiff ein beeindruckendes Gebrüll auf. Es machte den Eindruck, als seien wir mitten in einem Stadion umzingelt von schreienden und tobenden Fans. Verrückt dabei war, dass die Geräuschkulisse die ganze Nacht nicht aufhörte und bis zum Morgengrauen anhielt. Wenn man sich ansonsten nur den Lärm der Schiffsmotoren gewohnt war, bot dieses Spektakel doch einiges an Abwechslung.

Den Grund für den Radau, der uns in dieser Nacht kein Auge zumachen lies, konnten wir im Morgengrauen erkennen, als wir die geschützte Bucht verliessen, um Richtung San Cristobal auf die offene See hinauszufahren. Der Strand der ganzen Bucht war dicht mit tausenden von Robben belegt, die sich wie eine riesige wogende Masse hin und her bewegte. Es war fast ein wenig erschreckend, sich vorzustellen, dass wir die ganze Nacht mitten in diesen Tieren verbracht hatten. Als unser Kutter die Bucht verliess, standen wir mit staunenden Gesichtern an der Reling und verfolgten das Spektakel, welches sich mir als Bild bis heute eingeprägt hat.

Die Überfahrt von Santa Fé nach San Cristobal bot uns schon einen Vorgeschmack auf das, was ein unruhiger Pazifik so an Wellen generieren konnte. Wir waren den ganzen Morgen unterwegs und wurden ziemich durchgeschüttelt. Als wir die Insel erreichten, kam bei der Besatzung kurz Hektik auf. El Capitano hatte seine Crew mitsamt Enrique zu sich ins Führerhaus gebeten. Es gab eine kurze Diskussion nach der Pepe murrend in der Kombüse verschwand. Wir Passagiere wurden von unserem Guide zum Tisch am Heck gebeten, wo wir unsere Mahlzeiten einnahmen.

„Ich muss sie informieren, dass wir unseren eigentlichen Plan umstellen müssen. Es war vorgesehen, heute Nachmittag und Morgen zwei Ausflüge auf San Cristobal durchzuführen. Morgen nach dem Abendessen hätte die Überfahrt von San Cristobal nach Espanola auf dem Programm gestanden. Aufgrund der Wetterprognosen möchte der Kapitän die Überfahrt vorverlegen und bereits heute am früheren Abend Espanola ansteuern. Die Überfahrt dürfte so schon sehr ruppig werden. Auf Espanola, einem der Höhepunkte der ganzen Reise werden wir einen Tag bleiben und danach über Floreana die Insel Isabella ansteuern. Da wir hier einen Tag einsparen und auch den Aufenthalt in Espanola ein wenig kürzen müssen, können wir zwei Tage auf Isabella verbringen.“

Für uns Passagiere war dies keine beunruhigende Nachricht. Im Gegenteil zeigte es doch auf, dass El Capitano seinem Ruf gerecht wurde, ein umsichtiger und erfahrener Bootsführer zu sein. Während dem kurzen Aufenthalt in San Cristobal sahen wir erstmals Blaufusstölpel und eine grosse Kolonie von Fregattvögeln. Vor allem die Fregattvögel boten mit ihren roten Brustsäcken, die sie beim Balzen oder bei Gefahr zu einem kleinen Ballon aufbliesen, einen aussergewöhnlichen Anblick.

Nach dem Kurzbesuch kam die Überfahrt nach Espanola. Der Wellengang betrug zwischen sechs und acht Meter und der umgebaute Fischkutter konnte seine Seetauglichkeit unter Beweis stellen. Der erfahrene Kapitän steuerte jedoch das Schiff auch problemlos durch Höhen und Täler der Wellenberge.

Für mich war das Schwanken der Planken unter den Füssen gerade noch so auszuhalten. Zusammen mit Magnus dem Wildhüter und Markus, dem älteren der beiden Schweizer Brüder, sass ich am Bug vor dem Führerhaus des Kutters und erlebte persönlich mit, wie der Kutter sich in den Elementen vorwärts kämpfte. Der Rest des helvetischen Quartetts hatte schon deutlich mehr Mühe mit dem schwankenden Untergrund. Vor allem der grosse schlaksige Rotschopf opferte Neptun alles was er opfern konnte. Ich hatte mit dem armen Kerl fast ein wenig erbarmen. Er sah wirklich fürchterlich aus und schien sich nicht gerade auf die Rückfahrt zu freuen. Zuvor kam jedoch einer der Höhepunkte der Reise. Auf der Insel Espanola gab es eine riesige Kolonie von Blaufusstölpeln. Wir konnten auf einem gut gezeichneten Weg mitten durch ihr Brutgelände gehen, während rings um uns herum ständig Vögel landeten und wegflogen. Die Blaufusstölpel empfanden nicht die geringste Angst vor uns fremden Eindringlingen, da sie auf Espanola keine direkten Feinde haben. So lange man sich langsam bewegte und dem Picken der Vögel keine Beachtung schenkte, empfanden sie uns Menschen höchstens als lästige Störenfriede. Auf der Fläche, die ungefähr zweimal so gross wie ein Fussballfeld war mussten sich weit über fünftausend der Vögel drängen. Es kam mir vor, als wären wir völlig von Vögeln eingekreist. Um sich den Weg durch die Menge der Tiere zu bahnen, war man gezwungen die Vögel mit den Füssen leicht auf die Seite zu drängen, um danach die Füsse auf der kleinen Lücke auf den Boden zu setzen.

Nach diesem einmaligen Erlebnis, kamen wir zu einem kleinen Felsen auf dem eine Kolonie von Albatrossen brütete. Die Jungtiere waren bereits geschlüpft und sahen in ihrem Flaumkleid noch gar nicht so majestätisch aus, wie die Alt Vögel. Wir verbrachten eine halbe Stunde in ihrer unmittelbaren Umgebung, um sie zu beobachten. Während dieser Zeit landeten mehrere erwachsene Albatrosse von ihren Beutezügen auf dem Felsen. Dabei sahen wir Vögel mit Spannweiten deutlich über drei Meter. Der Anblick dieser grossen Flugkünstler war wirklich beeindruckend.

Zum Schluss führte uns Enrique zu einem Felsen, der voll mit Leguanen war, die sich an der Sonne wärmten. Diese Tiere in grosser Menge zu sehen, war erneut eine aussergewöhnliche Erfahrung, obwohl der beissende Gestank kaum zu ertragen war. Nachdem wir einen Moment auf dem Felsplateau gestanden waren, auf dem sich die Echsen sonnten, verloren die Tiere ihren Fluchtreflex. Auch wenn man nicht näher als einen bis zwei Meter an die Leguane herankam und sich die vegetarischen Galapagos Leguane hauptsächlich von Seetang und Algen ernährten, war das Gefühl zwischen so vielen Echsen zu stehen schon ein wenig beklemmend.

Nach einem ereignisreichen Tag voller aussergewöhnlicher Eindrücke kamen wir am späteren Nachmittag zurück auf unser Schiff, wo das Nachtessen bereits auf dem Tisch stand. Einmal mehr hatte sich Pepe in der kleinen Kombüse selbst übertroffen. Nach dem anstrengenden Tag genossen wir das gute Essen. Besser gesagt alle, bis auf einen. Daniel, der auf der Überfahrt arg gebeutelte Schweizer gönnte sich nur eine Flasche der braunen Brause und einen einzigen Löffel Reis. Dass sich seine Taktik als nicht völlig nutzlos erwies, zeigte sich noch bevor wir das Nachtessen beendet hatten. Unser Bootsführer hatte es eilig von Espanola weg zu kommen und der hohe Seegang, der dem Unwetter voraus ging, gab ihm Recht. Die nächste Etappe brachte uns nach Floreana, wo wir eine kurze Pause einlegten, um zu schnorcheln, bevor wir noch am gleichen Tag weiter nach Isabella fuhren. Dort besichtigten wir die Lavatunnels des Vulkans Chico und machten uns danach zu unserer letzten Destination der Insel Bartlomé auf. Dort wanderten wir mehrere Stunden auf den schier unendlich scheinenden Lavafeldern und kamen zum Schluss schliesslich an jenen Strand mit dem spitzen Felsen, den man auf jedem Galapagos Prospekt fand. Irgendwie war es schon ein besonderes Gefühl einmal selbst am Wahrzeichen dieser aussergewöhnlichen Inselgruppe gestanden zu haben. Dies vor allem, da wir damals die Einzigen an diesem wunderschönen Strand waren, was das einmalige Erlebnis wirklich zu etwas ganz Besonderem machte.

Wir verbrachten in der ruhigen Bucht unsere letzte Nacht auf dem schwankenden Kutter. Pepe zauberte noch einmal ein hervorragendes Nachtessen auf den Tisch, an dem sich zum Schluss auch Daniel beteiligte. Man sah ihm die Erleichterung deutlich an, dass die Schiffsreise nun langsam ein Ende fand.

Am nächsten Morgen brachte uns das Schiff wieder an unseren Ausgangspunkt zurück, wo wir uns kurz vor neun von der Besatzung und unserem Guide verabschiedeten. Die vier Schweizer und Magnus der Wildhüter hatten wir vorher in Santa Cruz zurückgelassen. Sie wollten noch einige Tage auf der Insel verbringen, bevor sie wieder zurück aufs Festland flogen.

An diesem Morgen war es äusserst windstill, weshalb das Flugzeug im ersten Anlauf landen und kurz darauf wieder starten konnte. Der Rückflug gestaltete sich genauso einfach, wobei dieses Mal die Stewardess die Schwimmwesten bereits vor dem Abflug verteilte.

Zurück in Guayaquil verabschiedete ich mich von Leslie und Philippe, die weiter nach Quito fliegen wollten. Ich meinerseits blieb noch zwei Tage in Guayaquil, bevor ich über Santiago de Chile nach Buenos Aires weiter flog.

Der Flughafen Aeropuerto de Ezeiza von Buenos Aires ist einer der wenigen Flughäfen in ganz Südamerika, von dem aus alle fünf Kontinente angeflogen werden konnten. Entsprechend herrschte viel Betrieb auf dem Flughafengelände, als ich in der Hauptstadt Argentiniens eintraf. Meiner Tradition folgend hatte ich für Südamerika wieder eine andere Identität gewählt. Schon als ich in Frankreich Richtung Ecuador abflog tat ich dies unter dem Namen Rodolfo Rojizon mit einem spanischen Pass. Zu dieser Zeit war das keine schlechte Lösung. Die politische Situation in Argentinien war damals immer noch angespannt. Seit über zehn Jahren war in dem Land des Tango und der verrückten Fussballfans eine Militärjunta an der Macht. Sie hatte das Land mit Staatsterror überzogen, dem tausende von Menschen zum Opfer gefallen waren. Einige Monate vor meiner Einreise hatte die Junta den Bogen überspannt. Um von den innenpolitischen Problemen abzulenken hatte die Militärregierung entschieden die Falklandinseln zu besetzen, die von Grossbritannien beansprucht wurden. Auf die Besetzung war eine Reaktion des britischen Königreichs erfolgt, das in einem kurzen aber heftigen Krieg die Inseln zurückeroberte. Nach dieser Schlappe stand das diktatorische Regime nach Jahren der Repression endgültig vor dem Ende. Seit Wochen gab es in der Hauptstadt Buenos Aires fast täglich Demonstrationen von Bürgern, die sich trotz der Gefahr für das eigene Leben die Unterdrückung nicht mehr gefallen lassen wollten. Es war deshalb in der aktuellen Situation nicht ungefährlich sich gegen Abend in der Stadt zu bewegen. Bevor die Militärdiktatur und ihre Folgen endgültig Geschichte waren, sollte es noch ein paar Monate dauern.

Für mich war das eine mögliche Erklärung, weshalb meine Versuche mit Gabriela Kontakt aufzunehmen bisher gescheitert waren. Als ich das erste Mal versuchte die Nummer anzurufen, die ich von Gabriela erhalten hatte, teilte man mir nur mit, sie sei nicht da. Danach wurde die Verbindung ohne weiteren Kommentar einfach unterbrochen. Am nächsten Tag versuchte ich erneut anzurufen. Beim zweiten Anruf war wieder ein Mann am Telefon. Auf meine Frage, ob ich Gabriela sprechen könnte, stellte er mir anstatt zu antworten eine Frage.

„Wer sind sie?"

Ich war etwas überrascht, dachte mir aber nichts bei der Frage und nannte meinen Namen. Dass ich diesen bei meiner Einreise nach Argentinien gewechselt hatte, war mir in dem Moment tatsächlich entfallen. Zum Glück stellte der Mann eine weitere Frage, der ich es zu verdanken habe, dass ich Gabriela später überhaupt traf.

„Was wollen sie von Gabriela?"

„Ich habe Gabriela vor etwas mehr als einem Jahr in Miami getroffen. Wir wohnten während einiger Zeit im gleichen Hotel und haben oft über Tango gesprochen. Sie sagte mir damals, ich soll sie über diese Telefonnummer kontaktieren, wenn ich einmal nach Argentinien oder präziser nach Buenos Aires kommen würde."

Auf der anderen Seite des Anschlusses blieb es einen Moment lang still. Ich hatte schon den Eindruck, die Verbindung sei unterbrochen worden, als der Mann sich erneut zu Wort meldete. „Wo kann ich sie erreichen?"

„Ich bin diese und nächste Woche im Hotel Alvear Palace in Buenos Aires zu erreichen. Danach werde ich wohl Argentinien wieder verlassen."

„Ich werde sehen was ich tun kann, um Gabriela zu erreichen." Danach wurde die Verbindung ohne weiteren Kommentar unterbrochen. Die Reaktion bestätigte meinen Verdacht, dass Gabriela nach der Rückkehr in ihr Heimatland nicht mit offenen Armen empfangen worden war. Für den Moment hatte das jedoch für mich zweite Priorität. Nach fünfzehn Tagen ohne jeglichen Komfort, in denen ich mir eine Toilette auf einem schwankenden Schiff mit elf anderen Personen hatte teilen müssen, war ich einfach nur froh, ein wenig mehr Luxus um mich zu haben. In den nächsten Tagen genoss ich die Ruhe und den Komfort einer Luxusherberge und besuchte ein oder zwei Sehenswürdigkeiten der argentinischen Metropole.

Nachdem ich einige weitere Tage nichts von Gabriela hörte, begann ich damit mein nächstes Reiseziel zu planen. Ich hatte gerade begonnen eine Liste für das weitere Vorgehen zu erstellen, als das Telefon klingelte „Guten Abend, mein Name ist Gabriela Hernandez. Sie haben angerufen und wollten mich sprechen."

Ich hatte die Stimme sofort wieder erkannt. „Hallo Gabriela, freut mich, dass du zurückrufst. Ich habe schon nicht mehr damit gerechnet, noch von dir zu hören.“

„Es tut mir leid, ich weiss nicht wer sie sind?“

In dem Moment realisierte ich erst, was ich vorher völlig vergessen hatte. Gabriela kannte mich nicht unter dem Namen Rodolfo Rojison sondern als Rick Reid. Zum Glück wurde ich nur selten damit konfrontiert, dass ich verschiedene Identitäten besass. Nun musste ich jedoch einen Weg finden jemandem, der offensichtlich aufgrund der Situation mehr als nur skeptisch war, den Identitätswechsel zu erklären.

„Du musst dich nicht entschuldigen, Gabriela. Ich bin es, der sich bei dir entschuldigen muss. Du kennst mich unter einem anderen Namen. Wir haben uns vor etwas mehr als einem Jahr in Miami in einem Hotel getroffen und waren dort zu fünft während einer längeren Zeit am Abend an einem Tisch. Das letzte Mal war dies der Fall, als unser Freund Diego die Karten mit der Telefonnummer und dem Code auf der Rückseite verteilt hat.“

„Rick, bist du das?“

„Höchstpersönlich. Ich weiss, es ist ein wenig Zeit verstrichen, aber ich wollte dich fragen, ob dein Angebot, mich in die Geheimnisse des Tangos einzuweihen, immer noch gilt.“

„Sicher gilt das Angebot noch. Ich habe nur nicht mehr damit gerechnet, noch einmal etwas von dir zu hören. Seit wir uns das letzte Mal gesehen haben, ist viel Zeit vergangen. Warum nennst du dich heute Rodolfo?“

„Das ist eine längere Geschichte, die ich dir gerne erzählen werde. Dass ich mich erst heute melde, hat ebenfalls einen Grund. Ich hatte nach unserer Zeit in Miami noch etwas zu erledigen. Eigentlich waren dafür nur zwei oder drei Wochen vorgesehen. Schliesslich sind aus den geplanten zwei Wochen mehr als sechs Monate geworden.“

„Wir werden sicher einmal eine Gelegenheit finden, damit du mir die Geschichte erzählen kannst. Im Moment ist das aber schwierig. Wie du sicher weisst, ist in Argentinien und speziell in Buenos Aires einiges in Bewegung. Nach mehr als zehn Jahren Militärdiktatur besteht erstmals die Chance, dass es in meinem Land eine Veränderung gibt. Die Militärjunta wird vermutlich die nächsten Monate nicht überstehen. Dann kann das argentinische Volk endlich wieder aufatmen. Bis es soweit ist, gilt es vorsichtig zu sein, um nicht in den letzten Tagen der Diktatur noch zum Opfer zu werden. Obwohl sich bereits einiges geändert hat, ist es in Buenos Aires noch nicht sicher.“

Gabriela erzählte mir, wie sie nach ihrer Abreise in Miami zuerst nach Santiago de Chile weitergereist war. Vor ihrer Rückreise in ihre Heimat wollte sie eine gute Freundin, mit der sie zusammen studiert hatte, in Chiles

Hauptstadt besuchen. Sie wollte sie überraschen und tauchte deshalb völlig unerwartet und ohne Anmeldung bei ihr auf. Von der Reaktion ihrer Freundin, die bei ihrem Anblick in Freudentränen ausbrach und sich kaum mehr beruhigen liess, wurde sie völlig überrumpelt. Bei dieser Gelegenheit erfuhr sie, dass ein Teil ihrer Mitstudierenden den Schergen der Militärjunta zum Opfer gefallen waren. Auch ihre Freundin und sie selbst standen auf den Listen der Todesschwadron und wurden in Argentinien gesucht.

Gabriela entschied sich dennoch in ihre Heimat zurückzukehren. Sie überquerte die Grenze zwischen Chile und Argentinien auf einer abenteuerlichen Route quer durch die Anden und die Atacamawüste. Nach dieser anstrengenden und äusserst gefährlichen Reise, bei der sie zwei Mal fast ihr Leben verloren hätte, führte sie ihr Weg in die argentinische Pampa, wo sie sich seither vor den Häschern der Geheimpolizei versteckt hielt.

„Wenn du etwas über den Tango lernen willst, hast du zwei Möglichkeiten. Entweder du wartest noch einige Monate oder vielleicht sogar Jahre, bis sich die politische Situation gebessert hat oder du kommst zu mir in die Pampas", schloss Gabriela ihre Erzählung ab.

Da brauchte ich nicht lange zu überlegen. Ich hatte mich zu lange darauf gefreut, Gabriela wieder zu sehen, als dass ich noch weitere Monate warten würde. Zudem war ein Abenteuer allemal besser, als einfach irgendwo auf einen ungewissen Ausgang von Ereignissen zu warten, die man sowieso nicht beeinflussen konnte.

„Dann komme ich lieber zu dir."

Das schien auch Gabriela besser zu gefallen. Sie erklärte mir ausführlich, wo wir uns treffen würden und wie ich mich zu verhalten hatte. Ich sollte von Buenos Aires mit dem Überlandbus nach Santa Fé, der Provinzhauptstadt der gleichnamigen Provinz kommen. Die Stadt war ungefähr vierhundertachtzig Kilometer nördlich von Buenos Aires und hatte einen gut ausgebauten und stark frequentierten Busverkehr, der als relativ sicher galt. In der Stadt angekommen sollte ich gegen Mittag auf den in der Mitte der Stadt gelegenen Platz San Martin kommen und mich gegenüber der Statue des Generals José de San Martin auf eine Bank setzen. Jose de San Martin war ein argentinischer General und Unabhängigkeitskämpfer, der im achtzehnten Jahrhundert die Spanier aus Chile vertrieb und Santiago de Chile befreit hatte. Da er in der Region um Santa Fé geboren war, hatte man ihm dort wie auch in der Hauptstadt Buenos Aires ein grosses Denkmal gesetzt.

Ich sollte mich auf dem Platz um elf Uhr dreissig auf die Bank setzen und warten, bis mich Gabriela dort abholte. Nach einer etwas mühsamen Reise, während der ich drei Mal von Militärposten kontrolliert wurde und alle Dokumente vorweisen musste, gelangte ich nach Santa Fé. Den Platz fand ich dank meiner mittlerweile sehr guten Spanischkenntnisse problemlos. Ich setzte mich auf die Bank gegenüber dem Denkmal und wartete.

Gegen Mittag wurde es heiss auf diesen Plätzen und nach einer Stunde rumsitzen wurde es mir langsam zu mühsam. Ich zwang mich noch eine weitere halbe Stunde in der stechenden Sonne zu warten, bevor meine Geduld am Ende war. Ich stand auf und machte mich auf den Weg zum Busbahnhof, um mit dem nächsten Bus über Rosario wieder zurück nach Buenos Aires zu fahren. Bevor es dunkel wurde, wollte ich unbedingt wieder im Hotel sein. Obwohl ich mich darauf gefreut hatte, Gabriela wieder zu sehen, verspürte ich keinerlei Lust den ganzen Tag auf dem Platz in der Sonne zu warten. Ich wollte gerade den Platz verlassen, als mich jemand von hinten ansprach.

„Willst du schon gehen Rick?"

Ich erkannte Gabrielas Stimme sofort wieder. Als ich mich jedoch umdrehte, sah ich eine völlig fremde vor mir stehen. Die langen gekrausten schwarzen Haare, die Gabriela diesen wilden Ausdruck verliehen hatten, war einer blondbraunen Kurzhaarfrisur gewichen. Zudem schien sie trotz ihrer sowieso schon schlanken Figur, noch ein paar zusätzliche Kilo abgenommen zu haben. Mit ihrer Mähne hatte sie schon in Miami überdurchschnittlich gut ausgesehen. Nun hatte ihr Gesicht jedoch einen noch sinnlicheren Ausdruck angenommen. Sie trug ein paar eng anliegende braune Hosen mit Ledereinsätzen an den Schenkeln, so wie die Gauchos sie trugen. Ein paar braune Reitstiefel, ein beiges Hemd und ein blaues Halstuch rundeten ihr Erscheinungsbild ab. Wie sie in einer lässigen Haltung, mit leicht geneigtem Kopf und einer in die Hüfte gestemmt Hand, ungefähr drei Meter von mir entfernt stand, wirkte sie alles andere als schüchtern. Mit einem leichten Lächeln im Gesicht betrachtete sie mich neugierig. Wenn sie mich nicht angesprochen hätte, ich wäre neben ihr durchgelaufen, ohne sie zu erkennen. Der Unterschied zwischen ihrer jetzigen Erscheinung und der Frau, die ich von Miami her kannte, war riesig. Ich konnte jedoch nicht behaupten, dass mir ihr neues Aussehen nicht gefiel. Ganz im Gegenteil musste mein Blick wohl schon fast leicht lüstern gewirkt haben, was ihr Lachen noch mehr verstärkte.

„Du siehst gut aus, mein Freund. Egal was du im letzten Jahr getrieben hast, es scheint dir auf jeden Fall nicht geschadet zu haben."

„Danke, gleichfalls. Die kurzen Haare stehen dir ausgezeichnet und die Farbe ist... speziell. Du scheinst jedoch deinen Beruf gewechselt zu haben.

Bist du unter die Gauchos gegangen?"

„Das werde ich dir gerne erzählen, aber im Moment möchte ich eigentlich nur von diesem Platz runter. Es ist wirklich zu heiss, um zu dieser Zeit mitten in der Stadt auf einem Platz in der Sonne rumzustehen."

Sie kam auf mich zu und hakte sich bei mir ein, um mich von dem Platz runter in eine der Seitenstrassen zu führen. Zehn Minuten später und einige Strassen und Kreuzungen weiter kamen wir in eine etwas abseits gelegene Seitengasse in der eine kleine Bodega stand. Der Wirt, der Gabriela anscheinend gut kannte, war hocherfreut sie zu sehen. Er kam an unseren Tisch und nahm die Bestellung auf. Dann begann Gabriela zu erzählen.

„Nach der Warnung meiner Freundin und der abenteuerlichen Reise durch die Atacamawüste zurück nach Argentinien, besuchte ich meinen Onkel in den Pampas. Er besass dort eine Estancia und nahm mich bei sich auf. Seither versteckte ich mich dort und versuchte so gut wie möglich zu überleben, bis sich die Verhältnisse in Argentinien wieder normalisiert haben.

„Wie meinst du das, so gut wie möglich zu überleben."

„Mein Heimatland steckt seit Jahren nicht nur in einer politischen sondern auch in einer Wirtschaftskrise. Das Militärregime hat in keiner Weise zur Verbesserung der Situation beigetragen. Im Gegenteil, mit einer durchschnittlichen jährlichen Inflation von über siebzig Prozent in den letzten zehn Jahren, hat sich die Situation erheblich verschlimmert. Die armen Leute auf dem Land leiden am meisten unter der prekären Situation. Viele können ihren Lebensunterhalt nur noch mit grösster Mühe bestreiten und müssen hoffen, nicht krank zu werden, da sich das niemand leisten kann. Ich habe mit dem wenigen Vermögen, das ich mir während der Zeit in Kanada erarbeitet hatte, versucht zu helfen. Es ist jedoch wie ein Tropfen auf den heissen Stein, wenn dir die Inflation das Geld unter den Fingern wegfrisst. In der Zwischenzeit bin ich froh, wenn ich das Notwendigste für die Estancia noch über irgendwelche Kanäle besorgen kann. Langsam gehen mir jedoch die Ersparnisse aus und was danach kommt, wissen die Götter."

Was ich da von Gabriela hörte machte mich betroffen. Obwohl sie ihre Geschichte mit einer sehr rational klingenden Stimme erzählte, gerade so als würde sie über die Wetterentwicklung der letzten Tage berichten, konnte man doch den leicht bitteren Unterton heraushören. Das hatte nichts mehr mit jener so lebenslustigen Frau zu tun, die ich in Miami kennen gelernt hatte. Der Alltag und die Probleme eines Landes am Abgrund hatten sie eingeholt und ihre Persönlichkeit verändert. Ich kam mir deshalb mit meiner Anfrage Tango zu lernen, völlig deplaziert vor. Hier und jetzt war wirklich nicht der Zeitpunkt, um an so was Triviales wie Tango überhaupt nur zu denken. Als ich mich für mein unsensibles Verhalten bei Gabriela entschuldigte, erlebte ich jedoch eine Überraschung.

„Du musst dich auf gar keinen Fall entschuldigen. Im Gegenteil. Wir Argentinier leben nun schon seit Jahren mit dieser Situation. Sie wäre für viele von uns nicht auszuhalten, wenn wir nicht die Traditionen unserer Kultur hätten, die uns von den Schwierigkeiten des Alltags ablenken. Der Fussball ist eine dieser Möglichkeiten, der die Massen trotz grösster Armut in Begeisterung versetzen kann und sie zumindest für einen kleinen Moment die Sorgen und Nöte des Alltags vergessen lässt. Der Tango ist eine andere Möglichkeit. Wenn du im Rhythmus dieser einfühlsamen und mitreissenden Musik, die den Tango so einmalig macht, über das Parkett, die Strasse oder den Lehmboden tanzt, so kannst du alles andere um dich herum vergessen. Du schwebst, wenn auch nur für einen Moment, in einer anderen Welt. Es sind genau diese Momente, die es überhaupt erst möglich machen, die Mühsal des Alltags auch nur einigermassen zu ertragen."

Als sie das sagte, hatte Gabriela einen Glanz in den Augen, wie ich ihn noch nie in meinem Leben bei einem anderen Menschen gesehen hatte. Neben Leidenschaft konnte man Traurigkeit, Inbrunst und Melancholie erkennen, die eine Tangobesessene als solche auszeichnete.

„Was hast du eigentlich in der Zwischenzeit erlebt und was hat es mit der Geschichte der Namensänderung auf sich", wollte Gabriela von mir wissen. Der kurze Moment, in dem sie einen tiefen Blick in ihre Seele zugelassen hatte, war schon wieder verschwunden.

Der abrupte Themenwechsel brachte mich für einen kurzen Moment fast ein wenig aus der Fassung. Nachdem ich mich wieder gefangen hatte erzählte ich Gabriela von meiner Reise nach Australien und liess auch den ersten Teil der Geschichte nicht aus, damit sie den Wechsel meines Namens nachvollziehen konnte. Zudem verstand sie nach meinen Erläuterungen, woher ich die finanziellen Mittel hatte, um das Leben zu führen, das ich im Moment führte. Meine Erzählung schloss ich mit der Reise auf die Galapagos und meiner Ankunft in Argentinien ab. Es hatte eine Weile gedauert alles zu erzählen und in der Zwischenzeit war es bereits spät geworden. Gabriela schien dies jedoch vorausgeahnt zu haben.

„Ich habe uns ein Zimmer reserviert, so dass wir die Nacht hier verbringen können. Wenn du einverstanden bist, schauen wir morgen, was wir weiter tun wollen."

Damit war ich selbstverständlich einverstanden.

Am Abend füllte sich die Bodega und nachdem das Abendessen vorüber war, begannen zwei Musiker zu spielen. Es dauerte nicht lange und die Tische wurden zusammengeschoben und einzelne Paare begannen sich im Rhythmus der Musik auf dem engen Raum zu bewegen. So kam ich in den Genuss des ersten Tangos in meinem Leben.

Am nächsten Morgen machte mir Gabriela den Vorschlag, die Estancia ihres Onkels zu besuchen und dort ein paar Tage zu verbringen. Ich war von der Idee sofort begeistert und stimmte erfreut zu. Vorher musste ich jedoch noch nach Buenos Aires zurück, um mein Hotelzimmer aufzulösen und mein Gepäck zu holen. Wir vereinbarten deshalb, uns in drei Tagen wieder in der Bodega zu treffen.

„Damit der Tag nicht verloren ist, schlage ich vor, wir gehen einkaufen. Ich gehe nicht davon aus, dass du in deinem Gepäck die notwendige Kleidung hast, um auf einem Pferd mehrere Tage durch das Gelände zu reiten."

Dem konnte ich nur zustimmen. Das letzte Mal, dass ich auf einem Pferd sass, war schon eine Weile her. In Begleitung von Gabriela suchten wir in einem Vorort von Santa Fé einen Laden auf, der die gewünschten Utensilien am Lager hatte. Da ich einige Tage auf der Estancia bleiben würde, kaufte ich mir eine minimale Ausrüstung. Das kleine Paket konnten wir in der Bodega zwischenlagern. Danach machte ich mich auf den Weg zurück nach Buenos Aires.

Drei Tage später war ich wieder in der Bodega in Santa Fé. Der Wirt begrüsste mich, wie wenn ich zu den Stammgästen gehören würde und teilte mir gleichzeitig mit, dass Gabriela noch nicht da war. Er übergab mir mein Paket und einen Brief, den er am Morgen von einem Angestellten der Estancia erhalten hatte, auf der sich Gabriela befand. Darin teilte sie mir mit, es hätte ein Problem gegeben, weshalb sie erst in zwei Tagen kommen könne. Sollte ich etwas benötigen, so solle ich mich an Alfonso den Wirt der Bodega wenden, der absolut vertrauenswürdig und über jeden Zweifel erhaben sei.

Ich beschloss, die Zeit zu nutzen und mir die Stadt Santa Fé anzusehen. Dazu reichten die zwei Tage problemlos aus. Als ich Gabriela wieder sah, wirkte sie bei weitem nicht mehr so fröhlich wie noch einige Tage zuvor. Die Begrüssung fiel herzlich aber alles andere als überschwänglich aus. Auf meine Frage hin begann Gabriela zu erzählen, was sie bedrückte. „Die Estancia, auf der ich mich seit meiner Ankunft in Argentinien aufhalte, gehört meinem Onkel. Er und seine Frau sind beide bereits über siebzig Jahre alt. Sie haben den Besitz von ihren Eltern geerbt und sich damit in den letzten beinahe fünfzig Jahren mehr schlecht als recht über Wasser gehalten. Obwohl die

Estancia über einen aussergewöhnlich grossen Landanteil verfügt, konnte sie nie wirklich rentabel betrieben werden. Ein zu grosser Teil des Landes ist Sumpfgebiet oder wird regelmässig bei Hochwasser überschwemmt. In den letzten zehn Jahren hat die wirtschaftliche Lage Argentiniens nicht gerade dazu beigetragen, die Situation zu verbessern. Zu all dem kommt dazu, dass die Estancia an das Gebiet eines anderen Grossgrundbesitzers grenzt und der ist General der Militärjunta. Er versucht seit Jahren, meine Verwandten von ihrem Land zu vertreiben, um sich das Land unter den Nagel zu reissen. Vor allem in den letzten Jahren hat er mit allen legalen und manchmal auch mit illegalen Mitteln versucht, meinen Leuten das Leben schwer zu machen." Gabriela machte eine kurze Pause. Sie wirkte viel müder als noch vor ein paar Tagen. „Es ist in der letzten Zeit mehr als einmal vorgekommen, dass wir das Haupthaus verlassen mussten, um uns in einer der Aussenstationen zu verstecken. Als ich dich in Santa Fé aufsuchte, ist genau das wieder geschehen. Dieses Mal war es für meinen Onkel zu viel. Er erlitt auf der Flucht einen Herzinfarkt und hat nur mit sehr viel Glück überlebt. In Zukunft wird er nicht mehr in der Lage sein, den Betrieb zu führen. Der General hat davon bereits Kenntnis erlangt und setzt nun auch offiziell alles daran, um die Estancia zu übernehmen. Sollte sich niemand finden, der den Betrieb weiter führt, wird er eine Enteignung beantragen und danach wird die Estancia an den Meistbietenden versteigert. Die Macht der Generäle ist am Schwinden, aber im Moment immer noch gross genug, um etwas wie die Übernahme der Estancia durchzusetzen."

Ich sah Gabriela einen Moment nachdenklich an. „Warum übernimmst du die Estancia nicht?"

„Ein Verkauf ist unter den gegebenen wirtschaftlichen Umständen schwierig. Es gibt erste Gerüchte, dass die Militärs vor dem Ende stehen und anfangs nächstes Jahr demokratische Wahlen stattfinden. Kommt dazu, dass es mit grösster Wahrscheinlichkeit ein neues Währungssystem geben wird. Die Estancia zu verkaufen macht deshalb keinen Sinn. Man könnte die Rechtmässigkeit vor Gericht anfechten. Dann würde das Land durch die Militärjunta enteignet und jemandem zur Bewirtschaftung übergeben, der über die notwendigen Mittel verfügt. Wer dies in dem Fall sein würde, steht ausser Frage. Das mag verrückt klingen, ist aber traurige Realität."

Man spürte Gabriela an, wie sehr sie die Situation belastete. „Hast du sonst noch eine Idee, wie man das Problem lösen könnte?" Ich schüttelte nur den Kopf. Im Moment blieb mir nichts anderes übrig, als zu versuchen sie aus ihrem Tief herauszureissen. Vielleicht kam mir später eine gute Idee.

„Nun, da mein Onkel gesundheitlich angeschlagen ist, wird der General wie ich schon gesagt habe, versuchen, ihm durch Enteignung das Land weg zu nehmen. Das kann nur vermieden werden, indem mein Onkel beweist, dass er in der Lage ist, das Land wirtschaftlich zu führen."

Ich dachte einen Moment nach. „Wenn du die Estancia nicht kaufen kannst, dann übernimm doch zumindest die Bewirtschaftung. Wie es Verwalter im Auftrag des Eigentümers tun."

Gabriela sah mich an und begann zu lächeln. „Du hast verrückte Ideen. Wie soll ich das tun? Ich verfüge weder über die finanziellen Mittel, um die notwendigen Investitionen zu tätigen, noch habe ich die Kenntnisse dazu. Ich kenne mich nach nur einem Jahr in den Pampas nicht gut genug aus, um eine Estancia selber führen zu können."

„Wenn du möchtest, dann helfe ich dir die Aufgabe zu übernehmen. Ich verfüge über ein wenig Erfahrung und auch über die notwendigen finanziellen Mittel, um ein paar Veränderungen einzuführen. Du müsstest nur deinen Onkel dazu bringen, dir die Verantwortung für die Estancia zu übertragen."

Gabriela lachte erneut. „Er ist eigentlich nicht mein Onkel. Wir sind schon verwandt, aber nicht so eng. Ich nenne ihn einfach Onkel. Er und seine Frau wissen dies auch zu schätzen, da sie selber keine eigenen Kinder haben." Sie schien einen Moment zu überlegen. „Ich müsste meinen Onkel fragen, ob er mir die Verantwortung übertragen würde."

„Dann lass uns dies so schnell wie möglich tun, damit wir nicht plötzlich von den Ereignissen überholt werden."

Gabrielas Mine hellte sich zumindest ein wenig auf. Sie schien von einem Moment auf den anderen wieder zuversichtlicher in die Zukunft zu blicken. Alleine das reichte mir bereits als Argument, um Gabriela zu unterstützen, wo ich nur konnte.

Am nächsten Morgen machten wir uns auf den Weg zur Estancia von Gabrielas Onkel. Einer zweistündigen Autofahrt folgte ein Ritt auf dem Pferd von fast sechs Stunden. Auch wenn die Landschaft meist flach war und nur geringfügige Hügel aufwies, so mussten wir dennoch einigen Baumgruppen und Sumpfgebieten ausweichen, bis wir endlich auf dem Gehöft ankamen.

Gabrielas Onkel lag immer noch im Bett. Erst am Morgen war der Arzt da gewesen und hatte ihm für die nächsten Tage absolute Bettruhe verschrieben. Er war froh, Gabriela wieder zu sehen. Meine Gegenwart schien ihn jedoch zu beunruhigen, weshalb meine Freundin sich beeilte, mich ihren Verwandten vorzustellen. Als dies erledigt war, kam Gabriela trotz des angeschlagenen Gesundheitszustandes ihres Onkels sofort zur Sache.

„Ich habe euch einen Vorschlag zu unterbreiten, wie wir das Problem mit General Boreias lösen können, ohne dass die Estancia zu Schaden kommt."

In der nächsten halben Stunde erklärte Gabriela den beiden alten Leuten, was wir gemeinsam ausgeheckt hatten.

„Ich finde deine Idee zumindest prüfenswert", meinte ihr Onkel. „Wenn dadurch unsere Estancia gerettet werden kann, ist mir alles Recht. Was meinst du dazu meine Liebe?"

Die Herrin des Hauses hatte bisher geschwiegen. Sie sah Gabriela mit nachdenklicher Miene an, bevor sie zu sprechen begann. „Bist du sicher, dass du diese Verantwortung übernehmen willst und sie dann auch tragen kannst? Du bist nicht auf einer Estancia aufgewachsen und hast den grössten Teil deines bisherigen Lebens in der Stadt und sogar im Ausland verbracht. Die Estancia zu führen kann bedeuten, dass du höchstens noch für einen oder zwei Tage nach Rosario kommst, bevor du wieder hier nach dem Rechten sehen musst. Bist du dir dessen wirklich bewusst?"

Gabriela wandte zuerst den Blick zu mir und sah danach ihre Tante und ihren Onkel an. „Ich kann das und was noch viel wichtiger ist, ich will das auch. Ihr habt ein Leben lang dafür gearbeitet, um diese Estancia zu erhalten und auszubauen. Nach allem was ich erlebt habe, will ich unter keinen Umständen, dass euer Lebenswerk in die Hände des Generals fällt. Dafür werde ich alles tun, was in meinen Kräften liegt."

Die beiden alten Leute sahen sich einen Moment lang an, als würden sie in Gedanken miteinander kommunizieren.

„Gut, ich bin mit deinem Vorschlag einverstanden, Gabriela", meinte ihr Onkel. „Bitte veranlasse so rasch wie möglich das Notwendige, damit die Dokumente unterzeichnet werden können und lass einen Notar herkommen. Doch jetzt lasst mich bitte in Ruhe, ich fühle mich müde und möchte einen Moment schlafen."

Damit war die Sache geklärt und wir konnten uns daran machen das Weiterbestehen der Estancia sicherzustellen.

Eine Woche später war Gabriela offiziell die Verwalterin der Estancia mit sämtlichen Rechten und Pflichten. Der beigezogene Notar hatte ein hieb und stichfestes Dokument aufgesetzt, das auch von einem korrupten Gericht, ohne gegen das Gesetzt zu verstossen, nicht aufgehoben werden konnte. Zusätzlich dazu lag nun ein gültiges Testament vor. Darin war festgehalten, dass bei einem Ableben auch nur einer der beiden Besitzer, die Estancia in den Besitz von Gabriela übergehen würde. Dafür hatte sich Gabriela verpflichtet, den beiden alten Leuten für den Rest ihres Lebens ein Haus in Rosario zur Verfügung zu stellen sowie bis zu ihrem Tod für ihren Unterhalt aufzukommen.

Die Finanzierung der ganzen Angelegenheit nahm ich in die Hand. Ich gründete über meine Anwaltskanzlei in Toronto, in Argentinien eine Stiftung. Ihr einziger Zweck bestand darin, den Lebensabend der beiden alten Leute in Rosario sicherzustellen. Dann organisierte ich mit Hilfe von Gabriela und ihren Freunden alles Notwendige, damit die beiden alten Leute einen würdigen Lebensabend verbringen konnten. Als dies erledigt war, begannen wir mit den eigentlichen Arbeiten, um das Fortbestehen der Estancia sicherzustellen. Das Ziel war es, aus dem etwas veralteten Gutsbetrieb ein gewinnbringendes Unternehmen zu erschaffen. Wir renovierten zuerst das Haupthaus so gut wie möglich, damit wir beide und die Angestellten, die sich entschieden hatten uns bei unserem Vorhaben zu unterstützen, dort wohnen konnten. Danach begannen wir in unmittelbarer Umgebung der Estancia die Entwässerungsgräben zu erneuern, respektive neu anzulegen. Dadurch konnten wir mit einfachen Mitteln einen Teil des Landes besser nutzen.

Zudem erstand ich einen kleinen Helikopter, der es uns ermöglichte, rasch auch in die entlegensten Winkel des Besitzes zu kommen. Für die Mitarbeitenden waren die Veränderungen ein Zeichen, dass sich tatsächlich etwas bewegte und die Estancia eine Zukunft hatte. Unsere Aktivitäten waren nicht unbemerkt geblieben. Für mich war es nur eine Frage der Zeit, bis ich ebenfalls mit General Boreias Bekanntschaft machen würde. Nach allem was er bis anhin unternommen hatte, würde er nun sicher nicht aufgeben. Zu unserem Erstaunen hielten sich die Störungen unseres Rivalen jedoch in Grenzen. Die einzige Reaktion war ein Schreiben des Anwalts von General Boreias. Er kündigte darin an, im Auftrag des Generals gegen die Vereinbarung zwischen Gabriela und ihren Verwandten vorzugehen. Er hielt fest, dass er die Rechtmässigkeit der Vereinbarung bestritt. Nach diesem Schreiben, auf das wir nach anraten unseres Notars nicht einmal reagierten, hörten wir nichts mehr. Der Anwalt hatte anscheinend keinen weiteren Auftrag mehr und der General schien mit anderen Problemen beschäftigt zu sein.

In der Zwischenzeit hatte die Militärregierung offiziell abgedankt. Das Parlament war aufgelöst worden und Neuwahlen waren angesagt. Eine Wahrheitsfindungskommission war ins Leben gerufen worden, die sich mit den Gräueltaten der Militärregierung auseinandersetzen sollte. In dessen Verlauf waren verschiedene Exponenten des Regimes unter anderem auch

General Boreias verhaftet worden. Diese Personen mussten sich für ihr Verhalten und ihre Taten während der Diktatur verantworten. General Boreias war einer der Ersten, die dem Gericht Rede und Antwort stehen mussten. Er zeigte sich davon überzeugt, dass er nichts Unrechtes getan und nur die Anweisung seiner Vorgesetzten befolgt habe. Umso überraschter war er, als ihn das Gericht zu dreissig Jahren Haft verurteilte. Auf seiner Estancia wurde er nach der Urteilsverkündung nie mehr gesehen. Ein halbes Jahr nach dem Urteil kam der Sohn des Generals zu uns auf den Hof und machte uns ein Angebot zur Übernahme des Gutes seines Vaters. Ich erkannte damals die Chance sofort, die beiden Güter zusammenzulegen. Die Verhandlungen dauerten keine halbe Stunde. Der junge Mann, der so gar nichts von seinem Vater hatte, nannte uns einen Preis, den er für den Grundbesitz haben wollte. Zu seinem und auch zum Erstaunen von Gabriela habe ich den Preis ohne zu zögern verdoppelt. Ich erklärte dem völlig überrumpelten jungen Mann, dass ich nicht, wie das sein Vater getan hätte, aus seiner Notsituation Profit ziehen wolle. Der Preis den ich ihm genannt hatte, war über dem aktuellen Wert seines Gutsbesitzes. Ich wollte jedoch keine Diskussionen mehr haben. Das Einzige, was ich dafür verlangte, war eine amtlich vom Staat beglaubigte Übergabe des Besitzes. Ich wollte nicht, dass zu einem späteren Zeitpunkt der Staat Argentinien kommen und die Übernahme als unrechtmässig bezeichnen konnte. Es dauerte mehrere Wochen, bis alle Formalitäten abgeschlossen waren. Erneut hatte meine Anwaltskanzlei in Toronto einen nicht unwesentlichen Beitrag dazu geleistet, dass die Sache für alle Beteiligten zufriedenstellend abgeschlossen werden konnte.

Danach gehörten Gabriela und mir zusammen die flächenmässig viertgrösste Estancia in ganz Argentinien.

Nach dem Ausbau des Hauses und dem Kauf des Helikopters hatten wir damit begonnen die Zusammensetzung der Herde zu verändern. Gabrielas Onkel hatte sein ganzes Leben auf die Schwarzbunten Niederungsrinder gesetzt. Diese Rasse, die anfangs des neunzehnten Jahrhunderts aus den Niederlanden in die argentinischen Pampas eingeführt worden war, machte damals noch den Hauptteil der Rinderzucht in Argentinien aus. Als widerstandsfähige und einfach zu haltende Zweinutzungsrasse, die für die Milch sowie für die Fleischproduktion geeignet war, stellten die Rinder für die argentinische Agrarproduktion genau das richtige Viehzeug dar. Sie konnten entweder auf sich alleine gestellt, in den Pampas weiden oder auch in Milch und Mastbetrieben auf eingezäunten Wiesen gehalten werden. Nachdem ich entschieden hatte, etwas mehr Zeit und Geld in das Projekt zu investieren, erkundigte ich mich nicht nur in der einschlägigen Literatur, sondern auch bei anderen Grundbesitzern und vor allem bei Abnehmern in der Gastronomie, was heute für Produkte gesucht wurden. Diese Abklärungen ergaben zwei Möglichkeiten. Zum einen schnell wachsende und Zweiwegnutzungsrassen wie die Schwarzbunten Niederungsrinder oder als Alternative die reine Fleischproduktion über Angus und Hereford Rinder.

In Absprache mit Gabriela entschied ich mich, die Zucht vermehrt auf Fleischproduktion auszurichten. Rindfleisch spielte in Argentinien eine wichtige Rolle in der Ernährung der Bevölkerung. Neben den Niederungsrindern wollte ich deshalb so rasch wie möglich eine Herde von Black Angus Rindern aufbauen. Die Black Angus, die in der Haltung eher etwas anspruchsvoller sind als die Schwarzbunten Niederungsrinder, ist eine hochwertige Fleischrasse, die nach rund zweiundzwanzig Monaten ihre Schlachtreife erreichte. Das bedeutete, ich musste zuerst eine erhebliche Investition tätigen, bevor die Zucht einen Ertrag abwerfen würde. Trotzdem war ich bereit dieses Risiko einzugehen.

Die Übernahme der Estancia von General Boreias kam mitten in die Vorbereitungsphase für den Aufbau der Angus Herde. Das bedeutete, ich konnte nur noch einen Teil meiner Zeit für den Aufbau der Herde verwenden. Von einem Moment auf den anderen hatte sich unser Viehbestand verdreifacht und war auf über vierzehntausend Tiere angestiegen. Damit jedoch nicht genug. Auch die Durchmischung der Herde war plötzlich völlig anders. Da auf der Estancia des Ex-Generals nur Hereford Rinder gezüchtet wurden, hatten wir es nun mit drei Rassen in unserem Betrieb zu tun. Das führte zu zusätzlichen Problemen, die ebenfalls bewältigt werden mussten.

Schliesslich waren da noch die Angestellten der Estancia des Generals. Es gab darunter Leute, die genau wussten, dass wir sie davonjagen würden, wenn sie nicht von selber gingen. Dann waren einige darunter, die nicht unter einer Frau oder einem Gringo arbeiten wollten. Das führte dazu, dass wir von den ursprünglich einundzwanzig Personen noch drei in unseren Betrieb übernahmen. Diese drei erklärten sich bereit, auch für unseren Betrieb weiter zu arbeiten. Wie sich jedoch mit der Zeit herausstellte, gehörten sie nicht zu den zuverlässigsten Mitarbeitenden, weshalb wir uns auch von ihnen trennen mussten. Dass dabei rund achtzig Rinder mit ihnen verschwanden, war ein Nebeneffekt, gegen den wir uns in der aktuellen Situation nicht einmal gross zur Wehr setzen konnten.

Die Suche nach neuem Personal nahm erneut einen längeren Zeitraum in Anspruch. Wir besassen nicht die richtigen Beziehungen, um rasch an gutes

Personal zu kommen. Auch wenn Gabriela ein Jahr länger auf dem Gut gearbeitet hatte als ich, kannte sie keine Leute, die uns helfen konnten. Nachdem wir eine Weile erfolglos diskutiert hatten, fuhren wir nach Rosario, um Gabrielas Onkel um Rat zu fragen.

„Meine Leute waren teilweise seit mehreren Jahren oder sogar Jahrzehnten bei mir. Ihr habt ja einen grossen Teil von ihnen übernommen. Wenn es einmal eine Vakanz gab, mussten wir nie lange suchen. Irgendwie hat sich das rumgesprochen und wir hatten innerhalb kürzester Zeit wieder Ersatz." Der alte Mann überlegte einen Moment. „Eigentlich hatten wir nur zwei Mal Probleme Ersatz zu finden. Beide Male hat uns Alfonso helfen können. Seine Bodega ist eine bekannte Anlaufstelle und ein Treffpunkt für Gauchos. Nachdem wir uns an ihn gewandt haben, fanden sich jedes Mal innerhalb kürzester Zeit brauchbare Leute."

Alfonso hörte sich unser Problem an und antwortete danach ohne lange nachzudenken. „Natürlich helfe ich euch. Ich habe nur eine Bedingung."

Eigentlich schätzte ich es nicht, wenn jemand für seine Hilfe Bedingungen stellte. Trotzdem wollte ich zumindest hören, was Alfonso für eine Bedingung stellte. „Wenn ich euch helfe, möchte ich, dass ihr mein exklusiver Hoflieferant werdet und mich immer mit genug Fleisch für meine Kunden versorgt. Natürlich zu einem marktgerechten Preis. Schliesslich will ich nicht von meiner Hilfe profitieren. Aber sagen zu können, mein Fleisch kommt von der besten Estancias in Argentinien, wäre für meine Bodega ein Vorteil."

Ich konnte mir ein Grinsen nicht verkneifen. Dieser aussergewöhnliche Mann hatte sich doch tatsächlich einen Scherz mit uns erlaubt.

„Selbstverständlich wäre es uns eine Freude, dein Hoflieferant zu werden. Das würden wir auch mit Freude tun, wenn du uns nicht helfen würdest."

Alfonso dankte uns und meinte, er werde sich umhören und sich melden, wenn er etwas Neues wisse. Keine drei Wochen später hatten wir ein Dutzend Leute angestellt, die sich alle als arbeitsam und zuverlässig erwiesen.

Nachdem wir dieses Problem gelöst hatten, tauchte bereits das nächste auf. Die Estancia schien, wie ein aktiver Vulkan, ständig neue Probleme auszuspucken. Es war wie ein Fass ohne Boden. Kam dazu, dass uns beiden die notwendige Erfahrung für die Führung eines Betriebs dieser Grössenordnung fehlte. Wir konnten uns bei unseren Leuten und allen voran bei unserem Vorarbeiter Manolo bedanken. Ohne dessen tatkräftige Unterstützung hätten wir diese hektische Phase kaum schadlos überstanden.

Ich hatte schon lange nicht mehr so viel und so hart gearbeitet. Da ich ansonsten eher ein Kopfmensch bin, machte mir die harte körperliche Arbeit zu schaffen. Zudem war die Reiterei nicht unbedingt meine Lieblingsart, sich fortzubewegen. Auch wenn ich mich in der Zwischenzeit zumindest ein wenig daran gewöhnt hatte, nutzte ich wo immer ich konnte den Hubschrauber, um grössere Distanzen hinter mich zu bringen. Aufgrund der riesigen Grösse von beinahe zweiunddreissig tausend Hektaren war es fast unabdingbar, auf andere Fortbewegungsmittel als das Pferd zurückzugreifen.

Als ich die Estancia des Generals übernahm, unterschätzte ich das Problem der grossen Distanzen. Die jeweiligen Haupthäuser lagen in entgegengesetzter Richtung eher an der Peripherie der Grundstücke. Mit den Pferden war es bei guter Witterung mehr als ein ganzer Tagesritt, um von einem Haus zum anderen zu gelangen. Das erschwerte ein rationelles Arbeiten. Ich schlug deshalb Gabriela vor, auf halber Strecke zwischen den beiden ehemaligen Stammhäusern unsere eigene Estancia zu bauen. Damit konnten wir zumindest in einem Tag an die Grenzen unseres Grundstücks gelangen, was die Arbeit wesentlich vereinfachen würde.

Meine Partnerin war zuerst skeptisch. „Willst du wirklich zu allem anderen auch noch den Bau eines neuen Haupthauses angehen. Wir haben schon genug damit zu tun, den laufenden Betrieb überhaupt aufrecht zu erhalten."

„Das ist völlig korrekt. Wenn wir aber in dem Stil weiterfahren, so verpuffen wir eine Menge Kraft damit, uns zwischen den beiden Standorten hin und her zu bewegen. Wir brauchen einen zentralen Standort, von dem aus wir unsere Aktivitäten koordinieren können."

Dieser Argumentation hatte Gabriela nichts Sinnvolles entgegenzusetzen. Bisher wohnten wir immer noch in unterschiedlichen Zimmern auf der Estancia ihres Onkels. Die Platzverhältnisse und auch mein Respekt gegenüber Gabriela hatten es bisher nicht anders zugelassen. Das alte Haus war nicht unbequem, aber auch alles andere als luxuriös. Einfach und zweckmässig traf die Situation wohl am ehesten. Auch wenn wir uns in den letzten Monaten näher gekommen waren, so hielt ich mich dennoch zurück. Wenn, dann sollte Gabriela den ersten Schritt tun und sie liess sich damit Zeit. Manchmal hatte ich das Gefühl, dass sie daraus eine Art Spiel machte, bei dem jeder von uns versuchte, den anderen zum ersten Zug zu bewegen.

Auch für den Tango hatten wir kaum Zeit gefunden. Es war bei ein paar wenigen Versuchen geblieben. Die zeigten mir jedoch klar auf, dass ich kaum zum Tänzer geboren war. Ich hatte mir jedoch fest vorgenommen nicht aufzugeben, bis ich das eigentliche Ziel meiner Reise erreicht hatte. Ich wollte auf jeden Fall die Geheimnisse des Tangos lernen.

Die Herden entwickelten sich gut und wir konnten auch regelmässig Tiere verkaufen. Was uns dabei immer noch zu schaffen machte, war die katastrophale Wirtschaftslage, in der sich das Land befand. Die schwankenden Preise und der immer noch grosse Währungszerfall verhinderten, dass wir die Estancia wirtschaftlich betreiben konnten. Die Situation bereitete mir noch keine Sorgen, dennoch hätte ich mir gewünscht, das Ganze wäre etwas zügiger voran gegangen. Es war das erste Mal in meinem Leben, dass ich ein Geschäft angefangen hatte, das nicht schon bald nach dem Start Gewinn abwarf. Für mich eine Erfahrung, an die ich mich zuerst gewöhnen musste. Es brauchte Geduld und wohl auch ein wenig Glück, um dem Geschäft den notwendigen Anschub zu geben. Mein Ziel war es deshalb immer noch, den Grossteil oder zumindest einen grösseren Teil der Produktion zu exportieren. Ich hatte über mein Netzwerk erste Kontakte mit möglichen Abnehmern aufgenommen und durchaus positive Rückmeldungen erhalten. Der Entscheid, trotz der bereits hohen Investitionen noch einmal zu investieren, fiel mir deshalb nicht allzu schwer. Mein Ziel war es, den gesamten Produktionszyklus in den eigenen Händen zu halten. Ich wollte nicht nur hochwertige Nahrungsmittel produzieren, sondern diese auch über das eigene Vertriebsnetz direkt zum Endverbraucher bringen.

Als ich meine Idee erstmals Gabriela vorstellte, war sie alles andere als begeistert, wenn nicht sogar skeptisch. Sie sah im ersten Moment nur all die Arbeiten und Probleme, die noch vor uns lagen. Es gab noch so viel zu tun, um die beiden Estancias in einen florierenden Betrieb zu verwandeln. Sie hatte deshalb Mühe, sich bereits mit einer Expansion abzufinden.

„Du gehst in einem Tempo vorwärts, mit dem ich kaum mithalten kann", meinte sie, als wir das Thema erstmals besprachen. „Im Moment sehe ich immer noch nicht, wie lange es dauern wird, bis alle Probleme der Zusammenlegung der Estancias gelöst sind. Du willst jedoch bereits einen nächsten Schritt machen. Hast du nicht Angst, wir könnten uns übernehmen?"

Ich dachte einen Moment nach, bevor ich Gabriela antwortete. Ihr Argument hatte schliesslich etwas für sich. Dennoch war ich überzeugt, dass in der Situation in der das Land steckte nur eine Vorwärtsstrategie erfolgreich sein konnte und das war nun einmal ohne Risiko nicht zu realisieren. „Mir ist bewusst, dass wir ein gewisses Risiko eingehen, wenn wir jetzt bereits einen nächsten Schritt realisieren. Im Moment ist die politische Situation jedoch so, dass alle Vorhaben die Devisen einbringen und Arbeitsplätze schaffen, vom Staat positiv beurteilt werden. Damit werden uns sicher keine Steine in den Weg gelegt und wir erhalten möglicherweise sogar einfacher Unterstützung, als dies in drei vier Jahren der Fall sein wird. Da ich die Finanzierung übernehme, ist das Risiko für den Betrieb gering. Ich verliere höchstens mein Vermögen und da sehe ich überhaupt keine Gefahr. Die Chancen die wir uns dadurch erarbeiten könnten, rechtfertigen dieses Risiko."

Ich musste danach noch ein paar weitere Argumente einbringen. Schliesslich stimmte Gabriela dem Vorhaben aber zu. Doch bevor ich mit der Erweiterung beginnen konnte, musste zuerst das aktuelle Grossprojekt abgeschlossen werden.

Zweieinhalb Jahre nachdem ich in Argentinien angekommen war, wurde die Estancia Santa Rojizon offiziell eröffnet. Der Onkel und die Tante von Gabriela waren ebenso wie alle Angestellten des Gutes an der kleinen Feier anwesend. Sie hatten ihren Teil dazu beigetragen, indem sie Gabriela die Estancia entgegen der ursprünglichen Pläne offiziell überschrieben hatten. Erst dieser Vorgang hatte uns ermöglicht, die beiden Grundstücke zusammenzulegen. Nachdem Gabriela definitiv Besitzerin der Estancia ihres Onkels geworden war, schlossen sie und ich einen Vertrag ab, der die beiden Güter zusammenlegte. Es war nach einer intensiven Vorbereitungsphase der Beginn einer äusserst erfolgreichen Partnerschaft, die mehr als zwanzig Jahre andauern sollte.

Nach dem Bezug der Estancia Santa Rojizon begannen wir mit der nächsten Etappe des Betriebsausbaus. In ungefähr einem Kilometer Entfernung vom neuen Haupthaus begannen wir einen kleinen, aber auf dem allerneusten Stand der Technik stehenden Schlachtbetrieb mit angeschlossener Fleischverarbeitung aufzubauen. Zudem stellten wir unmittelbar daneben eine Landepiste und einen Hangar für zwei Flugzeuge und zwei Helikopter auf.

Die Herde der Black Angus Rinder hatte sich so weit entwickelt, dass wir die ersten Tiere schlachten und verarbeiten konnten. Das qualitativ hochwertige Fleisch sollte gleich nach dem Schlachten mit dem eigenen kleinen Transportflugzeug in Kühlkisten nach Buenos Aires geflogen werden, um von dort mit Frachtflugzeugen nach Amerika, Europa und Australien exportiert zu werden. Das Netz der Abnehmer bestand in einem ersten Schritt vor allem aus Wiederverkäufern und Spezialitätenrestaurants. In einem zweiten Schritt war vorgesehen eigene Restaurants aufzubauen und diese mit dem Fleisch direkt aus Argentinien zu beliefern. Der restliche Teil des Rindes wurde vor Ort verarbeitet und in der Region verkauft.

Der Start verlief ziemlich harzig. Andere hätten vermutlich schon bald einmal aufgegeben. Vor allem der Transport zum Endkunden bereitete Schwierigkeiten, da sich die Fluggesellschaften als wenig zuverlässig erwiesen. Eine Lösung dieses Problems fand sich jedoch rasch. Dabei war es ein Vorteil, dass ich neben vielem anderem auch Hauptaktionär einer Regional-fluggesellschaft war, die mit einigen wenigen Investitionen zu einem international tätigen Unternehmen ausgebaut werden konnte. Obwohl es ein halbes Jahr dauerte, bis alle Hürden übersprungen und alle Klippen umschifft waren, konnten wir sämtliche Probleme aus dem Weg räumen. Sobald dies der Fall war, kam das Geschäft immer besser in die Gänge. Trotzdem benötigten wir weitere zwei Jahre, bis wir so gut etabliert waren, dass wir mit der Lieferung fast nicht mehr nachkamen. Die Angus Rinder machten in der Zwischenzeit mehr als die Hälfte des Bestandes aus. Der Rest teilte sich gleichmässig auf die beiden anderen Rassen auf. Diese Durchmischung war optimal. Dadurch konnten wir die Bedürfnisse des inländischen wie auch des internationalen Marktes abdecken.

Im sechsten Jahr nach meiner Ankunft in Argentinien bauten wir die Estancia von General Boreias um. Aus dem Haupthaus wurde eine Luxusherberge, nach dem gleichen Prinzip der neuseeländischen Luxus-Lodges erstellt. Die Idee war entstanden, nachdem ich Gabriela meine Geschichte erzählt hatte.

„Warum baust du nicht bei uns eine solche Lodge auf. Wir haben eine Estancia, die nicht richtig genutzt wird und durchaus für ein solches Vorhaben geeignet wäre."

Ich griff diesen Gedanken sofort auf. Trotzdem vergingen von der ersten Idee bis zum Zeitpunkt, als die ersten Touristen in den Räumlichkeiten Einzug hielten, wieder fast ein Jahr.

Schon bei der ersten Diskussion waren sich Gabriela und ich einig, dass wir das Projekt nur in Zusammenarbeit mit Holly und Drisi realisieren würden. Um die beiden von meinem Vorhaben zu überzeugen, lud ich sie nach Argentinien ein. Mit Drisi hatte ich über die ganze Zeit regelmässig Kontakt gehabt. Er hatte mich beim Aufbau des Vertriebsnetzes für das Fleisch unterstützt und war die treibende Kraft hinter der Erweiterung unserer Fluggesellschaft in Kanada. Mit dem Bau der Luxusherberge hatte das Reiseunternehmen von Holly nach Kanada und Australien die dritte Auslanddestination in ihrem Angebot. Es war die erste von mehreren dieser Lodges, die wir in den folgenden Jahren in Argentinien und danach auch in Chile aufbauten.

Zehn Jahre nach meiner Ankunft in Argentinien hatten wir schliesslich aus der Estancia von Gabrielas Onkel, die ihr ursprünglich einmal als Zufluchtsstätte vor den Häschern der Militärjunta gedient hatte, einen Grosskonzern aufgebaut. Von diesem Zeitpunkt an begannen wir uns, auch wieder anderen Dingen zu widmen und das Leben intensiver zu geniessen.

Die Geschichte in Argentinien fand erst ihr Ende, als Gabriela mit zweiundsiebzig Jahren schwer krank wurde und bald darauf starb. Was danach geschah, habe ich ihnen ja bereits erzählt."

Ruedi Rötheli war müde. Obwohl er es im vergangenen Jahr genossen hatte seine Lebensgeschichte zu erzählen, war er nicht unglücklich nun am Ende der Fahnenstange angelangt zu sein. Seine beiden Zuhörer sassen schweigend und in Gedanken versunken da. Schliesslich war es der alte Mann selber, der wieder das Wort ergriff. „Habe ich sie dermassen schockiert, dass sie so still sind?"

„Nein, das auf keinen Fall, Herr Rötheli. Für mich ist es dennoch ein sehr spezieller Moment. Nun liegt ihre Lebensgeschichte definitiv offen vor uns", meinte ein sichtlich nachdenklicher Pfarrer Küenzle. „Ich gebe gerne zu, dass ich mich jeweils auf ihre Erzählungen gefreut habe und immer gespannt war zu hören, was sie sonst noch alles erlebt haben. Ich werde die Stunden, die wir ihren Erzählungen lauschen durften, vermissen."

„Ich kann mich dem nur anschliessen. Im Gegensatz zum Pfarrer hatte ich ja noch zusätzlich die Aufgabe, die Geschichten zu prüfen. Deshalb habe ich neben ihren Erzählungen noch einige Details mehr erfahren. Ihrer Lebensgeschichte zuzuhören war wirklich spannend. Ich möchte ihnen danken, dass sie sich die Zeit genommen haben, uns alles zu erzählen. Wie für den Pfarrer, war es auch für mich ein aussergewöhnliches Erlebnis."

Erneut blieb es einen Moment lang still. „Danke meine Herren. Nicht nur für ihre Worte, sondern auch für die Zeit und die Geduld, die sie für mich aufgebracht haben."

In dem Moment hob Pfarrer Küenzle seine Hand. „Eine Frage ist für mich aber noch offen. Sie haben uns nicht erzählt, ob sie wirklich gelernt haben Tango zu tanzen."

Auf Ruedi Röthelis Gesicht erschien ein zufriedenes Lächeln, wie wenn er sich an etwas ganz Besonderes erinnern würde. „Das stimmt, diesen Teil habe ich zuletzt übersprungen. Als wir die wichtigsten Aufgaben die zum Aufbau unseres Betriebes notwendig waren, endlich hinter uns hatten, kamen wir auch zum Tanzen. In der Estancia Santa Rojizon habe ich ein grosses Zimmer mit einem Parkettboden einbauen lassen, das man mit ein paar Handgriffen problemlos zu einem kleinen Tanzsaal umbauen konnte. Dort haben wir dann begonnen zu üben. Nachdem die ersten Schritte nicht allzu vielversprechend ausfielen, lief es mit der Zeit immer besser. Gabriela war eine sehr geduldige und hervorragende Lehrerin. Es ist ihr gelungen, in mir den Virus dieses aussergewöhnlichen Tanzes zu entfachen. Später haben wir Einzelstunden genommen, um unsere Technik zu verbessern. Wir reisten auch nach Finnland und nach Spanien, wo der Tango ebenfalls einen grossen Stellenwert hat. Wir haben getanzt, bis Gabriela erkrankte und starb. Seither hat der Tango jeglichen Reiz für mich verloren."

„Sie haben seither nie mehr getanzt."

„Das ist so. Ich werde auch nie mehr Tango tanzen. Der Tango gehört für immer Gabriela und mir. Diese Erinnerung werde ich mit niemand anderem teilen. Es ist das Schönste was mir von Gabriela geblieben ist."

Wieder blieb es eine ganze Weile still, bevor Ruedi Rötheli erneut das Wort ergriff. „Es ist schon spät. Ich schlage ihnen vor, wir brechen unsere Besprechung hier ab. Die nächste Sitzung dürfte dann viel kürzer ausfallen. Nachdem ich ihnen nun meine Lebensgeschichte erzählt habe, sollten wir jeweils kaum mehr als eine Stunde benötigen. Ich werde als nächstes meinen Bruder und die beiden Organisationen aufsuchen, damit ich die versprochenen Besuche abschliessen kann." Er dachte kurz nach. „Wenn es ihnen recht ist, treffen wir uns im neuen Jahr wieder, sofern sich nicht etwas Aussergewöhnliches ereignet. Ich möchte in den nächsten Wochen noch die ausstehenden Besuche abschliessen. Danach werde ich die Schweiz über die Feiertage verlassen. Bevor wir zu der entscheidenden Phase meines Vorhabens kommen, möchte ich mich noch einmal ein wenig erholen."

Er stand auf und seine beiden Begleiter folgten seinem Beispiel.

„Sobald ich zurück bin, melde ich mich wieder bei ihnen. In der Zwischenzeit wünsche ich ihnen, Herr Pfarrer, bereits jetzt schöne Feiertage und freue mich, sie anfangs Jahr wieder zu sehen." Dann wandte sich er sich an Markus Leimbacher. „Wir beide werden uns ja vor den Feiertagen noch einmal sehen."

9. Von Konflikten, Stiftungen und neuen Privatjachten

Ruedi Rötheli war müde. Die letzten Wochen waren anstrengender gewesen als er sich das vorgestellt hatte. Das Jahr war schon weit fortgeschritten und die Feiertage standen vor der Tür. Für Ruedi war das eine Zeit, auf die er sich nicht gerade freute. Er hatte mit Gabriela und seinen Leuten auf der Estancia Weihnachten und Silvester immer ausgiebig gefeiert. Es waren Tage gewesen, in denen die Truppe näher zusammen rückte und man sich ein wenig entspannen konnte. Diese Tradition hatten Gabriela und er in all den Jahren hoch gehalten. Dieses Jahr würde es anders sein. Der alte Mann hatte sich deshalb entschieden, die Feiertage bei seinem besten Freund Drisi in Australien zu verbringen. Sie hatten sich bei der Beerdigung von Gabriela das letzte Mal gesehen. Drisi war damals zusammen mit Holly erschienen. Die beiden lebten seit einigen Jahren zusammen, nachdem sie sich vorher über zehn Jahre immer abwechselnd fünf bis sechs Mal pro Jahr besucht hatten. Ein Grund mehr für Ruedi, die Feiertage in Australien zu verbringen. Zudem wurden sie beide auch nicht jünger und man musste die Möglichkeiten nutzen zusammen Zeit zu verbringen, so lange es noch möglich war.

Vor seinem Flug nach Australien, standen jedoch noch einige Traktanden auf dem Programm, die er vor den Feiertagen erledigen musste. Zuerst waren die Gespräche mit den beiden Räten und der Landjugend. Danach hatte er die versprochenen Besuche hinter sich. Dann war da die Sitzung des Stiftungsrats des Altersheims, die am sechsten Dezember geplant war. Das würde mit Sicherheit noch einmal turbulent werden, da Ruedi Rötheli dort einige Dinge zu Recht rücken wollte, die heute alles andere als optimal liefen.

Der letzte Termin, der Ruedi Rötheli am Herzen lag, war der zweite Besuch bei seinem Bruder Max und dessen Sohn Peter. Dass es in ihrer Familie aufgrund seines Vorhabens zu einem Streit gekommen war, gefiel Ruedi ganz und gar nicht. Er musste unter allen Umständen dafür sorgen, dass seine Idee eines Wettstreits am Schluss nicht noch die Familie entzweite.

Der Besuch bei den Vertretern der Landjugend fand in einem Tearoom in Langnau statt. Die jungen Leute nahmen die Sache locker. Sie zeigten sich zuerst erstaunt, dass sie überhaupt berücksichtigt worden waren. Für sie war es mehr ein spannendes Ereignis, als eine ernsthafte Angelegenheit mit der man sich intensiver befassen musste. Die finanziellen Bedingungen schienen sie weniger zu kümmern. Als sie das Geld erhielten, hatten sie sich überlegt, was sie damit anstellen wollten. Eine Fraktion war sofort dafür eine Reise zu unternehmen, was schlussendlich dem Zweck des Vereins entsprechen würde. Die anderen wollten die Mittel dem Gedanken des Stifters folgend für humanitäre Zwecke verwenden. Nach einer langen aber vernünftigen Diskussion entschied man sich, am Wettstreit teilzunehmen, sich jedoch nicht von den Prinzipien des Vereins abzuwenden.

Die jungen Leute, die an der Besprechung mit Ruedi Rötheli teilnahmen, waren alle neugierig und hatten viele Fragen, wobei sich kaum eine um den Wettstreit drehte. Vielmehr wollten sie von Ruedi wissen, wie es dazu gekommen war, dass er sie zu dem Anlass eingeladen hatte. Nachdem er ihnen den Grund erklärt hatte, waren sie kaum mehr zu bremsen. Sie wollten alles wissen und bestürmten Ruedi Rötheli mit Fragen, die er ruhig beantwortete. Es wurde ein langer, anstrengender aber dennoch äusserst spannender Tag, der sich bis in den späten Abend hinzog. Als sich Ruedi Rötheli verabschiedete, tat er dies in der Gewissheit, die richtige Entscheidung getroffen zu haben, als er die Landjugend an seinem Vorhaben teilhaben liess.

Zwei Tage nach dem ausserordentlich gelungenen Besuch der jungen Garde stand das Treffen mit dem Gemeinderat von Trub auf dem Programm von Ruedi Rötheli. Der Kontakt hatte über den Gemeindepräsidenten Frank Grindler stattgefunden. In seinem ersten Vorschlag hatte er von einem offiziellen Empfang der Gemeinde auf dem Platz vor der Kirche gesprochen.

„Wir würden sie gerne als Ehrenbürger aufnehmen, Herr Rötheli. Es wird kein grosses Zeremoniell geben. Nur die Delegationen aller Vereine und Organisationen sowie die interessierten Bürger. Es wird eine kurze Ansprache geben, danach wird die Dorfmusik im Festzelt etwas spielen und die Jodler sowie der gemischte Chor geben ein Ständchen. Dann offerieren wir allen Anwesenden Rösti und eine Bratwurst. Vor dem Anlass können wir kurz zusammensitzen und die offenen Fragen besprechen. Was halten sie davon?"

Ruedi Rötheli war nicht einmal erstaunt. Er hatte nur nicht damit gerechnet, dass sich so etwas wirklich ereignen würde. In seinem Leben hatte er zu oft gesehen, wie sich offizielle Stellen verhielten, wenn sie für sich irgendwo einen Vorteil sahen. Genauso schnell konnten sie sich jedoch gegen einem wenden, wenn ein anderer Vorteil grösseren Nutzen versprach.

„Ihr Vorschlag ehrt mich, Herr Grindler. Trotzdem muss ich dankend ablehnen. Würde ich dem zustimmen könnte man mir Parteilichkeit vorwerfen. Wenn sie wollen, komme ich gerne an eine kurze Besprechung von maximal zwei Stunden mit ihnen und dem Gemeinderat. Mehr liegt jedoch nicht drin. Ich bitte sie dafür um Verständnis."

Auch wenn man seiner Stimme anmerken konnte, dass er alles andere als erfreut war, so stimmte Bürgermeister Grindler dem Vorschlag von Ruedi Rötheli zu. Bis zum letzten Moment war er sich jedoch nicht sicher, ob sich der Gemeindepräsident an die Vereinbarung halten würde.

Das Gemeindeoberhaupt hielt sich jedoch daran und hatte nicht einmal die Fahnen aufziehen lassen. Die Besprechung fand im Gemeinderatszimmer statt. Alle Gemeinderäte waren anwesend. Der etwas windige Gemeindepräsident hatte einen Lokalreporter der Berner Zeitung aufgeboten. Er wollte ein Foto von Ruedi Rötheli und dem Gemeinderat machen, was Ruedi jedoch strikte ablehnte. Auch auf die Fragen des Reporters gab der alte Mann keine Auskunft. Als die Sache drohte peinlich zu werden, unterbrach der sichtlich verstimmte Gemeindepräsident Grindler den Lokalreporter und begleitete ihn aus dem Gemeinderatszimmer. Draussen vor der Tür sprachen die beiden noch einen Moment miteinander, bevor der Präsident wieder zurückkam. Er setzte sich und kramte kurz in seinen Dokumenten herum.

„Gut, ich denke, dann können wir die ausserordentliche Sitzung des Gemeinderats eröffnen. Ich möchte speziell Herrn Ruedi Rötheli begrüssen, der heute extra zu uns gekommen ist. Wir haben Herrn Rötheli….."

In den nächsten Minuten liess Frank Grindler eine Lobrede auf seinen Gast folgen, die eigentlich niemanden ausser ihn selbst interessierte. Der alte Mann sah sich, während der Gemeindepräsident sprach, auch die anderen Mitglieder des Rates an. Die bekundeten ihr Desinteresse an den Ausführungen ihres Oberhaupts mehr oder weniger offensichtlich.

„…deshalb möchte ich Herrn Rötheli danken, dass er heute die Zeit gefunden hat, zu uns zu kommen."

Einen Moment blieb es still, während Gemeindepräsident Grindler Beifall heischend in die Runde blickte.

„Ähem, Herr Rötheli, darf ich ihnen gerne das Wort erteilen."

„Danke, Herr Gemeindepräsident. Meine Damen und Herren, ich weiss nicht, was ich ihnen sonst noch sagen soll, das nicht bereits von ihrem Präsidenten erwähnt wurde. Wie ich an der Präsentation vor einigen Wochen in der Mehrzweckhalle erklärt habe, werde ich jede Partei aufsuchen, um offene Fragen zu beantworten." Er sah sich kurz in der Runde um. „Gibt es Fragen, die ich ihnen beantworten kann?"

Einen Moment sahen sich die Mitglieder des Gemeinderats etwas überrascht an. Dann meldete sich der Bürgermeister Grindler wieder zu Wort.

„Wir hätten eigentlich nur gerne gewusst, ob sie uns einen Hinweis geben könnten, wie wir den Wettstreit zum Wohl der Gemeinde Trub gewinnen können, und mit wie viel wir bei einem Gewinn des Wettstreits rechnen könnten?"

Ruedi Rötheli musste sich beherrschen, um nicht laut zu lachen. Bei allen Besuchen die er gemacht hatte, war noch niemand so plump und so dreist aufgetreten. „Die Bedingungen des Wettstreits sind in den Regeln beschrieben, die sie mit den Dokumenten erhalten haben. Ich kann ihnen dazu keine weiteren Angaben machen. Was die Höhe der Summe anbelangt, so habe ich noch keinen Entscheid gefällt."

Damit gab sich jedoch der Gemeindepräsident nicht zufrieden. Er wollte gerade eine weitere Frage stellen, als er von seinem Vize unterbrochen wurde: „Frank, es reicht jetzt." Dann wandte er sich ohne eine Antwort des verblüfften Sitzungsleiters abzuwarten an den Gast. „Mein Name ist Rudolf Zimmerli, ich bin der Vize Gemeindepräsident. Wir danken ihnen, dass sie heute zu uns gekommen sind. Bitte entschuldigen sie das unsensible Vorgehen von unserer Seite."

In dem Moment wollte der Gemeindepräsident insistieren. Die neben ihm sitzende Gemeinderätin legte ihm jedoch die Hand auf den Arm und schüttelte leicht den Kopf, während einer der anderen Gemeinderäte sich zu Wort meldete. „Lass es sein, Frank."

Der Vize sah seinen Chef, dem die Röte ins Gesicht gestiegen war, mit einem bösen Blick an, bevor er seine Ausführungen fortsetzte. „Dürfen wir erfahren, warum sie die Gemeinde und die Kirchgemeinde zu diesem Wettstreit eingeladen haben?"

„Das werde ich ihnen gerne beantworten."

In der nächsten halben Stunde beantwortete Ruedi Rötheli diese und noch ein paar weitere Fragen, die nur indirekt mit dem Wettstreit zu tun hatten. Danach schien die Neugier der Gemeinderäte vorerst gestillt zu sein.

„Ich danke ihnen für ihre Offenheit und dass sie sich die Zeit genommen haben, uns einen Besuch abzustatten. Ich denke, ich spreche für alle Anwesenden, dass es uns eine Freude war, sie etwas näher kennen zu lernen. Was den Wettstreit anbelangt, werden wir uns vor Ablauf der Frist bei Herrn Leimbacher melden", stellte Rudolf Zimmerli, der die Leitung der Sitzung nun definitiv übernommen hatte, nach der Fragerunde fest. „Wenn sie uns nun entschuldigen würden. Ich denke, wir haben dringend im Gemeinderat noch ein paar Punkte zu besprechen."

Ruedi Rötheli war nicht unglücklich, dass die Besprechung vorüber war.

Sein Chauffeur wartete wie immer in Trub im Restaurant Löwen auf ihn. Ein kurzer Anruf und der Chauffeur war innerhalb einer Minute da.

„Das ist kein Problem. Ich finde selber hinaus." Ruedi Rötheli war bereits aufgestanden und ging zur Tür des Sitzungszimmers. „Ich habe mich gefreut, sie kennen gelernt zu haben. Es war für mich eine sehr interessante und aufschlussreiche Sitzung. Ich wünsche ihnen noch einen schönen Abend."

Dann schlüpfte er schnell zur Tür hinaus, bevor einer der Anwesenden noch einmal etwas sagen konnte. Kaum dass er die Tür hinter sich geschlossen hatte, wurde es laut im Gemeinderatszimmer. Der Gemeindepräsident, der sich nach der Massregelung seines Vize zurückgehalten hatte, liess nun seine ganze Wut äusserst lautstark heraus. Als auch noch die anderen Mitglieder des Gemeinderates in das Geschrei einstimmten machte Ruedi Rötheli, dass er so schnell wie möglich weg kam.

Das Treffen mit dem Kirchgemeinderat verlief weniger chaotisch, obwohl auch dieses Gremium nicht gerade durch Einigkeit glänzte. Vom ersten Moment an spürte Ruedi, dass die Meinungen innerhalb des Gremiums deutlich auseinander gingen. Im Gegensatz zum Gemeinderat unternahmen die Damen und Herren der Kirchgemeinde jedoch alles, um Einigkeit gegen aussen zu demonstrieren. Zudem war der Kirchgemeindepräsident, eher ein weiser Mann der nicht wie sein weltliches Pendent mit einem stumpfen Zweihänder in der Gegend herumfuchtelte.

„Wir danken ihnen, dass sie sich die Zeit genommen haben, uns heute zu besuchen. Vor allem diejenigen unter uns, die an jenem Freitag nicht bei ihrer Präsentation dabei waren, können sie so auch kennen lernen. Wenn es für sie kein Problem ist, könnten sie uns vielleicht noch einmal ihr Vorhaben aufzeigen, damit alle den gleichen Informationsstand haben."

Das war für Ruedi Rötheli kein Problem. Er hatte lange genug an der Präsentation gearbeitet, um immer noch zu wissen, was er damals erzählt hatte. Für ihn war es deshalb ein Leichtes, die Information zu wiederholen.

Nachdem die Mitglieder des Rates Ruedis Ausführungen ruhig gelauscht hatten, kam ihr Präsident zu seiner nächsten Frage. „Wir haben ihre Unterlagen studiert und sind zum Entschluss gelangt, uns ihrem Wettstreit zu stellen, obwohl wir als kirchliche Organisation Glücksspiel eigentlich ablehnen. Bei der Durchsicht der Unterlagen stellten wir jedoch fest, dass es eigentlich nicht ein Glücksspiel ist. Trotzdem besteht bei uns eine gewisse Skepsis bezüglich der Beurteilung. Ist es korrekt, dass sie und ihre beiden Assistenten, wenn ich unseren Pfarrer Küenzle und Notar Leimbacher als solche bezeichnen darf, die Beurteilung vornehmen?"

„Das ist völlig richtig."

„Haben sie irgendeinen Massstab nach welchem sie die Beurteilung vornehmen werden?"

„Nein, wir werden gemeinsam die Berichte der einzelnen Gruppen studieren und danach die Resultate der einzelnen Teilnehmenden miteinander besprechen. Dazu braucht es keine Kriterien."

„Besteht dann nicht das Risiko einer Ungleichbehandlung?"

„Doch, dieses Risiko ist sogar sehr gross", meinte Ruedi Rötheli, der ein leichtes Grinsen nicht unterdrücken konnte. Seine Antwort verursachte bei seinen Zuhörern nicht nur Verwirrung und Erstaunen sondern zumindest eine leichte Verunsicherung.

„Ähmm, sie meinen es wird kein überprüfbares Resultat geben?"

„Vielleicht müsste man eher sagen, es wird ein Resultat geben, das nicht alle überprüfen können."

Auf diese Feststellung wusste der etwas verstört dreinblickende Präsident der Kirchgemeinde nicht mehr, was er sagen sollte. Einer seiner Kollegen sprang deshalb für ihn in die Bresche.

„Sie haben sicher ihre Gründe für ihr Vorgehen. Wir wollen sie deshalb nicht weiter mit Fragen zu diesem Thema belästigen. In ihren Unterlagen stand nichts darüber, ob sich zwei Parteien zusammenschliessen können und gemeinsam auftreten. Ist das möglich."

„Es bestehen ein paar wenige Regeln, die befolgt werden müssen. Alles andere ist jeder Partei freigestellt."

„Wenn ich sie richtig verstehe ist damit die Zusammenlegung von zwei Parteien möglich?"

Der Mann schien mit der ersten Antwort nicht zufrieden zu sein. Bevor jedoch Ruedi Rötheli antworten konnte, meldete sich der Präsident wieder zu Wort. „Heinz, du hast doch Herrn Rötheli gehört. Die Regeln müssen befolgt werden. Ansonsten ist alles Weitere den Teilnehmenden überlassen, also auch das Zusammenarbeiten mit anderen Parteien."

Der Präsident sah seinen Kollegen mit einem leicht tadelnden Blick an. Dann wandte er sich wieder an ihren Gast. „Ich denke, wir haben keine weiteren Fragen mehr. Wir danken ihnen, dass sie sich die Zeit genommen haben, zu uns zu kommen. Dieses Gespräch war für uns.....aufschlussreich."

Nachdem man noch ein paar Höflichkeitsfloskeln ausgetauscht hatte, verliess Ruedi Rötheli die Versammlung des Kirchgemeinderats. Die Sitzung hatte im Kirchgemeindehaus, direkt neben der Kirche und dem Pfarrhaus stattgefunden. Als Ruedi Rötheli kurz vor sieben das Pfarrgemeindehaus verliess, öffnete der Pfarrer seine Türe.

„Schon was gegessen?"

Ruedi Rötheli musste lachen. „Was gibt's?"

„Wie wäre es mit Spagetti Aglio Olio et Peperoncini und einer guten Flasche Chianti?"

„Das tönt ausgezeichnet. Ich muss jedoch noch meinen Chauffeur informieren, dass es heute wieder etwas länger dauert."

„Das ist nicht nötig. Er ist in der Küche und macht die Salatsauce."

Ruedi Rötheli lachte und schüttelte nur den Kopf. Dann begab er sich ins Pfarrhaus. Der Tradition folgend wurde es auch dieses Mal früh am Morgen, bevor der Chauffeur einen ziemlich müden Ruedi Rötheli nach Hause fuhr.

Der zweite Besuch auf dem Hof seiner Eltern fiel Ruedi Rötheli weniger schwer als das erste Mal. Es war ein sonniger und für die Jahreszeit eher zu warmer Tag. Er hatte sich zuerst bei seinem Bruder Max gemeldet, der sich freute ihn wieder zu sehen. Er bat ihn zu sich ins Stöckli zu kommen und mit ihm einen Kaffee zu trinken.

„Das ist ja schon verrückt. Zuerst höre ich mehr als fünfzig Jahre nichts von dir und nun tauchst du im Wochenrhythmus bei uns auf. Nicht dass ich etwas dagegen hätte, aber ein wenig gewöhnungsbedürftig ist es schon."

Ruedi musste grinsen. Das passte besser zu jenem Max, an den er sich noch aus seiner Jugend erinnern konnte, als der nachdenkliche alte Mann, den er beim ersten Mal getroffen hatte. Auch wenn es sicher nicht nur daran lag, so hatte sein Besuch seinem alten Bruder anscheinend gut getan.

„Ich freue mich auch sehr, dich wieder zu sehen. Es freut mich zudem, dass du anscheinend deinen Humor wieder gefunden hast. Der Grund meines Besuchs hat mit meinem Vorhaben zu tun. Ich habe erfahren, dass es einen Streit in der Familie gegeben hat. Das wollte ich auf keinen Fall. Ich fühle mich dafür verantwortlich. Kannst du mir sagen, was geschehen ist und ob ich etwas tun kann, um eine Eskalation zu verhindern?"

Max sah sehr nachdenklich aus, als er seinen Bruder nach der Frage zuerst stumm betrachtete. Nach einer Weile, in der sie einfach nur am Tisch in der Küche des Stöcklis sassen und an ihren Kaffeetassen schlürften, antwortete er auf Ruedis Frage.

„Ich bin mir nicht sicher, ob es dazu nicht bereits zu spät ist. An jenem Wochenende, als Sonja und Beat zu Besuch kamen, hat es einen heftigen Streit gegeben. Beat und seine Schwester wollten sich nicht mit der Summe zufrieden geben, die du an jenem Abend allen Parteien verteilt hast. Im Gegensatz zu Peter ist Beat ein Bursche, der zum Jähzorn neigt. Ich denke er kommt diesbezüglich eher nach seiner Mutter als nach mir. Er und auch Sonja, die sich stets immer an Beat gehalten hat, redeten auf Peter ein, er solle am Wettstreit teilnehmen. Peter hat zu Beginn versucht, an die Vernunft seiner Geschwister zu appellieren. Als das nichts nutzte, versuchte er mich in die Sache einzubeziehen. Ich habe jedoch sofort klar gemacht, dass ich ihm die Verantwortung übertragen habe und er damit alleine klar kommen muss. Als er sich gegenüber den anderen beiden auf diesen Standpunkt berief, ist es endgültig zum Streit gekommen. Ein Wort hat das andere ergeben und als es drohte laut zu werden, hat Peter den beiden anderen das Geld nachgeworfen und sie aufgefordert, das Haus zu verlassen. Er wolle nichts mehr mit der Sache zu tun haben. Danach hat er seine Geschwister mit der Feststellung vom Hof gewiesen, sie könnten jederzeit wieder auf ihren Elternhof kommen, wenn sie dieses Thema nicht mehr erwähnen würden. Ansonsten hätten sie auf dem Hof nichts mehr zu suchen. Sonja hat protestiert und darauf hingewiesen, dass sei auch ihr Elternhaus, worauf ihr Peter mitteilte, sie sei dafür entschädigt worden, als er den Hof übernommen habe. Damit gehöre das Haus nun ihm und seiner Familie und dazu gebe es nichts mehr weiter zu sagen."

Ruedi spürte wie sehr die Sache Max zusetzte. Auch wenn er sich als Vater aus dem ganzen heraushalten wollte, so traf es ihn doch, dass sich seine Kinder dermassen zerstritten hatten.

„Du kannst nichts dafür. Auch wenn ich deine Idee, einen Wettstreit zu veranstalten, ein wenig kurios finde, so ist es schlussendlich deine Sache, was du mit deinem Geld machst. Ich habe sowieso kein Recht, dir irgendwelche Vorwürfe zu machen. Nach unserem letzten Gespräch habe ich viel nachgedacht. In der Zwischenzeit weiss ich nur zu genau, ich trage auch einen Teil der Verantwortung, dass du dein Elternhaus verlassen hast. Meine Frau hat sich gegenüber dir und Katrin nicht gerade freundlich verhalten. Damals war ich nicht in der Lage, das zu erkennen."

Er machte eine kurze Pause und Ruedi spürte, wie schwer ihm dieses Eingeständnis gefallen war.

„Sie war kein schlechter Mensch. Schliesslich haben wir zusammen drei Kinder gross gezogen und die hatten nicht immer Streit miteinander. In einzelnen Bereichen ist sie jedoch über das Ziel hinausgeschossen und das habe ich erst gemerkt, als es schon lange zu spät war, um noch irgendetwas zu korrigieren."

Einen Moment lang war es still. Ruedi hatte wirklich nicht damit gerechnet, dass sein Bruder ihm einmal so offen sagen würde, was für ihn längst eine Tatsache war. Er selbst hatte diese Sache schon lange hinter sich gelassen. Trotzdem verspürte er zumindest eine kleine Befriedigung, dass die Angelegenheit damit endgültig geklärt war.

„Wenn es dir nicht zu viel ausmacht, wäre ich dir trotzdem dankbar, wenn du vielleicht kurz mit Peter sprechen könntest. Er ist seit dem Treffen mit seinen Geschwistern völlig von der Rolle. Ansonsten ist er ein anständiger Kerl, der sich wirklich grossartig um seine Familie und den Hof gekümmert hat. Ich habe noch viele Fehler, die unser Vater gemacht hat, einfach ignoriert und den gleichen Blödsinn weiter getrieben. Er hingegen hat, kaum dass er den Hof übernahm, vieles auf den Kopf gestellt. Wenn ich mich nur daran erinnere, wie viel Gerümpel sich vorher in all den Jahren um den Hof angesammelt hatte. Ich nahm mir während Jahren immer wieder vor, aufzuräumen und das Zeug wegzuschmeissen. Es ist jedoch immer bei dem Vorsatz geblieben. Als Peter den Hof übernommen hat, war innerhalb Jahresfrist alles weggeräumt. Seine beiden Geschwister haben schon damals an ihm rumgenörgelt. Er hat sich jedoch dadurch nicht beirren lassen und ist konsequent seinen Weg gegangen.

Seit dem Streit mit seinen Geschwistern hat er sich jedoch verändert. Ich habe versucht, mit ihm zu reden. Er ist jedoch von seinen Geschwistern schwer enttäuscht und lässt im Moment nicht mit sich reden. Es wäre wirklich schade, wenn ihn diese Geschichte aus der Bahn werfen würde." Im Gesicht von Max spiegelten sich die Gefühle, die in ihm tobten. Ruedi nahm sich vor, alles zu tun, um seinem Bruder und der Familie zu helfen.

„Ich würde gerne mit dir und Peter sprechen. Vielleicht kann ich ja etwas dazu beitragen, dass sich die Situation wieder entspannt."

„Gut, dann lass uns rüber gehen. Eigentlich müsste Peter drüben sein. Um diese Jahreszeit läuft nicht sehr viel, aber das weisst du ja selber. Wenn er nicht da ist, wird er bald einmal nach Hause kommen."

Sie gingen ins Haupthaus hinüber, wo ihnen eines der Kinder die Tür öffnete. Zusammen begaben sie sich in die Küche. Ruedi spürte sofort, dass die Stimmung leicht angespannt war, auch wenn Rita erfreut zu sein schien, die beiden älteren Herren zu sehen. Sie setzte sofort Kaffee auf und holte einen Kuchen aus dem Küchenschrank. Ruedi konnte sich ein Lächeln nicht verkneifen. Anscheinend war hier immer ein Kuchen griffbereit. Es dauerte keine fünf Minuten und sie sassen bei Kaffee und Kuchen um den Küchentisch. Die Kinder waren alle ebenfalls in der Küche. Sie genossen die Aufmerksamkeit ihres Grossvaters und ihres Grossonkels und nutzten die Möglichkeit aus, für einmal die volle Aufmerksamkeit für sich zu haben.

Es dauerte keine Stunde, bis Peter nach Hause kam. Als er in die Küche trat, erkannte Ruedi sofort, wie sich seine Stimmung leicht verschlechterte, auch wenn sich der Sohn von Max nichts anmerken liess.

„Hallo Onkel Ruedi, schön dich zu sehen. Was verschafft uns das Vergnügen deines Besuchs?"

„Ich wollte nur sehen, wie es euch allen geht und euch schöne Weihnachten und einen guten Jahreswechsel wünschen. Ich werde über die Feiertage nach Australien fliegen und wollte euch informieren, dass ich weg bin."

„Das hast du vorhin nicht erwähnt", stellte sein Bruder etwas überrascht fest. „Ich hatte gedacht, wir könnten die Feiertage hier in unserem Elternhaus gemeinsam verbringen."

„Tut mir leid, Max. Vielleicht nächstes Jahr. Es gibt persönliche Gründe, warum ich diese Feiertage nach Australien gehe."

Peter hatte sich in der Zwischenzeit gesetzt und ebenfalls einen Kaffee und ein Stück Kuchen genommen.

„Ich danke dir, Onkel Ruedi, dass du extra vorbei gekommen bist, um uns das zu sagen."

Der leicht ironische Unterton in Peters Stimme war Ruedi Rötheli nicht entgangen.

„Du hast Recht Peter, ich bin nicht nur deswegen gekommen. Ich habe gehört, es hat aufgrund meines Vorhabens einen Streit zwischen dir und deinen Geschwistern gegeben", lenkte Ruedi das Gespräch auf das eigentliche Thema seines Besuchs.

„Ich hätte nicht gedacht, dass unsere Familienstreitereien einen so grossen Kreis ziehen. Du hast jedoch Recht, meine Schwester und mein Bruder sind mit meinem Entscheid nicht einverstanden, sich nicht am Wettstreit zu beteiligen. Sie sind der Meinung, du schuldest uns etwas. Ich teile diese Meinung in keiner Art und Weise. Im Gegenteil, ich habe mit der Einstellung meiner Geschwister grosse Mühe. Ebenso wenig will ich am Wettstreit um dein Vermögen teilnehmen. Ich bin kein Spieler und um Geld zu wetteifern liegt mir nicht. Ich verdiene mir meinen Lebensunterhalt mit meiner Hände Arbeit, so wie wir das auf dem Viertelishof schon seit Generationen tun. Wenn du das anders siehst, so respektiere ich das. Es ist schliesslich deine Sache, was du mit deinem Vermögen machst."

„Dafür danke ich dir, Peter. Es tut mir aber auch leid, dass meine skurrile Idee, zu einem Familienstreit geführt hat. Ich möchte meinerseits alles tun, um zu helfen, dieses Problem zu lösen. Mein Vorhaben darf auf keinen Fall dazu führen, dass der Streit die Familie entzweit." Ruedi hielt kurz inne und als keine Reaktion erfolgte, fuhr er mit seinen Ausführungen fort. „Dein Bruder hat sich an Markus Leimbacher gewandt und ihm mitgeteilt, er und seine Schwester würden nicht auf die Teilnahme am Wettstreit verzichten. Wenn ihr beide einverstanden seid, so werde ich deine beiden Geschwister zum Wettstreit zulassen, obwohl eigentlich dein Vater dich als Repräsentant der Familie bestimmt hat. Damit würde sich der Streit nicht weiter ausweiten. Was meinst du dazu?"

Peter musste nicht lange überlegen. „Wie ich gesagt habe, verstehe ich eigentlich nicht, warum du diesen Wettstreit durchführst und was du damit beabsichtigst. Es ist jedoch deine Angelegenheit und geht mich nichts an. Ich glaube dir vorbehaltlos, dass du mit deinem Vorhaben keinen Streit in der Familie auslösen wolltest. Wenn du meinen Geschwistern die Möglichkeit gibst, an deinem Vorhaben teilzunehmen, so ist das deine und meines Vaters Entscheidung. Ich will mit der Sache nichts mehr zu tun haben. Meine Geschwister wissen, unter welchen Bedingungen sie hier willkommen sind. Ich trage ihnen nichts nach. Du bist hier ebenso jederzeit herzlich willkommen und ich bedaure wie mein Vater, dass du über die Festtage nicht da bist." Er machte eine kurze Pause, in der er noch einmal nachzudenken schien. „Ich will nichts weiter, als mit meiner Familie die Tradition des Viertelishof weiter führen und hier in Ruhe und Frieden leben. Jeder der das akzeptiert und unterstützt, ist willkommen und mit allen anderen will ich nichts zu tun haben."

Ruedi Rötheli war von der Aussage des jungen Mannes beeindruckt.

„Gut, dann machen wir es so. Ich werde Markus Leimbacher beauftragen, deine Geschwister zu benachrichtigen. Er wird dir ein Dokument zustellen, das du bitte unterschrieben zurückschickst. Du bestätigst damit nur, dass du damit einverstanden bist, die Verantwortung an deine beiden Geschwister abzutreten. Damit wäre auch rechtlich alles abgesichert."

„Das ist für mich in Ordnung. Ich würde mich dennoch freuen, Onkel Ruedi, wenn du uns heute nicht das letzte Mal besucht hast."

„Wenn mir meine Gesundheit nicht einen Streich durch die Rechnung macht, so verspreche ich dir das. Ich fühle mich sehr wohl bei euch und das ist für mich nicht selbstverständlich."

Nachdem dies geklärt war, tranken sie noch einen Kaffee zusammen, bevor sich Ruedi wieder verabschiedete.

Ein paar wenige Tage nach dem Besuch bei seiner Familie auf dem Viertelishof, trafen sich Markus Leimbacher und Ruedi Rötheli in seinem Büro in Bärau. Von dort war das Altersheim in ein paar Minuten zu erreichen.

Ruedi Rötheli wollte vor der Sitzung des Verwaltungsrats mit Markus Leimbacher das Vorgehen noch einmal durchsprechen. An der Sitzung selber war nicht damit zu rechnen, dass sie Zeit für Absprachen haben würden. Wenn sie ihr Ziel erreichen wollten, so musste alles optimal laufen. Nach einer halbstündigen Diskussion machten sie sich auf den Weg zum Altersheim, wo die Sitzung des Stiftungsrates stattfand.

Nachdem Robert Von Bürener die Sitzung eröffnet hatte, gab er als erstes bekannt, dass einer der Stiftungsräte von seinem Amt zurückgetreten sei. „Ich habe deshalb sofort versucht einen Ersatz zu finden und bin sehr glücklich ihnen mit Notar Markus Leimbacher einen Nachfolger vorstellen zu können, der mit seiner Kompetenz in der Lage ist, diese Aufgabe zu übernehmen. Ich schlage ihnen deshalb vor, Markus Leimbacher als neuen Stiftungsrat der Stiftung Tannenboden willkommen zu heissen."

Dies war der einzige kritische Moment in Ruedi Röthelis Plan. In den Statuten der Stiftung war festgehalten, dass Mitglieder des Stiftungsrates durch den Rat gewählt werden mussten, wobei die einfache Mehrheit der anwesenden Ratsmitglieder genügte. Neue Mitglieder konnten durch das austretende Stiftungsratsmitglied oder den Präsident dem Gremium zur Wahl vorgeschlagen werden. Die übrigen Mitglieder bestätigten die Wahl oder wiesen einen vorgeschlagenen Kandidaten zurück. War dies der Fall, musste so lange ein neuer Kandidat vorgeschlagen werden, bis dieser durch das Gremium akzeptiert und gewählt wurde. Wenn also jemand gegen Markus Leimbacher Einspruch erhob, so konnte der ganze Plan kippen. In diesem Fall musste Ruedi Rötheli seine Forderungen auf anderem Weg durchsetzen.

„Hat jemand einen Einwand gegen die Wahl von Herrn Leimbacher?" Der Stiftungsratspräsident wartete einen Moment, um den Mitgliedern die Möglichkeit eines Einspruchs zu geben. Als sich niemand meldete, fuhr er mit seinen Feststellungen fort. „Gut, dann halte ich fürs Protokoll fest, dass Markus Leimbacher als neuer Stiftungsrat bestätigt wurde." Er nickte seiner Assistentin zu, die daraufhin aufstand, um den wartenden Markus Leimbacher zu holen.

„Ich habe mit der Wahl vom Herrn Leimbacher gerechnet und ihn deshalb für die heutige Sitzung eingeladen."

Nachdem das neue Stiftungsratsmitglied die Glückwünsche seiner neuen Kollegen entgegengenommen und sich gesetzt hatte, fuhr der Präsident mit seinen Ausführungen fort. „Dann komme ich gleich zum zweiten ausserordentlichen Punkt der heutigen Tagesordnung. Ich kann ihnen heute eine wirklich erfreuliche Mitteilung machen. Der Stiftung Tannenboden wurde ein namhafter Betrag in tiefer zweistelliger Millionenhöhe angetragen. Damit verbunden ist ein neuer Anbau mit zusätzlichen Alterswohnungen und die vollständige Renovierung des bestehenden Gebäudes."

Die Information löste bei den Stiftungsratsmitgliedern Überraschung aus. Es war nicht alltäglich, dass die Stiftung Spenden erhielt und schon gar nicht in dieser Grössenordnung.

„Darf ich fragen, wer der Spender ist?"

„Ich habe einen besseren Vorschlag. Sie können ihn gleich persönlich begrüssen. Er ist heute hier." Er gab der Assistentin erneut durch ein Kopfnicken ein Zeichen, worauf diese Ruedi Rötheli ins Sitzungszimmer holte.

„Darf ich ihnen Ruedi Rötheli vorstellen. Unser Spender und neues Stiftungsratsmitglied."

Im ersten Moment herrschte unter den Anwesenden eine gewisse Verblüffung. Damit hatte wirklich niemand gerechnet. Nachdem Ruedi Rötheli sich gesetzt hatte, fuhr Robert Von Bürener mit seinen Ausführungen fort. Er erklärte den völlig überraschten Stiftungsräten die Situation und das Projekt von Ruedi Rötheli. Als er am Ende angelangt war, meldete sich einer der Stiftungsräte zu Wort.

„Ich danke ihnen für die ausführliche Präsentation dieses interessanten Projektes. Trotzdem gibt es ein paar offene Fragen. Warum beispielsweise soll Herr Rötheli einen Sitz im Stiftungsrat erhalten?"

„Das ist in den Statuten so definiert. Sobald jemand der Stiftung eine Spende zukommen lässt, die grösser ist als die Hälfte des aktuellen Stiftungskapitals, hat der Spender ein Anrecht auf einen Platz im Stiftungsrat. Falls nicht gleichzeitig ein aktueller Stiftungsrat austritt, wird der Rat aufgestockt. Das dauert so lange, bis es zu einer natürlichen Fluktuation im Stiftungsrat kommt. Ein Stiftungsrat der einmal gewählt ist, kann nicht aus dem Rat gedrängt werden, ausser er handelt nachweislich gegen die Interessen der Stiftung. Da niemand von so etwas ausgeht, besteht der Stiftungsrat so lange aus einer Person mehr, bis einer der aktuellen Stiftungsräte zurücktritt und nicht ersetzt wird."

Einen Moment herrschte Schweigen im Sitzungszimmer. Dann ergriff Florian Berner, einer der beiden jüngeren Stiftungsräte das Wort.

„Warum stand in dem Fall zuerst der Rücktritt und der Ersatz von Bernhard Kobel auf der Traktandenliste und erst nachdem Herr Leimbacher gewählt war, kam das Traktandum mit der Erweiterung des Stiftungskapitals zum Zug. Soll ich davon ausgehen, dass dies nur ein Zufall ist."

Robert Von Bürener liess durch keine Regung erkennen, ob ihn die Bemerkung getroffen hatte oder nicht. „Nein, das ist keineswegs Zufall. Bevor der Stiftungsrat etwas beschliessen kann, muss er beschlussfähig sein. Das sind wir nur, wenn der Rat vollständig ist. Kommt dazu, dass der Rücktritt von Bernhard Kobel vor dem Angebot von Herrn Rötheli erfolgt ist." Er sah Florian Berner fragend an. „Hat ihre Frage einen bestimmten Grund?"

„Nein, meine Frage hat keinen speziellen Grund. Es hat mich nur interessiert", stellte Florian Berner schnell fest. Die Frage des Präsidenten hatte ihn für einen kurzen Moment verunsichert. Das hielt jedoch nicht lange an. „Ich frage mich in dem Fall, wozu wir für die Spende von Herrn Rötheli beschlussfähig sein müssen?"

„In den Statuten ist dem Stiftungsrat die Kompetenz übertragen worden, eine Spende mit einem einfachen Mehr abzulehnen. Gegen diese Ablehnung kann nur der Stiftungsratspräsident das Veto einlegen, sofern er ein übergeordnetes Interesse der Stiftung an der Spende geltend machen kann. Ein solches Interesse besteht dann, wenn durch die Ablehnung das Überleben der Stiftung gefährdet oder eine Weiterentwicklung des Stiftungszwecks beeinträchtigt wird. Legt der Präsident das Veto ein, kommt es zu einer erneuten Abstimmung bei der eine Zweidrittelmehrheit des Stiftungsrats notwendig ist, um den Präsidenten zu überstimmen. Bei fünf Stiftungsräten würde das bedeuten, dass dreikommadrei Stimmen oder eben vier der fünf Stiftungsräte für eine Ablehnung stimmen müssten. Deshalb muss der Stiftungsrat bei einer Spende dieser Grössenordnung vollzählig sein. Zudem könnte der Stiftungsrat auch verlangen, dass die Gelder anders eingesetzt werden, wenn die Spende einmal akzeptiert ist. Dazu benötig es ebenfalls einen beschlussfähigen Stiftungsrat. Sollte es bei der Abstimmung ein Patt geben, hat der Präsident den Stichentscheid."

Erneut war es für einen Moment ruhig, bevor sich Florian Berner, wieder zu Wort meldete. „Sie scheinen an alles gedacht zu haben. Fragt sich nur, was sie mit der ganzen Aktion bezwecken."

„Dazu würde ich gerne etwas sagen", meldete sich nun Ruedi Rötheli zu Wort. „Ausser sie möchten Einspruch gegen meine Spende erheben und das ganze Prozedere, das ihnen Herr Von Bürener gerade erklärt hat, wirklich durchspielen."

Der Angesprochene sah seinen Nachbarn kurz an, der nur leicht den Kopf schüttelte.

„Nein, das ist nicht nötig. Ich spreche sicher auch im Namen meiner Kollegen, wenn ich ihnen für diese Spende danke. Zudem würden auch meine Kollegen gerne hören, was sie zu sagen haben."

Ruedi Rötheli nickte und sah den Stiftungsratspräsidenten an, der sofort reagierte.

„Bevor uns in dem Fall Herr Rötheli mitteilt, was seine Absichten sind, möchte ich der Ordnung halber noch einmal fragen, ob alle Mitglieder mit der Spende einverstanden sind und somit kein Einwand gegen den damit verbundenen Einsitz von Ruedi Rötheli in den Stiftungsrat besteht?" Er sah die anderen kurz an und als keine Reaktion erfolgte, fuhr er fort. „Gut, dann wird das im Protokoll bitte so festgehalten. Ich möchte Herrn Rötheli in dem Fall auch offiziell als Stiftungsrat willkommen heissen und ihm gleich das Wort erteilen. Bitte Herr Rötheli."

„Danke Herr Von Bürener. Zu meiner Person können wir zu einem späteren Zeitpunkt kommen. Ich möchte gleich auf das Wesentliche kommen, das zu meinem finanziellen Engagement in der Stiftung geführt hat. Folgende Information ist jedoch wichtig, damit sie alle nachvollziehen können, was mich motiviert hat. Ich bin nach mehreren Jahren im Ausland kürzlich in die Schweiz zurückgekehrt. Nach meiner Ankunft habe ich erfahren, dass meine Schwestern seit längerem als Insassen im Tannenboden untergebracht sind."

„Wir pflegen unsere Senioren als Gäste und nicht als Insassen zu bezeichnen", unterbrach ihn Florian Berner mit einem leicht herablassenden Unterton in der Stimme.

„Ich bitte um Entschuldigung, Herr Berner, das muss mir beim Besuch meiner Schwestern entgangen sein. Lassen sie mich später noch einmal auf diesen Punkt zurückkommen", hielt Ruedi Rötheli diesem Einwand entgegen. „Bei meinem Besuch habe ich so Verschiedenes erfahren, was mich dazu bewogen hat, eine Investition in die Stiftung Tannenboden ins Auge zu fassen. Nach einem ersten Gespräch mit Robert Von Bürener hat sich mein Vorhaben konkretisiert, da ich feststellen musste, dass ich nur mit einer entsprechenden Spende einige Korrekturen in der Ausrichtung und der Führung der Stiftung vornehmen kann."

„Was soll das heissen? Sie können doch nicht einfach kommen und uns vorschreiben, wie wir die Stiftung zu führen haben." Nun klang die Stimme von Florian Berner nicht nur verärgert sondern völlig ablehnend.

„Genau das werde ich jedoch tun und damit sie sehen, dass ich es ernst meine, wollen wir gleich hier und jetzt damit beginnen aufzuräumen." Er wandte sich an Robert Von Bürener. „Könnten sie bitte Herrn Ramseyer holen lassen."

Als der Stiftungsratspräsident das Notwendig veranlasste, nahm die Spannung im Sitzungszimmer deutlich zu und wurde noch ein wenig grösser, als der Heimleiter das Sitzungszimmer betrat. Er wirkte äusserst gelassen, und setzte sich auf einen der freien Stühle. Als er jedoch Ruedi Rötheli erkannte, war auf seinem Gesicht von einem Moment auf den anderen, eine gewisse Verunsicherung zu sehen. Der Stiftungsratspräsident bat den Heimleiter sich zu setzen und informierte ihn über die Neuerungen in der Leitung der Stiftung. Dann kam er zum eigentlichen Grund, weshalb seine Anwesenheit an der Sitzung erwünscht war. „Herr Rötheli möchte ihnen in seiner Funktion als Stiftungsrat der Stiftung Tannenboden ein paar Fragen stellen."

„Selbstverständlich, das ist kein Problem", antwortete der Heimleiter.

„Danke, Herr Ramseyer. Wir kennen uns ja schon von meinem Besuch bei meinen Schwestern", begann Ruedi das Gespräch. „Ich will nicht lange um den heissen Brei rumreden, sondern sofort zur Sache kommen...."

In den nächsten Minuten erklärte er noch einmal in kurzen Worten sein Vorhaben, welches ihn nach all den Jahren in der Fremde in die Schweiz zurückgeführt hatte. Dann kam er zu dem Punkt, der Andreas Ramseyer direkt betraf. „Nun Herr Ramseyer, sie haben Herrn Leimbacher eine Vollmacht übergeben, die sie berechtigt, die Interessen meiner beiden Schwestern zu vertreten. Möchten sie dem Stiftungsrat dazu etwas mitteilen."

Die Gesichtsfarbe von Andreas Ramseyer verschob sich drastisch in einen leicht fahlen Bereich. „Nein, ich wüsste nicht, was ich dazu zu sagen hätte", stellte der Heimleiter fest. Er wirkte nun sichtlich angespannt.

„Gut, wie sie wollen. Dann werde ich das Übernehmen. Sie haben die Unterschriften unter der Vollmacht, die sie Herrn Leimbacher gegeben haben gefälscht. Das Dokument wurde bereits geprüft und die Unterschriftenfälschung bestätigt. Im Zusammenhang mit der Annahme von Geld ist das Dokumentenfälschung, wenn nicht sogar versuchter Betrug. Beides eine Straftat. Möchten sie dazu etwas sagen?"

Nun war es um die Beherrschung des Heimleiters geschehen. „Als ich die Stelle übernommen habe, wurde von mir verlangt, alles zu tun, um die finanzielle Situation zu verbessern. Ich wurde dazu aufgefordert die alten Leute Dokumente unterschreiben zu lassen, dass ihr Vermögen an die Stiftung übertragen wird."

„Von wem wurden sie aufgefordert?"

„Von meinen beiden Ansprechpartnern im Stiftungsrat."

Ruedi Rötheli sah Florian Berner fragend an.

„Wir haben nie jemanden angewiesen sich ungesetzlich zu verhalten.

Schon gar nicht im Zusammenhang mit einem Fall, wie sie ihn eben geschildert haben. Für seine Handlungen ist Herr Ramseyer einzig und alleine selber verantwortlich."

Auch wenn die Selbstsicherheit aus der Stimme des Stiftungsrats verschwunden war, so klang seine Aussage dennoch überzeugend. Der so Angeschuldigte wollte gerade etwas entgegnen, als sich Robert Von Bürener einschaltete.

„Es reicht, meine Herren. Ich habe genug gehört." Dann sah er Ruedi Rötheli an. „Bitte entschuldigen sie Herr Rötheli, dass ich an ihren Aussagen gezweifelt habe. Was schlagen sie als weiteres Vorgehen vor?"

Ruedi Rötheli sah Andreas Ramseyer an.

„Dass sie als Heimleiter nicht mehr tragbar sind, dürfte wohl auch ihnen völlig klar sein. Da sie aus meiner Sicht gedacht haben, sie handeln auf Anweisung ihrer beiden Kontaktpersonen im Stiftungsrat, wollen wir ihnen nicht mehr Steine in den Weg legen als absolut notwendig. Herr Leimbacher hat zwei Dokumente vorbereitet. Im ersten bestätigen sie, die Unterschrift unter der Vollmacht gefälscht zu haben und das aus falsch verstandener Loyalität gegenüber der Stiftung. Zudem verzichten sie auf die Vertretung meiner beiden Schwestern im erwähnten Wettstreit. Das zweite Dokument ist eine Freistellungsvereinbarung. Sie erhalten eine Abfindung, geben mit sofortiger Wirkung ihre Aufgaben als Heimleiter auf und verlassen die Stiftung. Im Gegenzug verzichten wir auf eine Anzeige."

Der Heimleiter überlegte nicht lange, sondern unterzeichnete die Dokumente ohne weitere Diskussion und räumte noch am gleichen Abend seinen Schreibtisch. Nach einer längeren und heftigen Diskussion legten auch die beiden Stiftungsräte, die für den Kurswechsel verantwortlich zeichneten, ihr Mandat nieder. Der dritte Stiftungsrat, der sich während der ganzen Besprechung äusserst still verhalten hatte, bat sich eine Bedenkzeit aus und wollte erst danach entscheiden, ob er weiter im Stiftungsrat bleiben wolle oder nicht.

Robert Von Bürener war am Ende der Sitzung völlig am Boden zerstört. Er machte sich Vorwürfe, dass er sich von den Versprechen der beiden jungen Männer hatte blenden lassen und dabei den eigentlichen Zweck der Stiftung aus den Augen verlor.

„Sie sollten sich deswegen keine Gedanken machen. Sie haben Leuten vertraut, die ihr Vertrauen missbraucht haben. Glücklicherweise ist bisher nichts geschehen, dass sich nicht korrigieren lässt. Wir werden in den nächsten Monaten gemeinsam daran arbeiten, die Situation zu verbessern. Am besten wir fangen gleich damit an."

In den nächsten zwei Stunden entwickelten Ruedi Rötheli, Markus Leimbacher und Robert Von Bürener einen Plan, wie die Stiftung Tannenboden wieder auf Kurs gebracht werden konnte. Am Ende kamen sie zum Schluss, es würde keine einfache Aufgabe werden, aber Ruedi Rötheli war überzeugt, die Situation gemeinsam mit seinen beiden Verbündeten in den Griff zu bekommen.

Der Temperaturunterschied zwischen der Schweiz und Australien war wirklich extrem. Hatte das Thermometer bei seinem Abflug in Zürich noch Minustemperaturen angezeigt, so erschlug die Hitze Ruedi Rötheli fast, als er in Sydney aus dem Flugzeug stieg. Hier zeigte das Thermometer ungewohnte dreissig Grad an und die Prognosen für die nächsten Tage deuteten in die gleiche Richtung. Dem alten Mann fiel es jedoch einfacher, sich daran zu gewöhnen, als er nach der Passkontrolle Drisi und Holly sah. Es tat wirklich gut die Zeit mit seinen beiden alten Weggefährten zu verbringen. In ihrer Gesellschaft fühlte er sich wohl und konnte seine Sorgen für einen Moment auf der Seite liegen lassen.

Drisi und Holly hatten für eine gemütliche Weihnachtsfeier gesorgt, an der auch noch ein paar andere Freunde teilnahmen. Man erzählte sich Geschichten über die Vergangenheit und schwelgte in Erinnerungen. Ruedi hatte es wirklich gut getan, unter Freunden zu sein. Zudem war die Wärme in Australien viel bekömmlicher als der kalte Winter mit seinen tiefen Temperaturen und dem vielen Schnee.

Die Neujahrsnacht verbrachten sie auf dem Wasser. So wie Ruedi Rötheli eine Vorliebe für Flugzeuge hatte, besass Drisi eine solche für Boote. Nachdem er jahrelang vor allem Segelboote sein eigen nannte, hatte er sich zu seinem fünfzigsten Geburtstag erstmals eine Motorjacht gekauft. Zu seinem eigenen Erstaunen hatte er daran sofort Freude gefunden und sein Hobby mit der Zeit immer weiter ausgebaut. Seit zwei Jahren war er stolzer Besitzer einer Superjacht. Mit zweiundsiebzig Metern Länge gehörte sie nicht unter die grössten hundert Privatjachten der Welt, sondern erregte aufgrund ihrer aussergewöhnlichen Bauweise meistens deutlich mehr Aufsehen als alle grösseren Jachten um sie herum. Die Jacht war auf der Basis einer dieser Hochgeschwindigkeitsfähren in Katamaran Bauweise aufgebaut. Sie war vollständig verkleidet, um dem Wind möglichst wenig Widerstand zu leisten. Über einen kurzen Steg gelangte man zu einer beinahe zwei Meter breiten Doppeltür die ins Innere des Bootes führte. Die Aufbauten der Jacht umfassten insgesamt drei Oberdecks und hatten mit zweiundzwanzig Meter Breite über die ganze Bootslänge die Dimension eines richtigen Monsterboots.

Als Ruedi Rötheli die R&D das erste Mal sah, wollte er zuerst nicht glauben, was da vor ihm am Steg lag. Drisi war dafür bekannt, dass er zwischendurch einmal einen Scherz machte und dass sie vor diesem Monster standen, schien wieder einmal einer jener speziellen Scherze zu sein.

„OK, mein Freund, der Scherz ist gelungen. Ich bin wirklich überrascht und das gelingt dir ja nicht so oft. Wo ist unser Schiff? Dieses Riesending, Boot, Schiff... oder was auch immer das ist, gehört mit Sicherheit nicht dir."

„Du hast mich erwischt mein Freund. Wie immer hast du wieder einmal völlig Recht. Die Yacht gehört wirklich nicht mir. Aber ich will trotzdem mal sehen wie das Ding von innen aussieht."

Ohne eine Antwort abzuwarten, liess er den völlig verblüfften Ruedi Rötheli einfach stehen und ging über den Steg an Bord. Als er durch die breite Tür ins Innere trat, rief er so deutlich, dass Ruedi es draussen vom Kai hören konnte: „Hallo, kann mir mal einer das Schiff zeigen?"

Gleich darauf streckte er den Kopf wieder aus dem Zugangsportal und sah Ruedi fragend an.

„Kommst du nun endlich. Ich möchte mal mit dem Ding rumschippern. Wenn keiner an Bord ist sollten wir das ausnutzen."

Das hatte nun nichts mehr mit einem Scherz zu tun. Drisi musste verrückt geworden sein.

„Jetzt komm schon raus, bevor es Ärger gibt."

„Nee, keine Lust", antwortete ihm sein Freund und schon war er im Innern der Yacht verschwunden.

Ruedi Rötheli wusste nicht, was er tun sollte. Er würde sicher nicht einfach an Bord dieser Yacht gehen, von der er nicht wusste, wem sie gehörte. Das würde nur grossen Ärger geben.

In dem Moment erschien eine junge Frau in weisser Uniform in der grossen Eingangsluke, betrat den kurzen Steg und kam auf Ruedi Rötheli zu.

„Kann ich ihnen helfen, Sir"

Ruedi wusste nicht was er tun sollte.

„Ähm, nein danke, ich brauche keine Hilfe."

In dem Moment streckte Drisi wieder seinen Kopf raus.

„Hallo Sandra, kannst du diesem Sturkopf nicht sagen, er soll endlich an Bord kommen. Ich möchte nicht mehr länger warten und endlich ablegen."

Sandra lächelte nur und sagte dann in beinahe akzentfreiem Deutsch: „Ich möchte sie herzlich an Bord der R&D willkommen heissen, Herr

Rötheli. Mein Name ist Sandra, wie sie schon von Mister O'Driscoll gehört haben. Ich bin der erste Offizier der R&D. Darf ich ihnen mit ihrem Gepäck helfen?"

Ruedi Rötheli war völlig überrumpelt und wusste wirklich nicht, was er sagen sollte. Deshalb stotterte er nur: „Ja, danke." Sonst brachte er nichts mehr hervor.

Die junge Frau nahm den Koffer und ging den Steg wieder hinauf ins Innere der Yacht, gefolgt von einem Ruedi Rötheli, der nun endgültig schwer beeindruckt war. Im Inneren erwartete ihn bereits Drisi, der sich nun vor Lachen fast nicht mehr beruhigen konnte.

„Du hättest deinen Gesichtsausdruck sehen sollen. Das war der absolute Wahnsinn."

„Das Schiff gehört wirklich dir?"

„Nein, mein Freund. Da habe ich die Wahrheit gesagt. Das Schiff gehört der R&D und somit uns beiden."

„Was hat das Ding gekostet?"

Drisis Grinsen wurde noch breiter, als er seinen alten Kumpel einen Moment lang ansah. Schliesslich meinte er nur lakonisch: „Keine Angst mein Freund, wir sind beide immer noch Milliardäre, auch nachdem die R&D bezahlt ist."

Nachdem Ruedi sich einigermassen gefangen hatte, begaben sie sich in den grossen Aufenthaltsraum, wo die gesamte Besatzung angetreten war. Ruedi wurde allen Anwesenden vorgestellt und dann erklärte Drisi, dass er der Miteigner der Yacht und sein Compagnon sei und somit über die gleichen Privilegien verfüge wie Drisi selber. Nach dieser Erklärung und dem Dank für die hervorragende Arbeit an die Mannschaft, zeigte ihm Drisi in Begleitung von Sandra das ganze Schiff. Die R&D bot Platz für zwölf bis maximal sechzehn Passagiere. Sie hatte eine Besatzung von ebenfalls zwölf Personen, wenn sie voll besetzt war. Im Moment waren jedoch nur zehn Besatzungsmitglieder an Bord. Neben Matthew Jenkins, dem Kapitän und Sandra seiner Stellvertreterin, dem Maschineningenieur und dem Koch gab es drei weitere Besatzungsmitglieder. Die restlichen zwei waren Sicherheitsleute die unter dem Befehl von Patrick Webster, dem Sicherheitchef, der R&D Holding standen. Wenn Drisi an Bord war, befand sich ebenfalls Patrick auf dem Schiff. Er liess seinen Chef nie auf eine Reise, ohne ihn dabei zu begleiten. Im Moment war er jedoch noch mit irgendeiner Mission betraut und würde später zu ihnen stossen.

Die Yacht war für ein Luxusschiff dieser Grössenordnung äusserst zweckmässig ausgestattet. Die Kabinen waren ansprechend gross aber nicht luxuriös. Es gab ein wunderschönes Sonnendeck, das mit wenigen Handgriffen auf dem Dach des Schiffes installiert werden konnte. Bei Bedarf konnte diese Plattform ebenfalls als Helikopterlandestelle genutzt werden. Auch im technischen Bereich hatte Drisi an nichts gespart. Das Schiff war vollgestopft mit Elektronik und besass diesbezüglich sogar die bessere Ausrüstung als manch ein Kriegsschiff. Neben dem Wohn- und Schlafbereich gab es einen Aufenthaltsraum, einen Essbereich und einen exzellent ausgestatten Businessbereich mit vier Arbeitsplätzen und einem Sitzungstisch. Die Ausstattung liess keine Wünsche offen, ausser dass sie bei hohem Seegang schwankte, wie das Schiffe einfach so an sich haben. Neben all den anderen Annehmlichkeiten hatte Drisi allergrössten Wert auf die Motorisierung und die Sicherheit gelegt. Die R&D schaffte eine Höchstgeschwindigkeit von vierzig Knoten und war damit den meisten anderen Schiffen überlegen. Neben der ausgefeilten Elektronik besass die Yacht auch ein Raketenabwehrsystem, wie es auch auf Schnellbooten der Marine zu finden war und ein fünfundzwanzig Millimeter Automatikgeschütz. Für die Bewaffnung hatte Drisi eine Sonderbewilligung einholen müssen, die er nur dank der ausserordentlich guten Beziehungen zur Marine überhaupt erhalten hatte Dazu war der Rumpf so verstärkt, dass er auch in kälteren Gewässern nicht unbedingt von einem Eisberg aufgeschlitzt werden konnte.

Den Jahreswechsel und das grosse Feuerwerk auf der Harbour Bridge bewunderten Drisi und seine Gäste vom Deck der Yacht aus und verfügten damit über einen Logenplatz. Aus Sicherheitsgründen musste die R&D während dem Feuerwerk am Kay verankert bleiben. Direkt nach dem Feuerwerk brach die Jacht jedoch zu einer Südseekreuzfahrt auf. Neben Drisi, Holly, Ruedi Rötheli und Patrick befanden sich sonst keine anderen Gäste an Bord.

Die Route, auf der sich die R&D in den nächsten drei Wochen bewegte, führte sie von Sydney nach Hobart, dann über die tasmanische See nach Christchurch in Neuseeland, weiter über Wellington, Auckland nach Neukaledonien und den Solomon Inseln nach Papua Neu Guinea und schliesslich über Brisbane zurück nach Sydney. Die Reise dauerte mehr als zwei Monate und bot genügend Möglichkeiten, um auch längere Gespräche zu den unterschiedlichsten Themen zu führen.

Als das Schiff nach der Reise wieder in seinen Heimathafen zurückkehrte, waren nicht ein paar Wochen, sondern ein paar Monate vergangen.

Es war kurz nach Ostern, als die Gulfstream G-550 auf dem Flughafen Bern

Belp landete. Das mittelgrosse Geschäftsflugzeug gehört zum modernsten, was auf dem Markt erhältlich war. Ruedi Rötheli sass in der Zwischenzeit nur noch selten selber am Steuerknüppel. Trotzdem liess er sich die Annehmlichkeit eines Privatjets nicht entgehen, wenn es sich einrichten liess. Nachdem er die Ostertage dazu benutzt hatte, um sich von der für sein Alter doch eher anstrengenden Reise zu erholen, galt sein erster Termin nach der Rückkehr Notar Leimbacher und Pfarrer Küenzle. Beide freuten sich darauf Ruedi Rötheli wieder zu sehen. Im Winter, der sich nun auch langsam dem Ende zu neigte, war nicht viel geschehen. Dennoch freuten sich alle drei auf das Treffen, das in Ruedi Röthelis Büroräumen in Bärau stattfand.

„Meine Herren, ich freue mich wirklich sie wieder zu sehen. Ich hoffe, sie hatten ebenso eine angenehme Zeit wie ich sie in Australien hatte."

„Was mich anbetrifft", meinte Pfarrer Küenzle, „sind die Festtage gut verlaufen. An Weihnachten war die Kirche voller als üblich und auch der Ostergottesdienst war gut besetzt. Ansonsten bin ich froh, wenn die Feiertage bald einmal vorüber sind und der Frühling den Schnee aus den Tälern vertreibt. Was unsere gemeinsame Sache anbelangt, habe ich nicht viel gehört. Ihr Besuch vor den Feiertagen wurde durch den Kirchgemeinderat gut aufgenommen. Im Gemeinderat muss es hingegen zu einem heftigen Streit gekommen sein. Ich kenne die Details nicht, aber ihr Besuch muss bereits bestehende Gräben ein für alle Mal aufgerissen haben. So wie es aussieht, werden sich diese Differenzen auch nicht so einfach beilegen lassen. Mehr weiss ich jedoch nicht, da sich alle Beteiligten bemühen, die Sache nicht in die Öffentlichkeit zu tragen. Die Wirtin vom Löwen ist eine der wenigen, die der Geschichte nur positives abgewinnt. Seit dem Streit im Gemeinderat kommen wieder mehr Leute zu einem Feierabendbier, um sich die neuesten Informationen abzuholen. Anscheinend ist trotz Internet diese Informationsquelle immer noch eine nützliche Alternative."

Pfarrer Küenzle schien sich, über diesen Aspekt zu amüsieren und dem Streit im Gemeinderat nicht allzu grosse Bedeutung beizumessen.

Ruedi Rötheli wusste im ersten Moment nicht, wie er die Information einstufen sollte. „Ich hoffe, ich bin nicht für den Streit im Gemeinderat verantwortlich."

„Da kann ich sie beruhigen", ergriff nun auch Markus Leimbacher das Wort. „Es ist weit über die Grenzen der Gemeinde hinaus bekannt, dass Frank Grindler, der neu gewählte Gemeindepräsident einerseits und nahezu der restliche Gemeinderat andererseits seit den letzten Wahlen nicht mehr optimal harmoniert. Der Gemeindepräsident ist eine Persönlichkeit, die…

wie soll ich das sagen… ein wenig polarisiert. Es war nur eine Frage der Zeit, bis die Sache einmal eskalieren würde. Dass es bei ihrer Besprechung geschehen ist, war nichts weiter als Zufall."

Ruedi Rötheli blieb im Moment nichts anders übrig, als die Angelegenheit so zur Kenntnis zu nehmen.

„Danke für das beruhigende Feedback Herr Leimbacher. Was haben sie sonst noch erlebt? Hat sich im Tannenboden noch etwas ereignet?"

Der Angesprochene griff in seinen Stapel von Papieren und holte mehrere Blätter hervor. „Nach der Sitzung des Stiftungsrates ist schon noch einiges abgelaufen. Wie mit ihnen abgesprochen wurde am Folgetag der Finanzverwalter ebenfalls entlassen. Das muss irgendwie nach aussen gelangt sein. Wir gehen davon aus, dass einer der ehemaligen Stiftungsräte seine Beziehungen spielen liess. Die Geschichte wurde durch die lokale Presse aufgegriffen. Bis Mitte Februar hat es drei Artikel in der Berner Zeitung zum Thema gegeben. Das Ganze ist auch noch nicht beendet. Die Journalisten haben mehrmals versucht sie zu erreichen, um ein Interview zu erhalten. In der Zwischenzeit ist auch der dritte ehemalige Stiftungsrat zurückgetreten. Ich soll sie von Robert Von Bürener grüssen lassen und ihnen sagen, wir müssen sobald sie zurück sind, eine ausserordentliche Sitzung des Stiftungsrats durchführen, um das weitere Vorgehen zu beschliessen. Die Stiftung kann nicht zu lange ohne vollständigen Stiftungsrat bleiben. Dann muss ein neuer Heimleiter gewählt werden. Robert Von Bürener will keinen anstellen, den sie nicht gesehen haben. Die letzten zwei Kandidaten warten auf einen Gesprächstermin mit ihnen. Als Letztes sollten sie so rasch wie möglich die Pläne für den neuen Anbau absegnen, damit die Baueingabe eingereicht werden kann."

„Lassen sie mich raten. Robert Von Bürener wollte die Pläne nicht freigeben, bevor ich sie nicht gesehen habe."

Markus Leimbacher konnte sich ein Lachen nicht verkneifen. „Ich denke, das trifft es in etwa."

„Gibt es sonst noch Überraschungen, die wir nicht über das Internet austauschen konnten?"

„Nein, sonst gibt es eigentlich nicht viel Neues. Ich habe von zwei Parteien Anfragen zu der Form des Berichts erhalten, der abgegeben werden soll, was ich mit einem Hinweis auf die Dokumentation problemlos beantworten konnte. Ansonsten scheint für die anderen alles klar zu sein."

„Sehr schön, dann stürzen wir uns in den Endspurt unseres Vorhabens." Ruedi Rötheli schien mit der Situation sehr zufrieden zu sein.

„Die Berichte der einzelnen Teilnehmenden sollten ja bis Ende Juli im

Notariat vorliegen. Auch wenn dies noch ein wenig dauert, so möchte ich jetzt schon das weitere Vorgehen planen."

Der alte Mann erklärte den beiden Herren seine Absicht und bat sie, sich die letzten beiden Augustwochen und die erste Septemberwoche zu reservieren. „Ich möchte mit ihnen und ihren Angehörigen die Auswertung an einem etwas spezielleren Ort ausserhalb der Schweiz durchführen. Es soll gleichzeitig eine kleine Entschädigung dafür sein, dass sie mich in meinem Vorhaben so gut unterstützt haben. Stellen sie sich auf drei bis vier Wochen ein und versuchen sie diese Zeit einzuplanen." Mehr wollte er im Moment noch nicht erzählen. Seine beiden Mitstreiter nahmen die Information zur Kenntnis. In der Zwischenzeit kannten sie Ruedi Rötheli gut genug, um zu wissen, dass jegliches Nachfragen zu keinen weiteren Informationen führen würde.

Trotzdem hob Pfarrer Küenzle noch einmal kurz seine Hand, um auf sich aufmerksam zu machen. „Ich habe da noch eine Frage, wenn wir schon von Abwesenheiten sprechen. Was haben sie eigentlich alles während ihren ausgedehnten Ferien erlebt?"

Ruedi Rötheli musste lachen.

„Sie scheinen sich daran gewöhnt zu haben, dass ich ihnen zum Ende unserer Sitzungen jeweils eine Geschichte erzähle. Ich will sie in dem Fall nicht enttäuschen." Danach erzählte er von der Weihnachtsfeier in Sydney, dem Silvesterfeuerwerk in der Bucht und der Schiffsreise. Wie immer hingen seine beiden Zuhörer an seinen Lippen und lauschten dem alten Mann, der so wunderbar Geschichten erzählen konnte.

Zwei Tage nach der Besprechung mit seinen beiden Mitstreitern fand bereits die ausserordentliche Sitzung des Stiftungsrats der Stiftung Tannenboden statt. Als Ruedi Rötheli das Hauptgebäude betrat, konnte er sofort spüren, wie sich die Stimmung geändert hatte. In der Eingangshalle sassen zwei ältere Herren in der Polstergruppe und lasen Zeitung. Auch die Begrüssung durch die Angestellte fiel wesentlich freundlicher aus, als noch an der letzten Sitzung.

Robert Von Bürener war in aufgeräumter Stimmung. Der Stiftungsratspräsident, der mit beinahe achtzig Jahren noch ein, paar Jahre älter war, als Ruedi Rötheli, schien richtiggehend aufzuleben. Er berichtete seinen beiden Zuhörern, dass sich die Stimmung im Heim merklich gebessert habe, seit die vier Herren die Institution verlassen hätten. Es schien als sei ein neuer Geist in die Hallen des Heims eingekehrt.

Ruedi Rötheli hatte ihn seit ihrem ersten Kontakt noch nie so aufgestellt gesehen. Zudem war er auf die Sitzung exzellent vorbereitet. Die Unterlagen, die er mit Unterstützung von Markus Leimbacher vorlegte, waren sehr gut ausgearbeitet und einfach zu verstehen. Was die Bewerbungen für die Stelle des Heimleiters anbelangte, machten zwei der drei Dossiers wirklich einen ausgezeichneten Eindruck. Robert Von Bürener wollte, dass Ruedi Rötheli mit den beiden Kandidaten ein Gespräch führte, bevor ein endgültiger Entscheid gefällt wurde. Etwas komplizierter war die Angelegenheit mit dem Anbau und der Renovation des Altersheims. Der Architekt war mit drei Leuten und einem Modell des Neubaus erschienen. Er hatte sich vorgenommen die Sitzung nicht ohne Zusage zu verlassen, damit er am nächsten Tag endlich die Baueingabe einreichen konnte. Sämtliche Dokumente waren vorbereitet. Es fehlte nur noch die Unterschrift des Stiftungsratspräsidenten und von Ruedi Rötheli.

Als der Architekt nach nur gerade einer Stunde mit allen unterschriebenen Dokumenten, jedoch ohne das Modell des Neubaus das Sitzungszimmer wieder verliess, war er mit sich und der Welt zufrieden. Nach nicht ganz zwei Stunden und nachdem Markus Leimbacher über die interimistische Führung der operativen Bereiche der Stiftung Tannenboden berichtet hatte, kam das letzte Thema der Traktandenliste auf den Tisch.

„Nach der Demission des dritten Stiftungsrats besteht Handlungsbedarf. Ich wäre froh, wenn wir kurz über das weitere Vorgehen diskutieren könnten. Die Statuten sagen, dass innerhalb von drei Monaten nach dem Austritt eines Stiftungsrates ein Ersatz gefunden werden muss. Sollte dies nicht gelingen, so droht die Auflösung der Stiftung."

„Ich denke, wir sollten diese Statuten nachdem der Stiftungsrat wieder komplett ist, dringend überarbeiten. Gerade Absätze wie dieser führen nur dazu, dass unnötiger Druck entsteht. Was die Besetzung des Rates angeht, kann ich ihnen nur bedingt helfen. Ich kenne nur wenige Personen, für die ich mich vorbehaltlos verbürgen könnte, um sie in den Stiftungsrat aufzunehmen. Eine Person sitzt bereits am Tisch, die andere dürfte wohl aus beruflicher Sicht absagen und die dritte stammt aus meiner Familie." Dann dachte Ruedi Rötheli einen Moment nach. „Haben sie schon einmal mit dem Arzt des Tannenbodens gesprochen? Nach all dem was ich von meinen Schwestern erfahren habe, scheint er ein guter Kandidat für die Aufgabe im Stiftungsrat zu sein."

„Das ist eine ausgezeichnete Idee. Daran habe ich wirklich bisher noch nicht gedacht. Ich werde einmal mit unserem Arzt sprechen.

Sie haben aber noch von einer Person aus ihrer Familie gesprochen. An wen haben sie dabei gedacht?"

„Den Sohn meines Bruders Max, Peter. Er hat das Herz auf dem rechten Fleck und ist äusserst loyal. Ich weiss jedoch nicht, ob das für einen Sitz im Stiftungsrat ausreicht. Mit grösster Voraussicht kennt Herr Leimbacher mehr Personen, die in Frage kommen. Ich würde jedem Vorschlag zustimmen, den Herr Leimbacher diesbezüglich macht."

„Ich verstehe", meinte Robert Von Bürener. „Was meinen sie in dem Fall dazu, Herr Leimbacher?"

Der angesprochene Notar dachte einen Moment nach, bevor er antworte-te. „Ich kann ihnen schon zwei oder drei Namen nennen, denen ich soweit vertraue, um sie für den Stiftungsrat vorzuschlagen. Es sind jedoch alles Berufskollegen aus dem Anwalts- und Notariatsumfeld. Ich bin mir nicht sicher, ob es wirklich gut ist, eine Mehrheit von Rechtsgelehrten im Stif-tungsrat zu haben."

Nach dieser Feststellung war es im Sitzungszimmer einen Moment lang still. Anscheinend war es doch nicht so einfach, den Stiftungsrat mit guten Leuten zu besetzen. Die drei Herren diskutierten noch einmal eine halbe Stunde, bevor sie zu einem Entschluss kamen. Markus Leimbacher sollte sondieren, wer sich von seinen Bekannten bereit erklären würde, einen Platz in der Stiftung einzunehmen und Robert Von Bürener suchte einmal den Kontakt zum Arzt des Tannenboden.

In den nächsten Wochen bestimmte der Neubau des zusätzlichen Flügels im Altersheim Tannenboden den grössten Teil des Alltags von Ruedi Rötheli. Nachdem das Baugesuch problemlos bewilligt worden war, begannen so rasch wie möglich die Aushubarbeiten gefolgt vom Rohbau. Ruedi Rötheli verbrachte viel Zeit auf der Baustelle und besuchte auch regelmässig seine Schwestern. Die beiden waren das Gesprächsthema im Altersheim. Wie durch ein Wunder waren sie kurz nach der Entlassung des Heimleiters von ihrer Altersdemenz genesen und machten seither wieder die Cafeteria und den Aufenthaltsraum des Tannenbodens unsicher.

Der Frühling und auch der erste Teil des Sommers vergingen wie im Flug. Bei der Aufrichtfeier des Neubaus sprach Robert Von Bürener ein paar Worte und dankte dabei auch dem anonymen Spender, der die Erweiterung der Kapazität im Tannenboden ermöglicht hatte, jedoch lieber im Hinter-grund bleiben wollte. Zudem konnte er zwei neue Stiftungsratsmitglieder vorstellen, die in Zukunft mithelfen würden, die Stiftung weiter voran zu treiben. Pfarrer Küenzle sah Ruedi Rötheli erst am zweiten August wieder, als sich die drei Juroren zusammensetzten, um das Vorgehen für die Bewertung der eingegangenen Berichte zu besprechen. Das Treffen fand, wie die letzten Male üblich, im Büro von Ruedi Rötheli in Bärau statt. Auf dem grossen Konferenztisch lagen drei Stapel mit je fünf Dossiers von unterschiedlicher Ausprägung. Das dünste umfasste zwei Seiten und das dickste über vierzig. Die drei sassen am Tisch und tranken Kaffee. Sie waren alle eben erst angekommen. Markus Leimbacher hatte Gipfeli der Bäckerei Liechti mitgebracht, die in der ganzen Region für ihr gutes Gebäck bekannt war.

„Jetzt stehen wir bald vor dem Ende des Projekts, meine Herren", stellte Ruedi Rötheli fest, als sie den kleinen Stapel betrachteten.

„Bevor wir uns erstmals mit den Dossiers befassen, hätte ich noch eine Sache mit ihnen zu besprechen. Ich habe sie ja gebeten sich die letzten zwei Augustwochen und die ersten Septemberwochen frei zu halten. Wie steht es, konnten sie sich für die erwähnten drei bis vier Wochen frei machen?"

Die beiden Angesprochenen zögerten kurz, bevor Pfarrer Küenzle als erster auf die Frage antwortete. „Ich habe mich mit meinem Kollegen von Trubschachen abgesprochen. Er wird sich während meiner Abwesenheit um meine Gemeinde kümmern. Auch wenn dies in meiner Amtszeit von über zehn Jahren das erste Mal wäre, dass ich länger als eine Woche weg bin, dürfte die Gemeinde das verkraften."

„Wie steht es mit ihnen Herr Leimbacher?"

Markus Leimbacher zögerte einen Moment bevor er antwortete. Er hatte mit seiner Frau lange darüber diskutiert, ob er sich den Luxus von drei Wochen Ferien leisten konnte. Das grösste Problem war dabei seine Kanzlei, die er nur ungern so lange alleine liess. „Ich könnte mich auch entsprechend arrangieren, obwohl einiges ansteht, das erledigt werden muss. Ich denke es hängt davon ab, was sie uns vorschlagen wollen."

Ruedi Rötheli nickte. „Ich habe folgenden Vorschlag. Wir haben nun seit fast einem Jahr an einem aussergewöhnlichen Projekt gearbeitet, das ihnen beiden einiges an gutem Willen, Flexibilität und Verständnis abverlangt hat. Selbst wenn sie dafür bezahlt wurden, Herr Leimbacher, so war ihre Haltung und ihre Leistung dennoch aussergewöhnlich. Sie Herr Pfarrer Küenzle, nahmen ein Risiko auf sich, das nicht zu unterschätzen war. Ihre Hilfe und ihre Unterstützung hat mir ausserordentlich viel bedeutet. Auch wenn ich heute nicht ganz sicher bin, ob ich mein Ziel wirklich erreicht habe, so weiss ich mit Sicherheit, ohne ihre Hilfe wäre ich nicht so weit gekommen. Auf jeden Fall habe ich mit ihnen zwei neue Freunde gewonnen, mit denen ich gerne zusammengearbeitet habe. Den letzten Teil unserer Arbeit, bevor wir Ende September zum Abschluss kommen, will ich nutzen, um sie mit einer Art Bonus für die geleistete Arbeit zu überraschen. Ich möchte sie einladen die Auswertung und Beurteilung der Berichte mit mir zusammen in Australien vorzunehmen. Zum einen könnten sie sich dadurch an den Originalschauplätzen ein eigenes Bild meiner Geschichte machen, zum anderen können wir die Auswertung ebenso gut dort vornehmen wie hier. Zuletzt wäre es ein kleines Dankeschön für ihre Unterstützung. Auch wenn sich das so anhört, soll es keine Ferienreise sein, da wir als Ziel den Abschluss unseres Vorhabens haben. Ich würde ihnen aber auch gerne meinen Freund Drisi vorstellen und ihnen den Platz zeigen, an dem meine mehr oder weniger erfolgreiche Geschichte ihren Anfang nahm. Was meinen sie dazu?"

Die beiden Mitstreiter von Ruedi Rötheli meinten zuerst gar nichts dazu. Sie sassen nur völlig sprachlos am grossen Konferenztisch und sahen ihren Auftraggeber überrascht an. Es war der junge Notar, der sich als erster wieder gefasst hatte und sich zu Wort meldete.

„Zuerst danke ich ihnen für dieses äusserst grosszügige Angebot, das für mich überraschend kommt. Im Moment weiss ich nicht, was ich sagen soll. Selbst wenn ich sie sehr schätzen gelernt habe, so besteht zwischen uns doch ein Mandatsverhältnis. Ich muss aufpassen, hier im Interesse der anderen Beteiligten nicht Berufliches und Privates zu vermischen."

„Ich habe mir gedacht, dass dieses Problem auftauchen könnte", erwiderte darauf ein leicht schmunzelnder Ruedi Rötheli. „Alles andere hätte nicht zu ihrer professionellen Einstellung gepasst. Die Reise ist klar als Geschäftsreise deklariert. Sie werden während der ganzen Reise die Möglichkeit haben, mit ihrem Büro zu kommunizieren. Die Reise wird nicht durch mich, sondern durch die R&D Holding organisiert. Sie ist es auch, die sie zu dieser Reise einladen wird. Wie bei längeren Geschäftsreisen üblich, gibt es auch einen gesellschaftlichen Teil. Aus diesem Grund können sie eine Begleitperson mitnehmen. Es gibt ein loses Programm der einzelnen Stationen und der geschäftlichen wie gesellschaftlichen Ziele der Reise. Am Ende muss zudem die endgültige Beurteilung vorliegen, die als Grundlage für die Veranstaltung vom Samstag achtundzwanzigster September dient."

Der junge Notar überlegte einen Moment.

„Unter diesen Umständen wäre es mir eine Freude ihre Einladung zu der Geschäftsreise anzunehmen."

Ruedi Rötheli nickte und sah danach Pfarrer Küenzle an.

„Also ich habe eigentlich bereits angekündigt, dass ich für drei Wochen verreisen werde und meine Stellvertretung ist wie bereits erwähnt organisiert. Ich wusste jedoch nicht, dass es so weit weg gehen würde. Meine weiteste Reise ging bisher nach Spanien an die Costa Brava. Wenn mein Kollege sich entschlossen hat mitzukommen, dann bin ich auch dabei."

„Ausgezeichnet. Dann schlage ich ihnen vor, wir treffen uns das nächste Mal am Samstag in zwei Wochen um acht Uhr hier mit Gepäck für drei Wochen. Vergessen sie nicht neben den Berichten die Badehosen einzupacken. Alles andere was benötigt wird, können wir sonst auch in Australien organisieren. Ich schlage vor, sie lesen sich die Berichte bis dahin einmal durch und machen sich ein paar Notizen. Wir werden wie erwähnt während der ganzen Reisedauer jederzeit die Möglichkeit haben, telefonisch oder über das Internet mit der Schweiz Kontakt aufzunehmen. Das einzige Problem wird die Zeitverschiebung sein. Bis zu unserer Abreise bleibt mit dem Neubau und dem Anlass Ende September in Trub noch genug zu organisieren."

Es war kurz vor neun Uhr, als der schwarze Van mit seinen vier Passagieren am Flughafen Belp eintraf. Aus dem Trio war mit der Partnerin von Markus Leimbacher ein Quartett geworden.

Als der Pfarrer die Gulfstream betrat, war er bereits das erste Mal beeindruckt. Die Ausstattung des Privatjets mit den bequemen, breiten Ledersitzen wirkte wirklich auf jemanden der selten flog sehr luxuriös.

Der Flug nach Sydney mit Zwischenhalt in Singapur verlief problemlos. Ruedi Rötheli hatte dafür gesorgt, dass es an Bord genügend Verpflegung gab und es trotz des langen Fluges niemandem langweilig wurde. Als die Gruppe in Sydney ankam, herrschte eine angenehme Temperatur. Wie vereinbart waren Drisi und Holly am Flughafen, um das Quartett abzuholen. Die Begrüssung war herzlich. Zum Erstaunen von Ruedi begrüsste Drisi die Gäste sogar mit ein paar deutsch gesprochenen Sätzen. Er hatte seinen irischen Freund vorher noch nie ein einziges Wort deutsch sprechen hören.

Nachdem die Zollformalitäten erledigt waren, fuhr Patrick Webster die Gruppe mit dem firmeneigenen Minibus in die Innenstadt. Am Hauptsitz der R&D Holding angekommen, löste das Gebäude bei den drei Gästen aus der Schweiz das nächste Mal erstaunen aus. Zuerst wollten die beiden Mitstreiter von Ruedi Rötheli nicht glauben, dass die Firma ein Hochhaus mit zweiundzwanzig Stöcken ihr Eigen nannte.

„Das Hochhaus gehört der R&D Holding. Wir belegen jedoch nicht das ganze Gebäude. Insgesamt acht der zweiundzwanzig Stockwerke sind an andere Unternehmen langfristig vermietet. In den Stockwerken einundzwanzig und zweiundzwanzig haben wir zudem ein exklusives Hotel installiert. Darunter sind die Büroräumlichkeiten und die Edelsteinschleiferei untergebracht.

Das Gebäude hat uns nicht von Anfang an gehörte. Wir hatten zuerst nur die obersten vier Stockwerke. Durch das rasante Wachstum des Unternehmens stiegen die Platzprobleme enorm. Die R&D Holding war über die ganze Stadt verstreut und entsprechend ineffizient. Als einer der Hauptmieter auszog, haben wir entschieden das Gebäude zu kaufen und nach unseren Bedürfnissen auszubauen."

Die drei Schweizer Gäste hatten jedoch nicht lange Zeit, sich zu wundern. Drisi hatte den Tag gut durchorganisiert. Nach einer kurzen Präsentation der Firma und einem Abendessen zu sechst, war der erste Tag auch schon vorüber. Am Morgen des zweiten Tages zeigte Ruedi ihnen zuerst die Räumlichkeiten des Hauptsitzes. Dabei erlebten sie, mit welcher Hochachtung man ihrem Gastgeber begegnete. Obwohl er immer noch der einfache, etwas schrullige Mann war, den sie vor noch nicht ganz einem Jahr erstmals in Trub getroffen hatten, sahen sie ihn nun in einem ganz anderen Licht.

Am Nachmittag ging es mit dem Hubschrauber rund zwei Stunden nach Lightning Ridge in die Wüste zu den Opalfundstätten. Ruedi liess es sich trotz seiner beinahe fünfundsiebzig Jahren nicht nehmen, seine Gäste selber mit dem Heli zu fliegen. Nach der Besichtigung der Mine, stand am Abend eine nächtliche Führung durch Sydney mit Nachtessen auf dem Programm. Am dritten Tag der Reise wurde das Programm in Sydney durch einen Tagesausflug zu den Sehenswürdigkeiten der Stadt und der näheren Umgebung abgeschlossen.

Die drei Schweizer kamen aus dem Staunen nicht mehr heraus. Am Abend des dritten Tages, als sie nach einem anstrengenden Tag noch kurz alle zusammen sassen, machte Pfarrer Küenzle eine entsprechende Bemerkung. „Ich habe in diesen drei Tagen mehr an Eindrücken gewonnen, als in den letzten fünfzig Jahren in der Schweiz zusammen genommen."

Ruedi Rötheli lachte. „So schlimm wird es sicher nicht gewesen sein."

„Ich kann mich Pfarrer Küenzle nur anschliessen. Was wir in diesen ersten Tagen erlebt haben, ist wirklich mehr als eindrücklich."

„Das freut mich sehr. Ich hoffe jedoch, dass die nächsten Tage für sie genauso interessant sein werden. Für Morgen steht ein Transfer nach Cairns auf dem Programm. Wir müssen bereits um sieben am Flughafen sein. Der Flug ist für acht Uhr vorgesehen. Frühstück gibt's auf dem Flug. Um elf sollten wir in Cairns sein. Dort werden wir danach vom Land auf ein Schiff wechseln. Sollte jemand von ihnen Probleme auf dem Wasser haben, so müssen sie sich keine Sorgen machen. Das sollte kein grosses Problem sein. Wir haben eine entsprechende Ausrüstung an Bord, die sämtliche auf dem Markt verfügbaren gängigen Mitteln und noch einige mehr beinhaltet. Damit sollten wir jede auftretende Seekrankheit erfolgreich bekämpfen können."

„Ich war noch nie auf einem Schiff, ausser einmal auf der Blüemlisalp auf dem Thunersee", meinte Pfarrer Küenzle etwas lakonisch. „Deshalb habe ich keine Ahnung, ob ich seekrank werde oder nicht. Wohin fahren wir mit dem Schiff?"

„Das werden wir aufgrund der Wetterentwicklung von Tag zu Tag entscheiden. Mehr kann ich ihnen im Moment nicht sagen. Sicher ist nur, dass sie sich während den nächsten Wochen nie langweilen werden. "

Der Flug am nächsten Tag quer durch Australien war für die Reisegesellschaft bereits Routine. Nach der Ankunft führte der Weg vom Flughafen direkt an die Hafenmole mitten in der Stadt wo sonst auch die Kreuzfahrtschiffe und die Fähren anlegten. Als das grosse Taxi mit der sechsköpfigen Reisegruppe vor der am Port vertäuten R&D anhielt, machten die Schweizer grosse Augen. Pfarrer Küenzle fasste sich als erster wieder.

„Das Schiff ist ja grösser als die Blüemlisalp."

Ruedi und sein Freund Drisi genossen das Erstaunen der drei Schweizer, als sie vor dem grossen Katamaran standen. Sie waren stolz auf ihr Schiff und das war ihnen auch anzusehen. Holly schüttelte den Kopf, während sie ihre beiden Freunde beobachtete.

„Männer", war der einzige nicht ganz ernstgemeinte Kommentar. Dann ging sie zum Bootssteg, vor dem sich inzwischen vier Männer und eine Frau in weissen Uniformen postiert hatten. Die Männer in einer Reihe auf der einen Seite des Stegs und die Frau auf der anderen Seite. Holly ging auf die Frau zu. „Hallo Sandra, wie geht's?"

„Hallo Ma'am, ausgezeichnet, und ihnen?"

„Mir geht es auch gut. Schön, sie wieder einmal zu sehen. Bitte an Bord kommen zu dürfen."

„Bitte gewährt, Ma'am. Ich freue mich auch, sie wieder zu sehen. Ist schon ein Weilchen her."

„Das kann man sagen. Wir finden sicher mal einen Moment, um ein bisschen zu tratschen." Dann ging sie als erste an Bord.

„Meine Herren, nehmen sie bitte das Gepäck unserer Gäste und bringen es an Bord. Danke."

Die vier Männer nickten und eilten zum Gepäck, das bereits ausgeladen auf der Mole stand. Sie schafften die Gepäckstücke an Bord. Sandra hatte sich in der Zwischenzeit den übrigen Gästen zugewandt. Als Drisi dies bemerkte, kam er auf sie zu.

„Hallo Sandra, wie geht es ihnen?"

Guten Tag, Sir. Danke der Nachfrage, mir geht es ausgezeichnet. Schön sie wieder einmal an Bord begrüssen zu dürfen."

„Hi Sandra. Sie sehen wie immer hervorragend aus." Ruedi Rötheli kam auf Sandra zu und streckte ihr die Hand entgegen. Man merkte der jungen Frau an, dass sie sich immer noch nicht an Ruedi Röthelis Verhalten gewöhnt hatte. Nach kurzem Zögern reichte sie ihm die Hand.

„Hallo Mister Rötheli, Sir."

„Den Sir und den Mister können sie weglassen, so lange ich an Bord bin. Das sollten sie in der Zwischenzeit wissen."

Sandra lächelte und meinte: „Ja, Sir".

Ruedi Rötheli ging nicht mehr darauf ein, sondern drehte sich um und winkte seine Gäste zu sich.

„Darf ich vorstellen", sagte er auf Deutsch zu seinen Gästen. „Das ist Sandra, erster Offizier der R&D und die gute Seele an Bord. Sie hat eine Ausbildung als Marineoffizier und war, bevor sie zu uns kam bei der Coast Guard. Daneben spricht sie vier Sprachen, unter anderem auch Deutsch, hat Medizin studiert und spielt besser Schach als irgendjemand anders, den ich kenne. Wenn sie eine Frage oder ein Problem haben, dann ist Sandra während unserer Reise ihre Ansprechperson." Ruedi Rötheli drehte sich zu Sandra. „Das sind unsere Gäste aus der Schweiz. Markus Leimbacher mit seiner Frau Caroline und Pfarrer Küenzle."

Sandra nickte ihren Gästen zu und sagte in sehr gutem Hochdeutsch: „Herzlich willkommen. Ich freue mich sie als Gäste an Bord der R&D begrüssen zu dürfen. Wenn sie mir bitte an Bord folgen wollen."

Ruedi Röthelis Gäste folgten der jungen Frau auf die R&D, wo sich die ganze Gesellschaft im Salon auf dem Panoramadeck versammelte. Dort gab es etwas zu trinken und ein kleines Buffet.

„Liebe Frau Leimbacher, meine Herren, das hier ist die kleine Überraschung von der ich gesprochen habe. Wir werden die nächsten zwei Wochen auf der R&D verbringen und ein wenig die Gegend erforschen. Ich selber bin nicht gerade der Spezialist für die Seefahrt und möchte deshalb das Wort meinem Freund Drisi übergeben. Wir haben eine Arbeitsteilung. Fliegt etwas, selbst wenn es aus dem Wasser startet, ist es mein Fachgebiet, schwimmt etwas, ist es Drisis Fachgebiet. Darum überlasse ich sie für einen Moment seiner Obhut. Wir sehen uns dann später zum Essen.

In der nächsten Stunde führte Drisi seine Gäste durch das ganze Schiff. Er zeigte ihnen vom Sonnendeck bis zum Maschinenraum alle Details der Luxusyacht und kam dabei nicht aus dem Schwärmen hinaus. Auf der Brücke, wo sie Kapitän Matthew Jenkins kennen lernten, verbrachten sie alleine fast eine halbe Stunde.

Besonders beeindruckt waren die Schweizer, als sie das Ablege Manöver auf der Brücke mitverfolgen durften.

In den nächsten Tagen steuerte die R&D zuerst die Solomon Inseln an. Danach ging es über Vanuatu, die Fijis und Tonga nach Auckland. In Neuseeland standen nach der Schiffsreise drei Tage in einer der Lodges auf dem Programm, bevor es mit dem Flugzeug von Auckland über Sydney und Singapur wieder zurück in die Schweiz ging. Während der Reise auf der Luxusyacht gab es nicht nur die Möglichkeit sich auszuruhen, Sonne zu tanken und die Annehmlichkeiten des schwimmenden Palastes zu geniessen. Es blieb auch Zeit, um die Berichte zu bearbeiten und zu diskutieren. Als sie sich in lockerer Kleidung erstmals im Sitzungszimmer der Luxusjacht trafen, übernahm Ruedi Rötheli wie gewohnt das Kommando.

„Ich gehe davon aus, wir alle haben die Berichte gelesen. Wer möchte zuerst etwas dazu sagen?"

„Für mich waren vor allem die beiden Parteien aus dem offiziellen Trub eine Enttäuschung", begann Pfarrer Küenzle seine Ausführungen. Dass sich die Politiker nicht einigen konnten, ist für mich nicht unbedingt verwunderlich. Vom Kirchgemeinderat hätte ich jedoch etwas mehr erwartet."

„Mich hat das eigentlich nicht erstaunt", stellte Ruedi Rötheli fest. „Ich habe während meiner Zeit im Ausland viele Politiker kennen gelernt. Egal wo man hinkommt, egal welche Sprache diese Leute sprechen, Politiker sind überall gleich. Es ist schwieriger einen Politiker zu finden, der dieser Regel widerspricht, als einen der die Vorurteile bestätigt. Warum sollte das in Trub anders sein als in Bern in Japan, in Kanada oder in Buenos Aires. Einem wirklich hervorragenden Politiker zu begegnen, ist etwa so schwierig wie die Blaue Mauritius in einem vollen Container mit Briefmarken zu finden. Schlimmer als Politiker sind nur noch Typen wie Detlef Bimbaumeler."

„Wer ist Detlef Bimbaumeler?" Pfarrer Küenzle wirkte etwas verwirrt.

„Jemand aus meiner Vergangenheit in Los Angeles. Eine armselige Gestalt, die schlimmer ist als der schlimmste Politiker den man finden kann", stellte Ruedi Rötheli lakonisch fest. „Zurück zum Thema, was halten sie vom Vorgehen der Gemeinderäte?"

Markus Leimbacher überlegte einen kurzen Moment bevor er antwortete.

„Die wesentlichen Punkte haben sie bereits erwähnt. Dem gibt es eigentlich nicht viel Nützliches hinzuzufügen."

„Da stimme ich ihnen zu", sagte Ruedi Rötheli.

Dann griff er sich das nächste Dossier. „Der Kirchgemeinderat hat sich auch nicht gerade mit Ruhm bekleckert."

Pfarrer Küenzle runzelte leicht die Stirn. „Wie ich bereits erwähnt habe, hat mich das auch enttäuscht. Ich hätte mir ein wenig mehr Einigkeit erhofft. Eigentlich sind die meisten Personen, die sich im Kirchgemeinderat engagieren ehrbare Leute, die Freiwilligenarbeit leisten. Manchmal sind sie jedoch mit ihren Aufgaben überfordert und das scheint mit hier der Fall zu sein."

„Trotzdem muss man festhalten, der Kirchgemeinderat hat besser abgeschnitten, als der Gemeinderat. Zu dem Schluss muss man auch als neutraler Betrachter kommen", stellte Markus Leimbacher trocken fest.

Einen Moment dachten die drei über die Erkenntnis nach. Schliesslich nahm Ruedi Rötheli das nächste Dossier. „Gut, dann haben wir noch die letzte Partei, die nicht zum Verwandtenkreis gehört, die Landjugend. Was mich anbelangt so habe ich nicht mehr und nicht weniger erwartet. Sie sind wie schon zu meiner Zeit eine geschlossene Gesellschaft mit ihren eigenen Werten. Schade, dass sie sich nicht weiter entwickelt haben und dort stehen geblieben sind, wo sie schon vor fünfzig Jahren waren. Andererseits könnte man auch sagen, sie haben ihre Traditionen bewahrt und sind sich treu geblieben. Was dabei besser ist, Tradition zu wahren oder mit der Zeit zu gehen, ist schwer zu beurteilen."

„Dem möchte ich doch etwas entgegenhalten", entgegnete Pfarrer Küenzle. „Ich sehe die jungen Leute lieber in der Landjugend, selbst wenn ihr Image und ihre Werte vielleicht etwas angestaubt sein mögen. Auf jeden Fall ist das besser, als wenn sie sich irgendwo rumdrücken, Drogen konsumieren oder sonst wie Radau verursachen."

„Da haben sie sicher Recht, Herr Pfarrer. Meine Bemerkung will ich nicht negativ verstanden haben. Die Organisation erfüllt ihren Zweck nach wie vor, wie sie das bereits vor fünfzig Jahren tat. Das ist aber auch schon alles und ob das für die nächsten fünfzig Jahre genügt, ist zumindest fraglich."

„Damit hätten wir ja schon mehr als die Hälfte der Dossiers besprochen", stellte in dem Moment der Notar fest. Bleiben noch die zwei Dossiers aus ihrer Verwandtschaft."

„Das ist korrekt. Beim ersten handelt es sich um dasjenige von meinem Onkel Franz, respektive seinem Sohn Alex. Genauso wie mein Bruder Max hat auch Onkel Franz, der heute über neunzig Jahre alt ist, seinen Sohn Alex bevollmächtigt. Der hat ein dickes Dossier eingereicht, in dem er alle Kosten für die Renovierung und den Ausbau des Goldenen Engels auflistet. Er stellt am Ende seines Berichts fest, dass ich mir alles andere als den im Dossier erwähnten Betrag sparen könne. Wenn er nicht den gewünschten Betrag erhalte, müsse er den Goldenen Engel innerhalb der nächsten sechs Monate schliessen. Er tritt sehr fordernd auf und sieht das Ganze als Möglichkeit sein Geschäft zu sanieren." Ruedi Rötheli hielt einen Moment inne. Er wirkte irgendwie nachdenklich. Seine beiden Gesprächspartner warteten geduldig, bis Ruedi Rötheli seine Gedanken abgeschlossen hatte.

„Viel schlimmer ist der Fall meiner direkten Familie. Der älteste Sohn meines Bruders Max, ist wirklich ein feiner Kerl. Im Gegensatz zu seinem Cousin Alex, ist er bescheiden und hat durch harte Arbeit aus meinem Elternhaus weitaus mehr rausgeholt als mein Vater und mein Bruder Max zusammen. Seine Geschwister hingegen sind nicht anders als ihr Cousin Alex. Fordernd arrogant und unverschämt."

Markus Leimbacher runzelte leicht die Stirn. Er sah Pfarrer Küenzle an, der ebenfalls erstaunt dreinblickte. Man konnte die Verbitterung aus der Stimme des alten Mannes heraushören. Er schien einen Moment über die unbefriedigende Situation nachzudenken. Plötzlich gab sich Ruedi Rötheli einen Ruck. „Ich denke, ich weiss genug, um mir eine Meinung bilden zu können. Was mich noch wundernehmen würde, wäre ihre Meinung zu den fünf Berichten?"

Wie so oft antwortete Pfarrer Küenzle als erster. „Sie haben die Situation mehr als treffend zusammengefasst. Die Bedenken, die sie geäussert haben, teile ich ebenso wie die positiven Feststellungen. So wie ich das sehe, fällt kein Bericht völlig ab, noch sticht einer besonders erwähnenswert heraus. Wenn sie deshalb eine Reihenfolge festlegen werden, so findet diese egal wie sie aussieht meine Unterstützung. Ich will mich damit nicht aus der Verantwortung ziehen. Wir haben in dem Jahr einiges zusammen erlebt und ich bin überzeugt, sie werden eine weise Entscheidung treffen."

„Dem stimme ich ohne jede Umschweife und auch ohne Ergänzung zu. Man kann es nicht besser formulieren, als es mein Kollege getan hat."

Der nachdenkliche Gesichtsausdruck war wieder aus Ruedi Röthelis Gesicht gewichen und hatte einem fast schelmisch anmutenden Grinsen Platz gemacht. „Das haben sie ausgezeichnet formuliert, meine Herren", meinte er zum Kommentar seiner beiden Mitstreiter. „Dann werde ich einmal versuchen daraus einen Verteilschlüssel abzuleiten. Das dürfte nicht einfach werden und ich brauche wohl etwas Zeit zum Nachdenken. Auf jeden Fall danke ich ihnen für alles was sie in den letzten Monaten für mich getan haben."

Damit beendete er die Sitzung, die irgendwo zwischen den Solomon Inseln und Auckland auf hoher See stattfand. Nach der Besprechung war das Thema für den Rest der Reise abgehakt. Ruedi und seine Freunde genossen die restlichen Tage, bevor er zusammen mit den drei Schweizern, nach etwas mehr als drei erlebnisreichen Wochen von Auckland aus wieder in die Schweiz zurückkehrte.

Der alte Mann war zufrieden, mit dem was er erreicht hatte, auch wenn ihn das Resultat seines Vorhabens enttäuschte. Möglicherweise wäre es anders ausgegangen, wenn er nicht seine Idee eines Wettstreits initialisiert und bis zum bitteren Ende durchgezogen hätte. Aber möglicherweise hätte er auch nie all das erfahren, was er in den letzten beinahe elf Monaten erlebt hatte. Darunter waren erfreuliche und auch äusserst unerfreuliche Punkte. Auf jeden Fall konnte er heute mit Gewissheit sagen, dass er genug Informationen gesammelt hatte, um eine Entscheidung treffen zu können. Nun galt es nur noch, die Kommunikation des Entscheides so gut wie möglich vorzubereiten und schliesslich das Resultat seiner Bemühungen den Teilnehmenden zu kommunizieren.

10. Von Inseln, Einsichten und riesen Überraschungen

Die zweite Veranstaltung fand nicht mehr in der Mehrzweckhalle der Gemeinde Trub, sondern im Grossen Vereinssaal im ersten Stock des Hotels Löwen in Trub statt. Für die Präsentation der Resultate hatten sich im Gegensatz zur ersten Veranstaltung nur etwas mehr als zwanzig Personen angemeldet. Einzig die beiden Räte waren vollständig anwesend und stellten zusammen die deutliche Mehrheit der Anwesenden.

Im Gegensatz zur ersten Veranstaltung gab es dieses Mal vor der Präsentation auch kein Essen. Auf der Einladung stand lediglich, dass zum Abschluss der Veranstaltung noch ein reichhaltiges Apero Buffet serviert werde.

Markus Leimbacher nahm, wie schon bei der ersten Veranstaltung, die Aufgabe des offiziellen Ansprechpartners für die Teilnehmenden wahr. Er wurde durch Pfarrer Küenzle tatkräftig unterstützt. Beide hatten sie ihren Auftraggeber seit der Rückkehr von ihrer Reise nicht mehr gesehen. Er hatte noch einmal mit dem Pfarrer und zweimal mit Markus Leimbacher telefoniert. Dabei hatte er sich nur erkundigt, ob noch etwas Aussergewöhnliches vorgefallen sei. Ansonsten gab es auch nicht viel zu besprechen, da die Veranstaltung bereits vor ihrer Reise in die Südsee organisiert worden war.

Die Stimmung unter den Anwesenden war angespannter als beim ersten Anlass. Die meisten wollten nur die Höhe der Summe erfahren, von der sie bei dieser ungewöhnlichen Aktion noch einmal profitieren konnten.

Um Punkt achtzehn Uhr öffnete sich die Tür zum Vereinssaal des Löwen. In der Tür stand nicht wie erwartet Ruedi Rötheli, sondern dessen Chauffeur. Er ging nach vorne zu dem leicht irritiert dreinschauenden Markus Leimbacher und übergab ihm einen dicken silbernen Aluminiumkoffer. Dann nickte er den Anwesenden kurz zu und verliess den Raum wieder.

Der leicht irritiert wirkende Notar öffnete den Koffer und betrachtete den Inhalt. Dann entnahm er ihm einen PC, einen Beamer und sechs beschriftete Umschläge. Fünf davon waren mit den Namen der anwesenden Parteien beschriftet und auf dem letzten standen sein Name und der von Pfarrer Küenzle. Der Notar öffnete zuerst den an ihn gerichteten Umschlag und las das darin enthaltene Schreiben. Seinem Gesichtsausdruck konnte man nicht entnehmen, um was es in dem Schreiben ging. Nachdem er den Brief zweimal gelesen hatte, reichte er ihn an Pfarrer Küenzle weiter und begann sich mit dem PC und dem Beamer zu befassen. Er klappte den PC auf, installierte den Beamer und startete das Gerät. Währenddessen hatte auch Pfarrer Küenzle das Schreiben gelesen. Auf dem Gesicht des Geistlichen erschien ein leichtes Lächeln. Zudem schüttelte er unmerklich den Kopf, als er die Zeilen ein zweites Mal durchlas. Dann legte er das Schreiben beiseite. Im Vereinssaal war in der Zwischenzeit eine leichte Unruhe entstanden.

Schliesslich stand Markus Leimbacher auf. „Meine Damen und Herren, darf ich kurz um ihre Aufmerksamkeit bitten." Er wartete, bis es still war. „Ich muss ihnen mitteilen, dass Ruedi Rötheli heute Abend nicht zu uns nach Trub kommen wird." Nach der Ankündigung des Notars stieg der Geräuschpegel im Saal deutlich an. Er hob die Hände und versuchte die Anwesenden zu beruhigen. „Ich bitte sie, meine Damen und Herren. Wie sie selbst erlebt haben, wurde mir soeben durch den Chauffeur von Herrn Rötheli ein Schreiben und eine Videobotschaft ausgehändigt, die ich ihnen gerne Vorführen möchte. Wenn ich den Inhalt des Schreibens richtig verstanden habe, so wird die Botschaft alle nötigen Informationen liefern und die Situation aufklären."

Markus Leimbacher wandte sich dem PC zu und startete das Video. An der Wand des Grossen Vereinssaal im ersten Stock des Hotels Löwen in Trub erschien das Bild von Ruedi Rötheli. Er sass in Bärau am Schreibtisch seines Büros und machte den Eindruck, als blicke er einen Moment in die Runde, bevor er zu sprechen begann. „Guten Abend meine Damen und Herren. Ich danke ihnen, dass sie heute Abend gekommen sind. Sie gehören zu den insgesamt fünf Parteien, die sich entschieden haben an meinem Wettstreit teilzunehmen. Dafür möchte ich mich noch einmal bei ihnen bedanken. Sie haben sich Gedanken gemacht, wie sie den Grundbetrag sinnvoll verwenden wollen, der ihnen für den kleinen Wettstreit zur Verfügung gestellt wurde. Ihre Berichte haben ich und meine beiden Vertrauenspersonen gespannt gelesen. Meine beiden Partner, Notar Markus Leimbacher und Pfarrer Küenzle, denen ich an dieser Stelle noch einmal für ihre Unterstützung danken möchte, hatten im Übrigen nicht die Aufgabe, ihre Berichte zu beurteilen. Sie waren mein Gewissen und meine Prüfstelle, die kontrolliert haben, dass alles mit rechten Dingen zu und her gegangen ist. Diese Aufgabe haben sie hervorragend und vorbildhaft gelöst." Ruedi Rötheli legte eine kurze Pause ein, gerade so, als überblicke er die versammelten Leute vor ihm im Saal. Dann setzte er seine Ausführungen fort. „Nachdem ich alle Berichte studiert habe, muss ich eingestehen, war ich enttäuscht. Damit sie mich nicht falsch verstehen, ich war nicht von ihnen enttäuscht, sondern von mir selber. Von ihnen, meine sehr verehrten Damen und Herren, kann ich nicht enttäuscht sein. Sie haben so gehandelt, wie es ihrer Persönlichkeit und ihrer Natur entspricht. Etwas anderes konnte niemand von ihnen erwarten. Deshalb darf ich von ihnen auch nicht enttäuscht sein. Auch nicht von den Streitereien, die sich aufgrund des Wettstreits ereignet haben und nicht von der Fantasielosigkeit mit der teilweise vorgegangen wurde. Darüber enttäuscht zu sein, wäre ihnen gegenüber nicht korrekt. Ich hätte das erkennen müssen, bevor ich diesen Wettstreit ins Leben rief." Erneut hielt der alte Mann kurz inne, um seine Aussagen wirken zu lassen. „Nach dieser kurzen Einführung wird es sie sicher interessieren, wer den Wettstreit gewonnen hat und wie viel die Einzelnen nun aus meinem Vermögen erhalten. Ich will sie deshalb nicht lange auf die Folter spannen. Aufgrund der erwähnten Feststellungen habe ich entschieden, alle Teilnehmenden als Erstplatzierte des Wettstreits …"

Der Rest von dem was Ruedi Rötheli noch sagte, ging im allgemeinen Tumult unter. Markus Leimbacher beeilte sich das Video anzuhalten und die Abspielung wieder zurück zu fahren. In der Zwischenzeit versuchte Pfarrer Küenzle die Menge zu beruhigen. „Meine Damen und Herren, ich bitte sie." Die wenigen Worte des Geistlichen reichten aus, um dem Gezeter der Anwesenden Einhalt zu gebieten.

Markus Leimbacher hatte inzwischen das Video wieder an den Ort zurückgesetzt, an dem der Tumult begonnen hatte. „Ich schlage ihnen vor, sie halten sich dieses Mal zurück, damit wir alle den Rest der Botschaft von Herrn Rötheli ebenfalls noch mit bekommen." Dann schaltete er die Videobotschaft wieder ein. „…ich entschieden, alle Teilnehmenden als Erstplatzierte des Wettstreits zu benennen. Sie werden den Betrag der sich aus dieser Situation für sie ergibt, in einem Umschlag erhalten, den ihnen Markus Leimbacher nach dem Ende meiner Videobotschaft verteilen wird. Ich bitte sie zudem zur Kenntnis zu nehmen, dass ihnen weder Pfarrer Küenzle noch Notar Leimbacher irgendwelche zusätzlichen Auskünfte zu meinem Entscheid geben können. Sie sind von der Situation auch eben erst informiert worden. Markus Leimbacher wird ihnen höchstens bestätigen können, dass alles juristisch korrekt abgelaufen ist und auch mein Entscheid über die Spielregeln abgesichert ist. Was meine Person anbelangt, so habe ich entschieden die Schweiz wieder zu verlassen. Ich wünsche ihnen allen viel Glück und ein langes, gesundes und zufriedenes Leben." Damit war die Videobotschaft von Ruedi Rötheli zu Ende.

Markus Leimbacher liess gar nicht erst Diskussionen aufkommen, sondern ergriff sofort die Initiative. „Meine Damen und Herren, wie sie eben gehört haben, sind Pfarrer Küenzle und ich von der Situation ebenso überrascht worden wie sie. Was ich ihnen jedoch auch ohne lange Überlegungen bestätigen kann, ist die korrekte Abwicklung der Angelegenheit. Ich schlage ihnen vor, ich überreiche ihnen die Umschläge. Dann lösen wir die Versammlung auf und begeben uns zu dem bereitstehenden Apero. Dort werden sie genügend Gelegenheit haben über die Geschichte zu diskutieren."

Gegen diesen Vorschlag hatte niemand etwas einzuwenden. Die Umschläge waren rasch verteilt und schon ein paar Minuten später waren die verschiedenen Gruppen beim Apero in Diskussionen verwickelt.

Pfarrer Küenzle, der sich bis auf seine kurze Intervention im Hintergrund gehalten hatte, war an den Tisch getreten, an dem ein sichtlich nachdenklicher Markus Leimbacher die Unterlagen und den PC wieder in dem silbernen Aluminiumkoffer verstaute.

„Was meinen sie zu der Sache?"

„Ich weiss nicht recht", antwortete ihm der Notar. „So wie es aussieht hat sich unser Freund entschieden, seine Mission vorzeitig auf seine eigene Art abzuschliessen. Ich will nicht sagen, ich hätte so etwas geahnt, muss aber zugeben, dass ich auch nicht sonderlich überrascht bin. Irgendwie passt es zu diesem aussergewöhnlichen Mann, dass er nie das tut, was man eigentlich in einer solchen Situation von ihm erwarten würde."

Zwei Tage vor dem Termin im Vereinssaal, hatte Ruedi Rötheli seinen Bruder Max und dessen Sohn Peter noch einmal besucht. Sie hatten ein langes Gespräch zusammen geführt. Als sich Max danach von seinem Bruder verabschiedete, hatte er Tränen in den Augen. „Es war wunderschön, dich noch einmal gesehen zu haben. Danke, Ruedi."

„Gleichfalls, Max und danke dir für die wenigen wundervollen Stunden, die ich mit euch verbringen dufte. Sie haben mir unendlich viel bedeutet."

Nach dem Gespräch mit seinem Bruder, hatte Ruedi auf dem Rückweg auch noch einmal bei seinen Schwestern im Altersheim Halt gemacht. Brigit und Margrit waren in der Zwischenzeit in eine komfortable Zweizimmerwohnung im fertiggestellten Neubau umgezogen. Nachdem sie ein paar allgemeine Bemerkungen ausgetauscht hatten, beugte sich Margrit plötzlich vor und sah Ruedi mit scharfem Blick an.

„Du verlässt uns wieder, oder?"

Er zögerte nur einen kurzen Moment, bevor er antwortete. „Ja, ich werde wieder weggehen."

„Du hast Recht, Bruderherz. Das ist kein Ort für dich."

„Ja, für dich ist das hier kein Ort", ergänzte ihre Schwester Brigit. „Wir wünschen dir, dass du auf der Reise deinen Frieden finden wirst."

Ruedi musste lächeln, dann stand er auf und umarmte zuerst die eine und danach die andere Schwester. „Meinen Frieden habe ich dadurch längst gefunden, dass ich euch noch einmal sehen durfte." Dann verliess er die Zwillinge, die sich von der Situation sichtlich bewegt zeigten.

Die Veranstaltung in Trub war gerade einmal zwei Wochen vorüber, als auf dem Viertelishof eine schwarze Limousine mit Zürcher Nummernschildern vorfuhr. Daraus stiegen zwei Herren in dunklen Anzügen, die zielstrebig auf die Haustür des Viertelishof zu gingen und dort klingelten. Nach einem kurzen Moment öffnete eine sichtlich überraschte Rita Rötheli die Tür.

„Guten Tag Frau Rötheli, mein Name ist Lichtsteiner, das ist mein Kollege Stäuble. Wir kommen von der Anwaltskanzlei Lichtsteiner, Gabathuler und Bänteli aus Zürich. Ist ihr Mann zu sprechen?"

„Er ist noch auf dem Feld und kommt in ungefähr einer Stunde zurück."

„Dürfen wir in dem Fall auf ihn warten? Wir hätten ein vordringliches Problem, das wir gerne mit ihm besprechen würden."

„Sicher, bitte kommen sie doch in die Küche."

Die beiden Herren folgten Rita und setzten sich an den Küchentisch.

Kann ich ihnen etwas zu trinken anbieten, Tee, Kaffee?"

„Ein Glas Wasser, wenn es keine Umstände macht."

„Das macht gar keine Umstände." Sie wandte sich an den jüngeren der beiden Männer. „Was darf ich ihnen anbieten."

„Auch ein Glas Wasser, danke."

Ansonsten verhielten sich die beiden Männer still und warteten. Sie kamen Rita fast ein wenig unheimlich vor und als Peter eine halbe Stunde später vom Feld nach Hause kam, war sie sichtlich erleichtert.

„Hallo Peter, du hast Besuch aus Zürich. Zwei Herren von einem Anwaltsbüro, die mit dir sprechen möchten."

Der junge Bauer war ein wenig verblüfft. Er begab sich in die Küche, wo die beiden Herren auf ihren Stühlen sassen und warteten. Als Peter in die Küche trat, standen sie auf und der ältere begann sofort zu sprechen.

„Guten Tag Herr Rötheli, mein Name ist Lichtsteiner, das ist mein Kollege Stäuble. Wir kommen von der Anwaltskanzlei Lichtsteiner, Gabathuler und Bänteli aus Zürich." Er streckte dem ein wenig überraschten Bauern eine Visitenkarte entgegen. „Haben sie einen Moment Zeit für uns?"

„Ja sicher, setzen sie sich doch wieder."

Die beiden setzten sich wieder auf ihre Stühle. Der ältere der beiden nickte seinem jüngeren Kollegen zu, worauf ihm dieser einen Umschlag reichte, den er sogleich an Peter weiter gab.

„In diesem Umschlag sind zwei identische Schreiben. Mit der Unterschrift unter eines dieser Schreiben bestätigen sie uns den Empfang des Koffers und des Umschlags. Bitte prüfen sie vorher, ob das Siegel vollständig und nicht gebrochen ist und ob der Koffer verschlossen ist. Der Schlüssel zum Koffer befindet sich im versiegelten Umschlag."

„Um was geht es eigentlich genau."

„Das wissen wir nicht. Wir haben nur den Auftrag ihnen diesen Koffer mit dem versiegelten Umschlag zu überreichen. Der Auftrag kommt von einer Anwaltskanzlei in Toronto, mit der wir regelmässig Geschäfte machen und von der wir wissen, dass sie nur seriöse Geschäfte abwickelt."

Peter dachte kurz nach. Dann las er das Schreiben noch einmal durch und unterschrieb das Dokument. Kaum das er das Dokument dem älteren übergeben hatte, reichte ihm der jüngere Mann den Koffer und den Umschlag. Dann standen die beiden Herren auf, dankten Rita für das Wasser und verabschiedeten sich wieder.

Als die beiden weg waren, öffnete Peter zuerst den Umschlag und dann den Koffer in Anwesenheit der ganzen Familie. Als sie den Inhalt sahen, wäre Rita fast in Ohnmacht gefallen. Im Koffer waren zweihundertfünfzigtausend Schweizerfranken und ein Schreiben von Ruedi Rötheli.

„Mein Lieber Peter. Es war mir eine grosse Freude dich und deine Familie kennen zu lernen. In den Gesprächen mit dir und deinem Vater habe ich einen Menschen getroffen, von dem ich mir wünschen würde, er wäre mein eigener Sohn. Ich habe mich deshalb entschieden, dir und deiner Familie einen Teil meines Vermögens zu vererben. Als Barbetrag erhältst du hiermit einen Hundertstel des Gesamtbetrags. Der Rest ist auf einem Konto bei der Berner Kantonalbank hinterlegt. Du musst nur dieses Schreiben und eine Identitätskarte oder einen Pass vorweisen, um dich als rechtmässiger Inhaber des Kontos zu identifizieren. Ich möchte erwähnen, dass es explizit für dich, deine Familie, deinen Vater und den Hof bestimmt ist, auch wenn du schlussendlich selber entscheiden wirst, was du damit tun willst. Deine beiden Geschwister haben den Anteil bereits erhalten, den sie sich mit ihrem Verhalten verdient haben. In diesem Sinne wünsche ich dir und deiner Familie viel Glück und ein langes, gesundes und zufriedenes Leben."

Zwei Tage später erhielt Selina Gasparin ebenfalls Besuch von den beiden

Rechtsanwälten aus Zürich. Sie überreichten ihr einen Aluminiumkoffer und einen versiegelten Umschlag. Vermutlich hätte Selina die beiden Dinge nicht entgegengenommen, wären die zwei Herren nicht an ihrem Arbeitsplatz erschienen. So hatte sie nur das Ziel die beiden so rasch wie möglich wieder los zu werden, damit sie nicht Ärger mit ihrer Chefin erhielt. Die schien jedoch nicht halb so sehr überrascht zu sein, wie Selina selber. „Mach den Koffer schon auf, Selina", meinte sie nur mit einem leichten Lächeln. „Alles andere hat Zeit. Schliesslich möchte ich auch wissen, was drin ist."

Selina war ein wenig verwirrt, öffnete jedoch den Koffer und hatte fast einen Herzstillstand. In dem Koffer waren fünfhunderttausend Schweizerfranken sowie mehrere Schriftstücke. Das eine besagte, dass auf den Namen von Selina Gasparin auf der Zürcher Kantonalbank ein Konto eröffnet worden war, auf dem das Hundertfache des Betrags im Koffer bereit lag. Das andere Dokument bezog sich auf den zweiten Schlüssel, der im versiegelten Umschlag steckte. Er gehörte zu einem Haus in der Umgebung von Appenzell, dessen Besitzerin ab sofort Selina Gasparin war. Nachdem sie den Brief von Ruedi Rötheli gelesen hatte, brach sie in Tränen aus. Sie hatte nicht geglaubt noch einmal so viel Glück in ihrem Leben zu haben.

Ein paar Tage nach dem Besuch in Appenzell hatten sich die beiden Rechtsanwälte in der Kanzlei von Markus Leimbacher angemeldet. Sie hatten dafür gesorgt, dass neben dem Notar ebenfalls Pfarrer Küenzle anwesend war.

Dieses Mal hatten die beiden Zürcher zwei Aluminiumkoffer mit dabei. Nach dem Austausch ein paar allgemeiner Floskeln kamen die geschäftig wirkenden Herren sogleich zur Sache. Sie überreichten Markus Leimbacher und dem sichtlich überraschten Dorfpfarrer je einen der beiden Koffer und liessen sich deren Erhalt durch die Unterschrift auf dem Papier bestätigen. Danach war ihre Arbeit getan und sie verabschiedeten sich wieder.

Als sie mit dem Lift aus dem zweiten Stock des Notariatsbüros in die Tiefgarage fuhren, meinte der ältere zum jüngeren: „Damit wäre auch dieser Auftrag erledigt. Schade, dass nicht jeder Auftrag so einfach abzuwickeln ist wie dieser. Einzig diese Reiserei war etwas ermüdend."

Die R&D war seit einigen Wochen wieder auf hoher See. Neben der Besatzung waren die drei Freunde als einzige Gäste an Bord. Sie genossen es einfach, zusammen zu sein und die Welt zu erkunden. Schliesslich war die Südsee nicht der einzige Ort, an dem es sich auf der Luxusyacht richtig gut leben liess.